教育部人文社会科学重点研究
基地重大项目(22JJD750042)
国家社科基金项目(22VRC181)

余来明 著

明代文学史料要略

中华书局

图书在版编目（CIP）数据

明代文学史料要略/余来明著. —北京：中华书局，2024.
12. —ISBN 978-7-101-16695-8

Ⅰ.I209.48

中国国家版本馆 CIP 数据核字第 2024P887G5 号

书　　　名	明代文学史料要略	
著　　　者	余来明	
责任编辑	许庆江	
封面设计	刘　丽	
责任印制	韩馨雨	
出版发行	中华书局	
	（北京市丰台区太平桥西里 38 号　100073）	
	http://www.zhbc.com.cn	
	E-mail:zhbc@zhbc.com.cn	
印　　　刷	大厂回族自治县彩虹印刷有限公司	
版　　　次	2024 年 12 月第 1 版	
	2024 年 12 月第 1 次印刷	
规　　　格	开本/920×1250 毫米　1/32	
	印张 15¾　插页 2　字数 365 千字	
印　　　数	1-2000 册	
国际书号	ISBN 978-7-101-16695-8	
定　　　价	98.00 元	

子曰:"夏礼,吾能言之,杞不足征也;殷礼,吾能言之,宋不足征也:文献不足故也。足,则吾能征之矣。"

——《论语·八佾》

早期的文化将变成一堆瓦砾,最后变成一堆灰土。但是,精神将萦绕着灰土。

——(英)路德维希·维特根斯坦

目　录

弁 言

史料之学虽然历来属考据家事,却是文学研究的基础,而对古典文学研究来说则尤显重要。就算是在文学批评家那里,也不得不承认文献工作的基础性意义:"学术研究的第一步工作,就是搜集研究材料,细心地排除时间的影响,考证作品的作者、真伪和创作日期。"①尽管韦勒克一再强调,文献的搜集、考订等对文学研究来说都只是"初步工作","不过是为实际分析和诠释作品以及从起因方面解释作品而做的基本工作,其重要性应视对分析和解释作品的作用而定"②,然而对一个研究者来说,若是连研究对象所涉及的基本史料都无法掌握,基础事实都模糊不清,展开深入的研究也就无从谈起。而对时下常靠搜索引擎开展学术研究的不少初学者来说,从文学史料之学入手又显得尤为重要。

与元代以前文献之搜集、整理已然蔚为大观不同,明代文献的基础建设工作仍其路孔艰,诸多以"全"字命名的文献整理工程,至今仍只是明代研究者美好的期待。面对明代浩如烟海的史料文献,相关搜集、整理工作虽早已开展,却进展缓慢,要想达到媲美此前各

---

① (美)勒内·韦勒克、奥斯汀·沃伦《文学理论(新修订版)》第六章《论据的编排与确定》,刘象愚等译,浙江人民出版社,2017年,第45页。
② 同上,第57页。

代全集编纂的广度和深度,则更有很长的路要走。在此背景下,编写一部明代文学研究的文献指南,对从事明代文学研究的入门者来说便显得颇为必要。本书的编写,是希望提供给初入门的研究者以查找文献资料的指导,同时也希望能使那些因为资料准备不足而对明代文学研究却步的年轻学人,更多地投入到这一领域的研究当中。研究群体的壮大,同样也是学术繁荣的重要前提和表现。明代文学研究虽然起步不晚,但发达甚迟,前期主要集中于小说、戏曲领域,诗文领域有待研究者开拓的园地仍有很多。前路漫漫,在经过几代人的努力之后,或许也能形成一幕“明代学”的学术大观。

本书聚焦于“明代文学史料”,顾名思义,梳理的是与明代文学研究相关的各种文献资料。这样的文献资料,一方面当然是与明代的文学直接相关,即所谓的明代文学文献,如明人的诗文别集,有关明代诗文的选集、总集,明代的小说、戏曲、词、辞赋、民歌等文学作品,以及明清时期有关明代文学的批评文献,等等。另一方面,明代文学研究又不仅仅是与文学有关,诸如作家生平、家世,作品本事、源流,文集编刻、出版,等等,都需要研究者掌握丰富的“相关”材料。作为对过去事实之一个方面的研究,明代文学研究也必然需要建立在第一手文献资料的掌握之上。英国历史学家约翰·托什曾如是强调史料的重要性:“不管历史学家主要关注于重构还是解释,关注于有其自身合理性的过去还是着眼过去能有助于说明现实,他或她实际能做的首先取决于残存资料的范围和特性。相应地,历史学家对各类研究的表述也必须从那些资料开始。”[1]无论文学研究者将自己置于何种学科之下,以怎样

---

[1]（英）约翰·托什《史学导论:现代历史学的目标、方法和新方向》,吴英译,北京大学出版社,2007年,第50页。

的视野和方法展开研究，文献资料的搜集、辨析都是开展工作的必要前提，即使纯粹的文本分析也不例外。

按照韦勒克的分法，文学研究可分为内部研究和外部研究。所谓内部研究，即是对文学文本的研究，包括节奏、格律、叙述模式、文学评价等多个层面；外部研究则属于一种相关性研究，包括文学与传记、文学与社会、文学与心理学、文学与思想以及文学与其他艺术等多个方面。从广义来说，明代文学研究所涉及的史料，与迄今所存的所有明代文献都有关系。面对数量庞大的明代文献，任何论题想要穷尽材料都会显得困难重重。面对一个论题，往往在研究者认为已经掌握足够详尽的材料之外，又会不期然地出现某种与我们的研究相关的文献。即使到了现在，仍有为数可观的明清文献依旧躺在各个图书馆少人问津。正缘于此，对明代文学研究来说，文献的发掘与整理在很长一段时间内仍是一个令人着迷的学术领域。

二十多年前，笔者曾参与国家大型文化工程《中华大典·明清文学分典》的编纂工作，负责搜集明代诗文相关的材料。那个时候，扫描电子书和古籍数据库还不像现在这么普及，搜索文献所依靠的仍主要是传统的书目文献，著录的各种图书也主要以它们原始的"善本"形式而保存在国内外各个图书馆，研究者更多时候明知其所在而不可得，只能望洋兴叹，难免有一种可望而不可即的遗憾。彼时系统收录明代文学的文献集成主要有《文渊阁四库全书》《续修四库全书》《四部丛刊》《四部备要》《丛书集成初编、续编》《四库全书存目丛书、补编》《四库禁毁书丛刊、补编》《四库未收书辑刊》《古本小说集成》《古本戏曲丛刊》《北京图书馆古籍珍本丛刊》《故宫珍本丛刊》以及台湾新文丰出版公司汇编的《丛书集成续编、新编、三编》、新兴书局出版的《笔记小说大观》等古籍影印丛刊。

　　时至今日，对明代文学研究者来说，可供利用的明代文学文献已经有了极大提升，即使用"足不出户，坐拥书城"来形容也毫不夸张。《明别集丛刊(1—6辑)》《明代诗文集珍本丛刊》《日本所编中国诗文选集·明代卷》《日本内阁文库藏稀见明人别集汇刊(第一辑)》《美国哈佛大学哈佛燕京图书馆藏明代善本别集丛刊》《美国哈佛大学哈佛燕京图书馆藏明清善本总集丛刊》《原国立北平图书馆甲库善本丛书》《中华再造善本·明清编》《日本所藏稀见明人别集汇刊》等大量收录明人别集的丛书影印出版，以及诸如"中国基本古籍库""中华经典古籍库"等数据库的大量开发，国家图书馆"中华古籍资源库"等提供的古籍在线阅览等，都为开展明代文学研究提供了极大便利。以往很难目睹的一些明代刻本，也可以借助现代化的数字技术而尽收"盘"中。

　　当然，问题也同样存在。面对存储在各自电脑、移动存储设备中的海量文献，如何从中准确获取自己研究所需的资料，仍是一项浩大艰苦的工程。与此同时，使用者又往往因为资料获取容易而不作深入的辨读，浮光掠影，一扫而过，反倒有了一种坐拥巨富却穷困无知的感叹。本书编写的缘起，部分是因为最近几年在指导研究生的过程中，深切地感受到让学生全面了解明代文学史料类型及其基本状况的必要；另一方面，也是希望借助对明代文学文献相对全面的考索，扩充自己阅读的视野，为下一阶段整体思考明代文学史书写的相关问题做好准备。

　　史料学作为历史学的一支，既独立成科，又是现代诸学科展开的基础，在中国现代学术体系中有重要地位。目前学界有关文学史料学/文学文献学方面的著述，通代方面如潘树广等《中国文学史料学》、郭可礼《中国古代文学史料学》、徐有富《中国古典文学史料学》、刘刚《中国古代文学史料学要论》等，而有关断代和专题的著作则有曹道衡、刘跃进《先秦两汉文学史料学》，刘跃进《中古文学文献学》（近有增订本出版），穆克宏《魏晋南北朝文学史料述略》，陶敏《隋唐五代文学史料学》，刘达科《辽金元诗文史料述要》，查洪德、李军《元代文学文献学》，刘增杰《中国现代文学史料学》，朱金顺《新文学史料学》，马积高《历代辞赋研究史料概述》，王兆鹏《词学史料学》等。有关明代文学史料的著作，则主要是关于小说、戏曲作品的研究资料汇编，尚未有整体性概述的文学史料著作出现。① 本书的撰写，是想要从总体上概述明代文学史料的一般情况，以为研究者进入明代文学研究领域提供初级指导和文献资料方面的准备。

从笔者掌握的情况来看，目前可见的文学文献学/史料学著作，大多会对各类主要文献逐篇进行介绍。这样的做法，对有的时段和主题来说是可行的；然而对于文献数量甚巨的明清文学来说，任何形式的介绍都难免挂一漏万，进入介绍的书籍名录也会随着阅读的不断深入而被无限拉长，甚至在目前的情况下，想要提供一份完整的明代文学文献书目都变得难以实现。在此背景下，本书的撰写所力求做到的一点是：无论阅读者从事哪方面的明代文学研究，都能够从中找到相关文献的线索，以此为基础，再

---

① 郭英德主编《中国古代文学通论·明代卷》（辽宁出版社，2004 年）下编《明代文学的基本文献》分 7 章介绍明代诗文别集、明代诗文总集、明代词曲文献、明代戏曲文献、明代小说文献、明代文学批评文献、明代文学与历史文献，内容为相关方面书籍的选介。对明代文学研究来说，这样的介绍有一定的参考价值，但实际情况是，由于明代文学研究涉及的文献数量过于庞大，这种选择部分著作加以介绍的方式，对明代文学研究的任何一个领域来说，其参考的意义和价值又都十分有限。

做深入的挖掘,开辟属于研究者自己的文献空间,进而由此展开后续的研究工作。从根本上来说,学术研究工作的开展,首先需要了解的就是应当读什么书,从何处获得研究所需要的资料。傅斯年曾用两句话来形容搜索文献对研究工作的重要性:"上穷碧落下黄泉,动手动脚找东西。"(《历史语言研究所工作之旨趣》)面对浩繁的明代文学史料,如何从中撷取与研究课题相关的文献,需要研究者在掌握文献存佚、分布的基本状况同时,从大量尚处于原始状态的文献中寻找各人研究所需的资料。本书所能提供的只是前一方面的大致内容,实际研究过程中所需各种文献资料的获取,则仍要留待研究者自己去发掘。

第一章　明代诗文别集

　　相对于其他各朝来说，明代诗文别集的清理、普查工作既不充分，也难称全面。迄今为止，尚没有一份有关明人诗文集的完整目录，因而对现存明人别集的总量无法做出准确统计。即便是今人所编专门著录明人别集的《明别集版本志》①，由于各种原因，不但在入录明人别集的版本著录方面有所缺失，失收的明人别集数量同样十分可观。② 缘于这样的情形，对当下日益蓬勃发展的明代诗文研究来说，最重要、迫切的任务是编纂一份相对较为完整的明代诗文别集目录。然而这项工作的完成非短时所能成就。在我们拥有完整的明代别集清单之前，本书简要介绍明代诗文别集出版、流传及汇编、整理等基本情况，以使从事明代诗文研究的诸君能够做到"心中有数"，从而更好地搜集、阅读相关文献以开展研究工作。

---

① 崔建英辑《明别集版本志》，贾卫民、李晓亚整理，中华书局，2006 年。
② 如汤志波《〈明别集版本志〉献疑》(《中国典籍与文化》2013 年第 3 期)曾指出，仅洪武至天顺年间的文集，可增补的明人别集就有 800 余种。尽管其中有统计标准的差别，但《明别集版本志》在著录明人别集方面的遗漏，由此可见一斑。

第一节　明代别集的一般概况

明人好刻文集,几乎达到了人各有集的地步。晚明竟陵派领袖之一的钟惺,曾在文集自序中追忆自己过往撰述及作品刊刻的情形说:"予少于诗文本无所窥,成一帙,辄刻之,不禁人序,亦时自作序。"①将自己每一个阶段的创作整理成集并刊刻出版,一方面当然有"敝帚自珍"的意味,另一方面则是出于和师友交流的需要。这种随撰随刻的小集,尽管大多数在历史的风云变幻中湮没无闻,又或者以其他形式出现在后刻的全集或文集当中,却从一个侧面反映了明代中后期诗文别集撰写、刊刻的一般情形。

对于这种因为刊刻风气之盛而带来的文集泛滥,明人自己就已经多有批评之词。如为明代中期"唐宋派"重要人物之一的唐顺之,就曾在《与卜益泉知县》中指出:"今世所谓文集者,遍满世间,不为少矣,其实一字无用。彼其初作者,莫不妄意于不朽之图,而适足以自彰其陋,以取诮于观者,徒所谓木灾而已。"②唐顺之还曾以戏谑的口吻记录"宇宙间有一二事,人人见惯而绝是可笑者"说:"其屠沽细人,有一碗饭吃,其死后则必有一篇墓志;其达官贵人与中科第人,稍有名目在世间者,其死后则必有一部诗文刻集。如生而饭食、死而棺椁之不可缺。此事非特三代以上所无,虽唐、汉以前亦绝无此事。幸而所谓墓志与诗文集者,皆不久泯灭。然其往者灭矣,而在者尚满屋也。若皆存在世间,即使以

---

① 钟惺《隐秀轩集自序》,《隐秀轩集》卷第十七,上海古籍出版社,2017年第2版,第314页。
② 唐顺之《重刊荆川先生文集》卷七,四部丛刊初编本。

大地为架子，亦安顿不下矣。此等文字，倘家藏人畜者，尽举祖龙手段作用一番，则南山煤炭竹木当尽减价矣。"①成化时期的张弼也曾说过："当世操觚染翰之子，粗知文墨，遂栩栩然自命作者，哀然成集，梓而问世。究之，瑕瑜不掩，为有识者所窃笑。"②在此情形下，儒家所谓"三不朽"的"立言"，也就变成了一种带有反讽意味的调侃。同时也从另一个方面反映出明代以后别集数量急剧增多的原因与事实。造成的结果，明代文人别集的数量相比前代大大增加，同时也形成了文人别集卷次动辄达到数十甚至数百卷规模的局面。

虽然唐顺之在晚年写给他人的信中一再强调自己"平生本无立言以求不朽之意"，"自悔向来错用心力，而一无所成也"，"若欲以此传于人，人则既以自误，又复误人"，反复恳请卜益泉不要将自己的文集刊刻行世。又在写给好友王慎中的信中，对他人欲刻自己文集深表惶恐，并将"刻文字"视为"无廉耻之一节"，称之为"业障"，责令自家子弟不让他们在自己死后为自己刊刻文集。③然而最终结果是，无论是否愿意，唐顺之所撰的《荆川文集》仍然在嘉靖年间被安如石刊刻行世，万历年间又得到重刊，成为明代规模庞大文人别集中的一份子。

谈到明代人好刻当代文集的现象，现代历史学家吴晗在《唐顺之论明代刻书》中还提到一种现象，即缘出于明代官场行贿之风而兴起的刻书风气。他在文中引用了清代人蒋超伯《南漘楛语》中的说法，并举例说陈埴的《木钟集》、都穆的《南濠诗话》都是

<hr/>

① 唐顺之《重刊荆川先生文集》卷六《答王遵岩》，四部丛刊初编本。
② 张弼《张东海集》卷首胡介祉序，清道光十四年张崇铭刻本。
③ 唐顺之《重刊荆川先生文集》卷六《答王遵岩》，四部丛刊初编本。

在这样的情形下被地方官员"捐俸绣梓"的。① 这样的行为,当然是为了投其所好,而由此造成文集数量的增加,则多少有点情非得已。

明代文人在自己的著述生涯中,常会将不同阶段的文集编刻行世。以明初被称作"开国文臣之首"的宋濂为例,其作于元末的《潜溪集》《潜溪后集》《萝山集》等,作于入明以后的《銮坡前集》《銮坡后集》《芝园前集》《芝园续集》《翰苑别集》《朝京稿》等,都曾有单刻本传世,后来则被汇编成大文集或全集。又比如刘基,元末时的文集被编为《覆瓿集》,入明以后则有《犁眉公集》传世,这两种不同时期的文集为后人考察刘基由元入明诗风的演变提供了文献基础。高启元明两个时期所撰的《吹台集》《缶鸣集》《娄江吟稿》《姑苏杂咏》等,也都曾单刻行世,只是在后来汇编为一集时被按类重编,失去了原来的文集形态。又或者如张弼生前所撰的《鹤城》《天趣》《清和》《庆云》等集,随着大文集的编纂,而消失在历史的长河当中。类似随撰随刻的文集编撰、刊刻现象,是明人别集制作中较为普遍的情形。这种情形,在俞宪所编的《盛明百家诗》中也有所反映。

那些由明人生前所编撰的文集,在一定程度上为后人编刻文集提供了较好的基础和依据。如"前七子"之一的李梦阳,在嘉靖三年(1524)曾自编五十三岁以前所作诗为《弘德集》三十二卷,由弘治、正德年号各取一字,选录诗歌 1807 首,其中赋三卷 35 篇,四、五言古体十二卷 470 首,七言歌行五卷 210 首,五言律诗五卷 462 首,七言律诗四卷 283 首,七言绝句二卷 227 首,五言绝句、六言、杂言等一卷 120 首,并自撰《诗集自序》。嘉靖四年,该集由张

——————————
① 吴晗《吴晗全集》第七卷,中国人民大学出版社,2009 年,第 445—447 页。

元学以《李氏弘德集》为名刊刻行世（上海图书馆藏）。此外又有署名"空同山人撰"的《嘉靖集》一卷（美国国会图书馆藏），收录李梦阳嘉靖元年、二年、三年所作诗211首。另外有署"山西太原府知府郐西阎让伯仁刻"的《崆峒集》二十一卷（国家图书馆藏），该书还有明姑苏沈与文野竹斋刻本、沈植繁露堂刻本两种。嘉靖七年（1528），李梦阳去世之前，又将自己所撰诗文整理、汇编为《空同集》五十九卷，交予黄省曾，二人曾有多封书信往返讨论文集编纂、出版事宜。嘉靖九年（1530），李梦阳去世仅数月之后，黄省曾将《空同先生集》六十三卷刊刻行世。嘉靖十一年（1532），李梦阳外甥凤阳太守曹嘉又据黄省曾刻本予以重刊。此后又经过多次重辑重刻，从而形成了六十四卷、六十六卷等多个不同版本。①

　　后人在对明人诗文别集进行重编过程中，有时会部分保持单刻文集的原貌。例如被视为"茶陵派"代表人物之一的鲁铎，现在保存最完整的别集版本为隆庆元年景陵知县方梁序刻、李维桢校勘的《鲁文恪公文集》十卷本。其中鲁铎出使安南期间所作的诗歌作品，就以《使交稿》的形态被编录在《文集》卷五。而在更多的时候，后世的编刻者在对前人的诗文别集进行重编时，会按照文体进行编排，诸多文人自编或在世时所编的文集，或者内容被汇入后编的文集当中，或随着整体性全集的刊刻而散佚不见。这样的情形，对于了解明人创作的真实进程和不同阶段的特点，实际上是十分不利的。清人赵翼谈到高启文集的编纂时就曾指出：

　　　　青丘诗有《吹台集》《缶鸣集》《江馆集》《凤台集》《娄江吟稿》《姑苏杂咏》等编，洪武中未敢梓行。景泰时有徐庸字用

---

① 详细情形，可参见王公望《李梦阳著作明代刻行述略》（《图书与情报》1998年第3期）、郝润华《李梦阳集校笺》卷首《前言》（中华书局，2020年）。

理者,汇而刻之,共一千七百七十余首,名之曰《大全集》。青丘诗之在世者,惟此本最为完备,然编次尚多错互。既分体为卷,自不专在编年,然分体中亦须随其年之先后,阅者始了然。今则中年之作,或杂于少时;元季之作,又入于明初,使人闷闷。如《送张进士会试》有云:"迩来国运属中圮,争慕死节羞生全。浔阳老守须污赤,山东大帅魂沉渊。"盖指李黼、董抟霄等殉难之事,则元季诗也,而皆编在《始归江上夜闻吴生歌》之后。中有云:"解绂今年别紫宸,归舟江上又逢君。"则青丘已应召修史,擢户部侍郎辞归矣。其后又有《送张员外从军越中》之作,有云:"明朝若上越王台,应有中原陆沉叹。"又有《送王稷赴大都路》等诗,则又是元季所作。如此类者,不一而足。前后倒置,不胜披寻。①

明代作家随撰刻集的情形颇为普遍,并且常会将各不同时期的集子拿去请人作序,最后在去世以后再由子嗣、弟子或者交往密切的友人汇总成编。合集的刊刻有时按照分集原有的时间顺序进行编排,有时则打乱时间顺序按体类予以分卷,两者各有所长,又各存在一定的不足。赵翼的批评主要立足于分体编排之后,由于年代顺序的错乱给诗歌理解带来的困难,甚至可能造成的误读。因此我们也可以看到,当下也有学者会以编年的形式重新编订明人别集,如范志新《徐祯卿全集编年校注》、万德敬《袁凯集编年校注》等。然而由于许多诗歌作品缺乏明确的年代标识,要对文集中的所有作品进行准确纪年几乎是不可能完成的任务。

　　明代文人在编刻文集过程中,常会广邀时贤为自己的文集作

①赵翼《瓯北诗话》卷八,郭绍虞编选、富寿荪校点《清诗话续编》(三),上海古籍出版社,2016年第2版,第1218—1219页。

序,以为自己的作品增价、增色。其中最有代表性的例子之一,是明代著名"奸相"严嵩所撰的《钤山堂集》。严嵩是明孝宗弘治十八年(1505)进士,正德二年(1507)授翰林院编修。其后移疾归家,读书钤山堂七年。正德六年(1511)李梦阳任江西按察司提学副使,曾前往钤山堂拜访严嵩,为作《钤山堂歌》,甚为推重。严嵩也因此在正德、嘉靖诗坛收获了较高的声誉,后来他能够成为"青词宰相",也与早年的这种诗歌写作才能有一定关系。由他所撰的《钤山堂集》,仅嘉靖年间所刻就有二十六卷、三十二卷、三十五卷、三十六卷、四十卷、七十二卷、八十三卷等多个不同版本,此外还有《钤山堂诗抄》《钤山诗选》《振秀集》《直庐稿》《南还稿》等多个选本和文集单刻本。今存可知较早的版本,为嘉靖二十四年自刻本,凡三十二卷,十六册,藏国家图书馆。此本卷首有嘉靖二十四年(1545)张治序,嘉靖十二年(1533)王廷相序,嘉靖十年(1531)唐龙序,嘉靖十一年(1532)刘节序,嘉靖十二年(1533)黄绾序,嘉靖十八年(1539)崔铣序,以及正德十年(1515)孙伟所作《钤山堂诗序》。此后增修,又曾请湛若水(嘉靖三十年,1551)、王维桢(嘉靖二十五年,1546)、杨慎(嘉靖二十五年,1546)、赵贞吉(嘉靖三十八年,1559)等为之作序。从这些序文分布的时间可以看出,严嵩不但将文集的刊刻作为一种"立言"方式,更试图通过这一行为建立与自己政坛地位相匹配的文坛地位。这种情形在明代文人身上也并非个例。

在明代诗文别集中,有一类特殊的情形是以选代辑,即在编刻前人作品时以选家的姿态出现,而不只是作为一个文献的搜集和整理者。其中之义,正如钟惺在为谭元春所选《鲁文恪诗选》撰写题词时所说的:"选而后作者,上也;作而自选者,次也;作而待人选者，又次也。"①经过他人选录而形成的诗文别集，不仅是作者撰写作品的集合，更是包含了选家的眼光和批评的观念在内。此类诗文别集，除了文献方面的价值之外，还具有批评史的价值。其中由杨慎批选的《空同诗选》，显示了编选者解构李梦阳"复古诗人"形象的意图。这种由当代人选录同代作家作品的情况，应当受到格外重视。此外又如晚明陆云龙选评《翠娱阁评选钟伯敬先生合集》也颇具代表性，一方面它是晚明时期诗文评点兴盛背景下的产物；另一方面，它也反映了明人在选评当代诗文别集时的眼光。同时少量出现在翠娱阁选本中的诗文，未见于今存钟惺所著的《隐秀轩集》当中，因此在辑佚方面也有一定作用。

　　无论是出于何种原因或目的而被刊刻行世，留存至今的明人别集数量极其丰富，我们至今甚至仍然没有关于其具体数量较为准确的估计，只能根据前人书目以及今人编纂的古籍目录进行大概的猜测。明末清初人黄虞稷编纂《千顷堂书目》，收书 15600 多种，其中别集达 6000 多种，以明代为主，达到 5000 余种，同时包括部分明代刊刻的宋辽金元著作。以之为基础而编撰的《明史·艺文志》，收书 5033 种，其中别集近 1200 种。清代乾隆年间纂修《四库全书》收录明人别集，详于明代前期，而大量明代中后期文人别集则被列入存目或被禁毁。《四库全书》全文收入的明人别集有234 种，《四库全书总目》中标明为明人所撰而列入存目的别集有855 种，二者相加也仅有一千余种。即便加上被禁毁的明人别集，也肯定不是当时可以征集到的全部明人集子。至于见诸明代以来各种书目记载的明人别集，其具体数字至今仍无详细的统计。根据

---

① 钟惺《题鲁文恪诗选后二则》，《隐秀轩集》卷第三十五，上海古籍出版社，2017 年，第 648 页。

崔建英《明别集版本志》的记载,现存的明人别集有 3600 余种,其中尚不包括数量不少流散于海外的孤本。收录规模最大的《中国古籍总目》,收录的明代别集达到 7000 余部。考虑到元明之际和明清之际许多文人别集归属的问题,不同的统计数字会有较大差异。

如果考虑到同一种明代文人的别集,不同时期的编刻又常呈现不同的面貌,明代诗文别集的数量又将较现在粗略统计的数字有明显增加。以解缙所撰文集为例。根据《千顷堂书目》记载,解缙文集有《春雨斋集》十卷、《似罗隐集》二卷、《学士集》三十卷等三种。①《春雨斋集》《似罗隐集》二种未见传本,《学士集》三十卷即黄谏刻本。解缙文集在明清两代屡经刊刻,至今可见主要有六个版本:(1)《解学士先生集》三十一卷,明天顺元年黄谏刻本;(2)《解学士文集》十卷,解桐编,明嘉靖四十一年遵化古松段氏刻本;(3)《解学士全集》十二卷、卷首年谱二卷,署解桐编,明万历间晏良荣刻本;(4)《解学士文毅公全集》十卷,解悦编,清康熙五十八年解以敬刻本;(5)《解文毅公集》十六卷、首一卷、附录一卷,清乾隆三十二年敦仁堂刻本,收入文渊阁《四库全书》;(6)《解文毅公集》十六卷、后集六卷、卷首一卷、附录一卷、目录二卷,清乾隆三十二年解韬刻本。从卷次和收录作品数量来看,今存各版本间存在很大差异。天顺本元年刻《解学士先生集》与嘉靖四十一年刻本《解学士文集》是今存解缙文集的早期两个重要刊本,天顺本由黄谏所编,嘉靖本则出自解缙从孙解桐之手。② 二者在编排体例、卷次安排上存在极大差异。仅就诗歌数量而言,天顺本卷一至十

---

①黄虞稷《千顷堂书目》卷十八,上海古籍出版社,2001 年,第 476 页。
②下文所述天顺元年刻本,国家图书馆藏;嘉靖刻本为《明别集丛刊》第 1 辑第 27 册影印本,黄山书社,2013 年。

二收各体诗作 517 首,其中卷一收颂(七言古体)1 篇,四言古诗 1 首;卷二收五言古诗 8 首;卷三、卷四收七言古诗 40 首,其中卷三缺第 3 页,据台湾图书馆藏"明初刊本"《解学士先生集》,当有《过鄱阳湖》《夜窗吟》2 首,卷四缺第 2 页,据台湾图书馆藏"明初刊本"《解学士先生集》,当有《题卧龙图》《题赣川(州)徐生扇》《龙门行乐图》等 3 首;卷五收长短句(嘉靖本收入七言古诗)40 首;卷六收五言绝句 16 首;卷七、八、九收七言绝句 273 首,其中末一首《寄在京诸友》仅存诗题;卷十收五言律诗 27 首、五言排律 1 首;卷十一收七言律诗 64 首;卷十二收七言律诗 41 首、七言排律 4 首。嘉靖本在收诗数量上则远远超过天顺本,共收录各体诗 911 首,比天顺本多出近 400 首,其中卷一为应制之作,收古诗 18 首,五言绝句 1 首,五言律诗 3 首,七言绝句 4 首,七言律诗 12 首;卷二收四言古诗 1 首,五言古诗 15 首,五言绝句 33 首,五言律诗 26 首,五言排律 2 首,七言古诗 148 首(其中《将进酒》(古人手攀金屈卮)一首重复);卷三收七言绝句 456 首;卷四收七言律诗 189 首(其中《汉武帝思李夫人》一首重复),七言排律 4 首。在此情况下,很难将明清不同时期编刻的解缙诗文集视作同一种别集看待。基于此,如何准确反映明人诗文创作的基本情况,有必要对现存各种版本的明人别集进行详细著录、细加比勘。

一人多集、一集多本的情形,在明人别集中并非个别现象,为研究者清理明人别集的整体情况增加了不小的难度。此外存在的另一种情况,也显示出明人实际撰著的别集数量,可能要远远超出现今保存的明代别集总数。例如明初号称"闽中十子"之一的王恭,其出仕翰林典籍以后所作的诗,被编录为《凤台清啸》一书,然而今已不存。除此之外,还有许多不知名的文人,其所撰文集都未流传下来。随便翻看一本明人别集,都能在当中看到不少为他人文集所作的序跋，其中所及的大部分文集，至今都已难觅其踪。假如我们拟撰一份明人已佚文集的名录，相信一定会比现存别集的数量多上数倍。

由于明人别集数量过多，以及各种文献当中著录明代文人作品的情形复杂多样，辑佚难度巨大，冠以"全明"之称的诗、文整理工作目前进展颇为缓慢，《全明文》《全明诗》的工作虽然展开已有二十余年，取得的成果仍较为有限。这样的浩大工程要想取得更快、更好的进展，恐怕还需建立在大规模整理明人别集的基础之上。针对单个作家进行的全集、文集整理、辑佚工作，在工作难度、耗时周期等方面要比全局性的诗文搜集、整理相对容易，也更易取得可见的成果。

虽然今人对明代诗、文创作的成就贬斥较多，但从明人自己的认知来看，他们也有着强烈的"文化自信"，诗文写作也始终居于明代文学的正统地位，今人所推重的小说、戏曲等文类，在明人的价值谱系中居于次要和边缘地位，更多是出于日常文化消费和消遣的需要。由此反映在史料记述方面，有关明代诗文作品的记录便十分丰富，而小说、戏曲方面的史料则相对比较缺乏。

从时间上看，明代从洪武元年（1368）太祖朱元璋登基，到崇祯十七年（1644）思宗朱由检自尽亡国，前后享国共计 276 年。如果我们将二百多年分为前后两个时期，恰好以明武宗正德元年（1506）为界。尽管要准确统计前后两个时期别集的数量存在一定困难，但通过对照《千顷堂书目》《明史·艺文志》《明别集版本志》《中国古籍总目·集部》等书目中所记载的明代前后期别集的数量，可以看出前后两个时期别集数量所存在的巨大差异。这种前后对比的差异，在完整编制的明代别集总目中必然还会进一步拉大。同时这样的情形，也反映在明代不同地域前后期文集数量的对比方面。①

　　除了通过几种主要书目直接观察明代前后期别集数量的变化,明代前后两个不同时期刻书的情形,也能从一个侧面反映明代中后期别集撰写、刊刻的繁盛景象。根据杜信孚所编《明代版刻综录》的统计,终明一世,共著录图书 7876 种,其中从洪武至弘治(1368—1505)年间,共计刻书 766 种;而从正德以至明亡,所刊刻的图书几乎达到前一时期的十倍之巨,其中正德至隆庆(1506—1572)2237 种,万历至崇祯(1573—1644)4720 种。② 无论是从别集的规模,还是著者的数量来看,明代前期与后期相比都存在极大的差距。这样的差距,与明代前后两个时期文人诗文别集的数量变化一致。

　　从另一个方面来看,明代文化、文学发展还存在很大的南北地域差异。这种差异经过宋元时期的发展,到了明代以后开始表现得更为突出。以明代颇具影响的复古运动文人群体为例,"前七子"复古运动时期,尽管"前七子"中仅有徐祯卿为南方文人,然而从该时期的总体状况来看,仍以南方文人为主要创作群体。这种南北文人对比形成的地域差异,到了"后七子"那里体现得越发明显。"后七子"七人中,除了李攀龙为山东人,其余六位的籍贯均为广义的南方地区。尤其是江浙地区的苏州、杭州、南京一带,已然成为与北京作为政治中心相互呼应的文化中心。

　　事实上,这种南北文学、文化发展的不平衡,在明代初年就已表现得十分突出。发生于洪武三十年科举考试的南北榜案,就从

① 如明代各不同时期江苏文人别集数量的差异,可参见刘廷乾《江苏明代作家文集述考·绪言》,南京大学出版社,2014 年,第 12—16 页。

② 杜信孚编:《明代版刻综录》,广陵古籍刻印社,1983 年。

一个侧面反映出中国文化发展过程中的南北差异格局。此后形成的科举考试南北取士制度，虽然在一定程度上保证了南北地域在官员选拔上的平衡，但从文化发展的整体着眼，江南地区始终都处于绝对的优势地位。明代后期的浙江士人胡应麟（1551—1602）在关注诗坛力量对比的变化时，将南北视野作为其立论的重要出发点。他曾指出：

> 当弘、正时，李、何、王号海内三才外，如崔仲凫、康德涵、王子衡、薛君采、高子业、边廷实、孙太初，皆北人也。南中惟昌穀、继之、华玉、升之、士选辈，不能得三之一。嘉、隆则惟李于鳞、谢茂秦、张助父北人，而南自王、汪外，吴、徐、宗、梁不下数十家，亦再倍于北矣。①

文化、文学发展上的南北差异，同样也反映在文人群体的数量和文集刊刻的多寡上。同样以《明史·艺文志》《千顷堂书目》《中国古籍总目·集部》《明别集版本志》为例，也可以为这样的对比提供直观的数据。根据研究者统计，长江以南明代诗文作家的数量占总数的 85% 以上。② 其中明代江苏六府一州所存文人别集共有 400 余种，上海一地的明代文人诗文别集也有 260 余种，都从一个侧面反映了明代江南地区诗文创作的发达，以及文集刊刻之风的兴盛。③

---

① 胡应麟《诗薮》续编卷二，陈广宏、侯荣川编校《明人诗话要籍汇编》第 8 册，复旦大学出版社，2017 年，第 3487 页。
② 李玉宝《上海地区明代诗文集述考》卷首刘廷乾序言，上海古籍出版社，2021 年，第 5—6 页。
③ 参见刘廷乾《江苏明代作家文集述考》（南京大学出版社，2014 年）、李玉宝《上海地区明代诗文集述考》（上海古籍出版社，2021 年）。

　　除了通过书目中明代诗文别集在地域分布上的数量进行对比，杜信孚所编《全明分省分县刻书考》（线装书局，2001 年）同样可以为研究者了解明人别集在地域分布上的特点提供参照。《全明分省分县刻书考》共收刻书者 4670 人，书 8260 种。其中仅江苏一地，就有坊肆 416 家，刻书 1050 种，其中类书 218 种，戏剧158 种，医药 110 种，史书 92 种，别集 80 种，经类 63 种，总集 60种，儒道释 53 种。书坊刊刻书籍的蓬勃发展，也从另一个侧面促进了当地文人撰写、刊刻文集的兴趣和实践。

第二节　　出版史视野中的明代诗文别集

　　明代诗文别集的编纂、刊刻、出版，不仅与撰写者有关，同时也与编纂者、刊刻者和出版机构等密切相关。从明代诗文别集编纂的情形来看，大致有两种情况：第一种情况，活着时自编或他人编撰的文集/小集，如宋濂《銮坡前集、后集》《朝京稿》、鲁铎《使交稿》《已有园小稿》，钟惺《隐秀轩集》（早期版本，沈春泽刻），高启《缶鸣集》等。袁中道万历四十二年（1614）将袁宏道未刻书籍托付给袁无涯，概述袁宏道一生的著述说："中郎所著书，始有《敝箧集》，乃作诸生、孝廉及初登第时作也。继有《锦帆集》，令吴门作也。继有《解脱集》，吴门解官，与陶石篑诸公游吴越诸山作也。继有《广陵集》，弃吴令改教，暂携妻子寓仪真作也。继有《瓶花集》，则为京兆授为太学，补仪曹时作也。继有《潇碧堂集》，则六年高卧柳浪湖作也。继有《破砚斋集》，则再补仪曹时作也。继有《华嵩游草》，则官吏部，典试秦中往返作也。盖自秦中归，为明年庚戌，而先生逝矣。其存稿可一册，中有奏疏数首，因哀集付无涯。其他选校之书，若《宗镜录》，若《删定六祖坛经》，若韩、欧、苏三大家诗文,《西方合论》,或已刻,或尚留于家,此外无余矣。"①将不同阶段的创作编录成集,是明代文人的一贯做法。今人整理的《袁宏道集笺校》(上海古籍出版社,1981 年),大体保持了袁宏道各不同时期所撰文集的原貌,有利于研究者分阶段探讨袁宏道的文学创作及其思想变化。第二种情况,经由后人搜集、整理而形成的诗文别集,如解缙文集,高启《姑苏杂咏》《槎轩集》《高太史全集》等。编纂者通常为诗文别集作者的后人、门生或者好友,也有的是别集作者的同乡后辈,或是来到诗文别集作者家乡的任职官员。而从流传后世的总体状况来看,存世文集大多是后人所编的明人别集。而诸多文人自编或活着时所编的文集,或者内容被汇入后编的文集当中,或散佚不存。经过后人编纂的文集,有的是在作者身前小集的基础上合刊而来,有的则是由编纂者通过搜罗而成。前一种情况,因为有着自编文集作为依据,故而在文献来源上较为可靠;后一种情况,有时候则因为编纂者离作者所生活的年代较远,因此在文献的可靠性上便存在各种各样的问题。其中具有代表性的如明代前期著名文臣解缙的文集,在明清两代的编纂、刊刻过程中就呈现十分复杂的情形。

　　仅以明代为例,解缙文集在明代曾经历三次编纂和刊刻。最早编刊解缙文集的是解缙曾经任职的翰林院后学黄谏。黄谏在解缙去世四十余年后开始着手编纂解缙文集,经过十多年的搜求,编成《解学士先生集》三十一卷,使得解缙的作品在天顺元年(1457)第一次以整体面貌见之于世。然而黄谏的努力在当时并未收获太高评价。李东阳《麓堂诗话》曾指出:"解学士缙绅才名绝世,诗无全稿,黄学士谏收拾遗逸,漫为集刻。今所传本,如《采石吊李白》《中秋不

──────────

① 袁中道著、步问影校注《游居柿录》卷九,上海远东出版社,1996 年,第 213 页。

见月》，不过数篇，其余真伪相半，顿令观者有'枫落吴江冷'之
叹。"①李东阳（1447—1516）为天顺八年（1464）进士，生活年代距
黄谏刻《解学士先生集》甚近，就已认为解缙集中所录作品仅有
《采石吊李白》《中秋不见月》几首信作，并有"真伪相半"的判断。
虽未明言哪些篇目属于伪作，也并未列出任何有说服力的依据，
但显然黄谏刻本在编成之后，就已遭受时人质疑，其中许多作品
的著作权归属也有不小疑问。清人朱彝尊也注意到解缙作品的
真伪问题："明初诗传者多失真，如杨廉夫《题钟山作》，此吾乡朱
山人纯诗也。解学士《题虎顾众彪图》，则又廉夫之诗也。"②朱氏
所认为的"廉夫之诗"《题虎顾众彪图》，见于嘉靖本《解学士文集》
卷一，题作《上赐虎顾众彪图》，为五言绝句。诗云："虎为百兽尊，
谁敢触其怒？惟有父子情，一步一回顾。"③到了康熙间解以敬刻
《解文毅公集》收录此诗，题下注云："时仁庙未正位东宫，谗言朋
兴，因作此讽谏。"④查考今存杨维桢所撰《东维子文集》《铁崖先生
古乐府》《铁崖先生复古诗集》《铁崖先生咏史注》《铁崖逸编注》
等，未见此诗，朱彝尊之说未详何据。然而由此不难看出，真伪错
杂的情况是明清以来论者关注解缙文集的焦点之一。

　　除了已知的三个版本之外，现存公藏标明为明代刻本的解缙

---

① 李东阳《麓堂诗话》，《历代诗话续编》下册，中华书局，2006 年第 2 版，第
　1385 页。《采石吊李太白》，天顺本题作《吊李翰林》，嘉靖本、万历本作《采
　石吊李翰林》，乾隆三十二年敦仁堂刻本题作《采石吊李太白》，文字与天
　顺、嘉靖本略有不同。
② 朱彝尊《静志居诗话》卷六，人民文学出版社，1990 年，第 146 页。
③《明别集丛刊》第 1 辑第 27 册，黄山书社，2013 年，第 430 页。
④ 解缙《解文毅公集》卷五，清康熙五十八年解以敬刊本。诗题作《奉敕题虎
　顾彪图》。

诗文别集还有两种：一种是题名为"皇明大学士解春雨先生诗集"的明刻本，国家图书馆、台湾"国家图书馆"、美国普林斯顿大学图书馆等均有收藏。一种是所谓"明初刊本"《解学士先生集》十二卷，仅台湾"国家图书馆"有藏本。此两种刊本，与现存的三种解缙文集版本都有不同。在此背景下，研究者在使用解缙文集展开研究时，便不得不先对其作品的真伪进行考察，从而为相关的评说和论断提供可靠的文献基础。

　　再比如明初正一派天师张宇初，其诗文别集的版本看起来并不复杂，今存的主要有《道藏》本、明崇祯六年（1633）张显庸重校本、乾隆十九年（1754）张昭麟重刊本、《文渊阁四库全书》本等四个版本，后三个版本同属一个系统。然而就是这样仅仅两个版本之间的差异，就有许多未知难考的因素。《岘泉集》最初由辽王朱植于永乐五年（1407）刊刻，彼时张宇初尚在世。朱植为明太祖十五子，洪武十一年（1378）受封为卫王，二十五年（1392）改封为辽王，封地位于广宁（今辽宁北镇）。建文元年，被召至南京，改封于荆州。永乐二十二年（1424）卒。《岘泉集》即其在荆州时所刊，书前有辽王所作序，署永乐五年七月。该书另有王绅（1360—1400年）、程通（1364—?）二人所作序，王绅与张宇初交好，程通则为辽王属僚，王序未署时间，程序作于永乐五年七月。三序见于各本《岘泉集》卷首，均未言辽王刊本的卷数。万历年间张国祥定本的《汉天师世家》和钱谦益所编《列朝诗集》都言其文集为二十卷，然而今存《道藏》本为十二卷、崇祯本为六卷。且二本在收录诗文作品的数量、内容以及编排顺序等方面都存在很大差异。与此同时，张宇初的诗歌作品出现在《明诗综》《石仓历代诗选》《列朝诗集》等选本中也存在不少文字上的差异。类似问题的产生，都与文集在编刻过程中所发生的变形有密切关系。

　　以上所说的解缙、张宇初文集的例子,在明代诗文别集的刊刻、出版中并非特例。不同的编纂者和刊刻者根据不同的作品来源刊行明人的诗文别集,在文本内容、体式等方面常存在种种差异。这一情形,也给后来的研究者使用别集文献带来了一定的困扰。如果能够在详细考辨的基础上整理出各家别集的善本,对于推进明代诗文的研究来说必将有极大的助益。类似的工作在近二三十年来虽然已有很大进展,但对于规模庞大的明人别集来说,仍有如沧海一粟,显得微少。从某个方面来说,当前各地从整理地方文献出发进行的文集整理、汇编工作,对明人诗文别集的整理将会有较大推动作用。

　　此外,在明代诗文别集的出版过程中,还有一种以“选集”形式出现的作家个人文集,如袁宏道整理《袁中郎先生批评唐伯虎汇集》、陆云龙辑评《翠娱阁评选钟伯敬先生合集》等,在选录的基础上加以评点,同时又带有文学批评的意味。这样的情形,在清人评点归有光《震川集》那里被演绎到了极致。根据研究者统计,今存的归有光《震川集》评点本、选评本多达二十余种。① 这类诗文别集除了在文学批评上具有重要价值之外,在作品的校勘、辑佚等方面也有一定价值,同时也是书籍史、阅读史、传播史等研究的重要史料。

第三节　清人对明代别集的整理与汇刊

　　清人对明代诗文虽然批评甚厉,但对明代诗文别集的整理与汇刊却是贡献颇著,尤其是乾隆时期编纂的《四库全书》,虽然收

---

① 参见杨峰、张伟辑著《震川先生集汇评》,凤凰出版社,2021年。

录的明代诗文别集仅有数百种,但其在编修过程当中广泛征集明人别集,可以看成是对明人著述存世情况的一次系统清理。尽管在编纂过程中大量的明人别集因为各种原因被列入禁毁书目,或者干脆弃而不取,然而仅以《四库全书总目》中记录的情形来看,就已达到了十分可观的规模是后人了解明代文人集部著作的重要途径。

　　一方面是在收录明人别集方面的集成之功,更有不少明代文人的诗文得以借此而流传后世;另一方面,《四库全书》收录明代诗文别集也存在很多问题。四库馆臣们在收录明人别集时,常会删去原本卷首或卷末的序、跋等内容,致使研究者对编纂始末、刊刻流传等情形茫然无知。更为突出的问题是,由于受文集征集等情况的限制,收入《四库全书》的明人别集时时存在"择其劣者而从之"的现象,收录其中的文集多非著者善本。以明初道士张宇初的文集为例。文渊阁《四库全书》收录《岘泉集》四卷,注明为江西巡抚采进本。《善本书室藏书志》卷三十五《耆山无为天师岘泉集》提要曾将其与六卷本做过比对,指出:"四库著录者仅四卷,提要称所作皆杂文,末附歌行数十首。此本有崇祯间文震孟、邹凤梧重刊两序,凡六卷。核之文渊阁本,始知五、六两卷皆阙也。"①张宇初所著《耆山无为天师岘泉集》今存崇祯六年刻本、乾隆十九年张昭麟重刻本及《道藏》本。《四库全书》纂修始于乾隆三十八年(1773),距离张昭麟乾隆十九年刻《岘泉集》时间尚近,而编修《四库全书》时却只收入了四卷残本? 抑或如张昭麟在乾隆十九年重刊本例言中所说,纂修《四库全书》征书时见到的只是"失去一帙"的旧本,而张的重刻本出于某种原因并未被采进? 据吴慰

---

① 南京图书馆藏清光绪二十七年钱塘丁氏刻本,第27页。

祖校订《四库采进书目》,江西巡抚采进的《岘泉集》为四卷六本①,今存崇祯本、乾隆本为六卷六册,与此均不同。在此背景下,《四库全书》虽然收录了数量可观的明人诗文别集,但在研究使用时却又不得不需要进行甄别,以选择更为完善的文集版本作为研究的依据。

　　清人编纂丛书、类书等大规模文献集成的风气颇为盛行。除了像《古今图书集成》《四库全书》这类国家层面的大型文化工程,地方政府、私人藏书家等也都积极从事丛书的编纂工作。以藏书楼命名的丛书如《敬乡楼丛书》《补敬乡楼丛书》《留余草堂丛书》《后知不足斋丛书》《玉函山房辑佚书》《惜阴轩丛书》《十万卷楼丛书》《海山仙馆丛书》《粤雅堂丛书》《正谊堂全书》等,地方性著作丛刊如《豫章丛书》《常州先哲遗书》《武林往哲遗著》《岭南遗书》《四明丛书》《金陵丛书》《湖州丛书》《黔南丛书》《安徽丛书》《畿辅丛书》《槜李遗书》《沔阳丛书》《湖北丛书》《金华丛书》《辽海丛书》《岭南遗书》《湖南丛书》《关陇丛书》等,其中都在在可见明人诗文别集的踪影。②　以下介绍几种丛书中明人诗文别集收录的情况:

　　一、《金华丛书》。《金华丛书》由永康人胡凤丹编辑,收金华文人著作 67 种,成册于光绪二十一年(1895)。其中收录的明人诗文别集包括:宋濂《宋学士全集》三十二卷、补遗八卷,王祎《王忠文公集》二十卷,苏伯衡《苏平仲集》十六卷,胡翰《胡仲子集》十卷,章懋《枫山章先生集》九卷,唐龙《渔石集》四卷。胡凤丹之子

---

①《江西巡抚海第二次呈送书目》,吴慰祖校订《四库采进书目》,商务印书馆,
　　1960 年,第 160 页。

②各丛书收录明人诗文别集情形,可参见《中国丛书综录》《中国丛书综录续
　　编》《中国丛书综录补正》《中国丛书广录》等记载。

胡宗楙续承父志,又搜得金华文人著作 59 种,于 1924 年刻成《续金华丛书》。当中收录的明人诗文别集有:张孟兼《白石山房逸稿》二卷、补录一卷,童冀《尚䌙斋集》五卷,王绅《继志斋集》二卷,王稌《赎斋稿》一卷,王汶《齐山稿》一卷,潘希曾《竹涧先生文集》八卷、《奏议》四卷,胡应麟《少室山房类稿》一百二十卷。

二、《武林往哲遗著》。该丛书由晚清藏书家、刻抄书家丁丙辑刻,收录杭州籍文人著作 60 种,分前后两编,其中前编 50 种为丁丙辑刻,其余 10 种由后人增补。前编收录明人著作 24 种,后编收录明人著作 4 种,多为诗文别集,如凌云翰《柘轩集》四卷,田汝成《田叔禾小集》十二卷等。

三、《常州先哲遗书》。盛宣怀出资,缪荃孙主持出版。丛书分前后两编,共收书 77 种,其中前编刻于光绪二十一年(1895)至二十三年(1897),后编刻于光绪三十四年(1908)至宣统三年(1911)。丛书收录的明人诗文别集有:孙作《沧螺集》六卷、补遗一卷,唐顺之《唐荆川先生文集》十八卷、补遗一卷,顾允成《小辨斋偶存》八卷,缪昌期《从野堂存稿》八卷、补遗一卷,李应昇《落落斋遗集》十卷,金铉《金忠洁公文集》二卷,薛寀《堆山先生前集钞》一卷,谢应芳《龟巢稿》二十卷、补遗一卷,薛应旂《方山先生文录》二十二卷,张衮《张水南文集》十一卷,吴中行《赐余堂集》十四卷。

总体来看,各类丛书中收录的明代诗文别集尽管数量并不多,然而由于其中的不少后来成为《四部丛刊》《丛书集成》收录明人别集的重要来源,且相较单行别集刊本更易获得,因而与诸多以单行本形式存在的明代诗文别集互为呼应,在近年来大规模影印出版古籍文献之前,共同为明代文学研究提供重要的资料基础。

　　清人为明代诗文别集流传所做的贡献,除了编纂各类丛书予以收录之外,另一个重要方面是对明人诗文别集的重编与传刻。在《明别集版本志》《中国古籍总目·集部》等今人编撰的书目中,就著录了大量的清代重编、重刻明人别集。虽然不少明人别集也有明刊本存在,但这些清代重编或重刊本在文本形态和内容上,是明刊本的有益补充,在校勘方面有重要价值。例如,明代成化年间青浦文人张弼,存世的别集有明正德十三年刻本、正德十五年书林刘氏日新书堂刻本、崇祯五年刻本、清康熙三十六年嘉会堂刻本、道光十四年张崇铭刻本等不同版本。各本均刊刻于张弼去世之后。一般来说,距离作家去世时间越近,其版本的价值会越高,收录作品的真实性也越大。然而张弼所存各集的情况却颇为复杂,其中正德间刻本收录其所作诗 410 首,文 150 篇,而到了康熙间的重刻本,收录张诗达到 867 首,文 207 篇,作品数量几乎翻了一倍,且集后附录的诗文(相当于今世的资料汇编)也有极大扩充。① 在明清不同版本的对照中,多出的作品,其来源如何,是否存在误收的情况,与明刻本之间又有怎样的渊源关系,类似问题的解答对于更准确探索张弼创作的真实面貌具有重要意义。通过此例我们也可以看出,在明人别集整理过程中,明代刊本由于刊刻年代较近应受到重视,清代刊本有时因为文献辑录工作的进一步推进,同样需要研究者予以关注。②

---

① 参见李玉宝《上海地区明代诗文集述考》,上海古籍出版社,2021 年,第336—343 页。
② 有关清人整理诗文别集的不同方式,参见周生杰《试论清人对明代诗文别集的整理》,《历史文献研究》总第 31 辑,2012 年。

第四节　1911 年以来的明代别集整理与汇刊

在中国现代学术体系形成过程中,明代诗文在总体上是被作为负面遗产而被批判的。"五四"一代学人对明代诗文的兴趣,主要在与他们在文化精神上有共同之处的公安派、竟陵派等少数晚明性灵文人。因而彼时受到关注较多的是袁宏道、袁中道、钟惺、谭元春等人的著作。例如当时名盛一时由刘大杰校编的《袁中郎全集》,不但有林语堂、阿英署名同阅,还有郁达夫为之作序。然而其在文献整理水平上却存在诸多问题。鲁迅曾用调侃的语气指出刘校本在断句上的错误:"人古而事近的,就是袁中郎。这一班明末的作家,在文学史上,是自有他们的价值和地位的。而不幸被一群学者们捧了出来,颂扬,标点,印刷,'色借,日月借,烛借,青黄借,眼色无常。声借,钟鼓借,枯竹窍借……''借'得他一塌胡涂。"[①]尽管如此,"五四"学人对袁宏道等明代诗文作家的关注仍值得肯定,这也是现代学术史在明代诗文别集整理方面的较早成果。

[①] 鲁迅《花边文学·骂杀与捧杀》,《鲁迅全集》第 5 卷,人民文学出版社,2005年,第 615 页。《全集》本该文后注释云:"当时刘大杰标点、林语堂校阅的《袁中郎全集》断句错误甚多。……鲁迅后来在自存初版《花边文学》书上,此处用笔添了一段话:'后由曹聚仁先生指出,谓应标点为"色借日月,借烛,借青黄,借眼;色无常。声借钟鼓,借枯竹窍,借……"所以再板上也许不再看见此等"语妙"了。'曹聚仁曾在 1934 年 11 月 13 日《中华日报·动向》发表《标点三不朽》一文,指出刘大杰标点本的这个错误。"(第 616—617 页)

　　从文献汇刊的角度来说,民国以后编纂大型丛书的风气仍有所存续。如刘承幹《吴兴丛书》、胡宗楙《续金华丛书》、卢靖《湖北先正遗书》、胡思敬《豫章丛书》等,在丛书出版领域都享有盛誉。而若是以收录明人诗文别集论,则要数张元济主持的《四部丛刊初编、续编、三编》、王云五主持的《丛书集成初编》贡献最著。其中《四部丛刊》三编中收录的明代诗文别集,在版本方面较多选用明代善本,相比于《四库全书》收录明人别集多做改动而言,较好地保存了明代诗文别集的原貌。其中辑入的明代诗文别集有:宋濂《宋学士文集》七十五卷,刘基《太师诚意伯刘文成公集》二十卷,贝琼《清江贝先生文集》三十卷、《诗集》十卷、《诗余》一卷,苏伯衡《苏平仲文集》十六卷,高启《高太史全集》十八卷、《高太史凫藻集》五卷、《扣弦集》一卷,方孝孺《逊志斋集》二十四卷,吴宽《匏翁家藏集》七十七卷、补遗一卷,王守仁《王文成公全书》三十八卷、《阳明先生集要》(初次印本),唐顺之《重刊荆川先生文集》十七卷、《新刊外集》三卷,归有光《震川先生集》三十卷、《别集》十卷,谢应芳《龟巢稿》二十卷,谢肃《密庵诗稿》五卷、《文稿》五卷,杨基《眉庵集》十二卷、补遗一卷,张羽《静居集》六卷,徐贲《北郭集》十卷、补遗一卷,管时敏《蚓窍集》十卷,陈献章《白沙子》八卷,等等。《丛书集成初编》则以各类丛书著录的文献为收录对象,据以收录的明人诗文别集包括:胡翰《胡仲子集》十卷,宋濂《宋学士全集》三十二卷、补遗八卷,陈真晟《陈剩夫集》四卷,苏伯衡《苏平仲集》十六卷,张宁《奉使录》二卷,姚夔《姚文敏公遗稿》九卷,章懋《枫山章先生集》九卷,马中锡《东田文集》三卷、《诗集》三卷,唐龙《渔石集》四卷,宋登春《宋布衣集》三卷,徐渭《青藤书屋文集》三十卷、补遗一卷,张元忭《张阳和文选》三卷,胡居仁《胡敬斋集》三卷,周履靖《狂夫酒语》二卷、《闲云稿》四卷、《山家语》一卷、《野

人清啸》二卷、《燎松吟》一卷、《寻芳咏》二卷、《泛泖吟》一卷,周顺
昌《周忠介公烬余集》四卷,金铉《金忠洁集》六卷,徐孚远《交行摘
稿》一卷,吴应箕《楼山堂集》二十七卷,史可法《史忠正公集》四
卷,夏完淳《夏内史集》九卷,屠隆《婆罗馆逸稿》二卷,明宣宗《宣
宗御制诗》一卷、《广寒殿记》一卷,桑贞白《香奁诗草》二卷,瞿式
耜《浩气吟》一卷,申佳胤《申端愍公诗集》八卷、《申端愍公文集》
四卷,纪坤《花王阁剩稿》一卷,王光承《镰山草堂诗合钞》二卷,徐
波《徐元叹先生残稿》一卷,蒋之翘《天启宫词》一卷,周同谷《霜猿
集》一卷,于燕芳《燕市杂诗》一卷,明太祖《平西蜀文》一卷、《西征
记》一卷、《皇陵碑》一卷,刘基《拟连珠编》一卷,王祎《演连珠编》
一卷、《王忠文公集》二十卷,方孝孺《方正学先生集》七卷,薛瑄
《薛敬轩先生文集》十卷,魏校《魏庄渠先生集》二卷,罗钦顺《罗整
庵先生存稿》二卷,海瑞《海刚峰集》二卷,杨继盛《杨忠愍公集》二
卷,陈言《颍水遗编》一卷,明世宗《敕议或问》一卷,赵南星《味檗
斋文集》十五卷,鹿善继《认真草》十六卷,范景文《范文忠公文集》
十卷,李长祥《天问阁集》三卷,杨涟《杨大洪集》二卷,孙肩《甲乙
杂著》一卷,等等。

　　1949 年以后至 21 世纪以前,台湾地区出版界大体还保持着
民国以来在文献整理、汇刊领域的兴趣。大型丛书中收录明代诗
文别集较多的,有新文丰出版公司刊印的《丛书集成续编、新编、
三编》等,台湾的商务印书馆也将《文渊阁四库全书》影印出版。
其中《丛书集成新编》收录的明代诗文别集与《丛书集成初编》所
收一样,《丛书集成续编》收录的明代诗文别集则有:凌云翰《柘轩
集》四卷,释法天《朝天集》一卷,孙作《沧螺集》六卷、《沧螺集补
遗》一卷,张孟兼《白石山房逸稿》二卷、补录一卷,平显《松雨轩
集》八卷、补遗一卷,乌斯道《春草斋集》十二卷,李昱《李草阁诗

集》六卷、拾遗一卷、《文集》一卷，李辕《筠谷诗》一卷，王绅《继志斋集》二卷，王稌《晴斋稿》一卷、《齐山稿》一卷，张著《永嘉先生集》十二卷，黄淮《黄文简公介庵集》十一卷、补遗一卷，袁忠彻《符台外集》二卷，杨自惩《梅读先生存稿》十卷，高得旸《节庵集》八卷、《续编》一卷，周思得《周贞人集》一卷、补遗一卷，陈琏《琴轩集》十卷，于谦《于肃愍公集》八卷、拾遗一卷，倪岳《青谿漫稿》二十四卷、补遗一卷，庄昶《定山集》十卷，聂大年《东轩集选》一卷、补遗三卷，贺钦《医闾先生集》九卷，倪谦《倪文僖公集》三十二卷、补遗一卷，华夏《过宜言》八卷，陈霆《水南集》十七卷，张琦《白斋诗集》九卷、《竹里诗集》三卷、《竹里文略》一卷，丁养浩《西轩效唐集录》十二卷、补遗一卷，顾璘《顾华玉集》四十卷，潘希曾《竹涧先生文集》八卷、《奏议》四卷，孟洋《孟有涯集》十七卷，陈良谟《陈忠贞公遗集》三卷，应大猷《容庵集》十卷，邵经邦《弘艺录》三十二卷、《艺苑玄机》一卷，张含《张愈光诗文选》八卷，李元阳《中谿家传汇稿》十卷，杨士云《杨弘山先生存稿》十二卷，王廷陈《梦泽集》十七卷，童承叙《内方先生集》八卷、附钞一卷，万表《玩鹿亭稿》八卷，林应麒《介山稿略》十六卷、补遗一卷，张俭《圭山近稿》六卷，陈束《陈后冈诗集》一卷、《文集》一卷，田汝成《田叔禾小集》十二卷，唐顺之《唐荆川先生集》十八卷、补遗一卷，王梃《徐徐集》二卷，张瀚《奚囊蠹余》二十卷、补遗一卷，李时行《李驾部集》七卷，凌立《碧筠馆诗稿》四卷、补遗一卷，杨继盛《杨忠愍公集》五卷，王祖嫡《师竹堂集》三十卷，董份《泌园集》三十七卷，吴时来《寤斋先生遗稿》一卷，陈履《悬榻斋诗集》一卷、《文集》一卷，陈卜《过庵遗稿》八卷，胡应麟《少室山房类稿》一百二十卷，杨承鲲《碣石编》二卷，董嗣成《董礼部集》六卷、《尺牍》二卷，杨德周《铜马编》二卷，顾允成《小辨斋偶存》八卷，王之翰《凝翠集》五卷，缪昌期《从野堂存稿》八卷、补遗一卷,费尚伊《市隐园集》三十卷,何栋如《何太仆集》十卷,禄洪《北征集》一卷,袁崇焕《袁督师遗集》三卷,陈函辉《陈寒山文》一卷、《孤忠遗稿》二卷,卓明卿《卓光禄集》三卷,沈宜修《鹂吹集》二卷、附集一卷、《梅花诗》一卷,黄光辅《北燕岩集》四卷,李应昇《落落斋遗集》十卷,黄淳耀《陶庵集》二十二卷、《谷廉学吟》一卷,释大错《大错和尚遗集》四卷、《梅柳诗合刻》一卷,陈子壮《陈文忠公遗集》十一卷,黎遂球《莲须阁集》二十六卷、《莲须阁文钞》十八卷,钱肃乐《钱忠介公集》二十卷,叶纨纨《愁言》一卷、附集一卷,叶小鸾《返生香》一卷,张家玉《张文烈遗集》六卷,叶世倕《灵护集》一卷,董说《丰草庵诗文集》二十七卷,张煌言《张苍水集》九卷,秦舜昌《林衣集》六卷,冯京第《冯侍郎遗书》八卷,王翊《王侍郎遗著》一卷,梁朝锺《喻园集》四卷,吴蕃昌《祇欠庵集》八卷,陈子升《中洲草堂遗书》二十三卷,高应雷《澹生诗钞》一卷、《文钞》一卷,王猷定《四照堂文集》十二卷、《诗集》四卷,曹大镐《化碧录》一卷,梁份《怀葛堂集》八卷、《外集附录》一卷,李腾蛟《半庐文稿》二卷、《诗稿》一卷,毛聚奎《吞月子集》三卷,曾灿《六松堂诗集》九卷、《诗余》一卷、《文集》三卷、《尺牍》一卷,张宣《青旸集》四卷、补遗一卷,张羽《静居集》四卷、补遗一卷,童冀《尚絧斋集》五卷,瞿佑《咏物诗》一卷,贝琼《真真曲》一卷,李祯《至正妓人行》一卷,袁凯《袁海叟诗集》四卷、补遗一卷,虞堪《虞山人诗》三卷、补遗一卷,龚诩《野古集》三卷,沈行《集古梅花诗》二卷,黄淮《省愆集》二卷,陈沂《拘虚集》五卷、《后集》三卷、《诗谈》一卷,杨一清《石淙诗钞》十五卷,常伦《常评事集》四卷,江晖《亶爰子诗集》二卷,木公恕《雪山诗选》三卷,金大车《金子有集》一卷,金大舆《金子坤集》一卷,黎民表《瑶石山人诗稿》十六卷,区大相《区太史诗集》二十七卷,李奎《龙珠山房诗集》二卷、补遗一卷、《湖上篇》一卷,康从理《二雁山人诗集》二卷,李蓘《李子田诗集》二卷,杨文俪《孙夫人集》一卷,顾起元《嬾真草堂集》二十卷,王象春《问山亭主人遗诗正集》一卷、《续集》一卷、《补集》一卷,郎兆玉《无类生诗选》一卷,张玮《如此斋诗集》一卷,释弘仁《画偈》一卷,江注《江注诗集》四卷,张慎言《洎水斋诗钞》五卷,李达《李行季遗诗》一卷、《诗余》一卷,叶绍袁《秦斋怨》一卷,毛晋《和古人诗》一卷、《和今人诗》一卷、《和友人诗》一卷、《野外诗》一卷,万时华《溉园诗集》五卷,顾梦游《顾与治诗集》八卷,万泰《续骚堂集》一卷,陈佐才《陈翼叔诗集》五卷、补遗一卷、《石棺集》一卷,魏畊《雪翁诗集》十四卷、补遗一卷,张家珍《寒木居诗钞》一卷,周拱辰《圣雨斋诗集》三卷,朱议霶《朱中尉诗集》五卷,宗谊《愚囊橐稿》二卷、补遗一卷,姚淑《海棠居诗集》一卷,周同谷《霜猿集》四卷,翁白《梅庄遗草》六卷,许友《箬茧室诗集》一卷,邢昉《石臼前集》九卷、《后集》七卷,顾若璞《卧月轩稿》三卷,张羽《张来仪先生文集》一卷、补遗一卷,徐一夔《始丰稿》十四卷、补遗一卷,程本立《巽隐先生文集》一卷,龚诩《龚安节先生遗文》一卷,张春《不二歌集》二卷,温璜《温忠烈公遗稿》二卷,杨守陈《杨文懿公文集》三十卷,杨守阯《碧川文选》八卷、补遗一卷,焦竑《澹园集》四十九卷、《续集》二十七卷,张慎言《洎水斋文钞》三卷,黎遂球《莲须阁文钞》十八卷,钱启忠《清溪遗稿》一卷、《不朽录》一卷、《清溪公题词》一卷,薛寀《堆山先生前集钞》一卷,王嗣奭《夷困文编》六卷,周齐曾《囊云文集》二卷、补遗一卷,宋恸《髻山文钞》二卷、补遗一卷,叶世偶《百旻遗草》一卷、附集一卷,张自烈《芑山文集》二十二卷、《诗集》一卷,焦之夏《岁寒集》一卷,祝渊《月隐先生遗集》四卷、《外编》二卷,林时对《留补堂文集选》四卷,胡炉《拾遗录》一卷,董斯张《吹景集》十四卷、《静啸斋遗文》四卷,冯柯《贞白五书》十五卷,邹维珸《达观楼遗著二种》三卷，李长祥《天问阁文集》四卷，等等。《丛书集成三编》收录的明代诗文别集较少，包括：归有光《归震川先生别集》十卷、《新刊震川先生文集》三十卷，丘濬《琼台诗文会稿》二十四卷，周拱辰《圣雨斋诗文集》十卷，边习《睡足轩诗选》一卷，刘凤《禅悦小草》十八卷、《客建集》四卷、《越揽编》一卷、《刘侍御集》五十二卷、《刘子威杂俎》十卷、《刘子威杂稿》八卷、《刘子威别集》一卷、《刘子威先生澹思集》十六卷、《比玉集》七卷，陈继儒《眉公诗钞》八卷、《白石樵真稿》二十四卷、《晚香堂集》十卷，谢三秀《雪鸿堂搜逸》四卷，蒋主忠《慎斋集》四卷，冯从吾《冯少墟文集》六卷，陶元晖《陶元晖中丞遗集》二卷，王象晋《剪桐载笔》一卷，陈龙正《几亭文录》二十卷，黄道周《黄漳浦集》三十六卷，郑敷教《重编桐庵文稿》一卷，谭贞默《埽庵集》一卷，周拱辰《问鱼篇》一卷，黄宗羲《南雷文案》五卷、《南雷文约》四卷、《南雷文定四集》三卷、《冬青树引注》一卷，等等。其来源主要为清代、民国时期刊刻的大量古籍丛书。

1949 年以后大陆地区出版大型文献丛刊中，收录明代诗文别集较多的一般性丛书如《丛书集成续编》《续修四库全书》以及"四库系列"（包括《四库全书存目丛书、补编》《四库禁毁书丛刊、补编》）、《北京图书馆古籍珍本丛刊》等，主要以前人编纂的丛书或明清时期的善本为依托。进入 21 世纪以后，以各种名义搜集、影印出版的古籍丛书呈现井喷态势，其中收录有大量的明代诗文别集，规模较大的如《故宫珍本丛刊》（海南出版社，2000—2001 年）、《原国立北平图书馆甲库善本丛书》（国家图书馆出版社，2014 年）、《中华再造善本·明清编》等，收录了不少以往不易得见的明代诗文别集。

相比前代文献搜集、整理所取得的显著成就，明代诗文文献的清理仍存在巨大开拓空间。这一状况，极大推动了大型明人别集专刊的出版。近十余年来，学界在此方面做了大量工作，取得了可观的成绩。以下介绍其中规模较大的数种：

第一种，《明别集丛刊》（1—5 辑沈乃文主编，第 6 辑吴格主编）。黄山书社自 2013 年开始出版，每辑 100 册，收录明人别集2000 余种。其中第 6 辑收录海外藏明代别集文献。

第二种，徐永明、乐怡主编《美国哈佛大学哈佛燕京图书馆藏明代善本别集丛刊》。广西师范大学出版社 2017 年出版，共计 40册，收录明人别集 24 种。其中包括《郑少谷先生全集》《舒梓溪先生全集》《杨椒山先生集》等较少见于其他古籍影印丛书或国内没有收藏的明代诗文别集。

第三种，《域外汉籍珍本文库》编纂出版委员会编《日藏明人别集珍本丛刊》。第 1 辑由人民出版社、西南师范大学出版社2017 年出版，共 12 册，收录日本所藏明人别集 12 种。按照收录要求，其所谓珍本，主要包括三层含义：其一，中国境内已佚，而见藏于日本的中国刻本、抄本；其二，中国境内未见而见藏于日本的朝鲜刊本、和刻和抄本的明人文集；其三，中国大陆为残本或简本而日本藏本为足本、全本。其中收录的明初刊本《覆瓿集》（刘基撰）、明嘉靖刊《朽庵存稿》（戴时宗撰）、明稿本《黄忠端遗稿》（黄道周撰）等均为孤本。

第四种，李圣华主编《明人别集稿抄本丛刊》。国家图书馆出版社 2021 年 3 月版，共 100 册，收录明人别集稿抄本 151 种，涉及作家 129 人。书前有编者所撰提要，对别集作者生平、版本等进行详细缕述。

第五种，国家图书馆编《明代诗文集珍本丛刊》。国家图书馆出版社 2019 年 11 月出版，共计 240 册，收录明代诗文别集 400 种左右。其中有不少为明代文人在个人创作生涯中随撰随刻小集的原刊本或翻刻本，如宋濂《潜溪集》《潜溪后集》明初刻本，高启《姑苏杂咏》洪武三十一年刻本，陈文烛《淮上诗》隆庆刻本，王世贞辑谢榛《谢茂秦集》明刻本，等等。此类文集，有些在后人所编的明代文人别集中已不再以单独的文集形态出现，不利于研究者探讨作家某一时期的创作。而小集的完整保存与影印，一定程度上是将后人眼中作家的整体创作还原为不同阶段创作的记录，为研究者观察个体作家创作的阶段性变化提供了可靠的文献支撑。

第六种，侯荣川主编《日本内阁文库藏稀见明人别集汇刊》。远方出版社 2020 年 8 月出版，目前已出 4 辑，共 40 册，收录日本内阁文库所藏稀见明人别集 21 种。据编者所说，其中有 15 种为海内外孤本，如杨一清《石淙文稿》、范嵩《衢村集》、梅国桢《西征集》等，具有很高的文献价值。

第七种，陈广宏、侯荣川编《日本所藏稀见明人别集汇刊》第一辑。广西师范大学出版社 2021 年出版，共计 50 册，收录日本内阁文库、蓬左文库等所藏明代 36 位作者的别集 38 种，其中 32 种为海外孤本，部分与《日本内阁文库藏稀见明人别集汇刊》重复。另有侯荣川主编《日本所藏孤本明人别集汇刊》第一辑，共计 50 册，收录日本内阁文库、东京大学东洋文化研究所等机构藏孤本明人别集 32 种，于 2023 年 7 月由广西师范大学出版社出版。

除此之外，也有一些收藏丰富的图书馆影印出版了一些不易得见的古籍文献，如陈思和、严峰主编《复旦大学图书馆藏古籍稿抄珍本》第一辑（复旦大学出版社，2020 年），当中的明人别集类文献有：陆深《俨山尺牍》，王慎中《遵岩先生文集》《南江外集》，潘蕃《大梦轩草》等；赵厚均、汤志波等主编《华东师范大学图书馆藏明清稀见别集丛刊》第一辑（巴蜀书社，2022 年），收录不常见的明人别集 8 种。

另一方面,自上世纪 80 年代以来,明代诗文别集的整理也有较大进展。其中如袁宏道、高启、刘基、谢铎、李东阳、李攀龙、王世贞、汤显祖、沈璟、李梦阳、何景明、徐祯卿、高攀龙、屠隆、茅坤、唐顺之、袁宏道、袁宗道、江盈科、钟惺、谭元春、谢肇淛、曹学佺、陈继儒、张慎言、姚广孝、李开先等一大批明代较为知名的诗文作家,他们的文集都已经人整理出版。如果逐一进行罗列,这份名单可以变得很长。除此之外,也有不少出版机构以丛刊、丛书的名义开展明代诗文别集的整理工作。其中取得了不俗成绩的如华东师范大学出版社的“明代别集丛刊”,人民文学出版社的“明清别集丛刊”,中华书局“中国古典文学基本丛书”,上海古籍出版社的“中国古典文学丛书”等。在一些今人编纂、整理的专题性丛书中,也收录有明代的诗文别集,如浙江人民美术出版社的“中国艺术文献丛刊”,收入了《徐有贞集》《王宠集》《李流芳集》等明人文集。胡晓明、彭国忠等从 2008 年开始主编出版的《江南女性别集》系列(初编—六编,黄山书社)当中,也收录了不少明代女性文人的别集作品。根据汤志波等人的统计,今人校点整理的明人别集已达 1500 种以上。① 这样的数字,是令大多数研究明代文学者颇为意外的。对明代文学研究者来说,他们经常会感叹自己所要研究的对象,其著述通常都是未经整理的文献。这样的情形,只能从另一个方面证明,明人别集数量之庞大,也许会超过目前所有估计的数字。至于明人别集数量的准确统计,恐怕不是短时间

① 参见汤志波、李嘉颖编《明别集整理总目·前言》,中西书局,2022 年,第 1 页。该书收录 1912—2020 年间以影印和点校为主出版的明人别集,总计达 7000 余种,作者 3000 余人。

所能完成的了。

　　进入新世纪以后，地方文献整理工作在全国的大规模推进，也大大促进了明代诗文别集的整理。大量以往在中国文学史、文化史上并不显要的文人，在地方的文化体系中却占据着重要位置。在此背景下，以整理地方文献为主体的地方丛书，便将大批此前较少受到关注的明代诗文别集纳入到整理视野当中。就笔者掌握的情况来看，其中启动较早、推进较快的"浙江文丛"，在明代文人别集的整理方面已取得突出成绩。先后出版了《刘基集》《方孝孺集》《宋濂全集》《王祎集》《陶宗仪集》《瞿佑全集》《茅坤集》《刘宗周集》《屠隆集》《王阳明全集》等一大批明人文集。此外如"苏州文献丛书""湖湘文库""八闽文献丛刊""温州文献丛书""明清山左作家丛书""山西文华""常熟文库""巴蜀全书""西樵历史文化文献丛书""东莞历代著作丛书""同文书库·厦门文献系列""安徽古籍丛书""厦门文献丛刊""岭南文献丛书"等地方文献的整理与汇刊，也收录了多寡不一的明代诗文别集。正在推进当中的《山东文献集成》《杭州文献集成》《广西历代文献集成》《荆楚文库》《江苏文库》《岭南文库》等重大地方文献整理工程，以及由复旦大学郑利华教授等人主持推进的《明人别集丛编》等专题丛书，也都将会为明代别集的整理做出重要贡献。整体来看，虽然各地的地域文献整理大多还处在逐步推进的阶段，但在可预期的将来，必然会迎来明代别集整理的大丰收。在多重因素促进之下，明代诗文别集的整体面貌也将会逐渐变得清晰。

第二章　明代诗文总集

　　"总集"之名,始见于南朝梁阮孝绪的《七录》,该书《序目》篇云:"文集录第三,曰总集部。"从名目上来说,它是多人诗文的综合集,可分为全集和选集两种。而所谓"明代诗文总集",既可以指"明代的诗文总集",即由明代人编选的属于诗文总集的作品,其内容可以是包括明代在内的各代(含通代)作品合集;也可以指"明代诗文的总集",即由明代及后代人编选的关于明代诗文的总集。前一义当中的明人所编的当代诗文总集,也包含在了后一义的"明代诗文的总集"之内。除此之外由明代人所编选的诗文总集,除了有些通代的诗文总集在内容上涉及到明人作品,其他只是辑录明代以前作品的总集,从内容上来说与明代无关,只是在研究明代文学思想、观念等内容时才会将其引为材料。如高棅编集《唐诗品汇》,钟惺、谭元春选评《诗归》,张溥编《汉魏六朝百三家集》,汪士贤编校《汉魏诸名家集》,佚名编《汉魏六朝诸家文集》,张燮编《七十二家集》,薛应旂编《六朝诗集》,潘是仁编《宋元诗》,佚名编《唐五十家集》,毛晋汲古阁编刊的《元人文集十种》,冯惟讷汇编《诗纪》,等等。或是为前代所编总集作注、撰评,如张凤翼纂注、恽绍龙参订的《文选》,李淳删定并批点《新刻选文选》,陈与郊编《文选章句》,郭正域批评《新刊文选批评前集、后集》,等等。这一类诗文总集,虽然与"明代"文学研究有关,但他们本身并不是构成明代文学创作史料的内容,因而在本书中存而不论。[①]

　　根据上述辨析,本书在讨论明代诗文总集相关文献时,所指主要包括两类:一类为收录通代诗文作品而包括明人作品的总集,如曹学佺编《石仓历代诗选》、张豫章等编《御选宋金元明四朝诗》、贺复徵编《文章辨体汇选》、王文濡编《明清八大家文钞》;另一类是专门收录明人诗文作品的总集,如俞宪编《盛明百家诗》、钱谦益编《列朝诗集》、朱彝尊辑评《明诗综》、陈子龙等编《皇明经世文编》、黄宗羲编《明文海》。为了便于了解各不同时期明代诗文总集编纂的一般状况,以下按时代先后论述明代、清代以及1911年以后与"明代诗文总集"相关的文献刊刻、汇编、整理等情况。

第一节　明人编明代诗文总集

　　明人除了好著书之外,也颇喜编纂各类图书。虽然有时候不可避免地带有政治色彩,如《四书五经大全》《永乐大典》《道藏》的编纂;但从总体来看,明代遍布全国的大量民间书坊,支撑形成了该时期发达的图书出版和市场体系,为各类图书的编辑、刊刻提供了便利。在此背景下,明代文人编纂了大量诗文总集,其中涉及明代诗文的主要包括两类:一类是包括明代在内的通代诗文总集,一类是专门收录明代文人创作的明代诗文总集。

　　除了内容方面的特点之外,明人所编明代诗文总集还有一点也颇值得注意,这就是明人在编选基础上所作的一项创造性工

---

①有关集部的一般性研究,参见卢盛江《集部通论》,中华书局,2019年。其所论集部,包括别集、总集、诗文评、楚辞、词集、散曲集等,也就是中国古代四部分类中的集部作品。

作——评点。诗文评点虽不始于明代,但评点本的制作在明代达到了顶峰却是无可争议的事实。人所熟知的小说、戏曲评点只是其中一个方面,其他经、史、子、集各个领域都出现了大量的评点本。其中由明代人编选的诗文总集,也有不少除了选录诗文作品之外,还会由编选者加以评点,如钟惺、谭元春合编的《古诗归》《唐诗归》,以及托名由钟惺选评的《明诗归》《名媛诗归》等,由此形成选、评一体的新形态总集。以下由这两个方面对明人所编的明代诗文总集进行概述。

一、包含明代在内的通代诗文总集

明代文人编纂的通代诗文总集,有的只收录明代以前数朝之作,又或是收录前朝数人之作,以成一编。前者如偶桓选《乾坤清气》,杨慎编、焦竑批点《古诗选》,冯惟讷编《诗纪》,唐顺之辑《文编》,梅鼎祚所编"文纪"系列(包括《皇霸文纪》《西汉文纪》《东汉文纪》《西晋文纪》《宋文纪》《南齐文纪》《梁文纪》《陈文纪》《北齐文纪》《后周文纪》《隋文纪》《释文纪》等),吴讷编《文章辨体》,徐师曾辑《文体明辨》,署名钟惺辑录、评点的《历代文归》,陈仁锡辑评的《古文奇赏》《续古文奇赏》《奇赏斋广文苑英华》《四续古文奇赏》,等等;后者如茅坤编《唐宋八大家文钞》,毛晋编《屈陶合刻》《唐六名家集》,张燮编《七十二家集》,汪士贤编校《汉魏诸名家集》,张溥编《汉魏六朝百三家集》,等等。此类总集,与明人所作的诗文作品无涉,而是前朝诗文研究所需了解的文献。另有一类收录数朝文人诗文的总集,或选录一体而涉及明代,或收录众人之作而兼及明人,则是概述"明代诗文总集"所应关心的文献。这类总集中收录的明代文人诗文作品虽然不多,但因为是将明代诗文作品放在一个更长的历史脉络中进行选择的结果,从某个侧面来说含有建立明代诗文"典范"的意义，故而在研究明代诗文时同样显得颇为重要。本节所述内容，即为明代所编的通代诗文总集中涉及明人诗文作品的相关文献。

　　明人所编收录明代诗歌作品的通代诗歌总集，较具代表性的如李攀龙选《古今诗删》三十四卷（汪时元刻本，国家图书馆藏），选录自商、周铭文（古逸）以至明代诗人的作品，而略去宋、元两朝不选。其中从二十三卷以下为明人诗作，分五言古诗、七言古诗、五言律诗、七言律诗、五言排律、七言排律、五言绝句、七言绝句、六言诗等体予以选录。又如曹学佺所选《石仓十二代诗选》（明崇祯刻本，国家图书馆藏）。所谓"十二代"，即指汉代以降包括魏、晋、南朝宋、齐、梁、陈、隋、北魏、北齐、北周、唐、宋、金、元、明等朝，而又括之以古诗选、唐诗选、宋诗选、元诗选、明诗选等五大分总集。四库提要对其编例多予批评，并认为将该书称作《十二代诗选》于义不合："旧一名《十二代诗选》，然汉、魏、晋、宋、南齐、梁、陈、魏、北齐、周、隋实十一代。既录古逸，乃缀于八代之末，又并五代于唐，并金于元，于体例、名目皆乖刺不合。故从其版心所题，称《历代诗选》，于义为谐。"[1]四库全书收录该书为506卷。然而根据学者考证，该书至今存世的"善本"就达到1200余卷，而其最初的刻本规模更是多达1700余卷。[2]

　　在明人所编收录明代诗歌作品的通代诗歌总集中，也有以特定群体作为选诗对象的总集，如郑文昂辑录的《古今名媛汇诗》二

---

① 永瑢等《四库全书总目》卷一八九《石仓历代诗选》提要，中华书局，1965年，下册第1719页。
② 参见朱伟东《〈石仓十二代诗选〉全帙探考》，《文献》2000年第3期；许建昆《曹学佺〈石仓十二代诗选〉再探》，《励耘学刊·文学卷》2014年第2期。

十卷(泰昌元年张正岳刻本,国家图书馆藏),全书按诗体分卷,各诗体中按时代先后收录历代女性诗人作品,其中也有一定数量的明代女性诗人诗作。署名钟惺选评的《名媛诗归》三十六卷(明末刻本,国家图书馆藏),以时代先后为序收录古逸以至明代的女诗人诗作,其中卷二十五至卷三十六为明代女性诗人的诗歌作品。又如程敏政所编《唐氏三先生集》(正德十三年张芹刻本,国家图书馆藏),收录的是安徽歙县唐氏三代人的作品,其中唐元为元代人,唐桂芳为元末明初人,唐文凤为明代人。也有的是同题创作的诗歌总集,如嘉靖三十二年朱宸涝所刻的《梅花百咏》(国家图书馆藏),收录元明时期三位作者的《梅花百咏诗》:元人冯子振《梅花百咏诗》及同时期明本中峰和尚的唱和之作各一卷,以及明代朱权的《赓和中峰诗韵》一卷。

明人所编收录包括明人文章在内的通代文章总集,较具代表性的如贺复徵所编《文章辨体汇选》(《景印文渊阁四库全书》本),规模达到780卷。该书按照文类划分,收录上古以至明代的文章作品,按照四库提要的说法是:“复徵以吴讷《文章辨体》所收未广,因别为搜讨,上自三代,下逮明末,分列各体为一百三十二类。”①虽然在编纂过程中不免存在各种不尽完善之处,但从文献搜集的广博程度来说,在明人所编总集中仍堪称首屈一指。又如由李宾所编的《八代文钞》(明末刻本,国家图书馆藏),选录自屈原、宋玉以至钟惺等107位所谓八代文人的文章,除了南朝宋、齐的谢灵运、谢朓二人合一卷外,其余人各一卷。其中明代文人包括宋濂、刘基、王祎、崔铣、李梦阳、何景明、徐祯卿、杨慎、王守仁、

① 永瑢等《四库全书总目》卷一八九《文章辨体汇选》提要,中华书局,1965年,下册第1723页。

唐顺之、归有光、王维桢、李攀龙、王世贞、汪道昆、徐渭、袁宏道、汤显祖、钟惺等19人。又如由刘士鏻编选，闵无颇、闵昭明集评，沈圣岐、闵元衢正定的《文致》（不分卷，天启元年闵元衢刻套印本，国家图书馆藏），按照赋、辞（附歌行）、骚、序、记、传、碑、书、表、文、赞、铭、墓铭、诔、哀文、纪事、题跋等文类收录汉代以至明代的诗文作品。其中赋类收录祝允明、王世贞、汤显祖三人之作，于辞类仅收录何景明《明月篇》一篇，序文收汤显祖、虞淳熙、江盈科、陈继儒、张萧等人作品，记文则有高启、桑悦、许毂、祝允明、王世贞、袁宏道等人，传类收录的明人作品有宋濂、杨慎、汪道昆、袁宏道等四人，书札则有王世贞、宗臣、屠隆等三人，哀文录王守仁、俞恩烨，题跋则有李梦阳、李贽、陈继儒等三人。类似总集著录明人作品虽然各有"偏见"，但对于研究者来说，却可以借此窥测在明代知识生产过程中，明人的诗文作品是如何进入到以"历代"为编选对象的历史选择当中的。

　　明人所编的通代诗文总集当中，也有一些以地域为限收录历代文人作品，如程敏政编《新安文献志》一百卷（明弘治十年祁司员、彭哲等刻本，国家图书馆藏），虽以"文献"命名，所收则为新安一地历代文人的诗文作品，前六十卷按照文体分为辞命、奏疏、书、记、序、题跋、议、谳议、论、辨、说、原、考、杂著、问对、策问、策、讲义、经义（论）、檄、表（笺奏）、启、上梁碑、文、祭文、铭、箴、赞、颂、赋、辞、四言诗、歌行、五言古诗、七言古诗、五言律诗、七言律诗、五言排律、七言排律、五言绝句、六言绝句、七言绝句、杂体诗、诗余等类；后四十卷收录记录各类人物"行实"相关的墓志铭、神道碑、行状、墓表、传等文体作品。周复俊所编《全蜀艺文志》六十四卷（《景印文渊阁四库全书》本），按照文类收录汉魏以降与蜀地有关的"艺文"作品，其中有不少并不在今天所说的诗、文范围之内，如宋人罗泌的《姓氏谱》、元人费著的《古器谱》等。钱穀所编《吴都文粹续集》五十六卷、补遗二卷(《景印文渊阁四库全书》本;清咸丰间抄本,国家图书馆藏),则按照都邑、书籍、城池、学校、风俗、令节、公廨、仓场、馆驿、古迹、坛庙、书院、祠庙、第宅、山、水、水利、土产、果、花卉、食品、徭役、道观、寺院、桥梁、坟墓等内容和主题,收录历代与吴地有关的诗文创作,其他无法归类者则纳入杂文、诗、诗文集序三类之下。何炯辑《清源文献》十八卷(万历二十五年新安程朝京刻本,国家图书馆藏),以寓贤、溯贤、孕贤、郡贤等综括历代与晋江有关的人物二百余人,并按赋、诗、奏疏、序、记、碑、传、行状等各体文类编排收录他们的诗文作品。其他同类的总集还有赵谏编选的《东瓯诗集》七卷、《续集》八卷、补遗一卷(正德间刻本,上海图书馆),收录温州地方文人的诗歌作品;谢铎、黄孔昭编《赤城诗集》六卷(明弘治十八年建阳书坊刻本、清抄本,国家图书馆藏),收录宋代至明初洪武、永乐年间台州地方文人的诗歌作品;莫息、潘继芳辑《锡山遗响》十卷(正德间刻本,国家图书馆藏),收录唐代以至明代弘治年间江苏无锡地方文人的诗歌作品;汤宾尹天启六年编刊的《宣城右集》二十八卷,收录三国至明代有关宣城的诗文一千余篇;周复俊编《玉峰诗纂》六卷(明隆庆六年孟绍曾刻本,国家图书馆藏),收录西晋至明代昆山人的诗文创作及其他地方文人有关昆山的创作;张邦翼辑《岭南文献》三十二卷(万历间刻本,国家图书馆藏)、杨瞿崃辑《岭南文献轨范补遗(摘要)》六卷(万历间刻本,国家图书馆藏),收入唐代以至明代(多为明人)岭南文人的诗文创作;董斯张等编《吴兴艺文补》七十卷(明崇祯六年刻本,四库全书存目丛书影印;四十八卷,《景印文渊阁四库全书》本),收录汉代至明代与浙江湖州有关的诗文创作;等等。

　　也有部分地域诗文总集,是同在一地任官文人作品的汇刊。如万历元年丁一中刊刻的《温陵留墨三种》,署明朱炳如编、明丁一中续编,收录宋、明两代王十朋、真德秀、朱炳如等三人与温陵(福建泉州)有关的作品,分别为《宋王梅溪先生温陵留墨》一卷、《宋真西山先生温陵留墨》二卷、《明朱白野先生温陵留墨》一卷。其中朱炳如作为后继者,所编的是两位来泉州任官前贤的作品,而后丁一中作为泉州闻人,在辑录来泉任官前贤的作品时,遂将朱炳如的作品附骥于王、真二人之后,由此而成《温陵留墨三种》。又如由明代武昌知府孙承荣编、任家相补编的《黄鹤楼集》三卷(明万历刊本,国家图书馆藏),则是以江山形胜之地为中心进行作品汇集,其中收录自六朝迄明万历间二百余人的诗、赋、记等吟咏黄鹤楼的诗文 400 余篇。[1]

　　地域性的通代诗文总集中,还有一类性质比较特殊的作品,这就是收录某一家族不同朝代作者创作的“家集”。如周泰、周寀所编安福周氏的家族文集《存存稿》,收录元、明两代八位周氏家族成员的诗文作品,即周霆震《石初集》,周霆震次子周庄《达止集》,周庄长子周静《提举集》,周庄次子周庸《蹄涔集》,周霆震曾孙周永锡《愚直存稿》,周永锡孙周正方《佩韦存稿》,以及周希元重刻时增入的周庸之孙周启的《坦斋存稿》,周正方玄孙周寀的《縠似堂诗》。[2] 这类作品,对于考察中国历史上的文化家族或者地域、家族文化传承等都具有重要意义。中华文明的源远流长,此亦为表现之一。

---

[1] 王启兴等校注《明刻黄鹤楼集》,湖北人民出版社,2019 年。
[2] 参见孟鑫《明代安福周氏家集〈存存稿〉研究》,东北师范大学硕士学位论文,2018 年。

　　尽管明人所编收录历代诗文作品的总集大多为诗、文分选，却也有少数是诗、文同选的，其中较有代表性的如吴讷所编五十卷《文章辨体》（天顺八年刘敩刻本，国家图书馆藏），按照文体分类选录历代诗文作品，其中包括宋濂、王祎、胡翰、宋讷、高启、杨基、刘崧、苏伯衡、詹同、谢肃、张孟兼等诸多明代前期文人。又如李伯玙编辑、冯厚校正的规模达到一百三十六卷的《文翰类选大成》（成化间淮府刻弘治十四年增刻本，国家图书馆藏；嘉靖刻本，天津图书馆藏），收录历代各体诗文作品。以该书所收录的"赋类"作品为例，第一至五卷收录先秦以至元代作品，第六卷收录明代赋作，包括：宋濂《奉制撰蟠桃核赋》《崆峒雪樵赋》，刘基《吊诸葛武侯赋》《吊岳将军赋》《吊泰不华元帅赋》，梁寅《蒙山赋》，揭轨《梅桂轩赋》《大有年赋》《道统赋》《丰城剑赋》，王祎《药房赋》《咏归亭赋》，刘彦昺《荆门赋》，胡俨《神龟赋》《麒麟赋》《春牧图赋》，邹缉《驺虞赋》，黄淮《闵志赋》《四愁赋》，李时勉《北京赋》《狮子赋》《白象赋》，杨士奇《河清赋》《甘露赋》《师古堂赋》《离谮赋》，王英《退思斋赋》，周忱《梦菊赋》，熊直《平胡赋》《兰竹赋》，陈琏《银台桂花赋》《岁寒轩赋》，胡启先《皇都大一统赋》《龙马赋》，刘球《至日早朝赋》《畜鹰赋》《龙驹赋》，朱弘祖《香雪轩赋》《雪舟赋》，金问《驺虞赋》，孙原贞《瑞应景星赋》《瑞应龙马赋》《蓍草台赋》，等等。

　　与之相对应，明代也有少数按照某一文体选录历代之作的通代诗文总集，如周履靖辑录的《唐宋元明千家宫词》十七卷（万历间刻本，南京图书馆藏），收录唐、宋、元、明四个时期的宫词创作。又如署名王锡爵选录、李国宪序次、周近泉督刊的《历朝尺牍大全》十二卷（万历三十九年书林周近泉刻本，国家图书馆藏），收录自春秋以至明代的书信体文，其中自第五卷以下为"国朝"作品。

虽是按照时代先后分卷,但一朝之中,编排甚为随意,例如在第五卷中,收入的"国朝"文人大多为明代中后期文人,如王兆云、茅坤、申时行、吕本等,然而杨溥的书信也出现在本卷当中;而到了第六卷,则大体按时间先后收入刘基、宋濂、方孝孺、杨守陈、陈献章、谢铎等众多文人的书信。此外,在各卷收入的人数、每一位作者的书信数量等方面,多寡不一,缺乏统一的标准,有很大的随意性。如第五、第六、第七卷收入的作者多达数十位,除少数几人之外,大多只录一篇或者寥寥几篇;第八卷以下,则每卷只录少数几位作者的尺牍,其中第八卷仅录苏紫溪一人,第九卷录祝石林、孔诚吾、曾司空、林谦斋、陈绍登等五人,第十卷录李卓吾一人,卷十一录沈君典、李于鳞、吴川楼等三人,卷十二录王梦泽、何区凡、冯斗南、陈惕吾、吴瑞芝等五人,其人又多以字号、官职称之。又如俞安期所编《启隽类函》一百卷(万历四十六年刻本,哥伦比亚大学东亚图书馆藏),分职官考卷、古体卷、近代卷三大类,收录自汉迄明的启、书等体类的文章。其中职官考卷收录历代与职官沿革有关的文章,古体卷则主要收录东汉魏晋南北朝时期的笺、启、奏、记等文(也有部分隋唐宋明时期的作品),近代卷则收录唐宋以至明代的启、表、奏、连珠等文(绝大部分为明代,也有少量魏晋时期的作品)。编纂体例同样显得较为混乱。明代后期书坊编书、刻书的情形,于此可见一斑。

二、专收明代作品的明代诗文总集

明清时期文学创作的兴盛,不仅在于作者群体数量的急剧扩大,还表现在这一时期大量文学选本的生产与广泛传播,以及由此而形成的一种文学经典阅读意识。诗、文的发展在经历唐、宋的鼎盛之后,到了明代人那里,始终都有一种试图摆脱"影响的焦虑"的迫切愿望。在此背景下,明代文人编选当代诗文总集的热情空前高涨。他们除了编选一般性的诗、文总集之外,还编纂了大量专题性的诗文总集,如《皇明经济文录》《皇朝经世文编》等;或是以某一地域、群体为收录范围的诗文总集,如《海岱会集》《昆山杂咏》《闽中十子诗》等;又或是按分体进行编选的总集,如《皇明近体诗钞》《李何近体诗选》《今文类体》等。以下根据明人所编当代诗文总集收录范围的不同,分一般性总集、专题性总集两类略作缕述,以见明人所编明代诗文总集的一般情形。

(一)一般性总集

明人所编收录本朝诗文的一般性总集,常冠以"皇明""国朝""盛明"等称谓,以此来标明自己选录作品的范围。其中较为熟知的如程敏政编《皇明文衡》(嘉靖八年崇文堂刻本,国家图书馆藏),徐泰辑《皇明风雅》(嘉靖十二年张沂刻本,国家图书馆藏),程旦辑《皇明诗钞》十卷(嘉靖十五年沈继芳刻本,上海图书馆藏),杨慎辑《皇明诗钞》十卷(嘉靖三十七年陈士贤刻本,美国国会图书馆藏),俞宪编《盛明百家诗》(嘉靖、隆庆间刻本,国家图书馆藏),张时彻编《皇明文范》(嘉靖四十三年刻本九十六卷,隆庆间刻本六十八卷,国家图书馆藏),顾起纶编《国雅》(万历元年顾氏奇字斋刻本,国家图书馆藏),王乾章辑《皇明百家文范》(万历三年刻本,国家图书馆藏),朱之蕃编《盛明百家诗选》(万历间周时泰刻本,国家图书馆藏),李腾鹏选《皇明诗统》(万历间刻本,国家图书馆藏),慎蒙辑《皇明文则》(万历间刻本,北大图书馆藏),汪宗元辑《皇明文选》(嘉靖三十三年刻本,国家图书馆藏),何乔远辑《皇明文征》(崇祯四年何乔远刻本,国家图书馆藏),陈子龙等选评《皇明诗选》(明崇祯十六年刻本,国家图书馆藏),张士沦辑《国朝文纂》(明活字印本,国家图书馆藏),等等。这些总集当中,有些总集的规模颇为庞大,对一朝的文献保存有存佚之功,尤其是其中一些不知名的明代诗文作家,往往依赖当代人所编的总集而得以存世。如俞宪所编的《盛明百家诗》,收录明代 225 位诗人的作品,其中就有部分作者的作品仅见于该总集当中。

明人编选一般性明代诗文总集的兴盛,还体现在晚明各书坊推出的以各种名目编选的本朝诗文选本、评本。如陈继儒辑、陈元素笺注《国朝名公诗选》(天启元年书林童氏刻本,国家图书馆藏),华淑辑《明诗选最》(金陵书林李洪宇刻本,南京图书馆藏),署名钟惺、谭元春辑评的《明诗归》(崇祯间刻本,上海图书馆藏),署名李廷机考正的《镌翰林考正国朝七子诗集注解》(万历二十二年郑云竹宗文书舍刻本,国家图书馆藏),署沈一贯辑《新镌国朝名儒文选百家评林》(万历十四年叶任宇刻本,国家图书馆藏),黄洪宪、何大通辑《皇明翰阁文宗》(万历五年金陵书坊周竹潭刻本,国家图书馆藏),朱国祚辑《皇明百大家文选》(万历间金陵书坊周宗孔刻本,中国科学院图书馆藏),署焦竑辑《新刊焦太史续选百家评林明文珠玑》(万历间刻本,中国科学院图书馆藏),署袁宏道辑、邱兆麟补、陈万言汇评《鼎镌诸方家汇编皇明名公文隽》(泰昌元年金陵郑思鸣奎壁斋刻本,国家图书馆藏),陈仁锡辑评《明文奇赏》(天启三年刻本,北大图书馆藏),陆云龙辑《翠娱阁评选明文奇艳》(崇祯间陆氏翠娱阁刻本,南京图书馆藏),陆云龙辑《翠娱阁评选明文归初集》(崇祯间陆氏翠娱阁刻本,南京图书馆藏),郑元勋辑《媚幽阁文娱》(崇祯三年郑元化刻本,国家图书馆藏),郑元勋辑《媚幽阁文娱二集》(崇祯十二年刻本,上海图书馆藏),等等。

此外也有少数抄录明代文人作品而成的总集,如批点本《皇明历朝文选类抄》(不分卷,明抄本,国家图书馆藏),按疏、议、考、辨、解、论、序、记、碑、传、墓志铭、墓表、行状、书、评、说、颂、玺书、檄、对、问、读、题等类收录明代文人作品,而在页眉加以评点。至于其去取标准与选文倾向,则如卷首《选国朝诸公文集类抄凡例》中所说的:"国朝文最为追古,即不佞癖嗜,亦其文耳。然洪、永以来,尚仍胜国,大较文以人重,采者什一。弘、正而后,力挽弟靡,而作者类多矫矫名节,大较人文两重,故采者什五。隆、万以还,博洽浸极,修辞鹊起,文盛极矣,故采者什七。总之取裁于文者为多。"以"疏"文为例,所取不过罗伦、杨一清、何景明、许国、沈一贯、冯琦、万象春、邹德溥、刘应秋、陶望龄等寥寥数人。对明代的奏疏来说这样的选录不过只是沧海一粟,而从性质上来说,其选录方式更像是文集阅读基础上的摘编与评点,因此在选文上显得较为随意。

在选录当代诗文作品过程中,明人还喜欢以"＊＊家"的形式制作选本。如朱翊钶辑录、批点的《盛明十二家诗选》(万历十三年益藩刻本,国家图书馆藏),赵南星辑《明十二家诗选》(万历刻本,存十家三十卷,国家图书馆藏),李心学辑《明诗十二家》(明劳堪刻本,北大图书馆藏),穆光胤辑《新镌明诗十二家类钞》(万历三十九年金陵李氏聚奎楼刻本,北京师范大学图书馆藏),陆云龙辑《皇明八大家集》(天启间刻本,南京图书馆藏),陆云龙、丁允和等辑《翠娱阁评选明十四家小品》(崇祯间峥霄馆刻本,国家图书馆藏),陆弘祚批选、蔡大节校阅《皇明十大家文选》二十五卷(明万历间刻本),夏云鼎辑《崇祯八大家诗选》八卷(崇祯六年刻本),王乾章《皇明百家文范》(明万历三年刻本,国家图书馆藏),等等。此外,象苏文韩编《皇明五先生文隽》二百零四卷(天启四年苏氏刻本),选录李梦阳、李攀龙、王世贞、汪道昆、屠隆等五人的作品;署名叶敬池编、李贽评的《李卓吾先生批评三大家文集》二十八卷(万历间叶敬池书种堂刻本),选评杨慎、张居正、赵贞吉等人作品;

陈仁锡编《陈沈两先生稿》二十二卷(万历四十三年古吴陈氏阅帆堂刻本),收录陈淳、沈周二人作品;等等。这一类总集的编纂尽管不一定带有"选"的含义,然而它们由于某种原因被汇集刊刻,从某个侧面来说仍显示了明人编刊本朝诗文总集的巨大热情。

　　总体来看,明人编选的明代诗文总集,除了少数选"文"的总集将部分诗体作品(如《皇明文衡》收录乐府、骚等作)也包括在内,多数明代总集是诗、文分选的。明人所编专收明代诗歌的总集,自洪武时期就已开始出现。今存最早的要属刘仔肩所编的《皇明雅颂》(一名《雅颂正音》)。宋濂在洪武三年为该书作序时指出:"《皇明雅颂》者,鄱阳刘仔肩之所集也。其曰'雅颂'者何?雅者,燕飨朝会之乐歌;颂,则美盛德、告成功于神明者也。"①该书今存洪武二十年刻本,共分五卷,收录五十八位诗人的三百余首作品,所选均为"明初一时名人"。而类似《皇明雅颂》这样在一代之中仅选一时之作的诗歌总集,在明人诗文总集当中并非个例,如署"杨□□"编辑的《弘正诗钞》十卷(嘉靖三十六年曹忭刻本,国家图书馆藏),选录李梦阳、何景明、康海、薛蕙、徐祯卿、郑善夫、王廷相、边贡、孙一元、殷云霄等人的诗作。又如陈济生编《启祯两朝遗诗》(清初刻本,国家图书馆藏),收录天启、崇祯时期80余位诗人的作品,人各一卷。又如今存曹学佺所编的《国初文选》二十卷(《石仓历代文选》之"国初"部分,明崇祯刻本,国家图书馆藏),收录陶安、刘基、宋濂、张以宁、王钝、高启、乌斯道、贝琼、王袆、胡翰、苏伯衡、吴海、宋讷、王行、胡广、方孝孺、练安、周德、程本立、茅大方等二十人文章。全书卷首有马是骐崇祯甲申(1644)

①宋濂《皇明雅颂序》,《宋濂全集》卷二十四,人民文学出版社,2014年,第2册第494页。

所作序,称"今读石仓之选,自主敬以及子方诸文,固不亚于班、马以及苏、曾诸文",主敬为陶安字,子方为茅大方字。根据每卷卷首所题"石仓历代文选卷＊"字样,可知该书只是其编选"历代"文章总集中的"国初"部分。在曹学佺的编纂计划中,应当还有一部与《石仓历代诗选》并行的《石仓历代文选》。

在明人编纂的明代诗文总集当中,还有与"古文"相呼应而产生的"今文"选本,即今人所作之文。如由孙鑛选、余寅、唐鹤徵订的批点本《今文选》(万历三十一年刻本,国家图书馆藏),按序、记、志、碑、墓表、墓志、行实、述、传、论、策、奏疏、书、文、哀诔、碣、题跋等类收录明代中期文人所作文章,时间上大体介于"前七子"至"后七子"之间。又如杨云鹤所辑《今文韵品》(崇祯六年刻本,国家图书馆藏),上卷录赋、序、记等类,下卷录书、杂文、传、拟古书等类。类似总集大多规模不大,却在一定程度上体现了明人在诗文方面以"今"续"古"、接武古人的观念和意志。

(二)专题性总集

明人编选本朝诗文总集的发达,不仅体现在一般性总集的编选方面,更加突出的表现是,明代人常以各种名目编选本朝文人的诗文创作,由此形成了明代丰富多彩的当代作品选集。

现存明人编选的明代诗文总集中,有部分以文章主题和功用为限选录明代诗文创作。这类总集的编选,不是从"文"的角度出发的,而是从"用"(经世)的角度着眼的。如陈其愫点辑、姚明彦阅订《皇明经济文辑》二十三卷(天启七年刻本,国家图书馆藏),按照圣学、储宫、宗藩、官制、财计、漕辕、天文、地理、礼制、乐律、兵政、刑法、河渠、工虞、海防、九边、四夷等类收录明人文章,而根据书前凡例所说,"类分之中,又以大小缓急为先后,更不再加条析,事有原委,从中复次序之,不以人代论也"。类似的总集还有张文炎辑《国朝名公经济文钞》十卷(万历十五年玉屑斋刻本,国家图书馆藏),陈子龙、徐孚远、宋徵璧等编《皇朝经世文编》(崇祯间平露堂刻本,北大图书馆藏),施洁、凌稚隆辑、项鸣秋增订《新镌增订皇明史馆名公经世宏辞》十四集十四卷(万历间刻本,武汉大学图书馆藏),沈懋允辑《经世名编》二十三卷(明末刻本,南京大学图书馆藏),万表辑《皇明经济文录》四十一卷(嘉靖三十三年曲入绳游居敬刻本,湖北图书馆藏),施凤来辑《新刻内阁校正当朝凤藻经国鸿谟》八卷(万历间金陵王氏车书楼刻本,中国科学院图书馆藏),等等。其中如陈子龙等人编辑的《皇朝经世文编》规模庞大,卷帙数量多达 508 卷,列名选辑的人就有二十四人,均为松江人,而列名参阅的人数则达到了一百四十二人。

　　从现存明人编纂的明代诗文总集来看,其中不乏以特定群体作为编选对象的情况。较早的如沐昂所编《沧海遗珠》四卷(成化十三年陈璨刻本,安徽省图书馆藏),收录明初流寓迁谪云南的 21 位诗人的三百余首诗歌作品。[1] 或者如毛晋辑《明僧弘秀集》十三卷(崇祯十六年海虞毛氏汲古阁刻本,国家图书馆藏),选录明代僧人的诗歌作品;刘必达辑《皇明七山人诗集》七卷(天启五年刘必达刻本,国家图书馆藏),选录明代中后期七位知名山人徐渭、卢柟、陈继儒、王稚登、梅鼎祚、王寅、汪时和的诗作。或是以女性诗人作为选诗对象,如冒愈昌编《秦淮四美人诗》(万历四十六年冒愈昌刻本,南京博物馆藏),收录马守贞、赵彩姬、朱无瑕、郑如瑛等四人的诗作各一卷;沈宜修编《伊人思》一卷(明崇祯九年绣垂馆刻本,国家图书馆藏),收录明代四十六位女性诗人的一百八

---

① 《沧海遗珠》另有八卷本(清末至民国间抄本,国家图书馆藏),据学者考证后四卷为后人加入。参见周雪根《〈沧海遗珠〉校注》,人民出版社,2020 年。

十八首诗,十四首词,四篇文。

也有的明代诗文总集,以文学流派、唱和群体作为选文对象。如佚名所编《广州四先生诗》,收录"南园五先生"中除孙蕡之外的其余四人黄哲、李德、王佐、赵介的诗歌作品;袁表、马荧合编的《闽中十子诗》,收录明初"闽中"的十位诗人林鸿、高棅等的诗作;李三才编《李何二先生诗》(万历三十年刻本,北大图书馆藏),收录《李崆峒先生诗集》三十三卷、《何仲默先生诗集》十五卷;蓝庚生编《选明四大家诗集》四卷(崇祯八年刻本),收录李梦阳、何景明、李攀龙、王世贞等四人诗作;陈邦瞻编《明初四家诗》(万历三十七年汪汝淳刻本,北大图书馆藏),收录"吴中四杰"高启、杨基、张羽、徐贲四人作品;冯琦编《海岱会集》(《景印文渊阁四库全书》本),收录石存礼、蓝田、冯裕、刘澄甫、陈经、黄卿、刘渊甫、杨应奎等八人结社唱和的作品;杜骐徵、徐凤彩、盛翼进辑《几社文选》二十卷(明末刻本,国家图书馆藏)、《几社壬申合稿》二十卷(崇祯间静贵草堂刻本,国家图书馆藏),周立勋、陈子龙等撰《几社六君子诗选》不分卷(清初抄本,衢州博物馆藏),收录几社文人的诗文创作。又或是如华察、薛廷宠辑《皇华集》(嘉靖间刻本,南京博物馆藏)、华察等编辑《皇华集类编》十卷(光绪三年无锡华氏刻本,南京图书馆藏)等那样,专门收录明代朝鲜国使臣的唱和之作。或是在特定场所进行游历、唱和的作品汇集,如来复辑《耦园图咏》四卷(崇祯间刻本),沈明臣、吴守淮《白岳游稿》一卷(明刻本),谢迁、冯兰撰《湖山唱和》二卷(清抄本),俞允文辑《昆山杂咏》二十八卷(隆庆四年孟绍曾刻本),王理之辑《昆山杂咏》六卷(嘉靖二十年孟绍曾刻本),周复俊辑《玉峰诗纂》六卷(隆庆六年孟绍曾刻本),等等。

此外还有专门收录明人作品的地域性诗文总集,较早出现的如韩雍、韩阳、李奎等人所编的《皇明西江诗选》十卷（景泰六年刻本，北大图书馆藏），收录洪武以至正统年间八十七位江西诗人的一千余首诗歌作品。该书的编选主要出于"见风俗之美，教化之隆，与夫列圣功德之盛，皆非近世所能及"的目的，因此在选诗数量上往往视其人职位的高低作为取择标准，入选作品数量较多的刘崧、杨士奇、胡俨、李昌祺、王英、曾棨、胡广等人都是该时期的重要文臣。差不多与之同时的朱翰曾编《檇李英华集》十六卷（成化十七年刻本），收录明代洪武以至景泰年间浙江嘉兴地方文人的诗歌作品；到了崇祯末年，秀水人蒋之翘在其基础之上编成《檇李诗乘》四十卷，为后来清人沈季友编纂《檇李诗系》提供了文献基础。又如谢谠编《皇明古虞诗集》二卷（明隆庆间刻本，国家图书馆藏），选录的是明代常熟地方诗人的诗歌作品。其中上卷辑录洪武至弘治初年的五十一位作者的 157 首诗，下卷辑录弘治至隆庆初年四十八人的 201 首诗。张应遴辑《海虞文苑》二十四卷（万历三十八年刻本，国家图书馆藏），收录自洪武以至万历年间江苏常熟文人的诗文作品，按赋、五言古诗、七言古诗、五言律诗、七言律诗、书牍、奏疏、记、传、序、行状、志铭等各体文类进行分卷，列名参阅的为其婿、甥以及门人。类似的地域诗文总集还有卢纯学等辑《明广陵诗》五十六卷（万历二十二年刻本），黄鲁曾辑《吴中二集》九卷（嘉靖间刻本），宋弘之辑、戴鲸、张时彻删补《皇朝四明风雅》四卷（万历间刻本，国家图书馆藏），宋之弘辑、戴鲸增辑《四明雅选》二卷（明抄本，国家图书馆藏），朱观㙓辑《海岳灵秀集》二十二卷（隆庆鲁藩承训书院刻本），陆之裘校选、王梦祥校刻《太仓文略》四卷（嘉靖二十二年王梦祥刻本，国家图书馆藏），等等。

这一时期，还出现了诸多家集性质的诗文总集，专门收录明代某一家族几代作者的创作。其中较为著名的如《文氏五家集》十四卷(《景印文渊阁四库全书》本),收录明代长洲文氏四世五人(即文洪、文徵明、文彭、文嘉、文肇祉等)之诗;冯琦编《冯氏五先生集》(明刻本,国家图书馆藏),收录其家族曾祖冯裕及其四子冯惟健、冯惟重、冯惟敏、冯惟讷等五人的作品。

明人论诗文有较强的辨体意识,因而在编纂诗文总集时,也不乏以某一种或一类文体作为取文标准的做法。如屠隆辑《国朝七名公尺牍》(万历间文斐堂刻本,国家图书馆藏),郭邦藩辑《论学统宗》二卷(嘉靖四十年常静斋刻本),陈继儒辑《新刊陈眉公先生精选论胲》八卷(明末刻本),王世贞、郭子章撰、李衷纯辑《王郭两先生崇论》十五卷(天启四年刻本),佚名辑《新刊中吴论选》二卷(嘉靖二十八年葑田书屋刻本),谢东山辑《皇明近体诗钞》二十三卷(嘉靖四十五年刻本,北大图书馆藏),谢东山辑、杨慎批点《皇明近体诗钞》不分卷(明陆稳刻本,宁夏大学图书馆藏),狄斯彬辑《皇明律诗钞》二十四卷(万历六年刻本,中央民族大学图书馆藏),祝兴辑注《明诗绝句》一卷(明抄本,上海图书馆藏),穆文熙辑并批《批点明诗七言律》十二卷(万历九年刘怀恕刻本,国家图书馆藏),郭元极辑《皇明律范》二十三卷(明刻本,北大图书馆藏),王在台《交刺鳞集》十一卷(稿本,题作《明人书札》,国家图书馆藏),等等。这样的总集,也为研究者从辨体角度探讨明代文学提供了文献基础。

第二节　清人编明代诗文总集

清人对于明代诗文虽然多有批评,但在文献的搜集、编选等方面仍做出了很大贡献。除去《四库全书》《古今图书集成》等重大文化工程不论,清代在编选、汇集、刊刻明代诗文总集方面都有较大进展。许多明代作家作品,都借助于清人所编的明代诗文总集而得以保存下来。

一、清人所编涉及明代的通代诗文总集

清人所编涉及明代作家的通代诗歌文总集,规模较大的多出自朝廷"御制"或者"御定"。其中既有按照文体分类编选的,如康熙时期张豫章等人编《御选宋金元明四朝诗》,当中包括《明诗》一百二十卷、《姓名爵里》八卷,于康熙四十八年由内府刊刻。也有按照主题进行编纂的,如康熙时期陈邦彦辑录《御定历代题画诗类》一百二十卷(康熙四十六年内府刻本、嘉庆二十二年刻本),按照题画种类的不同,分为天文、地理、山水、名胜、古迹、故实、闲适等三十类,收录作品八千九百余首;康熙时期杨瑄等辑录的《御定佩文斋咏物诗选》四百八十二卷(康熙四十六年内府刻本),编纂体例与《艺文类聚》《古诗类苑》等类书相似,根据所咏之物的不同进行编类,总共达到四百八十类,而明人的诗歌作品遍布在各类当中。

清代文人站在本朝立场,辑录"历朝"或者"历代"的诗歌作品,其中自然也会涉及明代文人的作品。如揆叙辑录的《历朝闺雅》十二卷(康熙间刻本,国家图书馆藏),选录唐至明历代女性诗人(包括宫闱、闺秀、女冠、妓、姜婢、外国等)外国等创作,按照诗体分为五言古诗、七言古诗、五言律诗、七言律诗、五言绝句、七言绝句、五言排律、七言排律、六言律诗、六言绝句、回文、联句等类。除七言排律、六言律诗二体,其余各体均收录有明代女性诗人的作品,其中五古 13 首,七古 8 首,五律 25 首,七律 60 首,五绝 29 首,七绝 90 首,五排 3 首,六绝 4 首,回文 2 首,联句 2 首,涉及明

代女性作家 95 人。全书在正文之前，有《爵里姓氏》介绍各作者的基本情况。

自明代以后，地域文化文学传统受到重视，收录地域相关的诗文创作的总集编纂也随之开始兴盛。到了清代，带有通代性质的地域诗文总集也有不少，其中收录了不少明代文人的诗文作品，如佚名辑《海虞元明诗选》不分卷（稿本），丁丙辑《历朝杭郡诗辑》四十卷（清抄本），佚名辑《东海诗选》三十卷（清抄本），沈季友辑《沈南疑先生檇李诗系》四十二卷（康熙四十九年金南锳敦素堂刻本，国家图书馆藏），沈季友辑《檇李方外诗系》五卷（抄本），胡昌基辑《续檇李诗系》四十卷（宣统三年刻本），王成瑞辑《再续檇李诗系》不分卷（稿本），史简编《鄱阳五家集》（《景印文渊阁四库全书》本），汪森编《粤西诗载》二十五卷、《粤西文载》七十五卷（《景印文渊阁四库全书》本），李维钧辑《梅会诗人遗集十三种》三十九卷（康熙六十一年刻本），袁钧辑《四明文征》十六卷（四明丛书本）、《四明诗萃》三十卷（清六一山房抄本，国家图书馆藏），袁文揆辑《滇南文略》四十七卷（云南丛书本），袁文典、袁文揆辑《滇南诗略》四十七卷（嘉庆刊本），徐幹编辑《上虞诗选》四卷（光绪八年徐氏刻本，天津图书馆藏），等等。以沈季友辑录的《檇李诗系》为例，用编者自己的话说，"是集名《檇李诗系》，明其为一方之言也"，收录自汉代以至清代浙江嘉兴地方文人的创作。其中第七卷至第二十二卷收录明代文人的诗歌作品，在各代中卷次最多。自第三十卷以下，则按作者身份和主题分为方外、闺秀、仙鬼、题咏、谣谚等类。

作为地域文学发展的一种特殊形态，清人编纂家集的风气极盛，涌现了不少文脉源远流长的文化家族。在此背景下，这些家族当中的明代文人作品，也便成了家族后人编刻家集的一部分。

如程鸿绪纂辑《程氏所见诗抄》二十四卷（嘉庆十二年刻本，南京图书馆藏），收录由魏至清的安徽休宁程氏 650 位作者的诗歌作品。其中卷五至卷十一为明代作者，共计 207 人。又如梅清辑定、梅梦绂等同辑《梅氏诗略前集》十二卷（康熙三十年刻本），收入安徽宣城梅氏家族几代作者的诗歌，其中也有梅守箕、梅鼎祚等在当时具有较大影响的明代文人。① 在清人编刻的家集当中，也有专门收录某一家族明代文人诗文创作的情形，如袁永业编《明儒周源谿少溪元度三先生残诗合刻》三卷（民国元年东台袁氏铅印本），谢世南《东岚谢氏明诗略》（光绪癸巳赌棋山庄刻本），陈恭尹辑《番禺黎氏存诗汇选》（康熙三十三年黎延祖刻本），王士禛编《二仲诗》（康熙五十二年汪氏五世读书园刻本），蓝蔚雯辑《二蓝集》（咸丰刻光绪补刻本），等等。

　　明清时期，女性诗人的创作受到关注。清人所编的女性作家诗文总集，也有不少涉及明代女性诗人的作品。除了前文提到的揆叙辑录的《历朝闺雅》，还有诸如柳如是编《古今名媛诗词选》，张祖浩辑《女子古文观止》六卷，王端淑辑《名媛诗纬初编》四十二卷（康熙间山阴王氏清音室刻本，哈佛燕京图书馆藏），王端淑《名媛文纬》二十卷，王士禄编《燃脂集》二百三十卷（残存二十七卷）等。以王端淑辑《名媛诗纬初编》为例，该书选录先秦以至清初八百四十余位女性诗人的两千余首诗歌作品，编辑时间从崇祯十二年一直延续到康熙三年，跨度长达二十六年。又如王士禄所编的《燃脂集》，更是广采历代以来女性作家的诗、赋、文、说等各体作

---

① 关于清代家集的整体状况，参见徐雁平《清代家集叙录》，安徽教育出版社，2017 年。

品,堪称明清时期规模最大的女性诗文总集。①

　　清代学人选录、汇刊特殊群体的诗文创作而编纂总集,还体现在对写作者气节、品格等方面的关注上。如刘质慧编《新刻诸葛宗岳史四公文集》(同治十二年三原刘氏述荆堂刻本,国家图书馆藏),将三国时期诸葛亮(《诸葛忠武侯文集》六卷)、宋代宗泽(《宗忠简公文集》四卷、补遗一卷、《遗事》一卷)、岳飞(《岳忠武王文集》八卷)、明代史可法(《史忠正公文集》四卷)等四人的文集予以合刻。董琅编《甬东正气集》四卷(四明丛书本),收录明末清初浙江宁波地区的忠烈文人高斗枢、李柟、钱肃乐、陆符、林时对、庄元辰、杨德周、周齐曾、王玉书、董守谕、杨文瓒、华夏、王家勒、毛聚奎、李文缵、万泰、任光复、周元初、林时跃、徐凤垣、林奕隆等二十一人的 52 篇文章。而其中规模最大的总集,当属姚莹、顾沅、潘锡恩等人辑刻的《乾坤正气集》五百七十四卷(道光二十八年泾县潘氏袁江节署刻同治五年新建吴坤修皖江重印本,国家图书馆藏),收录自屈原以降至明代以气节见长的 101 位文人的作品,"集内诸公,或亮节著于疆场,或直声震于朝野,或被诬放斥而守身不二,或遭时变故而矢志靡他,虽行藏不一,其志节则同"(顾沅序)。其中 72 种为明人作品:王祎《王忠文公集》二十卷,练子宁《练中丞金川集》一卷,方孝孺《逊志斋集》二十二卷,周是修《刍荛集》四卷,程本立《程巽隐先生文集》二卷,刘璟《易斋集》一卷,史仲彬《致身录》一卷,于谦《于忠肃公集》四卷,张益《张文僖集》一卷,刘球《刘两溪文集》二十卷,周玺《周忠愍公垂光集》二卷,邹智《立斋遗文》四卷,沈炼《青霞集》四卷,夏言《桂洲文集》四卷,杨继

①关于清人所编的女性诗歌总集,可参见陈启明《清代女性诗歌总集研究》,复旦大学出版社,2022 年。

盛《杨忠愍公集》二卷，高攀龙《高子遗书》六卷，赵南星《赵忠毅公文集》十八卷，熊廷弼《熊襄愍公集》七卷，徐如珂《徐念阳公集》八卷，周起元《周忠愍奏疏》二卷，杨涟《杨忠烈公文集》五卷，左光斗《左忠毅公集》三卷，周顺昌《周忠介公烬余集》三卷，周宗建《周忠毅公奏议》四卷，缪昌期《从野堂存稿》五卷，李应昇《落落斋遗集》六卷，黄尊素《黄忠端公集》三卷，魏大中《藏密斋集》七卷，卢象昇《卢忠肃公文集》二卷，鹿善继《鹿忠节公集》二十一卷，范景文《范文忠集》九卷，倪元璐《倪文正集》四卷，凌义渠《凌忠介公文集》二卷，吴麟徵《吴忠节公遗集》二卷，周凤翔《周文忠公集》四卷，刘理顺《刘文烈公集》一卷，申佳胤《申端愍公集》一卷，金铉《金忠洁公集》二卷，贺逢圣《贺文忠公集》四卷，史可法《史忠正公集》四卷，黄端伯《瑶光阁集》十卷，左懋第《左忠贞公文集》八卷，王道焜《王节愍公遗集》二卷，刘宗周《刘子文编》十卷，祁彪佳《祁忠惠公遗集》八卷，陈子龙《陈忠裕全集》十卷，候峒曾《仍贻堂集》二卷，黄淳耀《陶庵文集》十卷，黄渊耀《谷帘先生遗书》三卷，葛麟《葛中翰集》三卷，金声《金太史集》九卷，温璜《温宝忠先生遗稿》十卷，吴应箕《楼山堂集》十八卷，孙传庭《白谷集》四卷，堵允锡《堵文忠公集》六卷，王思任《王季重先生文集》四卷，黄道周《黄石斋先生集》十六卷，钱肃乐《四明先生遗集》一卷，黎遂球《莲须阁集》六卷，郑元勋《影园集》一卷，江天一《江止庵遗集》八卷，郝景春《郝太仆遗集》一卷，陈子壮《陈忠简公遗集》三卷，王家桢《王少司马奏疏》二卷，管绍宁《赐诚堂文集》六卷，陈邦彦《陈岩野先生集》三卷，张煌言《张阁学文集》二卷，瞿式耜《瞿忠宣公集》八卷，夏完淳《夏节愍公集》四卷，蔡懋德《蔡忠恪公语录》一卷，孙承宗《高阳文集》三卷，朱集璜《观复堂集》二卷。

在清人编纂的诗文总集中，有的虽然收录作家、作品不多，但对今人研究部分明代文人具有较为重要的文献价值。其中有些为同题或者同一类型创作的合编，如贺光烈所编《三家咏物诗》（清康熙间刻本，国家图书馆藏），收录元明清三代谢宗可、瞿佑、张劢等三人的咏物诗各一卷。有些则为相同身份作者群体创作的汇集，如清初和尚穹公辑录《灯传集》（清顺治间刻本），收录明代僧人弘本（《柏支亭稿》一卷）、宗显（《龙树斋稿》一卷）以及清初僧人中英（《龙华院稿》二卷）三人作品。又或为同一地域相同身份作者群体创作的合刊，如吴骞编《海昌丽则》（清乾隆嘉庆间吴氏拜经楼刻本，国家图书馆藏），收录明清时期海昌（浙江海宁）女诗人朱妙端（《静庵剩稿》一卷）、葛宜（《玉窗遗稿》一卷）、徐灿（《拙政园诗集》二卷、《诗余》三卷）、钟韫（《梅花园存稿》一卷、《诗余》一卷）、黄兰雪（《月珠楼吟稿》一卷）等人的诗词作品，刊刻时间从乾隆末年一直到嘉庆中期，其中朱妙端为明人，葛宜、徐灿为明末清初人。

　　清人编选通代诗文总集，常以"＊家"/"＊大家"之名选录数朝文人作品。如李祖陶评点《金元明八大家文选》（道光二十五年吉安府刻本，国家图书馆藏），收录金元好问（《元遗山先生文选》七卷）、元姚燧（《姚牧庵先生文选》五卷）、吴澄（《吴草庐先生文选》六卷）、虞集（《虞道园先生文选》八卷）、明宋濂（《宋景濂先生文选》七卷）、王守仁（《王阳明先生文选》七卷）、唐顺之（《唐荆川先生文选》七卷）、归有光（《归震川先生文选》六卷）等八人文章。刘肇虞编选、评点的《元明七大家古文选》（乾隆二十九年步月楼刻本，国家图书馆藏），则收录元代虞集、揭傒斯、明代王守仁、归有光、唐顺之、王慎中、艾南英等七人的古文作品。王文濡编选的《明清八大家文钞》八卷（民国四年、九年上海文明书局石印本，国家图书馆藏），虽以"明清"文章家为选录对象，但其中明代仅录归有光一人，其余方苞、刘大櫆、姚鼐、梅曾亮、曾国藩、张裕钊、吴汝纶等七人均为清代文章家,且都与桐城派关系密切。此外,到了清代晚期,还出现了以"三百首"等名选录宋代以后作品的总集,如道光、咸丰年间由朱梓、冷昌言辑录的《宋元明诗约钞三百首》(清光绪元年虞山鲍氏抱芳阁重刻本,天津图书馆藏)、《宋元明诗选三百首》(青木嵩山堂刻本,1901)等,对于今人选录明诗作品有潜在影响。

二、清代所编明人诗文总集

相比在通代诗文总集中收录明人诗文作品,清代所编专门收录明人诗文创作的总集类作品显得更为丰富。其间用意,颇有几分以诗、文存人的意味。而这一点,在清代前期编纂的各种明人诗文总集那里体现得更为明显。

清代编选明人诗文总集的工作,实际上是从"明人"那里开始的。例如广为人知的《列朝诗集》,其编选者钱谦益出生于万历十年(1582),与钟惺为同科进士,在明代生活的时间要远多于入清以后。然而由于其政治立场的改易,列名贰臣,因此通常被视为清人。钱谦益编纂《列朝诗集》,始于明代天启初年,而最终刊刻行世则在入清以后。其出发点和编选目的,恰如钱氏在序中所说,是仿照元好问编《中州集》以诗存人、存史之意。《列朝诗集》分为乾集、甲集前编、甲集、乙集、丙集、丁集、闰集等七编,共 81 卷,收录诗人达 1600 余人,是明清时期规模最大的明代诗歌总集。

与钱谦益因列名贰臣而被视作"清人"不同,顾炎武、黄宗羲、王夫之被称为"清初三大家"或许与他们入清以后生活时间较长有一定关系,他们对清朝政权都采取不合作态度。由于身份上已经被认定为"清人",因而后世在论及清代的思想、学术时,往往都自顾、黄、王三人始。在此背景下,他们编选的明代诗文总集,也常被放在清代学术的视野下加以论述。以黄宗羲为例,他在明代文章选编方面做了大量工作,先后编有《明文案》《明文海》《明文授读》等总集,规模宏大①;王夫之则在选评《古诗评选》《唐诗评选》之外,专门编选了《明诗评选》,虽然对明代诗人诗作多置贬词,但对我们了解这一时期学者眼中的明代诗歌整体面貌仍颇具价值。

　　清代文人尽管在看待明代诗文方面常持批评的态度,然而在编选明代诗文总集方面却表现出极大的热情。以明诗总集为例,出现了如沈德潜、周准辑《明诗别裁集》十二卷(乾隆四年赋琴楼刻本,国家图书馆藏),朱之京辑《明诗汇选》十三卷(顺治十六年刻本,中国社会科学院文学研究所藏),程如婴、朱衣辑《明诗归》八卷(顺治七年绿天阁刻本,湖北图书馆藏),宋弼编《山左明诗钞》三十五卷(乾隆间李文藻家刊本),王夫之《明诗评选》,王企埥辑《明诗百三十名家集钞》二十四卷(康熙六十一年刻本),朱琰辑《明人诗钞》十四卷、《续集》十四卷(乾隆二十五年樊桐山房刻本,国家图书馆藏),陈田辑《明诗纪事》一百八十七卷(光绪二十五年至宣统元年陈氏听诗斋自刊本)等一大批明人诗歌选本。② 其中如朱彝尊辑《明诗综》(康熙间刻本,国家图书馆藏),选诗规模多达一百零九卷(其中有九卷分为上下两卷),选录明代 3300 余位诗人的 1 万余首诗歌作品,是除钱谦益《列朝诗集》之外清代规模

---

① 最近人民文学出版社、国家图书馆出版社相继推出了由黄灵庚主编和校点的《明文海》点校本和影印本,对全面了解这一大型明文选本有重要价值。
② 据尹玲玲《清人选明诗总集研究》(苏州大学出版社,2017 年)统计,顺治、康熙年间编纂的明诗总集多达 38 种,雍正以至光绪年间编纂的明诗总集也有 23 种。

最大的明代诗歌总集。① 与之相呼应,清人编纂的明文选本也数量众多,除了黄宗羲所编的《明文案》《明文海》《明文授读》等之外,尚有顾有孝辑《明文英华》十卷(康熙二十六年刻本,上海图书馆藏),薛熙辑《明文在》一百卷(康熙三十二年古渌水园刻本,国家图书馆藏),徐文驹辑《明文远》二十一卷(学古楼刻本,中国社会科学院历史研究所藏),孙琭辑《山晓阁选明文全集》二十四卷、《续集》八卷(清康熙十六年至二十一年文雅堂刻本,国家图书馆藏),等等。

编纂地域性的诗文总集以凸显地域人文鼎盛,是明清时期地方文化建设最重要的形式之一。清人编纂的地域性明代诗文总集数量不少,如王崇简辑《畿辅明诗》十二卷(顺治十七年刻本),宋弼编《山左明诗钞》三十五卷(乾隆李文藻家刊本),徐宗干编《山左明诗选》(道光间刻本),田同之《安德明诗选遗》(康熙六十年刻本),王辅铭辑《明朝练音初集》十卷(乾隆八年飞霞阁刻本),王辅铭辑《明朝练音续集》十卷(雍正间刻本),顾沅辑《吴郡文编》二百四十六卷(稿本),王应奎辑《海虞诗苑》十八卷(乾隆二十四年刻本),瞿绍基辑、屈振镛校订《海虞诗苑续编》六卷(稿本),潘江辑《龙眠风雅》(《初集》,康熙七年刻本;《续集》,康熙二十八年刻本),梁九图、吴炳南辑《岭表明诗传》(道光二十三年刻本),赵恩轩辑《青州明诗钞》(民国三十年铅印本),郭柏苍辑《全闽明诗传》(光绪己丑郭氏闽山沁泉山馆刻本),李衍孙辑《武定明诗钞》(乾隆间刻本),等等。

————————

①虽然收诗数量较《列朝诗集》少,但《明诗综》选录明代诗人的人数却远在《列朝诗集》之上。另外据《中国古籍总目·集部》记载,上海图书馆有清抄本朱彝尊辑《明代诗甄汇编》一百卷,与此不知是否为同一书?

　　以明代的特殊文人群体作为选编对象的总集编纂,在清代仍为部分编者所偏爱。如佚名辑《明诗复古集》三卷(石竹居士抄本),以"复古"作为选诗标准;夏官、郑星选《钟谭诗选》不分卷(顺治三年刻本),选录晚明竟陵派两位领袖诗人钟惺、谭元春的诗歌作品;姚佺、孙枝蔚编并评《四杰诗选》二十四卷(清初刻本),选录李梦阳、何景明、李攀龙、王世贞等四人诗作;张百熙编《弘正四杰诗集》七十三卷(光绪二十一年长沙张氏湘雨楼刻本,天津图书馆藏),收录李梦阳、何景明、徐祯卿、边贡四人诗作;严岳莲编《明四子诗集》一百二十六卷(光绪三十三年渭南严氏刻本),收录李梦阳、何景明、李攀龙、王世贞等四人诗作;陈文藻辑《南园后五先生诗》,选录明代中后期五位岭南诗人欧大任、黎民表、梁有誉、李时行、吴旦的诗作;王士禛辑《新安二布衣诗》八卷(康熙四十三年汪洪度刊本),选录晚明新安布衣程嘉燧、吴兆二人的诗作;王士禛编《二家诗选》(清刻本,天津图书馆藏),选录徐祯卿、高叔嗣二人诗歌作品;谢三宾辑《嘉定四先生集》八十七卷(崇祯间刻清康熙二十八年陆廷灿重修本),收入明代后期嘉定四先生娄坚、程嘉燧、李流芳、唐时升等人作品;等等。

　　其中遗民作为一代文人中的特殊群体,在入清以后受到较大关注,卓尔堪编纂的《遗民诗》十二卷(康熙间刻本,国家图书馆藏),收录了三百余位明遗民诗人的二千余首诗歌作品。[①] 对于各人选诗的多寡以及编刊的方式,编者在凡例中特别予以说明:"俱选已往遗民之诗,得诗即梓,先后故无诠次。其间有得其全集,选

---

① 该书有十二卷本、十六卷本两种,均为康熙间近青堂刻本。十二卷本国家图书馆、复旦大学图书馆、浙江图书馆有藏,十六卷本藏于中国科学院图书馆、南京图书馆、天一阁博物馆等处。

至百数十首者;其余未见全稿,或仅得数首,或数十首者,姑就所见录之。俟觅得全稿,选入再见中。至耳目所未逮,正在访求补入。四方同志倘有留心收录者,敢恳邮筒惠寄,以便续选入集,不致憾于遗漏。"在总集编纂中受到关注的还有易代之际的女性诗人。如邹漪编《名媛诗选》(清初刻本,存五卷,国家图书馆藏),即收录明末清初女性诗人,如柳如是、吴冰仙、卞梦珏、吴山、吴芷仙等人作品,其人大体来说都可归于晚明女性诗人研究的范围。

　　入清以后,女性创作仍保持旺盛态势。在此背景下,明代女性的创作也受到关注,邹漪编《红蕉集》、刘云份编《翠楼集》、季娴编《闺秀集初编》等,均以明代女性诗人作为主要选文对象。以季娴所编《闺秀集初编》为例,该书所存清钞本分为上、下两卷(与四库提要所载不同),收录明代七十五位女性诗人的诗歌作品三百六十首,词二十七首。在编刊过程中,作者带有很强的以诗存人目的:"是编虽所阅百余集,每读集中赠遗,翻阅诸题,多有闺秀诗草颇未经见,知天下之大原不止此。倘有秘之帐中,未付梨枣,或杀青已久、湮没勿传者,幸同仁捡搜邮寄,俟成续刻。"(《闺秀集自序》)历史变幻中人物命运的转折,借助于诗歌作品的选编而得以被记录下来,成为后人探寻这一段历史的重要窗口。并且从另一方面来说,情感的记忆也是历史建构必不可少的一部分。

　　清人评论明代文人,时常有一种排位意识,如不少批评家曾经以明诗谁属第一发表自己的看法。这样的意识也反映在明人诗文总集的编选当中,具体表现为以"＊(具体数字)大家"的形式选出自己心目中的优胜诗文作家。其中反映突出的是张汝瑚所编的一系列明代"大家"文选:《明五大家集》五十卷(康熙二十一年温陵书林刻本),收录宋濂、方孝孺、唐顺之、王慎中、归有光等五人作品;《明六大家集》六十九卷(康熙二十一年郢雪书林刻本），收录刘基、李梦阳、茅坤、王世贞、李攀龙、汪道昆等六人作品；《明八大家集》七十六卷（康熙二十一年温陵书林刻本），收录宋濂、王守仁、茅坤、唐顺之、方孝孺、刘基、王慎中、归有光等八人作品，较《五大家集》增加王守仁、茅坤、刘基等三人，其中仅王守仁未见于《六大家集》；《明十一大家集》七十五卷（康熙二十一年刻本），收录刘基、宋濂、方孝孺、李梦阳、唐顺之、李攀龙、归有光、茅坤、王慎中、王守仁、汪道昆等十一人作品，实际上是合《六家集》《五家集》而成。类似这样的总集编纂方式，仍保留了明代后期颇为发达的书坊编书特征。而以"大家"进行标目，一方面既是出于对一代之文价值上的认定，同时也似带有故作高论以引人关注的意图。

分体选文在清人编纂的明人诗文总集中也有所体现。如王元勋、程化骎二人合编的《明人尺牍选》四卷（康熙四十四年碧云楼刻本，国家图书馆藏），收录宋濂（1首）、倪瓒（2首）、方孝孺（7首）、陈献章（2首）、岳正（1首）、杨守陈（1首）、何乔新（3首）、李东阳（6首）、桑悦（2首）、罗伦（2首）、章懋（6首）、程敏政（1首）、吴宽（1首）、王鏊（5首）、储巏（2首）、罗玘（2首）、王守仁（3首）、沈周（3首）、祝允明（2首）、唐寅（1首）、王宠（2首）、康海（2首）、徐问（2首）、魏校（2首）、陆深（3首）、文徵明（3首）、崔铣（1首）、杨慎（3首）、霍韬（1首）、张岳（1首）、许宗鲁（1首）、胡侍（1首）、王廷陈（2首）、颜维乔（1首）、凌约言（1首）、徐阶（1首）、徐献忠（3首）、陆粲（4首）、唐顺之（4首）、陈束（2首）、孙陞（1首）、赵贞吉（2首）、王维桢（1首）、刘绘（1首）、茅坤（5首）、张居正（25首）、杨继盛（2首）、王世贞（5首）、汪道昆（3首）、海瑞（1首）、谢榛（2首）、徐中行（1首）、宗臣（3首）、吴国伦（2首）、王世懋（2首）、王锡爵（1首）、归有光（14首）、徐渭（6首）、于慎行（1首）、赵用贤（5

首）、莫是龙（5首）、王稚登（8首）、严泽（1首）、冯梦祯（4首）、冯琦（1首）、屠隆（4首）、汤显祖（15首）、王在晋（3首）、李贽（1首）、董其昌（1首）、高攀龙（2首）、陈继儒（4首）、谢肇淛（2首）、袁宏道（7首）、王思任（2首）、熊廷弼（1首）、王衡（14首）、钱象坤（1首）、杨涟（2首）、钱谦益（14首）、王良臣（3首）、钟惺（2首）、缪昌期（1首）、范景文（1首）、周顺昌（6首）、俞琬纶（5首）、刘荣嗣（1首）、袁中道（2首）、魏大中（3首）、萧士玮（2首）、瞿式耜（1首）、姚希孟（5首）、祝世禄（2首）、唐时升（1首）、程嘉燧（3首）、茅维（2首）、魏学洢（1首）、陈衎（4首）、章世纯（2首）、文震孟（2首）、陈于泰（1首）、赵士春（2首）、程先达（3首）、曾异撰（3首）、黄淳耀（2首）、徐世溥（1首）、陆圻（2首）、顾炎武（2首）、释袾宏（2首）、释德清（2首）、宋氏（1首）、余琼英（1首）、顾和知（1首）、徐媛（4首）、周明媆（2首）等113人的402篇书信。又如邓元镶编《明人尺牍》四卷（清光绪十七年无锡邓氏刊本，天津图书馆藏），收录祝允明、莫如忠、沈周、文徵明、严澄、杨继盛、文彭、文嘉、徐渭、周天球、王稚登、董其昌、陈继儒、刘宗周、韩敬、张世伟、俞琬纶、周宗建、杨文岳、瞿式耜、文震孟、倪元璐、候峒曾、徐汧、杨廷枢、陈恂、钱栴、祝渊、丁元公、陈洪绶、严调御、文谦光、黄道周、许初等人的书信，基本上都是人各一篇。究其因由，正如编者的书前短序中所说的："先生（即梁山舟）藏明人及国朝尺牍二十六册，凡七百五十余人，为冯鸣和借钩上石者仅十之一耳。江乡兵火，不惟真迹未必尚存，即石本亦极难得。此从石本录出付梓，冀广流传。"一方面是基于个人收藏的一种选录，而并非出于对一代文献的整体观照；另一方面，存录其文，也有记录一代之史的含义。

第三节 1911 年以来明代诗文总集的 编选、整理与汇刊

在现代学术建立过程中，明代诗文受重视的程度不高。反映在诗文总集的编选、整理与汇刊方面，在上世纪 80 年代以前，极少有学者愿意将精力投入到明代诗文文献的搜集、整理工作当中。80 年代以后，随着明代诗文研究逐渐受到重视，相关文献的搜集、整理、编选工作相继开展，取得了一些成绩，对推动明代诗文研究的兴盛起到了较大促进作用。

民国时期编纂的明代诗文总集，总体而言并不多见。最先进入知识界视野的是晚明小品文，因此而编选的小品文选集有刘大杰《明人小品集》(北新书局，1935 年)、王英《晚明小品文总集选》(南强书局，1935 年)、施蛰存《晚明二十家小品》(光明书局，1935 年)、阿英编校《晚明小品文库》(上海大江书店，1936 年)等。以刘大杰的《明人小品集》为例，该书分杂文书信、杂记、序跋、小传四类进行编选，选录卫泳、钟惺、袁中道、伍瑞隆、黄淳耀、金俊明、闻启祥、李应昇、郑二阳、陈子龙、吴从先、程羽文、曾文饶、祁彪佳、项煌、袁宗道、袁宏道、张岱、谭元春、沈承、万时华、徐日久、周顺昌、陈弘绪、董其昌、黄汝亨、陶望龄、朱国桢、姚希孟、王心一、叶小鸾、陈子壮、陈仁锡、胡应嘉、梁云构、阙士奇、陈子龙、韩诗、吴应箕、李天植、杜濬、黎遂球、吴承科、苏桓、朱徽、刘士龙、钱应金、康范生、张明弼、柯耸、吴伯裔、诸葛羲、翁吉燧、陆宗伯、叶秉敬、顾起元、高攀龙、王思任、周宗建、沈守正、李流芳、魏大中、魏学洢、文震孟、曾异撰、陈继儒、刘同升、陈瑚、茅元仪、左懋第、卓人月、姚宗典、筼科友、余飏、李陈玉、王挺、曹宗璠、陈鉴、张光纬、龚安

卿、杨庭桢等 81 位明人的 111 篇小品文。此外如金石学家朱剑心曾选注《晚明小品选注》(商务印书馆《学生国学丛书》之一,1936 年),选录晚明文人 54 家的 159 篇小品文,分为论说(杂文)、序跋(序、引、题词、跋、书后、自记、题画)、记传(游记、杂记、传记、自状、墓志)、书简、日记等五大类,共计九卷。然而周作人 1937 年初读该书时,曾批评说:"未及遍读,只挑了袁中郎的几首游记来看,觉得未能满意。"(《读〈晚明小品选注〉》,《益世报》1937 年 5 月 6 日)刘延陵编著、胡伦清校订《明清散文选》(正中书局,1937 年),其中明代部分收录了宋濂、刘基、方孝孺、归有光、袁宗道、袁宏道、袁中道等 18 人的 41 篇文章。徐絜庐编、吴虞公校《元明文选》(大通图书社,1936)、林语堂译《明清小品》等也出现在这一时期。

民国时期也曾出现少量选录明代诗歌的选本,如胡云翼编《明清诗选》(中华书局,1940 年)。进入 1980 年代以后,明代诗文开始逐渐进入研究者视野,出现了为数不少选一代之文的明代诗文选本。

诗歌方面,如楚庄《元明清诗选》(新蕾出版社,1984 年、1995 年),滕云编著《元明清诗选讲》(中国少年儿童出版社,1987 年),陈友琴主编《元明清诗选注》(北京出版社,1988 年),陈履生注《明清花鸟画题画诗选注》(四川美术出版社,1988 年),宋梓《宋元明诗三百首》(浙江古籍出版社,1989 年),李梦生编著《元明诗选》(香港中华书局,1991 年;上海书店,1993 年)、《元明清诗三百首》(上海古籍出版社,2001 年)、《元明诗三百首注评》(凤凰出版社,2008 年),乔力等译注《明诗三百首译析》(吉林文史出版社,1993 年),羊春秋选注《明诗三百首》(岳麓书社,1994 年),巨才选编《明诗三百首》(山西人民出版社,1994 年),金性尧选注《明诗三百首》

（上海古籍出版社，1995 年），朱安群编选、马雪松等注释《明诗三百首详注》（百花洲文艺出版社，1996 年），刘永生编《元明诗选》（天津古籍出版社，1997 年），李梦生注译《元明诗一百首》（上海古籍出版社，1999 年），毛道海、刘承汉主编《潜江明清诗选》（湖北人民出版社，1999 年），闫连朵编《元明诗选》（天津人民出版社，2001 年），王增山、杨永基选注《利津明清诗选》（山东文艺出版社，2002 年），陈道贵选注《元明清诗选》（珠海出版社，2002 年、2004 年），杜贵晨《明诗选》（人民文学出版社，2003 年），邓国光、曲奉先编《中国历代咏月诗词全集》（河南文艺出版社，2003 年），林霄选编《唐宋元明清名家诗选》（贵州民族出版社，2004 年），贵州省文史研究馆选编《黔诗选·明清部分》（贵州人民出版社，2005 年），宋丽静选注《宋元明清诗选》（河北大学出版社，2006 年），郑健勇主编《黔北明清之际僧诗选》（贵州民族出版社，2008 年），汪世清辑注《明清黄山学人诗选》（上海古籍出版社，2009 年），中山大学中国古文献研究所编《全粤诗》（岭南美术出版社，2010 年），潘忠荣主编《桐城明清诗选》（安徽美术出版社，2011 年），左东岭编《明诗一百首》（岳麓书社，2011 年），许渊冲《宋元明清诗选》（海豚出版社，2013 年；五洲传播出版社，2012 年、2018 年），赵伯陶注译《新译明诗三百首》（台湾三民书局，2015 年），陆岩君、朱钦运编著《元明清诗选》（同济大学出版社，2017 年），王守义编选、王守义、诺弗尔译《归舟：中国元明清诗选》（黑龙江大学出版社，2018 年），黄瑞云注评《中华传世诗选·元明诗卷》（湖北人民出版社，2018 年），王立言选注《明诗三百首》（百花文艺出版社，2018 年），陈伉编著《明清诗词三百首》（远方出版社，2019 年），李志德《永嘉古代全诗》（中国民族文化出版社，2019 年），刘新文编著《明清诗选评》（人民出版社，2019 年），姜兆翀《松江诗钞》（上海书店出版社，2019 年），王志民等编纂《历代诗咏齐鲁总汇》(山东人民出版社,2021 年),乔建堂编著《历代歌咏书法诗选注·明清卷》(北岳文艺出版社,2021年),赵温甫编《中国历代名媛作品选辑》(巴蜀书社,2021 年),谢创志编《东莞女诗人诗词集》(齐鲁书社,2022 年),等等。

明代文章的汇编和整理,也大约是从 1980 年代以后才开始受到学界重视。先后出版的明文选集有刘世德《明代散文选注》(上海古籍出版社,1980 年),田南池译注《明代散文选译》(巴蜀书社,1991 年),胡冠莹选析《明代散文赏析》(广西教育出版社,1987年),李枝枢《明代传记选粹》(天津教育出版社,1988 年),郭预衡主编《明清散文精选》(江苏古籍出版社,1992 年),郭预衡选注《历代文选·明文》(河北教育出版社,2000 年),王平选注《明代散文》(西苑出版社,2001 年),赵伯陶选注《明文选》(人民文学出版社,2006 年),李青唐等撰注《明代散文精解》(杭州出版社,2007 年),国家图书馆出版社古籍影印室辑《明代名人尺牍选萃》(国家图书馆出版社,2008 年),田南池译注《明代散文选译》(凤凰出版社,2011 年),上海市松江区文学艺术界联合会编《明代松江名人文选》(上海文艺出版社,2020 年),汤化注评《晚明散文选》(中州古籍出版社,2021 年),等等。也有不少历代文章选本收录明人文章,如屈守元等选注《中国历代文选》(台湾华正书局有限公司,2003 年),仇江选注《岭南历代文选》(广东人民出版社,2011 年),冯其庸主编《历代文选》(中国人民大学出版社,2012 年),余嘉华等主编《云南历代文选》(云南教育出版社,2014 年),等等。

新时期中国古典文学文献编纂方面的一项重要工作,是对综括一代文学文体的"全﹡诗""全﹡文"的汇编。这项工作,其渊源至晚可以追溯至清代编纂《全唐诗》《全唐文》。到了新中国以后,《全宋文》《全宋诗》《全元文》《全元诗》等也都相继编成出版。虽然后续也都仍有续纂补辑,但一代之诗文的整体面貌已大体清晰。与之相比,《全明文》《全明诗》的工作在上世纪 80 年代后期开始启动,到 90 年代初已经略有小成。对于其编纂的必要性及价值,正如《全明诗》主编章培恒先生所指出的:"要研究必须有资料。保留下来的资料确实很多,但大部分都没有作过整理,这给研究工作造成很大困难。尤其令人不能无动于衷的是:如不及时整理,有的材料以后也许就会损坏得无从使用了。当然不能等整理好了再研究,但在研究的同时,把较大的力量投入整理,却是完全必要的。正是基于这样的认识,我们产生了编纂《全明诗》的设想,企图以我们的微弱力量,来网罗一代文献。"①然而或许是因为涉及的文献太多、太广,《全明诗》《全明文》在编纂了两三册并出版之后,后续进展较为缓慢,迄今未见有更多新的成果面世。在一代诗文文献的搜集、整理方面,明代的工作仍"路漫漫其修远兮",有待后继有志者的付出与努力。

　　与之并行的是,明代诗文总集的出版开始逐步推进。从具体情况来看,明清时期的明人诗文总集被整理、出版主要是在上个世纪 90 年代以后。《明诗别裁集》《明诗综》《列朝诗集》《石仓十二代诗选》《明文海》《明诗评选》等一批较为重要的明人诗文总集被校点、整理,为推动明代诗文的研究提供了一定的文献基础。然而对于汗牛充栋的明代诗文总集文献来说,这样的整理工作既略为无序,也显得十分有限,此外仍有大量的总集文献未被关注。在此背景下,明代文学研究者们仍应尽其所能地在文献清理、搜集方面不断推进。

　　相对于深度整理存在的各种困难以致进展相对缓慢,明代诗

---

① 章培恒《〈全明诗〉前言》,《复旦学报》1990 年第 5 期,第 86 页。

文总集的汇刊、影印出版取得的成绩更显突出。2018年广西师范大学出版社推出了陈广宏、侯荣川合编的《日本所编中国诗文选集·明代卷》,共收录明人诗文选集70种,其中除了部分为单个诗人的作品选集之外,有不少是属于总集性质的明代诗文选本,如《大明京师八景诗》《唐后诗》《明诗大观》《明七才子诗集》《明九大家诗选》《盛明七子尺牍注解》《明七才女诗集》《明贤咏落花诗》《列朝诗钞》《明诗节义集》《明四大家文选》《明文选》《明文批评》《明诗手抄》《明诗绝奇》《明十家诗选》《明七子诗解》,等等。①《选集》之外,陈广宏、侯荣川二人还合编了《日本所藏稀见明人诗文总集汇刊》第一辑,广西师范大学出版社2019年出版,收录藏于日本各主要图书馆的稀见明人诗文总集18种,其中日本内阁文库所藏《夫容社吟稿》《锦里春祺集》《摘刊和鹤篇》《拙圃集》《明仕林诗类》《三先生集》《天钧阁会编》《檇李二姬倡和》《白牙集》等9种为海内外孤本。《汇刊》的第二辑也于2022年底由广西师范大学出版社出版。侯荣川教授还主持了国家社科基金重大项目“东亚藏孤本明代集部文献整理与研究”。此类海外文献的汇集、出版,将会对明代诗文研究深入拓展起到促进作用。此外,如杨忠主编《历代地方诗文总集汇编》(国家图书馆出版社,2016年),徐永明主编《美国哈佛大学哈佛燕京图书馆藏明清善本总集丛刊》(广西师范大学出版社,2019年),徐雁平、张剑主编《清代家集丛刊》(国家图书馆出版社,2015年),姚蓉主编《明清唱和诗词集丛刊》(国家图书馆出版社,2023年)等大型文献丛书当中,也收录了不少明代诗文总集文献,同样为研究明代文学提供了便利。

---

① 收录各书的基本情形,参见陈广宏、侯荣川编著《日本所编明人诗文选集综录》,广西师范大学出版社,2018年。

第三章　明代诗文批评史料

从概念所指的内涵来看，"明代诗文批评史料"包括两个层面的含义：第一层含义，是指明代人有关诗文理论方面的论说材料，作者生活的时代为明代，而其论述对象既可以是前代的诗文作品，也可以是本朝文人的创作；第二层含义，则是指有关明代诗文的批评史料，论述的对象为明代文人的诗文创作，而作者既可以是明代人，也可以是清代及以后各时期的评论者。本书概述明代文学史料，理应包括这两方面的内容。不过出于为明代文学研究提供文献学支撑的目的，以及避免多线叙述可能造成的困难，本章概述明代诗文批评史料，主要针对第二个层面的内容，而所述史料则以明清两个时期为主，少量涉及民国时期，今人以旧体诗话或者文话撰写的评论材料则不包括在内。至于研究明代文学理论相关方面的文献，则可以通过对以下第一节有关明人论本朝诗文史料的梳理，由此及彼，触类旁通，进而有较为全面的掌握。此外，今人撰写的各种文学理论史、批评史以及有关明代诗文理论研究的著作，也可以作为了解明人诗文理论和批评文献一般状况的途径之一。①

---

① 有关明清时期明代诗文研究的一般情形，参见陈正宏《明代诗文研究史：1368—1911》，《中国文学研究》2000 年第 2 辑，江西教育出版社，2000 年。该文也曾单独作为著作出版（上海文化出版社，2000 年）。

第一节　明人论明代诗文史料

明代文学批评的成绩，颇受现代学者肯定。朱东润在《何景明批评论述论》中曾指出："文学与文学批评，截然两事，其成就之先后，各有历史。在文学批评，当然不能脱离文学而独立，然两者之盛衰，初无连带之关系。中国批评时期，在梁代极盛，其时文学上之兴趣虽浓，而文学上之成绩，较之前代，未见超绝。初唐、盛唐在唐代文学史上放一特采，而文学批评之成熟，反迟至中晚以后。两宋批评意趣更觉浓厚，除文学批评外，更及其他艺术，如书法、画法等，在宋人题跋中，皆章章可考。而大胆的批评精神，直至明代始见卓越，在号称复古之四子中为尤甚。常人持论，对于明代每加菲薄，倘就文学批评之观点论之，不能不为之惊异也。"①明代文学批评意见的发表，不仅表现在对历代以来诗文的评论方面，其中有关本朝诗文的评论也在在可见。本节概说明人有关本朝诗文创作的批评文献，按照文本性质的不同，主要分为诗话、文话、序跋、书信、史书、碑传、笔记、选本等几个方面加以缕述。② 在此之外，也仍有其他形式的文学批评史料，如论诗诗，王九思有《漫兴十首》，王廷相有《四友叹》，王世贞有《四十咏》，朱松年有《先友七子诗》，等等。

---

①朱东润《中国文学批评论集》，开明书店，1941 年，第 65 页。
②关于明代文学批评资料的文献类型，可参见叶庆炳、邵红主编《中国文学批评资料汇编·明代卷》，台湾成文出版社，1979 年。

一、诗话、文话与明代诗文批评

　　"话体"文学批评史料尽管不是到明代以后才出现,却是在明代成为批评家评论诗文最重要的方式之一,并由此衍生形成丰富的诗文理论系统,同时也为明代诗歌写作提供重要指南。陈霆在《渚山堂诗话序》中曾说:"今之诗,其远乎性情而不《三百篇》若者,斯实病之也,安用是? 则应曰:诗话以卫诗也。……故诗话之作,用以范人性情,而止乎礼义。譬之用药然,诗则方也,话则佐使之道,斟酌增损之宜也。故非处方,则难乎药之良;非究诗话,则难乎诗之善。由是言之,谓诗话病诗者,非诬则愚也。"①这样的辩护,并非无的放矢,例如"前七子"领袖李梦阳在《缶音序》中就曾批评宋代人:"又作诗话以教人,人不复知诗矣。"②由此可以看出,无论其时对诗话持何种态度,明代中期以后诗话撰述的发达,在当时已引起文人群体的广泛关注。到了明代后期,出现了各种收录历代(包括明代)诗话的文献丛编、汇抄,如屠本畯编《诗言五至》、陶珽刊《说郛续》、稽留山樵编《古今诗话》等。③

　　对于明代"话体"文学批评发展的一般状况,陈广宏、侯荣川在《明人诗话要籍汇编·前言》中曾就明代"诗话"的演变分析说:"至明代,人们一方面或通过逐步上溯诗话之源,不断突破其成立

---

①陈霆《渚山堂诗话》卷首,陈广宏、侯荣川编校《稀见明人诗话十六种》上册,上海古籍出版社,2014 年,第 5 页。
②李梦阳撰、郝润华校笺《李梦阳集校笺》卷五十二,中华书局,2020 年,第 4 册第 1694 页。
③参见陈广宏、侯荣川编校《明人诗话要籍汇编·前言》,复旦大学出版社,2017 年,第 1 册,第 2 页。有关中国诗话演变的一般情形,参见蔡镇楚《中国诗话史》(湖南文艺出版社,1988 年、2001 年;江西教育出版社,2022 年)。

之初的狭义边界……皆反映出明人越来越将诗话泛化为广义论诗之文体的观念特点。……然在另一方面，依据诗话诸体式各自相对独立的表现，应该说，也还是有更为精细化的认识。……诸如此类的认识，我们从《四库全书总目》'诗文评'所析五例中，与论诗相关之紧要者实为钟嵘《诗品》代表的品第，皎然《诗式》所代表的法律，以及欧阳修《诗话》代表的'体兼说部'。从章学诚将诗话分为'论诗而及事''论诗而及辞'两类，以至郭绍虞先生将诗话大判为欧派诗话与钟派诗话，皆可观测到其承续有自。表明在较长的历史阶段，诗法、诗评、诗话确实是作为诗学文献的主要形式而存在，在相互融合之外，能够较为独立地保持各自的文体特征。"①这是就明代诗话本身发展的状况而言。而从与明代诗文研究的相关性来说，明人有关本朝诗文的重要理论话语、批评观念，如明初诗分五派、明诗"盛于国初"等，大多是通过诗话、文话等加以表达的。

　　明代的诗话著作，有专论一代甚至一人之诗的，其中以论唐诗者居多，如高棅《唐诗品汇》、胡震亨《唐音癸签》、唐元竑《杜诗攟》、陆时雍《杜诗镜铨》、徐献忠《唐诗品》等；也有的论前朝多个时期的作品，而不及于宋元以后，如冯复京《说诗补遗》、陆时雍《诗镜总论》等。② 这两类诗话作品，与本节所要概述与明代文学

————————————

① 陈广宏、侯荣川编校《明人诗话要籍汇编》第 1 册《前言》，复旦大学出版社，2017 年，第 8—10 页。

② 关于"诗话"的名称、源流、分类、形态等问题，参见蔡镇楚《诗话学》，湖南教育出版社，1990 年。具体到明代"诗话"著作应当包括哪些作品，左东岭《"话内"与"话外"——明代诗话范围的界定与研究路径》（《文学遗产》2016年第 3 期）曾有专门讨论。孙小力《明代"诗话"概念述论》（陈广宏、侯荣川编《古典诗话新诠论》，中华书局，2018 年）也做过详细考辨。本书采用一般的理解，而不对"诗话""诗评"等作严格区分。

研究相关的文学批评史料并无干涉,因而在此节不予讨论。

　　明代涉及明人作品的诗话类著作,大多是将明代的诗人诗作放在整个中国古代诗歌发展的脉络中予以评论。以李东阳所撰《麓堂诗话》为例,其中有不少论诗见解是关于中国古代诗歌的一般性论述,如关于诗歌"声""韵""意"等方面的看法。其中提出的许多诗学命题,如"诗贵情思而轻事实""诗贵意""诗主于法度声调"等,在明清时期的诗学理论中都有重要影响,也大多建立在对宋元以前诗歌作品认识的基础之上。与此同时,李东阳对本朝的诗歌创作也有所关注。在《麓堂诗话》中,也有少数条目与明人诗歌创作有关,如他说"林子羽《鸣盛集》专学唐,袁凯《在野集》专学杜,盖皆极力摹拟,但字面句法,并其题目亦效之,开卷骤视,宛若旧本",对国初"吴中四杰"作品的评价,对同时代作者张泰、谢铎、刘溥、庄昶、陈献章、张弼、陆钎等人诗歌作品的点评,尽管只是聊聊数语,却颇能道出其人诗歌写作的本质特征。① 今人研究明代诗歌、诗学论及相关作家作品,李东阳的论诗言论颇受重视。

　　又如晚明时期重要的批评家胡应麟(1551—1602)。他在小说、诗文批评方面都卓有成绩。由他所撰的《诗薮》二十卷,是明代重要的诗学理论著作。稍早于他的王世贞(1526—1590)曾对该书予以高度肯定:"若说诗者亡虑十余家,往往可采,而独兰谿胡元瑞氏最为博识宏览,所著《诗薮》上下数百千年,虽不必字字破的,人人当心,实艺苑之功臣,近代无两。"②"若所谓《诗薮》者,

①李东阳《麓堂诗话》,丁福保辑《历代诗话续编》下册,中华书局,2006 年第2 版。

②王世贞《李仲子能茂》,《弇州山人续稿》卷一八一,《明别集丛刊》第 3 辑第39 册影万历刻本,黄山书社,2015 年,第 206 页。

则不啻迁《史》之上下千载,而周密无漏胜之。"①王氏所说,虽然其中不无提携后辈之意,但从明代诗学的历史进程来看,胡应麟的《诗薮》确实占据了十分重要的地位。而就其评价所指向的诗学内容来看,不仅体现在《诗薮》对历代诗歌作品的评论当中,同时也在于:胡应麟论诗还充分关注到明代不同时期评论家对历代诗歌的批评,并在相关论说的基础上进行辨析,以期能对批评对象有更深刻的认识和理解。

胡应麟的《诗薮》共分内编、外编、杂编、续编等四个板块,其中内编六卷,按照诗体分别论述杂言、五言古体、七言古体、五言近体、七言近体、绝句等六大类;外编六卷,按照时代先后分为周汉、六朝、唐(上、下)、宋、元等几个时期;杂编六卷,分为遗逸、闰余两大类,遗逸上中下三卷分别以亡逸篇章、载籍、三国为主题,闰余上中下三卷则分别述评五代、南渡、中州(金)三个时期的诗人诗作;续编则专论明代之诗,时间从洪武初至隆庆年间。其中与明代诗歌作品相关的批评文献,除了《续编》专论明诗之外,其余则散布于对各种诗体的评论当中。如他在评论五言古诗时,曾就元明两代的乐府发表看法:"元名家称赵子昂……国初季迪勃兴衰运,乃有拟古乐府诸篇,虽格调未遒,而意象时近。弘、正迭兴,大振风雅,天所以开一代,信不虚也。"②他在论述近体诗的时候,不但论及前代诗人的近体诗歌作品,也会对本朝诗人如李梦阳、何景明、徐祯卿、王世贞等人的近体诗发表看法。如他论何景明的五言律诗说:"国朝仲默、明卿,亦是五言津筏,初学下手,所

---

① 王世贞《石羊生传》,《诗薮》卷首,上海古籍出版社,1979 年,第 7 页。
② 胡应麟《诗薮内编二》,陈广宏、侯荣川编校《明人诗话要籍汇编》第 7 册,复旦大学出版社,2017 年,第 3128 页。

当并置坐右。"①从中可以看出他在当代诗歌评价中的一般认识。

与此同时，胡应麟有时不仅只是就前代诗人诗作发表评论意见，还会针对本朝评论家提出的关于前朝作品的批评发表看法。如他在《内编二》曾引述何景明关于魏晋古诗的看法说："何仲默云：'陆诗体俳语不俳，谢则体语俱俳。'可谓千古卓识。"又具体分析何景明不取陶渊明、谢灵运之诗的做法说："仲默称曹、刘、阮、陆，而不取陶、谢。陶，阮之变而淡也，唐古之滥觞也；谢，陆之增而华也，唐律之先兆也。"②又如他辨析王世贞对曹植的评论说："《卮言》谓：'子建誉冠千古，实逊父兄。'论乐府也，读者不可偏泥。"③从诗学批评的角度来说，这类评论材料的内容，是明人诗学批评的剖析，对于今人探讨明代诗学批评的成绩，明人对前代诗人诗作的评论，均具有重要参考价值。

从目前可见的明代诗话著作来看，其中有的最初并非是以"诗话"为体撰为专书，而是包含在各体文章的写作当中，又或是为选集、总集编纂而撰写的提要或诗人简论。如明代中期的陆深（1477—1544）有《俨山诗话》一卷存世，其文本的来源为《俨山文集》卷二十五《诗话》。祁承爜《澹生堂藏书目》中记载该书，即注明"见文裕公《外集》"。明人诗话为选集、总集选录诗人诗作撰写的评论和提要，较具代表性的有顾起纶《国雅品》一卷。顾起纶曾辑明代诗人作品为《国雅》二十卷、《续国雅》四十卷，并仿钟嵘《诗

①胡应麟《诗薮内编二》，陈广宏、侯荣川编校《明人诗话要籍汇编》第7册，复旦大学出版社，2017年，第3149页。
②胡应麟《诗薮内编二》，陈广宏、侯荣川编校《明人诗话要籍汇编》第7册，复旦大学出版社，2017年，第3118页。
③胡应麟《诗薮内编二》，陈广宏、侯荣川编校《明人诗话要籍汇编》第7册，复旦大学出版社，2017年，第3119页。

品》而撰《国雅品》。后人据以抄录、编刻，成为专论明代诗人的诗话著作。

　　有些明人诗话规模虽然不大，但在最初面世时是单独成册，后来被编入作者文集或者汇刻的丛书当中。如李东阳所撰《麓堂诗话》，该书只有一卷数十条，最初由李东阳的门人王铎在正德年间刊刻，据王铎所作序说，"是编乃今少师、大学士西涯李先生公余随笔，藏之家笥，未尝出以示人"。在早期的书目文献和版本中多作《麓堂诗话》，后因被编入《怀麓堂集》而称《怀麓堂诗话》。清代修《四库全书》收录明人诗话不多，《怀麓堂诗话》即为其中之一。今存的版本有《知不足斋丛书》本、明钞《艺海汇函》本、《说郛续》本、《再续百川学海》本、《景印文渊阁四库全书》本等，收入丁福保辑《历代诗话续编》。今人李庆立在前人基础上整理、校释而成《怀麓堂诗话校释》。又如顾元庆所撰《夷白斋诗话》，也仅有一卷四十则，收录在其所编《顾氏明朝四十家小说》当中。该丛书收录明人笔记，其中也有顾氏自己的作品。《诗话》以纪事为主，兼有明人诗歌的评论，如论李东阳、唐伯虎等。

　　以上所论列的诗话，只是明人诗话中的一小部分。[①] 此外论及本朝诗人及诗作的诗话类著作还有很多，较为重要的如杨慎《升庵诗话》、王世贞《艺苑卮言》、王世懋《艺圃撷余》、徐泰《诗谈》、许学夷《诗源辩体》、谢肇淛《小草斋诗话》、都穆《都玄敬诗话》、谢榛《诗家直说》(《四溟诗话》)、朱孟震《玉笥诗谈》、《续玉笥

[①]复旦大学陈广宏教授主持国家社科基金重大招标项目"全明诗话新编"，辑录的明代诗话达二百三十余种(《明代诗话要籍汇编·前言》)。台湾东吴大学连文萍教授著《明诗话考述》，分"现存之明诗话""后人纂辑之明代诗话""已佚之明代诗话"等类对明代诗话予以详细考述。

诗谈》等,有的内容是对明人诗歌作品的评价,有的则是与人物有关的逸事,与笔记史料中记述的内容有类似之处。

诗话之外,明人还曾编撰过不少文话著作。① 明人论文讲究作文之法,唐顺之在《董中峰侍郎文集序》中指出:"汉以前之文未尝无法,而未尝有法,法寓于无法之中,故其为法也密而不可窥。唐与近代之文不能无法,而能毫厘不失乎法,以有法为法,故其为法也严而不可犯。密则疑于无所谓法,严则疑于有法而可窥。然而文之必有法,出乎自然而不可易者,则不容异也。"②因而明人在撰写文话著作时,有不少将关注点投注于指导作文方面。如万历年间徐渼所撰的《重校刻艺林古今文法碎玉集》二卷,乃是作者授学宝坻县育英堂时所作。除了在卷首提示古今文法凡例外,全书二十三目几乎都与文法有关,诸如"文法有所自始者""文法有各体样者""文法有章法杂抄""文法有学古杂抄",等等。内容上则从陈骙《文则》等抄录相关论说,摘录古今文章字句,以此作为学习文章写作的法门。

科举考试是明代士人进入仕途的主要通道,经义文写作成为通向仕途的不二法门。因而明人撰写的文话著作,有不少是专门针对八股文(举业)的,而在此方面表现最突出的要属明末的袁黄。他曾先后撰写《谈文录》《举业心镝》《举业彀率》《游艺塾文规》《游艺塾续文规》等,结合具体作品的分析、评点,论述八股文做法。又如项乔曾撰《举业详说》一卷,据作者所撰序所说:"予曩守渤海,尝概论举业以示诸生,于经义犹略也。去岁适转官适楚,

---

① 龚宗杰《明代文话研究》(中华书局,2019 年)附录之"明代文话总目"列明代文话著作 129 种,包括文集记载而已佚的文话在内。
② 唐顺之《荆川先生文集》卷十,四部丛刊初编本。

公余,课焕、蔚诸儿,乃复论经义之则,凡数十条,而选取程文以证之。自觉有裨于初学良切,不独吾儿所当知也。因捐俸附锓于旧论之后,总名为《举业详说》云。"①可见其书作为八股文写作指南的一般性特征。该书曾于嘉靖二十三年刊刻,后收入嘉靖三十年所刻项氏文集《瓯东私录》。类似性质的批评史料,后文在概述八股文文献时将会作专门探讨,此处从略。

二、序跋中的明代诗文批评史料

明人诗文别集、总集的序跋在明代诗文研究占有重要地位,这类文献往往是研究者进入作家作品研究最直接的通道。一方面,它们记录了这些著作编纂、刊刻的基本情况,是了解明代诗文作家创作的重要材料;另一方面,序跋的撰写者作为诗文作品的早期读者,常在序跋中提供自己阅读作品的感受和评论,这些评论意见在后世多被作为认识文人及其作品的重要依据。鉴于这两方面的认识,本小节简要论述序跋文献在明代诗文批评中的价值,以为研究者提供参考和借鉴。②

明代书籍刊刻十分发达,除了编刻前人著述之外,也刻印了大量本朝文人的诗文别集、总集。而明人凡是刻书,则必有序,甚至有的著作书前的序文多达十数篇。钟惺自序《隐秀轩集》曾以表彰古人做法作为对照:"古诗文多无序。非终无序也,未尝身乞人序;非徒不乞人序,而己亦不自作序。凡以诗文者,内自信于

---

① 项乔《瓯东私录》卷二,清抄本。
② 在现代学者的视野中,诗文序跋并不只是作为史料为明代文学研究提供支撑,其本身也是明代文学研究的文本对象。相关成果如王润英《梓而有序:明代书序文研究》,商务印书馆,2020 年。

心，而上求信于古人在我而已，初非序之所能传也。迨其必可传，而后序兴焉。故有诗文作于数百年之前，而序在数百年后者。传而后有序，非待序而后传也。如其传，则亦不必序矣。"①这样的情形，显然与明代的实际情况相反。一方面可以看出，凡是在当时具有较大影响的文人，其文集当中都会有大量为他人诗文集所作的序；另一方面，从有些文集前面保存的序跋材料来看，明人编刻文集请人作序已成为一种人人行之的惯例，其中不乏同一文集的各篇序跋写作时间相距十数年甚至数十年的情况。以严嵩《钤山堂集》为例，该书在嘉靖年间就有二十六卷本、三十二卷本、三十五卷本、三十六卷本、四十卷本、七十二卷本、八十三卷本以及杨慎的批点本等不同版本。在今存嘉靖间刻四十卷本卷首，留有十一位当时著名学者、文人所作的序，其中最早的一篇为孙伟所撰《钤山堂诗序》，作于正德十年（1515），此时严嵩方复官不久。最后一篇序则是由时任南京工部右侍郎的赵贞吉于嘉靖三十八年（1559）所作，是严嵩出示自己文集之后再请贞吉题序，其时距离严嵩削官仅有六年。此外，如湛若水、张治的序乃是为三十二卷本所作，杨慎嘉靖二十五年所作序题为《钤山堂诗集序》。② 从各人不同时期所作的序中，不仅能看到严嵩文集在最初编刻阶段的演变形态，还能从中读到不同阶段时人对严嵩诗歌作品的评价。若是能够以此类序跋文献为依据，研究严嵩在政治地位不断提高过程中，同时期文人的评价所发生的变化，对了解严嵩这样一位

①钟惺《隐秀轩集自序》，《隐秀轩集》卷第一七，上海古籍出版社，2017 年第 2 版，第 314 页。

②严嵩《钤山堂集》卷首，《明别集丛刊》第 2 辑第 11 册影明嘉靖刻本，黄山书社，2015 年，第 3—14 页。

在明代具有极大争议的政治人物的文学创作必将有重要参考价值。

严嵩文集卷首保留的序,在明人别集中尽管有一定的特殊性,然而从总体来看,明人刊刻别集请人作序乃是当时的常态。就像方鹏(正德三年进士,1508)在刊行自己的文集续稿时所做的那样:"《矫亭方先生存稿》十八卷,昔在乙未既刻梓行世。由乙未至己亥,先生又辑所著序、引、记、说、书、论、颂、赞、表、传、题、跋、铭、诔、祭文、古今诗凡若干首,厘为八卷,曰《续稿》,命其孙太学生世儒持以见示,且使为序。不佞震惴且病,未遑也。至是,魏光禄子秀刻之家塾,先生贻书见咨,不敢固让。"①为其作序的周凤鸣为正德九年(1514)进士,曾任大理寺左寺丞。序作于嘉靖十八年(1539)。在此情形下,通过这些与明人文集并存的序跋文献,研究者可以比较清楚地了解文集编刻过程中所发生的种种,而序者在序跋中提供的批评意见,也能为理解作家作品提供参照。

与文集并行的序跋有时并非成于一时,而是作者在自己的创作生涯中不断请人撰写的产物。其中有些序跋,则是序者为作者不同时期编刻的小集所作,在文集合刻或者重编时,这些序跋也都被收录在新刊的文集当中。如嘉靖年间刻本胡缵宗的《鸟鼠山人小集》《后集》等合刻本,卷首有崔铣作于嘉靖十五年(1536)的《可泉集序》,伍余福作于嘉靖七年(1528)的《鸟鼠山人小集序》,王慎中、顾梦圭分别作于嘉靖十六年(1537)的《鸟鼠山人小集序》,李濂作于嘉靖十八年(1539)的《胡可泉集序》,袁袠作于嘉靖十五年(1536)的《胡苏州集序》,邵宝作于嘉靖三年(1524)的《可

①方鹏《矫亭续稿》卷首,《明别集丛刊》第2辑第6册影明嘉靖十八年续刻本,黄山书社,2015年,第336页。

泉辛巳集序》,归仁作于嘉靖元年(1522)的《辛巳集序》,等等。①
其中所谓《辛巳集》,即胡缵宗作于正德三年戊辰(1508)至正德十
六年辛巳(1521)间的作品。嘉靖元年,胡缵宗出任苏州太守,门
人徐中孚将其正德间所作编为一集,刊刻行世,这些题名为《辛巳
集》所作的序,便是刊行该集时请人所作,而后又出现在了合刻的
文集当中。

　　有些文集在编刻出版之后,又会经历翻刻、重编。后人在重
编重刻文集时,常会通过撰写序跋来记录当下文集编刻的情况,
同时也常常将前一版本卷首的序跋移录到新刻的版本当中,作为
“原序”保存下来,以此来显示文集编刻的渊源。以嘉靖四十一年
遵化段古松刊本解缙《解学士文集》为例,该本由解缙从孙解桐重
编,罗洪先作序。在此之前,天顺元年黄谏曾刊行三十卷本,由他
自己作序,并收入洪武二十一年状元任亨泰所作序。三十卷本曾
于天顺八年重刻,然其本今已不存,只留下由湖广宝庆知府蔡朔
所撰的一篇序。以上数篇序文,都出现在了嘉靖四十一年刊本的
卷首,使我们能够对解缙文集在明代早期的流传和编刻情况有所
了解。而各序之中关于解缙诗文的评价,以及塑造的解缙“为文
口占操笔皆立就”“未尝起草”“援笔万言”“学之赡、才识之高”的才
子文人形象,对后来论者评价解缙都有潜在的影响。尽管从内容
来说,序跋中关于作者诗文创作的评论,有时不免有过誉之词,然
而作为一种“时人之见”,其中包含的信息以及评论意见也颇值得
关注。

　　除了明人别集、总集卷首、卷末保留的序跋材料之外,在几乎

---

① 胡缵宗《鸟鼠山人小集》卷首,《明别集丛刊》第 2 辑第 10 册影明嘉靖刻本,
黄山书社,2015 年,第 161—166 页。

所有包含"文"(与"诗"相对)类著作的明人别集中都会有序、跋两类文体,其中不少都是为他人文集、总集所作。这一类文献,对于研究序者的文学观念和文集作者的创作、总集编选的理念等都具有重要参考价值。以王世贞《弇州山人四部稿》《弇州山人续稿》为例,①其中《四部稿》分赋部、诗部、文部、说部,共 180 卷,卷55—138 为文部,文部中又分序、记、传、墓志铭、策、书牍、跋等各类文体。文部作品当中,卷 55—71 为序,包括送行序、赠序、寿序、诗文别集序等;卷 129—138 为杂文跋、墨迹跋、墨刻跋、画跋。序类作品中,卷 64—71 为诗文别集总集、艺术类编著作、科举录等序文,以诗文别集、总集序为主。跋类作品中,虽然大多针对的是墨迹、墨刻、画等艺术类创作,但其中也有不少涉及到诗文作品的纪事与评价。《续稿》共有 207 卷,分赋部、诗部、文部,其中卷26—207 为文部,收录所作序、记、墓志铭、书牍等各类文体。文部中,卷 26—55 为序类作品,有送行序、赠序、寿序、文集序等。序类作品中,卷 40—55 为诗文别集总集、家乘、科举录、艺术类编著作、表等序文,而以诗文别集、总集为主。书后、跋等作品收录在卷 157—171,其中在"书后"类文中有关于李东阳、李梦阳、崔铣、王守仁、方孝孺、宋濂、李攀龙、归有光、陈献章等人作品的评论。其他画跋、墨迹跋、墨刻跋等当中,也偶有与明代诗文批评相关的史料。

　　从王世贞所撰的诗文别集序来看,其中大多为当代人著作而

①王世贞《弇州山人四部稿》,《明别集丛刊》第 3 辑第 33—35 册影明万历五年世经堂刻本;《弇州山人续稿》,《明别集丛刊》第 3 辑第 36—39 册影明万历刻本,黄山书社,2015 年。《弇州山人四部稿》作为《王世贞全集》之一部分,由许建平、郑利华主编的整理本于 2020 年由上海古籍出版社出版。

作。《四部稿》自卷六十四以下的诗文集序有：《虞竹西先生集序》，《太师梁文康公集序》，《陆吉孺集序》，《南中集序》，《李氏山藏集序》，《俞仲蔚集序》，《卢次楩集序》，《谢茂秦集序》，《尺牍清裁序》，《重刻尺牍清裁小序》，《何大复集序》，《赵霸州集序》，《拟骚序》，《李氏拟古乐府序》，《於大夫集序》，《李愚谷先生集序》，《王明佐泰岱集序》，《宗子相集序》，《徐汝思诗集序》，《戚将军纪效新书序》，《凤笙阁简抄序》，《皇甫百泉三州集序》，《陆氏伯仲集序》，《金台十八子诗选序》，《太保刘文安公荣哀录序》，《客越志序》，《彤弓集序》，《吴公宴沙头古梅下诗序》，《东白草堂集序》，《比玉集序》，《浮淮集序》，《申考功集序》，《梁园集序》，《清海编序》，《瑶石山人诗稿序》，《芙蓉社吟稿叙》，《五岳黄山人集序》，《玄峰先生诗集序》，《孙清简公集序》，《刘诸暨杜律心解序》，《惠山续集序》，《少傅乔庄简公遗集序》，《徐太仆南还日纪序》，《李氏在笥稿序》，《环溪草堂集序》，《秣陵游稿序》，《古今诗删序》，《五岳山房文稿序》，《太宰杨公献纳稿序》，《青藜阁初稿序》，《东壁遗稿序》，《新河集序》，《张肖甫集序》，《凌玄旻赫蹏书序》，《检斋遗稿序》，《古四大家摘言序》，《潘润夫家存稿序》，《黄淳父集序》，《类隽序》，《王少泉集序》，《青萝馆诗集序》，《章给事诗集序》，《华阳馆诗集序》，《游名山记序》，《吴汝义诗小引》，《永慕堂诗叙》，《校正诗韵小序》，《鸣铗集小序》，《朝鲜词翰小序》，《王氏金虎集序》，《王氏金虎别集序》，《王氏海岱集序》，《幽忧集序》，等等。虽然其所序文集的作者不免存在地域的局限，但其中为之作序的何景明、李攀龙、黄省曾、皇甫汸、徐中行等人，都是当时文坛具有较大影响的文人。除此之外，也有少数赠序中包含了诗文批评史料，如《赠李于鳞序》，几乎相当于一篇"后七子"复古的宣言。

《续稿》中的别集、总集序也有十分丰富的当代文人记录和评价材料,包括以下序作:《世经堂集序》(徐阶),《荔子编序》,《沈嘉则诗选序》(沈明臣),《函野诗集序》,《海岳灵秀集序》(明山东总集),《刘侍御集序》(刘凤),《袁鲁望集序》,《苍雪先生诗禅序》,《郢垔集序》,《瞿文懿公集序》,《卓光禄诗选序》,《黄定父诗集序》,《钱东畲先生集序》,《沈开子文稿小序》,《游宗谦诗稿序》,《徙倚轩稿序》(金銮),《两都纪游小序》,《朱邦宪集序》,《王参政集序》,《宋诗选序》,《念初堂集序》,《陈子吉诗选序》,《真逸集序》,《文起堂续集序》(张献翼),《梁伯龙古乐府序》(梁辰鱼),《皇甫百泉庆历诗集序》(皇甫汸),《伐檀集序》,《杏山续集序》,《心赋序》,《少保张文毅公集序》,《山泽吟啸集序》,《华孟达集序》,《汪禹乂诗集序》,《王世周诗集序》,《插柳全孤诗序》,《何仁仲诗序》,《编注王司马宫词序》,《白坪高先生诗集序》,《大业堂尺牍序》,《项伯子诗集序》,《朱在明诗选序》,《叶雪樵诗集序》,《陈于韶先生卧雪楼摘稿序》,《水竹居诗集序》,《胡元瑞绿萝馆诗集序》(胡应麟),《徐鲁庵先生湖上集序》,《俞仲蔚先生集序》(俞允文),《冯祐山先生集序》,《方鸿胪息机堂诗集序》,《徐天目先生集序》(徐中行),《张伯起集序》(张凤翼),《冯咸甫诗序》,《陶懋中镜心堂草序》,《国香集序》,《古今名园墅编序》,《任玄甫渌水编序》,《华仲达诗选序》,《郭鲲溟先生诗集序》,《湖西草堂诗集序》,《章子敬诗小引》,《临邑邢氏父子赠封省台诗叙》,《沈纯甫行戍稿序》(沈炼),《吴明卿先生集序》(吴国伦),《龚子勤诗序》,《澹游编序》,《四游集序》(李维桢),《岑少谷集序》,《喻邦相杭州诸稿小序》,《郑獬庵先生集序》,《欧虞部桢伯归岭南诗卷序》(欧大任),《汤迪功诗草序》(汤珍),《诗纪序》(冯惟讷),《冯子西征集序》,《大隐园集序》,《宋太史诗集序》(宋濂),《丘谦之粤中稿序》,《周叔夜先生集序》,《邹黄州鹪鹩集序》(邹迪光),《吴峻伯先生集序》,《二顾先生集序》,《孙中丞登马鞍山倡和诗小叙》,《中泠馆集小叙》,《潘景升诗稿序》(潘之恒),《止止堂集序》(戚继光),《王给事恒叔近稿序》,《吴曰南集序》,《王承父后吴越游编序》,《余德甫先生诗集序》(余曰德),《朱宗良国香集序》,《王司业先生文集序》(王同祖),《张昭甫诗集序》(张佳胤弟),《刘□□游山诸记序》,《蒙溪先生集序》,《二酉园集序》(陈文烛),《魏仲子集序》(魏懋权),《邹彦吉玄岳游稿序》(邹迪光),《尹赵同声录序》,《华孟达诗选序》,《张孟孺诗稿序》,《唐诗类苑序》,《冯咸甫竹素园集序》,《姜凤阿先生集序》(姜宝),《太保铜梁张公奏议序》(张佳胤),《方侍御奏议序》,《吴瑞穀文集序》,《王太史诗选序》(王同祖),《管比部奏疏序》,《黄汝亨作茅章丘传小叙》(黄汝亨),《周是修先生集序》,《邹彦吉羼提斋稿序》(邹迪光),《王孟起诗序》,《阮生诗集序》,《谈氏文献录序》,《潘景升东游诗小序》,《华补庵先生诗集序》,《巨胜园集序》,《张孟奇广陵怀古诗序》,《西陵董媛少玉诗序》,《喻吴皋先生集选序》,《彭户部说剑余草序》,《大中丞顾公抚辽奏草序》,《大司马赵公燕石集序》,《文起堂新集序》(张献翼),《王梦泽集序》(王廷陈),《梅季豹居诸集序》(梅守箕),等等。笔者在参与编纂《中华大典·明清文学分典》时曾将这些序跋按照材料属性分别归入各人名下,虽然限于该书体例多有剪裁,但可作为研究者搜读相关研究史料的线索。

王世贞《弇州山人四部稿》《弇州山人续稿》中的序跋材料,一方面包含了王世贞本人的诸多文学观点在内,是研究王世贞文学思想的重要文献;另一方面,与这些诗文集序跋相联系的明代中后期文人及其创作,通过王世贞所作序跋也能见其一斑。这些诗文序跋有的出现在刊刻行世的明代文人别集当中,有的则因为别集失传、重编或者难以寻觅而成为研究者了解相关作者创作的重要文献。由此引申开来,由王世贞为他人诗文集所作序跋出发,便可以构筑起一张明代中后期文人交往及其相关文学实践展开的网络图。从这一方面来说,王世贞文集中的序跋材料对今人研究明代中后期文坛生态、作品生产传播等都具有重要价值。

与元代以前文献整理较为成熟和完备相比,明清时期文献的整理还有很长的路要走,其中也包括基于现有文献而进行的分类搜集、整理工作。迄今为止,与明代诗文研究有关的大量序跋文献都未经搜集、整理,而这些文献从某个方面来说是研究明代诗文最丰富的资料宝库。以上所论列的内容,对数量庞大且尚处于原始状态的序跋史料来说,只能说是挂一漏万,而要想对明代序跋中的明人诗文批评史料加以全面掌握,则需要有志于明代文学文献建设的学者,以巨大的勇气和毅力,在系统梳理明清文人别集、总集的基础上,将相关文献进行系统汇聚、整理。若是有朝一日能完成此项工作,则对明代诗文研究来说必将会另有一番天地。

三、明人论诗文书牍与明代诗文批评

文士之间通过书信论学、论文,自汉魏以后就已经开始流行。以谈论诗文知名于世的书信,如魏晋时期曹丕《与吴质书》、曹植《与杨德祖书》,唐人柳冕《与滑州卢大夫论文书》、《答荆南裴尚书论文书》、柳宗元《与友人论为文书》、司空图《与李生论诗书》、白居易《与元九书》,宋代欧阳修《答吴充秀才书》、黄庭坚《答洪驹父书》、苏轼《答谢民师书》,元代郝经《答友人论文法书》,等等。然而书信真正成为文学批评的重要方式,则要到明代以后。

明代自中叶以降,文学的演进常带有很浓的论争意味,而书信作为文人间直接对话的文本,则为这种论争提供了最佳的途径。"前七子"的兴起与衰落,从某种程度上来说都与"前七子"集团内部及其与南方文人之间的论争有不可分割的联系。"前七子"复古运动后期,围绕李梦阳、何景明等人发生的文学论争,也主要是通过论文书牍得以展现的。今存李梦阳所撰的论诗文书信,主要有《驳何氏论文书》《再与何氏书》《与徐氏论文书》《奉邃庵先生书(十通)》《答吴(吾)谨书》《答周子书》《答黄子书》等。而作为论辩和答问的另一方,何景明有《与李空同论诗书》(《何大复先生全集》卷三十二),徐祯卿有《与李献吉论文书》,吾谨有《与李空同论文书》(《明文海》卷一五七),黄省曾有《寄北郡宪副李公梦阳书》(《五岳山人集》卷三十),等等。文人之间往还论说的情形,依靠论争参与者各人留存的文集而得以保存,让后来的研究者看到明人在诗文理论、作品解读和诗文创作等方面所进行的热烈讨论,是研究明代文学展开历史现场的第一手材料,展现的是明代文学发展过程中鲜活的当代史。发生在这一时期文人之间关于诗文观念、写作方面的讨论,不仅是重要的文学思想史材料,在一定程度上还影响着明代文学演变的进程。

　　文学论争只是其中一个方面,其他相互交往的文人也常以书信为媒介寄赠作品、交流看法。如明代中期著名理学家、"南都四君子"之一的魏校(1483—1543),在写给曾任礼部尚书的霍韬(1487—1540)的信中,谈及著名的李梦阳晚年自悔之事:"《崆峒集》奉览,其文学《史记》、学《选》,最后学子,惜其未尝反而求之六经也。盖晚而与校论学,自悔见道不明,且曰:'昔吾泪于辞章,今而厌矣。静中时恍有见,意味迥其不同,则从而录之。'校曰:'录后意味何如?'献吉默然良久,惊而问曰:'吾实不自知,才札记后,意味渐散,不能如初,何也?'校因与之极言天根之学,须培养深沉,切忌漏泄。因问平生大病安在,曰:'公才甚高,但虚志与骄气,此害道之甚者也。'献吉曰:'天使吾早见二十年,讵若是哉?'"①这样的材料,对研究者更深入地理解作家作品及其文学思想,都有重要的参考价值。而与之相关的文学史事实则需做进一步考辨。

综观明代文人别集,以讨论诗文为主题的书信作品在在有之,其中有不少是明代文学理论和诗文批评的重要篇章,如袁袠《上李献吉先生书》《复大中丞顾公论诗书》,茅坤《复唐荆川司谏书》,唐顺之《答茅鹿门知县》,王廷相《与郭价夫学士论诗书》《答黄省曾秀才》,薛蕙《答王浚川先生论文书》,张治道《答友人论诗书》,王维桢《后答张太谷书》《答督学乔三石书》《与孙季泉宫允书》,孙陞《与王太史论文书》《与陈山人论诗书》,董份《与学宪寿斋乔公》,等等。王世贞作为明代中后期最重要的诗文作家和批评家,他关于当代诗文的许多看法,都是通过书信这一特殊形式文本加以表达的。在今存《弇州山人四部稿》(卷117—128)、《弇州山人续稿》(卷172—207)中,保存了大量的"书牍"文,有不少都以诗文批评为主要内容。其中尤以写给李攀龙、徐中行、汪道昆、吴国伦等人的书信为多,且与诗文批评的关系至为密切。

更为突出的例子反映在陈文烛身上。陈氏作为明代中后期湖广文坛的重要人物,有着广泛的交游网络,留下了两千余封与当时文人交往的书信。今存由陈文烛所撰的书牍作品包括:《五岳山人尺牍》十七卷(万历十三年张淳刻本)、《二酉园尺牍选》二十卷(万历十三年建宁张氏刻本)。二者刊于同时,内容上互有出入:《五岳山人尺牍》共收录尺牍2016通,其中卷一67通,卷二

---

① 魏校《庄渠遗书》卷四《与霍渭先·别纸》,《景印文渊阁四库全书》第1267册,台湾商务印书馆,1986年,第756页。

113 通,卷三 99 通,卷四 120 通,卷五 133 通,卷六 123 通,卷七
143 通,卷八 130 通,卷九 127 通,卷十 99 通,卷十一 108 通,卷十
二 114 通,卷十三 122 通,卷十四 122 通,卷十五 120 通,卷十六
139 通,卷十七 137 通;《二酉园尺牍选》共选录尺牍 732 通,其中
卷一 13 通,卷二 47 通,卷三 30 通,卷四 47 通,卷五 35 通,卷六
25 通,卷七 32 通,卷八 37 通,卷九 44 通,卷十 39 通,卷十一 39
通,卷十二 34 通,卷十三 36 通,卷十四 35 通,卷十五 40 通,卷十
六 42 通,卷十七 46 通,卷十八 49 通,卷十九 28 通,卷二十 34
通。[1] 总体上看,虽然前者只有十七卷,但在收录尺牍的数量上
要比后者多一倍以上,后者以"选"为题乃名副其实。然而选本
第十八卷至二十卷收录的书信,却未见于收录书信更加丰富的
《五岳山人尺牍》当中。从这一点看,该书在刊刻陈文烛尺牍时
仍有缺漏,从一个侧面反映了陈文烛在"尺牍"一体上的创作之
丰富。

　　从内容来看,陈文烛所撰的两千余封书信中,不免充斥着大
量应酬性的内容。然而在这种应酬文字当中,也常会就当代的文
人及其创作发表见解,让今天的读者仍能想见,在当时文人交往
中所关心的文学话题、文学人物或者文学现象。这种带有一定私
人性质又颇为鲜活的文学批评史材料,对今天研究彼时日逐而新
的文学动态有十分重要的价值。如陈文烛在《报汪襄阳书》中说:
"载观昭代名流,最茂著于弘、德之间,若北郡、信阳、武功、鄠县、

---

[1] 陈文烛《五岳山人尺牍》,万历十三年张淳刻本;《二酉园尺牍选》,《明别集丛刊》第 3 辑第 92 册影明万历刻本,黄山书社,2015 年。笔者与周思明一起整理的《陈文烛集》,对陈文烛所撰尺牍进行了全面校点。该文集作为《荆楚文库》之一种,将由武汉大学出版社出版。

济南、亳州诸氏,如殷彝周鼎,叩之铿然,睹之苍然、渊然也。然诸
君多产秦封汉都,其风气有助耶? 其他华实并陈,雅俚杂奏,异观
而更相笑者,不足佔佔道也。明公崛起南服,博综群藉,力追往
代。……近又见顾山人诗序中,取吴中王郎、历下李生。夫二公
大雅,信遒举矣,而雅造正声,不习里耳。此语在吴下人弗道也,
公其独见之言乎?"①汪道昆(1525—1593)与陈文烛(1525—1609)
二人虽然年龄相同,但中进士的时间却几乎相差了二十年(汪为
嘉靖二十六年进士,陈为嘉靖四十四年进士)。汪道昆虽然未列
名"后七子",但他与王世贞等人关系密切,在明代中后期文坛有
很大影响,在明代中后期东南文坛隐然有与王世贞并驾齐驱的趋
势。信中称其为"汪襄阳",乃是写于他任襄阳知府时期。书中言
"昨岁己未",则可知信写于嘉靖三十九年(1560),其时陈文烛尚
未登第。而他即便偏处一隅,仍能切身感受到文坛风气的转移变
化。尽管只是书信中所传递的寥寥数语,却能窥见当时主流文坛
风尚变化对地域文学发展所产生的影响。类似的诗文批评史料,
在陈文烛的《五岳山人尺牍》中在在可见。若是有研究者能够对
陈文烛长达近半个世纪人生经历中写下的这些书信进行详细解
析,或许可以对明代后期"后七子"至公安派之间文坛风气的转
移、递变有更深刻的理解。

　　个人撰述的书牍之外,在明清时期所编的诸多大型文选中,
"书"也常被作为文体之一而厕身于在选之列。在总集选录的这
些"书"类作品中,往往保存有论诗文的书牍。以黄宗羲编《明文
海》为例,该书卷 147—209 为明人书类作品选编,按主题分经学、

①陈文烛《五岳山人尺牍》卷一,万历十三年张淳刻本。

论文、论诗、讲学、议礼、持正、忠告、颂美、游览等类。① 其中与诗文批评直接相关的是"论文""论诗"两类，卷 151—159 为"论文"书，卷 160—162 为"论诗"书。"论文"书牍收录的作品包括：朱夏《答程伯大论文》，刘迪简《答孟左司书》，柯暹《与徐景琛书》，童轩《答丁凤仪》《答丁凤仪书》，李东阳《与文宗儒书》，章镒《上杨先生镜川公》，何景明《与李空同论诗书》，李梦阳《驳何氏论文书》《再与何氏书》，赵贞吉《复李生书》，刘绘《与王翰林槐野论文书》《答祠郎熊南沙论文书》《与从侄桂芳秀才论记书》，侯一元《柬曹紫峰》《柬晁春陵》，薛应旂《答熊元直检讨》，王维桢《驳乔三石论文书》，张岳《与聂双江》，王慎中《与项瓯东》，唐顺之《答茅鹿门书》《又与洪芳洲》《答华补庵》《答蔡可泉》，舒芬《论文书》，顾璘《寄后渠》《论文书》，董份《与少宰王荆门公书》，何良俊《复王沂川书》，马一龙《答陈鲁南太史论唐人诗文》《与达时明余子南等论文》，刘凤《与季朗书》，黄省曾《与陆芝秀才书》《答戴岳书》，罗洪先《答陈两湖》，屠隆（屠长卿）《与王元美先生》，王世懋《遗伯兄元美》，茅坤《与蔡白石太守论文书》，蔡汝楠《答茅鹿门》，丁自申《与王九难郎中》，莫如忠《答吕侍郎沃州》《复周柳塘书》，吾谨《与方思道论文书》《与李空同论诗书》《与郑继之地官书》《与方寒溪书》，徐祯卿《与同年诸翰林论文书》两篇，顾冶《再答仲达论二李》《答华仲达论文》，杨兆京《与沈朗倩书》，许孚远《与郭青螺参政论文书》，邹观光《答邹尔瞻》，汤显祖《答王澹生》，失名《答伍梦符》；"论诗"书牍收录的作品包括：宋濂《答章秀才》，陈献章《批答张廷实诗笺十首》，王廷相《与郭价夫学士论诗书》，刘绘《答乔学宪三石论诗

---

① 黄宗羲编《明文海》，《景印文渊阁四库全书》第 1453—1458 册。其中论文、论诗书信见于第 1454 册，台湾商务印书馆，第 583—676 页。

书》,彭辂《与友人论诗》,唐顺之《与王遵岩参政》,张治道《答友人论诗书》,陈沂《答陈昌积解元诗文书》,顾璘《论诗书》,朱曰藩《与莫中江书》,车大任《又答友人书》,王溯元《与杨抑所论词学》,徐师曾《再与赵淮献书》,朱安涚《与谢四溟论诗书》,徐渭《奉师季先生书》,徐应雷《答王孟肃》,何伟然《答高洪父》,杨锵《答杨蠖庵铨部》,尹民兴《与友人》。总体来看,总集收录的论诗文书牍虽然数量不是很多,但相比个人文集来说更为集中,更有部分篇章由于撰写者的个人别集不易得见或者亡佚,而成为难得一见的批评史材料。明清时期丰富的明代文章选本,可以为日后辑录相关批评史资料提供很好的基础。

以上从明代文人别集和总集收录两个方面对明代论诗文书牍文献的介绍,只是明代浩瀚文献中的一端,而想要对明人以书信方式开展的诗文批评实践有更全面的认识,则需要研究者在数量丰富的明人别集、总集以及选集当中进行全面、系统的耙梳和清理,并由此探察明代文学演进的生动现场。

四、明代笔记中的明人诗文批评史料

从目录学上来说,今天被归入明代史料笔记的著作,有不少属于杂家类著述。以《四库全书总目》的著录为例,其中收录在《子部·杂家类》当中的明人笔记作品就有:镏绩《霏雪录》,叶子奇《草木子》,胡广《胡文穆杂著》,曹安《谰言长语》,徐伯龄《蟫精隽》,王鏊《震泽长语》,郑瑗《井观琐言》,张志淳《南园漫录》,冯时可《雨航杂录》,徐三重《采芹录》,董其昌《画禅室随笔》,李日华《六研斋笔记》,胡应麟《少室山房笔丛》,等等。这些史料笔记大多内容庞杂,政事、逸闻、杂事、文学等无所不包,其中部分笔记中包含了不少与诗文创作和批评有关的史料。

以何良俊《四友斋丛说》为例。该书是作者在日常见闻、阅读基础上汇集而成："何子读书颛愚，日处四友斋中，随所闻见，书之于牍。岁月积累，遂成三十卷云。"①在隆庆、万历时期曾多次刊刻，内容上有所增损，但都有诗文批评相关方面的内容。② 就三十八卷本而言，其内容按照经、史、杂记、子、释道、文、诗、书、画、求志、崇训、尊生、娱老、正俗、考文、词曲、续史等进行分类。其中与诗文批评有关的内容，即卷 23—26 有关论文和诗的部分。从其内容来看，与前文所列的诗话、文话并无不同。正如他分别在专论文、诗开篇的首条中所说的：

> 孔子曰："言之不文，其行不远。"陈思王曰："富贵有时而尽，荣乐止乎其身。二者必至之常期，唯文章为不朽。"文章之于人，岂细故哉？夫子又曰："质胜文则野，文胜质则史。文质彬彬，然后君子。"今之为文者，其质离矣。夫去质而徒事于文，其即太史公所谓务华绝根者耶！善乎皇甫百泉之言曰："寄兴非远而鬃悦其辞，持论不洪而枝叶其说。"以此言诗与文，失之千里矣。其今世学文者之针砭耶！余偶有所见，随笔记之，知不足以尽文之变也。得一卷。

> 诗有四始，有六义。今人之诗与古人异矣。虽其工拙不同，要之六义断不可阙者也。苟于六义有合，则今之诗犹古之诗也；六义苟阙，即古人之诗何取焉。……今世人皆称盛唐风骨，然所谓风骨者，正是物也。学者苟以是求之，则可以得古人之用心，而其作亦庶几乎必传。若舍此而但求工于言

---

① 何良俊《初刻本自序》，《四友斋丛说》卷首，中华书局，1959 年，第 5 页。
② 参见辜梦子《何良俊〈四友斋丛说·词曲〉三种版本校勘发覆》，《戏曲艺术》2019 年第 1 期。

句之间，吾见其愈工而愈远矣。自二十四以至二十六共三卷。①

这样的立意，无疑是把自己放在了论文、论诗者的立场，也预示着后文内容将要围绕诗文批评展开。兹列举几条：

古今之论文者，有魏文帝《典论》、陆机《文赋》、挚虞《文章流别论》、任昉《文章缘起》、刘勰《文心雕龙》、柳子厚《与崔立之论文书》，近代则有徐昌穀《谈艺录》诸篇，作文之法，盖无不备矣。苟有志于文章者，能于此求之，欲使体备质文，辞兼丽则，则去古人不远矣。（卷二十三，第 202 页）

近世选唐诗者，独高棅《唐诗正声》颇重风骨，其格最正。

近时皇甫百泉《解颐新语》，不但文字藻丽，而诠品亦精确，可为诗家指南。（以上两条卷二十四，第 224 页）

可见其创作的初衷，就是要像前贤往哲撰写论诗、文的作品那样，指点文字，为当代的诗文写作指明方向。而这样的内容，与史料笔记承担的纪事功能显然不同，发挥的是子部书"论"的作用。或许正是出于这样的原因，加上又是单独成卷，《四友斋丛说》中论诗、文的史料于是被单独辑出，作为明人诗话、文话的一部分加以整理，收录在王水照编《历代文话》、陈广宏、侯荣川编校《明人诗话要籍汇编》当中。

《四友斋丛说》以"说部"著作论诗、文，在明代同类著作中并非个例。王世贞所撰的文学批评著作《艺苑卮言》，也是被编在《弇州山人四部稿》的"说部"。而与《四友斋丛说》同样属于史料笔记的沈德符《万历野获编》、胡应麟《少室山房笔丛》、郎瑛《七修

---

① 何良俊《四友斋丛说》卷二十三《文》、卷二十四《诗一》，中华书局，1959 年，第 202 页、213 页。

类稿》、胡维霖《墨池浪语》等,也都有不少与诗文批评有关的记述和言论。例如郎瑛所撰《七修类稿》中,标明所论内容为"诗文类"的就有卷二十九、三十、三十一、三十二、三十三、三十四、三十五、三十六、三十七、三十八、三十九、续稿卷五等多达十二卷。此外虽标明为其他类别的内容中,也有与诗文批评相关的论述,如《续稿》卷三《义理类》的第一条即题为《近诗作》,论述的就是明人写作挽诗、寿诗、送行诗的风尚。① 又如胡维霖所撰《墨池浪语》,有大量内容都与诗文批评有关。其中卷三为《诗谱》,论及诗脉、乐府、体性、情采、比兴、物色、声律、律体、绝句体、杂体等诗歌的一般理论,并引述自钟嵘、刘勰以来并及于明人王世贞、李攀龙、胡应麟等各家论说。又单独列《诗评》《明诗评》两卷,评论自汉魏六朝、隋代以及明代的诗歌作品。除此之外,卷一《与友人论文书》、卷二《文待诏书二诗》、《三李诗》等条目,也都是有关明代诗文批评的史料。②

　　总体来看,尽管笔记中的明代诗文批评史料,与其他类的文献相比重要性上有所欠缺,然而其中与明人诗文创作相关的某些逸事、逸闻、逸趣,却可以从一个侧面加深研究者对诗文写作语境和表达意涵的理解。而此节所举数种,不过只是明代规模庞大史料笔记中的沧海一粟,此外大量分布在明人所撰笔记中的诗文批评史料,由于材料相对零散,与诗文研究相关性不够紧密,未能得到很好的搜集、整理。这样的情形,或许等到《全明笔记》整理(南开大学陈才训教授主持国家社科基金重大招标项目)完成之后会

---

① 郎瑛《七修类稿》,上海书店出版社,2009 年。
② 胡维霖《胡维霖集》,《四库禁毁书丛刊》集部第 164 册影明崇祯刻本,北京出版社,2000 年。

有所改观。

五、明人诗文选本、评本中的批评史料

明代文人所编涉及本朝诗文的选集，在此前谈到明代诗文总集的时候已有论及。本小节的侧重点在这些选本、评点本中与明代诗文批评相关史料的概述和介绍。

明代诗文选本中的文学批评史料，除了卷首或卷末的序跋之外，选本中收录作品同时，有的还有选家的评点。这些评点文字大多是针对具体的作品，对研究者理解作品有重要的参考价值。从选本性质来看，又大致分为单个作家的作品选集与选录多位作家作品的诗文总集。

在明代以前，以单一作家为对象的选本，大多发生在作家文集编刻过程当中，其用意大概不出"传精"的意图。这种情形，在明人文集的刊刻中有一定的普遍性。例如晚明福建诗人商家梅（一作商梅），就曾请钟惺为自己编选诗歌作品。钟惺《种雪园诗选序》记载说："吾友商孟和，称诗二十年。取材多，用物宏，假途远，富有日新，使天下知之有余。孟和曰：'诗不选不诗也，选不钟子不选也。'于是选《种雪园诗》五卷。自闽之金陵，金陵之楚，楚之燕，断自壬子，前此不存焉。盖自壬子后，始能为孟和，始能为孟和诗。此予一人之言，及孟和自视，断以为必然者也。然则壬子前，孟和无诗乎？曰：'乌能无？有壬子以前之孟和，而后有孟和今日也。'"[1]类似钟惺这样为人选录作品的行为，看似不涉及任何关于具体诗歌作品的评价问题，实则包含了选者隐微深藏的批评观念。这种最初形态的选文工作，因为创作者的其余作品被排

---

[1]钟惺《隐秀轩集》卷第一七，上海古籍出版社，2017年第2版，第311页。

除在了文集之外,有时候很难看出其间取舍的标准,以及编选者
文学观念在此过程中所扮演的角色和发挥的影响。然而也有例
外,如由李梦阳在江西刊刻的六卷本《徐迪功集》。文集虽非李梦
阳所编,但徐祯卿生前特意请李梦阳为之作序,显然是寄望于自
己这部带有"选本"意味的文集,在创作理念和实践上能够获得李
梦阳的认同。然而却不想正是由于李梦阳所作《徐迪功集序》中
评其创作"守而未化,故蹊径存焉"的看法,引发了明代中期文坛
关于复古与地域传统之间关系的持久讨论。后来吴中文人将徐
祯卿早年作品编辑成《徐氏别稿》《迪功外集》,即希望通过改变徐
祯卿作品的面貌来达到消解其复古诗人身份的目的。①

　　与此同时,另一种意义上的"选本"也应运而生,即通过编选
创作者的作品,以此重新建构创作者的文学形象。其中具有代表
性的例子,是嘉靖二十二年(1543)刊行由杨慎批选的《空同诗
选》。在杨慎批选本问世之前,较为重要的李梦阳文集版本主要
有:嘉靖初李梦阳自编的《弘德集》三十二卷,正德年间刻于山西
的《崆峒集》二十一卷,嘉靖九年(1530)黄省曾所刻《空同先生集》
六十三卷,嘉靖十一年(1532)李梦阳外甥曹嘉所刻《空同集》六十
三卷,嘉靖十二年(1533)京兆慎独斋刻《空同集》六十三卷。张含
在《空同诗选序》中称"吾师空同先生诗枝乐府、古、杂、律、排、绝
句总二千一百四十九首",而由杨慎批选的《空同诗选》,则总共有
诗 136 首,可说是"十不存一"。因此张含在序中才会有"选何严
乎"的感叹。在杨慎评选的《空同诗选》卷首,有一篇张含写的序
言。有意思的是,张含序的主体内容是由自己和杨慎关于选诗问

---

① 参见拙文《史家眼光与流派意识——明代诗史视野中的〈迪功集〉批评》,
《文艺研究》2011 年第 4 期。

题的对话构成。面对张含认为选政过严的疑问,杨慎的回答颇具意味:"弗严,犹弗选也。子谓我严,子恶弗反。子选太白、子美诗不严乎? 夫选也者,选其精也,精而后可以为选矣。然精之中又有精焉,子何谓我严?"与此同时,张含提出,李梦阳的文集"凌企骚雅,越汉魏,兼李杜而时出之",已经在士林中广泛流传,而杨慎的批选如此严格,是否能够达到与文集流传同样的效果。面对这样的疑问,杨慎的回答颇有点庄子诡辩的色彩:"子选二集(即李白、杜甫),选也传,而全也不传乎? 精而传,传之中又有传也。传其精与传其全也,孰愈? 曰:'嚣兹若言,含曷敢弗嘿嘿唯唯,否何以应子。'於戏! 三集选矣,精中之精者也,传之中传者也。"①在二人带有辩驳性的讨论中,杨慎反复强调的一点是,自己所选是李梦阳诗中的精品。言外之意,凡是没有入选的李梦阳诗歌,都够不上自己眼中的好诗。由此而言,杨慎选批李梦阳诗歌,目的就是要打破正德以来诗坛所建构的李梦阳诗学形象,以文本重构的方式树立起李梦阳诗歌的经典形态,从而达到解构复古诗学的目的。

　　晚明民间刻书发达,书坊为了吸引读者,往往借助名人推出评点本,其中托名评点本小说名著的盛行是当时十分突出的一种文化现象。在此风气之下,众多书坊推出了不少有关历代重要文人诗文作品的评选本,其中不乏评选前代单个作家作品的情况,如钟惺选评《东坡文选》,是研究钟惺文章观念的重要文献。这类诗文批评史料,因其与明人创作无涉,此处从略。也有的评选本编选的对象为明朝当代文人,如明崇祯九年(1636)陆氏翠娱阁刻本《翠娱阁评选钟伯敬先生合集》(陆云龙评),明书林詹霖宇刻本《新锲会元汤先生批评空同文选》《新锲会元汤先生批评沧溟文选

────────────

①李梦阳撰、杨慎批选《空同诗选》卷首,明嘉靖二十二年张含百花书舍刻本。

评林》《新锲会元汤先生评林弇州文选》(汤宾尹评)等。这种以特殊形式出现的明人别集,在作家作品研究、文学批评研究方面都具有重要价值,值得进行专门探讨。

　　其中如陆云龙评选的《翠娱阁评选钟伯敬先生合集》,反映的是明代中后期书坊参与书籍出版的新形态,即由书坊主直接参与书籍的制作、出版全过程。该书评选的对象,是晚明盛行一时的竟陵派领袖钟惺的作品。在当时已经出版钟惺《隐秀轩集》《钟伯敬先生遗稿》等书的背景下,陆云龙必须要为钟惺文集的重新出版找到合适的突破口。按照陆氏的说法,是要为读者提供一个带有集成性、典范性的钟惺作品的合编本:"楚钟伯敬先生向有《隐秀轩集》,所谓删损之余,所刻已尽,去序似无可附者,几几乎精金粹玉哉!后有《遗稿》,所谓不要紧处偏有深致,后死者不可不为旁搜者也。予向已梓其小品,今复合而梓之,评之,序之。"并将钟惺的作品推举到至高的位置:"杜之不文,韩之不诗,求其兼才盖寡,则夫学识并擅,诗文两隆,无所因附,卓然一家,诚无如先生(即钟惺)也。"①因此陆氏在集中除了选录钟惺的诗文作品,还对其中的字句加以圈点、批注,并对每篇选文进行总评。

　　署名汤宾尹评选的三种文选(此外有一种《新锲会元汤先生批评南明文选》,属总集,日本尊经阁藏),则可以被视作晚明评点文集出版的另一类典型。汤宾尹是万历二十三年的会元、榜眼,在当时颇有文名。当时书林中流传了许多署名由他选编的科举考试用书,如《新锲汤会元遴辑百家评林左传艺型》《新刊汤会元精遴评释国语艺型》《新刻汤会元精遴评释国语孤白》《新刻汤会

――――――――――

①陆云龙《钟伯敬先生合集序》,《翠娱阁评选钟伯敬先生合集》卷首,明崇祯九年陆氏翠娱阁刻本,天津图书馆藏。

元辑注国朝群英品粹》等。可以看出,这些选本的出版,都借助了汤宾尹作为一名读书人最重要的身份之一——会元,即使署名由他选评的李梦阳、李攀龙、王世贞等人的文集也不例外。除此之外,在版刻的形式上也采用书坊出版科举用书的通用形式,即在书眉上另辟专栏进行评点,以便阅读的时候上下参照。这些做法,都是晚明书坊制作书籍的一贯手法。

多个作家或者一代文人诗文作品的合选,在选本当中更为普遍。这方面的大致情形,我们在前文讲明代诗文总集时已有概述。选本的编选,自然会体现一定的文学观念和批评意识,在选与不选之间,自然会蕴含选家特定的文学见解。从某个角度来说,选本本身就是批评史研究的重要材料。而在诸多选本当中,有一类选本在诗文批评研究中地位更为突出,这就是在选文之外还另外加以评点的评选本。一方面,评点的内容是研究者探讨选家文学批评观念的重要依据;另一方面,选家针对具体作品所作的评论,可以为研究者理解和解读作品提供参考。

明代早期的诗文选本大多只是诗文作品的选录,如《皇明雅颂》《沧海遗珠》《皇明西江诗选》《皇明文衡》《皇明文范》等。这类选本虽然在具体作品中没有选家的评点,但有些选录者在按人选诗、选文的时候,会为入选诗文作家撰写小传,对作者生平、著述等予以简单介绍,其中也包含有简要评论,能为具体作家作品的研究提供思想资源。其中较具代表性的如俞宪编选《盛明百家诗》。该书总共三百二十四卷,由嘉靖、隆庆间江苏文人俞宪(1508—1572)编辑,随得随刻,收录明代洪武至隆庆间三百余位诗人的作品。究其编选用意,正如俞氏在《凡例》中所说的:“是编之刻,大意谓我明诗家各自为集,岁月侵寻,势必至散逸而无传。况海寓辽远,学者岂能尽见? 今欲遍辑其全则不能,欲专择其精则不敢。乃随各集撮其大略，汇存家塾，以备一代故实，庶几后之览者有考云。"①存诗同时，也借以发表对各家诗人诗作的看法。如其首卷合收高启、杨基、张羽、徐贲四人诗歌而成《高杨张徐集》，并在卷首撰写了一段简短的识语作为诗人简介："国初诗称高、杨、张、徐四家，盖于我明有倡始率作之义焉。予宦游廿年余，求之弗得。既归，乃得之吴门吴氏。况荒陬下邑，见之不既难乎？遂用汇刻，以便传览。四家皆起于征聘。高名启，字季迪，仕至户部侍郎，其诗名《缶鸣集》。杨名基，字孟载，仕至山西按察使，诗名《眉庵集》。张名羽，字来仪，仕至太常司丞，诗名《静居集》。徐名贲，字幼文，仕至河南左布政使，诗名《北郭集》。高、杨、徐皆吴人，惟张产于江西之浔阳，后亦寓居吴兴。嘉靖丙寅，锡山后学俞宪识。"②所谓"于我明有倡始率作之义"，与徐泰《诗谈》所说明诗"盛于国初"的看法一致，后来《明诗别裁集》《四库全书总目》有关高启、杨基等人的评论也与此相近。

　　到了明代中期以后，评点之风逐渐兴起，以选带评的明代诗文选本开始增多，出现了类似穆文熙选编《批点明诗七言律》，陈子龙等《皇明诗选》，署名钟惺、谭元春评选的《明诗归》《名媛诗归》，陈仁锡评选的"文章奇赏"系列（包括《古文奇赏》二十二卷、《续古文奇赏》三十四卷、《奇赏斋广文苑英华》二十六卷、《四续古文奇赏》五十三卷、《明文奇赏》四十卷）、《奇赏斋古文汇编》二百三十六卷等诗文评选本。以陈仁锡《明文奇赏》为例，该书一方面

①俞宪《盛明百家诗》，《四库全书存目丛书》集部第304册影浙江图书馆藏明
　嘉靖至万历间刻本，齐鲁书社，1997年，第402页。
②俞宪《盛明百家诗》，《四库全书存目丛书》第304册，齐鲁书社，1997年，第
　408页。

选录明代开国以来诸家之文,读者所熟知的明文大家如宋濂、刘基、王祎、高启、解缙、方孝孺、王守仁、康海、李梦阳、何景明、杨慎、汤显祖、袁宏道等无不在列。与选文并行的是,在全书的页眉部分,有选评者留下的批语。这些评论材料,对研究者理解选文有重要参考价值,同时也是探讨陈仁锡文章观念的重要材料。在明代诗文批评史料中,这类文献具有很强的针对性,是研究者可资利用的重要批评思想资源。

第二节　清代的明人诗文批评文献

清人论及前代诗文,对明代诗文也甚加关注,不仅如《列朝诗集》《明诗综》《明诗评选》《明诗别裁集》等明诗选本有诸多批评论说,一般性的诗话著作也多对明代诗文予以评议。清人编刻明代诗文别集、总集和其他相关文献,也时常会留下序跋、题词等,同样是明代诗文批评重要的史料文献。此外,清人撰写的藏书志、读书记、书目提要等,除了承担部分书目文献的功能,也常常兼具批评的性质。除此之外,清人所撰的书牍、诗歌作品中也有明代诗文批评的史料,如顾炎武《与彦和甥书》、邵长蘅《与金生》、袁枚《答沈大宗伯论诗书》、高旭《答胡寄尘书》、陈衍《答樊山老人论诗》等,李必恒《论诗七绝句》、沈德潜《论明诗十二断句》、王昶《舟中无事偶作论诗绝句四十六首》、张埙《论明诗绝句十六首》、吴应奎《读明人诗戏仿遗山论诗绝句三十五首》、张之杰《读明诗五十二首》、张晋《仿元遗山论诗绝句六十首》等,只是在文献规模和数量上无法与其他形式的批评材料相匹敌,因而不再作为单独的部分进行概说。

一、清人诗话、文话中的明代诗文批评史料

明清时期有着丰富的诗话资料,而清代诗话的数量又远在明代之上。根据学者的统计,现存的清人诗话著作多达千种;而其他亡佚不传或者有待寻访的诗话也在 500 种以上。① 如此庞大的清代诗话著作,除了为研究者提供研究清代诗学的丰富材料之外,也为研究历代诗歌提供了丰富的思想资源,明代诗歌批评同样也在其思想链条上。

清代学术是在检讨和反思明代学术的基础上不断推进的,同时又颇有一种对历朝学术进行总结的意味,清代的文学批评也不例外。这样的观念和立场,也常体现在诗话著作所反映的诗学批评当中。一方面,他们会对明代诗歌直接发表批评意见。这样的材料,是今人进行明代诗歌研究重要的思想来源,并在一定程度上建构了我们对于明代诗史的认识和理解。在当下清人诗话著作整理进入系统出版的阶段,若是能够将其中关于明诗的批评材料进行搜集、编排,与其他的评论资料进行对照,必将能更加全面、系统认识清人的明诗批评观念,助推明代诗歌研究的进一步深入。以《清诗话续编》收录的几十种诗话著作为例,其中论及明代诗歌的就有《诗辩坻》《抱真堂诗话》《诗筏》《载酒园诗话》《围炉诗话》《古欢堂集杂著》《诗义固说》《西圃诗说》《绠斋诗谈》《龙性堂诗话初集》《龙性堂诗话续集》《剑谿说诗》《瓯北诗话》《诗学源流考》《老生常谈》《养一斋诗话》《问花楼诗话》《筱园诗话》等近二十种。

---

① 参见蒋寅《清诗话考》,中华书局,2005 年;吴宏一主编《清代诗话考述》,台湾"中央研究院"中国文哲研究所,2006 年。

　　另一方面,清人在对明代以前的诗歌进行评论时,也常在检视明人看法的基础上展开。这类内容虽不是针对明代诗文的,却是针对明代诗话、诗选中有关前代诗歌批评的,可称为明人诗话、诗论的批评,对今人认识和理解明人论诗的真意、明代诗学批评水准有重要参考价值。这样的批评史材料,在清人诗话中章章可考。之所以出现这一情形,与明代诗学批评的发达有直接关系。清人论诗,明人的诗学批评成为不容忽视的思想前史。如毛先舒《诗辩坻》卷三论"唐后"诗歌,即从检论明人的唐诗批评入手。其中就对李攀龙有关唐诗的经典看法进行了厘析:"李于鳞云:'唐无五言古诗,而有其古诗。陈子昂以其古诗为古诗,弗取也。'两'其'字竟作'唐'字解,语便坦白。子昂用唐人手笔,规模古诗,故曰'弗取',盖谓两失之耳。""子美七言古大浇初唐之朴,而于鳞云'七言古诗,惟子美不失初唐气格',殆所不解。""于鳞《唐选》五言古诗十四首,就唐论之,既不足以尽其技,以为古调又未然,殆不如其无选。"[1]有关李攀龙"唐无五言古诗,而有其古诗"的看法,清代诗话中对其发表看法的不止一家。如叶矫然《龙性堂诗话初集》中也说:"李于鳞谓'唐无五言古',胡元瑞服其确论,钟伯敬极诋孟浪。余详考唐诗,如宋之问、徐彦伯《入崖口五渡》倡和,柳子厚《湘口》《登蒲州》诸作,皆刻意三谢,古则可诵,不入唐调者,未可谓'唐无五言古'也。若汉、魏则绝响矣。"[2]清人针对明人论诗说法发表看法的情形,在诗话著作中颇为常见。如康熙间田雯

① 郭绍虞编选、富寿荪校点《清诗话续编》(一),上海古籍出版社,2016年第2版,第42页。
② 郭绍虞编选、富寿荪校点《清诗话续编》(二),上海古籍出版社,2016年,第914页。

《古欢堂集》于杂著一类有《论诗》二卷、《诗话》二卷,其中卷三《诗话》中对明人谢榛《四溟诗话》中的论诗看法有所评议。① 毛先舒撰《诗辩坻》四卷,卷四有《竟陵诗解驳议》一篇,对钟惺、谭元春编《诗归》中的论诗见解做了摘录式的评议,甚至在本篇的前后还撰写了序、跋,其中称:"予悲耽溺者既不见其丑,而攻瑕者将并没其好,辄取《诗归》一书,条其二三理解而录之,纰缪大者则明加驳正,以次于后,庶几览者显知臧否。"其中既有赞同其说的(三十八条),也有与之意见相左的(三十三条)。② 这些对于《诗归》诗学批评的再批评,不仅是理解《诗归》所选作品的重要资料,也是探讨《诗归》诗学批评、诗学观念的重要史料。也有的论说并不是面向具体作品,而是针对某种一般性的诗学观念。如庞垲《诗义固说》节录古人论诗之说,所录者有刘勰、文中子、徐祯卿三人的观点,其中就对徐祯卿"情者,心之精也""由质开文,古诗所以擅巧"等说进行了评议。③ 类似这样的诗文批评材料,虽然并非专门针对明代诗歌作品,然而对于研究者来说,却是观照明人诗学观念的重要途径之一,也可借此更好地理解清人在明诗批评上的看法。

　　清人诗话形式多样,评论的内容与方式也呈现多样化的特点,甚至不乏对明代诗人进行专题评论的材料。如赵翼所撰《瓯北诗话》,于明代诗人中专取高启一人,认为他"才气超迈,音节响亮,宗派唐人,而自出新意,一涉笔即有博大昌明气象,亦关有明

---

① 郭绍虞编选、富寿荪校点《清诗话续编》(二),上海古籍出版社,2016 年,第684—688 页。

② 郭绍虞编选、富寿荪校点《清诗话续编》(一),上海古籍出版社,2016 年,第72—82 页。

③ 庞垲《诗义固说》下,郭绍虞编选、富寿荪校点《清诗话续编》(二),上海古籍出版社,2016 年,第715—716 页。

一代文运。论者推为开国诗人第一,信不虚也"。^①按照作者自己的说法,这种带有专题性质的评论,与他基于选家视野而开展的诗文批评路径有关:"少日阅唐、宋以来诸家诗,不终卷,而己之才思涌出,遂不能息心凝虑,究极本领,不过如世之选家,略得大概而已。"(《瓯北诗话小引》)这样的情形,让今天的研究者不得不去考虑这样一个问题:清人在有限阅读明代诗人创作基础上建构的明代诗史图像,是否在知识论发生的根基上就应当需要进行检讨。这样的情形,不仅是对于整个明代诗歌的理解和评价来说,对个体诗人的认识和评价也同样如此。从理论上来说,要对一个诗人、一代诗歌有相对客观的评价,必须建立在对其全部或大多数作品进行观照的基础之上。

"话体"著述最初并不是评论性的,而是以纪事作为其基本特征。这一点在清代诗话中也有所体现。以吴伟业《梅村诗话》为例^②,该书仅有一卷,十三则,涉及内容寥寥。然而吴氏作为明末清初江南知名文人,当中记述相与交往的文人如陈子龙、瞿式耜、宋玫、钱谦益、龚鼎孳等人事迹,虽然与诗歌评论关系不大,但对理解诸人创作的历史情境、时代背景、情感状态等则有参照作用,仍不失为有价值的文学批评史料。

除此之外,清人在选辑、汇刊明代诗话方面也有一定贡献。如朱琰编纂的《学诗津逮》,收录《谈艺录》《艺圃撷余》等两种明人诗话;佚名编《诗学丛书》中有《麓堂诗话》《诗薮》等明人诗话;王启原编《谈艺珠丛》收入《麓堂诗话》《谈艺录》《艺苑卮言》《诗家直

①郭绍虞编选、富寿荪校点《清诗话续编》(三),上海古籍出版社,2016年,第1215页。

②丁福保辑《清诗话》,上海古籍出版社,2015年,第70—80页。

说《艺圃撷余》等明人诗话。其中最为人熟知的是乾隆间何文焕辑录的《历代诗话》，收录的明人诗话有《谈艺录》《艺圃撷余》《存余堂诗话》《夷白斋诗话》。这些汇刊著作，在现代人重编的《中国诗话珍本丛书》《全明诗话》《全明诗话新编》等未出版以前，为明代诗歌和诗学研究提供了一定的基础。

　　诗话著作之外，清人也有数量丰富的文话著作。由于中国古代"文"的范围包罗甚广，因而文话著作也存在各种性质的作品，有的不局限于具体的文体；也有专门针对某一类文体的，如四六文、八股文等。清代文话著作的丰富和多样，也为我们研究明代不同文体的作品提供了很好的史料基础。以王水照编《历代文话》为例，其中论及明代文章的主要包括如下作品：《日知录论文》《夕堂永日绪论外编》《吕晚村先生论文汇钞》《伯子论文》《铁立文起》《绋斋论文》《秋山论文》《操觚十六观》《论文四则》《菜根堂论文》《西圃文说》《援鹑堂笔记·文史谈艺》《四六丛话》《初月楼古文绪论》《朱梅崖文谱》《退庵论文》《艺舟双楫·论文》《读文笔得》《睿吾楼文话》《鸣原堂论文》《读文杂记》《论文笤说》《论文集要》《盎山谈艺录》《藻川堂谭艺》《春觉斋论文》《文微》《涵芬楼文谈》，等等。

　　清代文话著作中与明代诗文批评有关的文献，有时候是杂古文与时文同时论之，需要研究者根据实际情况细加辨析。如吕留良所撰《吕晚村先生论文汇钞》，便常不明言其所论是针对古文还是时文。例如以下一段："洪、永之文，质朴简重，气象阔远，有不欲求工之意，此大圭清瑟也。成、弘、正三朝，犹汉之建元、元封，唐之天宝、元和，宋之元祐、元丰，蔑以加矣。嘉靖当盛极之时，瑰奇浩演，气越出而不穷，然识者忧其难继。隆庆辛未，复见弘、正风规，至今称之。文体之坏，其在万历乎？丁丑以前，犹属雅制；

庚辰令始限字,而气格萎苶;癸未开软媚之端,变征已见;已丑得陶、董中流一砥,而江河已下,不能留也。至于壬辰,格用断制,调用挑翻,凌驾攻劫,意见庞逞,矩矱先去矣。再变而乙未,则杜撰恶俗之调,影响之理,剿弄之法,曰圆熟,曰机锋,皆自古文章之所无。村竖学究喜其浅陋,不必读书稽古,遂传为时文正宗。自此至天启壬戌,咸以此得元魁,辗转烂恶,势无复之。于是甲乙之间,继以伪子、伪经,鬼怪百出,令人作恶。崇祯朝加意振刷,辛未、甲戌、丁丑崇雅黜俗,始以秦汉唐宋文发明经术,理虽未醇,文实近古。庚辰、癸未忽流为浮艳,而变乱不可为矣。此三百年升降之大略也。"①结合吕留良有关明代八股文的其他论说,知他此处所论之"文章",针对的乃是明代八股文风的演变。这需要研究者在运用批评史料时作细致的考辨,又同时与各不同时期八股文作品联系起来考察。吕留良《吕晚村先生论文汇钞》论及明代具体文章家及其作品时,其情形也大体与此类似。

　　有些清人文话针对的是某一类文体,如孙梅《四六丛话》、梁章钜《制艺丛话》、郑献甫《制艺杂话》等。由于后文将有专章讨论八股文文献,因此本节概述专类文体文献将不包括八股文在内。又或是在论说中不作一概之论,而针对具体文体进行批评,如《绠斋论文》关于明代策、箴、传记文等文体的评论,"明之试策,皆堆叠典故以夸学富,无有豪迈跌宕如坡翁者。予所见归震川、艾千子集中,类有时文气息;冯北海矫矫出奇,亦不免骈俪挨排,未能高古;茅鹿门作,又在北海之下。""方正学诸箴,皆以意运理,不以奇险涩奥见长。""震川志、传、行状,其佳者真得《史记》之洁。《节

---

①王水照编《历代文话》第4册,复旦大学出版社,2020年,第3324—3325页。

烈》诸小传,无缛饰,有锻炼,竟是一卷明史补遗。"①等等论说,都可以看出清代文话在对明代文章展开批评时,其关注的文体与作者都较为广泛。

　　清人文话论及明代以前之文,也常会对明人的相关说法进行检讨。这些明人的论说,常为明代重要的文学批评观念,影响颇广,是构成他们文学思想面相的重要内容。对相关史料进行考辨,对于研究明人的文章论具有参考价值。如田同之曾对何景明"文靡于隋,韩力振之,然古文之法亡于韩"的说法进行辨析,认为:"此翻案'起衰八代'之论,可谓创矣,然不为无见,亦不为无偏。"②又如刘大櫆具体分析明人王世贞以"才、学"论苏轼文章的看法说:"王元美论东坡云:'观其诗,有学矣,似无才者;观其文,有才矣,似无学者。'此元美不知文,而以陈言为学也。东坡诗于前人事词无所不用,以诗可用陈言也,以文不可用陈言也。正可于此悟古人行文之法,与诗迥异。而元美见以为有学无学。夫一人之诗文,何以忽有学、忽无学哉?由不知文,故其言如此。元美所谓'有学'者,正古人之文所唾弃而不屑用,畏避而不敢用者也。东坡之文,如太空浩气,何处可著一前言以貌为学问哉?"③在此,刘氏分析、批评的虽然是苏轼的文章,但同时又将明人王世贞作为潜在的对话对象,通过辨析其说,以申明自己的观点。类似这种带有反思性甚至批判性的文学批评史料,也从一个侧面提醒研

---

①张谦宜《纟见斋论文》卷五,王水照编《历代文话》第4册,复旦大学出版社,2020年,第3911页、3914页、3931页。
②田同之《西圃文说》卷一,王水照编《历代文话》第4册,复旦大学出版社,2020年,第4084页。
③刘大櫆《论文偶记》第26则,王水照编《历代文话》第4册,复旦大学出版社,2020年,第4116页。

究者:在明代诗文研究中,明清时期的评论并不只是我们援以为证的文献材料,其中所包含的批评观念及文学史思想,需要研究者在掌握大量文学史事实的基础上予以辨正,进而由此出发形成独立的文学史见解。

二、清人选明代诗文与明代诗文批评

　　清代的明人诗文选本所包含的文学批评史料,从文本形态来说大体可以分为两类:一类是以选诗文作品为主的诗文总集和选集,相关的批评文献主要体现为作家小传或者辑录的前人评论;一类则在选录诗文的基础上加以评论,即诗文选集的评点本。前一类以钱谦益《列朝诗集》、朱彝尊《明诗综》等为代表;后一类以王夫之《明诗评选》、沈德潜等《明诗别裁集》为代表。清代的明人诗文选本数量十分丰富,其一般情形已经在前述的明代诗文总集文献中有所论及。本节从文学批评的角度简述清代选明人诗文的选本,注重的是选本作为一种特殊文学批评方式在明代诗文研究方面所具有的重要价值。

　　清人的明诗选本中包含有诗人小传的主要有《列朝诗集》《明诗综》《明诗别裁集》《明三十家诗选》《明人诗钞》等,其中最具代表性的当属钱谦益编《列朝诗集》。钱氏出于以诗存史的目的,为每一位明代诗人撰写小传,除了略述生平之外,大量内容都是诗歌评论方面的材料。后人将《列朝诗集》中小传部分辑录出来单独作为《列朝诗集小传》刊刻,成为了明代诗歌研究方面最重要的史料之一。① 以《列朝诗集·甲集第一》所选刘基作品为例,共选刘基诗

---

① 北京师范大学张德建教授正在对《列朝诗集小传》进行笺证,规模宏大,征稽史料颇为丰富,出版后将会对明代诗文研究产生重要影响。

歌 127 首,出自其入明后所撰《犁眉公集》,并为其撰小传云:

　　《犁眉公集》者,故诚意伯刘文成公庚子二月应聘以后,
入国朝佐命垂老之作也。余考公事略,合观《覆瓿》《犁眉》二
集,窃窥其所为歌诗,悲惋衰飒,先后异致。其深衷托寄,有
非国史、家状所能表其微者,每盦然伤之。近读永新刘定之
《呆斋集》,撰其乡人王子让诗集序云:"子让当元时举于乡,
从藩省辟,佐主帅全普庵勘定江湖间,志弗遂,归隐麟原,终
其身弗仕。余读其诗文,深惜永叹。嗟乎子让,其奇气硉矹
胸臆,犹若佐全普庵时,以未裸将周京故也。有与子让同出
元科目,佐石抹主帅定婺、越,幕府倡和,其气亦将犁碧海、弋
苍旻。后扳附龙凤,自拟刘文成,然有作,噫喑郁伊,扪舌骍
颜,曩昔气渐灭无余矣。"呆斋之论,其所以责备文成者,亦已
苛矣。虽然,史家铺张佐命,论麾项之殊勋,永新留连幕府,
惜为韩之雅志,其事固不容相掩,其义亦各有攸当也。诵《犁
眉》之诗,而推见其心事,安知不以永新为后世之子云乎? 谨
撰定犁眉公诗,居国朝甲集之首,而子若孙之诗附见焉。①

　　另外钱谦益还在《列朝诗集·甲集前编第一》中,选录刘基
《覆瓿集》所收录的作品,并为刘基撰写小传,与此段以诗学批评
为主的论说可以互为参照。《列朝诗集·甲集前编第一》所撰的
刘基小传云:

　　基字伯温,青田人。元至顺癸酉明经登进士第,累仕皆
投劾去。方谷真反,为行省都事,建议招捕,省台纳方氏贿,
罢官,羁管绍兴。感愤欲自杀,门人密里沙抱持得不死。太

----

① 钱谦益撰集,许逸民、林淑敏点校《列朝诗集》第 2 册,中华书局 2007 年版,
　第 831 页。

祖定婺州,规取处,石抹宜孙总制处州,为其院经历。宜孙败走,归青田山中,伏匿不肯出。孙炎奉上命钩致之,乃诣金陵。后以佐命功,官至御史中丞,封诚意伯。正德中,谥文成。公自编其诗文曰《覆瓿集》者,元季作也;曰《犁眉公集》者,国初作也。公负命世之才,丁胡元之季,沉沦下僚,筹策龃龉,哀时愤世,几欲草野自屏。然其在幕府,与石抹艰危共事,遇知己,效驰驱,作为歌诗,魁垒顿挫,使读者偾张兴起,如欲奋臂出其间者。遭逢圣祖,佐命帷幄,列爵五等,蔚为宗臣,斯可谓得志大行矣。乃其为诗,悲穷叹老,咨嗟幽忧,昔年飞扬踔厉之气,澌然无有存者。岂古之大人志士义心苦调,有非旗常竹帛可以测量其浅深者乎?呜呼!其可感也。孟子言诵诗读书,必曰论世知人,余故录《覆瓿集》列诸前编,而以《犁眉集》冠本朝之首,百世而下,必有论世而知公之心者。①

因为许多作者选诗数量较多,《列朝诗集》作为选本的批评意识并不突出,其批评意见主要体现在诗人小传当中。尽管《列朝诗集》收录的诗人不是每一位作者都有如此详细的评述,然而钱氏在小传中不仅概述作者生平,还常引述前人典型之论,并附以己说,也使《列朝诗集》这一明代诗歌总集具有了很强的文学批评色彩。清代的不少明诗选本和诗话著作,在论定明代诗人诗作时,往往将钱谦益《列朝诗集》小传当中的看法作为批评的起点与依据,其中诗话如《围炉诗话》《说诗晬语》等,诗选如《明人诗钞》《明诗善鸣集》《宛雅》等。

---

① 钱谦益撰集,许逸民、林淑敏点校《列朝诗集》第 1 册,中华书局,2007 年,第 87 页。

另外一种包含作者小传的代表性明诗选本是朱彝尊辑录的《明诗综》。该书除撰写诗人小传之外,还辑录明代或清初有关明代诗人的评论,并撰写《诗话》对其进行评论,其体式与中国古代注经的方式颇有几分类似。后人将朱彝尊撰写的《诗话》及汇编的评论材料辑出,以《静志居诗话》为名单独刊刻。《明诗综》选录明人作品数量相较《列朝诗集》要少,以二书选录最多的高启、刘基作品为例,《明诗综》选高启诗 138 首,选刘基诗 104 首;《列朝诗集》选高启诗 864 首,选刘基诗 559 首。相比《列朝诗集》"存诗"的用意,《明诗综》"选"的味道更浓。因而在编纂体例上,《明诗综》除了为入选诗人撰写小传外,还常常辑录各家评论附于小传之后,最后再附以编者撰写的《静志居诗话》。同以入选的刘基为例,《明诗综》撰写的小传甚为简略:

> 基字伯温,青田人。元进士。洪武初,官至御史中丞。论佐命功,封诚意伯。为胡惟庸毒死。正德中,追谥文成。有《覆瓿集》《犁眉公集》。[①]

传后附录的评论则颇为丰富,包括杨维新、徐子元、陈彝仲、王元美、穆敬甫、胡元瑞、何稚孝、蒋仲舒、钱受之、陈卧子、王介人、陆冰修、沈山子、钟广汉等,有的来自诗话,有的出自选本,其中不少论说今天已不易找到原始出处。

《列朝诗集》《明诗综》二书都有为一代之诗人诗史立传的意味,因而在编选时注重诗人生平的勾稽。相比之下,王夫之评选的《明诗评选》则更具个性色彩,体现的是站在选家一己观念立场

---

① 朱彝尊辑录《明诗综》卷二,中华书局,2007 年,第 65 页。此卷卷首署"小长芦朱彝尊录,武陵胡期恒缉评"。该书参与缉评工作的人数众多,包括汪森、何煜、张大受、汪与图、陆大业、朱端等,基本上每卷都不相同。

上个人诗学趣味的表达,因此对于入选作品几乎每首都评,长短不一,或针对具体作品,或针对入选作者的某一诗体,或针对与诗人相关的群体、流派,等等。如《明诗评选》卷五选录皇甫濂五言律诗《七里陇》《咏梅花》两首,两则评语云:

> 微以古诗意度行之,即必不落钱、刘下。五言近体,源流本自《十九首》来,颜、谢尤其祢寝,不知此则必入庸陋。何仲默、谢茂秦自许古人,至此卑弱不堪,正谓此尔。皇甫昆季率能不昧,遂觉高于鳞一等,况何、谢乎!

> 真净极之作,俗目必不谓净。用事处有光无影。[1]

既能够微见具体,又不乏基于总览明代诗史全局的论说。这样的文学批评史料,可以提供研究者观照明代诗歌的不同视角。

诗选之外,清代也有不少明人文章选本。清人编选明代文章总集,大多以选文为主,也有部分选本会加以评论。以黄宗羲编选的《明文案》《明文海》《明文授读》为例,三书为黄氏不同阶段的明文选本,在编选有明一代文章之外,还有黄宗羲及其子黄百家二人所撰评语,虽然不多,却是研究黄宗羲文章观念及所评文章的重要史料。关于其一般情形,黄百家《明文授读发凡》曾有言及:"先遗献遍阅有明文集,间有数行或数语,偶记其爵里姓氏,及评其功力手笔者。今遇兹选所及,谨敢搜掇,并载于篇,以为读书知人之助。"[2]其中如《明文海》,今存通行的是《景印文渊阁四库全书》本,然而不但删改严重,更不录黄宗羲的批语。而在该书的另一版本——浙江图书馆藏旧抄本中,则保存了黄宗羲、黄百家二

---

①王夫之《船山全书》第 14 册,岳麓书社,2018 年,第 1420—1421 页。

②黄宗羲《明文授读》卷首,《四库全书存目丛书》集部第 400 册影清康熙三十八年味芹堂刻本,齐鲁书社,1997 年,第 214 页。

人的批语二百余条。①　而相比《明文海》以存录一代之文为宗旨，六十二卷本《明文授读》更显出选本的批评意识，正如黄百家在《明文授读发凡》中所说："先遗献于《文案》《文海》中更拔其尤，加硃圈于题上，以授不孝所读者。此系有明一代文章之精华。"②《明文授读》中可见的评语有三百余条，其中仅七十余条与《明文海》重复。类似文学批评史料的辑录，对研究明代文章有重要价值。

三、清人笔记中的明代诗文批评史料

关于清人笔记的一般情况及其史料价值，学界已有论述。③此节概述清人笔记中有关明代诗文批评的史料，也只能是举其一隅。其中所包含的与明代诗文相关的具体批评资料，需要研究者自己把梳、清理。这项工作的完成，对推进明代诗文研究有重要意义。

清人笔记中的明代诗文批评史料内容甚夥，但颇为分散，遍布于各种笔记作品当中。来新夏《清人笔记随录》著录清人笔记两百余种，徐德明、吴平主编《清代学术笔记丛刊》（全70册）收录笔记240余种，其中既有以学术考辨为主的学术笔记，也有以表现才学为旨趣的笔记小说。就像梁启超在《中国近三百年学术

---

① 参见崔霞《黄宗羲明文选本研究》，福建师范大学博士学位论文，2016年，第128—134页。相关文献的考订，参见崔霞《黄宗羲明文选本文献学研究》，浙江大学出版社，2021年。
② 黄宗羲《明文授读》卷首，《四库全书存目丛书》集部第400册，齐鲁书社，1997年，第214页。
③ 相关成果如张舜徽《清人笔记条辨》（华中师范大学出版社，2004年）、来新夏《清人笔记随录》（中华书局，2005年）、姚继荣《清代历史笔记论丛》（民族出版社，2014年）、张瑾《清代文人笔记研究》（吉林大学出版社，2020年）等。

史》中所调侃的那样："乾、嘉间之考证学,几乎独占学界势力,虽以素崇宋学之清室帝王,尚且从风而靡,其他更不必说了。所以稍为时髦一点的阔官乃至富商大贾,都要附庸风雅,跟着这些大学者学几句考证的内行话。"①清人对明代学术虽然多批评之词,但作为前朝旧迹,又时时出现在他们的批评视野当中,其中也包含明代的诗文创作,或加以评论,或著录逸闻。

如明人笔记一样,有些清人笔记当中也有专门以论诗文为主要内容的卷次。这样的材料,因为相对集中,被后人单独辑出作为诗话、文话作品,收录在诗话、文话汇编类著作当中。如清初江南文人赵吉士(1628—1706)所撰的《寄园寄所寄》,按照作者的说法,该书是作者"自少至壮,凡见闻新异,辄笔之于册,积之既久,分类成帙,用作坐侧之玩"。全书十二卷,其中第四卷《撚须寄》分"诗原""诗话"两部分,辑录前人有关诗歌论、事方面的记述,最早由日本学者近藤元粹辑出单行,张寅彭编纂《清诗话全编》收录。②其中有关明代诗歌的批评材料,尽管都是摘录自前人著述,如《麓堂诗话》《南濠诗话》《客中闲集》《尧山堂外纪》《莫氏八林》《孤树裒谈》,等等,然而由于有的著作到今天已不存或很难得见,因此在提供明诗评论材料的同时,还有一定的辑佚价值。

由笔记当中辑录诗文批评材料而将其作为诗话、文话著作的情况,在清代笔记当中也非个例。收录于《清诗话续编》的《古欢堂杂著》一种,也是其中较为典型的例子。《古欢堂杂著》由清初田雯(1635—1704)所撰,共八卷,即《古欢堂集》卷16—23,其中前

---

① 梁启超《中国近三百年学术史》,天津古籍出版社,2003 年,第 27 页。
② 张寅彭编纂、杨焄点校《清诗话全编·康熙期六》,上海古籍出版社,2018年,第 3971 页。

四卷分别为《论诗》二卷、《诗话》二卷。后人因其专门论诗,遂将其辑出收入诗话丛编当中。

清人撰写的笔记著作,有的具有很强的学术性和思想性,其中包含的文学批评论说也有较强的思辨性。以顾炎武《日知录》为例,该书卷十九即专门论"文"有关问题,各条如"文须有益于天下""文不贵多""著书之难""直言""立言不为一时""文人之多""巧言""文辞欺人""修辞""文人摹仿之病""文章繁简""文人求古之病""古人集中无冗复""书不当两序""古人不为人立传""志状不可妄作""作文润笔""文非其人""假设之辞""古文未正之隐"等,多从批判的立场着眼,其中表达的部分观点如"近代文章之病,全在摹仿",虽然未确指具体的作品,却是基于对整个明代文章写作动向的真实观察。类似这样的文学批评史料,对于从整体上观照明代文学具有重要参考价值。或许正因如此,王水照编《历代文话》将该卷由《日知录》中单独辑出,作为《日知录论文》一种收入其中。又如王士禛所撰《居易录》《池北偶谈》《古夫于亭杂录》《香祖笔记》《分甘余话》等五种笔记当中,有大量与明代诗文相关的批评史料。乾隆时期,张宗柟纂集《带经堂诗话》,除出自《渔洋诗话》《蚕尾文》之外,诸多与诗人诗作相关的纪事、评论内容即是从《居易录》《池北偶谈》等笔记当中辑出,然后按类予以编排。从明代文学研究文献的建设来说,如果能够将清人笔记中所有关于明代诗文批评的史料辑录汇编,定能大大丰富可供明代诗文研究使用的材料,对许多明代文学史相关问题或许也可以获得更进一步的认识和理解。

四、清人所撰明代诗文序跋

清人为明代诗文别集、总集撰写序跋,常见于清代重新编刻的别集、总集卷首或者卷末。这些序跋材料，不仅为研究者提供了文集编刻的基本情形，也常涉及作家作品评价、文学史定位等相关方面的问题。以清雍正间文瑞楼刻本高启诗文集（包括《青邱高季迪先生诗集》十八卷、《遗诗》一卷、《扣舷集》一卷、《凫藻集》五卷等）为例，该本为清人金檀注本，上海古籍出版社曾校点出版，是今存高启文集的通行本。在该本卷首，除了以"原序"的形式刻入高启自撰的《娄江吟稿自序》《缶鸣集自序》《姑苏杂咏自序》、胡翰序、王祎序、王彝序、谢徽序、周立序、刘昌序、吴宽序等外，还新增了金檀、陈璋雍正六年（1728）所作的序文。金檀在序中将自己置于"善读者"之列：

> 余自己亥春重订贝清江、程巽隐二先生集，洎博览明初诸家，辄以高青邱先生诗允为一代之冠。按先生诸集，曾手自诠次，逮没后，周公礼氏从《缶鸣》一编增订，再经徐用理氏汇为《大全集》以传。自是重镌不一，先生所手定，早同《广陵散》矣。加以时地之钩稽或略，字句之雠勘多疏，作者之旨，间被晦蒙。沿至于今，苟非参校特详，考证无遗，于以识天然之振藻，迥不侔于凡响，曷足称善读者焉。……余雅喜先生诗，又自惟诗学荒芜，不足深味其妙。屡购诸本，校其讹字，因以次注释，发一难，得一解，古人所谓注诗诚难，常心识之，终愧见闻寡陋，鲜就正以决择。①

金檀注本，诠解详实，对研究者理解高启作品有很大帮助。

清代重编、重刻或者抄录明人文集的情况十分普遍，由此而留下了大量清人所作的序跋。以《明别集丛刊》第 1 辑为例，共收

---

① 高启《高季迪先生诗集》卷首，《明别集丛刊》第 1 辑第 17 册影清雍正文瑞楼刻本，黄山书社，2013 年，第 3 页。

明人别集 463 种,其中清代刻本、抄本就有 220 余种,占据了不小的比重:谢应芳《龟巢摘稿》,钱宰《临安集》,危素《危学士全集》《危太朴云林集》,梁寅《新喻梁石门先生集》,刘永之《刘仲修先生诗文集》,邓雅《玉笥集》,汪褆《檗庵集》,汪子祜《石西集》,陈谟《陈聘君海桑先生集》,胡翰《胡仲子集》,释克新《元释集》,张丁《白石山房逸稿》,释妙声《东皋录》,李晔《草阁诗集、文集》,李辕《筼谷诗集》,朱善继《朱一斋先生文集》《广游文集》,贝琼《清江贝先生诗集、文集》,蓝仁《蓝山先生诗集》,蓝智《蓝涧诗集》,袁凯《在野集》《海叟诗集》,沈梦麟《吴兴沈梦麟先生花谿集》,袁华《耕学斋诗集》,戴良《九灵山房集、补编》,张庸《全归集》,王沂《王征士诗》,林弼《林登州遗集》,徐一夔《始丰稿》,龚敩《鹅湖集》,易恒《陶情稿》,凌云翰《柘轩集》,吴沉《濲川集》,林鸿《鸣盛集》,杨基《杨孟载手录眉庵集》,唐肃《丹崖集》,朱吉《三畏斋集》,朱夏《勉斋先生文集》,郑潜《樗庵类稿》,陶宗仪《沧浪棹歌》,张适《甘白先生张子宜诗集》《补遗》、《文集》,王彝《王征士集》,王行《半轩集》,刘炳《刘彦昺集》,刘昭年《先世遗芳集》,胡奎《斗南老人集》,释仁《梦观集》,吴伯宗《荣进集》,孙蕡《西庵集》,韩奕《韩山人诗集、续集》,姚广孝《逃虚子诗集、续集》,丁鹤年《丁鹤年集》,高启《槎轩集》《青邱高季迪先生诗集》《遗诗》《扣舷集》《凫藻集》,朱同《覆瓿集》,虞堪《鼓枻稿》,王琎《竹居诗集》,史谨《独醉亭集》,黎贞《秫坡先生文集》,钱子正《绿苔轩集》,瞿佑《咏物诗》,张宣《青旸集》,殷奎《强斋集》,郑真《荥阳外史集》,程本立《巽隐程先生诗集、文集》,刘璟《易斋刘先生遗集》,程通《明辽府左长史程节愍公贞白遗稿》,梁兰《畦乐先生诗集》,梁潜《泊庵先生文集、诗钞》,梁混《坦庵先生文集》,史迁《青金集》,童冀《尚絅斋集》,平显《松雨轩集》,刘琏《自怡集》,郑棠《道山集》,唐之淳《唐愚士诗》,高得旸

《节庵集、续稿》，赵扚谦《考古文集》，谢常《桂轩诗集》，董纪《西郊笑端集》，周是修《刍荛集》，林右《天台林公辅先生文集》，卓敬《卓忠贞公遗稿》，吴斌《韫玉先生集》，朱棣《大明太宗文皇帝御制序赞文》，金铉《金忠洁集》，茅大方《希董先生集》，陈诚《陈竹山先生文集内篇、外篇》，邓林《退庵邓先生遗稿》，金幼孜《金文靖集》，解缙《解文毅公集》，胡广《胡文穆公文集》，黄钺《黄给谏遗稿》，曾棨《巢睫集》，魏骥《南斋先生魏文靖公摘稿》，王达《天游集》《天游碎金》，李懋《谧忠文古廉文集》，曹端《曹月川先生遗书》，王英《王文安公诗文集》，李昌祺《运甓漫稿》，陈敬宗《澹然先生文集》，章敞《明永乐甲申会魁礼部左侍郎会稽质庵章公诗文集》，罗亨信《觉非集》，刘鹰《盘谷集》，王直《西昌王抑庵集》，周忱《双崖诗集、文集》，龚诩《龚安节公野古集》，王洪《毅斋集》，况锺《况太守集》，陈循《芳洲文集、诗集》，萧仪《重刻袜线集》《南行纪咏》《赠言》，张益《张文僖集》，吴与弼《康斋先生集》，萧镃《尚约文钞》，于谦《于肃愍公集》，蒋主忠《慎斋集》，聂大年《东轩集选、补遗》，徐有贞《武功集》，李贤《古穰集》，刘定之《刘文安公诗集》《刘文安公呆斋先生策略》，郑文康《平桥稿》，姚夔《姚文敏公遗稿》，彭时《彭文宪公文集》，彭华《彭文思公文集》，丘濬《重编琼台会稿诗文集》，叶盛《菉竹堂稿》，韩雍《襄毅文集》，柯潜《柯竹岩集》，朱妙端《静庵剩稿》，释宗贤《傲寮集》，沈周《石田先生集》，史鉴《西村集》，彭韶《彭惠安集》，周瑛《翠渠摘稿、续编》，郑纪《东园文集》，祁顺《巽川祁先生文集》，林瀚《林亨大稿》，黄仲昭《未轩公文集、补遗》，刘大夏《刘忠宣公文集、诗集》，庄昶《定山先生集》，林光《南川冰蘖全集》，瞿俊《学古斋集》，倪岳《青谿漫稿》，朱存理《楼居杂著》《野航诗稿、文稿》，屠勋《屠康僖公文集》，马中锡《东田集》，孙绪《沙溪集》，罗玘《圭峰集》，李东阳《怀麓堂集》，王禹声《鹃音》《白社诗草》，谢迁《归田稿》，张吉《古城文集》，蔡清《蔡文庄公集》《艾庵密箴》，梁储《郁洲遗稿》《纶音》，杨一清《安宁杨文襄公集》，孙继鲁《昆明孙清愍公集》，杨绳武《弥勒杨文毅公集》，傅宗龙《昆明傅忠壮公集》，王锡衮《禄丰王忠节公集》，蓝章《蓝司寇公劳山遗稿》，赵宽《半江赵先生文集》，吴俨《吴文肃摘稿》，夏镔《夏赤城先生文集》，丁养浩《西轩效唐集录》，朱诚泳《小鸣稿》，都穆《南濠文跋》，吴廷举《东湖集奏疏》《吟稿》，李璋《嗜泉诗存》，祝允明《枝山文集》，童瑌《草窗梅花集句》，周玺《庐阳周忠愍公垂光集》，谭宝焕《性理吟》，郑满《勉斋先生遗稿》，王缜《梧山王先生集》，蒋冕《重刻蒋文定公湘皋集》，马思聪《忠节马光禄先生轶诗》，马明衡《侍御马师山先生轶文》，耿明《风云亭稿、外集》，耿如杞《世笃堂稿、外集》，耿章光《石头恨血》，汪俊《汪石潭集》，罗钦顺《罗整庵先生存稿》，王云凤《虎谷集》《分题寓别集》《联珠集》《赠行集》《会合兴余集》，王承裕《少保王康僖公文集、外集》，汪循《汪仁峰先生文集、外集》，顾潜《静观堂集》，张弘至《万里志》，刘玉《执斋集》，郑岳《山斋文集》，朱朴《朱西村诗集》，周广《玉岩先生文集》，文徵明《甫田集》，游潜《梦蕉存稿》，顾鼎臣《顾文康公文草》《诗草》《续稿》《三集》，何孟春《燕泉何先生遗稿》，马理《谿田文集》《谿田集补遗》，倪宗正《倪小野先生全集》，刘节《宝制堂录》，董玘《中峰集》，边贡《边华泉集》《边华泉集稿》，陈琛《紫峰陈先生文集》。由此一端可以看出，在清代的出版文化中，明人诗文别集、总集同样占据了十分重要的位置。由此而留下异常丰富的文学批评史料，部分建构了清人对明代文学、文化的想象与认识。

　　除了附见于明人文集的序跋材料，也有一些收录明人诗文作品的总集本系清人所编，在刊刻时自然也会为之作序或跋。这些序跋史料，有时因是站在总览一代之作的基础上展开论说，故而

对建构一代诗史或文章之史有借鉴意义,体现出较高的文学批评
价值。如沈德潜所作《明诗别裁集序》云:

> 宋诗近腐,元诗近纤,明诗其复古也。而二百七十余年
> 中,又有升降盛衰之别。尝取有明一代诗论之:洪武之初,刘
> 伯温之高格,并以高季迪、袁景文诸人,各逞才情,连镳并轸,
> 然犹存元纪之余风,未极隆时之正轨。永乐以还,体崇台阁,
> 骫骳不振。弘、正之间,献吉、仲默力追雅音,庭实、昌穀左右
> 骖靳,古风未坠。余如杨用修之才华,薛君采之雅正,高子业
> 之冲淡,俱称斐然。于鳞、元美,益以茂秦,接踵曩哲。虽其
> 间规格有余,未能变化,识者咎其鲜自得之趣焉;然取其菁
> 英,彬彬乎大雅之章也。自是而后,正声渐远,繁响竞作,公
> 安袁氏,竟陵钟氏、谭氏,比之自郐无讥,盖诗教衰而国祚亦
> 为之移矣。此升降盛衰之大略也。①

诗史的建构,从某个角度来说即是文本选择的结果。沈德潜序中
对明代诗歌演变大略的概述,是以选家眼光建构的明代诗史图
像。这样的看法,对后世的明代诗史建构有深远影响。从某个侧
面来说,在缺乏对明代诗歌整体面貌有较为清晰了解的背景下,
明代诗史建构受明清文学批评、选本等的影响就会更深。

　　除了与清刻明人别集、总集并行的序跋材料,清人别集中也
多存明代诗文序跋的情形。尤其是在那些经历明清易代的文人
别集当中,有不少他们为前朝(明朝)文人写作的诗文序跋。这些
材料,散见于各人的别集当中,为研究者所利用的主要集中在钱
谦益、吴伟业、黄宗羲、沈德潜、朱彝尊等少数几人。诸人与明代
文人及文学都颇有瓜葛,为明人诗文集撰写序跋也是其社会生活

---

①沈德潜、周准编《明诗别裁集》卷首,上海古籍出版社,1979年,第1页。

的内容之一。在此之外,或出于地域、家族等因素,或出于其他方面的渊源关系,不少清代文人在著述当中也对明代的诗文别集、总集予以关注。如全祖望所撰《鲒埼亭集》《鲒埼亭集外编》二书中,与明人著述有关的序跋如《黄南山先生传家集序》(《鲒埼亭集外编》卷二十四),所序为明初黄润玉所撰《南山先生遗集》;《荥阳外史题词》(《鲒埼亭集外编》卷二十四),乃是为明初曾任广信教授的郑真所撰《荥阳外史集》所作的题词。黄、郑二人均为浙江鄞县人,为全祖望同乡前辈。此外他还曾为明人所编《四明文献录》《四明雅选》等集撰写题词,都可以看出地域文化传承影响的痕迹。又如其所作《吕语集粹序》,为序明中后期名儒吕坤之作,吕氏为河南商丘宁陵人。全祖望留心明代儒学,因而对其有所关注。如此等等情形,在在显示出清人所撰序跋作为文学批评史料的不同面相。

五、清代书目文献中的明人诗文批评史料

以书目文献而承担批评的职能,似乎是清代同类著作共同的追求。其中最为杰出的代表,当然要属乾隆时期因编纂《四库全书》而撰写的《四库全书总目》。《总目》成于当时众名家之手,因而除了介绍作者以及诗文别集、总集的版本等基本情况之外,常表现出卓越的批评眼光。如四库提要为朱彝尊编选《明诗综》撰写的提要,对明代近三百年诗史演变历程作了大致勾勒:

> 明之诗派,始终三变:洪武开国之初,人心浑朴,一洗元季之绮靡,作者各抒所长,无门户异同之见。永乐以迄宏(弘)治,沿三杨台阁之体,务以春容和雅,歌咏太平。其弊也冗沓肤廓,万喙一音,形模徒具,兴象不存。是以正德、嘉靖、隆庆之间,李梦阳、何景明等崛起于前,李攀龙、王世贞等奋

发于后，以复古之说递相唱和，导天下无读唐以后书。天下
响应，文体一新。七子之名，遂竟夺长沙之坛坫。渐久而摹
拟剽窃，百弊俱生，厌故趋新，别开蹊径。万历以后，公安倡
纤诡之音，竟陵标幽冷之趣，幺弦侧调，嘈囋争鸣。佻巧荡乎
人心，哀思关乎国运，而明社亦于是乎屋矣。大抵二百七十
年中，主盟者递相盛衰，偏袒者互相左右。①

又如四库总目在康熙年间编定的《御定四朝诗》提要中说：

> 明诗总杂，门户多歧，约而论之，高启诸人为极盛。洪
> 熙、宣德以后，体参台阁，风雅渐微。李东阳稍稍振之，而北
> 地、信阳已崛起与争，诗体遂变。后再变而公安，三变而竟
> 陵，淫哇竞作，明祚遂终。②

作为书目提要，其论述虽然甚为简略，但后世有关明诗演进脉络
的总体认识，大体都与此相似，只是相较之下更加深入、具体
而已。

又如四库总目在关于杨士奇《东里全集》、杨荣《杨文敏集》等
台阁文人别集的提要中，对明代盛行一时的台阁体有所评论，也
成为后世学者概括台阁体特征的经典论述：

> 明初三杨并称，而士奇文章特优，制诰、碑版多出其手。
> 仁宗雅好欧阳修文，士奇文亦平正纡余，得其仿佛。故郑瑗
> 《井观琐言》称其文典则，无浮泛之病。杂录叙事，极平稳不
> 费力。后来馆阁著作，沿为流派，遂为七子之口实。然李梦
> 阳诗云："宣德文体多浑沦，伟哉东里廊庙珍。"亦不尽没其所
> 长。盖其文虽乏新裁，而不失古格。前辈典型，遂主持数十

---

① 永瑢等《四库全书总目》卷一九〇，中华书局，1965年，下册第1730页。
② 永瑢等《四库全书总目》卷一九〇，中华书局，1965年，下册第1726页。

年之风气，非偶然也。

　　荣当明全盛之日，历事四朝，恩礼始终无间，儒生遭遇，可谓至荣。故发为文章，具有富贵福泽之气。应制诸作，沨沨雅音，其他诗文亦皆雍容平易，肖其为人。虽无深湛幽渺之思，纵横驰骤之才，足以震耀一世，而逶迤有度，醇实无疵，台阁之文所由与山林枯槁者异也。与杨士奇同主一代之文柄，亦有由矣。①

以上引述只是四库提要明代诗文批评的一个侧面。对明代诗文研究者来说，由四库提要切入明人诗文别集的阅读，常能有更加深入的认识。②

　　为自己编选、阅读、收藏的著作撰写提要，在清人所编书目文献中颇为普遍。其中较为知名的清代书目文献有《皕宋楼藏书志》《善本书室藏书志》《铁琴铜剑楼藏书志》《爱日精庐藏书志》《郑堂读书记》《越缦堂读书记》《嘉业堂藏书志》等。以《善本书室藏书志》为例，在为收录书籍撰写提要时，其内容大多以文献、版本、编刻、收藏等为主，但也有部分提要会涉及作家作品的评价。如该书为刘基《诚意伯刘公文集》所撰提要云：

　　　　《诚意伯刘公文集》二十卷，隆庆刊本。汪鱼亭藏书。明刘基撰。基字伯温，青田人。举进士，授高安县丞。入明，官至弘文馆学士，封诚意伯。正德九年，赐谥文成。事迹具《明

---

① 永瑢等《四库全书总目》卷一七○，中华书局，1965 年，下册第 1484 页。
② 关于《四库全书总目》在明代诗文批评方面的总体情形，参见何宗美、刘敬《明代文学还原研究——以〈四库总目〉明人别集提要为中心》，人民出版社，2014 年；何宗美、张晓芝《〈四库全书总目〉的官学约束与学术缺失》，人民文学出版社，2017 年。

史》本传。基文宏深肃括,亚于潜溪;诗亦沉郁顿挫,一洗元末纤秾之习。所著有《翊运录》一卷、《覆瓿集》十四卷、《郁离子》四卷、《写情集》二卷、《犁眉公集》二卷、《春秋明经》二卷,刻于永乐初年,翰林学士王景为序。嘉靖丙辰,缙云樊献科合诸集重编为十八卷,刻于真定,卷首列像赞、行状、碑记。此隆庆六年陈烈重刻樊本,前有烈自序及何镗序。文成遗著永乐分编之本,今不可见矣。即真定刻本,藏书家亦未见著录。则读刘集者,此为最古矣。卷首钤有"汪鱼亭藏阅书"朱文方印。[1]

其中关涉刘基诗文批评的,仅"基文宏深肃括,亚于潜溪;诗亦沉郁顿挫,一洗元末纤秾之习"一句,却代表了明清时期有关刘基诗文的主流看法。

总体来看,书目文献中的评论虽然内容大多较为简略,却因为这类著作所具有的特殊性质,对研究者观照明清时期文学批评在作家作品评价方面的一般情形,能起到一定的参考价值。梳理明清时期的明代诗文批评史料,清代书目文献同样值得研究者予以关注。

第三节　1911年以来编纂、整理、汇刊的明代诗文批评资料

从笔者掌握的情况来看,1911年以来编纂、整理的明代诗文批评资料主要集中在诗话、文话方面。诗文选集、总集从性质上

---

[1]丁丙著、曹海花点校《善本书室藏书志》卷三十五,浙江古籍出版社,2016年,第6册第1461页。

来说属于明代诗文总集材料,其中的评点材料与明代文学批评有关,但并未按诗人或诗歌作品进行汇编,研究者仍需根据研究对象的不同进行搜罗。更何况今存明清两代有关明代诗文的选集、总集,大多仍未经整理,也没有大规模的汇刊、整理成果出版。史书、笔记虽然也有部分经人整理,但这类文献中与明代诗文批评相关的材料颇为分散,要想得到更广泛的使用,必须有研究者将这些文献中的明代诗文批评文献予以辑录,而这样的工作,无疑要付出大量精力,需要有一定的牺牲精神。

今人整理的明清诗话、文话著作,主要包括单本著作和汇编两类。就单本著作而言,人民文学出版社的"中国古典文学理论批评专著选辑"在早期明清诗文批评著作的整理方面做出了较大贡献,一大批明清诗话著作通过这一选辑而得到整理。明人诗话如许学夷《诗源辩体》、谢榛《四溟诗话》、杨慎《升庵诗话》、王世贞《艺苑卮言》、李东阳《怀麓堂诗话》等;清人诗话如王夫之《薑斋诗话》、沈德潜《说诗晬语》、赵翼《瓯北诗话》、方东树《昭昧詹言》、袁枚《随园诗话》、王士禛《渔洋诗话》、《带经堂诗话》、朱彝尊《静志居诗话》等。明清诗话单行本的整理多围绕诗话名著展开,有的著作曾不止一次被整理、笺释。其中明代诗话如谢榛《四溟诗话》(人民文学出版社,1961年)、《诗家直说笺注》(齐鲁书社,1987年),王世贞《艺苑卮言校注》(齐鲁书社,1992年)、《艺苑卮言》(凤凰出版社,2015年),杨慎《升庵诗话笺证》(上海古籍出版社,1987年)、《升庵诗话新笺证》(中华书局,2008年),李东阳《怀麓堂诗话》(《历代诗话续编》)、《怀麓堂诗话校释》(人民文学出版社,2009年),胡应麟《诗薮》(中华上编版1958年,上海古籍出版社1979年新1版),等等。

除了对明清时期的单本诗话、文话著作进行整理、校释之外,自民国以来，还有许多学者在诗话、文话以及其他文学批评史料汇编、汇刊方面做了大量工作。这类汇编、整理工作因为汇聚了大量与明代诗文批评相关的史料文献，对推动明代诗文和文学理论研究都具有重要价值。以下按照分类对其中较为重要的几种汇编文献作简要介绍：

1.《历代诗话续编》。该书由近代学者丁福保纂辑，上海医学书局 1916 年印行。中华书局 1983 年、2006 年先后刊行两版，分上中下三册。《续编》共收录诗话 29 种，其中明人所撰诗话 9 种，包括：杨慎《升庵诗话》，王世贞《艺苑卮言》，顾起纶《国雅品》，谢榛《四溟诗话》，瞿佑《归田诗话》，俞弁《逸老堂诗话》，都穆《南濠诗话》，李东阳《麓堂诗话》，陆时雍《诗镜总论》。其中除《诗镜总论》一卷仅论汉魏迄唐代各家诗之外，其余 8 种都有关于明代诗人诗作的评论。

2.《全明诗话》。6 册，周维德集校，齐鲁书社 2005 年版。按照编者的说法，该书收录明代独立成书的诗话 91 种。但也可能有不确者，如该书第一册收录的黄子肃《诗法》，《全明诗话·前言》撰写的该书提要称其曾官翰林供奉，深于范德机（范梈，1272—1330）之学。则其人与黄清老（1290—1348，字子肃）生平经历颇为相似。《全明诗话》收录的诗话著作包括：瞿佑《归田诗话》，黄子肃《诗法》，朱权《西江诗法》，周叙《诗学梯航》，释怀悦《诗家一指》《诗法源流》，单宇《菊坡丛话》，朱奠培《松石轩诗评》，李东阳《麓堂诗话》，都穆《南濠诗话》，朱谏《李诗辨疑》，闵文振《兰庄诗话》，蒋冕《琼台诗话》，陈沂《拘虚诗谈》，何孟春《余冬诗话》，林希恩《诗文浪谈》，陆深《俨山诗话》，姜南《蓉塘诗话》，徐祯卿《谈艺录》，顾元庆《夷白斋诗话》，安磐《颐山诗话》，游潜《梦蕉诗话》，阙名《娱书堂诗话》；（以上第 1 册）杨慎《升庵诗话》《诗

补遗》《绝句衍义》《千里面谭》《闲书杜律》，徐泰《诗谈》，朱承爵
《存余堂诗话》，俞弁《逸老堂诗话》，邵经邦《艺苑玄机》，徐献忠
《唐诗品》，谢榛《四溟诗话》，皇甫汸《解颐新语》，何良俊《元朗诗
话》，徐师曾《诗体明辩》，顾起纶《国雅品》，田艺衡《香宇诗谈》《阳
关三叠图谱》，王文禄《诗的》，杨良弼《作诗体要》，梁桥《冰川诗
式》；(以上第 2 册)汪彪《全相万家诗法》，谭浚《说诗》，王世贞《艺
苑卮言》《国朝诗评》《明诗评》《全唐诗说》《文章九命》，李贽《骚坛
千金诀》，茅一相《欣赏诗法》，王世懋《艺圃撷余》，王兆云《挥麈诗
话》，縠斋主人《独鉴录》，陈第《读诗拙言》，周履靖《骚坛秘语》，张
懋贤《诗源撮要》，郭子章《豫章诗话》，朱孟震《玉笥诗谈》，王樴
《诗法指南》，张蔚然《西园诗麈》，胡应麟《少室山房诗评》《诗薮》；
(以上第 3 册)江盈科《雪涛诗评》《雪涛小书诗评》《闺秀诗评》，冒
愈昌《诗学杂言》，陈继儒《佘山诗话》，郝敬《读诗》《艺圃伧谈》，支
允坚《艺苑闲评》，周子文《艺薮谈宗》，许学夷《诗源辩体》，李日华
《恬致堂诗话》，邓云霄《冷邸小言》，谢肇淛《小草斋诗话》；(以上
第 4 册)胡震亨《唐音癸签》，冯复京《说诗补遗》，叶秉敬《敬君诗
话》，钟惺《词府灵蛇二集》，陈懋仁《藕居士诗话》，曹学佺《蜀中诗
话》，叶廷秀《诗谭》；(以上第 5 册)卢世㴶《读杜私言》，程羽文《诗
本事》，谈迁《枣林艺篢》，费经虞《雅伦》，方以智《通雅诗话》，陆时
雍《诗镜总论》，赵士喆《石室诗谈》。(以上第 6 册)在陈广宏教授
主持的"全明诗话新编"未出版之前，周维德的《全明诗话》不失为
明代诗话汇编最为重要的成果之一，能够为明代诗歌、诗学研究
提供重要的文献基础。

3.《**明代诗话要籍汇编**》。10 册，陈广宏、侯荣川编校，复旦大
学出版社 2017 年版。全书分诗话卷(1—3 册)、诗法卷(4—5
册)、诗评卷(6—10 册)，收入诗话 50 种：瞿佑《归田诗话》，李东阳

《麓堂诗话》，都穆《都玄敬诗话》，朱承爵《存余堂诗话》，游潜《梦蕉诗话》，雷燮《南谷诗话》，安磐《颐山诗话》，何孟春《余冬诗话》，陆深《俨山诗话》，顾元庆《夷白斋诗话》，杨慎《升庵诗话》《诗话补遗》《升庵诗话辑录》，姜南《蓉塘诗话》，俞弁《逸老堂诗话》，刘世伟《过庭诗话》，王兆云《挥麈诗话》，谢肇淛《小草斋诗话》，陈懋仁《藕居士诗话》，李日华《恬致堂诗话》，傅若川编《傅与砺诗法》，朱权编《西江诗法》，周叙编《诗学梯航》，史潜编《新编名贤诗法》，杨成编《诗法》，梁桥《冰川诗式》，钟惺《钟伯敬先生硃评词府灵蛇》《钟伯敬先生硃评词府灵蛇二集》，朱奠培《松石轩诗评》，徐祯卿《谈艺录》，沈周《吟窗小会》，徐献忠《唐诗品》，徐泰《诗谈》，王世贞《艺苑卮言》，谢榛《诗家直说》，顾起纶《国雅品》，王文禄《诗的》，何良俊《四友斋诗说》，谭浚《说诗》，朱孟震《玉笥诗谈》《续玉笥诗谈》，王世懋《艺圃撷余》，胡应麟《诗薮》，冒愈昌《诗学杂言》，冯时可《谈艺录》，江盈科《雪涛诗评》，许学夷《诗源辩体》，冯复京《说诗补遗》，陆时雍《诗镜总论》，郝敬《艺圃伧谈》，冯舒《诗纪匡谬》，胡震亨《唐音癸签》，唐元竑《杜诗攟》。

4.《**稀见明人诗话十六种**》。上、下两册，陈广宏、侯荣川编校，上海古籍出版社 2014 年版。收录 16 种明代稀见罕传的诗话著作：陈霆《渚山堂诗话》，强晟《汝南诗话》，闵文振《兰庄诗话》，陈德文《石阳山人蠡海》，熊逵编《清江诗法》，佚名《诸仙诗话》，黄甲《独鉴录》，赵统《骊山诗话》，章宪文《白石山堂诗话》，吴默编《翰林诗法》，赵世显《赵仁甫诗谈》，李本纬编《古今诗话纂》，胡之骥《诗说纪事》，屠本畯《茗笾谈》，赵宧光《弹雅》，陈基虞《客斋诗话》。其中既有单独成书刊行的，如《诸仙诗话》《骊山诗话》等；也有原有单行而后亡佚，又经作者重新辑录者，如陈霆《渚山堂诗话》。

5.《**珍本明诗话五种**》。张健辑校,北京大学出版社 2008 年版。该书收录明代孤本、善本诗话 5 种:雷燮《南谷诗话》,季汝虞《古今诗话》,浮白斋主人《诗话》,朱奠培《松石轩诗话》,谢肇淛《小草斋诗话》。

6.《**清诗话**》。丁福保辑,中华书局上编所 1963 年版,上海古籍出版社 1978 年版,1999 年、2015 年再版。收录的清人诗话 43 种,包括:王夫之《薑斋诗话》,吴乔《答万季野诗问》,冯班《钝吟杂录》,张泰来《江西诗社宗派图录》,吴伟业《梅村诗话》,顾嗣立《寒厅诗话》,宋大樽《茗香诗论》,王士禛《律诗定体》《师友诗传续录》《渔洋诗话》,何世璂《然灯记闻》,王士禛等《师友诗传录》,翁方纲《王文简古诗平仄论》《赵秋谷所传声调谱》《五言诗平仄举隅》《七言诗平仄举隅》《七言诗三昧举隅》,赵执信《谈龙录》《声调谱》,翟翚《声调谱拾遗》,施闰章《蠖斋诗话》,宋荦《漫堂说诗》,徐增《而庵诗话》,汪师韩《诗学纂闻》,查为仁《莲坡诗话》,沈德潜《说诗晬语》,叶燮《原诗》,孙涛《全唐诗话续编》,薛雪《一瓢诗话》,吴骞《拜经楼诗话》,钱木庵《唐音审体》,周春《辽诗话》,马位《秋窗随笔》,黄子云《野鸿诗的》,钱泳《履园谭诗》,吴雷发《说诗菅蒯》,李沂《秋星阁诗话》,李重华《贞一斋诗说》,费锡璜《汉诗总说》,方薰《山静居诗话》,施补华《岘佣说诗》,秦朝钎《消寒诗话》,袁枚《续诗品》。其中不少诗话有关于明代诗歌的批评史料。

7.《**清诗话续编**》。郭绍虞编选,富寿荪校点,上海古籍出版社 1984 年版,1999 年再版,2016 年第 2 版。《续编》共收录清人诗话 34 种,包括:毛先舒《诗辩坻》,周容《春酒堂诗话》,宋徵璧《抱真堂诗话》,贺贻孙《诗筏》,贺裳《载酒园诗话》,吴乔《围炉诗话》,田雯《古欢堂集杂著》,庞垲《诗义固说》,田同之《西圃诗说》,方世举《兰丛诗话》,张谦宜《䌹斋诗谈》,牟愿相《小澥草堂杂论诗》,叶矫然《龙性堂诗话》,乔亿《剑谿说诗》,赵翼《瓯北诗话》,鲁九皋《诗学源流考》,翁方纲《石洲诗话》,李调元《雨村诗话》,管世铭《读雪山房唐诗序例》,冒春荣《葚原诗说》,方熏《山静居绪言》,杨际昌《国朝诗话》,余成教《石园诗话》,延君寿《老生常谈》,王寿昌《小清华园诗谈》,尚镕《三家诗话》,方贞观《方南堂先生辍锻录》,梁章钜《退庵随笔》,潘德舆《养一斋诗话》《养一斋李杜诗话》,陈仅《竹林答问》,厉志《白华山人诗说》,陆蓥《问花楼诗话》,朱庭珍《筱园诗话》,刘熙载《诗概》。

8.《清诗话三编》。张寅彭选辑,吴忱、杨焄点校,上海古籍出版社 2014 年版。《三编》共计 10 册,收录清人诗话 97 种,包括:冯班《严氏纠谬》,徐世溥《榆溪诗话》,魏裔介《魏裔介诗论》《魏裔介诗话》,黄与坚《论学三说·诗说》《广论学三说·广诗说》,黄生《一木堂诗麈》,宋长白《柳亭诗话》;(以上第 1 册)毛奇龄《西河诗话》,刘廷銮《风人诗话》,李中黄《逸楼论诗》,钱孙保《穷愁漫语》,徐锡我《我侬说诗》,蒋鸿翮《寒塘诗话》,丁鹤《兰皋诗话》,陈梓《定泉诗话》,宋顾乐《梦晓楼随笔》,劳孝舆《春秋诗话》,叶之溶《小石林文外》,蔡显《红蕉诗话》,彭端淑《雪夜诗谈》《明人诗话补》《国朝诗话补》,史承谦《青梅轩诗话》;(以上第 2 册)李宗文《律诗四辨》,恒仁《月山诗话》,顾诒禄《缓堂诗话》,陶元藻《凫亭诗话》,马鲁《南苑一知集论诗》,雷国楫《龙山诗话》,赵文哲《娵雅堂诗话》,王楷苏《骚坛八略》,吴骞《拜经楼诗话续编》,崔迈《尚友堂说诗》,郭兆麒《梅崖诗话》,师范《荫椿书屋诗话》,吴文溥《南野堂笔记》,熊荣《谭诗管见》;(以上第 3 册)计发《鱼计轩诗话》,舒位《瓶水斋诗话》《乾嘉诗坛点将录》,熊琏《澹仙诗话》,周春《耄余诗话》,任昌运《静读斋诗话》,陆元铉《青芙蓉阁诗话》,吴嵩梁《石溪舫诗话》,黄培芳《香石诗话》《粤岳草堂诗话》,吕善报《六红诗话》，丁繁滋《邻水庄诗话》，徐熊飞《修竹庐谈诗问答》《春雪亭诗话》；（以上第4册）聂铣敏《蓉峰诗话》，郭麐《灵芬馆诗话》，梁章钜《读渔洋诗随笔》，袁洁《蠡庄诗话》；（以上第5册）袁洁《出戍诗话》，张晋本《达观堂诗话》，林联桂《见星庐馆阁诗话》，宋咸熙《耐冷谭》，马桐芳《憨斋诗话》，孙煦《石楼诗话》，崔旭《念堂诗话》，李黼平《读杜韩笔记》，沈道宽《六义郛郭》；（以上第6册）李少白《竹溪诗话》，沈涛《匏庐诗话》，杨秉杷《应体诗话》，莫友棠《屏麓草堂诗话》，姚椿《樗寮诗话》，康发祥《伯山诗话前集》；（以上第7册）康发祥《伯山诗话后集》《伯山诗话续集》，陈伟勋《酌雅诗话》，于祉《澹园诗话》，王汝玉《梵麓山房笔记》，陈来泰《寿松堂诗话》，严廷中《药栏诗话》，刘存仁《屺云楼诗话》，缪焕章《云樵外史诗话》，沈丙莹《读吴诗随笔》，张道《苏亭诗话》；（以上第8册）潘清撰《挹翠楼诗话》，蒋超伯《通斋诗话》，钟秀《观我生斋诗话》，李文泰《海山诗屋诗话》，赖学海《雪庐诗话》，吴仰贤《小匏庵诗话》，施山《薑露盦诗话》，叶炜《煮药漫钞》；（以上第9册）邵承照《纪河间诗话》，刘宝书《诗家位业图》，宋育仁《三唐诗品》，潘飞声《在山泉诗话》，狄葆贤《平等阁诗话》，李之鼎《宜秋馆诗话》，袁祖光《绿天香雪簃诗话》。（以上第10册）

9.《**清诗话全编**》（**顺治康熙雍正期、乾隆期、嘉庆期**）。张寅彭编纂，顺治康熙雍正期由杨焄点校，全10册，上海古籍出版社2018年版。收入顺治至雍正间所作诗话90种：贾开宗《杜少陵秋兴八首偶论》，冯班《严氏纠谬》，毛先舒《诗辩坻》《声韵丛说》，吴伟业《梅村诗话》，宋徵璧《抱真堂诗话》，宋徵琪《抱真堂诗评》，王毓芝《诗剩》，徐世溥《榆溪诗话》，夏基《隐居放言诗话》，钱尚濠《买愁集》，叶弘勋《诗法初津》；（以上第1册）魏裔介《兼济堂诗话》《魏裔介辑诗论诗话》，朱绍本《定风轩活句参》，原良《韵林随

笔》,(以上顺治期)徐增《与同学论诗（而庵诗话）》,贺贻孙《诗
筏》,严首昇《濑园诗话》,徐釚《本事诗》;(以上第2册)陈瑚《顽潭
诗话》,周容《春酒堂诗话》,王令《古雪堂文集·诗话》,王含光《吟
坛辨体》,来集之《来集之先生诗话稿》,贺裳《载酒园诗话》,吴乔
《逃禅诗话》;(以上第3册)吴乔《与万季野书》《围炉诗话》,李沂
《秋星阁诗话》,李中黄《逸楼四论·论诗》,顾炎武《诗律蒙告》,施
闰章《蠖斋诗话》,黄士堨《瀛山笔记》,王夫之《诗译》《夕堂永日绪
论内编》《南窗漫记》,叶燮《原诗》,陈廷敬《杜律诗话》,张泰来《江
西诗社宗派图录》;(以上第4册)吴景旭《历代诗话》(上);(以上
第5册)吴景旭《历代诗话》(下),黄生《一木堂诗麈》,叶矫然《龙
性堂诗话》;(以上第6册)程羽文《诗本事》,陈元辅《枕山楼课儿
诗话》,赵吉士《寄园寄所寄·撚须寄》,黄与坚《论学三说·诗说》
《广论学三说·广诗说》,刘廷銮《风人诗话》,钱孙保《穷愁漫语》,
卢震《杜诗说略》,王士禛《渔洋诗话（一卷本）》《然灯记闻》《渔洋
诗话》《律诗定体》,王士禛等《诗问》,宋荦《漫堂说诗》,田雯《山薑
诗话》《古欢堂集杂著·论诗诗话》,康乃心《河山诗话》,毛奇龄
《西河诗话》《西河诗话（一卷本）》,庞垲《诗义固说》,顾嗣立《寒厅
诗话》,吴菘《论陶》,吴瞻泰《陶诗汇注·诗话》;(以上第7册)宋
长白《柳亭诗话》;(以上第8册)朱元英《诗学金丹》,张谦宜《絸斋
诗谈》,李其永《漫翁诗话》,赵执信《谈龙录》《声调谱》,费锡璜《汉
诗总说》,徐锡我《我侬说诗》,郎廷极《集唐要法》,袁若愚《学诗初
例》,章大来《后甲集·诗话》,蒋鸿翮《寒塘诗话》,宋顾乐《梦晓楼
随笔记》《梦晓楼人随笔》,葛万里《句图》;(以上第9册)得云道人
《无当玉卮》,(以上康熙期)丁鹤《兰皋诗话》,蒋衡《说诗别裁》,张
庚《古诗十九首解》,姜任修《古诗十九首绎》,劳孝舆《春秋诗话》,
沈德潜《说诗晬语》,方贞观《辍锻录》,薛雪《一瓢斋诗话》。(以上

雍正期）（以上第 10 册）

《清诗话全编·乾隆期》共 12 册，张寅彭编纂，刘奕点校，上海古籍出版社 2020 年版。该卷共收录清代诗话 106 种：叶之溶《小石林文外》，黄子云《野鸿诗的》，马位《秋窗随笔》，周大枢《鸿爪录》，查为仁《莲坡诗话》，姚培谦《松桂读书堂诗话》，蔡显《红蕉诗话》，恒仁《月山诗话》，吴雷发《说诗菅蒯》，李重华《贞一斋诗说》，冯一鹏《忆旧游诗话》，郭宗鼎《诗律浅言九章》，田同之《西圃诗说》；（以上第 1 册）黄任《消夏录》，纪昀《玉溪生诗说》，邵履嘉《耘砚山房诗话》，彭端淑《雪夜诗谈》，沈锺《梦余诗话》，夏力恕《读杜笔记》，史承谦《青梅轩诗话》，乔亿《剑谿说诗》《杜诗义法》；（以上第 2 册）徐逵照《此木轩论诗汇编》，宋弼《通韵谱说》，方世举《兰丛诗话》，陈梓《定泉诗话》，王沄《薇水亭诗话》，翁方纲《渔洋杜诗话》《石洲诗话》《复初斋王渔洋诗评》《小石帆亭著录》；（以上第 3 册）翁方纲《杜诗附记》《咏物七言律诗偶记》，杨际昌《国朝诗话》，吕德本《诗法辨体说》，沙临《剑堂诗法》，冒春荣《葚原诗说》，朱宗大《杜诗识小》《李诗臆说》；（以上第 4 册）张宗柟编《带经堂诗话》；（以上第 5 册）恽宗和《新订声调谱》，苏一圻《诗法问津》，靳荣藩《吴诗谈薮》，吴镇《松花庵声调谱》《八病说》《松花庵诗话》，顾诒禄《缓堂诗话》，释雪樵名一《田衣诗话》，周文在《香山诗评》，何忠相《二山说诗》，张载华《初白庵诗评》；（以上第 6 册）李锳《诗法易简录》，袁枚《续诗品》《随园诗话》；（以上第 7 册）袁枚《随园诗话（补遗）》，邹方锷《半谷居诗话》，何文焕《历代诗话考索》，雷国楫《龙山诗话》，谢鸣盛《范金诗话》，廖景文《罨画楼诗话》《盥花轩诗话》；（以上第 8 册）朱筠《古诗十九首说》，赵文哲《媕雅堂诗话》，李宗文《律诗四辨》，汪师韩《诗学纂闻》，毛大瀛《戏鸥居丛话》，李怀民《重订中晚唐诗主客图》《紫荆书屋诗话》，李宪暠《定性斋诗话》,李宪乔《凝寒阁诗话》《拗法谱》,何一碧《五桥说诗》,吴翀《学诗尺木》,秦朝钎《消寒诗话》,李汝襄《广声调谱》;(以上第 9 册)陶元藻《凫亭诗话》,王楷苏《骚坛八略》,马鲁《南苑一知集论诗》,李调元《雨村诗话(两卷本)》《雨村诗话》,崔迈《尚友堂说诗》,黄景仁《诗评》;(以上第 10 册)周春《杜诗双声叠韵谱括略》《耄余诗话》,汪玉珩《朱梅舫诗话》,屠绅《鹗亭诗话》,汤大奎《炙砚琐谈》,方薰《山静居绪言》《山静居诗话》,郭兆麒《梅崖诗话》,伍宇澄《饮渌轩随笔》,朱育泉《唐音审体例说》,喻端士《谐声别部》;(以上第 11 册)叶葆《应试诗法浅说》,蔡家琬《诗原》《陶门诗话》,翟翚《声调谱拾遗》,鲁九皋《诗学源流考》,汪汲《乐府标源》《乐府遗声》,宁锜《杜诗注解摘参》,管世铭《读雪山房唐诗序例》,万俊《杜诗说肤》,颜崇榘《种李园诗话》,师范《荫椿书屋诗话》,吴询《画溪论诗》。(以上第 12 册)

《清诗话全编·嘉庆期》8 册,张寅彭编纂、姚蓉点校,上海古籍出版社 2021 年版。该卷共收诗话 63 种:吴骞《拜经楼诗话》《拜经楼诗话续编》《拜经楼诗话余编》,吴绍澯《声调谱说》《纂例》《蠡说》,贾季超《护花铃语》,宋大樽《茗香诗论》,吴文溥《南野堂笔记》,阮元《定香亭笔谈》;(以上第 1 册)王啸岩《明湖花影诗话》,赵翼《瓯北诗话》,熊荣《谭诗管见》,黄培芳《香石诗说》《香石诗话》《粤岳草堂诗话》,计发《鱼计轩诗话》,舒位《瓶水斋诗话》《乾嘉诗坛点将录》,吴寿平《耕云书屋诗话》,徐熊飞《修竹庐谈诗问答》《春雪亭诗话》;(以上第 2 册)熊琏《澹仙诗话》,胡寿芝《诗见》,庄述祖《汉鼓吹铙歌曲句解》,郭麐《樗园销夏录》《灵芬馆诗话》《爨余丛话》;(以上第 3 册)牟愿相《小澥草堂杂论诗》,徐涵《芙蓉港诗词话》,任昌运《静读斋诗话》,洪亮吉《北江诗话》,释古严《无声诗话》,吴展成《兰言萃腋》,张晋《仿元遗山论诗绝句六十首》，法式善《梧门诗话》；（以上第 4 册）张诚《梅花诗话》，喻文鏊《考田诗话》，陆元铉《青芙蓉阁诗话》，熊士鹏《竟陵诗话》，佚名《鹄山小隐诗话》，释明理《梅村笔记》；（以上第 5 册）王诚《香雪园诗话》，吕善报《六红诗话》，张映汉《读诗类编·蠡说》，魏景文《七言古诗声调细论》，罗安《吟次偶记》，延君寿《老生常谈》，余成教《石园诗话》，丁繁滋《邻水庄诗话》；（以上第 6 册）张曰斑《尊西诗话》，刘凤诰《杜诗话》，袁洁《蠡庄诗话》《出戍诗话》，雪山北樵《钝吟杂录·乐府论》，聂铣敏《蓉峰诗话》；（以上第 7 册）李兆元《诗筬三种》《十二笔舫杂录》，许嗣云《芷江诗话》，王玮庆《滿舲诗话》《沧浪诗话补注》，雪樵居士《清溪风雨录》，佚名《批本随园诗话》。（以上第 8 册）

　　根据张寅彭《清诗话全编序》所说，《全编》共分顺治康熙雍正期、乾隆期、嘉庆期、道光期、咸丰同治期、光绪宣统期以及外编（断代类、地域类、诗法类）等卷，系由他主持的国家社科基金重大招标项目"清代诗话全编"的最终成果，总收诗话近千种。其中道光期部分收录诗话 92 种，已于 2023 年 9 月由上海古籍出版社出版。

　　10.《历代文话》。王水照编，复旦大学出版社 2007 年版，2020 年重印。《文话》总共 10 册，收录从宋代至民国间的文话著作，其中明代以后的文话作品包括：宋濂《文原》，曾鼎《文式》，吴讷《文章辨体序说》，王鏊《震泽长语·文章》，杨慎《升庵集·论文》，王文禄《文脉》，归有光《归震川先生论文章体则》，何良俊《四友斋丛说·论文》，唐顺之《荆川稗编·文章杂论》，茅坤《唐宋八大家文钞评文》，徐师曾《文体明辨序说》，高琦《文章一贯》，王世贞《文评》《文章九命》，庄元臣《论学须知》《行文须知》《文诀》，屠隆《由拳集·论文》《文章四题》，谭浚《言文》，董其昌《画禅室随笔·评文》，杜浚《杜氏文谱》，汪廷讷《文坛列俎评文》，李腾芳《文字法》，任昉撰、陈懋仁注《文章缘起注》，陈懋仁《续文章缘起》，陈龙正《举业素语》，朱荃宰《文通》，张次仲《澜堂夕话》，王守谦《古今文评》，左培《书文式·文式》；（以上明代）黄宗羲《金石要例附论文管见》，方以智《文章薪火》，顾炎武《日知录论文》《救文格论》，王夫之《夕堂永日绪论外编》，徐枋《论文杂语》，赵吉士《万青阁文训》，吕留良《吕晚村先生论文汇钞》，黄与坚《论学三说·文说》，唐彪《读书作文谱》，魏际瑞《伯子论文》，魏禧《日录论文》，王之绩《铁立文起》，王晫《更定文章九命》，张谦宜《𦈏斋论文》，方苞《古文约选评文》，李绂《秋山论文》《古文辞禁》，马荣祖《文颂》，陈鉴《操觚十六观》，杨绳武《论文四则》，夏力恕《菜根堂论文》，田同之《西圃文说》，刘大櫆《论文偶记》，姚范《援鹑堂笔记·文史谈艺》，范泰恒《经书卮言》，王元启《惺斋论文》，朱宗洛《古文一隅评文》，孙梅《四六丛话》，焦循《文说三则》，吴德旋《初月楼古文绪论》，张秉直《文谈》，李元春《四书文法摘要》，朱仕琇《朱梅崖文谱》，梁章钜《退庵论文》，包世臣《艺舟双楫·论文》，曹宫《文法心传》，黄本骥《读文笔得》，叶元垲《睿吾楼文话》，曾国藩《鸣原堂论文》，刘熙载《艺概·文概》《游艺约言》，许奉恩《文品》，方宗诚《论文章本原》《读文杂记》，朱景昭《论文刍说》，薛福成《论文集要》，顾云《盋山谈艺录》，孙万春《缙山书院文话》，何家琪《古文方三种》，于邑《香草谈文》，邓绎《藻川堂谭艺》，唐才常《论文连珠》，胡念修《四家纂文叙录汇编》，王兆芳《文章释》；（以上清代）林纾《春觉斋论文》《文微》《韩柳文研究法》，吴曾祺《涵芬楼文谈》，陈衍《石遗室论文》，陈澹然《晦堂文钥》《文宪例言》，姚永朴《文学研究法》，王葆心《古文辞通义》，陈康黼《古今文派述略》，唐文治《国文大义》《国文经纬贯通大义》《文学讲义》，章廷华《论文琐言》，孙德谦《六朝丽指》，来裕恂《汉文典·文章典》，唐恩溥《文章学》，张相《古今文综评文》，徐昂《文谈》，胡朴安《读汉文记》《历代文章论略》《论文杂记》，刘声木《桐城文学渊源考》，刘师培《论文杂记》《文说》《汉魏六朝专家文研究》，胡怀琛《文则》，褚傅诰《石桥文论》，陈怀孟《辛白论文》，刘咸炘《文学述林》。（以上民国）

　　从以上所列的部分书名可以看出，该丛书中收录的有些文话著作，是从文人别集、选本或其他著述中辑出的论"文"部分（从刊刻情况看，有的是明清文人所为，有的则是出自编者辑纂），而并非严格意义上独立成书的话体文章学著述。就具体内容来看，有些文话评论的对象并非一般意义的文章，而是专门针对应用于科举考试的经义，如陈龙正《举业素语》、李元春《四书文法摘要》等；又或是针对某一类特殊文体，如孙梅《四六丛话》。

　　11.《历代文话续编》。 余祖坤编，凤凰出版社 2013 年版，2017 年重印。该书分上、中、下三册，收录的文话均为清代以后著述，包括：叶燮摘《汪文摘谬》，方苞口授、王兆符、程崟传述《左传义法举要》，王又朴《史记七篇读法》，彭元瑞辑《宋四六话》，姚鼐《惜抱轩语》，侯凤苞《策学例言》，于学训辑《文法合刻》，姚澍《文法直指》，吴铤纂《文翼》，张时中辑《黼社笔谈》，佚名《樽酒余论》，孙学濂《文章二论》，周祺《国文述要》，李审言《学制斋论文书札》，邹寿祺编《论文要言》，傅守谦《汉阳傅氏文学四法例论》，王葆心《经义策论要法》，王承治编纂《骈体文作法》，高步瀛《文章源流》，吴闿生辑《古文辞类纂诸家评识》，马绳章《效学楼述文内篇》，郭象升《五朝古文类案叙例》《文学研究法》，张传斌《文辞释例》。

　　12.《稀见明人文话二十种》。 陈广宏、龚宗杰编校，上海古籍出版社 2016 年版。该书收录稀见的明人文话著作 20 种，多为明代后期作品：宋禧《文章绪论》，王祎《文训》，唐之淳辑《文断》，余祐辑《朱文公游艺至论·文》,崔铣《文苑春秋叙录》,袁黄《举业彀率》,汪正宗《作论秘诀心法》,佚名《新刻诗文要式》,王弘诲辑《新刻文字谈苑·谈文》,汪时跃编《举业要语》,武之望撰、陆翀之辑《新刻官板举业卮言》,钱时俊、钱文光辑《谈艺》,李叔元辑《新锲诸名家前后场肄业精诀》,汤宾尹辑《汤霍林先生裒选大方家谈文》,汤宾尹编《汤睡庵太史论定一见能文》,叶秉敬《文字药》,徐耒编《重校刻艺林古今文法碎玉集》,刘元珍辑《从先文诀内篇、外篇》,汪应鼎辑《流翠山房辑选八大家论文要诀》,张溥纂辑《新刻张太史手授初学文式》。

13.《稀见清人文话二十种》。王水照、侯体健编,复旦大学出版社 2021 年版。该书收录稀见的清人文话类著作 20 种:朱瀚《韩柳欧苏诸大家文发明》,林世榕《课士论文》,焦袁熹《此木轩论文杂说》《读韩述》,李中黄《逸楼论文》,沈维材《四六枝谈》,胡珊《胡含川先生文诀》,洪天锡《渔村讲授论文》《读书要略》,韩泰青《说文》,王昶《述庵论文别录》《娄东书院浅说》,何一碧《五桥论文》,史祐《论文枕秘》,姚椿《论文别录》,丁晏《文觳》,张星鉴《仰萧楼文话》,范濂《四六谈荟》,赵曾望《葡萄榭论文》,吴荫培《文略》,许钟岳《古文义法钞》,杨昭楷《菱溪精舍课文六条》,佚名《十家论文》。

14.《"国立中央图书馆"善本序跋集录》。台湾"国立中央图书馆"编,台湾"国立中央图书馆"1994 年版。其中集部序跋共分 7 册,收录的明人别集序跋最为丰富,包括:第 2 册的大部分,第 3、4 两册,第 5 册的一部分,此外在所录总集序跋中,也有部分与明人有关。这些序跋资料,为我们提供了研究明代诗文作家最直接的史料文献,可以借此观测这些作家在时人眼中的镜像,以及他们的文集编刊、流传等情况。以其中《集部(二)·别集类》辑录的宋濂各集序跋为例。《序跋集录》中收录的宋濂所撰别集及其序跋包括：刘基选《宋学士文粹》，刘基序，郑济跋；方孝孺等选《宋学士续文粹》，楼琏序，郑柏跋；黄溥选编《潜溪先生集》，王袆序，黄溥题后；张绾刊本《宋学士文集》，杨维桢《翰苑集序》，揭汯序，贝琼序，张绾后序；嘉靖十五年重刊本《潜溪集》，陈旅序，欧阳玄序，郑涣跋；傅应祥刊本《潜溪先生集》，谢瑜重刻叙；韩叔阳刊本《新刊宋学士全集》，雷礼序，陈元珂序。以上各篇序跋，大部分出现在了黄灵庚编辑校点的《宋濂全集》附录的《潜溪录》卷四。然而至为重要的一点是，《潜溪录》卷四所录的各篇序跋，有的文末缺少题署，如《宋学士文粹》卷首刘基所作的序，不利于研究者判断其写作的时间，而《序跋集录》由于是直接录自文集卷首，因而较《潜溪集》卷四所录刘基序多出末尾题署"洪武八年岁次乙卯春正月甲申，开国翊运守正文臣、资善大夫、前御史中丞、兼太子赞善大夫、护军、诚意伯栝苍刘基谨序"。序跋所提供的这类时间、署名信息，有时候对研究文集的刊刻、评论的语境等均有重要价值。又如《序跋集录》中所录刘基各集及其序跋，只有部分出现在了今人整理的《刘伯温集》当中。①

　　然而美中不足的是，《"国立中央图书馆"善本序跋集录》作为一项由众多学者参与的文献整理工作，在整理水平上仍存在诸多瑕疵。如《集部（三）·别集类》所录黄文禄《皇甫司勋集序》（第336页），在校点时由于对皇甫汸的著述甚为陌生，对其所著《南中集》《三州集》《禅栖绪论》《解颐新语》《来凫集》《北征集》《南置集》《客京集》《安雅集》《政学集》《浩歌集》《山居新语》《还山集》《弘诗品》《匹论衡》等小集和笔记几乎都无所知，标点混乱不堪。类似

① 林家骊点校《刘伯温集》，浙江古籍出版社，2011年。

校点方面的问题,在《序跋集录》中在在有之。同时略为可惜的是,《序跋集录》尽管在著录版本信息时,常会注明有明清人或近人手书的题跋,然而却不知何故并未将这些题跋辑录出来,让研究者失去了借此考订这些著作在明清时期传藏情况的重要线索,而并非所有人都有机会接触这些深藏在海峡对岸图书馆中的善本文献。

　　以上介绍的也只是百余年来学者们在明代诗文批评史料方面所做的部分工作。有些史料汇编、整理工作虽然不尽都是针对明代诗文,也并非都与明代诗文批评有关,但他们能够在众多明清史籍中清理出与明代文人、文学有关的研究资料,对于史料准备尚不是十分充分的明代文学研究来说,其意义无疑是十分重大的。其中以《中国文学批评资料汇编·明代卷》(叶庆炳、邵红主编,台湾成文出版社,1979 年)、《明代文论选》(蔡景康编选,人民文学出版社,1993 年)、《中国历代文论选新编·明清卷》(黄霖、蒋凡主编,上海教育出版社,2007 年)等具有一定代表性。而与诸书相比,吴志达主编的《中华大典·文学典·明清文学分典》在资料规模和收录范围上都更显广阔,并且以人为纲进行广泛征集,具有一定的开拓意义。其中搜罗的研究资料,既有诗文评论相关的文献,也有与文人生平、交游、著述等相关的史料。笔者从硕士阶段开始参与该项工作,在当时条件限制的情形下,针对明清时期数量庞大的文人别集、总集做了大量耙梳工作,虽然不免有所缺漏,但较以往仅依靠少数整理的别集、总集进行明代诗文研究的状况有了较大改善。不过略感遗憾的是,当时由于字数和体例限制,大量搜罗、整理的文献都未能呈现在出版的五卷本当中,所有文献的出处也被略去不录,不利于研究者的利用。

　　除上述介绍的诸作之外,在众多汇编、整理的明代诗文批评史料中，吴文治主编《明诗话全编》是其中较为特殊的一种。① 该书试图从众多明人诗文别集、笔记等文献当中搜集明人论诗史料，以此扩大"诗话"作为文学批评资源的广度。对研究明代诗文批评及明人有关本朝诗文评论的意见来说，这样的文献搜集工作无疑是十分必要的。然而由于各种不为人知的原因，该书在文献搜集、整理的质量方面不尽如人意，至今已很少为研究者所用。

　　1911 年以后，历史发展的进程尽管已经进入了另一个纪元，然而从学术发展的角度来说，传统诗文批评的方式并没有完全被现代学术研究所取代。诗话、文话等作为中国文学批评的经典著述形式仍然存在，在民国学术中仍占据一席之地，如陈衍的《石遗室诗话》、刘永济的《诵帚堪词论》、吴梅的《词学通论》、缪钺的《诗词散论》，等等。这一类文学批评史料，因其作者大多为沟通古今的学者，在现代学术发展过程中显露出重要的学术价值。复旦大学黄霖先生带领的学术团队，在搜集民国时期以"话体"为主要形式的文学批评资料方面取得了突出的成绩，其中也包括与明代诗文批评相关的文献。②

第四节　域外汉文文献中的明代诗文批评史料

　　近代以前，汉文化的影响不仅局限于中国范围，对周边东亚

①吴文治主编《明诗话全编》，江苏古籍出版社，1997 年。
②由黄霖任总主编的《现代（1912—1949）话体文学批评文献丛刊》（凤凰出版社，2020 年），包括诗话卷、文话卷、词话卷、小说话卷、影话卷、剧话卷等多种。从某个方面显示了中国传统的"话"体文学批评形式在现代学术体系中仍具有较强的活力。

各国都有深远的影响,由此形成的东亚文化圈,在中国文化、文学经典的解读、批评等方面均表现出浓厚的兴趣。具体表现在文学批评方面,日本、韩国等在汉文化时期都出现了不少评论中国历代诗文创作的诗话或者其他批评材料,其中也有与明代诗文创作相关的。这些史料,同样可以为研究明代文学提供参照,以此来探测在异域文人眼中,明代的诗文作品是以何种面貌得到呈现的。

需要说明的是,此节所谓的域外汉文文献,不包括那些由中国文人创作而在日本、朝鲜半岛等地刊刻的别集、总集,而专指由域外文人写作与中国明代的诗文作家作品有关的批评文献。东亚文人为明人别集、总集撰写的序跋等文字,又或是他们在文集、笔记、诗话、文话等著述中论及明代诗文作家作品的材料,都在我们关注的范围。这样的文献,对研究明代诗文在东亚各国的传播、接受情况有重要价值。

先从日本来看。日本是东亚汉文化圈最重要的成员国之一,在明治维新以前,以儒家文明为核心的汉文化在日本文化发展过程中起着至关重要的作用。大量和刻本汉籍的出现,从一个侧面反映了中国文化对日本前近代知识建构所产生的重要影响。与之相呼应,从唐代以降,日本学人就以诗话等形式撰编与中国诗文有关的批评史料,其中包含不少与明代诗文相关的批评文献。其中集中收录日本诗话作品的文献汇编,有蔡镇楚编《域外诗话珍本丛书》(北京图书馆出版社,2006年),赵季、叶言材、刘畅辑校《日本汉诗话集成》(中华书局,2019年)等。前者除收录日本诗话48种之外,还收录了40种朝鲜诗话。

从总体上看,日本学人对明代诗文的关注虽不能与汉魏唐宋相比,但其时兴盛的诗学思潮的影响却是无远弗届,以至于象"前后七子"这样在明代产生了很大影响的诗人,在日本的诗学批评系统中也受到极大关注。例如日本德川时期蘐园古学派代表人物之一的太宰春台(1680—1747),曾撰写论中国诗歌的论文《诗论》,对《诗经》以降的历代诗歌除略宋元不论外均有论述,其中对明代诗歌甚为著意,且颇有见地:

> 一代之诗(笔者按:指唐诗),亦有盛衰,识者取其盛者而用之云。宋则诗衰甚,人皆学唐而不得唐,义理之学害之也。元人之诗如宋人,而时有佳焉者,极而变之渐也。明则诗盛,虽唐不及。国初即有诗人辈出,刘伯温、高季迪乃其先进巨匠也。其后李献吉、何仲默始倡复古,文章之道大振。其于诗也,自古风、乐府以至唐诗莫不摹拟,皆至其妙。迫于李于鳞、王元美者出,愈益研精,殆无遗憾,一时徐子与、吴明卿之属为之推毂。明诗至是大振于千古,可谓盛矣。……明人之诗,其多数倍唐人。且如与人赠答,唐人不过一二首,明人多至十余首,寡亦不下数首,言尽而意不给,故多用事填塞,摭唐人成语而缀缉以成章,其巧在钉饾,篇虽多,无复异味。李于鳞最有此患。王元美曰:"三首而外,不耐雷同。"诚哉! 余尝谓:盛唐诗如上林、宜春苑中花,异种贵品,灿烂照眼;中唐诗如富人名园花,虽不及上林、宜春,亦各有奇观;晚唐诗如野草花,虽不足悦目,犹有自然采色。此皆天造,不假人工也。明诗如剪彩之花,虽亦灿烂照眼,然无生色,人工所成也。此岂不然乎? 凡唐诗工拙,皆有生色,出乎自然也。明诗则不然,强作也。夫周人有事赋诗者,歌《三百篇》诗也,未有临事新作者。魏晋以后之人,有事则作,异于古人也。古者造士进士必于学,唐以诗取士,异于古人也。唐人虽有事则作,犹未多作。明人则务多

作,又异于唐人也。①

明人论诗,自诩能接唐之盛。太宰氏将明诗放在与唐诗进行对照的视野中进行讨论,认识颇为深刻。其看法又受到明人的影响,与同一时期的清人有很大不同。

又如林东溟(1708—1780)所撰的《诸体诗则》二卷,卷上除论及诗歌的一般性问题之外,专立"明诗"一则评论明代诗歌,目下共有二十余条。之所以如此立目,正如其中第一条所说的:

> 本邦三十年来,徂徕先生之学化被海内,是以一时后进,皆能知开元、天宝后又有明诗,因明学唐,则自然至于盛唐。惟黄发诸老先生,尚或守先入不移矣。②

林氏除了《诗则》之外,还著有《文则》一卷、《明诗础》一卷,都有关于明代诗文批评方面的内容。

正如上引林氏《诸体诗则》中所显示的,类似太宰春台、林东溟等人对明代诗歌发生兴趣,与江户时期最有影响的学者之一、古学派之一的萱园学派的创始人荻生徂徕(1666—1728)有很大关系。太宰春台《诗论附录》就曾自述说:"余少不好明诗,老而滋甚。徂徕先生选明诗,而名以《唐后诗》,中载李于鳞七言绝句三百首。先生谓明诗以于鳞为至,于鳞七言绝句无一首不佳,故载之最多。纯谓于鳞所为唐诗非唐,而七言绝句为甚。"③太宰氏在附录中对李攀龙七言绝句进行了专项批评。同样的情形,还出现

---

① 太宰春台《诗论》,赵季、叶言材、刘畅辑校《日本汉诗话集成》第2册,中华书局,2019年,第598—600页。

② 林东溟《诸体诗则》卷之上,赵季、叶言材、刘畅辑校《日本汉诗话集成》第2册,中华书局,2019年,第715页。

③ 赵季、叶言材、刘畅辑校《日本汉诗话集成》第2册,中华书局,2019年,第602页。

在林东溟所撰《诸体诗则》当中,林氏在论及近体诗写作规则的时候,所举的诗例中李攀龙的诗歌作品被作为单独一类进行分析。太宰春台、林东溟二人对李攀龙诗歌所作的专门论述,即使在中国明清时期的文学批评中也不多见。究其原因,则是由荻生徂徕的中国诗歌选本所引发的。由此而言,无论是受其影响从风推崇明诗,还是站在唐诗立场对明代诗歌提出批评,都能够从中感受到江户时期谈论明诗风气的盛行。这一时期日本汉学批评文献对明代诗文的关注,为我们研究汉文化圈的明代诗文批评提供了丰富的史料基础。

朝鲜半岛的情形与日本类似。一方面,在早期的中朝文化交流当中,汉文化对朝鲜文化的发展有着深远的影响。中国早期的文化经典曾在朝鲜半岛广泛传播,是构成朝鲜思想、文化的重要内容。另一方面,明代中朝文人之间有着密切的交往,不但留下了许多交往唱和的作品,李朝时期刊行的各种《皇华集》即为见证;还有许多文人交往、创作等方面的逸事、见闻的记录,其中有不少是与明代诗文批评有关的史料。① 如朝鲜明宗李峘(1534—1567)、宣祖(1567—1608)时期的权应仁所撰《松溪漫录》,就有不少与明代文人相关的逸事。兹举两则:

> 嘉靖丙辰年间,大明人刘应箕见执于倭寇,在寇船中,为我国人所擒到王京。作诗曰:"只怨干戈不怨天,离乡去国路千千。愁缠病骨哀衰运,泪洒红颜泣盛年。见月思归西塞外,看云心逐北堂前。旄邱见葛何多日,尾琐孤身困此边。"

---

① 有关朝鲜文人对明代诗歌的批评,参见袁棠华《古代朝鲜诗家明诗批评》,中华书局,2023年;曹春茹、王国彪《朝鲜诗家论明清诗歌》,中央编译出版社,2016年。

李宰相鹅溪公少时次其韵云:"鹍海鲸波杳接天,南荆迢递几三千。流离异国惟孤影,漂泊他乡是弱年。蝶梦有时传塞外,雁书无路抵家前。知君夜夜思亲处,秋雨萧萧客枕边。"时刘年十五六,鹅溪年十七八,年皆幼稚,诗已成章。自古早达者必夙成,鹅溪则今为宰执,不知刘亦既达耶?或云登第已久,未知其果然否也。①

　　许天使国、魏天使时亮之来也,朴骆村忠元甫为远接使,行到嘉山,闻明庙升遐,天使虽有作,以国恤不答。许之文章,于东国罕有并肩者,如《谒箕子庙辞》,求于古人之中未易多得。若迭相唱和,则不知骆村当输几筹耶!②

这样的文献,有些虽然并不是直接针对诗文作品的评论材料,却为我们提供了理解作品的语境,让具体的文学创作在历史场景中变得更加生动、鲜活。同时对于编纂《全明诗》来说,诗话中记录的作品也有一定的补佚价值。

　　有的韩国诗话作品,带有一定的类编性质,辑录中国文献中有关诗文批评的各家论说。其中具有代表性的如李睟光(1563—1628)所撰的《芝峰类说》,该书按照天文、时令、灾异、地理、诸国、君道、兵政、官职、儒道、经书、文字、文章、人物、性行、身形、言语、人事、杂事、技艺、外通、宫室、服用、食物、卉木、禽虫等类划分,内容涉及东亚各国甚至包括欧洲诸国,其中卷八至卷十四为文章部。在《芝峰类说》卷十二中,有专门论述"明诗"的部分,有的条

---

① 权应仁《松溪漫录》上,蔡美花、赵季主编《韩国诗话全编校注》第1册,人民文学出版社,2012年,第540—541页。
② 权应仁《松溪漫录》下,蔡美花、赵季主编《韩国诗话全编校注》第1册,人民文学出版社,2012年,第553页。

目可以明确知道出自明清人的论述,如《尧山堂外纪》《弇州四部稿》《升庵集》等;也有的条目则似出自李氏自撰,如其中论张宁诗云:"张天使宁诗曰:'谁卷疏帘望新月,自吹长笛倚斜晖。'初不晓其意,伴倘言老爷有爱妾,故云。此与'挥鞭万里去,安得念香闺'者异矣。""董越天使诗'江雨酿寒来树杪,岭云分暝落岩阿',乃用王荆公'岭云分暝与黄昏'之句,且格律非甚高妙,而郑湖阴最喜此句,常吟咏称誉云。未可知也。"①这样的批评材料,从某个侧面来说为我们理解明代诗歌提供了异域的视角。有关韩国诗话的汇编类成果,代表性的有蔡美花、赵季主编《韩国诗话全编校注》(人民文学出版社,2012 年),共计 12 册,收录从高丽时期到现代韩国诗话 136 部。韩国学者编纂的汉诗话丛书则有赵钟业编《修正增补韩国诗话丛编》(韩国太学社,1996 年)等。

　　除日本、韩国文人撰述的笔记、诗话等文献中保存了不少明代诗文批评史料,日、韩文人的文集中也同样有相关方面的材料,他们还曾编选有关明代诗歌的选本。东亚汉学对明代诗文的关注,也一直延续到近现代的中国古典文学研究当中。大规模汇编日本、韩国文人汉语文集的文献丛书,则有王强主编《日本汉诗文集》(凤凰出版社,2018 年)、《韩国汉文学百家集》第一辑(凤凰出版社,2018 年),石立善等编《日本汉诗文集丛刊》第一辑、第二辑(上海社会科学院出版社,2020 年),以及《韩国文集丛刊》(韩国财团法人民族文化推进会,1990 年)、《韩国文集丛刊续》(韩国古典翻译院,2007 年),《韩国历代文集丛书》(韩国景仁文化,2000 年)等。其中韩国文集的相关文本,可以通过订阅方式

---

① 李睟光《芝峰类说》卷十二,蔡美花、赵季主编《韩国诗话全编校注》第 2 册,人民文学出版社,2012 年,第 1260 页、1261 页。

在"韩国学综合 DB"数据库(http://db.mkstudy.com)上获得。与此同时,在日、韩之外,越南的汉喃文献文集中也有与中国文学批评相关的内容。然而从总体上看,大多与先秦以至唐宋时期的经典相关,有关明清时期作品的评论相对较少(以小说等为主),在此不再做专门叙述。

第四章　明代小说文献

　　明代小说创作的发达,不仅体现在作品数量、小说类型等方面远胜前朝,同时还表现在"小说"作为一种创作类型,在明代中后期形成了包括制作、刊刻、传播等一系列环节在内的完整生产链。无论是古已有之的文言小说,还是兴起于宋元以后的白话小说,在明代小说创作中都呈现兴盛态势。更有在嘉靖以后流行于社会各阶层的"四大奇书"——《三国演义》《水浒传》《西游记》《金瓶梅》,代表了章回小说的四种主要类型,引领中国古代小说在明清时期走向辉煌。本章从文献层面向读者展现明代小说的一般情形,以见出"小说"作为中国古已有之的文体,在明代所具有的丰富面相。

第一节　明代文言小说

　　梳理明代文言小说及其相关文献,首先需要明确的一点是:什么是文言小说?文新师在《文言小说审美发展史·绪论》中曾指出:"在进入对文言小说审美发展历程的描述之前,必须划定研究范围,或者说,确立研究边界。直白地表述,即哪些作品能算做文言小说?表面上看,这似乎不成问题,答案很简单:一切用文言写的小说都是文言小说;'文言小说'本是从语言形式的角度所作

的限定。但事情并不如此简单。比如，半文半白的《三国志通俗
演义》，我们是算它白话小说呢，还是算它文言小说？再如屠绅的
《蟫史》，这部洋洋洒洒二十余万字的用文言写成的长篇小说，我
们自然不能否认它是'文言小说'，只是，就'文言小说'一语的约
定俗成的含义来看，通常是不包括长篇在内的。……我们所说的
文言小说，其外延包括传奇小说和笔记小说，以短篇为主，中篇为
辅。"①在此基础上，他将文言小说分为笔记（志怪、轶事）、传奇两
大类。较早由侯忠义等所著《中国文言小说史稿》，将明代的文言
小说作品分为传奇、志怪、轶事三大类，下分记怪（传奇）、爱情、剑
侠、综合、记怪（志怪）、神仙、博物、轶事、琐言、笑话等十小类。②

　　从《汉书·艺文志》以至《四库全书总目》，"小说"的分类归属
常在子、史之间摇摆。四库提要在《小说家类》卷端曾有过一番关
于"小说"文体与内容相关的思考："张衡《西京赋》曰：小说九百，
本自虞初。《汉书·艺文志》载虞初《周说》九百四十三篇，注称武
帝时方士，则小说兴于武帝时矣。故伊尹说以下九家，班固多注
依托也。然屈原《天问》杂陈神怪，多莫知所出，意即小说家言。
而《汉志》所载《青史子》五十七篇，贾谊《新书·保傅篇》中先引
之，则其来已久，特盛于虞初耳。迹其流别，凡有三派：其一叙述
杂事，其一记录异闻，其一缀辑琐语也。唐宋而后，作者弥繁，中
间诬谩失真、妖妄荧听者固为不少，然寓劝戒、广见闻、资考证者
亦错出其中。班固称小说家流盖出于稗官，如淳注谓王者欲知闾
巷风俗，故立稗官，使称说之。然则博采旁搜，是亦古制，固不必

---

①陈文新《文言小说审美发展史》，武汉大学出版社，2002年，第2页。
②侯忠义《中国文言小说史稿》上册，北京大学出版社，1990年；侯忠义、刘世
　　林《中国文言小说史稿》下册，北京大学出版社，1993年。

以冗杂废矣。"①更何况后人所定义的"文言小说",有大量作品在中国古代属于杂家、野史之流,更增加了这一概念边界的模糊性。甚至到了现在通行的几种文言小说书目,如袁行霈、侯忠义编《中国文言小说书目》(北京大学出版社,1981年)、宁稼雨《中国文言小说总目提要》(齐鲁书社,1996年)、石昌渝主编《中国古代小说总目·文言卷》(山西教育出版社,2004年),在概念界定、作品著录、分类等方面也各有看法。从内容来看,各家书目所著录的"文言小说",有些作品更接近今人所说的史料笔记,而较少具有通常所说的"小说"特征。从某个方面来说,过于宽泛的文体范围,不利于我们认识明代文言小说的文体特征和审美属性。

　　明代的文言小说包括哪些作品?根据不同的分类标准,研究者可以划出不同的范围。以《中国文言小说书目》《中国古代小说总目·文言卷》《中国文言小说总目提要》三种目录为例,各自收录的明代文言小说如下:

　　袁、侯二人所编《中国文言小说书目》著录明代文言小说710余种,包括:王达《景仰撮书》《椒宫旧事》,朱元璋《纪梦》,朱诚泳《益斋嘉话》,朱厚烨《勿斋易说》,宋濂《萝山杂言》,叶子奇《草木子》《草木子余录》,陶宗仪《名姬传》《辍耕录》,陶宗仪编《说郛》,陶珽纂辑《续说郛》,张昌龄《饭牛庵杂录》,刘绩《霏雪录》,陶辅《桑榆漫志》《花影集》《四端通俗诗词》,瞿佑《存斋类编》《剪灯新话》《游艺录》《香台集》,李昌祺《剪灯余话》,秦约《师友话言》《樵史补遗》,张纶《林泉随笔》,陈赟《闲适日钞》,赵弼《效颦集》,李贤《古穰杂录》,岳正《类博杂言》,叶盛《水东日记》,单宇《菊坡丛话》,许浩《复斋日记》,杜琼《耕余杂录》《纪善录》,倪复《闲居漫读

①永瑢等《四库全书总目》卷一四〇,中华书局,1965年,下册第1182页。

记》《见闻栏楯》《观古录》，陆容《菽园杂记》，左善赞《桂坡录》，刘昌《悬笥琐谈》，文林《琅琊漫钞》，马愈《马氏日钞》，姚福《青溪暇笔》，谢理《东岑子》，张志淳《南园漫录》《续录》，孙道易《东园客谈》，佚名《东园友闻》，陈敬则《明兴杂记》，曹安《谰言长语》，彭时《可斋杂记》，张宁《方洲杂言》，尹直《謇斋琐缀录》，黄瑜《双槐岁钞》，华淑《说隽》，王琼《双溪杂记》，梅纯《损斋备忘录》《续百川学海》，伍余福《苹野纂闻》，王启《迩言》，王锜《寓圃杂记》，张铁《郊外农谈》，杨循吉《苏谈》《吴中故语》，黄昕《蓬轩吴记》(又作《蓬窗类记》)，罗凤《漫录》，李诩《戒庵老人漫笔》，徐充《暖姝由笔》《游汴记》，唐觐《延州笔记》，张谊《宦游纪闻》，汤沐《公余日录》，马缙《宿斋谈录》，张衮《水南翰记》，徐泰《玉池谈屑》，朱存理《野航漫录》(又名《名物寓言》)，丁养浩《西轩类编》，蒋谊《石屋闲钞》，张琏《邃言》，陈牧《林下农谈》，徐咸《泽山野录》，罗钦德《闲中琐录》，王涣《墨池琐录》，柴奇《嘉树轩纪闻》，陈良谟《见闻纪训》，陈沂《畜德录》《诲似录》《维桢录》《存疾录》《语怪录》《询刍录》《善谑录》《拘虚寤言》，贺钦《医闾漫记》，皇甫录《近峰闻略》《下陴纪谈》《明记略》，沈周《客坐(座)新闻》《石田杂记》，都邛《三余赘笔》，都穆《玉壶冰》《听雨纪谈》《南濠宾语》《奚囊续要》《谈纂》《使西日记》，祝允明《语怪编》《猥谈》《祝子小言》《读书笔记》《蚕衣》《野记》《前闻记》《志怪录》，徐祯卿《异林》《翦胜野闻》，唐锦《龙江梦余录》，沈津《吏隐录》，戴冠《濯缨亭笔记》，敖英《绿雪亭杂言》，侯甸《西樵野记》，顾元庆《檐曝偶谈》《云林遗事》，周恭《西洪丛语》，陆奎章《香奁四友传》，陆焕章《鹊峰杂著》，王崇庆《海市辨》，吴瓒《痴翁臆说》《纂异集》，周礼《警心丛说》《秉烛清谈》《湖海奇闻》《剪灯余话》，雷燮《奇见异闻笔坡丛脞》，丘燧《剪灯奇录》，陆粲《庚巳编》，陆深《俨山外集》《玉堂漫笔》《金台纪闻》《春风堂随笔》

《知命录》《溪山余话》《愿丰堂漫书》，刘玉《已疟编》，马攀龙《株守谈略》，李濂《汴京勾异记》《李氏居室记》，陆伸《野人信从录》《农渠录》，陆采《天池声隽》《览胜纪谈》《冶城客论》，陆廷枝《说听》，佚名《艾子后语》，佚名《耳钞秘录》，冯汝弼《祐山杂说》，杨仪《高坡异纂》，胡侍《野谈》《真珠船》，王薇《滑稽杂编》，牛衷《埤雅广要》，支立《十处士传》，游潜《博物志补》，黄谦《古今文房登庸录》，陈中州《居学余情》，杨慎《丹铅总录》《丹铅续录》《丹铅余录》《丹铅新录》《丹铅闰录》《卮言》《谈苑醍醐》《艺林伐山》《墐户录》《清暑录》《病榻手吹》《晞笺瓻笔》《琐语篇》《广夷坚志》《古今谚》《古今风谣》，舒缨《黎洲野乘》，陆楫编《古今说海》，陆楫《兼葭堂杂著》，陈霆《两山墨谈》《水南闲居录》《绿乡笔林》《山堂琐语》，司马泰《广说郛》《古今汇说》《再续百川学海》《三续百川学海》《史流十品》《河馆闲谈》《护龙河上杂言》《西虹视履录》《知次录》，罗鹤《应庵随意笔录》，王文禄《明世学山》《竹下寤言》《雁湖子》《海沂子》《廉矩》《机警》《求志篇》《文昌旅语》《闻庭述略》，尤镗《红箱集》，苏祐《逌旃琐言》，蔡羽《太薮外史》，田汝成《委巷丛谈》《熙朝乐事》，高岱《楚汉余谈》，陈耀文《学圃萱苏》《学林就正》《正杨》，岳岱《今雨瑶华》，伍卿忠《长洲野志》《耳剽集》，朱应辰《漫钞》，李文凤《月山丛谈》，孙绪《无用闲谈》《陇东新论》，杨名《犹及篇》《观槿野言》，高纨《南郭子》，苏志仁《日纪存疑》，吴子孝《说守》《仁恕堂日录》，董谷《碧里杂存》，黄卿《闲钞》《漫纪》，赵鲲《读书日记》，李得阳《尘外麈谈》，佚名《琐碎录》，萧聪《梦醒录》，佚名《潜耀编》，陈其力《芸心识余》，陈顾《闲中今古》，韩邦奇《见闻考随录》，陆钺《贤识录》《病逸漫记》，李默《孤树裒谈》，余永麟《北窗琐语》，杨仪《螭头密语》《金姬传》，高拱《病榻遗言》，凌迪知《名世类苑》，方学渐《迩训》，宋雷《西吴里语》，佚名《明朝典故辑遗》，连镶《笔记》，何良俊《何氏语林》《四友斋丛说》《世说新语补》，沈仪《麈谈录》，佚名《西湖麈谈录》（与沈仪著或为同一种书），宋端仪《立斋闲录》，丁相《百感录》，万表《灼艾集》《九沙草堂杂言》，陈士元《江汉丛谈》，高鹤《见闻搜玉》，秦鸣雷《谈资》，张翼《农田余话》，秦礼《畜德集》，施显卿《古今奇闻类记》，慎蒙《山栖志》，范钦《古今谚》，伍环《山海漫谈》，王会《漫斋笔谈》，陶大年《竹屏偶录》《见闻琐录》《官暇私记》《远记》，蔡潮编《名言》，章衮《随笔》《琐言》，沈啓《晴窗便览》，周锡《玄亭闲话》《凤林备采》，陈学伊《五谭类钞》《陈氏宦语》，陈麟《归田漫录》，项乔《瓯东私录》，张时彻《说林》，袁褧编《前后四十家小说》《广四十家小说》，王世贞《宛委余篇》《世说新语补》《艳异编》《凤洲笔记》《王氏札记》《短长语》《史乘考误》《觚不觚录》《剑侠传》，裘昌今《太真全史》，王可大《国宪家猷》，刘凤《太霞杂俎》《刘子威燕语》，陈于陛《玉垒意见》，杨豫孙《西堂日记》，戴璟《金沙赋》，陆树声《清暑笔谈》《长水日钞》《耄余杂识》《汲古丛语》《病榻寤言》，章日阁《箕仙录》，徐伯相《昼暇丛记》，王湖樗《散斋笔记》，姚弘谟《锦囊琐缀》，乔煒《臆见录》，钱□□（虚中子，钱体仁）《虚窗手镜》，徐栻《余庆录》，张瀚《松窗梦语》，刘世伟《厌次琐语》，金锐《漫叟日录》，徐师曾《宦学见闻》，石磐《菊经漫谈》，徐学谟《归有园麈谈》《冰厅札记》，劳堪编《词海遗珠》，闵文振《游文小史》《涉异志》《异识资谐》《异物汇苑》，李蓑《丹浦款言》《於堮注笔》《樾荫疠语》，林晔《微词》，郎瑛《七修类稿》，耿定向《权子杂俎》《先进遗风》，陈德文《孤竹宾谈》，胡衮《东水质疑》，朱国祯《涌幢小品》，王圻《稗史汇编》，李春熙《道听录》，刘衮《淑世谈薮》，支允坚《异林》，李乐《见闻杂记》，姜南《叩舷凭轼录》《墨畬钱镈》《洗砚新录》《瓠里子笔谈》《蓉塘纪闻》，朱一龙《游海梦谈》，贾三近《滑耀编》，朱孟震《河上楮谈》《汾上续谈》《浣水续谈》《游宦余谈》，陈师《笔谈》，郭子章《六语》《谶论》《疾慧编》，张元忭《槎闲漫录》，盛纳《闻见漫录》，李豫亨《自乐编》，邓球《闲适剧谈》，张凤翼《谈辂》，张献翼《幼于生志》《家儿私语》《留思别案》，方弘静《千一录》，程滑《千一疏》，徐渭《路史》，汪云程编《逸史搜奇》，徐常吉《谐史》，陈邦俊编《广谐史》，张自烈《与古人书》，佚名《游翰稗编》《别编》《琐言》，刘元卿《贤奕篇》，倪绾《群谈采余》，江氵左（佐）《涉古赘言》，周复俊《泾林杂记》《泾林类记》，周玄暐《泾林续集》，马时可《宝善编》，张秉文《回生篇》，孙能传《剡溪漫笔》《益智书》，王应山《风雅丛谈》，张慈《绿筠赘言》，何淳之《瘄言》，范守己《御龙子琐谈》《挥麈雅谈》，陈禹谟《说麈》《说储二集》，陈禹谟编《广滑稽》，朱维藩编《谐史集》，陈世宝《古今寓言》，李琪枝《清异续录》，吴从先《小窗自纪》《艳纪》《清纪》《别集》，闻道人《癖史》，南皋子述《箐斋读书录》，赵世显《一得斋琐言》《芝圃丛谈》《松亭晤语》《客窗随笔》《听子》，余懋衡《说略》，张懋修《墨卿谈乘》，姜兆熊《樊川丛话》，蒋以化《西台漫记》《使淮续采》，田艺衡《留青日札》，田汝成《西湖志余》，胡应麟《少室山房笔丛》《少室山房笔丛续》《甲乙剩言》，闻性道《四明龙荟》，梅鼎祚《才鬼记》《才神记》《才妖记》《青泥莲花记》，李贽《初潭集》《姑妄编》，冯子咸《耕余笔谈》，屠隆《考槃余事》《冥寥子游》《长松茹退》《广桑子游》《婆椤馆清言》，史玄《旧京遗事》，林茂槐《说类》，伍袁萃《林居漫录前集》《畸集》，徐广《三侠传》《谈冶录》，丁元荐《西山日记》，余翘《偶记》，焦竑《焦氏笔乘》《玉堂丛话》《明世说》，潘士藻《暗然堂类纂》《暗然堂日录》《暗然堂录最》，郝敬《蜡谈》，钱养廉《贻清堂日钞》，李本固《汝南遗事》，王象晋《剪桐载笔》，魏浚《峤南琐记》，张懋《说统增订》，许相卿《据梧钞》，郑圭《偶语》，高濂《三径怡闲录》，胡文焕《神事日搜》，严敕无敕（无敕为字）《枕上荒言》，严右民《竹窗语录》，李世熊《钱神志》，徐象梅《琅环(嬛)史唾》，黄汝良《冰暑笔谈》，朱谋㙔《异林》，郭造卿《海岳山房别稿》，游日升《臆见汇考》，葛(高)仁美《征信录》《辨异录》，佚名《陆氏虞初志》，汤显祖《续虞初志》，王同轨《耳谈》《耳谈类增》，张鼎思《琅玡代醉编》，王稚登《虎苑》《吴社编》《雨航记》，屠本畯《燕间(闲)类(汇)纂》《山林友议》《山林经济籍》《演读书十六观》《憨子杂俎》《艾子外语》《耷观》《五子谐策》，张邦侗《广玉壶冰》，顾起元《说略》《客座赘语》，王肯堂《郁冈斋笔麈》，商浚辑《稗海》，谢肇淛《五杂组》《麈余》《文海披沙》，徐𤊹《徐氏笔精》《巴陵游谱》《客窗记闻》《谐史续》《榕明新检》，陈全之《篷窗日录》《辍耰述》，王兆云《惊座新书》《王氏青箱余》《王氏杂记》，徐昌祚《燕山丛录》，江东伟《芙蓉镜孟浪言》，沈德符《敝帚轩剩语·补遗》，姚宣《闻见录》，项鼎铉《呼桓日记》，江盈科《雪涛阁四小书》，张所望《阅耕余录》，邹光弼《车(东)蠡放言》，吴安国《叠瓦编》《二编》《三编》《四编》，焦周《焦氏说楛》，何宇度《益部谈资》，郭良翰《问奇类林》《问奇类林续》《问奇一裔》，黄履康《竹素杂考》《齐谐轶篇》《广闻录》《千倾斋杂录》，陆应阳《樵史》，窦文熙《纪闻汇编》，姚士粦《见只篇》，王世懋《二酉委谈》，茂苑树瓠子《燃犀集》，冯梦祯《快雪堂漫录》，虞淳熙《孝经集灵》，蔡善继《前定录》，洪应明《仙佛奇纵》，钱希言《桐薪》《戏瑕》《狯园》《听滥志》，张燮《偶记》《镜吉录》《迩言原始》《采薝绪言》，费元禄《转情集》，刘世节《瓦釜漫记》，佚名《管窥小识》，陈继儒《秘笈》《见闻录》《珍珠船》《偃曝余谈》《群碎录》《岩栖幽事》《枕谭》《书蕉》《笔记》《宝颜堂虎荟》《销夏录》《辟寒录》《太平清话》，冯舒《虞山妖乱志》，董其昌《画禅室随笔》，潘之恒《亘史钞》，刘仕义《知新录》，闵元衢《欧余漫录》《增定玉壶冰》《增定玉壶冰补》，许自昌《樗斋漫录》《捧腹编》，王学海《筥斋漫录》，李日华《六研斋笔记》《六研斋日记》《紫桃轩杂缀》《紫桃轩又缀》，马应龙《艺林钩微录》，杨德周《随笔》《金华杂识》，叶秉敬《书肆说铃》《贝典杂说》，王宇《雾市选言》《升庵新语》，王志坚《砚北琐言》，包衡《清赏录》，谈修《避暑漫笔》《呵冻笔谈》《风雩漫录》《滴露漫录》《三余笔录》《开惑编》，陈元龄《思问初编》，张重华《娱耳集》，顾成宪《艺林剩语》，叶继熙《宾榻悠谈》，赵裔昌《元壶杂俎》，陈元素《南牖日笺》，沈长卿《沈氏弋说》《沈氏日旦》，丁雄飞《霜舲日札》《江湄旧话》《琴鹤乡剩史》《舆史》，包杰《德慧录》，周晖《山中白云》，张大龄《元羽随笔》，马大壮《天都载》，李绍文《明世说新语》，曹臣《舌华录》，张大复《梅花草堂笔谈》，薛冈《天爵堂笔余》，徐良彦《清浪杂录》《随风录》，徐应秋《玉芝堂谈荟》，陈懋仁《泉南杂记》，戴应鳌《博识考事》《续编》，杨崇吾《检蠹随笔》，来斯行《槎庵小乘》《麈谈》《燕语》，沈弘正《虫天志》，陈朝定《崖州城隍除妖记》，王乾元《雷薮》，丁此召《河上日记》，潘景南《衡门晤语》，吴亮《四不如类钞》，张千垒《名山藏》，陈王政《避暑漫录》，刘万春《守官漫录》，王志远《玄亭涉笔》，黄一正《偶得绀珠》，杨玉润《秋檐漫记》，刘献刍《谈林》，顾言《奏雅编》，刘璞《四事豹斑》，韩期维《晴窗缀语》，朱师孔《脞录杂言》，陈龙光《荒略》，曹司直《剑吹楼笔记》，瞿式耜《愧林漫录》，胡震亨《读书杂录》，高道素《药房随笔》，姚旅《露书》，杨若曾《妒记》，王佐《类纂灼艾集》，董斯张《吹景集》，陈仁锡《京口纪闻》，华继善《咫闻录》，舒荣都《闲暑日钞》，周八龙《挑灯集异》，闵元京《湘烟录》，孙令弘《人伦佳事》《集世说》，郑暄《昨非庵日纂一集》《二集》《三集》，郑仲夔《隽区》《耳新》《冷赏》《兰畹居清言》，茅元仪《杂记》《澄山（水）帛》《青光》《青油史漫》《戍楼闲话》《福唐寺贝余》《六月谈》《掌记》《西峰谈话》《野航史话》，张燧《千百年眼》，王所《日格类钞》，郑明选《秕言》，周应治《霞外麈谈》、张师绎《苏米谭史》、兰（蓝）文炳《世林》、乐纯《雪庵清史》、陈槐《闻见漫录》、刘烶、刘凝和《笔谈》、陈钟盛《剪灯纪训》、冯梦龙《智囊》《古今谈概》《情史》、黎道（遂）球《花底拾遗》、田赋《野樵雅言》、张克俭《梅幄寱言》《兵行纪略》、谢天瑞《增补鹤林玉露》、王勋《纂言钩玄》、李九标《枕书》、毕拱辰《蝉雪咙言》、汪于汦《醒世外史》、董鸣玮《镜古篇》、周婴《卮林》、吕桂森《息斋笔记》、邵景詹《觅灯因话》、潘振《雪堂麈谈》、释静福《癸未夏钞》、李清《外史新奇》、张岱《陶庵梦忆》、陶性《麟台野笔》、徐昆《柳崖外编》、沈瓒《近事丛残》、佚名《明遗事》、佚名《云间杂记》、虞伯生编辑、赵元晖集览《娇红记》、赵元晖编辑《李娇玉香罗记》、玉峰主人编辑《钟情丽集》、雷世清编著《艳情集》、卢文表《怀春雅集》、樊应魁《双偶集》、佚名《亡乌子》、佚名《书周文襄见鬼事》、墨床子《狐媚丛谈》、佚名《鸳湖百家谈异录》、青隐子《古今胜览奇闻》、钧（钓）瀛子《瀛槎谈苑》、佚名《弁山樵暇语》、思贞子《正续资谐》、佚名《丹铅续录考证》、佚名《湖海新闻》、佚名《愚见记忘》、佚名《说物寓武》、佚名《益暇录》、佚名《剪灯续录》。其著录的依据主要以明清时期各家书目中注明为"小说（家）类"的作品为主，而其中部分小说仅见于书目记载。

宁稼雨《中国文言小说总目提要》将明代文言小说分为志怪、传奇、杂俎、志人、谐谑等五类，著录明代文言小说680余种，包括：刘昌《悬笥琐探》、陈洙《湖海摘奇》、黄昈《篷窗类记》《篷窗吴记》《蓬轩别记》、周礼《湖海奇闻》、丘燧《剪灯奇录》（包括《前集》《后集》）、祝允明《语怪编》《志怪录》、陈沂《语怪录》、徐祯卿《异林》、吴瓒《纂异集》、李濂《汴京鸠异记》、胡侍《野谈》（一作《墅谈》）、游潜《博物志补》、陈良谟《见闻纪训》、王崇庆《海市辨》、滑惟善《宝椟记》、陆粲《庚巳编》、郎瑛《续巳编》、陆采《天池声隽》、侯甸《西樵野记》，闵文振《涉异志》《异识资谐》《异物汇苑》，冯汝弼《祐山杂说》，杨仪《高坡异纂》，佚名《耳抄秘录》，树瓠子《燃犀集》，田汝成《幽怪录》，陆延枝《说听》，朱孟震《河上楮谈》《汾上续谈》《浣水续谈》《游宦余谈》，张凤翼《谈辂》，李贽《姑妄编》，佚名《前记异闻》，洪应明《仙佛奇踪》，何宇度《益部谈资》，陈士元《江汉丛谈》，施显卿《古今奇闻类记》，王世懋《二酉委谭》，梅鼎祚《才鬼记》《才妖记》《才神记》《三才灵记》，虞淳熙《孝经集灵》，焦周《焦氏说楛》，余懋学《说颐》，钱希言《狯园》，江东伟《芙蓉镜孟浪言》，沈德符《敝帚轩剩语》，徐昌祚《燕山丛录》，蔡继善《前定录》，陈继儒《香案牍》，马大壮《天都载》，魏矩斌《药房偶记》，黄履康《广闻录》《齐谐轶篇》，墨床子《狐媚丛谈》，佚名《鸳湖百家谈异录》，青隐子《古今胜览奇闻》，朱谋垏《异林》，沈弘正《虫天志》，佚名《书周文襄见鬼事》，闻性道《四明龙荟》，佚名《西皋杂记》，胡文焕《神事日搜》，李世熊《钱神志》，葛仁美《辨异录》，姚宣《闻见录》，王兆云《湖海搜奇》《挥麈新谭》《白醉琐言》《说圃识余》《漱石闲谈》《乌衣佳话》《王氏杂记》（又名《惊座新书》），陈朝定《崖州城隍除妖记》，王乾元《雷薮》，周八龙《挑灯集异》；（以上志怪类）朱元璋《纪梦》，陶辅《花影集》，桂衡《柔柔传》，瞿佑《剪灯录》《剪灯新话》《西阁寄梅记》，李昌祺《剪灯余话》，赵弼《效颦集》，赵元晖《李娇玉香罗记》，雷世清《艳情集》，樊应魁《双偶集》，周礼《秉烛清谈》《剪灯余话》，邱濬《钟情丽集》，卢文表《寻芳雅集》，雷燮《奇见异闻笔坡丛脞》，杨慎《仓庚传》《杂事秘辛》（旧题汉佚名撰），祝允明《义虎传》，唐锦《龙江梦余录》，陆树声《宫艳》，王世贞《艳异编》《剑侠传》，王稚登《虎苑》，杨仪《金姬传》，郦琥《会仙女志》，陆粲《洞箫记》，田汝成《阿寄传》，蔡羽《辽阳海神传》，袁宏道《拙效传》《醉叟传》，袁中道《一瓢道士传》，邵景詹《觅灯因话》，自好子编辑《剪灯丛话》,钓鸳湖客《志余谈异》,胡汝嘉《女侠韦十一娘传》《兰芽传》,也闲居士《轮回醒世》,陈继儒《闲情野史》《李公子传》《杨幽妍别传》,吴大震《广艳异编》,周近泉编辑《万选清谈》,佚名编辑《风流十传》,吴敬所编辑《国色天香》,佚名编辑《燕居笔记》,余象斗编辑《万锦情林》,赤心子编辑《绣谷春容》,吴仲虚编辑《虞初志》,屠隆《冥寥子》,汤显祖《续虞初志》,梅鼎祚《青泥莲花记》,王象晋《剪桐载笔》,周诗雅《剑侠传》《续剑侠传》,佚名编辑《文苑楂橘》,宋懋澄《九籥集》《九籥别集》,胡永儒《春梦琐言》,王炜《嗒史》,佚名《幽怪诗谭》,邓乔林编辑《广虞初志》,佚名《剪灯续录》,徐广《二侠传》,陈钟盛《剪灯纪训》,邹之麟《女侠传》,汪云程编辑《逸史搜奇》;(以上传奇类)宋濂《萝山杂言》,叶子奇《草木子》《草木子余录》,秦约《师友话言》《樵史补遗》,张昌龄《饭牛庵杂录》,瞿佑《香台集》《游艺录》《存斋类编》,陈贽《闲适日钞》,杜琼《耕余杂录》,李贤《古穰杂录》,黎澄《南翁梦录》,叶盛《水东日记》,张宁《方洲杂言》,黄瑜《双槐岁抄》,沈周《石田杂记》,马愈《马氏日钞》,陆容《菽园杂记》,蒋谊《石屋闲钞》,朱存理《野航漫录》,文林《琅琊漫抄》,谢理《东岑子》,梅纯《损斋备忘录》《续百川学海》,丁养浩《西轩类编》,王启《迃言》,朱诚咏《益斋嘉话》,都穆《谈纂》《玉壶冰》《听雨纪谈》《使西日记》《南濠宾语》《奚囊续要》,罗凤《延休堂漫录》,陈霆《水南闲居录》《绿乡笔林》,吴瓒《痴翁臆说》,周礼《警心丛说》,张进《邃言》,蔡潮《名言》,黄卿《漫纪》《闲钞》,柴奇《嘉树轩纪闻》,陈槐《闻见漫录》,皇甫录《下陴纪谈》,罗钦德《闲中琐录》,孙绪《无用闲谈》《陂东新论》,陈牧《林下农谈》,刘绩《霏雪录》,刘玉《已疟编》,陆深《知命录》《玉堂漫笔》《俨山外集》,许相卿《据梧钞》,徐充《暖姝由笔》,孙继芳《矶园稗史》,张衮《水南翰记》,敖英《绿雪亭杂言》,顾元庆编辑《顾氏明朝四十家小说》《顾氏文房小说》《广四十家小说》，袁褧编辑《前后四十家小说》，郎瑛《七修类稿》，陆伸《野人信从录》《农渠录》，田赋《野樵雅言》，董谷《碧里杂存》，高纨《南郭子》，南泉子《箸斋读书录》，马缙《宿斋谈录》，周锡《玄亭闲话》《风林备采》，沈啓《晴窗便览》，司马泰《广说郛》《古今汇说》《再续百川学海》《三续百川学海》《史流十品》《河馆闲谈》《护龙河上杂言》《知次录》《西虹视履录》，顷（项）乔《瓯东私录》，吴子孝《说守》《仁恕堂日录》，陆采《览胜纪谈》《冶城客论》，万表《灼艾集》《九沙草堂杂言》，李诩《戒庵老人漫笔》，何良俊《四友斋丛说》，李默《孤树哀谈》，张瀚《松窗梦语》，陆楫等编辑《古今说海》，方弘静《千一录》，高鹤《见闻搜玉》，徐拭《余庆录》，徐学谟《冰厅札记》，姚弘谟《锦囊琐缀》，乔英《臆见录》，朱厚烨《勿斋易说》，朱应辰《逍遥馆漫钞》，范钦《古今谚》《烟霞小说》，王令《漫斋笔谈》，徐伯相《昼暇丛记》，章日阁《箕仙录》，陶大年《竹屏偶录》《见闻琐录》《官暇私记》《远记》，张时彻《说林》，裘昌今《太真全史》，刘凤《刘子威燕语》《太霞杂俎》，石磐《菊经漫谈》，胡侍《真珠船》，陈德文《孤竹宾谈》，徐师曾《宧学见闻》，王可大《国宪家猷》，陈麟《归田漫录》，凌迪知《名世类苑》，王稚登《雨航记》，陈学伊《五谭类钞》《陈氏宧语》，李得阳《尘外麈谈》，王圻编辑《稗史汇编》，陆深《愿丰堂漫书》，陈师《禅寄笔谈》，张献翼《幼于生志》《留思别案》《家儿私语》，闵文振《游文小史》，王文禄《雁湖子》，田汝成《西湖游览志余》《委巷丛谈》《熙朝乐事》，张元忭《樏闲漫录》，刘衮《淑世谈薮》，钱□□《虚窗手镜》，冯时可《宝善编》，佚名《潜耀编》，佚名《琐碎录》，萧聪《梦醒录》，田艺蘅《留青日札》《留留青》，蒋以化《西台漫记》，刘元卿《贤弈编》，钧瀛子《瀛槎谈苑》，潘士藻《暗然堂类纂》《暗然堂日录》《暗然堂录最》，焦竑《焦氏笔乘》，屠隆《长松茹退》《广桑子游》，郭子章《疾慧编》，倪绾

《群谈采余》,陆应阳《樵史》,张鼎思《琅琊代醉编》,冯梦祯《快雪堂漫录》,李琪枝《清异续录》,吴从先《小窗四纪》,胡应麟《甲乙剩言》,张大复《梅花草堂笔谈》,陈继儒《见闻录》《珍珠船》《笔记》《太平清话》《偃曝谈余》《群碎录》《宝颜堂秘笈》,潘之恒《亘史》,郝敬《蜡谈》,徐复祚《花当阁丛谈》,李春熙《道听录》,顾起元《客座赘语》《说略》,冯子咸《耕余笔谈》,范守己《御龙子琐谈》《挥麈雅谈》,邹光弼《车螯放言》,伍袁萃《林居漫录》,江泓《涉古赘言》,赵世显《一得斋琐言》《听子》《赵氏连城》《芝圃丛谈》《客窗随笔》《松亭晤语》,蒋以化《使淮续采》,黄居中《千顷斋杂录》,何淳之《寱言》,黄汝良《冰署笔谈》,钱养廉《贻清堂日钞》,马应龙《艺林钩微录》,张燮《偶记》《镜古录》《迩言原始》《采薵绪言》,叶向高编、林茂槐增删《说类》,丁此召《河上日记》,王同轨《耳谈》《耳谈类增》,徐良彦《清浪杂录》《随风录》,杨玉润《秋檐漫记》,佘翘《偶记》,张所望《阅耕余录》,叶秉敬《贝典杂说》,杨宗吾《检蠹随笔》,来斯行《槎庵小乘》《麈谈》,王宇《雾市选言》,张秉文《回生编》,王志坚《砚北琐言》,赵尔昌《元壶杂俎》,杨德周《金华杂识》,孙能传《剡溪漫笔》《益智编》,吴亮《四不如类钞》,沈长卿《沈氏弋说》《沈氏日旦》,毕拱辰《蝉雪呓言》,支允坚《异林》,商濬编辑《稗海》,陶宗仪原编、陶珽重校《说郛》,陶珽编辑《续说郛》,韩期维《晴窗缀语》,舒荣都《闲暑日钞》,许自昌《樗斋漫录》,钱希言《桐薪》《听澉志》,黄履素《竹素杂考》,葛仁美《征信录》,谢肇淛《五杂组》,朱国祯《涌幢小品》,江盈科《雪涛阁四小书》《雪涛谈丛》《雪涛谐史》《雪涛诗评》《雪涛闲记》,张千垒《名山藏》,徐㷆《巴陵游谱》《客窗记闻》《榕明新检》《徐氏笔精》,陈全之《蓬窗日录》,刘世节《瓦釜漫记》,冯梦龙编辑《智囊》《智囊补》《情史》《古今谭概》《太平广记钞》,姚旅《露书》,瞿式耜《愧林漫录》,徐应秋《玉芝堂谈荟》,王兆

云《王氏青箱余》《绿天脞说》《广莫野语》《惊座摭遗》《客窗随笔》
《碣石剩谈》，沈瓒《定庵笔记》，陈仁锡《京口纪闻》，郑圭《偶语》，
闵元京《湘烟录》，张克俭《梅幌痴言》《兵行纪略》，陶奭龄《小柴桑
喃喃录》，释静福《癸未夏钞》，吕桂森《息斋笔记》，佚名编辑《五朝
小说》，佚名编辑《五朝小说汇编》，茅元仪《暇老斋杂记》《野航史
话》《掌记》《六月谈》《戍楼闲话》《青光》《澄山帛》，陈沂《诲似录》
《维桢录》《存疾录》，李九标《枕书》，王绩《纂言钩玄》，谢天瑞《增
补鹤林玉露》，潘振《雪堂麈谈》，董鸣玮《镜古篇》，汪于止《醒世外
史》，佚名《益暇录》，佚名《说物寓武》，佚名《愚见记忘》，佚名《弁
山樵暇语》，兰文炳《世林》，姜兆熊《樊川丛话》，杨穆《西墅杂记》，
姚士粦《见只编》，孔迩《天蕉馆记谈》，蒋一葵《长安客话》，王应山
《风雅丛谈》，张慈《绿筠赘言》，张懋修《墨卿谈乘》，张懋《说统增
订》，高濂《三径怡闲录》，严敇《枕上荒言》，严右民《竹窗语录》，屠
本畯《燕间（闲）类纂》《演读书十六观》《山林经籍志》《山林友议》，
陈全之《辍耰述》，顷（项）鼎铉《呼桓日记》，费元禄《转情集》，王学
海《筠斋漫录》，谈修《风云漫录》《滴露漫录》《三余笔录》《开惑
编》，陈元龄《思问初编》，张重华《娱耳集》，顾成宪《艺林剩语》，叶
继熙《宾榻悠谈》，陈元素《南庯日笺》，丁雄飞《霜舲日札》《舆史》
《琴鹤乡剩史》《江湄旧话》，包杰《德慧录》，周晖《山中白云》，戴应
鳌《博识考事》《博识考事继篇》，潘景南《衡门晤语》，陈王政《避暑
漫录》，刘万春《守官漫录》，黄一正《偶得绀珠》，刘献乡《谈林》，顾
言《奏雅篇》，刘璞《四事豹斑》，朱师孔《脞录杂言》，陈龙光《荒
略》，曹司直《剑吹楼笔记》，高道素《药房随笔》，孙令弘《人伦佳
事》，王所《日格类抄》，刘铤、刘凝和《笔谈》，尤镗《红箱集》，周恭
《西洪丛语》，马攀龙《株守谈略》，王湖樗《散斋笔记》，金锐《漫叟
日录》，朱一龙《游海梦谈》，盛纳《闻见漫录》，倪复《闲居漫读记》

《观古录》《见闻栏盾》，左善赞《桂坡录》；（以上杂俎类）王达《景仰撮书》《椒宫旧事》，佚名《明遗事》，杜琼《纪善录》，彭时《可斋杂记》，梁亿《尊闻录》，尹直《蹇斋琐缀录》，孙道易《东园客谈》，王琦（锜）《寓圃杂记》，张翼《农田余话》，贺钦《医闾漫记》，戴冠《濯缨亭笔记》，华淑《说隽》，宋端仪《立斋闲录》，王鏊《震泽纪闻》，杨循吉《吴中往哲记》《吴中故语》《苏谈》，邵宝《对客燕谈》，祝允明《野记》《猥谈》《前闻记》，陈沂《畜德录》，皇甫录《明记略》，陆深《金台纪闻》《溪山余话》，徐祯卿《翦胜野闻》，黄鲁曾《续吴中往哲记》《续吴中往哲记补遗》，顾元庆《云林遗事》《檐曝偶谈》，许浩《复斋日记》，徐泰《玉池谈屑》，姚福《青溪暇笔》，陆钺《病逸漫记》《贤识录》，周复俊《泾林杂记》《泾林类记》，伍余福《苹野纂闻》，陆楫《蒹葭堂杂著》，沈津《吏隐录》，秦礼《畜德录》，杨名《犹及篇》《观槿野言》，何良俊《何氏语林》《世说新语补》，闻道人《癖史》，高拱《病榻遗言》，秦鸣雷《谈资》，耿定向《先进遗风》，李贽《初潭集》，张谊《宦游纪闻》，张斧《郊外农谈》，余永麟《北窗琐语》，王文禄《机警》《龙兴慈记》《庭闻述略》，杨勋肖《草屋杂谈》，宋雷《西吴里语》，佚名《明朝典故辑遗》，连镶《笔记》，杨仪《螭头密语》，潘之恒《曲中志》，慎蒙《山栖志》，佚名《东园友闻》，陈敬则《明兴杂记》，沈周《客坐新闻》，方学渐《迩训》，华善继《咫闻录》，陈禹谟《说储》《说储二集》，佚名《管窥小识》，李本固《汝南遗事》，周应治《霞外麈谈》，丁元荐《西山日记》，佚名《燕都妓品》，谢肇淛《麈余》，焦竑《玉堂丛语》《明世说》，郭良翰《问奇类林》《问奇类林续》《问奇一脔》，李绍文《明世说新语》，郭化《苏米谭史》《苏米谭史广》，宋凤翔《秋泾笔乘》，曹臣《舌华录》，周玄韦《泾林续记》，陈继儒《读书镜》，徐广《谈冶录》，徐象梅《琅嬛史唾》，贺虞宾《古语林》《广世说新语》《唐世说》《宋世说》《明世说》，伍卿忠《长洲野志》《耳剽集》，王禹声《续震泽纪闻》，沈瓚《近事丛残》，魏浚《峤南琐记》，李乐《见闻杂记》，包衡《清赏录》，查应光《历朝野史》，赵瑜《儿世说》，朱长祚《玉镜新谭》，郑仲夔《耳新》《兰畹居清言》《隽区》，林茂桂《南北朝新语》，闵元衢《增定玉壶冰》，张帮侗《广玉壶冰》，毛晋《苏米志林》，史玄《旧京遗事》，郑瑄《昨非庵日纂》，杨士聪《玉堂荟记》，佚名《容溪杂记》，徐咸《泽山杂记》，姜南《投瓮随笔》，佚名《嵩阳杂识》，佚名《沂阳日记》，马生龙《凤凰台记事》，阚庄《驹阴冗记》，陈懋仁《泉南杂志》，谈修《避暑漫笔》《呵冻漫笔》，杨若增《妒记》，王佐《类纂灼艾集》，孙令弘《集世说》，李文风《月山丛谈》；(以上志人类)陆焕章《香奁四友传》，支立《十处士传》，陈相《百感录》，张诗《笑林》，陈中州《居学余情》，王文禄《与物传》，耿定向《权子杂俎》，舒缨《黎洲野乘》，李豫亨《自乐编》，赵南星《笑赞》，钟惺辑撰《谐丛》，陈沂《善谐录》，佚名《雅谑》，刘元卿《应谐录》，太函山人《善谑录》，屠本畯《聱观》《五子谐册》《憨子杂俎》《艾子外语》，许自昌《捧腹编》，浮白主人《笑林》，郁履行《谑浪》，佚名《谐薮》，张夷令《迁仙别记》，佚名《续笑林》，陆灼《艾子后语》，徐常吉《谐史》，梁溪无名生《游翰稗编》，陈世宝《古今寓言》，朱维藩《谐史纂》，陈禹谟编辑《广滑稽》，江盈科《谈言》，冯梦龙编《笑府》《广笑府》，醉月子编辑《精选雅笑》，佚名《华筵趣乐谈笑酒令》，陈继儒编辑《时兴笑话》，朱存理《名物寓言》，乐天大笑生编辑《解愠编》，潘游龙《笑禅录》，佚名《时尚笑谈》，佚名《笑海千金》，佚名《解颐赘语》，佚名《亡乌子》，徐𤎦《谐史续》，黄谦《古今文房登庸录》，王薇《滑稽杂编》，佚名《胡卢编》，佚名《喷饭录》，思贞子《正续资谐》。(以上谐谑类)由宁氏所撰提要来看，他在收录明代文言小说作品时，一方面会根据明清时期各家书目著录的情况，同时也会根据小说内容是否与其对文言小说的定义和分类相符,由此将部分未被列在书目中小说类的作品也纳入提要当中。同时作为书目文献,宁氏提要中所著录的明代文言小说,既包括文本存世的作品,也有仅见于明清目录而作品亡佚的小说。

《中国古代小说总目·文言卷》由石昌渝主编,参与撰写条目的作者当中包括了编写《中国文言小说总目提要》的宁稼雨,其中与明代文言小说有关的条目,许多是由宁稼雨撰写。尽管二书出版时间前后相差近十年,然而在收录明代文言小说作品的数量和具体作品方面并无太大差别。从另一方面来说,在各编纂者所依据书目文献相近、编纂作者相同的情况下,著录作品上的差异,主要源于不同时期判断作品文类属性标准的不同。在此情形下,各家著录文言小说作品数量的多寡,尽管存在一定差异,然而其大体范围却不会发生太大变化。

除了明人撰著的文言小说之外,明代人还编纂了各种收录不同时期文言小说的汇编类作品,以上书目所著录的文言小说也包括汇编著作在内。例如署名王世贞撰、仇英绘的《玉茗堂摘评王弇州先生艳异编》十二卷,共分为十七部:星部、神部、水神部、龙神部、仙部、宫掖部、戚里部、幽期部、冥感部、梦游部、义侠部、徂异部、幻术部、妓女部、男宠部、妖怪部、鬼部,计一百篇,收录由汉至明以"艳异"为特征的神仙传说、妖怪故事、情爱故事。① 如星部第一篇《郭翰》,记述太原郭翰遇仙女之事,出自《灵怪集》,收录于《太平广记》卷六十八"女仙"类当中。又如全书最后一篇《金凤钗

---

① 《艳异编》有五十四卷、四十八卷、四十卷、三十五卷、十二卷、十卷等多种不同版本,收录作品数量也有很大差异。关于该书的一般情形,参见陈国军《明代志怪传奇小说叙录》,商务印书馆国际有限公司,2016 年,第 176—181 页。此十二卷基本内容,据文物出版社 2020 年影印本。

记》,讲述兴娘离魂的故事,出自明初瞿佑所撰《剪灯新话》。编者根据分类从历代作品中广泛搜罗作品,汇成一集,由此制作出一本具有鲜明特色的"新书",以吸引读者的关注。对于研究者来说,这类汇编作品研究最大的难点,在于对其中收录作品来源的考订,并非每一篇都能找到文献的源头。因而要想确定其中哪些篇章为前代作品,哪些篇章为明人所作,并非易事。

　　明代中后期所涌现的大量收录文言小说的汇编作品,有的为前朝作品的汇集,有的则是从不同时期的小说、笔记中进行摘抄、转录而成,也有的并无明确的出处,类似于各种不同来源故事的汇编。其中流传较广的如《说郛》《续说郛》《古今说海》《广说郛》《古今汇说》《续百川学海》《再续百川学海》《三续百川学海》《广百川学海》《虞初志》《续虞初志》《广虞初志》《智囊》《古今谭概》等。有些时候在抄纂、汇集过程中,小说文本还经过编写者的修订、改编。个中情形颇为复杂,要想准确判定编写者在故事成型过程中所做的贡献,往往需要对相关史料进行细密的梳理,而这样的工作却非短时间内可以完成。当然,也有专门收录明代文言小说的汇编、汇刻文献,如顾元庆辑录的《顾氏明四十家小说》,李如一辑刊的《藏说小萃》等。①

　　总体来说,虽然在部分作品的文类归属上会存在不同意见,但袁行霈、侯忠义、宁稼雨、石昌渝等人所编的书目中著录的文言小说作品,大体能够反映明代文言小说创作的一般情况。除此之外,陈国军《明代志怪传奇小说叙录》著录的明代志怪、传奇小说及其专集共计 200 种。而收录明代文言小说作品较多的汇刊类

---

① 关于明代文言小说汇编类文献的基本情况,可参见刘天振《明代文言小说汇编类文献研究》,中国社会科学出版社,2021 年。

文献则有江苏广陵古籍刻印社 1983 年出版《笔记小说大观》、台湾新兴书局 1981 年出版《笔记小说大观》、上海古籍出版社 2005年出版《明代笔记小说大观》等。与此同时,研究资料的编纂作为中国古代小说研究的一种重要方式,在文言小说方面也有所体现,如侯忠义编纂的《中国文言小说参考资料》(北京大学出版社,1985 年)即为其中之一。

第二节　明代中篇传奇小说

中篇传奇小说作为明代小说的一种特殊类型,较早受到现代学者关注是在郑振铎 1929 年所作的《中国小说的分类及其演化的趋势》。他在文中将《娇红记》《钟情丽集》等称为"中篇小说":"中篇小说之名,在中国颇为新鲜。其实像中篇小说一流的作品,我们是'早已有之'的了。……又明人的《娇红传》(这些作品却往往见收于明人的小说杂文集如《艳异编》《国色天香》等等,单行者不多)、《钟情丽集》等等,也都是篇幅较长,可以独立的《游仙窟》一体的作品。"①其创作渊源向前可以追溯至唐人创作的传奇小说如《莺莺传》《李娃传》,宋元时期的传奇小说如《绿珠传》《娇红记》等;到了明代则可以联系到瞿佑创作的《剪灯新话》,以及受其影响而产生的李昌祺《剪灯余话》、赵弼《效颦集》、周礼《剪灯余话》、丘濬《剪灯奇录》、邵景詹《觅灯因话》等。由于这类小说中往往会有大量诗词作品,因而也被称作诗文小说。例如《万锦情林》下层总题的名称,即作"明人诗词散文相间之通俗小说",收录的作品

---

① 郑振铎《郑振铎古典文学论文集》,上海古籍出版社,1984 年,第 334—335 页。

包括《钟情丽集》《白生三妙传》《觅莲记传》《情义奇姻》《浙湖三奇传》《天缘奇遇》《传奇雅集》等。学术界对明代中篇传奇小说进行专门研究，始于台湾成功大学的陈益源教授。①

　　明代中篇传奇小说今存较早的为永乐时期李昌祺所撰的《贾云华还魂记》，成化末年的《钟情丽集》，其余大多出现在嘉靖以后，主要以小说集的形式保存。瞿佑（1347—1433）曾编辑收录"古今怪奇之事"的文言小说集《剪灯录》四十卷，分为前、后、续、别四集。② 虽然该书已佚，但从瞿佑所撰《剪灯新话》不难看出，《剪灯录》收录的作品大多也应属传奇小说。万历以后出现收录中篇传奇小说的《国色天香》《绣谷春容》《万锦情林》《花阵绮言》《燕居笔记》《闲情野史风流十传》等，在收录作品的风格特征上，与瞿佑的《剪灯录》《剪灯新话》类似。从分类上来说，明代中篇传奇小说属于上节所说的文言小说范畴。之所以将其单独列出予以讨论，主要在于这类小说作品在明代文言小说中所具有的特殊性。正如郑振铎所说："大都中篇小说，其内容以所谓'艳情'的故事为最多。其文字则以文言写成者为最多，以白话写成者较少。仔细分之，亦可分析为'传奇'及'评话'二体；而传奇体的作品，其数量远胜于评话体的。"③中篇传奇小说与晚明的拟话本小说、明末清初的才子佳人小说以及明代后期兴盛的艳情小说等之间都有密切关联，从某个方面来说是连接文言小说与白话小说的桥梁。

---

①陈益源《元明中篇传奇小说研究》，香港学峰文化事业公司，1997 年。该书 2002 年曾由华艺出版社出版简体字本，然而校勘不精，错讹太多。
②参见瞿佑《剪灯新话序》《重校剪灯新话后序》，上海古籍出版社，1981 年。
③郑振铎《中国小说的分类及其演化的趋势》，郑振铎《郑振铎古典文学论文集》，上海古籍出版社，1984 年，第 335 页。

明代中篇传奇小说主要有哪些作品？陈益源《元明中篇传奇小说研究》中例举的作品有《贾云华还魂记》《钟情丽集》《龙会兰池录》《双卿笔记》《丽史》《荔镜传》《怀春雅集》《花神三妙传》《寻芳雅集》《天缘奇遇》《刘生觅莲记》《李生六一天缘》《传奇雅集》《双双传》《五金鱼传》等。陈国军《明代志怪传奇小说叙录》除了列入陈著所研究的中篇传奇小说作品外，还将以下 11 种小说作品视为"中篇传奇小说"：赵元晖《李娇玉香罗记》，桂衡《柔柔传》，佚名《古杭红梅记》，徐昌岭《如意君传》，佚名《翡翠轩记》，杨仪《金姬传》，樊应魁《双偶集》，华玉淏《银河织女传》，佚名《金兰四友传》，芙蓉主人《痴婆子传》，佚名《融春集》。只是其中部分作品至今已经下落不明。此外象孙贲《朝云传》、林鸿《张红桥传》、卓发之《杜丽娘传》、戈戈居士《小青传》等传奇小说，在体式结构、内容特征等方面与中篇传奇小说并无本质区别，只是在篇幅上稍有不及。

收录明代中篇传奇小说较多的小说集《国色天香》《绣谷春容》《万锦情林》等，在 20 世纪末以来也得到了研究者的整理。此外由薛洪勋、王汝梅主编的《明清传奇小说集》（吉林文史出版社，2007 年），则是对明清时期传奇小说的一次重要汇集。陈国军《明代志怪传奇小说叙录》（商务印书馆国际有限公司，2016 年）对明代小说中志怪、传奇两类作品进行了详细的考辨，是研究明代传奇小说存佚等基本情况的重要著作。

第三节　明代话本、拟话本小说

话本作为中国古代小说的一种类型，在宋代以后开始进入人们的视野。宋元时期，说话作为一种特殊的艺术形式，随着城市

的繁荣和兴盛而得到很大发展。在此基础上出现的与说话艺术
有关的文本创作，也成为了中国古代小说的重要一支。到了明代
中期以后，随着城市经济、文化的发展，市民群体阅读、观看需求
的逐渐扩大，由说话艺术发展而来的小说文本创作也开始逐渐兴
盛。① 根据成书性质、文本来源等方面的不同，通常又分为话本小
说和拟话本小说。

今存较早由明人编辑的话本小说集，为晚清民国时期著名藏
书家缪荃孙在上海发现的旧抄本《京本通俗小说》。该书今存残
本，共有十卷，凡九篇：《碾玉观音》《菩萨蛮》《西山一窟鬼》《志诚
张主管》《拗相公》《错斩崔宁》《冯玉梅团圆》《定州三怪》《金主亮
荒淫》。这些篇目，后来出现在了冯梦龙编定的《警世通言》《醒世
恒言》当中，但篇名、内容等都经过较大修改。此外，嘉靖时期洪
楩所辑《六十家小说》（共分《雨窗》《长灯》《随航》《欹枕》《解闲》
《醒梦》六集）中，也收录有不少话本作品。因其书版心多有"清平
山堂"四字，因而也被称作《清平山堂话本》，共存话本近三十篇，
分别收藏在日本内阁文库、宁波范氏天一阁等处，由现代学者马
廉、阿英、谭正璧等人发现整理。② 由于该书为类书性质的著作，
收录的作品既有宋元人的创作，也有明人创作。其中出自《雨窗
集》的有五篇：《花灯轿莲女成佛记》《曹伯明错勘赃记》《错认尸》
《董永遇仙传》《戒指儿记》；出自《欹枕集》的有七篇：《羊角哀死战
荆轲》《死生交范张鸡黍》《老冯唐直谏汉文帝》《汉李广世号飞将

_____

①中国古代话本小说发展的一般状况，参见欧阳代发《话本小说史》，胡士莹
《话本小说概论》，萧欣桥、刘福元《话本小说史》，王昕《话本小说的历史与
叙事》等。
②参见洪楩编、谭正璧校注《清平山堂话本》，古典文学出版社，1957 年。

军》《夔关姚卞吊诸葛》《雪川萧琛贬霸王》《李元吴江救朱蛇》；其余十七篇不详出自何集：《柳耆卿诗酒玩江楼记》《简贴和尚》《西湖三塔记》《合同文字记》《风月瑞仙亭》《蓝桥记》《快嘴李翠莲记》《洛阳三怪记》《风月相思》《张子房慕道记》《阴骘积善》《陈巡检梅岭失妻记》《五戒禅师私红莲记》《刎颈鸳鸯会》《杨温拦路虎传》《翡翠轩》《梅杏争春》。其中部分作品经过修订之后被冯梦龙收入"三言"当中。

　　在中国话本小说发展的链条上，以"三言""二拍"为代表的明代拟话本被视为最具代表性的作品。所谓拟话本，顾名思义是指仿照话本而创作的小说。这类作品，一定程度上仍带有说话底本的性质，但同时又脱离了说话艺术的语境，成为一种供人阅读的案头文本。这样的作品，至晚在明代中期就已经出现。如晁瑮（嘉靖二十年进士）编纂的《宝文堂书目》中，收录了出自《清平山堂话本》《熊龙峰小说四种》等集的《羊角哀鬼战荆轲》《范张鸡黍死生交》《冯唐直谏汉文帝》《李广世号将军》《雪川萧琛贬霸王》《风月相思》《孔淑芳记》《张子房慕道》《齐晏子二桃杀三学士》《沈鸟儿画眉记》《合色鞋儿》《李亚仙记》《翡翠轩记》等篇目，均带有较为浓厚的文人作品气息。而到了晚明时期，则出现了"三言""二拍"等明显经过文人改编、创作的拟话本作品集，推进明代的白话短篇小说走向繁荣。

　　"三言"即冯梦龙编纂的《警世通言》《醒世恒言》和《喻世明言》（原名《古今小说》）。其中作品有的出自唐宋时期的传奇或笔记，有的为来自于宋元时期的话本，有的则是取自当时作者撰写的传奇文，或者当时流传的时事新闻，也有少数冯梦龙自己的拟仿之作。这类拟话本作品的出现，尽管与晚明时期城市文化的发达有密切关系，带有较明显的消闲文化特征；然而在作者那里，却往往将其作为端正一般民众价值观的通俗文本。就像可一居士在《醒世恒言》序言中所说的："明者,取其可以导愚也。通者,取其可以适俗也。恒则习之而不厌,传之而可久。三刻殊名,其义一耳。"①晚明出现的这些拟话本小说,大多并非作者凭空结撰,而是有所依傍,或是取材于前代的故事,或为发生于当代的新闻。关于"三言""二拍"的故事源流,孙楷第《三言二拍源流考》、谭正璧《三言二拍资料》等对其进行了较为系统的考索。

晚明文人编纂的拟话本小说集,除了"三言""二拍"之外,还有《石点头》《西湖二集》《三刻拍案惊奇》《型世言》《鼓掌绝尘》《欢喜冤家》《天凑巧》《贪欣误》《鸳鸯针》《清夜钟》《醉醒石》《一片情》《八段锦》《载花船》《壶中天》《十二笑》《笔獬豸》《九云梦》等。其中也有少数拟话本集以多回敷衍同一故事,如题名由"醉西湖心月主人"所著《宜春香质》《弁而钗》两书,均分四集二十回(《宜春香质》分"风""花""雪""月"四集,《弁而钗》分"情贞""情侠""情烈""情奇"四集),每集叙述一个故事,在形式上带有章回小说的某些特征。

此外,缘于话本、拟话本小说在晚明市民文化中所具有的广泛吸引力,也出现了部分由书坊主导编刻的拟话本小说选集。如托名"南陵风魔解元唐伯虎"选辑的《僧尼孽海》,辑录故事 36 则(正辑 25 则,附辑 11 则),"皆出家人之不守清规者,间采古事,与其他小说集同"②。其中收录的故事大多与明代中后期流行的话

---

① 可一居士《醒世恒言叙》,丁锡根编著《中国历代小说序跋集》中册,人民文学出版社,1996 年,第 779 页。
② 孙楷第《中国通俗小说书目》卷三,人民文学出版社,1982 年新 1 版,第 125 页。

本、拟话本小说集中的故事相近,如《慕缘僧》第一则、《僧海潮》的情节与《清平山堂话本》中的《简贴和尚》相近,《西湖庵尼》的情节与《清平山堂话本》中的《戒指儿记》相近,《乾明寺尼》的情节与《喻世明言》中的《张舜美元宵得丽女》相近,《江安县僧》的情节与《初刻拍案惊奇》中的《夺风情村妇捐躯》相近。当然,也有可能存在另一种情形:即《僧尼孽海》所根据的并非是同一时期的这些话本、拟话本小说集,而是与它们同样来源于记载同类故事的其他文本。是否有此可能,需要研究者针对不同的故事进行细致考辨。又如日本抄本《海内奇谈》,系由四种话本集中抄录而来,即《西湖文言》《人中画》《古今小说》《僧尼孽海》。①

　　另外一种经常被提到的拟话本小说选集,就是署名"姑苏抱瓮老人辑、笑花主人阅"的《今古奇观》(原名《古今奇观》)。编者有感于"三言""二拍"等书"卷帙浩繁,观览难周,且罗辑取盈,安得事事皆奇僻",于是从中选出四十种编成《今古奇观》。② 其选录情况如下:出自《喻世明言》的共有 8 种,《警世通言》的共有 10 种,《醒世恒言》的共有 11 种,《初刻拍案惊奇》的共有 8 种,《二刻拍案惊奇》的共有 3 种。正是缘于编者选"奇"的编选理念,该书在此后两三百年的小说阅读史上,成为流传最广的话本小说选本。③ 以上所说话本小说、拟话本小说,虽大多已经今人整理出

① 参见孙楷第《大连图书馆所见小说书目》,《日本东京所见小说书目》合刊本,人民文学出版社,1958 年,第 178—181 页。
② 笑花主人《今古奇观序》,丁锡根编著《中国历代小说序跋集》中册,人民文学出版社,第 793 页。
③ 关于拟话本小说集和话本小说选本的一般情形,参见欧阳代发《话本小说史》,武汉出版社,1997 年,第 290—346 页;胡士莹《话本小说概论》,中华书局,1980 年,第 483—610 页。

版,但集成性的文献成果仍有待进一步的整合、汇编。

第四节　明代章回小说

所谓章回小说,顾名思义就是内容篇章是以章回的形式进行划分的小说。通常来说,这类小说一般都被归入通俗小说的范畴,在篇幅上也大多属于长篇小说。

明代章回小说以哪部小说作为开山之作?若是以刊刻论,则出版于明代嘉靖元年的《三国演义》可能为最早的作品。而若是以创作来说的话,由于学界对署名于《三国演义》《水浒传》等作品之上的罗贯中、施耐庵等人知之不多,关于他们的生平和生活年代并无定论,通常都将他们视作元末明初时人。如此一来,明代章回小说的创作也便被提早了一百余年。然而这一百年间,不但《三国》《水浒》未见刊刻行世,其间也未见有其他章回小说产生。这样的情形,也为后世的研究者确定《三国演义》《水浒传》成书的时间及其过程增加了难度,由此造成百余年来在二书的作者、成书等问题上的见解聚讼不一。

自从嘉靖初《三国演义》刊刻之后,明代章回小说的出版开始逐渐步入兴盛期,其中各书坊编刻小说著作的踊跃程度,对推进明代中期以后长篇章回小说创作的繁荣有重要意义。以明代建阳著名的书坊主余象斗家族为例,列名由他本人刊刻的著作多达七、八十种,小说作品在其中占据了很大的比重,有些书籍的署名形式为著、注或者编,如《北游记》《南游记》《皇明诸司廉明公案》《皇明诸司公案》《万锦情林》等,又或是为已经出版的小说增补内容予以重刊,如《忠义水浒全传》《水浒志传评林》等。此外,与他有着亲属关系的余邵鱼、余应鳌等人,也是《唐国志传》《大宋中兴岳王传》《春秋列国志传》等小说的署名作者。明代中后期建阳书坊刻书的兴盛局面，对这一时期小说出版的发达有着重要推动作用。在美国学者贾晋珠统计的 1664 种明代建阳坊刻本中，有 110 种为长篇小说，占比为 6.6%，与别集、总集著作的出版数量相当。①

　　明代章回小说的创作与出版存在类型化的趋势。之所以出现这种现象，与小说在当时被作为城市文化消费产品的特征有一定关系。随着《三国演义》《水浒传》《西游记》《金瓶梅》等书刊刻以后的广为流行，类型题材作品的创作成为编写者追踪的热门题材，由此形成了以历史演义、英侠传奇、神魔小说、人情小说为主题的小说作品系列。② 以历史演义小说为例，明代出版的历史演义小说就有：《大宋中兴通俗演义》《隋唐两朝志传》《唐书志传通俗演义》《隋唐演义》《全汉志传》《南北两宋志传》《春秋列国志传》《英烈传》《承运传》《征播奏捷通俗演义》《三国志后传》《两汉开国

---

① 有关明代建阳出版业及建阳刻本的一般情形，参见（美）贾晋珠《谋利而印：11—17 世纪福建建阳的商业出版者》，邱葵、邹秀英等译，福建人民出版社，2019 年，第 187—246 页，第 380 页。对明代建阳书坊小说刊刻的专门研究，见涂秀虹《明代建阳书坊之小说刊刻》，人民出版社，2017 年。此外关于中国古代书坊和小说刊印的研究著作，则有韩锡铎《小说书坊录》，春风文艺出版社，1987 年；王清原《小说书坊录》，北京图书馆出版社，2002 年；戚福康《中国古代书坊研究》，商务印书馆，2007 年；程国赋《明代书坊与小说研究》，中华书局，2008 年；路善全《在盛衰的背后：明代建阳书坊传播生态研究》，中国传媒大学出版社，2009 年；程国赋、郑子成编著《中国历代小说刊印研究资料索引》，凤凰出版社，2017 年；谢君《明清书坊业与通俗小说研究》，中国社会科学出版社，2021 年；等等。
② 参见陈文新、鲁小俊、王同舟《明清章回小说流派研究》，武汉大学出版社，2003 年。

中兴传志》《西汉演义》《东西两晋志传》《东西两晋演义》《续英烈传》《真英烈传》《东汉十二帝通俗演义》《七曜平妖传》《新列国志》《隋史遗文》《皇明中兴圣烈传》《开辟衍绎通俗志传》《盘古至唐虞传》《有夏志传》《有商志传》《七十二朝人物演义》等。也有将历史题材与神魔、英侠、人情等相互融汇而创作的作品，如《三宝太监西洋记通俗演义》《封神演义》《杨家将演义》《孙庞斗志演义》《宋太祖三下南唐》《隋炀帝艳史》《南史演义》《北史演义》等。①

　　明代中后期章回小说出版的兴盛，不仅在于各种不同小说作品的问世及其传播、评点等，同时也体现为名著的不断翻刻及各种续书的出现。以《三国演义》的刊刻为例，除了已知最早的嘉靖元年刻本之外，此外还有多达数十种版本：明前溪堂夏振宇翻印原官刻本，明万历十九年南京仁寿堂周曰校刊本，明建阳宝善堂郑以祯翻印南京国子监原刊本，明杭州夷白堂翻印徽州原刊本，明建阳熊飞刊《英雄谱》本，明刻翻印李卓吾评本，明建阳吴观明翻印李卓吾评本，明苏州藜光楼、植槐堂翻刻李卓吾评本，明苏州宝翰楼刊本《李卓吾先生批评三国志真本》，明翻刻陈眉公先生批评《三国志》，明天启间积庆堂刊钟伯敬评本，明嘉靖二十七年建阳叶逢春刊本，明万历二十年建阳双峰堂余象斗刊本，明万历间建阳余象斗刊评林本，明建阳种德堂熊冲宇刊本，明万历三十八年建阳杨闽斋刊本，明万历三十三年建阳郑少垣联辉堂刊本，明万历三十九年建阳郑云林翻印本，明建阳刊汤宾尹本，明建阳刊朱鼎臣本（清翻印），明建阳黄正甫刊本，明万历二十四年建阳诚德堂熊清波刊本，明万历间建阳乔山堂刘龙田刊本，明万历三十

①相关情形，可参见纪德君《明清历史演义小说艺术论》，北京师范大学出版社，2000年。

一年建阳忠正堂熊佛贵刊本,明建阳刊本(日本天理图书馆藏),
明建阳藜光堂刘荣吾刊本,明建阳杨美生刊本,明建阳魏氏刊本,
明建阳刊本(德国魏玛邦立吐灵森图书馆藏),明建阳刊本(北京
图书馆藏),明建阳刊本(清康熙间翻印)。① 以上所列,必然不是
《三国演义》在明代刊刻的所有版本。如此大量被不断翻刻情形
的出现,显然与该书在读者市场受到的广泛欢迎密切相关。

　　与经典小说的不断翻刻、评点相呼应,续书的出现是昭示明
代小说发达的另一类特殊现象。明末清初为小说续书涌现的第
一个重要阶段,其中《金瓶梅》的续书《玉娇李》为较早出现的小说
续书作品,其书虽已不存,但在沈德符的《万历野获编》中曾有提
及,曾在袁宏道等晚明士人当中广为流行。现存最早的小说续书
为万历间问世的《三国志后传》,作者有感于"诸忠良之后杳灭无
闻,诚为千载之遗恨"(《新刻续编三国志引》),转而叙述三国刘蜀
后人在匈奴演绎的另一段"汉"朝故事。此外,如《英烈传》的续书
《续英烈传》《真英烈传》,《西游记》的续书《续西游记》《后西游记》
《西游补》,《水浒传》的续书《后水浒传》《水浒后传》,《金瓶梅》的
续书《续金瓶梅》,《精忠传》的续书《后精忠传》等。也有以续书之
名而别叙故事的作品,如无名氏的《后三国演义》、梅溪遇安士的
《三国后传石珠演义》等。② 这些小说续书在作品的艺术成就和创
造性上虽然很难与原作相比,但对于推进明清小说的发展、繁荣

---

① 参见(英)魏安《〈三国演义〉版本考》,上海古籍出版社,1996年,第7—
　11页。
② 关于明代小说续书,可参见高玉海《明清小说续书研究》,中国社会科学出
　版社,2004年;王旭川《中国小说续书研究》,学林出版社,2004年;段春旭
　《中国古代长篇小说续书研究》,上海三联书店,2009年。

以及明清小说的经典化都有不容忽略的意义和价值。明代章回
小说由于每一部的规模都不小,因而大多被分部整理,而只是由
学者通过编纂书目来展示其总体面貌。即便是对小说文本的汇
编、整理,也大多基于特定的主题或研究兴趣。若是能够按照类
型进行系统整理,则对于集中呈现明代或者整个明清时期章回小
说创作的总成绩,必然会有更大的集成价值。

第五节　明代小说评点与批评

　　随着小说创作的进一步成熟,明代小说理论和批评的发展也
进入到一个新的阶段。大体来看,包含了明代小说理论和批评思
想的文献,主要有小说和小说集的序跋、小说评点、笔记杂著中的
小说论、小说作品中的小说论、目录学著述、史论、诗文等。[①]　就本
节所谈论的内容来说,"明代小说评点与批评"可以指向两方面的
内容:一是指发生在"明代"这一历史时空中对小说作品(包括明
代在内的历代小说)的评点和批评,也可以指明代或者清代关于
明代小说作品(即"明代小说")的评点与批评。以下所论,关于小
说批评的概述不限于明代的小说作品,而对明代小说评点的概述
则主要针对明人关于本朝小说评点的一般状况。

　　明人刻书,大多喜作序跋,小说作品也不例外。如今存明代
刊行的《津逮秘书》本等不同版本的唐五代人杜光庭撰《录异记》,
就有正德时期柳金、俞弁,万历时期西岩山人、沈士龙、胡震亨等
人所作的题或者跋,或交代作品刊刻情形,或介绍作者的一般情

[①]参见王先霈、周伟民《明清小说理论批评史》,花城出版社,1988年,第9—
　　14页。

况，或就志怪作品发表看法，等等。[1] 又如今存明代刊行的各本《三国志通俗演义》，也大多撰有序跋等，其中如弘治七年（1494）由庸愚子（蒋大器）撰写的《三国志通俗演义序》，对《三国演义》所作的一般性评述"文不甚深，言不甚俗，事纪其实，亦庶几乎史"[2]，已成为有关《三国演义》最经典的论述之一。又或者是冯梦龙将《三国演义》《水浒传》《西游记》《金瓶梅》称为"四大奇书"，成了后世有关明代小说经典化论述最流行的说法。[3] 由于中国古代很少有专门的小说批评著作，与各小说作品一同流传的这些序跋作品，已成为今人研究明代小说理论和批评最重要的文献资源。鲁迅在《中国小说史略·后记》中曾经感慨于后人刊刻小说不录序跋之遗憾："小说初刻，多有序跋，可藉知成书年代及其撰人，而旧本希觏，仅获新书。贾人草率，于本文之外，大率刊落，用以编录，亦复依据寡薄，时虑讹谬。"[4]虽然仅谈到序跋对于考知小说成书年代及作者之意义，但对后世的小说研究来说，序跋中所表露的批评意见，往往代表了作者以及最初的读者眼中小说所传递的思想图景和想象世界。

　　明清时期有关小说批评的笔记杂著不少，其中明代笔记如郎瑛《七修类稿》，胡应麟《少室山房笔丛》，田汝成《西湖游览志》《西湖游览志余》，李开先《词谑》，钱希言《戏瑕》，沈德符《万历野获编》，谢肇淛《五杂组》，袁中道《游居柿录》，李日华《味水轩日记》，

---

① 丁锡根编《中国历代小说序跋集》，人民文学出版社，1996年，上册第77—81页。

② 丁锡根编《中国历代小说序跋集》，人民文学出版社，1996年，中册第887页。

③ 李渔《古本三国志序》引，丁锡根编《中国历代小说序跋集》，人民文学出版社，1996年，中册第899页。

④ 鲁迅《中国小说史略》，北新书局，1927年，第347页。

等等,都包含了大量有关小说理论和批评的文献史料。当中最引人关注的著作,当属胡应麟有关小说理论和批评的阐述。[①] 胡应麟在《少室山房笔丛》的《九流绪论》《二酉缀遗》《庄岳委谈》等篇中,提出了许多对中国小说史研究产生深远影响的见解和认识。如他在《少室山房笔丛·九流绪论下》中所提出的:

> 小说,子书流也,然谈说理道,或近于经,又有类注疏者;纪述事迹,或通于史,又有类志传者。其他如孟棨《本事》,卢瓌《抒情》,例以诗话、文评,附见集类,究其体制,实小说者流也。至于子类杂家,尤相出入。郑氏谓古今书家所不能分有九,而不知最易混淆者小说也。必备见简编,穷究底里,庶几得之。而冗碎迂诞,读者往往涉猎,优伶遇之,故不能精。

> 小说,唐人以前,纪述多虚,而藻绘可观;宋人以后,论次多实,而彩艳殊乏。盖唐以前出文人才士之手,而宋以后率俚儒野老之谈故也。

> 小说者流,或骚人墨客游戏笔端,或奇士洽人搜罗宇外。纪述见闻,无所回忌;覃研理道,务极幽深。其善者足以备经解之异同,存史官之讨核。总之有补于世,无害于时。乃若私怀不逞,假手铅椠,如《周秦行纪》《东轩笔录》之类,同于武夫之刃、谗人之舌者,此大弊也。然天下万世,公论具在,亦亡益焉。[②]

---

① 参见陈卫星《胡应麟与中国小说理论史》,中国社会科学出版社,2011 年;李思涯《胡应麟文学思想研究》,中国社会科学出版社,2012 年;黄铃棋《胡应麟叙事理论及其批评与创作实践:以〈少室山房笔丛〉与〈甲乙剩言〉为论》,台湾花木兰文化事业有限公司,2017 年。

② 胡应麟《少室山房笔丛》卷二十九,上海书店出版社,2022 年,第 283 页。

又如他在《少室山房笔丛·二酉缀遗中》当中所论列的：

> 凡变异之谈，盛于六朝，然多是传录舛讹，未必尽设幻语。至唐人乃作意好奇，假小说以寄笔端。如《毛颖》《南柯》之类尚可，若《东阳夜怪录》称成自虚，《玄怪录》元无有，皆但可付之一笑，其文气亦卑下亡足论。宋人所记乃多有近实者，而文彩无足观。本朝《新》《余》等话，本出名流，以皆幻设，而时益以俚俗，又在前数家下。惟《广记》所录唐人闺阁事，咸绰有情致，诗词亦大率可喜。①

诸如此类看法，已经成为现代学者研究中国古代小说的重要思想资源。鲁迅《中国小说史略》中有关唐人小说的看法，即多受其影响。

随着明代后期城市经济、社会的蓬勃发展，小说作为一种文化消闲产品开始广泛进入晚明文人的阅读视野。与此相关，文人之间往来书信中也开始谈论彼时社会流行的小说作品。如袁宏道、袁中道、董其昌、谢肇淛等人，在《金瓶梅》抄本流传过程中，就曾在往来书信中谈到这一时兴的小说作品。袁宏道《董思白》云："《金瓶梅》从何得来？伏枕略观，云霞满纸，胜于枚生《七发》多矣。后段在何处，抄竟当于何处倒换？幸一的示。"②袁中道在《游居柿录》中也曾提到："往晤董太史思白，共说诸小说之佳者，思白曰：'近有一小说，名《金瓶梅》，极佳。'予私识之。后从中郎真州，见此书之半，大约模写儿女情态具备，乃从《水浒传》潘金莲演出一支……琐碎中有无限烟波，亦非慧人不能。追忆思白言及此书

---

① 胡应麟《少室山房笔丛》卷三十六，上海书店出版社，2022年，第371页。
② 袁宏道著、钱伯城笺校《袁宏道集笺校》卷六，上海古籍出版社，2008年第2版，上册第289页。

曰:'决当焚之。'以今思之,不必焚,不必崇,听之而已。焚之亦自
有存之者,非人之力所能消除。但《水浒》,崇之则诲盗;此书诲
淫,有名教之思者,何必务为新奇,以惊愚而蠹俗乎?"①沈德符《万
历野获编》、李日华《味水轩日记》、屠本畯《山林经济籍》等当中,
都曾提到袁宏道等人抄读《金瓶梅》的情形。晚明文人对小说作
品的关注,不仅在一定程度上提高了小说在文人著述中的地位,
同时对小说作品内容和艺术的评价也有深刻影响。

　　如果说以上批评文献在明代以前的小说理论展开中就已出
现,那么评点作为一种特殊的小说批评形式,则是到了明代后期
才开始展现出其独特魅力。由此发展形成的小说评点学,在小说
批评方面奠定了特殊地位。② 其中一些中国古代小说名著的评点
本,在小说经典化的同时,也形成了一个小说评点本的经典文本,
如金圣叹评本《水浒传》,李贽评本《李卓吾先生批评忠义水浒
传》,袁无涯《出像评点水浒全传》,李贽评本《西游记》,毛宗岗评
本《三国演义》,张竹坡评本《金瓶梅》,等等。从某种意义来说,明
清时期的小说评点与小说批评,是明清小说经典化过程中影响最
为关键的因素。

　　尽管小说在晚明受到了文人的广泛关注,然而其地位始终不
高。与此同时,小说刊刻的书坊出于追逐商业利益的目的,就制
作了一批托名当时知名文人批点的小说作品。托名评点在明代
小说评点中是十分突出的现象,其中以伪托李贽、钟惺的情形较
为突出。署名李贽评点的小说有《水浒传》《西游记》等,被认为多

---

① 袁中道著、步问影校注《游居柿录》,上海远东出版社,1996 年,第 211—212 页。
② 有关中国小说评点的一般情形,参见谭帆《中国小说评点研究》,华东师范
　大学出版社,2001 年。

由叶昼伪托。署名钟惺评点的小说有《帝王御世志传》(包括《盘古至唐虞传》《有夏志传》《有商志传》)以及《三国演义》《水浒传》《封神演义》等,则被认为主要是由书坊主利用其他评本炮制而成。① 虽然这些小说评点内容并非出自名家之手,却并不妨碍我们对于其评点艺术和评点理论的探讨。以叶昼托名李贽评点的《李卓吾批评西游记》为例,其中就有不少精彩的评论。例如小说第一回的总批云:

> 读《西游记》者,不知作者宗旨,定作戏论。余为一一拈出,庶几不埋没了作者之意。即如第一回有无限妙处,若得其意,胜如罄翻一大藏了也。篇中云"释厄传",见此书读之可释厄也。若读了《西游》,厄仍不释,却不辜负了《西游记》么? 何以言释厄,只是能解脱便是。

第二回总批云:

> 《西游记》极多寓言,读者切勿草草放过。如此回中"水火既济,百病不生","世上无难事,只怕有心人","口开神气散,舌动是非生","你从那里来,便从那里去",俱是性命微言也。②

清代以后将《西游记》视作道教修炼指南书,除了可以从《西游记》本文中寻找渊源之外,也能够由李卓吾的《西游记》批评找到思想资源。

总体来看,明代小说评点较受关注的成就主要集中在几部名著上,这也从另一方面显示了《三国演义》《水浒传》《西游记》

---

① 参见郑艳玲《钟惺评点研究》,人民日报出版社,2006年,第131—140页。
② 吴承恩著、李卓吾批评《李卓吾批评本西游记》,凤凰出版社,2010年,上册第8页、15页。

等作为名著在当时所受的关注度和影响力。而对于明代小说研究来说，明清时期的小说评点家们所提供的这些看法，对我们今天解读小说作品仍有重要参考意义。尤其是像金圣叹的《水浒传》评点，提出了许多对中国小说美学、叙事学研究颇具启发的概念和观点。与此同时，这些小说评点也代表了在当时的阅读语境中读者对小说的一般性看法，是小说批评史、阅读史研究的重要史料。

　　除此之外，明代的书目文献中也包含有明代小说相关的理论和批评内容。如较早记载《三国演义》《水浒传》等小说作品的书目著作高儒的《百川书志》，里面除了记载小说作品的名目之外，还往往夹杂不少作者对相关类型小说作品的评述。他在《百川书志》卷六中列"野史""外史""小史"三门，记载通俗小说、传奇等作品并加以评论，此外在卷四"故事"、卷五"传记"中也有部分与小说相关的内容。如他说《效颦集》"言寓劝戒，事关名教，有严正之风，无淫放之失，更兼诸子所长"，认为《娇红记》《钟情丽集》《艳情集》《李娇玉香罗记》《怀春雅集》《双偶集》等"皆本《莺莺传》而作，语带烟花，气含脂粉，凿穴穿墙之期，越礼伤身之事，不为庄人所取，但备一体，为解睡之具耳"，称《剪灯新话》为"古传记之派也，托事兴辞……但取其文采词华，非求其实也"，说《三国志通俗演义》"据正史，采小说，证文辞，通好尚，非俗非虚，易观易入，非史氏苍古之文，去瞀传诙谐之气，陈叙百年，该括万事"，①等等，都堪称是对各小说作品的经典论述。总体而言，明代有关小说批评的文献，大体仍处于分别整理的状态，如果能够将明清时期有关小

①高儒《百川书志》卷六，高儒等《百川书志·古今书刻》，古典文学出版社，1957年，第82—90页。

说批评的文献汇集一处,对小说研究者来说无疑会有更大的
便利。

第六节　清人对明代小说的批评、
　　　　整理与汇刊

　　小说作为一种通俗文化产品,在明清时期受到各阶层的欢
迎。进入清代以后,小说的发展呈现纷繁多样的特点,就像鲁迅
所说的:"清代底小说之种类及其变化,比明朝比较的多。"①在此
背景下,清代的读者对明代出版的小说名著也表现出极大的关
注。不但出现了各种以《三国演义》《水浒传》《西游记》《金瓶梅》
为原型的续书,对明代小说进行批评、评点的风气也颇为活跃,出
现了毛宗岗评《三国演义》、张竹坡评《金瓶梅》等小说评点史上的
杰作。

　　清人在明代小说文献方面所作的推进,一方面体现在以选编
方式呈现明代小说创作的形态。清人会从明代不同小说中选录
部分篇章,将其归入到某一主题之下,从而制作出一部新的小说。
此类作品,从某种意义上来说可以视作是明代小说选本。这样的
情形,当然并非是从清代才开始的,明代抱瓮老人所编的《今古奇
观》,就是一部以"三言""二拍"为编选对象的明代话本小说选本。
然而这种明人选明代小说的情形,毕竟只是个别现象,其原因也
主要是出于传"奇"的目的,即所谓"卷帙浩繁,观览难周;且罗辑

①鲁迅《中国小说的历史的变迁》,《鲁迅全集》第9卷,人民文学出版社,2005
　年,第343页。

取盈,安得事事皆奇僻"①。

　　到了清代以后,这样的趣味仍然得到延续,以传"奇""警世"等为宗旨的明代小说选本依旧时有出现。如题"古闽龙钟道人汇辑""博古斋评点小说"的《警世奇观》,收录的作品便主要来自于明代的话本小说集《警世通言》《醒世恒言》《古今小说》《初刻拍案惊奇》;题"李笠翁先生汇辑"的《警世选言》,六回分别出自《剪灯新话》《警世通言》《醒世恒言》《古今小说》等。又如题为"梦闲子漫笔"的《今古传奇》(又名《古今称奇传》《古今传奇》)一书,其中的篇目来自于《石点头》《警世通言》《初刻拍案惊奇》《醒世恒言》《喻世明言》《欢喜奇观》《二刻拍案惊奇》等书。乾隆年间刊行、题名"钱塘陈梅溪搜辑"的《西湖拾遗》,收录有关西湖人物故事的话本,共计 44 篇,其中 28 篇取自《西湖二集》,15 篇取自《西湖佳话》,1 篇取自《醒世恒言》,但对原文都作了不同程度的改动。题为"东冶青坡居士搜辑"的《西湖遗事》,有 15 篇采自《西湖二集》,1 篇采自《西湖佳话》,而其来源则是陈梅溪的《西湖拾遗》。又如不知编者姓名的《二奇合传》,共十六卷四十回,乃是钞录《拍案惊奇》《今古奇观》二书而成。题名"东壁山房主人编次,退思轩主人校订"的《今古奇闻》一书,共有二十二卷,各篇主要选自《醒世恒言》《娱目醒心编》两种小说集,仅最后一篇《林蕊香行权计全节》见于王韬《遁窟谰言》。② 虽然"三言""二拍"等明代话本小说的文本来源也颇为复杂,许多作品与宋元话本有着很深的渊源关系,

① 笑花主人《今古奇观序》,丁锡根编著《中国历代小说序跋集》,人民文学出
　版社,1996 年,中册第 793 页。
② 以上作品基本情形,参见江苏省社会科学院明清小说研究中心、文学研究
　所编《中国通俗小说总目提要》,中国文联出版公司,1990 年。

但清代人编制的这些小说作品，则大多主要是"选"的工作，"创"的成分很少。因此从某个角度来说，清人这种带有汇编、汇选性质的小说作品，理所应当被视作明代小说的一种选本。

清人对明代小说的关注，还体现在小说评点与批评方面。除了推出明代小说名著的评点本之外，在清人的著述当中也有不少与明代小说批评相关的文献。其中清人笔记常有很强的学术性，所论内容经、史、子、集无所不涉，同样也包含了对小说作家作品的论述。这样的内容，是我们观测中国古代小说批评的重要文献。例如，刘廷玑《在园杂志》曾就《三国演义》《水浒传》《西游记》《金瓶梅》等明代小说及其续书提出许多有价值的批评意见。其中谈到《水浒传》时指出：

> 小说至今日，滥觞极矣，几与六经史函相埒。……降而至于"四大奇书"，则专事稗官，取一人一事为主宰，旁及支引，累百卷或数十卷者。如《水浒》，本施耐庵所著，一百八人，人各一传，性情面貌，装束举止，俨有一人跳跃纸上。天下最难写者英雄，而各传则各色英雄也。天下更难写者英雄美人，而其中二三传则别样英雄、别样美人也。串插连贯，各具机杼，真是写生妙手。金圣叹加以句读字断，分评总批，觉成异样花团锦簇文字。以梁山泊一梦结局，不添蛇足，深得剪裁之妙。虽才大如海，然所尊尚者贼盗，未免与史迁《游侠列传》之意相同。

谈到《三国演义》则说：

> 演义者，本有其事而添设敷演，非无中生有者比也。蜀、吴、魏三分鼎足，依年次序，虽不能体《春秋》正统之义，亦不肯效陈寿之徇私偏侧。中间叙述曲折，不乖正史，但桃园结义、战阵回合不脱稗官窠臼。杭永年一仿圣叹笔意批之，似

属效颦,然亦有开生面处。较之《西游》,实处多于虚处。

谈到《西游记》则认为:

> 《西游》为证道之书,丘长春借说金丹奥旨,以心猿意马为根本,而五众以配五行,平空结构,是一蜃楼海市耳。此中妙理,可意会不可言传,所谓语言文字仅得其形似者也。乃汪憺漪从而刻画美人,唐突西子,其批注处大半摸索皮毛,即《通书》之太极、无极,何能一语道破耶?

谈到《金瓶梅》则说:

> 若深切人情世务,无如《金瓶梅》,真称奇书。欲要止淫,以淫说法;欲要破迷,引迷入悟。其中家常日用,应酬世务,奸诈贪狡,诸恶皆作,果报昭然。而文心细如牛毛茧丝,凡写一人,始终口吻酷肖到底,掩卷读之,但道数语,便能默会为何人。结构铺张,针线缜密,一字不漏,又岂寻常笔墨可到者哉?彭城张竹坡为之先总大纲,次则逐卷逐段分注批点,可以继武圣叹。是惩是劝,一目了然。惜其年不永,殁后将刊板抵偿凤逋于汪苍孚,苍孚举火焚之,故海内传者甚少。

在分论各书之后,又有一段总体概述:

> 四书也,以言文字,诚哉奇观,然亦在乎人之善读与不善读耳。不善读《水浒》者,狠戾悖逆之心生矣;不善读《三国》者,权谋狙诈之心生矣;不善读《西游》者,诡怪幻妄之心生矣。欲读《金瓶梅》,先须体认前序,内云:"读此书而生怜悯心者,菩萨也;读此书而生效法心者,禽兽也。"然今读者多肯读七十九回以前,少肯读七十九回以后,岂非禽兽哉?

谈到《三国》《水浒》《西游》《金瓶》等明代小说的续书时,刘廷玑的看法也颇有见地:

近来词客稗官家，每见前人有书盛行于世，即袭其名，著为后书副之，取其易行，竟成习套。有后以续前者，有后以证前者，甚有后与前绝不相类者，亦有狗尾续貂者。"四大奇书"，如《三国演义》名《三国志》，窃取陈寿史书之名。《东西晋演义》亦名《续三国志》，更有《后三国志》，与前绝不相侔。如《西游记》，乃有《后西游记》《续西游记》，《后西游》虽不能媲美于前，然嬉笑怒骂皆成文章，若《续西游》则诚狗尾矣。更有《东游记》《南游记》《北游记》，真堪喷饭耳。如《前水浒》一书，《后水浒》则二书：一为李俊立国海岛，花荣、徐宁之子共佐成业，应高宗"却上金鳌背上行"之谶，犹不失忠君爱国之旨；一为宋江转世杨么，卢俊义转世王魔，一片邪污之谈，文词乖谬，尚狗尾之不若也。《金瓶梅》亦有续书，每回首载《太上感应篇》，道学不成道学，稗官不成稗官。且多背谬妄语，颠倒失伦，大伤风化。况有前本奇书压卷，而妄思续之，亦不自揣之甚矣。外而《禅真逸史》一书，《禅真后史》二书：一为三教觉世，一为薛举托生瞿家，皆大部文字，各有各趣，但终不脱稗官口吻耳。再有《前七国》《后七国》。……作书命意，创始者倍极精神，后此纵佳，自有崖岸，不独不能加于其上，即求媲美并观，亦不可得。何况续以狗尾，自出下下耶？演义，小说之别名，非出正道，自当凛遵谕旨，永行禁绝。①

类似有关明代小说的批评文献，在清人的笔记、书目甚至文

①以上所引刘廷玑论明代小说文字，见刘廷玑著、张守谦点校《在园杂志》卷二、卷三，中华书局，2005年，第107则《历朝小说》，第82—84页；第181则《续书》，第124—125页。

人别集中并不少见。若是能够将这些散见的史料搜罗成编,对于研究明代小说在清代所呈现的面貌,无疑会有很大帮助。从目前的情况看,虽然有关明清时期小说名著的评论资料搜罗已相对完备,但在此之外的一些小说评论资料和相关史料,仍有待进一步搜集、整理。

第七节　1911 年以来编纂、整理、汇刊的明代小说文献

中国古代小说研究在现代学术体系中占有重要位置。二十世纪前期的诸多重要学者,如王国维、胡适、鲁迅、俞平伯、郑振铎、孙楷第、阿英、赵景深、谭正璧等,在小说研究领域都有所建树,由此也带动了整个二十世纪小说文献学的发展。[①]

中国古代小说作品的搜集、整理与汇刊,是 1911 年以后小说文献学发展的重要内容。在过去的一百多年中,大量明代小说作品整理本、校注本甚至评点本的出版,使得小说作为二十世纪最受关注的文体之一,成为读者最多的文学作品。其中如《三国演义》《水浒传》《西游记》等明代小说中的杰出作品,从较早由上海亚东图书馆出版整理本之后,整理出版的版本纷繁多样。根据出版家汪原放回忆,上海亚东图书馆在 1920—1948 年间,共出版了古典白话小说 16 部,大多为清代小说,其中明代小说只有《水浒传》《西游记》《三国演义》三种。1949 年以后,尤其是 1980 年代之后,中国古典学术研究逐渐步入兴盛阶段,大规模整理中国小说

[①]有关二十世纪中国小说文献学发展的总体情形,参见苗怀明《二十世纪中国小说文献学述略》,中华书局,2009 年。

文献的工作逐渐展开，如人民文学出版社出版的"中国小说史料丛书"，江苏古籍出版社出版的"中国话本大系"，太白文艺出版社出版的"中国古代禁毁小说文库"，法国国家科学研究中心、台湾大英百科股份有限公司合作出版的"思无邪汇宝——明清艳情小说丛刊"，中华书局出版的"中国古典小说最经典"，齐鲁书社出版的"中国古典小说普及丛书""明清稀见小说丛刊"，上海古籍出版社出版的"中国古典小说名著丛书"，岳麓书社出版的"中国古典小说普及文库"，山西古籍出版社出版的"明清才子小说丛刊"，春风文艺出版社出版的"才子佳人小说系列"，等等，为 20 世纪 80 年代以后明代小说研究的兴盛提供了重要的文献基础。

　　小说作品的出版方面，大型小说文本丛刊的影印出版，是 20 世纪 80 年代以来中国小说文献学发展的重要方向之一。台湾地区的朱传誉较早从事明清小说善本的搜集与刊印，他自 1985 年开始在天一出版社出版"明清小说善本丛刊"（署"国立政治大学古典小说研究中心"主编），先后共出版 18 辑，收录小说 225 种。1994 年，上海古籍出版社出版《古本小说集成》，收录小说 428 种，每种之前撰有前言，对作者生平、成书过程、版本流传等予以考辨。从 1987 年开始，中华书局陆续推出《古本小说丛刊》，总共出版 41 辑 169 种。2016 年，学苑出版社出版由王文章主编的《傅惜华藏古本小说丛刊》，总共有 300 册。2017 年，大连出版社出版《大连图书馆藏孤稀本明清小说丛刊》，共 55 种 290 册。2020 年，广陵书社出版《大连图书馆藏孤稀本明清小说补刊》，总共 11 函 80 册。各丛书当中都有大量的明代小说作品。此外也有少数以专书作为编辑对象的小说文献丛刊，如陈翔华编刊的《三国志演义古版丛刊》及其《续辑》（全国图书馆文献缩微复制中心，1995年，2005 年），潘建国主编的《海外所藏西游记珍稀版本丛刊》（北京大学出版社,2017年)等。

上述大型小说丛书,大多以白话小说为主,专门收录笔记小说的大型丛书,则是从上世纪80年代以后开始屡次推出。1981年,台湾新兴书局出版的《笔记小说大观》总共45编,多达450册。1983年,江苏广陵古籍刻印社出版《笔记小说大观》,总共35册,以清代小说居多,收录的明代笔记小说集中在第11—14册,包括宋濂《浦阳人物记》、徐应秋《玉芝堂谈荟》、程敏政《宋遗民录》、方鹏《责备余谈》、李介《天香阁随笔》、徐贞明《潞水客谈》、董其昌《画禅室随笔》、周嘉胄《香乘》、惠康野叟《识余》、祁承爜《澹生堂藏书约》、周应治《霞外麈谈》、黄省曾《西洋朝贡典录》、曹臣《舌华录》、卢若腾《岛居随录》、范濂《云间据目抄》、朱国祯《涌幢小品》、郑瑄《昨非庵日纂》、姜绍书《韵石斋笔谈》、毛子晋《海岳志林》、黄煜《碧血录》、朱祖文《北行日谱》等。1995年,河北教育出版社出版由周光培主编的"历代笔记小说集成",其中收录的明代笔记小说共有29册,161种。2005年,上海古籍出版社出版《明代笔记小说大观》,总共四册,收录明代笔记小说14种:《草木子》《双槐岁钞》《寓圃杂记》《菽园杂记》《都公谈纂》《玉堂漫笔》《庚巳编》《今言类编》《四友斋丛说》《客座赘语》《五杂组》《万历野获编》《酌中志》《涌幢小品》。此外,也有不少明代笔记小说选本,如阙真《元明清文言小说选》(太白文艺出版社,2004年)、黄敏《明代文言短篇小说选译》(凤凰出版社,2011年)、史仲文《中国文言小说百部经典》(北京出版社,2000年)、薛洪勣《明清文言小说选》(湖南人民出版社,1981年)、黄敏《明代文言短篇小说》(锦绣出版事业公司,1993年)、邓绍基《明清小说精品》(时代文艺出版社,1995年)等。除了以上诸种成果之外,南开大学文学院的陈才训教授2017年主持国家社会科学基金重大招标项目"全明笔记整理与研究", 目前正在进行当中, 等到《全明笔记》整理完成之后, 明代笔记小说研究或将会进入一个新的境界。

中国古代小说作品到底有多少家底, 是二十世纪初小说研究者最为关心的问题之一。在此背景下, 编纂一份中国小说的详细目录便成为研究者重要的学术兴趣。最初受到关注的主要是通俗小说, 孙楷第编纂的《中国通俗小说书目》《日本东京所见小说书目》《大连图书馆所见中国小说书目提要》等是这一领域最早的重要成果。[①] 郑振铎曾有一语评价孙楷第的《中国通俗小说书目》, 认为该书是"最好的一部小说文献, 给我们开启了一个找书的门径"。[②] 到了1987年, 日本学者大塚秀高编纂的《增补中国通俗小说书目》由汲古书院出版, 共分短篇小说(包括单刊、总集、公案)、长篇小说(包括烟粉、传奇、灵怪、神仙、妖术、朴刀、杆棒)、讲史(包括平话、章回)以及其他四大类。经过孙氏和大塚二人的努力, 大体完成了对中国通俗小说作品的摸查。

书目的编纂是小说文献学展开的重要内容, 其中关涉的内容自然也包括明代小说在内。一方面, 在孙楷第、大塚秀高等人编纂目录的基础上, 通俗小说目录的编纂仍然有所推进。在欧阳健、萧相恺等人的推动下, 由江苏省社会科学院明清小说研究中心、文学研究所牵头编写, 全国一百多位学者参加的《中国通俗小说总目提要》, 于1990年由中国文联出版公司出版。《提要》收录唐代以至清末的通俗白话小说, 也有少量章回体文言小说(如《蟫

[①] 参见拙文《孙楷第与中国古典小说文献学之创立》,《明清小说研究》2009年第2期。

[②] 孙楷第《俗讲、说话与白话小说》卷首郑振铎序, 作家出版社, 1956年, 第2页。

史》），总共收录小说 1164 部，每部作品的提要由书名、作者、版本、内容提要、回目等内容构成。此外，由石昌渝主编的《中国古代小说总目》（山西教育出版社，2004 年）也专列《白话卷》。

　　研究资料的搜集、整理，对推进明代小说的研究起到了重要作用。在此领域耕耘最勤、成绩最著者，非南开大学的朱一玄先生莫属。由他整理（部分与人合作）的《三国演义资料汇编》《水浒传资料汇编》《西游记资料汇编》《金瓶梅资料汇编》等，是"四大奇书"研究重要的参考资料。在此之前，孔另境所辑录的《中国小说史料》（中华书局，1957 年）等小说研究史料中，也有部分与明代小说研究相关的文献。王利器编纂的《元明清三代禁毁小说戏曲史料》（作家出版社，1958 年）收录元明清三代与小说、戏曲禁毁相关的史料文献，为研究明代小说在明清两代的遭遇提供了详细、可靠的史料保障。清末民初蒋瑞藻的《小说考证》（商务印书馆，1910 年；古典文学出版社，1957 年）一书，虽然是关于作家作品考述方面的著作，却也提供不少与明代小说研究相关的史料文献。

　　与此相关，批评资料（包括小说评点本）的搜集、整理，同样也是 20 世纪明代小说文献学的重要成绩之一。小说序跋资料的搜集、整理方面，从大连图书馆编《明清小说序跋选》（春风文艺出版社，1983 年），到黄清泉主编、曾祖荫等辑录《中国历代小说序跋辑录·文言笔记小说序跋部分》（华中师范大学出版社，1989 年），多少都带有"示览"的性质。到了丁锡根编成《中国历代小说序跋集》上、中、下三册，洋洋 130 万言，1996 年由人民文学出版社出版。编者将汉代以至晚清的小说序跋按笔记、话本、章回、总集等四大类进行编排，其中笔记小说分志怪、杂录、传奇、谐谑四类，话本小说分为变文、演史、说经、小说四类，章回小说分为讲史、烟粉、神魔、侠义、公案、讽喻六类，总集则包括《太平广记》《说郛》

《唐开元小说六种》以及通俗类书等。所收主要为小说的序跋,而
题辞、总论、总评、引论、引语、引言、题识、题语、发凡、凡例、例言、
弁语、源流、读法等则不予收录。就对小说研究的文献意义来说,
这些资料也应是研究者重点关注的内容,该书未能将此类文献一
网打尽,未免留有遗憾。此外又有高玉海《古代小说续书序跋释
论》(中国社会科学出版社,2007年),收录明清小说续书的序跋
127篇。

复旦大学的黄霖先生在小说理论和批评文献的搜集、整理方
面成绩卓著,从杂论、序跋、评点到小说话等各类资料都有辑录。
早在1982年,黄霖就与韩同文共同选注《中国历代小说论著选》
(上、下册),收录与小说研究有关的序跋、杂论等文献,辑录200
余种与小说研究相关的专论、序跋、笔记等。① 嗣后又专门编辑
《金瓶梅资料汇编》(中华书局,2005年),收录与《金瓶梅》研究有
关的史料文献。2009年,黄霖编、罗书华编撰的《中国历代小说批
评史料汇编校释》由百花洲文艺出版社出版,对历代小说序跋、杂
论、小说话等资料加以汇编、校释。在前期资料搜集、整理的基础
上,2018年,凤凰出版社推出由他编著的《历代小说话》(全十五
册)。该资料汇编共收录从胡应麟《少室山房笔丛》到1926年间
的小说话378种,总字数达到四百三十余万字,内容包括考辨类、
故实类、传记类、绍介类、评析类、理论类、辑录类等。2020年,凤
凰出版社又推出了由黄霖主编的《现代话体文学批评文献丛刊
(1912—1949)》,其中《小说话卷》由朱泽宝负责编著,为研究者从
"话体"批评的角度观照1949年以前的明代小说批评提供了重要

① 黄霖、韩同文选注《中国历代小说论著选》,江西人民出版社,1982年、1985
年,2000年再版。

的文献基础。① 在目前各种研究资料分类、分体编纂的情况下,若
能按一定体例进行汇编,对于研究者的使用来说将会提供极大的
便利。

第八节　域外明代小说文献

　　之所以单列一节论述域外明代小说文献,根本原因在于,在
中国古代小说研究中,如果缺少域外小说文献提供的史料支撑,
一部中国小说史将会变得残缺不全,对明代小说研究来说同样如
此。海外明代小说作品和研究资料的发现,对推动明代小说研究
的深入有着不容忽视的意义。

　　在中国古代,小说文献从某种意义上来说是难登大雅之堂的
民间文献,小说文献的保存、流传存在很大的随意性和偶然性。
因此即便是那些在当时造成洛阳纸贵的小说作品,在后世保存过
程中也不尽能够得到妥善对待。而在近代以前,日本、韩国、越南
同属汉文化圈,中国文化作为优势文化为汉文化圈诸国文化的发
展提供了丰富的思想、文化资源。其中小说作为一种通俗阅读文
本,小说作品所传递的中国故事引起域外读者的探索兴趣,受到阅
读者的广泛欢迎,甚至有部分小说文献因此而得以保存至今。其中
如《清平山堂话本》《型世言》等作品,便是有赖于海外藏本而得以保
存,使研究者得以窥探明代话本、拟话本小说创作的更多面貌。

　　二十世纪以来,海外汉籍的发掘对于中国小说的研究起到了

---

①本节部分内容的撰写,参考了黄霖《基点与滥觞:中国古典小说文献三十
　年掠影》,《河北学刊》2017 年第 1 期;苗怀明《二十世纪小说文献学述略》,
　中华书局,2009 年。

重要推动作用,其中自然也包括明代小说研究在内。从总体上看,日本、韩国、越南、法国等地收藏的明代小说文献,对推进明代小说研究起到了重要作用。在某些小说的文献搜集、整理和研究方面,是由国外学者着其先鞭的,中国学者进而在他们的基础上推进相关小说的整理与研究。

域外中国小说文献较早受到关注是在日本。日本作为东亚汉文化圈的一员,在文化上与中国有很深的渊源关系。中国古代典籍通过不同途径源源不断流往日本,其中就包括大量中国小说作品及相关著作。在日本汉学的形成与发展过程中,中国小说学的研究及其相关文献的搜集、整理为重要内容之一。① 从较早在京都帝国大学主持"中国语学中国文学"讲席,开设《"支那"小说戏曲》等课程,发表与《水浒传》等中国小说有关的研究论文和著作的狩野直喜,到以撰写中国文学研究著作(《"支那"小说戏曲小史》《"支那"文学史》)知名的笹川种郎,以及以研究中国小说、书目文献等闻名日本学界的盐谷温、长泽规矩也等人,都对推进日本的中国小说研究做出了重要贡献。其中如盐谷温,曾经编印《国译晋唐小说》《国译汉文大成》,以及翻译出版《剪灯新话》,刊行《全相平话三国志》《东生娇红记》等。长泽规矩也编著的《明代插图本图录——内阁文库藏短篇小说》《和刻本汉籍分类目录》《家藏中国小说书目》《家藏曲本小说目录补遗》等,则为后人查考日本收藏的中国小说提供了线索。由他收藏的中国古代小说、戏曲作品,后来作为"双红堂文库"保存在日本东京大学东洋文化研究所。长泽规矩也最早发现了明代话本《清平山堂话本》15篇,在

---

① 有关中国古典小说在日本江户时期的评点、翻译、翻刻、选编等情形,参见周健强《中国古典小说在日本江户时期的流播》,中国社会科学出版社,2021年。

1928 年第 17 期 2 号《东洋学报》上发表《京本通俗小说和清平山堂》一文，对《清平山堂话本》和缪荃孙、叶德辉发现的《京本通俗小说》进行研究。孙楷第编纂《日本东京所见小说书目》，正是受到了长泽规矩也的启发。他在该书的序文中说：

> 一九三〇年间，余始辑小说书目。所据为国立北京图书馆藏书，孔德学校图书馆藏书，马隅卿先生藏书，以及故家之所收藏，厂肆流连，随时注意，一二年间，搜集略备。嗣见日本友人长泽规矩也先生所记日本小说板刻，则尽取之，益以古今人之所征引著录，都八百余种。于去岁三月写成初稿，粗可观览。而日本所保存中国小说若干种，仅据长泽先生所记，未得目睹。或名称歧异，或内容不详，非读原书，无从定其异同。乃商之中国大辞典编纂处及国立北京图书馆当局，以去岁九月，扬舲东渡。十九日，抵东京驿，遽闻辽东之变，悲愤填膺，欲归复止。居东京月余，公家如宫内省图书寮、内阁文库、帝国图书馆，私家如尊经阁、静嘉堂、成篑堂以及盐谷温、神山闰次、长泽规矩也诸先生，文求堂主人田中、村口书店主人某君，所藏小说，皆次第阅过。……一九三二年五月沧县孙楷第书。①

日本收藏中国小说的基本情况，在今人编纂的各种日本汉籍书目中都有记载。现代出版的大型中国小说文献丛刊，也都利用了日本所藏的中国小说版本。

到了 1980 年代以后，日本汉学界出现了一批在中国小说研究领域有影响的学者，如大塚秀高、铃木阳一、金文京、中野美代

---

① 孙楷第《日本东京所见小说书目》卷首序，人民文学出版社，1958 年，第 1—2 页。

子、矶部彰、冈崎由美、中川谕、大木康等。在中国小说文献学方面表现较突出的有大塚秀高、矶部彰等。大塚秀高除了曾经整理清代小说《照世杯》之外，还曾出版增订本《中国通俗小说书目》（日本汲古书院，1984年），对孙楷第的《日本东京所见小说书目》进行补正。矶部彰对日本所存部分中国小说作品进行整理，包括：《全像按鉴唐钟馗全传：静冈县立中央图书馆藏葵文库本》（明清出版机构研究会，1991年），《李卓吾先生批评西游记》（明清出版机构研究会，2001年），《越中国学所藏新编历法大旨演禽大成通书（余泗泉刊）》（明清出版机构研究会，1994年），等等。此外，井上泰山有《三国剧翻译集》（关西大学出版部，2002年）。①

　　另一个与中国文化之间有着密切关系的是韩国（朝鲜半岛），同样保存了不少中国古代小说作品。中国古代典籍流入韩国之后，有些成为韩国知识教育内容的一部分，有些则因为受到阅读者欢迎而被翻刻重印，也有一些以汉籍的形式流传保存至今。其中就包括了不少的中国古代小说作品。2014年，收录11种珍稀朝鲜本中国小说的《朝鲜所刊中国珍本小说丛刊》由上海古籍出版社出版。其中就包括《三国志通俗演义》（铜活字本）、《三国志通俗演义》（朝鲜刻本）以及《剪灯新话句解》《花影集》《效颦集》《删补文苑楂橘》《钟离葫芦》等明代小说作品。

　　有关韩国所存明代小说文献的总体状况，文新师与韩国学者闵宽东、张守连、刘僖俊等人合作编写的三部著作颇值得关注，即：2011年出版的《韩国所见中国古代小说史料》，2015年出版的《韩国所藏中国通俗小说版本目录》《韩国所藏中国文言小说版本

---

① 日本相关部分，参见李庆《日本汉学史（修订本）》第1—5部，上海人民出版社，2016年第2版。

目录》,三书均由武汉大学出版社出版。其中《史料》一书中收录的"明代小说评述资料",涉及的作品包括《剪灯新话》《剪灯余话》《效颦集》《艳异编》《钟离葫芦》《何氏语林》《删补文苑楂橘》《情史》《三国演义》《西周(封神)演义》《平妖传》《列国志传》《西、东汉(两汉)演义》《残唐五代史演义》《南北两宋志传》《唐书演义》《岳王精忠录》《开辟演义》《东西两晋演义》《孙庞演义》《英烈传》《隋炀帝艳史》《西洋记》《盛唐演义》《韩魏小史》《涿鹿演义》《薛仁贵传》《南溪演谈》《水浒传》《西游记》《金瓶梅》《续金瓶梅》《今古奇观》《玉壶冰》《醒世恒言》《警世通言》《型世言》《拍案惊奇》《花影集》《国色天香》《燕居笔记》《山中一夕话》《禅真逸史》《东游记》《欢喜冤家》《一片情》《杨六郎传》《弁而钗》《昭阳趣史》《一枕奇》《双剑雪》《金粉惜》《浪史》《痴婆子传》《太原志》《包公案》,等等。①对于研究明代小说在韩国的传播、接受、改编等阅读史和知识史相关内容来说,《史料》一书所提供的文献基础具有重要意义。以之为基础拓展对韩国某一时期或者某一特定文人的汉文学阅读的考察,可以更好地理解前近代历史进程中东亚汉文化圈形成、演变以及消解的真实过程。

　　根据几位学者的统计,目前可知传入韩国的中国古典小说有440 余种,其中包括有现存版本的作品 350 余种,以及只出现在文献记录中而没有或者尚未发现实际现存版本的作品 80 余种。《通俗小说版本目录》《文言小说版本目录》两书记录的就是有现存版本作品的基本情况。在现存有版本的作品中,明代小说作品大约有 90 种,《通俗小说版本目录》一书著录的"明代作品版本目

①陈文新、闵宽东《韩国所见中国古代小说史料》,武汉大学出版社,2011 年,
　第 120—306 页。

录",收入的明代小说(包括明代小说的续书)作品有《三国演义》《后三国演义》《后三国石珠演义》《水浒传》《结水浒传》《后水浒传》《续水浒传》《水浒后传》《西游记》《后西游记》《四游记》《南游记》《北方真武祖师玄天上帝出身全传》《金瓶梅》《续金瓶梅》《型世言》《今古奇观》《续今古奇观》《五续今古奇观》《今古艳情奇观》《今古奇闻》《唉蔗》《封神演义》《东周列国志》《春秋列国志》《后列国志》《隋唐演义》《隋炀帝艳史》《隋史遗文》《南北宋志传》《大唐秦王词话》《薛仁贵传》《说唐薛家府传》《征西说唐三传》《三遂平妖传》《东西汉演义》《残唐五代史演义》《大明英烈传》《续英烈传》《开辟演义全传》《百家公案》《岳武穆王精忠传》《三宝太监西洋记通俗演义》《新镌批评出相韩湘子》《前七国孙庞演义》《醉醒石》《东度记》《于少保萃忠全传》《禅真逸史》以及"三言二拍"等。①《文言小说版本目录》一书收录传入韩国的中国文言小说和文言小说集,其中明代文言小说和文言小说集包括:《说郛》《山中一夕话》《娉娉传》《太原志》《广博物志》《皇明世说新语》《正续太平广记》《剪灯新话》《剪灯余话》《觅灯因话》《效颦集》《花影集》《玉壶冰》《稗史汇编》《红梅记》《西湖游览志余》《亘史》《五杂组》《智囊补》《野记》《何氏语林》《钟离葫芦》《两山墨谈》《花阵绮言》《情史》《太平清话》《林居漫录》《痴婆子传》《逸史搜奇一百四十家小说》《稗海》《国色天香》《顾氏文房小说》《广四十家小说》《五朝小说》《古今说海》《汉魏丛书》《狯园志异》《艳异编》《宋人百家小说》,

① 闵宽东、陈文新、张守连《韩国所藏中国通俗小说版本目录》,武汉大学出版社,2015年,第3—246页。

等等。①

从内容来看,《史料》《通俗小说版本目录》《文言小说版本目录》三书并不仅仅只是韩国所见中国小说史料、目录的简单记录和说明,其中还包含了作者就相关问题所作的详细考辨。对中国小说研究者来说,它们不仅是具有重要参考价值的文献资料,同时也是重要的小说文献学研究成果。

韩、日之外,越南、法国、美国、德国、英国、西班牙等地也都收藏有数量不一的中国小说文献。相比而言,由于越南在近代以前同属东亚汉文化圈,因而除了收藏汉文中国小说作品及相关文献之外,在越南学者撰写的汉文著作中,也有部分中国小说相关的史料,而法国、美国等地的图书收藏机构则主要以汉籍的形式收藏中国古代小说文献,这些文献是域外汉籍的重要组成部分。其收藏作品的具体情形,可通过各不同时期编纂的中文古籍书目见其一斑。②

除了以国别为范围清理小说文献,也有学者以一部或部分小说为中心,将域外收藏的小说文献汇集起来进行刊刻,如潘建国主编《海外所藏西游记珍稀版本丛刊》(北京大学出版社,2017年)。又或者将域外学者译介的中国古典小说相关文献加以搜集、出版,如宋莉华主编《早期西译本中国古典小说插图选刊》(社会科学文献出版社,2021年)、《西方早期中国古典小说研究珍稀资料选刊》(社会科学文献出版社,2021年)等。

---

① 闵宽东、陈文新、刘僖俊《韩国所藏中国文言小说版本目录》,武汉大学出版社,2015年,第163—277页。
② 中华书局于2015年启动的"海外中文古籍总目"编纂工作,对发现、整理世界范围内收藏的中文古籍具有重要意义。目前已有部分图书馆的中文古籍目录编成出版,如哈佛燕京图书馆、伯克莱加州大学东亚图书馆等,研究者可以根据自己的研究对象搜集相关著述目录。

第五章　明代戏曲文献

　　明代戏曲承元之后，在文体形态上呈现出不同的特点：一方面，元代戏曲中颇为发达的杂剧创作，至明代以后虽然仍继续发展，出现了诸如徐渭《四声猿》一类被认为"光芒万丈"（吴梅《中国戏曲概论》）的作品，但从总体影响来看，则呈现弱化的趋势，在体式上多吸取南戏的特点而加以改造，形成与元代杂剧不同的特征；另一方面，在元代戏曲发展中如萤烛之火一般的南戏，到了明代以后，随着四大声腔的逐渐成熟，转而以"传奇"之名成为明代中后期戏曲发展的主流，出现了一大批著名的传奇作家和理论家，将明代戏曲的发展推向了高潮。本章专论明代戏曲文献，主要针对杂剧、传奇（包括戏文）和地方戏曲，散曲文献则放在下一章进行概述。

第一节　明人撰著的戏曲作品

　　明代的戏曲包括哪些？从留存作品的情况来看，主要包括杂剧、传奇两种体裁，此外也有少数地方戏曲。根据傅惜华《明代杂剧全目》《明代传奇全目》等书目的记载，明代的戏曲作品数量在1700 种左右。中山大学的黄天骥教授正在主持国家社科基金重大招标项目"《全明戏曲》编纂及明代戏曲文献研究"（2013 年），其

最终成果《全明戏曲》已进入出版阶段,是对明代戏曲文献的重要
集成性成果,出版后将会给明代戏曲研究带来新的局面。

一、明代杂剧

　　明代戏曲创作虽然以传奇为主要形式,但事实上,杂剧作品
的创作也并非如一般所认为的,到了明代以后开始走向衰落,作
品数量仍十分丰富。明清时期所撰的曲品、曲录著作中,就记载
了大量的明代杂剧作品。早期的戏曲目录如《太和正音谱》,著录
明代杂剧作家 8 人,作品 30 种,以及无名氏作品 3 种,其中包括曲
谱作者朱权的作品 12 种。又如祁彪佳编写的《远山堂剧品》,记
录的明代杂剧作家就有 79 人,作品 266 种(包括无名氏作品);姚
燮《今乐考证》中著录的明代杂剧作家有 44 人,杂剧作品有 144
种。到了现代以后,研究者根据明清时期各家书目记载,以及保
存的杂剧作品进行统计,著录的作品数量大大增加。傅惜华《明
代杂剧全目》共著录明代杂剧作家 108 人,作品 349 种,合无名氏
作品 174 种,共计 523 种。庄一拂《古典戏曲存目汇考》在"明代
杂剧"部分著录的杂剧作家有 122 人,作品有 359 种。台湾学者
曾永义所撰《明杂剧概论》,在综合日本学者八木泽元《明代剧作
家研究》、傅惜华《明代杂剧全目》等基础上,共录得杂剧作家 125
人,作品 413 种,加上撰著者不详的 134 种,共得 547 种。戚世隽
《明代杂剧研究》根据各家书目和著作记载,共罗列明代杂剧作家
131 人。[①] 另有学者统计,明代杂剧作家有姓名可考的达到 126
人,所编剧本总目大约有 740 余种,现存的作品有 315 种,超过了

---

① 参见戚世隽《明代杂剧研究》,广东高等教育出版社,2001 年,第 21—44 页。

元代杂剧的总和。① 华东师范大学程华平教授主编的《明代杂剧
全编》，共收录明人杂剧 340 种。② 虽然其中收录的作品不一定是
明人所撰杂剧的全部，但编者以"全编"为志向，耗费极大的精力
搜集材料，在此之外的作品定然不会太多，后继者所能做的也只
是一些拾遗补阙的工作。而实际上，明代杂剧作家和作品的数量
都要远多于此。如廖可斌主编的《稀见明代戏曲丛刊》，收录明代
杂剧的孤本或者某种版本的唯一存本有 10 种，收录明代杂剧的
佚曲则有 20 余种。③

　　杂剧创作自元代发达以后，到了明代仍维持了很高的创作态
势。只是由于在声名上为传奇作品所掩，因而关注者相对较少。④
明代的曲论家对于同时代杂剧作家的创作，也常持批评态度。如
沈德符《顾曲杂言·杂剧》曾经指出：

　　　　北杂剧已为金元大手擅盛场，今人不复能措手。曾见汪
　　太函四作，为《宋玉高唐梦》《唐明皇七夕长生殿》《范少伯西
　　子五湖》《陈思王遇洛神》，都非当行。惟徐文长渭《四声猿》
　　盛行，然以词家三尺律之，犹河汉也。⑤

　　臧懋循《元曲选序二》也曾提到汪道昆、徐渭二人的杂剧创

---

①参见徐子方《明杂剧史》，中华书局，2003 年，第 1—2 页。

②程华平主编《明代杂剧全编》，上海书店出版社，2020 年。

③廖可斌主编《稀见明代戏曲丛刊》，东方出版中心，2018 年。

④尽管如此，学界出版从整体上研究明代杂剧创作的仍有曾永义《明代杂剧
　概论》（台湾学海出版社，1979 年；商务印书馆，2015 年）、徐子方《明杂剧
　史》（中华书局，2003 年）、戚世隽《明代杂剧研究》（广东高等教育出版社，
　2001 年）等著作。

⑤沈德符《顾曲杂言》，《中国古典戏曲论著集成》第 4 集，中国戏剧出版社，
　2020 年，第 214 页。

作,将其置于与元杂剧对比的视域中进行观照:

> 由斯以评新安汪伯玉《高唐》《洛川》四南曲,非不藻丽矣,然纯作绮语,其失也靡;山阴徐文长《祢衡》《玉通》四北曲,非不伉爽矣,然杂出乡语,其失也鄙。豫章汤义仍庶几近之,而识乏通方之见,学罕协律之功,所下句字,往往乖谬,其失也疏。他虽穷极才情,而面目愈离。按拍者既无绕梁、遏云之奇,顾曲者复无辍味忘倦之好,此乃元人所唾弃而戾家畜之者也。①

这样的评论,与明代诗歌批评当中的"文以代降"观念有着某种相似之处。对于杂剧创作来说,明人虽然留下了大量的作品,却未能创造出能够媲美元代杂剧的经典剧本。这样的看法,一直延续到近现代学者的评论当中。如王国维说徐渭的《四声猿》"虽有佳处,然不逮元人远甚",认为明末杂剧作家如汪道昆、陈与郊、梁辰鱼、梅鼎祚、王衡、卓人月等人,其作品"既无定折,又多用南曲,其词亦无足观"。②

与贬低明代杂剧的看法形成对照,明代以来也有不少评论家将明杂剧的成就置于很高的地位。如何良俊称赞王九思的《杜甫游春》杂剧"虽金、元人犹当北面"③,王世贞说当时论者认为王九思的声价"不在关汉卿、马东篱下"④,等等。这样的评论,对于提高杂剧创作在明代戏曲中的地位,推动更多曲作者从事杂剧创

①臧懋循编《元曲选》卷首,商务印书馆,1931年,第13—16页。
②王国维《宋元戏曲史》,商务印书馆,1915年,第161页。
③何良俊《曲论》,《中国古典戏曲论著集成》第4集,中国戏剧出版社,2020年,第10页。
④王世贞《曲藻》,《中国古典戏曲论著集成》第4集,中国戏剧出版社,2020年,第35页。

作,有着积极的促进作用。近现代学者当中,要之以吴梅对明代杂剧的评价较高。他在谈到徐渭及其杂剧创作的时候说:"徐文长《四声猿》中《女状元》剧,独以南词作剧,破杂剧定格。……今读之,犹自光芒万丈。顾与临川之研丽工巧不同,宜其并擅千古也。"①与沈德符、王国维等人的认识相反,吴梅将徐渭以南词作北杂剧的做法视为艺术的突破和创新。在他看来,就杂剧一体的发展而言,徐渭在明代诸多杂剧作家当中首屈一指。这样的认识,是现代文学史、戏剧史有关明代杂剧的主流看法。

　　明代杂剧的发展,在前期主要是由民间向宫廷的转变,神仙道化、烟粉风月成为杂剧表现的主要内容。其中最重要的体现,是作为藩王的朱权、朱有燉成为这一时期最重要的杂剧作家之一。作为朱元璋的第十七子,宁献王朱权除了编写明代现存第一部戏曲理论著作《太和正音谱》(另有两书《乌头集韵》《琼林雅韵》已佚),还创作了十多种杂剧作品:《私奔相如》,《独步大罗》,《瑶天笙鹤》,《白日飞升》,《辩三教》,《九合诸侯》,《豫章三害》,《肃清瀚海》,《勘妒妇》,《烟花判》,《杨娭复落娼》,《客窗夜话》,而保存至今的只有《卓文君私奔相如》《冲默子独步大罗天》两种。周宪王朱有燉则是朱元璋第五子朱橚长子,其所作杂剧总共有三十一种:《新编张天师明断辰钩月》,《新编甄月娥春风庆朔堂》,《新编惠禅师三度小桃红》,《新编神后山秋狝得驺虞》,《新编李亚仙花酒曲江池》,《新编关云长义勇辞金》,《新编李妙清花里悟真如》,《新编群仙庆寿蟠桃会》,《新编洛阳风月牡丹仙》,《新编天香圃牡丹品》,《新编美姻缘风月桃源景》,《新编孟浩然踏雪寻梅》,《新编瑶池会八仙庆寿》,《新编紫阳仙三度常椿寿》,《新编刘盼春守志

———————
① 吴梅《中国戏曲概论》卷中《明人杂剧》,大东书局,1926年,第13页。

香囊怨》,《新编赵贞姬身后团圆梦》,《新编福禄寿仙官庆会》,《新编黑旋风仗义疏财》,《新编豹子和尚自还俗》,《宣平巷刘金儿复落娼》,《新编十美人庆赏牡丹园》,《清河县继母大贤》,《东华仙三度十长生》,《新编吕洞宾花月神仙会》,《新编河嵩神灵芝庆寿》,《新编南极星度脱海棠仙》,《新编兰红叶从良烟花梦》,《新编挡搜判官乔断鬼》,《新编小天香半夜朝元》,《新编四时花月赛娇容》,《新编文殊菩萨降狮子》。到了明代中后期,不少在当时有重要影响的文人开始从事杂剧创作。就像徐翙在为沈泰所编《盛明杂剧》作序时所说的:"今之所谓北者,皆牢骚肮脏不得于时者之所为也。"①诸如当时著名的文人徐渭、王九思、康海、马中锡、汪道昆、梁辰鱼、王衡等,都在当时的文坛有着较高地位。然而在人生的遭遇上,却往往存在不平之气,因而将杂剧当作浇心中块垒的发愤之作。如王九思所作《杜子美沽酒游春》《中山狼传》,康海所作《中山狼》,王衡所作《郁轮袍》,等等。

家班(或称家乐)的兴起,是明代中期以后杂剧创作及其搬演的重要内容之一。② 陈龙正曾说:"每见士大夫居家无乐事,搜买儿童,教习讴歌,称为家乐。"③顾炎武甚至曾经记述说:"今吴中仕宦之家,(家奴)有至一二千人者。"④明代中后期见于文人记述的家班,有王锡爵、申时行、范长白、许自昌、顾大典、沈璟、钱岱、徐

① 沈泰编《盛明杂剧》卷首,中国戏剧出版社,1958 年。
② 参见刘水云《明清家乐研究》,上海古籍出版社,2005 年。
③ 陈龙正《几亭全书》卷二十二《政书·家载下·杂训》,《明别集丛刊》第 5 辑影清康熙刻本,黄山书社,2015 年,第 635 页。
④ 顾炎武《日知录》卷十三《奴仆》,《顾炎武全集》第 18 册,上海古籍出版社,2011 年,第 553 页。

锡元、保函、王汝谦、邹迪光、屠隆、张岱、祁彪佳、阮大铖、曹学佺等。[①] 明代中期著名文人、曲家李开先,在家班的杂剧表演和创作上也有所表现。何良俊曾记述说:"有客自山东来者,云李中麓家戏子几二三十人,女妓二人,女僮歌者数人。"[②]李开先的杂剧作品今存《园林午梦》《打哑禅》,另有曲论著作《词谑》。此外如"前七子"成员之一的康海、王九思,都有关于他们让自家家奴演唱曲调的记载,虽然不一定都是杂剧作品,但由此反映的家庭戏曲搬演状况可见一斑。

明代中期以后,尽管戏曲作家创作传奇的热情要远在杂剧之上,却也出现了像叶宪祖、凌濛初等以杂剧创作闻世的曲家。根据记载,在叶宪祖创作的三十余种戏曲作品中,有 24 种为杂剧,使他成为明代创作杂剧作品最多的曲家,而保存至今的则有 11 种。凌濛初作为晚明时期重要的小说家、出版家,在杂剧创作方面也有突出表现,根据记录由他创作的杂剧共有 9 种:《北红拂》《虬髯翁》《宋公明闹元宵》《蓦忽姻缘》《颠倒姻缘》《穴地报仇》《祢正平》《刘伯伦》。此外如徐渭、孟称舜、王骥德、汪道昆、王衡、陈与郊等人,尽管所写的杂剧作品并不算多,但在晚明曲界都颇负盛名,共同构成了明代杂剧创作的丰富面相。

二、明代传奇

"传奇"之名用于指称戏曲,始于南宋时期。至元代以后,"传奇"虽多用于指南曲戏文,但也不乏以其指杂剧的用例。明代以后仍沿用其义,但更多时候则将其作为与杂剧相区别的长篇戏

---

①参见徐子方《明杂剧史》,中华书局,2003 年,第 182 页。
②何良俊《四友斋丛说》卷十八《杂记》,中华书局,1959 年,第 159 页。

曲。如吕天成《曲品》曾指出："金元创名杂剧,国初沿作传奇。杂剧北音,传奇南调。杂剧折惟四,唱惟一人;传奇折数多,唱必匀派。杂剧但撼一事颠末,其境促;传奇备述一人始终,其味长。"①尽管对其名称所指的作品各有不同看法,但将其视为明清时期与杂剧并列的长篇戏曲作品则并无太大歧义。② 从"传奇"作品的内容和性质来看,颇有一种记录人物野史逸闻的意味,即由名称所显示的"传述奇闻"之义。这一点,从明代中篇"传奇"小说的特征也可见一斑。

　　明代到底有多少传奇作品?傅惜华《明代传奇全目》著录达950种,而真正得以完整保存下来的全本传奇作品只有大约300种左右。③ 庄一拂《古典戏曲存目汇考》著录的传奇作品有2590余种。④ 根据郭英德《明清传奇综录》的统计,现有完整存本的明清传奇剧目有1100多种,而其作品的总数至少在2700种以上。⑤吴书荫的《明传奇佚曲目钩沉》收录的明传奇佚曲有126种。⑥ 廖可斌主编《稀见明代戏曲丛刊》八册,收录明代传奇37种,其中属于孤本或某种版本唯一存本的传奇作品有18种,同时还收录了230种剧目(包括杂剧22种)的佚曲。⑦ 陈志勇辑校的《明传奇佚

①李晓芹疏证《〈曲品〉疏证》卷上,江西教育出版社,2008年,第8页。
②参见郭英德《明清传奇史》,江苏古籍出版社,2001年,第8—12页。
③陈志勇辑校《明传奇佚曲全编》卷首黄天骥序,中华书局,2021年。又可参见傅惜华《明代传奇全目》,人民文学出版社,1959年;郭英德编著《明清传奇综录》,河北教育出版社,1997年。
④庄一拂《古典戏曲存目汇考·例言》,上海古籍出版社,1982年,上册第1页。
⑤郭英德《明清传奇综录·前言》,河北教育出版社,1997年,上册第8—9页。
⑥李修生主编《古本戏曲剧目提要》附录,文化艺术出版社,1997年。
⑦廖可斌主编《稀见明代戏曲丛刊》,东方出版中心,2018年。

曲全编》，又从明清曲选、曲话、曲谱中辑得明传奇佚剧 240 种。①凡此种种，当然不会是明代传奇作品的全部。作为一种与实场演出密切相关的文学类型，基于搬演需要而进行的文本再创作同样也值得关注。这种根据特殊需要而形成的当代戏曲文本，却很少会像元杂剧那样留下文字的记录。

较为集中记录明代曲家创作传奇作品的文献，是明人所撰的各种书目以及曲品、曲录、曲谱等著作。书目文献记载的明代戏曲作品数量不多，却从某个侧面反映出戏曲作为通俗文学作品开始进入一般知识的视野。例如，嘉靖时期高儒编纂的《百川书志》，在史志类的外史小类中著录元明杂剧、传奇 58 部，其中属于明代的传奇作品仅李日华的《南西厢记》和丘濬的《五伦全备记》。此外如《宝文堂书目》《红雨楼书目》《徐氏家藏书目》《澹生堂藏书目》《赵定宇书目》《脉望馆书目》《奕庆藏书楼书目》等，虽然著录明代传奇作品的数量多寡不一，但都可以看出明代中期以后的藏书家对当代传奇作品的关注和重视。

专门记录曲家曲作以及戏曲表演者的著作从元代开始出现，《录鬼簿》《青楼集》是研究元代戏曲的重要文献。入明以后，《录鬼簿续编》《太和正音谱》中有关于元末明初曲家曲作的记录。到了徐渭撰写的《南词叙录》，著录的明代戏文名目开始大幅增加，其中属于"宋元旧篇"的有 65 种，而为"本朝"作品的则有 48 种。钮少雅《汇纂元谱南曲九宫正始》征引的戏文当中，有 138 种为明代传奇作品。而在诸种曲品、曲录当中，尤以吕天成《曲品》、祁彪佳《远山堂曲品》等最具代表性。吕天成的《曲品》分为上下两卷，上卷评人，共涉及戏曲作家 95 人、散曲作家 25 人；下卷评曲，提

---

① 陈志勇辑校《明传奇佚曲全编》，中华书局，2021 年。

及的"旧传奇"(明嘉靖以前作品)27 种、"新传奇"(嘉靖以后作品)
185 种。如其中著录的沈璟作品有 17 种,汤显祖的作品有 5 种。
祁彪佳的《远山堂曲品》虽然仅存残稿,但其中著录的传奇(包括
宋元戏文、明人改本戏文、明人传奇)作品数量却极为丰富。全书
共分六品,著录作品 467 种①,其中雅品 31 种,逸品 26 种,艳品 20
种,能品 217 种,具品 127 种,杂调 46 种。其中如王元寿,《远山堂
曲品》中著录的作品达到 23 种。②

　　明代传奇的发达,与其时江南戏曲创作、搬演之风的盛行有
密切关系。关于这一点,明代中期的陆容曾描述浙地的情形说:
"嘉兴之海盐,绍兴之余姚,宁波之慈溪,台州之黄岩,温州之永
嘉,皆有习为倡优者,名曰戏文子弟,虽良家子不耻为之。"③祝允
明虽是从批评的角度谈到这样的风气,也从另一个侧面印证了这
一时期南方戏文创作、搬演风气的兴盛。他在《猥谈》中称:"数十
年来,所谓南戏盛行,更为无端,于是声乐大乱。……愚人蠢工,
徇意更变,妄名余姚腔、海盐腔、弋阳腔、昆山腔之类,变易喉舌,
趁逐抑扬,杜撰百端,真胡说耳。"④在此背景之下,明代中后期传
奇的创作也便成为日常文化消费发达的必然产物。

　　与之相呼应,明代中后期出现了不少以写作传奇名世的作

---

① 欧阳菲《明代传奇目录研究》则认为:"祁彪佳编《远山堂曲品》,原本不分
　卷,专门记录、评述有明一代特别是晚明的传奇著作,共收作品计 435 种,
　其中有 295 种作品为他书未曾著录。"(文化艺术出版社,2019 年,绪论第
　12 页)
② 参见孙崇涛《戏曲文献学》,山西教育出版社,2008 年。
③ 陆容《菽园杂记》卷十,中华书局,1985 年,第 124 页。
④ 祝允明《猥谈》,薛维源点校《祝允明集》下册,上海古籍出版社,2016 年,第
　984—985 页。

家,姑且不论李开先、梁辰鱼、张凤翼、李日华、汤显祖、沈璟、屠隆、梅鼎祚、阮大铖等人,即便如以编纂小说知名的冯梦龙、纪振伦等人,也撰著、校订有为数可观的传奇作品流传后世,表现出对传奇的浓厚兴趣。冯梦龙曾师事沈璟,撰有《双雄记》《万事足》等传奇作品,由他删改更定的《墨憨斋定本传奇》共有近 20 种:《新灌园》《酒家佣》《女丈夫》《量江记》《精忠旗》《万事足》《梦磊记》《洒雪堂》《楚江情》《风流梦》《邯郸梦》《人兽关》《永团圆》《杀狗记》《双雄记》《一捧雪》《占花魁》《三报恩》,其原本分别出自张凤翼、陆采、凌濛初、李玉、史槃、梅孝己、袁于令、汤显祖等当代曲家之手,仅有《杀狗记》一篇为元末的南戏作品。而作为明末重要传奇选本,《墨憨斋定本传奇》在明清时期被多次刊刻,受到后世曲家的广泛关注。① 纪振伦校订的传奇作品包括《三桂记》《七胜记》《折桂记》《西湖记》《双杯记》《葵花记》《霞笺记》等 7 种,均见于《曲品》《远山堂曲品》等书记载。如此等等,都从另一个侧面显示出传奇作为明代中后期的通俗创作和表演文本,与明代后期城市社会生活之间的密切联系。②

三、明代地方戏曲

地方戏曲并非明代戏曲的新样态,然而却是到了明中期以后才逐渐发展起来的。弋阳腔、昆腔、秦腔、余姚腔、海盐腔、青阳腔等各具特色的地方声腔,都在明代后期获得了长足发展,并逐渐

---

① 参见涂育珍《〈墨憨斋定本传奇〉研究》,齐鲁书社,2011 年。
② 关于明代杂剧、传奇作家生平以及历代曲选、曲目的大体情况,参见罗锦堂《明代剧作家考略》(陕西师范大学出版总社,2017 年)。

形成具有地方特色的戏曲声腔系统。①　就像魏良辅在《南词引正》中所说的：“腔有数样，纷纭不类。各方风气所限，有昆山、海盐、余姚、杭州、弋阳。”②徐渭在《南词叙录》中也说：“今唱家称弋阳腔，则出于江西，两京、湖南、闽、广用之；称余姚腔者，出于会稽，常、润、池、太、扬、徐用之；称海盐腔者，嘉、湖、温、台用之。惟昆山腔止行于吴中，流丽悠远，出乎三腔之上，听之最足荡人。”③明代中期以后“传奇”体制的定型与成熟，是在吸收诸多地方声腔优长的基础上逐渐形成的，其中尤以昆腔的改革对传奇创作的影响最大。然而在此过程中，其他的地方声腔并未随之消歇，而是在保持地方声腔特色的同时，与其他声腔相结合，从而形成许多各具地方特色的声腔系统，进而为清代以后地方戏曲的兴盛奠定坚实的基础。从某个角度来说，被有的学者称作“小戏”的民间戏曲，在性质和内容上也带有较多地方戏的色彩。④

　　明代地方戏曲创作的发展，主要体现为以各不同地方声腔演唱的曲本。在明代万历以后“四方歌曲，必宗吴门（即昆腔）”的背景下，其他地方声腔的发展仍表现出较为强劲的势头。例如祁彪佳所编纂的《远山堂曲品》，就有“杂调”一品，收录以弋阳腔演唱的曲本总共多达 46 种：《三元》《珍珠》《香山》《古城》《双璧》《征辽》《升仙》《射鹿》《鹿台》《劝善》《金台》《韩朋》《和戎》《感虎》《赛

①其中如以弋阳腔演出的传奇，可参见马华祥《明代弋阳腔传奇考》，中国社会科学出版社，2009 年。
②钱南扬校注《娄江尚泉魏良辅南词引正》，《戏剧报》1962 年 Z2 期。
③徐渭《南词叙录》，《中国古典戏曲论著集成》第 3 集，中国戏剧出版社，2020 年，第 242 页。
④参见李玫《中国民间小戏史论》，中国社会科学出版社，2016 年，第 1—38 页。

伍伦》《麒麟》《赤符》《金凤钗》《白蛇》《跨鹤》《偷桃》《赤壁》《三聘》
《荆州》《还魂》《藏珠》《孝义》《罗帕》《剔目》《牡丹》《胭脂》《双节》
《升仙》《雷鸣》《易鞋》《钗书》《绣衣》《瓦盆》《征蛮》《英台》《金钗》
《破镜》《跃鲤》《绨袍》《织锦》《玉钩》,其中大多数为改编已有戏曲
文本的再创作。① 这样的情形,不仅体现在地方戏曲的演出本当
中。即使是同一曲本在不同场合搬演时,也往往都会存在改编的
情形。例如汤显祖的《牡丹亭》,据研究者统计,历代以来出现的
版本就达五十六种之多。②

　　根据研究者论述,明代戏曲的声腔除了通常所说的四大声腔
之外,还有义乌、乐平、青阳、徽州、四平、梆子(秦腔)等多种地方
声腔。其中万历初年建阳书坊刊刻由黄文华选辑、郜绣甫同纂的
《词林一枝》四卷,在书名中就被冠以"新刻京板青阳时调"之名,
扉页中则有"海内时尚滚调"字样。其中收录的作品包括 35 种南
戏以及 48 个传奇作品的单出,所收剧目包括《狮吼记》《三桂记》
《罗帕记》《胭脂记》《玉簪记》《藏珠记》《红拂记》《灌园记》《奇逢
记》《玉簪记》《昙花记》《古城记》《金貂记》《题红记》《三关记》《荆
钗记》《五桂记》《教子记》《破窑记》《长城记》《琵琶记》《升仙记》
《投笔记》《洛阳记》《西厢记》《彄弓记》《金印记》《断发记》《三元
记》《和戎记》《卖水记》《白兔记》《易鞋记》《妆盒记》《千金记》《升
天记》《杀狗记》《四节记》《十义记》《卧冰记》《浣纱记》等。由这份
名单可以看出,这些以"青阳时调"演唱的曲本,其剧本非为新创,
而只是一份以青阳腔演唱剧目的名录。类似的情形也出现在《新

————————————

① 祁彪佳《远山堂曲品》,《中国古典戏曲论著集成》第 6 集,中国戏剧出版社,
　2020 年,第 112—123 页。
② 参见孙崇涛《戏曲文献学》,山西教育出版社,2008 年,第 16 页。

锲天下时尚南北徽池雅调》《新锲天下时尚南北新调尧天乐》《鼎刻时新滚调歌令玉谷新簧》《新刻徽板合像滚调乐府官腔摘锦奇音》《鼎刻徽池雅调南北官腔乐府点板曲响大明春》《新锲精选古今乐府滚调新词玉树英》《梨园会选古今传奇滚调乐府万象新》《新锲汇编杂乐府新声调大明天下春》等当中,书名和扉页上均有"滚调""滚唱""新调"以及"时兴""时尚"等字样,可见主要是以当时流行的青阳腔演唱他人创作的曲本。此外还有昆腔和青阳腔演出剧目的合集,如《鼎镌昆池新调乐府八能奏锦》《新选南北乐府时调青昆》《新锲梨园摘锦乐府菁华》等。① 专门为地方戏曲声腔演唱而创作的戏曲文本,在这一时期仍不多见,其中大多数是原有曲本基础上的改编。

　　有关明代地方戏曲的文献,较为集中的文献清理工作是在1949 年以后进行的。1958—1963 年间,由中国戏剧家协会牵头主编的《中国地方戏曲集成》在中国戏剧出版社出版。《集成》总共 14 卷,分别为北京、上海、湖北、江苏、浙江、广东、安徽、山东、江西、山西、内蒙古、辽宁、吉林、黑龙江等省的地方戏剧剧目,共计 121 个地方剧种的 368 个剧目。除此之外,各省也纷纷汇编出版本地区的传统剧目,如《京剧汇编》《传统剧目汇编》《河北梆子汇编》《河北戏曲传统剧目汇集》《河北梆子传统剧目汇集》《山西地方戏曲资料——传统剧目汇编》《陕西传统剧目汇编》《甘肃传统剧目汇编》《浙江戏曲传统剧目汇编》《安徽省传统剧目汇编》《江西戏曲传统剧目汇编》《福建传统剧目选集》《河南地方戏曲汇

---

①参见潘华云《明代青阳腔剧目初探》,《宿州师专学报》2004 年第 1 期。

编《河南传统剧目汇编》《湖北地方戏曲丛刊》《湖南戏曲传统剧本》《粤剧传统剧目丛刊》《广西戏曲传统剧目汇编》《川剧传统剧本汇编》《云南地方戏曲传统剧目资料汇编》等，共计收录传统剧目 4780 种。此后仍续有出版，由此形成庞大的规模，如《评剧传统剧目选》（春风文艺出版社，1980—1982 年）、《江西地方戏传统剧本选编》（江西省戏曲研究所，1982 年）、《川剧传统剧目集成》（四川人民出版社，2009—2012 年）、《莆仙戏传统剧目丛书》（中国戏剧出版社，2008—2012 年）、《闽剧经典传统剧目选》（中国戏剧出版社，2001 年）、《秦腔传统经典剧目选》（太白文艺出版社，2010 年）、《山东地方戏曲传统剧目汇编》（不详）、《平山丝弦传统剧目集成》（花山文艺出版社，2013 年）、《泉州传统戏曲丛书》（中国戏剧出版社，1999 年）、《温州传统戏曲剧目集成》（上海古籍出版社，2016 年）、《燕赵濒危剧种手抄本传统剧目整理丛书》（河北大学出版社，2021 年），等等。这些剧目当中，有不少是明代演出的作品。①

第二节　明人编选明代戏曲文献

　　明代戏曲作品的流传方式，除了部分以单个剧本的形式保存传世，其中大量作品出现在各种曲集、曲选当中，也有的作品被收录在文人文集中。在《全明戏曲》尚未出版的背景下，明清时期编

---

① 参见《中国大百科全书·戏曲曲艺卷》，中国大百科全书出版社，1983 年，第 494 页。又可参见孙崇涛《戏曲文献学》，山西教育出版社，2008 年，第 331—332 页。

选的大量戏曲选本,是研究明代戏曲重要的文献资料。^① 其中清代曲选收录明代戏曲的情况,将在下一节予以概述。本节主要就明人编选涉及明代戏曲作品的选集和总集进行分疏,以此来对明代戏曲在本朝的传播形态作总体巡览。明代的曲选主要包括:以"古今"之名编选的明代及前代的戏曲作品合集、丛刊,以及专门收录明代戏曲作品的当代戏曲选集和总集。部分曲谱当中收录的明代戏曲作品选段,不仅在戏曲作品的校勘、改写研究等方面具有重要价值,同时也可以为戏曲经典化等问题的探讨提供重要参照。

　　明代戏曲刻印十分发达,各地的书坊从市场需求出发,刊印了大量的戏曲、小说作品。其中除了将元代杂剧、戏文中的经典作品反复予以刊刻之外,对本朝的杂剧、传奇作品也颇为重视,通过多种不同的方式进行戏曲文本的再生产,从而促进了明代戏曲作品的经典化和广泛传播。在这诸种方式当中,戏曲选本的编刊有着十分重要的意义和影响。例如嘉靖至万历时期,由官刻出版的几种明代戏曲(包括剧曲、散曲等)选本《雍熙乐府》(嘉靖司礼

---

①关于戏曲选本,郑振铎的看法是:"所谓'戏曲的选本',便是指《纳书楹》《缀白裘》一类选录一部戏曲的完全一出或一出以上之书本而言。象《雍熙乐府》,象《九宫大成谱》,象《太和正音谱》,那都是以一个曲调为单位而不是以一出为单位而选录的。那不是戏曲的选本,乃是'曲律'与'词律'一类的书,专供作词的人之用一样。至于象《吴骚合编》,象《南宫词纪》,象《阳春白雪》,那更是与戏曲无关的诗歌选集了。"(郑振铎《中国戏曲的选本》,《郑振铎文集》第 7 卷,人民文学出版社,1988 年,第 240 页)一般认为,明清时期的戏曲选本包括剧选、出选,其中明代剧选约有近 20 种,出选有约 40 余种。为了更全面考察有关明代戏曲被"选"的一般情形,本书将郑振铎所说的两种情形都纳入考察的范围。

监刻本）、《盛世新声》（万历内府刻本、正德十二年戴贤刻本）、《词林摘艳》（万历内府刻本），对推进明代戏曲进入上层士人的阅读系统都有重要作用。除此之外，江苏、浙江、福建、安徽、江西等地私人刻书的兴盛，也大大推动了通俗文学读本的广泛传播，诸如陈与郊编选《古名家杂剧》、孟称舜《古今名剧合选》、沈泰编《盛明杂剧》、周之标选辑《吴歈萃雅》、《词林逸响》、毛晋《六十种曲》，又如焦竑选录、孙学礼编刊的《四太史杂剧》，收录杨慎、王九思、胡汝嘉、陈沂四人的杂剧作品，有万历乙巳（1605）新安刊本，今仅存日本大谷大学藏神田喜一郎旧藏本①，等等，都在当时有着较大的影响。其中以刊刻戏曲作品知名的书坊，如浙江的臧氏博古堂、杭州虎林容与堂、杭州曹氏起凤馆、杭州胡氏文会堂、吴兴闵凌二氏，江苏南京的积德堂、世德堂、少山堂、富春堂、文林阁、广庆堂、继志斋、师俭堂，江苏常熟的毛氏汲古阁，安徽休宁汪氏环翠堂、新安汪氏玩虎堂、福建余氏新安堂、朱氏与耕堂、熊氏种德堂，等等，在当时都曾刊行大量的戏曲作品。② 其中包括不少戏曲选本，就像其中一位编选者所指出的："千家摘锦，坊刻颇多。"③根据研究者所说，仅仅只是建阳的麻沙书坊，辑刻刊行的戏曲选集就有三百余种。④

　　在早期的明代戏曲选本中，选录作品的数量往往以元代戏曲

①参见黄仕忠《日本大谷大学藏明刊孤本〈四太史杂剧〉考》，《复旦学报》2004年第2期。
②参见孙崇涛《戏曲文献学》，山西教育出版社，2008年，第125—156页。
③《词林一枝》扉页题词，王秋桂编《善本戏曲丛刊》第1辑，台湾学生书局，1984年影印本。
④李平《流落欧洲的三种晚明戏剧散出选集的发现》，《海外孤本晚明戏剧选集三种》，上海古籍出版社，1993年，第9页。

作品居多,如署名"樵仙戴贤愚之校正刊行"的《盛世新声》,收录元杂剧《梧桐雨》《汉宫秋》《黄粱梦》等 30 种,明杂剧《风云会》《十面埋伏》等 8 种,传奇《千金记》《彩楼记》等 2 种。张禄辑《词林摘艳》,收录元杂剧《丽春堂》《梧桐雨》《汉宫秋》等 30 种,明杂剧《月下老问世间配偶》《金童玉女》《风云会》等 3 种,戏文《拜月亭》《西厢记》《彩楼记》等 3 种。郭勋所辑《雍熙乐府》,收录的元明戏曲作品数量已大体相近,其中元杂剧《王粲登楼》《翰林风月》《倩女离魂》等 49 种,明杂剧《黑旋风仗义疏财》《曲江池》等 35 种,戏文、传奇《拜月亭》《南西厢记》《荆钗记》《彩楼记》等 18 种。也有以选录明代作品为主的戏曲选本,如毛晋汲古阁刊刻的《六十种曲》,收录元杂剧 1 种(《北西厢记》),明传奇 58 种。①

从所选内容来看,明人编刊的戏曲选本大体可以分为两种情形:第一种是专选杂剧或传奇(包括戏文)的选本,第二种是杂剧、传奇、散曲、杂曲等合选的选本。明人的戏曲选本大多以剧本的文体属性作为依据,专选杂剧或者传奇。杂剧选本如《元明杂剧四种》(佚名编,万历陈氏继志斋刻本),《杂剧十段锦》(10 集,每集 1 剧,佚名编,嘉靖三十七年绍陶室刻本),陈与郊编《古名家杂剧》(存明万历间徐氏刻残本、《脉望馆钞校本古今杂剧》本),息机子编《古今杂剧选》(明万历二十六年序刻本、《脉望馆钞校本古今杂剧》本),黄正位辑《阳春奏》(万历三十七年黄氏尊生馆刻本),臧懋循《元曲选》(有元明之际曲家之作,明万历吴兴臧氏原刻本),沈泰编《盛明杂剧》(初集 30 卷,崇祯二年刊本;二集 30 卷,崇祯十四年刊本),孟称舜《新镌古今名剧合选》(《柳枝集》《酹江集》,

---

① 有关明代戏曲选本的具体情形,参见朱崇志《中国古代戏曲选本研究》,上海古籍出版社,2004 年,第 149—244 页。

崇祯六年刻本），等等；传奇（包括戏文）选本如周之标选辑《吴歈萃雅》（万历刻本），周之标编选、毛晋编刊《汲古阁六十种曲》（又名《绣刻演剧》，崇祯间汲古阁刻本），金陵书坊刻《别本绣刻演剧》（万历间刻本），陈继儒批评《六合同春》（明万历间书林萧腾鸿刻清乾隆十二年修文堂重印本），《李卓吾评传奇五种》（明万历刻本），明文林阁编辑《绣像传奇十种》（万历金陵文林阁刻本），冯梦龙辑《墨憨斋十种传奇》（崇祯刻本），凌濛初辑《南音三籁》（清康熙袁园客重刻增益本），洞庭萧士选辑《乐府南音》，许宇编《词林逸响》，徐复祚编选《南北词广韵选》（清初抄本），玉茗堂主人点辑《万锦娇丽》（清顺治刊本），佚名编《十种传奇》（崇祯间刻本），等等。这些明代刊刻的戏曲选本，为研究者了解明代戏曲作品在当时的流传情况提供了第一手的文献记录。

　　明代的戏曲选本中也有传奇、杂剧、散曲、杂曲等合选的情况。其中具有代表性的有《雍熙乐府》《盛世新声》《词林摘艳》《风月锦囊》《群英类选》《满天春》《乐府菁华》《词林一枝》《八能奏锦》《玉谷新簧》《乐府万象新》《大明春》《大明天下春》《尧天乐》《徽池雅调》《时调青昆》《乐府红珊》《群音类选》《月露音》《万壑清音》《词林逸响》《怡春锦》《玄雪谱》《乐府遏云编》《南北词广韵选》《赛征歌集》《歌林拾翠》《乐府歌舞台》《醉怡情》等。[①]　如《群音类选》，由胡文焕编辑，系万历间文会堂辑刻的《格致丛书》之一。全书以声腔分类，分为官腔类（即昆腔）26卷，诸腔类4卷，北腔类6卷，清腔类8卷，续选2卷。现存39卷中，包括157种剧目的散出曲文，小令232首，套曲229篇。又如徐文昭所编《新刊耀目冠场擢奇风月锦囊正杂两科全集》，以及与之并行的《新刊摘汇奇妙戏式

[①]参见张俊卿《明清戏曲选本的流变》，云南大学出版社，2016年，第3—10页。

全家锦囊》（包括前编、续编），今存明嘉靖三十二年书林詹氏进贤堂重刻本、仁智斋重刻本。该书收藏于海外（西班牙埃斯科里亚尔的圣·劳伦佐皇家图书馆），《善本戏曲丛刊》第四集据以影印。全书收录戏曲作品为摘编性质，收录杂剧、戏文、传奇 40 余种，多则三十余出，少则一出。涉及的剧目包括《蔡伯皆》《荆钗》《苏秦》《北西厢》《拜月亭》《孤儿》《吕蒙正》《刘智远》《商辂》《香囊记》《杀狗》《姜诗》《五伦全（备）》《郭华》《王祥》《祝英台（记）》《薛仁贵》《江天暮雪》《沉香》《八仙庆寿》《李武贤兰花记》《三国志桃园记》《裴度还带记》《薛荣清风亭记》《张王计西瓜记》《孟姜女寒衣记》《张仪解纵记》《卢川留题金山记》《何友仁金钱记》《窦滔回文记》《昭君冷宫冤记》《木兰记》《苏学士四节记》《岳飞东窗记》《苏武牧羊记》《陈奎红绒记》《周羽寻亲记》《宋子京指腹成亲记》《林招得黄莺记》《高文举登科记》等，其中有多种为仅存本。2000 年，中华书局出版了由孙崇涛、黄仕忠笺校的《风月锦囊笺校》，对该书作了详实、可靠的校订和笺证。① 从这一情形来看，明代曲选对于明代戏曲作品的保存有着十分重要的作用。

第三节　清人整理、编选的明代戏曲文献

　　戏曲作为一种活跃在舞台上的表演艺术，在明清时期有着巨大的观众群体。在此背景下，许多经典的文本作品也在传播过程中受到持续关注。从文献学的角度来说，清人对明代戏曲文献的清理工作主要体现在以下几个方面：（1）戏曲目录的编纂；（2）戏

----

①孙崇涛另有《风月锦囊考释》（中华书局，2000 年）一书，对全书概况及其中的传本戏文、佚本戏文、孤本戏文、杂剧作品等作了详细考释。

曲文本的汇刊;(3)戏曲选本的编纂。此外,清代有关明代戏曲的批评文献,将在"明代戏曲批评文献"中予以专门介绍。

　　清人编纂较为重要的明代戏曲目录包括《也是园藏书古今杂剧目录》《新传奇品》《乐府考略》《传奇汇考》《曲海总目》《今乐考证》等。其中《也是园藏书古今杂剧目录》由清代中期著名的藏书家黄丕烈编写,其来源为清初钱曾也是园收藏的明人赵琦美所辑《脉望馆钞校本古今杂剧》。《古本戏曲丛刊》第四集在影印曲本时,将《目录》一并印行,该目录同时也收录在《中国古典戏曲论著集成》第七册。其中共收录元明杂剧名目 270 种,一部分按照作家进行排列,一部分则按照故事题材和类型进行排列,最后附录有"待访古今杂剧存目",其中有 132 种为未见于记载的孤本元明杂剧。后来商务印书馆涵芬楼出版《孤本元明杂剧》,收录杂剧144 种,即是出于《也是园目录》的记载。

　　《新传奇品》由清代前期戏曲家高奕所编,《中国古典戏曲论著集成》第六集收录。该书记录的是高奕所收藏的明代及清初传奇作品,共录传奇作家 27 人,作品 209 种。《乐府考略》《传奇汇考》则是清康熙末年先后编成的两种戏曲目录,仅有残本传世。其中《传奇汇考》著录元明清三代的戏文、传奇 260 余种。[1] 近人董康根据《乐府考略》《传奇汇考》二书编成《曲海总目提要》四十六卷,著录杂剧、传奇 684 种。之所以将其命名为《曲海总目提要》,乃是误将《传奇汇考》《乐府考略》当作黄文旸编纂的《曲海总目》,因此连署名都是"江都黄文旸原本,武进董康校订"。《曲海总目提要》有 1928 年上海大东书局铅印本,剧目不分杂剧、传奇的类别,无索引。1959 年人民文学出版社出版重排本,始区分类

―――――――――

① 佚名撰、李占鹏点校《传奇汇考》,巴蜀书社,2017 年、2019 年。

别，附索引，对原书的疏讹也作了考订。1959 年，北婴编纂《曲海总目提要补编》，由不同传本《传奇汇考》辑录《曲海总目提要》漏收或文字不同的剧目 72 种，并对《曲海总目提要》作了 200 多条补充和修正。

乾隆时人黄文旸编著的《曲海总目》，总共收录元明清三朝的杂剧、传奇等戏曲作品 1000 余种，较早见于清人李斗所著《扬州画舫录》。根据《扬州画舫录》卷五"新城北录下"的记载，该书著录的戏曲共分为"元人杂剧""元人传奇""明人杂剧""国朝杂剧""明人传奇""国朝传奇"等六类。此后咸丰时人管庭芬曾对《扬州画舫录》中收录的《曲海总目》进行重订，收录在管氏所撰的《销夏录旧五种》当中，《中国古典戏曲论著集成》第七集收入该书，署"清黄文旸原编，无名氏重订，管庭芬校录"。《重订曲海总目》在黄目的基础上有所增补和改订。

除了上述戏曲目录之外，道光时期浙人姚燮编著的《今乐考证》也是清代重要的戏曲目录。姚燮曾编校大型曲选《今乐府选》，收录元明清时期的戏曲、散曲、诸宫调等 429 种，并撰有《退红衫》《梅心雪》等传奇。《今乐考证》著录宋代以来的戏曲作家 512 人，作品 2300 余种，引录前人的著作也有 130 余种，《中国古典戏曲论著集成》第十集收录。此外如王国维撰写的《曲录》完成于 1908 年，共有六卷，著录剧目 3000 余种，涉及作家 500 余人，其中卷三"杂剧部下"、卷四"传奇部上"中收录有明人撰写的杂剧、传奇等作品。

综观整个清代，与明代戏曲文献相关工作的进展，还体现在对不少明人戏曲作品的整理与汇刊。如明末清初邹式金所编选的《杂剧新编三十四种》（又名《杂剧三集》，康熙元年刊本），收录明清两代的杂剧作品，其中明代杂剧包括《苏园翁》《秦廷筑》《金门戟》《醉新丰》《闹门神》《双合欢》《眼儿媚》《旗亭宴》《饿方朔》等9种。姚燮所编的《今乐府选》（完成于咸丰、同治间，号称500卷，存192册），收录元明清三代的杂剧、戏文、传奇，其中明杂剧28种，明清传奇225种。此外如《脉望馆钞校本古今杂剧》，虽然是明代藏书家赵琦美所钞校的古今杂剧作品，但真正进入研究者视野则是在清代以后。清初藏书家钱曾在获得赵琦美收藏的戏曲作品之后，将其著录在《也是园书目》当中，因而这些戏曲作品也被称作《也是园古今杂剧》。清人张远在《元明杂剧书后》中曾对其做过介绍："右元人杂剧百三十六种，明人百四十七种，又教坊杂编二十种。旧抄本十之八，旧刻者十之二，皆清常道人（即赵琦美）手校，悉依善本改正。"从今存的情况来看，该戏曲作品后来有所散佚，仅存242种，包括抄本173种，刻本69种。今人孙楷第撰有《述也是园旧藏古今杂剧》（《北京图书馆季刊》1940年），后改题为《也是园古今杂剧考》（上杂出版社，1953年），对其收藏、版本、校勘等情形作了详细的考订和研究。冯沅君亦著有《孤本元明杂剧钞本题记》（商务印书馆，1944年）。

清代也曾出现过一些戏曲选本，如秦淮舟子审音、郁冈樵隐辑古、积金山人采新《新镌缀白裘合选》（康熙二十七年金陵翼圣堂刻本），陈二球参定、玩玉楼主人重辑《缀白裘全集》（乾隆四年序刻本），佚名编选《新镌时尚乐府千家合锦》（乾隆间姑苏王君甫刻本），佚名编选《新镌时尚乐府新声》（乾隆间姑苏王君甫刻本），叶堂《纳书楹曲谱》，钱德苍《缀白裘新汇合编》（《时兴雅调缀白裘新集初编》，乾隆二十九年宝仁堂初刻本），佚名编选《审音鉴古录》（嘉庆间刻道光十四年王继善补刻本），何滇生编选《戏曲五种选抄》（同治九年写本），佚名编选《戏曲选》（光绪六年杨文元抄本）等，大多属于曲本的摘选（少则1出、1折，多则数十出）。① 对于戏曲研究来说，选本的价值不仅在于作品的校勘意义，更有一种经典生成、演变的学术史和批评史意义。就像郑振铎所说的："我们在这些选本中，便可以看出近三百年来，'最流行于剧场上的剧本，究竟有多少种，究竟是什么性质的东西'，更可以知道'究竟某一种传奇中最常为伶人演唱者是那几出'。"② 选本的制作，一方面代表了选家的立场与态度，另一方面也与选录作品在搬演过程中受关注的程度有关。

第四节　1911 年以来整理、汇刊的
明代戏曲文献

　　戏曲、小说研究在中国现代学术体系中长期居于主流地位，明代戏曲的魅力也在不断上演的经典剧目推动下表现出巨大活力，由此带动明代戏曲文献的整理、汇刊很早就开始进入研究者视野。总体来看，在明代戏曲文献方面做出较大贡献的学者，包括王国维、吴梅、董康、钱静方、蒋瑞藻、郑振铎、孙楷第、马廉、傅惜华、叶德均、吴书荫、邓长风、赵景深、谭正璧、黄裳、陈乃乾、任讷、齐如山、卢前、傅芸子、王古鲁、钱南扬、吴晓铃等，在二十世纪中国戏曲学术史上都占有重要地位。③

---

① 参见朱崇志《中国古代戏曲选本研究》附录《中国古代戏曲选本叙录》，上海古籍出版社，2004 年，第 244—262 页。
② 郑振铎《中国戏曲的选本》，《郑振铎文集》第 7 卷，人民文学出版社，1988 年，第 246 页。
③ 关于二十世纪戏曲文献学的总体进展，可参看苗怀明《二十世纪戏曲文献学述略》，复旦大学出版社，2018 年。在该书出版之前，郑振铎、叶德均、俞琳、吴书荫等学者都曾对二十世纪各不同时期的戏曲文献整理与研究予以概述。

中国学术的现代化进程，从某个角度来说是与小说、戏曲研究的发达互为表里的。与之相呼应，小说、戏曲文献的搜集、整理、汇刊也受到研究者重视。1911 年以后，董康、刘世珩、吴梅、郑振铎等学者致力于戏曲作品的搜集与结集出版工作。其中如董康所主持的诵芬室，曾先后刊行《杂剧十段锦》《盛明杂剧初集》《盛明杂剧二集》《杂剧三集》等明代戏曲作品集。刘世珩汇刻的《暖红室汇刻传剧》也是现代早期一部重要的元明清戏曲作品集，共收录三代的杂剧、南戏、传奇作品五十余种，大多为戏曲史上的经典名作，如"四大南戏""临川四梦"以及《西厢记》《长生殿》《桃花扇》等，同时也有一些重要的戏曲理论著作，如《录鬼簿》《曲品》等。吴梅主持编印的《奢摩他室曲丛》初集、二集以及《古今名剧选》《曲选》等也是这一时期收录元明戏曲作品较富的戏曲文献丛刊。1939 年商务印书馆刊印《孤本元明杂剧》，收录赵琦美所藏《脉望馆钞校本古今杂剧》中的 144 种。该系列戏曲作品最早由明代赵琦美搜集、钞校，后由清代藏书家钱曾也是园收藏，《也是园藏书目》共录杂剧共计 341 种。后来又为黄丕烈所收藏，编有《也是园藏书古今杂剧目录》，著录杂剧 270 种。20 世纪 30 年代为郑振铎所发现，共存杂剧 242 种。1958 年商务印书馆影印出版《古本戏曲丛刊》第四集，将《古今杂剧》收入其中。

民国时期戏曲文献的整理、汇刊主要以少数公私收藏为主体。进入 1949 年以后，戏曲文献的整理开始逐步朝着整体集成的方向发展。其中规模较大的戏曲作品（包括曲选、曲谱等）丛刊如《古本戏曲丛刊》《善本戏曲丛刊》等的编纂、出版，对推进 20 世纪后半期的戏曲研究具有重要意义。这样的工作，必然会随着断代戏曲作品全集的出版而被推向又一个高峰。

先后由郑振铎、吴晓铃、刘跃进等人主持的《古本戏曲丛刊》，在 1990 年代以前出版了初集、二集、三集、四集、五集、九集。2014 年,剩余六、七、八、十集的编刊工作开始重新启动,由时任中国社会科学院文学研究所所长的刘跃进先生主持,至 2020 年底全部出版。其中 2016 年出版的《古本戏曲丛刊六集》,收清代顺治至乾隆前期的传奇和戏曲集 77 种,共计 109 种剧目。2018 年出版的《古本戏曲丛刊七集》,收清代康熙到乾隆时期传奇作品和作家戏曲集 55 种,其中包括戏曲集 8 种,合计收入传奇、杂剧共 92 种。2019 年出版的《古本戏曲丛刊八集》,收清代乾隆、嘉庆时期传奇、杂剧集 70 种附 2 种,合计传奇、杂剧 81 种。2020 年底出版的《古本戏曲丛刊十集》,收入清代乾隆至光绪时期传奇、杂剧集 73 种附 1 种,合计收入传奇、杂剧 138 种。《古本戏曲丛刊》全十集共收入元、明、清传奇、杂剧等 1193 种,合计成书 141 函 1398 册。①《古本戏曲丛刊》的编刊工作从上世纪 50 年代启动之后,中间虽经历多次中辍,但一直都未曾停止。经过六十年几代学者的共同努力,《丛刊》的编纂终于完成。

　　按照郑振铎对《古本戏曲丛刊》的构想和设计,《丛刊》"初集收《西厢记》及元明二代戏文、传奇一百种;二集收明代传奇一百种;三集收明清之际传奇一百种。此皆拟目已定。四、五集以下,则收清人传奇。或更将继之以六、七、八集,收元明清三代杂剧,并及曲选、曲谱、曲目、曲话等有关著作。若有余力,当更搜集若干重要的地方古剧,编成一二集印出。期之三四年,当可有一千种以上的古代戏曲,供给我们作为研究之资,或更可作为推陈出

①参见吕家佐《〈古本戏曲丛刊〉全十集编纂出版完成》,中国社会科学网 2021 年 7 月 23 日"社科关注"。http://www.cssn.cn/zx/bwyc/202107/t20210723_5349592.shtml。检索日期:2022 年 5 月 9 日。

新的一助。"①郑振铎的这一设想,差不多涵括了中国古代戏曲研究所涉及的几类主要文献:戏曲文本、戏曲选本、曲谱、戏曲目录以及戏曲批评史料。从历史的后见之明来看,20世纪中国戏曲文献学的展开,正是按照郑振铎为《古本戏曲丛刊》收录内容所作的规划渐次推进。

1958年郑振铎不幸遇难,中国社会科学院文学所重新组织编委会,由吴晓铃踵郑振铎之后负责《古本戏曲丛刊》的编纂工作。吴氏曾对编纂计划进行过调整,希望能够将丛刊的规模扩充到十四或者十五集。他满带激情地表示:"我们计划编辑《古本戏曲丛刊》正集十四集。除已刊初集至四集和九集外,五集收清代顺治、康熙和雍正三朝的传奇;六集收乾隆一代的传奇;七集收嘉庆和道光两朝的传奇;八集收咸丰、同治、光绪、宣统四朝和辛亥革命初期的传奇;十集收清代内廷大戏和各种类型的庆典承应剧本;十一集和十二集收明清以来杂剧;十三和十四集收各集缺失,为之补遗;如卷帙仍难容纳,则再增十五集以足之。此外,编就正集之后,另编外集以补之。外集初编收明清之戏曲选本;二编收曲目、曲韵、曲律、曲品、曲话以及有关史料及评论。复拟另为编辑《古本散曲丛刊》三集,收元明清及辛亥以来之散曲总集及别集,庶其并戏曲十七集共汇为二十集,得以相互生发启迪,则祖国曲学旧籍囊括无遗矣。"②显然,在实际收录戏曲作品过程中,戏曲文

---

① 郑振铎《古本戏曲丛刊初集序》,《古本戏曲丛刊初集》第1册卷首,商务印书馆,1954年。收入《郑振铎文集》第7册,人民文学出版社,1988年,第305—306页。

② 吴晓铃《重纂〈古本戏曲丛刊〉抒怀》,连载于香港《大公报》1983年3月4日—7日。此段文字见于3月7日第16版。

本的数量要远远超过编纂者最初的料想,因而郑振铎曾经设想的戏曲作品之外的文献,尽管出现在了吴晓铃所调整的规划当中,却不得不计划以更大的规模来容纳这些文献。然而由他所设计的这一编选思路,在后来《古本戏曲丛刊》重启的规划中没有被直接采用。虽然最终完成的十集《古本戏曲丛刊》与郑振铎、吴晓铃的构想有所出入,但其总成中国古典戏曲文本的宏大规模,确实无愧于郑振铎曾经宣称的,"这将是古往今来的一部最大的我国传统戏曲作品的结集"①。

　　台湾学者王秋桂主编的《善本戏曲丛刊》(台湾学生书局,1984 年、1987 年),是一部以收录明清两代戏曲选本、曲谱为主的戏曲文献丛书。其中收入的作品,有不少为藏于欧洲、日本等地的孤本、善本文献,如《风月锦囊》《乐府菁华》《乐府红珊》《玉谷新簧》《摘锦奇音》《大明春》等等。《丛刊》总共出版 6 辑,收录善本戏曲文献 42 种,可以补益《古本戏曲丛刊》收录戏曲作品方面的缺漏与不足。此外又有旅台学者郑骞所编的《北曲套式回录详解》(台湾艺文印书馆,1973 年),按宫调选编元代及明初杂剧 659 种套式、795 例,散套 258 式、369 例。虽然不是杂剧作品的完全辑录,但对理解北曲的套式有重要参考价值。

　　除了通收各代戏曲作品的大型戏曲文献丛书之外,还出现了专收明代戏曲文献的大型文献丛书。其中以陈万鼐主编《全明杂剧》、林侑蒔主编《全明传奇》、朱传誉主编《全明传奇续编》、程华平主编《明杂剧全编》等最具代表性。台湾学者陈万鼐主编的《全明杂剧》由台北鼎文书局 1979 年出版。该书收录明代杂剧作品

---

① 见吴晓铃《重纂〈古本戏曲丛刊〉抒怀》,连载于香港《大公报》1983 年 3 月 4 日—7 日。此语见于 3 月 5 日第 16 版。

168 种,首册收入编者撰写的《全明杂剧提要》,对所收杂剧的题目正名、版本、内容等予以简单介绍。该丛书虽然不是全部明代杂剧的汇集,但从某个方面来说它突破了以往限于一家或少数几家收藏戏曲文献的限制,首次以"全"的姿态收录明代戏曲文本,收录不少过去难得一见的明代杂剧作品。当然,限于当时的条件,《全明杂剧》仍然存在不少缺憾,众多的明杂剧作品还未被发现,未被收录。在前人编纂杂剧目录和文献出版基础上,程华平主编《明代杂剧全编》将明代杂剧文献的搜集、汇刊向前推进了一大步。根据编者所说,该《全编》是在整体考察、辨析现存明代杂剧文献的基础上,选择学术性、资料性强、版本价值高的剧本 340 余种进行影印出版,同时为每种杂剧撰写提要,介绍作者生平、剧本内容、文献价值、版本流变等情况。①《全明传奇》于 1983 年由台北天一出版社出版,以影印方式收录明代传奇 247 种,同时也将宋元时期的戏文一并收录。《全明传奇续编》于 1996 年由台北天一出版社出版,共收录明代传奇 89 种。

近几十年来,随着国家对传统文化的重视、文化建设资金投入的增加和戏曲文献的不断被发掘,包括明代杂剧、传奇等在内的古典戏曲出版也迎来了黄金时期,如杨越、王贵忱等编《明本潮州戏文五种》(广东人民出版社,1985 年),刘烈茂等校录汇编《车王府曲本菁华》(中山大学出版社,1992—1993 年),(俄)李福清、李平编《海外孤本晚明戏曲选集三种》(上海古籍出版社,1993年),金沛霖主编《明清抄本孤本戏曲丛刊》(线装书局,1996 年),

---

① 程华平另著有《明清传奇杂剧编年史》(上海人民出版社、上海书店出版社,2020 年),以编年的形式,从整体上呈现了明代传奇、杂剧创作及其相关问题的发生与演变。

北京大学图书馆、首都图书馆编辑《不登大雅文库珍本戏曲丛刊》（学苑出版社，2003 年），吴书荫主编《绥中吴氏藏抄本稿本戏曲丛刊》（学苑出版社，2004 年），姜亚沙等主编《中国古代杂剧文献辑录》（全国图书馆缩微文献复制中心，2004 年），黄仕忠、金文京等主编《日本所藏稀见中国戏曲文献丛刊》第一辑、第二辑（广西师范大学出版社，2006 年，2016 年），王文章主编《傅惜华藏古典戏曲珍本丛刊》（学苑出版社，2010 年），殷梦霞选编《郑振铎藏古吴莲勺庐抄本戏曲百种》（国家图书馆出版社，2010 年），《哈佛燕京图书馆藏齐如山小说戏曲文献汇刊》（国家图书馆出版社，2011 年），黄仕忠、大木康主编《日本东京大学东洋文化研究所双红堂文库藏稀见中国钞本曲本汇刊》（广西师范大学出版社，2013 年），黄仕忠编《明清孤本稀见戏曲汇刊》（广西师范大学出版社，2014 年），陈志勇编《明清孤本戏曲选本丛刊》第一辑（国家图书馆出版社，2017 年），刘祯、程鲁洁编《郑振铎藏珍本戏曲文献丛刊》（国家图书馆出版社，2017 年），黄仕忠、内田庆市等主编《日本关西大学长泽规矩也文库藏稀见中国戏曲俗曲汇刊》（广西师范大学出版社，2019 年），黄仕忠主编《清车王府藏戏曲全编》（广东人民出版社，2019 年），等等，都收录了不少珍贵的明代戏曲文本。

影印文献的出版，对于保存古代曲本的本来面貌有重要意义。但同时由于其规模较大，未经今人整理，也给研究者的使用带来了一定难度。在上述大规模的戏曲文献丛刊之外，过去百余年来对明代戏曲作品的校点、整理工作也一直处于不断推进当中。诸如朱权、朱有燉、李开先、沈璟、汤显祖、梁辰鱼、阮大铖、孟称舜、祁彪佳、徐渭、屠隆、汪道昆、冯梦龙、凌濛初、臧懋循、梅鼎祚、沈自晋等一批曲家的文集被整理出版。此外，明代著名曲家如张凤翼、汤显祖、阮大铖等人的戏曲作品，以及与水浒故事等相关的专题戏曲作品,也被整理出版。戏曲作品的汇刊、编选工作也在有条不紊地展开。中华书局选取明清时期一批在戏曲史上有一定影响、今天不易见到的明清传奇作品,编为《明清传奇选刊》校点出版,收录的明代传奇作品包括《红梨记》《西楼记》《醉乡记》《金锁记》《惊鸿记》《盐梅记》《燕子笺》《翡翠园》《明珠记》《南西厢记》《断发记》《金丸记》《鸢锦记》《醉菩提》《焚香记》《偷甲记》《连环记》《金印记》《党人碑》《琥珀匙》《千忠录》《未央天》《双忠记》《高文举珍珠记》等。上海古籍出版社从 1983 以后陆续出版《古代戏曲丛书》,收入明代戏曲作品《四声猿》《燕子笺》《娇红记》《绿牡丹》《红梅记》《十五贯》《杀狗记》等。中国戏剧出版社 1985 年出版孟繁树、周传家编校的《明清戏曲珍本辑选》,收入明代万历至清嘉庆间的花部珍本戏曲,包括《钵中莲》《缀白裘》所收花部剧目以及 3 种秦腔剧目、5 种楚曲。编选戏曲作品的现代选本则有胡忌选注《古代戏曲选注》(中华书局上海编辑所,1959 年),王起主编《中国戏曲选》(人民文学出版社,1985 年),周贻白选注《明人杂剧选》(人民文学出版社,1958 年),冯金起选注《明代戏曲选注》(上海古籍出版社,1983 年),赵景深、胡忌选注《明清传奇》(春明出版社,1955 年)、《明清传奇选》(中国青年出版社,1957 年)等。

与此同时,作品辑佚工作也受到研究者重视。其中如廖可斌主编《稀见明代戏曲丛刊》(东方出版中心,2018 年)、陈志勇辑校《明传奇佚曲全编》(中华书局,2021 年),是近几年来明代戏曲作品搜集、整理方面具有代表性的著作。事实上,早在二十世纪二三十年代,就已有学者开始从事散出作品的辑佚工作,王古鲁编著的《明代徽调戏曲散出辑佚》即根据日本收藏的《摘锦奇音》《词林一枝》《八能奏锦》《玉谷调簧》等进行作品辑佚。台湾学者王安祈 1990 年代以前根据王秋桂主编的《善本戏曲丛刊》辑录 91 种已佚明代传奇的佚文。①

　　除了国内学者在明代戏曲文献方面所作的推进,百余年来海外研究者在明代戏曲文献的搜集、整理等方面也有所贡献。就像现代著名的文献目录学家刘修业(王重民妻子)所说的:"自新文学运动之后,小说、戏曲始渐为国人所注意,专家多用全力研究,而公私收藏家亦稍留意收买。但古本残丛,在昔流传国外,保存于各图书馆者,已蔚为大观。"②其中尤以日本各大图书馆收藏最富,日本汉学家长泽规矩也、盐谷温、神田喜一郎、青木正儿、吉川幸次郎等在戏曲、小说的收藏、研究方面都有突出表现。在近现代日本汉学史上,中国古典小说、戏曲的研究为其重要内容,相关文献的发掘与整理即为其中一个重要方面。此外,如俄罗斯著名汉学家李福清、英国牛津大学教授龙彼得、美国哈佛大学教授韩南等人,在戏曲文献的发掘、整理等方面也都曾做出一定贡献。③

　　一方面大规模整理、汇刊中国古典戏曲文本,另一方面则从目录学方面对中国古代的戏曲创作进行全面清理。就明代戏曲而言,各种戏曲目录(包括通代、断代、文体等多种不同分类方式)的编纂是 1911 年以后明代戏曲文献学的重要内容之一。其中如

---

① 王安祈《明传奇钩沉集目》,见氏著《明代戏曲五论》附录,台湾大安出版社,1990 年。

② 刘修业《海外所藏中国小说戏曲阅后记》,《图书季刊》新 1 卷 1 期,1939 年 3 月。该文也曾发表于《益世报·图书》1929 年 2 月 3 日。有修订。该文续篇发表于《图书季刊》新 2 卷第 4 期,1940 年 12 月。

③ 参见曹广涛《英语世界的中国传统戏剧研究与翻译》,广东高等教育出版社,2009 年。

王国维、董康、孙楷第等作为著其先鞭者,在戏曲目录的编纂方面取得了耀眼的成绩。而就明代戏曲目录的编纂来说,无疑要属傅惜华所做的贡献最为突出。他先后编纂《明代杂剧全目》《明代传奇全目》,在明代戏曲文本搜集、整理尚不发达的背景下,为研究者提供了一份相对较为完整的明代戏曲作品名目。《明代杂剧全目》1958 年由作家出版社出版,收录明代杂剧 523 种,其中有姓名可考者 349 种,无名氏作品 174 种。全书分为三卷:卷一著录明代前期(洪武至弘治、正德)杂剧,卷二著录明代后期(嘉靖至明亡)杂剧,卷三著录作者姓名不可考者的杂剧。著录的内容包括名目、版本、存佚、收藏者、作家小传等。书后附《引用书籍解题》《作家名号索引》《杂剧名目索引》。《明代传奇全目》1959 年由人民文学出版社出版,收录明代传奇 950 种。全书按传奇作者时代先后编排,每位作者先列小传,再列作品。每部作品名称后,著录出处及存佚、版本情况,善本注明收藏者。书末附有《引用书籍解题》《作家名号索引》《传奇名目索引》。除此之外,诸如王国维《古今杂剧叙录》、赵万里《旧刻元明杂剧二十七种序录》、郑振铎《元明以来杂剧总录》、王季烈《孤本元明杂剧提要》、顾学颉《现存元明杂剧剧目》、杨家骆《全明杂剧拟目》、郑骞《元明杂剧提要》、邵曾祺《元明北杂剧总目考略》、庄一拂《古典戏曲存目汇考》、张棣华《善本剧曲经眼录》等,详细记录了明代的杂剧、传奇作品。此外值得一提的还有罗锦堂编著的《中国戏曲总目汇编》(香港万有图书公司,1966 年;陕西师范大学出版社,2021 年),全书分散曲总目、戏剧总目两大类,散曲总目列举元明清时期以及近代的散曲总集、选集、专集书目,清代、近代杂曲书目,以及各代散曲评论、研究专著等书目;戏剧总目则列举全本戏剧选集、散本戏剧选集和戏曲研究、戏曲杂著等书目。① 吴平、回达强主编《历代戏曲目录丛刊》（广陵书社，2009 年）共计 10 册，收录从《武林旧事·官本杂剧段数》到现代学者郑振铎、傅芸子、孙楷第、刘修业、钱南扬、傅惜华、吴晓铃等人所撰 56 种文献中有关中国戏曲目录的记述。

　　除了上述文献方面进展之外，有关戏曲作家、作品研究资料的编纂也取得了不错的成绩。蒋瑞藻的《小说考证》（商务印书馆，1910 年）虽然以"小说"为名，收录的资料则包括元至清 470 余种小说、戏曲的研究资料，涉及作家生平、作品题材源流、评价等多个方面。此外如欧阳予倩编《中国戏曲研究资料初辑》（艺术出版社，1956 年；中国戏剧出版社，1957 年），毛效同编《汤显祖研究资料汇编》（上海古籍出版社，1986 年），徐扶明《牡丹亭研究资料考释》（上海古籍出版社，1986 年、2016 年），朱传誉主编《中国戏剧研究资料》，冯俊杰编著《山西戏曲碑刻辑考》（中华书局，2002年）等，也都收录了与明代曲家、曲作有关的史料文献。王利器辑录《元明清三代禁毁小说戏曲史料》（作家出版社，1958 年；上海古籍出版社，1981 年）以元明清三代与小说、戏曲禁毁有关的史料为辑录主题，涉及当时与小说、戏曲禁毁相关的各种法令、官箴、家训、清规、学则、乡约、会章等文献。此外又有赵景深、张增元编《方志著录元明清曲家传略》（中华书局，1987 年），辑录方志中著录的与元明清曲家生平相关的资料。也有学者编纂了与各地戏曲相关的史料文献，如《西安戏曲史料集》（中国广播电视出版社，1989 年）、《温州戏曲史料汇编》（中国戏剧出版社，2011 年）、《山

---

① 有关明代戏曲目录的研究，参见王瑜瑜《中国古代戏曲目录研究》，人民文学出版社，2013 年；倪莉《中国古代戏曲目录研究综论》，知识产权出版社，2010 年；欧阳菲《明代传奇目录研究》，文化艺术出版社，2019 年。

东地方戏曲剧种史料汇编》(山东教育出版社,1983年)等。程华平、黄静枫主编的《民国中国戏曲史著汇编》(广陵书社,2017年)共计12册,收录民国时期刊印的中国戏曲史著25种,包括王国维《宋元戏曲史》、吴梅《中国戏曲概论》、青木正儿《中国近世戏曲史》《南北戏曲源流考》、周贻白《中国戏曲史》、卢前《明清戏曲史》、《中国戏剧概论》等。虽然只是民国时期中国戏曲史著作的汇集,但对推进戏曲学术史和戏曲研究的发展仍有一定意义和价值。

在以上文献方面的进展之外,1983年开始启动编纂的《中国戏曲志》,堪称1911年以来规模最为宏大的戏曲文献、文物、文化发掘、整理和建设工程。其用意在于"系统地记录、整理各地区、各民族的戏曲资料,集中建国以来戏曲历史及理论调查研究的成果,反映戏曲改革工作的成就,繁荣社会主义戏曲事业"①。前后历时16年最终完成,全书规模达到三十卷,分别为湖南卷、天津卷、山西卷、江苏卷、河南卷、湖北卷、吉林卷、安徽卷、广东卷、河北卷、西藏卷、福建卷、辽宁卷、黑龙江卷、山东卷、内蒙古卷、云南卷、新疆卷、广西卷、陕西卷、四川卷、甘肃卷、上海卷、宁夏卷、浙江卷、青海卷、江西卷、海南卷、贵州卷、北京卷。全书共搜集资料3亿多字,出版的各种资料汇编共3000多万字,收入15000张彩色和黑白图片,记述了从戏曲起源至1982年两千多年中华戏曲文化的发展历史。全书总共记述了各地各民族的戏曲剧种394个,在数万个剧目中选择5218个开条,记述它们的作者、创作年代、故事情节、题材来源、首演单位、导演、音乐设计、舞台美术设计、主要演员、艺术特色、版本情况等。开条记述的戏曲演出场所

---

① 中华人民共和国文化部等《关于编辑出版〈中国戏曲志〉的通知》,1983年1月18日,《中国戏曲志编辑手册》,中国戏曲志编辑部,1984年,第1页。

有 1832 个,戏曲文物古迹 730 个,戏曲报刊专著 1584 种,戏曲轶
闻传说 979 条,戏曲作家、编剧、理论家、音乐家、舞台美术家、表
演艺术家、活动家等的传记 4220 人。①《中国戏曲志》最终呈现在
读者面前的形态,是在搜集、整理大量文献资料的基础之上编纂
而成的。该书的出版,对戏曲学科的发展有着重要推动作用,被
学者视作一项前无古人的民族戏曲工程。②

第五节　明代戏曲批评文献

　　明代戏曲批评文献,既可以指明代人撰写的有关戏曲批评的
文献,其对象可以是明代的戏曲作品,也可以是明代以前的戏曲
创作,也就是所谓"明代人撰写的"与戏曲批评有关的文献;同时
也可以指明代及其后代批评家针对明代戏曲展开批评的文献,即
所谓与"明代创作的戏曲"有关的批评文献。前者是明代曲学研
究的内容,后者则只是明清曲学的一部分,既包括明人关于本朝
戏曲作家作品的论述,也包括明代以后评论家有关明代戏曲的批
评论说。本着为明代文学研究提供文献学支撑的目的,本节主要
讨论与明代人创作戏曲有关的批评文献,由此也能对明人在戏曲

---

① 参见志文《众志成城 展现辉煌——30 卷巨著〈中国戏曲志〉简述》,《中国
　戏剧》2000 年第 1 期;刘文峰《〈中国戏曲志〉编纂出版年表(1)(2)》、《〈中
　国戏曲志〉编辑出版年表(3)》,《中国古代小说戏剧研究》第 14 辑、15 辑、
　16 辑,2018 年 12 月、2019 年 12 月、2021 年 4 月。
② 参见刘文峰《〈中国戏曲志〉的资料价值、学术成就和对学科建设的影响》,
　《中华戏曲》2003 年 5 月;刘文峰《〈中国戏曲志〉的学术价值及对戏曲学科
　建设的意义》,《文艺研究》2000 年第 2 期;苗怀明《一项前无古人的民族戏
　曲工程——〈中国戏曲志〉编纂始末》,《戏曲研究》第 119 辑,2021 年 12 月。

批评领域的文献有大体的认识和了解。

一、明人论明曲文献

明代戏曲创作发达,杂剧、传奇(包括戏文)作为主要体类,广受文人关注,戏曲表演也遍及于社会的各个阶层。在此背景下,戏曲作为一种通俗文体,其在作法、内容、风格、曲调等方面的具体表现开始引起注意,逐渐走进文人批评的视野。① 明代有关本朝戏曲的批评文献,大体包括以下几个方面:(1)记录曲家、曲作等基本情形的著作;(2)曲谱著作;(3)曲论著作;(4)戏曲序跋及其他批评文献;(5)明人笔记、别集中有关本朝戏曲批评的史料;(6)明代戏曲评点本。以下分别就这六个方面的文献进行简要概述。

现存与明代戏曲有关最早的批评文献,就是关于曲家生平及其著述等基本情况的介绍,即自附于接续《录鬼簿》而编写的《录鬼簿续编》。其中除了关于曲家生平等方面的记述之外,也时常包含评论性的概说,如其所录贾仲明一条,称贾氏“所作传奇乐府极多,骈丽工巧,有非他人之所及者。一时侪辈率多拱手敬服以事之”②。这样的批评资料虽然只是片段式的碎片评论,却可以为研究者探讨曲家创作提供有益参照。从今存戏曲批评文献的总体情况来看,这种单纯以曲家群体和作品记录为内容的曲学著作,在明清时期并不多见。从明代戏曲批评的演变来看,早期记

---

① 有关明代戏曲发展以及戏曲理论的一般状况,可参见廖奔、刘彦君《中国戏曲发展史》第三卷,中国戏剧出版社,2013年。
② 无名氏《录鬼簿续编》,《中国古典戏曲论著集成》第2集,中国戏剧出版社,2020年,第292页。

录式的文献逐渐被内涵丰富的理论批评所取代,由此形成丰富的曲学、剧学和叙事理论体系。①

　　总结戏曲创作规律,为后来的创作者提供文本规范和写作法则,是明代戏曲批评的重要内容。这方面的批评文献,包括曲律、曲谱等,如王骥德《曲律》,沈宠绥《弦索辨讹》《度曲须知》,蒋孝《旧编南九宫谱》,沈璟《南九宫十三调曲谱》,沈自晋《南词新谱》,三径草堂编《新编南九宫词》,范文若《博山堂北曲谱》,张大复《寒山堂曲谱》,李玉《北词广正谱》等,而开启先端的则是明初朱权所撰的《太和正音谱》。《太和正音谱》在内容上包含两个方面:一为戏曲(包括散曲)理论和史料,沿袭的是《录鬼簿》《录鬼簿续编》载录曲家、曲作的体例,在记人的同时也加以品评,内容广涉体制、流派、题材、脚色、制曲方法等各个层面;另一方面则是在具体分析作品句式基础上总结的北杂剧曲谱,依据宫调、曲牌等不同为填制北杂剧提供句格谱式、用韵、用字等方面的规范,并提供文本作品作为参照,收录的曲牌多达335支。②

　　相比曲谱的编撰,曲论著作的大量涌现,在明代戏曲批评史上影响广泛,体现出中国文学理论丰富的思想内涵,以及具有民族特性的文学思想观念。明代论本朝戏曲较为重要的曲论著作,有吕天成《曲品》、祁彪佳《远山堂曲品》、《远山堂剧品》等,诸如《中国古典戏曲论著集成》中收录的何良俊《曲论》、王世贞《曲藻》、沈德符《顾曲杂言》、徐复祚《曲论》等,在撰写者来说并非是将其作为专

①参见叶长海《中国戏剧学史稿》(修订本),中华书局,2014年;谭帆、陆炜《中国古典戏剧理论史》(增订本),上海古籍出版社,2021年。
②有关明代曲谱的总体情形,可参见周维培《曲谱研究》,江苏古籍出版社,1999年。

门的曲论著作刊行,而是由后人从他们的著述中将论曲的部分辑录出来单独刊行。① 正是缘于这样的文献来源,或许可以让研究者通过广泛搜读明代的笔记、文人别集等文献,从中发掘与明代戏曲评论相关的文献,虽然不可能像何良俊《四友斋丛说》、王世贞《弇州山人四部稿》、沈德符《万历野获编》、徐复祚《三家村老委谈》等那样集中和丰富,但其中也不乏对戏曲史和戏曲批评研究具有重要参考价值的文献,如汤显祖所作《答吕姜山》《宜黄县戏神清源师庙记》等。此外,下文将要论及的戏曲序跋,有的是与戏曲作品或曲学著作并行,有的则出现在文人别集当中。由于今人将其作为单独一类文献看待,因而不在此处单独列及。

　　从戏曲批评文献的性质和内容来看,明代戏曲序跋文献在批评方面更加具体而微。学界一直以来较注重对戏曲序跋文献的搜集、整理,诸如蔡毅编《中国古典戏曲序跋汇编》,吴毓华编《中国古代戏曲序跋集》、郭英德、李志远主编《明清戏曲序跋纂笺》等有关戏曲序跋文献的汇编资料集,搜罗了明清时期绝大部分戏曲序跋作品。这些序跋作品涉及内容广泛,从作品编写、刊刻、流传到思想内涵阐发、作品艺术评论等无所不包。根据研究者的概述,明代戏曲序跋的内容主要包括以下几个方面:(1)戏曲之曲的品评;(2)戏曲的叙事性分析;(3)戏曲舞台性的探讨。②

　　明人戏曲批评的另一种重要方式是戏曲评点本的大量问世。例如在晚明小说评点方面有突出表现的"李贽"(部分被认为是托名),在戏曲评点方面也不遑多让。如万历年间由杭州虎林容与

---

① 明人笔记中包含的戏曲史料十分丰富,其大致情形可参见吴晟《明人笔记中的戏曲史料》,江西人民出版社,2007年。

② 参见李志远《明清戏曲序跋研究》,知识产权出版社,2011年,第20—26页。

堂刊行的《西厢记》《琵琶记》《幽闺记》《红拂记》《玉合记》《玉簪记》，都有署名"李卓吾先生批评"的字样。六种戏曲还曾以《容与堂六种曲》为名合并刊行。此外署名由"李卓吾"批评的明代戏曲作品还有《宝剑记》《香囊记》《绣襦记》《焚香记》《无双明珠记》《锦笺记》《浣纱记》等。另一位以评点戏曲为世人所知的晚明文人是陈继儒，其中由南京师俭堂刊刻、署名"陈眉公先生批评"的戏曲作品，包括《西厢记》《幽闺记》《琵琶记》《红拂记》《玉簪记》《绣襦记》等。乾隆年间，由陈继儒批评的这六种戏曲，又以《六合同春》（十二卷）之名被修文堂刊刻行世。作为明代戏曲大家的汤显祖，也是各种评点本署名的重点人物，署名"玉茗堂批评"或者"汤海若先生批评"的明代戏曲作品有《焚香记》《节侠记》《种玉记》《异梦记》《红梅记》《续西厢升仙记》《西楼记》等。此外，诸如钟惺、谭元春、袁宏道等人，也都有题名由他们评点的戏曲评点本。有研究者按照版本形态的不同，将明代戏曲评点本分为释义兼评型、注音间评型、改评、考订兼评型和纯粹评点型；又根据评点本保存的情况，将其中数量最多、借袭情况最严重的署名问题概括为"李（贽）评""陈（继儒）评"和"汤（显祖）评"三个系统。① 这样的情形，从一个侧面反映了明代戏曲评点的丰富面相。

二、清代有关明代戏曲批评的文献

清代关注明代戏曲，首先体现在对明代戏曲作品的重新刊刻或选录上。在重编、重刊或者选录戏曲作品过程中，清人、近人所作序跋等文献往往有涉及明代戏曲创作风尚或具体作品的

①关于明代戏曲评点，可参见朱万曙《明代戏曲评点研究》，安徽教育出版社，2002年第1版，2004年第2版。

评论。如汤显祖所作《紫钗记》，晚清、民国时期的著名藏书家刘世珩、戏曲史家吴梅都曾为之撰写跋文，其中刘世珩 3 篇，吴梅 2 篇。刘世珩所作跋语，探讨曲本的编订、版本、流传等情形，其中多涉对汤显祖戏曲作品的评价，如称《紫钗记》"刻意雕琢，备极秾丽，奇彩腾跃，谓是少作，当无疑"，"是曲惊才绝艳，压倒元人，言南曲者奉为圭臬"，并由此而对汤显祖的戏曲创作进行总体评价说："临川填词，皆满心而发，肆口而成，不屑断断龈律，多强谱以就词。"①诸如这样的批评观念，对现代戏曲史中的汤显祖研究都有很深影响。从某个方面来说，清理明清戏曲序跋等文献中有关明代戏曲的批评观念，并考察其对明代戏曲史书写和研究的影响，或许能够更好地理解由传统戏曲批评到现代戏曲研究的演进脉络，从而对现代中国戏曲研究学术体系、学科体系和话语体系的形成有更深刻的理解和反思。

　　清代的曲论著作中也有不少关于明代戏曲的批评材料，如李调元所撰《雨村曲话》、《剧话》、梁廷枏《曲话》等。② 以李调元《雨村曲话》为例，其中与明代戏曲相关的批评文献，既有针对明人戏曲创作的评论，如论明代以南曲闻名江左的曲家说："明以南曲名于江左者，如祝允明（字希哲，号枝山，长洲人，中乡榜，倅南京兆）、唐寅（字伯虎，吴人，中解元）及吴人郑若庸，皆首选也。希哲能为大套，才情富有而多杂；伯虎小词，翩翩有致；郑所作《玉玦记》最佳，他未称是。《曲藻》评论若此。郑特工于用笔耳。《红

----

①引自蔡毅编《中国古典戏曲序跋汇编》卷十，齐鲁书社，1989 年，第 2 册第 1218 页。
②关于明清时期戏曲论著的总体情形，参见王辉斌《明清戏著史论》，武汉大学出版社，2016 年。

拂》句如'春眠乍晓,处处闻啼鸟,问开到海棠多少',又'章柳路
渺,天涯何处无芳草',皆嫌于用成句太熟。"也有针对明人曲选及
戏曲评论的,如评臧懋循选《元曲选》兼及其戏曲批评之说云:"臧
懋循,字晋叔,号顾渚,长兴人,万历庚辰进士。所选元人杂剧百
种二十卷,元一代之曲借以不坠,快事也。尝云:'曲自元始有南
北,各十七宫调,而《北西厢》诸杂剧无虑数百种,南则《幽闺》《琵
琶》二记而已。自高则诚《琵琶》首为"不寻宫数调"之说以掩覆其
短,今遂藉口,谓"曲严于北而疏于南",岂不谬乎?大抵元曲妙在
不工而工,其精者采之乐府,而粗者杂以方言。至郑若庸《玉玦》,
始用类书为之。而张伯起之徒,转相祖述为《红拂记》,则滥觞极
矣。何元朗评施君美《幽闺》远出《琵琶》上,王元美谓好奇之过。
夫《幽闺》大半已杂赝本,不知元朗能辨此否?余尝于酒次论及
《琵琶·梁州序》《念奴娇序》二曲不类永嘉人口吻,当是后人窜
入,元美尚津津称许,恶知所谓《幽闺》!'"①这两方面的内容,是构
成明代曲学和戏曲批评的主要面相。清人对其予以关注,发表看
法,由此建立起自己的戏曲批评观念。

　　也有的清代曲论著作带有戏曲批评文献摘编的性质,虽然所
载评论出自各家之说,但由于各种引用书目或不易见,或今已不
存,这种摘录方式编纂的著作仍具有重要价值。如经常为研究者
所引的焦循《剧说》,卷前所列的引用书目达到 166 种,而实际引
用的还不止此。从某个方面来看,《剧说》所列的引用书目,就是
一份今人研究戏曲的重要参考书目:《乐府杂录》《教坊记》《辍耕
录》《名义考》《猥谈》《道听录》《庄岳委谈》《复斋漫录》《谷尘山房

―――――――――

① 以上两条引文均见李调元《雨村曲话》卷下,《中国古典戏曲论著集成》第 8
集,中国戏剧出版社,2020 年,第 19 页、18 页。

笔麈《近峰闻略》《云麓漫钞》《应庵随录》《暖姝由笔》《国初事迹》《紫桃轩杂缀》《宋史新编》《麈史》《霏雪录》《四朝闻见录》《说圃识余》《癸辛杂志》《齐东野语》《都城纪胜》《乐郊私语》《水东日记》《谿山余话》《汇苑详注》《蜗亭杂订》《客座赘语》《真珠船》《警心录》《西河词话》《武林旧事》《录鬼簿》《碧鸡漫志》《铁围山丛谈》《嘉祐杂志》《知新录》《怀铅录》《古杭梦游录》《闻见近录》《唐阙史》《金楼子》《清波杂志》《委巷丛谈》《闲燕常谈》《明史纪事本末》《宙载》《河上楮谈》《钱塘遗事》《笔谈》《书影》《旷园杂志》《诗辨坻》《曲藻》《南濠诗话》《留青日札》《大圜索隐》《真细录》《闲中今古录》《雕邱杂录》《在园杂志》《静志居诗话》《茶余客话》《甄江逸志》《听雨笔记》《冬夜笺记》《天禄识余》《南窗闲笔》《谭辂》《洛阳伽蓝记》《天香楼偶得》《山居新话》《暌车志》《春浮园偶录》《近事丛残》《黎潇云语》《芳畬诗话》《邵氏闻见录》《尧山堂外纪》《随事讽谏》《香祖笔记》《涌幢小品》《游宦余谈》《归潜志》《疑耀》《金陵琐事》《贯余斋笔记》《古今女史》《西阁偶谈》《玉壶清话》《艺苑卮言》《南园漫录》《洞天玄记》《归元镜》《闻见卮言》《词苑丛谈》《茧瓮闲话》《酒边瓒语》《蕉窗杂录》《古夫于亭杂录》《桐下听然》《亦巢偶记》《秋田闻见录》《旷园偶录》《越巢小识》《四友斋丛说》《弇州史料》《明史稿》《甬上诗传》《毛西河先生传》《只麈谈》《桯史》《智囊》《寄园寄所寄》《鲒埼亭续集》《湖海搜奇》《池北偶谈》《柳南随笔》《说楛》《浣水续谈》《鹤林玉露》《箬陂继世纪闻》《台阁名言》《内省斋文集》《虎荟》《明诗综》《菽园杂记》《读书堂文集》《锦绣万花谷》《续笔谈》《词旨》《秦淮剧品》《宣和遗事》《西京杂记》《江湖纪闻》《邱氏遗珠》《湖壖杂志》《雨村诗话》《此木轩杂著》《流寇长编》《硐房蛾述堂闲笔》《筼廊偶笔》《西陂类稿》《菊庄新话》《极斋杂录》《莼乡赘笔》《宦游纪闻》《板桥杂记》《今世说》《西桥野记》

《边州闻见录》《娜嬛记》《见闻录》《丹铅录》《闲居笔记》《徐文长集》《苇航纪谈》《已疟编》《操觚十六观》《露书》《谐史》《玉剑尊闻》《谈芬》《耳新》《梦蕉诗话》。① 涉及除曲学著作之外大多数戏曲研究相关文献。从文献分布的情况来看,清代的史料笔记、方志、文人别集中也有大量谈及明代戏曲的相关论述。② 俞为民、孙蓉蓉主编《历代曲话汇编·清代编》(全五册,黄山书社,2008 年)从各种清代文献中辑录与戏曲批评相关的史料,对于探讨清代的明曲批评具有重要参考价值。沿此思路,若能将所有戏曲相关文献按类汇为一编,则对戏曲研究来说将会起到更大的推进作用。

清人也有关于明代戏曲的评点。如嘉庆十二年刊行的石韫玉批校毛氏汲古阁刻本《六十种曲》,在今残存的 26 种戏曲作品(复旦大学图书馆藏)中,包含有评语的就有 22 种:《红拂记》《还魂记》《邯郸记》《紫钗记》《南柯记》《幽闺记》《鸣凤记》《明珠记》《彩毫记》《玉镜台》《三元记》《香囊记》《飞丸记》《春芜记》《琴心记》《昙花记》《玉环记》《龙膏记》《红梨记》《怀香记》《节侠记》《四贤记》。虽然从总体上看,清代的戏曲评点更多是关注本朝曲家的作品,如蒋士铨、李渔、尤侗、曹锡黼、袁栋、夏纶、张潮等,但也有少量有关明代戏曲的评点本出现,如乾隆五十年冰丝馆刻本《玉茗堂还魂记》、乾隆二十七年刻本《才子牡丹亭》(吴震生、程琼评）等,显示出在评点批评中明代经典作家作品也有一定的影响。① 上海大学文学院杨绪容教授正在承担的国家社科基金重大项目"明清戏曲评点整理与研究",拟对 500 种左右的明清戏曲评点本中的评点加以汇辑,并最终出版《明清戏曲评点汇辑丛编》。这一成果,将会为明清戏曲评点研究的进一步深入提供重要的文献支撑。②

三、1911 年以来汇编、整理的明代戏曲批评文献

中国传统的批评史料是现代学术建构重要的思想资源,明代戏曲研究也不例外。晚清以后兴起的戏曲批评文献整理、汇编工作,在进入到新纪元之后仍方兴未艾,并且在整理规模和完整性上都有很大推进。

曲录、曲话、曲谱等曲学著作的整理和汇编工作,是 20 世纪以来明代戏曲文献学发展的重要方向。1917 年,董康汇编《读曲丛刊》(别题《诵芬室读曲丛刻》)出版,标志着戏曲批评文献的编刻开始正式进入现代学术体系。《读曲丛刊》收录的曲学著作包括钟嗣成《录鬼簿》、徐渭《南词叙录》、张琦《衡曲麈谭》、魏良辅《曲律》、王骥德《曲律》、沈德符《顾曲杂言》、焦循《剧说》。1921年,陈乃乾编印的《曲苑》(古书流通处印行)收录戏曲史料、论著13 种:其中 7 种据《读曲丛刊》影印,新增的戏曲史料、论著有 6

---

① 有关清代戏曲评点的整体状况,参见张勇敢《清代戏曲评点史论》,华东师范大学博士学位论文,2014 年。
② 查建国、仝薇《国家社科基金重大项目"明清戏曲评点整理与研究"开题报告会暨研讨会在上海大学举行》,中国社会科学网 2019 年 1 月 1 日《人文华东》,http://ex.cssn.cn/gd/gd_rwhd/gd_zxjl_1650/201901/t20190101_4804827.shtml。检索日期:2022 年 5 月 13 日。

种:梁廷枏《曲话》、吕天成《曲品》、高奕《新传奇品》、王国维《曲录》、李调元《雨村曲话》、支丰宜《曲目表》。同时附录《江东白苎》1种,为梁辰鱼所著散曲集。1925年,陈乃乾编印《重订曲苑》,收录著作增加至20种,除了《读曲丛刊》《曲苑》重印的13种之外,以及通行本《读曲丛刊》未见的《旧编南九宫目录》《十三调南曲音节谱》2种,新增的著作有5种:周德清《中原音韵》、沈宠绥《度曲须知》、杨恩寿《词余丛话》、王国维《戏曲考原》、董康《曲目韵编》。1922年,上海圣湖正音学会曾以"古书流通处"的名义重排《曲苑》,收录著作12种,删去了《曲苑》中的《曲目表》和《江东白苎》2种。1926年,正音学会重排《曲苑》第二版,收录著作20种,较《重订曲苑》在收书上略有变化。1932年,正音学会又编印《增补曲苑》(六艺书局出版),收录著作增加至26种,分为金、石、丝、竹、匏、土、革、木八集,除了部分作品版本上的改易,收书上也有所变化,增加了段安节《乐府杂录》、南卓《羯鼓录》、王灼《碧鸡漫志》和王国维《唐宋大曲考》《古剧角色考》《优语录》《录曲余谈》《宋元戏曲考》及王季烈《曲谈》,删去了《曲目表》《中原音韵》《度曲须知》3种。1940年,任讷编印《新曲苑》(中华书局出版),收录曲学著作34种。除了以往收录于《曲苑》《重订曲苑》《增补曲苑》等书的著作之外,还新增了燕南芝庵《唱论》、陶宗仪《辍耕曲录》、何良俊《四友斋曲说》、王世贞《曲藻》、徐复祚《三家村老曲谈》、李渔《笠翁剧论》、焦循《易余曲录》、李调元《雨村曲话》、姚华《曲海一勺》、吴梅《霜曲跋》等著作,并附录任讷仿焦循《剧说》、王国维《优语录》体例摘抄散见于笔记、杂录中有关材料汇成的《曲海扬波》。

从1949年以前的情形来看,学界对戏曲批评文献的编刊,大体都是在董康编纂《读曲丛刊》基础上加以扩充。无论是陈乃乾编刊《曲苑》《重订曲苑》,任讷编刊《新曲苑》,他们自身作为戏曲研究大家,汇编历代曲话作品的目的,都是作为自己戏曲研究之助,但在客观上确实推动了 20 世纪上半期中国戏曲研究的发展。进入 20 世纪下半期,戏曲批评文献的搜集、整理又有所推进。在前人汇编、整理戏曲理论著作的基础上,中国戏曲研究院编著出版的《中国古典戏曲论著集成》(中国戏剧出版社,1959 年初版,1980 年、2020 年重印),共计 10 册,收录唐至清戏曲论著 48 种。其中探讨戏曲创作、评述或考证作家及其作品的有 16 种,记录各时代作家及曲目的有 13 种,专论戏曲音韵、曲谱及制曲的有 4种,论述教坊佚闻、唐代俗乐、曲牌来源、律吕宫调、声乐理论及其唱法的有 13 种,记述戏曲演员身世、生活与伎艺的有 1 种,总结戏曲表演经验的有 1 种。

　　进入 21 世纪以后,集成性的戏曲批评文献编纂又有了新的突破。俞为民、孙蓉蓉合作编纂《历代曲话汇编》(黄山书社,2005—2009 年),总共四编 15 集,其中明代编 3 集,清代编 8 集,近代编 3 集。该书又名《新编中国古典戏曲论著集成》,志在补《中国古典戏曲论著集成》收录之不足。所收录材料的范围,除了理论著作之外,还包括评点、序跋、尺牍、诗词曲等多种文献类型,而其内容则包括:记载戏曲的起源、形成与发展的史料;记载戏曲作家生平事迹,品评其创作特色;记载演员生平事迹,评论其演唱技艺;记载剧目,并加以评述;论述戏曲的创作方法与技巧;论述曲调声韵、句式、节奏、联套等格律;论述曲的演唱方法与技巧。[①]黄霖主编、孟昕编著的《现代话体文学批评文献丛刊·剧话卷》(凤凰出版社,2020 年),主要收录 1912—1949 年间的戏曲戏剧批

---

① 俞为民、孙蓉蓉主编《历代曲话汇编·唐宋元编》,黄山书社,2006 年,《总凡例》第 1 页。

评文献。

　　在汇编、整理的戏曲批评文献之外，还有不少曲话、曲论、曲谱、曲韵等著作的单行本校注、整理出版问世。其中较为重要的如：吴梅校点的吕天成《曲品》（北京大学出版社，1918 年），黄裳校录《远山堂明曲品剧品校录》（上海出版公司，1955 年），刘熙载《艺概》（上海古籍出版社，1978 年），陈多《李笠翁曲话》（湖南人民出版社，1980 年），陈多、叶长海《王骥德曲律》（湖南人民出版社，1983 年），王气中笺注《艺概笺注》（贵州人民出版社，1986 年），汪效倚辑注《潘之恒曲话》（中国戏剧出版社，1988 年），李复波、熊澄宇注释《南词叙录注释》（中国戏剧出版社，1989 年），吴书荫《曲品校注》（中华书局，1990 年 1 版、2006 年 2 版），刘崇德校译《新定九宫大成南北词宫谱校译》（天津古籍出版社，1998 年），袁津琥校注《艺概注稿》（中华书局，2009 年），陈多、叶长海注释《曲律注释》（上海古籍出版社，2012 年），杜书瀛译注《闲情偶寄》（中华书局，2014 年），辛雅敏译注《闲情偶寄译注》（上海三联书店，2014 年），李俊勇《南词叙录疏证》（江西教育出版社，2015 年），李晓芹疏证《曲品疏证》（江西教育出版社，2015 年），孙敏强译注《闲情偶寄译注》（上海古籍出版社，2019 年），袁津琥笺释《艺概笺释》（中华书局，2019 年），叶长海解读《曲律》（科学出版社，2020 年），等等。也有少数今人汇辑、整理的曲学著作，如傅惜华编校《古典戏曲声乐论著丛编》（人民音乐出版社，1957 年），周贻白辑释《戏曲演唱论著辑释》（中国戏剧出版社，1983 年），秦学人、侯作卿编著《中国古典编剧理论资料汇辑》（中国戏剧出版社，1984 年），陈多、叶长海选注《中国历代剧论选注》（湖南文艺出版社，1987 年），赵山林选注《安徽明清曲论选》（黄山书社，1987 年）、《历代咏剧诗歌选注》（书目文献出版社，1988 年），隗芾、吴毓华编著《古典戏曲美学资料集》(文化艺术出版社,1992 年),程炳达、王卫民编著《中国历代曲论释评》(民族出版社,2000 年),陈良运主编《中国历代赋学曲学论著选》(百花洲文艺出版社,2002 年),等等。

除了曲学理论著作之外,散见于各戏曲作品或者文集等当中的序跋作品,同样也是戏曲研究的重要文献。蔡毅编著《中国古典戏曲序跋汇编》1989 年由齐鲁书社出版,总共 4 册,收录历代戏曲论著、金元戏文、元杂剧、明清杂剧、传奇、近代戏曲以及历代戏曲选本的序跋,时间从唐代的《教坊记》到 1949 年,共收序跋条目2190 条,涉及作家 540 余人,著作 160 余部,剧目 770 余种,书后附录作家名号、作品名目索引。① 吴毓华编著《中国古代戏曲序跋集》于 1990 年由中国戏剧出版社出版,收录时间截止于"五四"时期,着重收录戏曲舞台艺术、著名作家、理论家以及名著的序跋,按时间分为唐宋元代戏曲序跋、明代戏曲序跋、清代至民初戏曲序跋。戏曲序跋汇集方面的最近一项成果是郭英德、李志远主编的《明清戏曲序跋纂笺》,2021 年由人民文学出版社出版。该书收录、笺注了明清两代近 600 年间附载于各类戏曲文献的序、引、题词、跋、总论、题识、凡例等 4300 余条,共 12 册,规模宏大,资料翔实。总体来看,序跋的内容涉及戏曲作家的生平、编纂动机及过程,戏曲文献的编辑方式、出版过程和流传情况,同时还涉及对作者及其作品的评价,对戏曲发展史的认识等多方面的内容。

---

① 蔡毅编著《中国古典戏曲序跋汇编·前言》,齐鲁书社,1989 年,第 1 册第 3 页。

第六章　明词、散曲、辞赋与民歌文献

　　按照中国古代流行的"文以代降"看法,明代在词、散曲、辞赋等文体的创作方面都处于衰落阶段。因此即便作品的数量呈现增长的趋势,仍给人一种"不振"的印象。作为对比,晚明时期民歌的兴起,则被认为是明代文学发展的新生势力,甚至被当作"真诗在民间"观念的最佳代表。本书无意为不同文体在明代文学中的地位争一席之地,而是希望通过对相关文献的梳理,使研究者更容易切进明代文学研究的不同领域。在此基础上形成怎样的判断,则多少带有一点见仁见智的意味。

第一节　明词文献

　　词发展到明代以后,被认为进入了衰落期,甚至有"词亡于明"的说法。① 总体上看,在词史发展过程中,明人的处境颇为尴尬,前有宋元,后有清代,明词创作缺少耀眼的词人与词作。然而这并不意味着明代词的创作数量和作家人数相比前代处于弱势,从清代嘉庆间王昶辑刻《明词综》,到二十世纪二三十年代赵尊岳

----

① 也有研究者试图反驳这一看法,参见张仲谋《明词史》,人民文学出版社,2002 年;余意《明代词史》,北京大学出版社,2015 年。

编刊《明词汇刊》，以及本世纪以来饶宗颐初纂、张璋总纂《全明词》和周明初、叶晔补编《全明词补编》的出版①，都显示了明词创作并不如后世批评所想象的那样寂寞，其间仍有为数甚夥的词人在进行词的写作，并活跃于词的辑选与评点等领域。尤其是浙江大学周明初教授正在主持的国家社科基金重大招标项目"《全明词》重编及文献研究"（2012 年），通过广泛搜读文献，并对相关作品进行详细考辨，以编纂有明一代相对完备的词作全集为追求。待到日后重新编纂的《全明词》问世，必然会为明代文学文献整理史翻开重要的一页。

一、明代词人词作的一般情况

明代到底有多少词人词作？作为汇集一代之词的《全明词》收录明词作者 1390 余家，词作约 20000 首。② 然而自该书出版以后，屡有研究者为其进行增补工作，失收的词人词作为数十分可观。③ 在此背景下，在周明初教授主持的《全明词》重编工作完成之前，很难对明代词人词作的总体数量有一个比较准确的估量。

---

① 饶宗颐初纂、张璋总纂《全明词》，中华书局，2004 年；周明初、叶晔补编《全明词补编》，浙江大学出版社，2007 年。

② 今存《全明词》作者和作品数量与《全宋词》作者作品数量几乎相当。而从补辑作品的情况来看，《全明词》之外补辑的作品数量要远多于《全宋词》可补辑作品的数量。如周明初、叶晔补编《全明词补编》，辑录《全明词》未收之明代词人词作、已收词人之未收词作，共计 629 位词人的 5021 首词作（含存疑词 50 首，残词或句 7 则），其中未收词人 471 人之词作 3076 首，已收词人 159 人之词作 1945 首。

③ 周明初、叶晔、陆勇强、王禹舜、潘明福、汪超、余意、岳淑珍、王兆鹏、张仲谋等陆续有补辑的著作和论文发表。甚至毫不夸张地说，几乎每一个从事明词研究的学者，都会发现《全明词》失收的作品。

然而不可否认的是，相对于“词衰于明”或者“词亡于明”的看法，明代词人词作的数量远比想象的要更加丰富。

从《全明词》《全明词补编》收录词人词作的情况来看，收录作品较多的作者包括：谢应芳、倪瓒、梁寅、邵亨贞、刘基、杨基、刘炳、韩奕、王行、凌云翰、高启、瞿佑、林鸿、张宇初、张肯、黄淮、王达、李祯、王直、朱有燉、马洪、倪谦、邱濬、顾恂、姚绶、王越、沈周、张宁、彭华、史鉴、吴宽、陆容、桑悦、卢格、张旭、魏偁、杨循吉、赵宽、储巏、符俊、符锡、祝允明、李堂、蒋冕、夏旸、陈铎、费宏、王九思、唐寅、文徵明、顾潜、王廷相、陈霆、李汎、顾璘、周用、陆深、王教、韩邦奇、吴应玄、朱彦汰、丁奉、徐子熙、方凤、戴冠、夏言、崔桐、颜木、陈淳、桂华、张綖、顾磐、杨慎、吴子孝、马卿、朱东阳、徐应丰、赵重道、胡汝嘉、邵圭洁、杨仪、陈如纶、朱柔英、蔡宗尧、孟思、吴承恩、钱穀、王慎中、赵时春、陈士元、周思兼、莫是龙、崔廷槐、霍与瑕、徐渭、王世贞、王祖嫡、朱翊鈲、胡文焕、夏树芳、林章、高濂、莫秉清、汪廷讷、马朴、李应策、徐熥、焦竑、瞿汝稷、汤显祖、茅维、查应光、陈继儒、郑以伟、孙承宗、葛一龙、罗明祖、张凤翼、戴澳、刘铎、刘荣嗣、陆钰、吴鼎芳、施绍莘、冯鼎位、周拱辰、归淑芬、吴山、吴骐、董斯张、沈宜修、徐㶿、沈自炳、王屋、朱让栩、彭孙贻、吴熙、沈麐、王微、杨宛、徐石麒、张大烈、陈洪绶、万寿祺、于范、调御、王翃、商景兰、吴绡、吴琪、宋存标、贺贻孙、陈子龙、葛筠、潘炳孚、易震吉、徐士俊、薛琼、杜濬、李渔、叶纨纨、张令仪、陆世仪、叶小纨、金堡、陈子升、钱继章、李长苞、叶小鸾、李因、胡介、余怀、柳如是、王夫之、徐梗、郭之奇、欧阳铉、来集之、单恂、方以智、曾灿、陈孝逸、盛於斯、顾姒、汤传楹、陆嘉淑、陆宏定、沈谦、刘淑、潘廷章、查容、胡山、龚贤、万惟擅、唐元甲、朱一是、顾贞立、徐元瑞、沈榛、傅占衡、赵承光、蒋平阶、周积贤、沈亿年、卓人月、吴

易、曹元方、曹亮武、丁焯、李素、李怀、黄德贞、黄媛介、史可程、程
㻍、顾之琼、石庞、刘命清、吴景旭、沈永启、沈永禋、毛莹、夏完淳、
屈大均、释大汕、陈恭尹、严焯、刘芳、张学典、张学雅、邵梅芳、沈
际飞、纪映钟、陈尧德、曹堪、赵炳龙、江士式、龚静照、吴棠祯、陈
大成、林大同、刘昭年、晏璧、瞿佑(《补编》重见)、杨士奇、马洪
(《补编》重见)、汤胤勣、胡超、程敏政、薛章宪、王鸿儒、朱祐杭、朱
谏、赵珏、陈霆(《补编》重见)、游潜、张璧、刘节、钟芳、费宷、张邦
奇、张绖(《补编》重见)、陈儒、李濂、秦瀚、吴子孝(《补编》重见)、
费懋贤、龚用卿、杨育秀、陈德文、吕希周、朱让栩(《补编》重见)、
许榖、陈儒、郭廷序、尹耕、王交、陆楫、宋仪望、荆西山人、程诰、张
名由、张凤翼(《补编》重见)、于慎思、周履靖、郑汝璧、庄履丰、李
培、黄祖儒、冯敏效、刘虞夔、马邦良、龙膺、赵善鸣、顾起元、谢肇
淛、唐世济、宋懋澄、汪廷讷(《补编》重见)、陶奭龄、严澂、程有学、
范壶贞、范凤翼、茅维(《补编》重见)、俞彦、刘汝佳、张廷玉、王扬
德、贡修龄、邵捷春、周永年、吴鼎芳(《补编》重见)、梁云构、董斯
张(《补编》重见)、朱芾煌、李达、潘有功、周懋宗、范文光、季孟莲、
陶汝鼐、孟称舜、叶承宗、董玄、张苇如、伍灌夫、余壬公、归起先、
钱肃乐、徐增、吴晋画、薛敬孟、陈衍、杜文焕、万道光、季步骐、蒋
倪、方一元、王元寿、柳人曾、刘广、林恒震、秦凤翔、殷时衡、黄媛
贞、徐尔铉、吴榷、林时跃、翁吉爝等。从这份名单来看,其中不少
词人属于易代之际作家,元末明初如谢应芳、倪瓒、邵亨贞等,明
末清初如杜濬、李渔、贺贻孙、余怀、王夫之、陆世仪、屈大均、陈恭
尹、沈际飞等,在划定他们的时代归属时,有的学者将他们视作元
代人或者清代人。

　　此外,根据研究者的补辑,词作较多的明代词人还有雪蓑子、
宫伟镠、王宗蔚、钱棻、毕木、张升、霍韬、毛伯温、陈言、沈静专、郭

棐、陆之裘、黄润玉、谢承举、邵经邦、王三省、曾朝节、李朴、胡敬
辰等。《全明词》出版十多年来,学界的明词辑补工作一直在进
行。① 事实上,由于明人别集数量庞大,许多别集仍处于原始状

①关于明代词作的辑补情形,可参见:张仲谋《〈全明词〉补辑》,《徐州师范大
学学报》2004 年第 6 期。王兆鹏、胡晓燕《〈全明词〉漏收 1000 首补目》,
《上海大学学报》2005 年第 1 期;王兆鹏、吴丽娜《〈全明词〉的缺失订补》,
《中国文化研究》春之卷,2005 年 2 月。陆勇强《〈全明词〉疏失举隅》,《学
术研究》2005 年第 7 期;《〈全明词〉补遗》,《南阳师范学院学报》2006 年第
3 期;《〈全明词〉拾遗》,《中国文学研究》2006 年第 3 期;《新补〈全明词〉26
首》,《广东技术师范学院学报》2010 年第 5 期;《〈全明词〉订补》,《内江师
范学院学报》2015 年第 3 期;《补〈全明词〉及〈补编 49 首》,《西华师范大学
学报》2018 年第 5 期;《〈全明词〉辑补 48 首》,《湖州师范学院学报》2019 年
第 4 期;《〈全明词〉辑补 39 首》,《绍兴文理学院学报》2019 年第 4 期;《〈全
明词〉辑补 42 首》,《上饶师范学院学报》2021 年第 2 期;《〈全明词〉拾遗 41
首》,《乐山师范学院学报》2021 年第 5 期。朱则杰《〈全明词〉〈全清词〉辑
补示例及其他》,《杭州师范学院学报》2005 年第 6 期。郑礼炬《〈全明词〉
陆容词辑佚二首》,《江海学刊》2005 年第 6 期。余意《〈全明词〉漏收 1050
首补目》,《上海大学学报》2006 年第 1 期;《〈全明词〉失误举正》,《中文自
学指导》2006 年第 3 期;《明词辑佚 23 首》,《中文自学指导》2008 年第 2
期。朱传季《〈全明词〉疏失遗漏考》,《贵州文史丛刊》2006 年第 5 期。王
兆鹏、荻原正树《〈全明词〉补遗——日本藏稀见明人别集所载词辑录之
一》,《古籍整理研究学刊》2007 年第 1 期;《〈全明词〉续补遗——日本藏稀
见明人别集所载词辑录之二》,《古籍整理研究学刊》2007 年第 2 期。耿传
友《〈全明词〉订补六则》,《古籍整理研究学刊》2007 年第 2 期。岳淑珍
《〈全明词〉辑补》,《中国韵文学刊》2007 年第 4 期。周焕卿《从〈全明词〉
〈全清词〉失收词看明清词总集之编纂》,《古典文献研究》2008 年第 2 期。
孙广华《〈全明词〉萧诗词辑佚五首》,《江海学刊》2008 年第 3 期。周明初、
叶晔《〈全明词〉新补》,《南京师范大学文学院学报》2008 年第 4 期;《〈全
明词〉续补(一)——台湾所藏珍稀本明人别集所辑明词之一》(转下页注)

态,其中定然还包括不少不为今人所注意的词人词作。此外的方志、笔记、诗文总集、诗选、词选、诗话、词话等文献当中,也有大量的明人词作存在。想要求得明词之"全",其文献搜读量之大可想而知。这样的情形,也是迄今为止明代诗、文、词等文献"全集"编纂仍然未能得尽其业的重要原因。

就作品数量而言,已知明代存词最多的词人易震吉,其所撰

（接上页注）《续补（二）》《续补（三）》,《古籍整理学刊》2009 年第 2 期、2009 年第 3 期、《徐州工程学院学报》2014 年第 4 期;《〈全明词〉新补 12 家 45 首》,《厦门教育学院学报》2009 年第 6 期;《〈全明词〉新补 15 家 59 首》,《阅江学刊》2010 年第 2 期。汪超《〈全明词〉〈全明词补编〉漏收词百首补目》,《上饶师范学院学报》2009 年第 1 期;《〈全明词〉未收词作缀补》,《词学》第 23 辑,2010 年 6 月;《〈全明词〉辑补 62 首》,《钦州学院学报》2011 年第 2 期;《〈全明词〉辑补 42 首》,《五邑大学学报》2011 年第 4 期。马莎《〈全明词〉失收岭南词人词作辑补》,《南京师范大学文学院学报》2009 年第 2 期。刘海涛《对〈全明词〉所收王慎中词的一些订误》,《攀枝花学院学报》2009 年第 5 期。张清华《〈全明词〉补正》,《上海大学学报》2011 年第 3 期。潘明福《方志补阙〈全明词〉示例》,《古籍研究》总第 57—58 卷,2013 年 1 月。欧阳春勇《〈全明词〉新补 45 首》,《南昌航空大学学报》2014 年第 2 期。江合友《〈全明词〉杨士聪词补遗及其文献价值》,《中国语言文学研究》2015 年春之卷。蓝青《〈全明词〉辑补》,《南阳师范学院学报》2016 年第 2 期。刘荣平、吴可文《〈全明词〉〈全清词〉补遗四十五首》,《厦大中文学报》2016 年第 3 辑。王禹舜《〈全明词〉新补 16 家 27 首》,《温州职业技术学院学报》2018 年第 3 期;《〈全明词〉新补陆之裘词 42 首》,《中国石油大学学报》2019 年第 4 期。林诗涵《〈全明词〉〈全明词补编〉补遗十六首——兼谈如何利用地方志校补〈全明词〉》,《湖北科技学院学报》2019 年第 1 期。周明初、王禹舜《〈全明词〉所收明太祖、建文帝词辨伪》,《中南大学学报》2021 年第 1 期。随着资料搜集范围的不断扩大,势必还会有更多的明词作品"出现"。

词集《秋佳轩诗余》十二卷,共有词作 1184 首,几乎是宋代存词最多的辛弃疾词作的两倍。此外这一时期的著名词人如刘基、杨慎、夏言、吴子孝、陈霆等人,存词的数量也都在二三百首以上,陈铎、瞿佑、施绍莘等词创作方面颇具影响的词人,作品数量也多在百首以上。从今存明代词作的分布情况来看,大多数词人的作品散布在各人的文集当中,但也有少数词人的词集曾单独行世。如陈德文所撰《陈建安诗余》一卷,有明嘉靖刻蓝印本,录陈德文词作 46 首;唐世济《琼麝集词选》,有明崇祯十四年程尚序刻本,收录词作 156 首;雪蓑子(苏洲)《风入松》词 81 阕,有清钞本,山东大学图书馆藏双行精舍主人(王献唐)校藏本;吴子孝《玉霄仙明珠集》二卷,有明嘉靖刻本,收录词作 201 首;陈铎《坐隐先生精订草堂余意》中作品看似署名由唐宋人所作,实则为陈铎自撰,有明末汪氏环翠堂刻本,收词 147 首;陈如纶《二余词》收词 115 首,有明刊本;王九思《碧山诗余》收词 56 首,有嘉靖宋廷琦刻本;等等。此外如陈子龙所撰词集《湘真阁存稿》、刘基《写情集》、高启《扣弦集》、瞿佑《乐府余音》、马洪《花影集》、陈霆《水南词》、《草堂余意》等,也都有独立形态的文集存世。近人赵尊岳辑刻《明词汇刊》,其中也有部分明人词集为单行本。除此之外,清人的词话著作如丁绍仪《听秋声馆词话》、张德瀛《词征》、谢章铤《赌棋山庄词话》等当中引录的明代词人作品,也有不少见于现存的各种明清词选或明人文集。以上情形都可以从一个侧面显示,明代词人创作虽然在境界上输于宋代,但仍具有很高的活跃程度。

二、明词总集与选本

本节拟概述的明词总集与选本,主要是指:(1)多代或通代词选包含明代在内的总集与选本;(2)专门收录明代词作的总集与选本。明人编选仅收录明代以前(不包含明代)词作的选本,则不在本节讨论的范围之内,如杨慎编《词林万选》、董逢元编《唐词纪》等。

相较于诗、文、曲等来说,词的创作在明代虽然稍受冷落,然而群体规模、作品数量却也十分可观。在此背景下,出现选录历代词作而以本朝压卷的选本也不足为奇。因而在词选的命名上,多有以"古今"合称的选本,如《古今词抄》《古今诗余醉》《古今词统》等,体现出明人对本朝文学创作所具有的高度自信。由此反映在具体的作品择选上,这些词选也都十分重视本朝作者的创作。如卓人月、徐士俊合编《古今词统》,总共收词 300 余调,2000余首,其中明词 460 首;《古今诗余醉》收录的明词也达 397 首。①这些词选,大多出现在明代后期或者明清之际,从某个方面来说也有检视一代词史的含义在内。

今存明人词选较早收录明词的选本,为署程敏政编选的《天机余锦》四卷(台湾"中央图书馆"藏明蓝格抄本;《新世纪万有文库》第 4 辑,辽宁教育出版社,2000 年),成书于明嘉靖二十九年(1550)至嘉靖三十年(1551)间,被认为是据元代人编选的《天机余锦》改窜而成,其主要依据为明嘉靖顾从敬刊刻《类编草堂诗余》、元庐陵凤林书院辑《精选名儒草堂诗余》、宋何士信编选《增修笺注妙选群英草堂诗余》以及部分宋元明词人别集。全书共分四卷,收词245 调(6 调重复),1256 首(3 首重出),按照时代划分,分别录唐五代词人 13 人,词 18 首;宋代 158 人,词 802 首;金元词人 25 人,词

① 参见张仲谋《明代词学通论·明代词选研究》,中华书局,2013 年,第 372 页。

264 首;明代词人 6 人,词 154 首;时代不详者 18 首。[1]　此外如杨慎《百琲明珠》,总共有五卷,选录唐宋金元明人词 157 首。嘉靖间人杨仪编《古今词钞》,虽已不存,但从名称来看,也当是选录通代词人词作的选本。这种编选历代词作的选本,到了明代后期仍为数不少,如《古香岑草堂诗余四集》《古今词统》《古今诗余醉》《古今词汇二编》等。此外也有一些以地域或特定主题为对象的选本,如《唐宋元明酒词》(上海涵芬楼影明万历刻周履靖编《夷门广牍》)等。

　　到了明代后期,开始出现少数专门收录明词的选本,如钱允治编、陈仁锡注《类选笺释国朝诗余》。该书共五卷(明万历十四年陈仁锡刻本、赵尊岳《明词汇刊》本),分小令二卷、中调一卷、长调二卷,以词调字数长短为序,分调收录从明初以迄万历间 27 家词人及无名氏之作 461 首。"类编"者,分调编排之义,其中小令 233 首(卷一、卷二),中调 92 首(卷三),长调 136 首(卷四、卷五)。作品收录方面,以杨慎、王世贞、刘基、吴子孝、文徵明、吴宽等人词作较多,如选录杨慎词达 116 首,此外也有误收散曲及同调异名分作几类的情形。

　　也有少数词选属于合集性质,收录的作家人数不多,作品数量也较少"选"的性质。如骑蝶轩辑《情籁》四卷(明末刻本),收录

①参见黄文吉《明钞本〈天机余锦〉之成书及其价值》,《词学》2000 年第 12 辑;王兆鹏《词学秘籍〈天机余锦〉考述》,《文学遗产》1998 年第 5 期;乔光辉《〈天机余锦〉"敏政识"探微》,《中国韵文学刊》1999 年第 2 期;朱志远《〈天机余锦〉新考》,《文学遗产》2012 年第 2 期;熊言安《蓝格抄本〈天机余锦〉新考》,《学术研究》2017 年第 5 期。因为词人时代归属不同,统计数字在不同研究者那里会存在差异。如张仲谋《明代词学通论》(中华书局,2013 年,第 384—385 页)统计该书收录明代词人 8 家,词作 148 首。

余壬公、孙雪屋、殷石莲、伍灌夫、姚小涞、薛晋阮、张苇如等七人词作 119 首、套曲 21 篇,卷首有陈继儒等人所作序及七家姓氏、里籍。同类的选集也有一些,如收录"云间三子"(陈子龙、李雯、宋徵舆)作品的《幽兰草》三卷(明崇祯刻本)等。

在明代词史上,宋人何士信编选的《草堂诗余》有着极大影响,是明代最流行的词选本。从洪武二十五年(1392)遵正书堂刊行《增修笺注妙选群英草堂诗余》,到杨慎、李攀龙、唐顺之、何良俊、沈际飞、钱允治、顾从敬、刘时济、陈钟秀等对其加以评注、作序、题跋或者重编。根据研究者统计,明代编刊的数十种词选当中,有大约 2/3 都是《草堂诗余》的系列改编本。① 明人形容当代词坛的情形说:"《草堂》之草,岁岁吹青;《花间》之花,年年逞艳。"②陈耀文编《花草粹编》、吴承恩编《花草新编》等,鲜明体现了明人重视《花间集》《草堂诗余》的倾向。与之相映照,明人选词,也以"草堂"系列相标举,以此附骥于《草堂诗余》之后。如陈霆编选《草堂遗音》、杨慎编选《草堂诗余补遗》等,即为增补《草堂诗余》而选;杨慎编《词林万选》《词林增奇》等虽然在命名上未体现与《草堂诗余》的联系,但在内容编选上,则大多以补《草堂诗余》之未选为己任。而其中最为典型的例子,则当属明末翁少麓二截楼刊本《镌古香岑草堂诗余四集》十七卷,该系列共分四集:第一集为"云间顾从敬类选,吴郡沈际飞评正"的《正集》六卷,收词 445 首;第二集为"毗陵长湖外史类辑,姑苏天羽居士评笺"的《续集》二卷,收词 187 首;第三集为"古香岑居士沈际飞漫书,吴郡沈际

---

① 参见张仲谋《明代词学通论·明代词选研究》,中华书局,2013 年,第 369 页。
② 冯金伯《词苑萃编》卷八引徐士俊语,唐圭璋编《词话丛编》,中华书局,1986 年,第 1940 页。

飞评选,东鲁秦士奇订定"的《别集》四卷,收词 462 首;最后为"吴郡沈际飞评选,钱允治原编"的《新集》五卷,收录明词 524 首。四集总共收词 1634 首。①

　　明代词选的另一个重要倾向,与曲选作品相似,也存在着选词与订谱合流的现象。从张綖编纂《诗余图谱》开始,相继出现了谢天瑞《新镌补遗诗余图谱》、沈璟《古今词谱》、程明善《啸余谱》等。陈耀文所编《花草粹编》十二卷,所收词达 860 余调,3650 余首,虽然是一部词选,但同时也堪称是唐宋元词调的全编。而分调编排,也成了明代大多数词选的共同选择,如茅暎《词的》,选唐至明词 392 首,即是分调编排。当然,也存在以题材作为分类依据的,如陆云龙编《词菁》,选唐至明词 270 首,即按照天文、节序、形胜、人物、宴集、游望、行役、称寿、离别、宫词、闺词、怀思、愁恨、寄赠、杂咏、题咏、居室、动物、植物、器具、回文等进行分类。

　　入清以后,清代学者编选词作选本的热情依然未减,编选了不少收录明词作品的词选,如《倚声初集》《古今词汇》《松陵绝妙词选》《林下词选》《今词苑》《瑶华集》《词纬》《选声集》《今词初集》《古今名媛百花诗余》《众香词》《诗余花钿集》《清啸集》《古今别肠词选》《御选历代诗余》《古今词汇》《历代词钞》《昭代词选》《四明近体乐府》《云韶集》《词轨》《闽词征》以及沈谦、沈时栋两人的同名词选《古今词选》等。② 其中《御选历代诗余》按照时代编选,当中的《御选明代诗余》部分,从某个角度来说也可以视作专选明代

───────────

①关于明代词选情况,参见陶子珍《明代词选研究》,台湾秀威科技股份有限公司,2003 年。
②关于清代词选的一般状况,参见李睿《清代词选研究》,安徽大学出版社,2011 年。

词的专集。此外如 1908 年缪荃孙所辑《宋金元明人词》(道光三十四年抄本)，则收录宋金元明四朝词人别集。

清人编选涉及明词的选本中，不乏有专收明代词人词作的，如王昶编《明词综》、顾景芳编选《兰皋明词汇选》。《明词综》是在朱彝尊辑选明词的基础上，并参考了康熙年间沈辰垣等奉敕编纂的《御选历代诗余》中的明词部分(收明词人 160 余家)，最后由王昶编定，今存嘉庆七年(1802)原刻本、《明词汇刊》本、《国学备要》本等。全书共十二卷，收录明词 387 家，词作 604 首，对明代女性词人关注尤多(卷十一、十二所录均为明代女词人)。① 虽然作者强调"一代之词，亦有不可尽废者"，选录作品也尚属精审，但仍不免遭致词论家的批评。如清人陈廷焯曾说："《明词综》之选，实属无谓。然有明一代，可选者寥寥无几，高者难获一篇，略可寓目者大约不过数十篇耳，亦不能病其所选之平庸也。"(《白雨斋词话》卷五)尽管如此，后世谈及明词，多以《明词综》作为参照。《兰皋明词汇选》八卷，有清康熙元年刻本，题顾璟芳、李葵生、胡应宸合选，孙琮、顾琦坊、郑允达参阅，六人均为嘉兴人。该书为明人词选专集，存词人 231 家，词作 605 首，分调编排：小令三卷，297 首；中调二卷，139 首；长调三卷，169 首。

女性文学的发达，是明代文学发展中颇具特色的一个方面。作为表现之一，从明代后期开始，出现了一批以选录女性作品为对象的诗词选本，如张之象《彤管新编》、田艺蘅《诗女史》、郑文昂《古今名媛汇诗》、署钟惺编《名媛诗归》、郭炜《古今女诗选》、王端淑《名媛诗纬初编》(有《诗余集》，收女词人 56 家)，以及清初的词选《瑶华集》《今词苑》《今词初集》《倚声初集》等。其中清代康熙

---

① 王昶辑《明词综》，辽宁教育出版社，1997 年；商务印书馆，1937 年。

年间周铭(原名曾璘)编《林下词选》十四卷(康熙十年宁静堂刊本),为现存第一部女性词选集,其中第6—9卷选明代女性词人51家。此外专选女性词人的选集还有徐树敏、钱岳编选《众香词》(选明代女性词人约300家)、归淑芬编选《古今名媛百花诗余》(选明代女词人26家)等。徐乃昌辑《小檀栾室汇刻百家闺秀词》十集一百种一百卷(光绪二十二年南陵徐氏刻本),其中第七集为吴绡《啸雪庵诗余》一卷。徐乃昌辑《闺秀词钞》十六卷(宣统元年南陵徐氏小檀栾室刻本),收录明代词人龚静照、王端淑等人作品。又如明末王端淑(王思任女)编选《名媛诗纬初编》,虽为女性诗歌作品选,也录有不少明代女词人作品,如端淑卿、卫紫英、凌双、李盈盈、张倩倩、李筠、岳文、杨晓英、王玉英、尚紫蓝、郑娇、刘胜、蒋爱、刘月香、刘佩香、李秀兰、孙月、杨玉香等。邓志谟编《丰韵情书》六卷(竹溪主人汇编,南阳居士评阅,明万历四十六年建阳书林余氏萃庆堂刊本),收录与"丰韵"有关的书信、诗词等作品,其中收录有明代女词人杨文俪等人的词作。这样的风气,也一直延续到民国以后,如吴灝编选《历代名媛词选》(上海扫叶山房,1916年),收录明代女词人达86人。

晚清民国时期,也有学者将明词与宋金元词合刊。如石村书屋《宋元明三十三家词》(明仅录王达一人,抄本,国家图书馆藏)、缪荃孙《宋金元明人词十七种》(明代录谢应芳、王行、梁寅等3人,艺风堂光绪三十四年抄本,国家图书馆藏)等。朱祖谋编《湖州词选》、陈去病编《笠泽词征》、周庆云编《浔溪词征》等,则从地域词选的角度选入明人词作。民国以后明词文献汇辑方面最重要的成果,则是赵尊岳辑刻的《明词汇刊》(又名《惜阴堂汇刻明词》)。该书始于1924年,1936年辑成,并有《惜阴堂汇刻明词纪略》《惜阴堂明词丛书叙录》(《大公报》1936年8月13日副刊)等

文介绍相关内容。①《明词汇刊》总共 349 卷，收录明词文献 268
种，其中词话 1 种：李渔《窥词管见》；合集 3 种：倪瓒等《江南春词
集》、徐士俊《徐卓晤歌》、蒋平阶等《支机集》；总集 6 种：杨慎《百
琲明珠》、钱允治《类编笺释国朝诗余》、卓回《古今词汇二编》、王
端淑《名媛诗纬初编·诗余集》、周铭《林下词选》、王昶《明词综》；
词谱 2 种：程明善《啸余谱》、万惟檀《诗余图谱》；明词别集
256 种。

　　此外还有一些现代学者编纂收录明词的选本或总集，如夏承
焘、张璋编选《金元明清词选》（人民文学出版社，1983 年），黄拔荆
《元明清词一百首》（上海古籍出版社，1988 年），孙文光、彭国忠、
刘荣平注评《明清词三百首》（黄山书社，1999 年），庞坚编选《元明
清词三百首》（上海古籍出版社，2002 年），曹明纲注译《元明词一
百首》（上海古籍出版社，1999 年），黄天骥、李恒义选注《元明词三
百首》（岳麓书社，1994 年），张璋、刘卓英选注《明词三百首》（百花
文艺出版社，2018 年），黄兆汉编著《明十大家词选》（汇智出版有
限公司，2008 年），王步高、邓子勉选注《元明清词三百首注》（天津
人民出版社，2000 年），严迪昌编注《元明清词》（天地出版社，1997
年），刘荣平编《全闽词》（广陵书社，2016 年），彭国忠、倪春军、徐
丽丽编《上海词钞》（上海人民出版社，2021 年），车乘轨编注《历代
雅词大观》（江苏大学出版社，2020 年），等等。这些选本从某个方
面来说代表了现代研究者对明词总体成就和创作水平的一般性
认识。

---

① 赵尊岳辑刻《明词汇刊》，上海古籍出版社，1992 年、2012 年。陈水云、黎晓
　莲曾合作整理《赵尊岳集》，凤凰出版社，2016 年。

三、明词批评文献

明代在词的创作方面固然无法与宋代相比,但在词学批评上却有着颇为瞩目的成绩。这样的情形,与明代文学批评的发达相一致。从明代词学批评的内容来看,同样包括两个方面:其一是明代人有关"词"这一文类的批评见解,也就是所谓明代的词学,其批评的对象既可以是本朝的词人词作,也可以是明代以前从唐五代直到元代的词人词作;其二是有关"明词"的批评,即批评的对象为明代的词人及其撰写的作品,批评的主体可以是明人、清人甚至是近现代以来的旧体文学批评。本小节在概述"明词批评文献"时,侧重叙述与明代词人词作批评相关的文献。①

明人所撰专门论词的著作并不多见,其中以杨慎《词品》、陈霆《渚山堂词话》、俞彦《爰园词话》等较为早出且具有重要价值。②从内容上看,这类词学文献所涉的词人词作,多以前代唐宋时期为主。除此之外,在一些明人别集、笔记、诗话、词选等作品中,也有专门论词的内容,如王世贞《弇州山人四部稿》在说部著录的《艺苑卮言》,即有关于词、曲的专门评论;许铨胤编选《古今女词选》,收录唐至明女词人词作 63 首,《名家诗余选》收录五代至明词 88 首,均有长短不一的批语;又或是个别词人的词集,如施绍莘《秋水庵花影集》(明末刻本),也有眉评、旁批等评论文字。如此等等情形,都可以为研究明词提供有益的参考。

---

① 有关明清时期词学批评以及现代以来有关明清词研究的一般状况,参见陈水云《明清词研究史》,武汉大学出版社,2006 年。
② 杨慎撰、王大厚笺证《升庵词品笺证》,中华书局,2018 年;陈霆《渚山堂词话》,人民文学出版社,1960 年。

在词学批评中,词谱的编纂是颇为特殊的一种形式。流传至今最早的一部词谱,是周瑛编写于弘治七年(1494)的《词学筌蹄》,其总结填词法式的文本依据是何士信所编的《草堂诗余》。此外如张綖《诗余图谱》、谢天瑞《新镌补遗诗余图谱》、沈璟《古今词谱》、程明善《啸余谱》等,都是明代有关词谱、词韵的重要著作。到了清代以后,诸如《词律》《钦定词谱》等的相继出现,则旨在为词的创作提供一种相对规范和统一的韵、谱系统。①

作为文学批评的内容之一,今人对于明代的词学批评文献也颇为关注。较早由唐圭璋主编的《词话丛编》(1934年初刊,1959年修订增补,1986年中华书局出版精装本),收录的明人词话仅有4种,清人、近人词话则有近70种,其中包含了不少与明代词人词作有关的批评材料。此后又陆续出版了《词话丛编续编》(朱崇才编,人民文学出版社,2010年)、《词话丛编二编》(屈国兴编,浙江古籍出版社,2013年)、《词话丛编补编》(葛渭君编,中华书局,2013年)等"丛编"系列文献汇编,当中收录了大量明清时期的词话著作。除此之外,张璋等《历代词话》(大象出版社,2002年)、《历代词话续编》(大象出版社,2005年),收录明人词话33种。尤振中、尤以丁编《明词纪事会评》(黄山书社,1995年),则以"纪事"为主题,辑录与明词相关的文献。

规模更大、更为系统的有关明词批评文献的辑录工作,则是三种分代编纂的词话全编:即邓子勉编《明词话全编》(凤凰出版社,2012年),孙克强主编《清代词话全编》(凤凰出版社,2020年),孙克强、杨传庆、和希林编《民国词话全编》(2020年),以及一

---

① 参见江合友《明清词谱史》,上海古籍出版社,2008年。最近江合友主编出版了《清代词谱丛刊》三十册。

种专门收录女性词人有关的批评文献——孙克强、杨传庆主编
《历代闺秀词话》(凤凰出版社,2019年)。其中邓子勉编《明代词
话》收录的不只是明代的词话著作,实际上是明人论词文献的汇
编。编者从千余种明人著作中辑录750余家的论词文字,多寡不
一,少的仅有一则,多的达到一千六百余则(沈际飞《草堂诗余四
集》词话)。孙克强主编《清代词话全编》收录清代词话128种,其
中有不少为以往未曾公开出版的著作,如《吴山草堂词话》《兰思
词话》《隐居放言词话》《屏山词话》《榕巢词话》等。《历代闺秀
词话》收录历代女性词学文献20余种,《民国词话丛编》则收录
民国时期学人的论词之作。黄霖总主编的《现代(1912—1949)
话体文学批评文献丛刊》(凤凰出版社,2020年)中也有单独的
《词话卷》。

　　除了词话、词谱著作之外,有关明人词籍(包括别集、选集、总
集、词话、词谱、词韵等)的序跋文献也受到研究者重视。这些词
籍序跋散布在明代文人的别集、总集或者相关词学著作当中,是
研究者了解明代词创作、词学思想的重要史料。施蛰存《词籍序
跋萃编》(中国社会科学出版社,1994年)在此方面有所贡献,彭志
辑校《明人词籍序跋辑校》(浙江大学出版社,2021年)则是一部专
门辑录明代编纂词籍(包括明人新创及明人汇编前代词人词籍)
序跋文献的史料汇编成果。略感遗憾的是,《明人词籍序跋辑校》
未收录清代以后撰写的明人词籍序跋,在明词研究相关序跋文献
的汇编方面仍留有空白。或许后续会有《清人词籍序跋汇编》《民
国词籍序跋汇编》这样的成果出现,以弥补词学研究文献搜集方
面的不足。

第二节　明代散曲文献

散曲又称词余,指配合时调新声用于清唱的的通俗歌辞,自元代以后开始兴盛,成为中国文学园地中极富特色的一种文类,并与杂剧一起构成元代的"一代之文学"。到了明代以后,散曲作家作品数量都远超元代,也出现了许多盛行一时的选本、总集,使得散曲这一体类的创作和批评蔚为大观。本节关注与明代散曲创作和批评有关的文献,旨在为明代散曲研究提供史料基础,以为初学者探讨明代散曲世界的门径。

一、明人所著散曲与散曲集

明代现存的散曲作品到底有多少? 从谢伯阳《全明散曲(增补本)》收录的情况看,共收录曲家 474 人,小令 12346 首,套数 2213 篇。[①] 作为对比,隋树森所编《全元散曲》收入的作家自金代元好问至元末明初谷子敬共 213 人,共辑录小令 3853 首,套数 457 套,此外还有一些无名氏的作品,以及部分散曲的残句断语。[②] 虽然其间有王朝赓续时间长短不一、文献保存状况差异等因素在内,但仅就数量而言,明代散曲创作的兴盛程度远在元代之上。

明人的散曲作品,在文本形态上大致呈现三种情形:其一,单独成集刊刻行世。文人撰写散曲集并非始于明代,如元代张可久

---

① 谢伯阳编纂《全明散曲(增补版)·自序》,齐鲁书社,2016 年,第 1 册第 10 页。
② 隋树森编《全元散曲》,中华书局,1964 年版,1981 年再版。

即有《小山乐府》传世。到了明代以后,文人撰写的散曲集单独刊行的风气颇为兴盛,如瞿佑《乐府遗音》,朱有燉《诚斋乐府》,陈铎《坐隐先生精订陈大声乐府全集七种》《滑稽余韵》,杨循吉《南峰乐府》,杨廷和《乐府余音》,夏旸《葵轩词余》,王九思《碧山乐府》《碧山乐府拾遗》《碧山新稿》《碧山续稿》,王磐《王西楼先生乐府》,何瑭《柏斋何先生乐府》,康海《沜东乐府》《沜东乐府后录》,朱应登《凌谿灯词》,朱应辰《淮海新声》,刘良臣《西郊野唱北乐府》,杨慎《陶情乐府》《陶情乐府续集》《玲珑唱和》,金銮《萧爽斋乐府》,张炼《双溪乐府》,徐敷诏《花朝阁乐府》,冯惟敏《海浮山堂词稿》,秦时雍《秦词正讹》,梁辰鱼《江东白苎》《江东白苎续稿》,殷士儋《明农轩乐府》,刘效祖《词脔》,王寅《王十岳乐府》,薛论道《林石逸兴》,薛岗《金山雅调南北小令》,顾仲方《笔花楼新声》,赵南星《芳茹园乐府》,施绍莘《秋水庵花影集》,等等,以及如李开先、王九思二人合著的《南曲次韵》这样的散曲唱和作品。① 其二,收在文人别集中并行传世。这样的情形,在明人文集的编纂中颇为普遍。《全明散曲》《明清散曲辑补》等现代学者编纂的明代散曲汇编,就利用了大量的明代诗文别集。其三,收录在散曲选本、总集当中刊行。甚至有的曲家作品,至今只能在曲选中发现其踪影。如明初曲家兰楚芳,今存作品见于无名氏辑《乐府群珠》、明人张禄辑《词林摘艳》、清人孔广林辑《元明小令钞》、明窦彦斌辑《新镌出像词林白雪》等散曲总集而得以保存。从这一点来看,明代散曲作家创作的作品数量应远比现存的要更多。

　　民国以后学者颇为重视搜集、整理散曲作品,如任讷刊《散曲

---

① 如郑骞所著《从诗到曲》(上册,商务印书馆,2015 年),当中就有多篇论及明人散曲。

丛刊》(中华书局,1931年),收录曲集、曲选15种,其中元代曲集
6种,明代曲集5种,清代曲选1种,自著散曲3种;任讷辑、卢前
补辑《散曲集丛》(商务印书馆,1941年),收录7种,其中元代4
种,明代3种;卢前刊行《饮虹簃所刻曲》正续集60种,收入元人
曲集15种,明人曲集37种,清人曲集7种;卢前编纂《明代妇人散
曲集》(中华书局,1937)则专注于搜集明代女性散曲作家作品。
此外,也有多种单行的曲集、曲选被汇编和整理,如《雍熙乐府》
《吴骚合编》《盛世新声》《词林摘艳》《南北宫词纪》《海浮山堂词
稿》《江东白苎》《诚斋乐府》《沜东乐府》《碧山乐府》《林石逸兴》,
等等。① 而全面、系统地整理明代散曲作品,则要属谢伯阳《全明

---

① 整理本如王稚登编、阿英校点《吴骚集》,中国文学珍本丛书,贝叶山房,
  1936年;王端淑选辑、卢前校订《明代妇人散曲集》,中华书局,1937年;无
  名氏辑、卢前校《乐府群珠》,商务印书馆,1955年;佚名《盛世新声》,文学
  古籍刊行社,1955年;李开先《一笑散》,文学古籍刊行社,1955年;陈所闻
  编、赵景深校订《南北宫词纪》,中华书局,1959年;陈所闻编、赵景深校订
  《南北宫词纪校补》,中华书局,1961年;任中敏编《杨升庵夫妇散曲》,台湾
  商务印书馆,1970年;冯惟敏《海浮山堂词稿》,上海古籍出版社,1981年,
  校注本,九州出版社,2016年;周履靖《鹤月瑶笙》,中华书局,1985年;朱有
  燉《诚斋乐府》,上海古籍出版社,1986年;金銮《萧爽斋乐府》,上海古籍出
  版社,1989年;梁辰鱼《江东白苎》,上海古籍出版社,1989年;沈自晋《鞠通
  乐府》,上海古籍出版社,1989年;王九思《碧山乐府》,上海古籍出版社,
  1989年;康海《沜东乐府》,上海古籍出版社,1989年;王磐《王西楼乐府》,
  上海古籍出版社,1989年;陈铎《陈铎散曲》,上海古籍出版社,1989年;杨
  慎《杨升庵夫妇散曲》,上海古籍出版社,1989年;施绍莘《秋水庵花影集》,
  上海古籍出版社,1989年;冯梦龙评选《太霞新奏》十四卷,《冯梦龙全集》,上
  海古籍出版社,1993年;康海《康海散曲集校笺》,浙江古籍出版社,2011年;
  陈铎《明刻坐隐先生精订陈大声乐府全集》,中华书局,2017年;陈铎著、尚化
  启编《怨别》,中国文史出版社,2017年;陈所闻《南北宫词纪》(转下页注)

散曲》及《全明散曲（增补本）》的整理、出版。其中《全明散曲》刊行于 1994 年（齐鲁书社），收录的明代曲家有 407 人（无名氏不计其内），作品小令 10606 首，套数 2064 篇。增补版 2016 年刊行，在曲家人数、作品数量上都有一定程度的增加。

　　在谢氏全面搜集、整理明代散曲的基础上，也有学者致力于从事补辑工作，如叶晔在《〈文学遗产〉网络版 2011 年第 3 期发表《全明散曲新辑》（上、下），对《全明散曲》中未予收录的李应策《苏愚山洞乐府》等予以校点。[①] 而在这方面用功最多、贡献最大的则是浙江大学的汪超宏，由他编纂的《明清散曲辑补》（浙江大学出版社，2017 年），辑录明清散曲作家 618 人的小令 6083 首，套曲 569 首，残套 7 套，残句 67 句。其中原刻多无宫调名，则依《全明散曲》例增补之，而如果未能考订其宫调，则付之阙如。曲家的排序，大略以人物生年为先后，作品排序则依照《全明散曲》的体例，先小令而后套曲。按照编者的说法，其辑佚关涉明清时期的诗文集、戏曲、小说、笔记、日记、曲谱、史籍、地方志、家谱、杂著、宝卷、俗曲、佛书、道书等各类文献。其工作主要集中在三个方面：一、补《全明散曲》《全清散曲》已收但残缺之作；二、辑录《全明散曲》《全清散曲》已收曲家的新发现之作；三、辑录《全明散曲》《全清散

（接上页注）上、下，台湾学海出版社，2017 年。也有部分影印本，如张禄选辑《词林摘艳》，文学古籍刊行社，1955 年，据嘉靖四年刻本影印；唐寅等《伯虎杂曲等三种》，广陵书社，2014 年；张栩编辑《彩笔情辞》，文物出版社，2015 年；张楚叔选辑、张旭初删订《新镌出相乐府吴骚合编》，古籍善本再造珍稀古籍丛刊，文物出版社，2016 年。

① 叶晔《晚明曲家及文献辑考》（浙江大学出版社，2017 年）下编列《全明散曲》新辑，辑录新发现散曲作品。

曲》未收曲家之作。根据编者在《前言》中所说,其辑补的依据包括谢伯阳所编《全明散曲》及其增补本。而对于明清两代诸多未为人所关注或生平事迹存在未明情形的曲家,汪超宏有《明清曲家考》(中国社会科学出版社,2006 年)、《明清浙籍曲家考》(浙江大学出版社,2009 年)等予以考订。

二、明人散曲总集与选集

散曲总集和选集是明代散曲流传的重要载体,许多作家的散曲作品也赖此而得以保存下来。明人对于编选散曲集有着很高的热情,这也从一个侧面反映了世俗乐曲在城市生活中的流行程度。明代中期以后刊刻的曲选或者选录俗曲的选本数量十分丰富,诸如《盛世新声》《万花集》《词林摘艳》《乐府群珠》《风月锦囊》《雍熙乐府》《词林一枝》《南九宫词》《群音类选》《游览萃编》《乐府南音》《乐府先春》《南北宫词纪》《南词韵选》《月香小稿》《南北词广韵选》《情词昔昔盐》《乐府珊瑚》《词林白雪》《玉谷新簧》《情籁》《吴骚集》《吴骚二集》《吴歈萃雅》《青楼韵语》《词珍雅调》《盛世词林乐府》《乐府争奇》《北曲拾遗》《词林逸响》《彩笔情辞》《太霞新奏》《怡春锦曲》《吴骚合编》《古今奏雅》《万锦清音》《乐府歌舞台》《徽池雅调》,等等,其中不少是由当时在俗文学出版领域有较大影响的私家书坊刊刻。这样的情形,也从某个侧面反映了明代散曲选本以俗相尚的追求。

明代今存较早的散曲选本大多剧、曲兼收,如《词林摘艳》《雍熙乐府》等。这类选本,在散曲传播过程中起到了十分重要的作用,产生了重要影响。如王骥德在《曲律》中就曾说过:"散曲绝难佳者。北词载《太平乐府》《雍熙乐府》《词林摘艳》,小令及长套多

有妙绝可喜者,而南词独否。"①将《雍熙乐府》《词林摘艳》与元人
杨朝英所编《朝野新声太平乐府》一同视为北曲的重要选本。然
而在郑振铎看来,这样的作品并非严格意义上的戏曲选本。他在
1927 年所作《中国戏曲的选本》一文中指出:"象《雍熙乐府》,象
《九宫大成谱》,象《太和正音谱》,那都是以一个曲调为单位而不
是以一出为单位而选录的。那不是戏曲的选本,乃是'曲律'与
'词律'一类的书,专供作词的人之用一样。"②其说虽然不为后来
的多数研究者所认同,却指出了这类选本某些方面的特征。

　　从明代早期散曲选本的情况看,它们在选录作品时大多兼顾
元明两代作者的创作。如《盛世新声》收录套数曲文 335 套,小令
405 首,其中包括元杂剧 45 套,出自 36 部杂剧作品;《词林摘艳》
收录套数曲文 327 套,小令 320 首,其中元杂剧 45 套,出自 33 部
杂剧作品;《雍熙乐府》收录套数曲文 1119 套,小令 812 首,其中
元杂剧 81 套,出自 47 部杂剧作品。③ 这样的情形,与万历以后的
选本常以"时调""时尚""时新""新刻""新镌"等相标榜有所不同。
万历以后的散曲选本,如黄文华选辑的《新刻京板青阳时调词林
一枝》(明万历福建叶志元刊本,日本内阁文库藏),不仅在书页中
明确标出"海内时尚滚调"等字样,并在书题"刻词林　第一枝"中
缝的显著位置,对其选"新"的特色予以特别说明:"千家摘锦,坊
刻颇多,选者俱用古套,悉未见其妙耳。予特去故增新,得京传时

① 王骥德《曲律》卷四《杂论第三十九下》,《中国古典戏曲论著集成》第 4 册,
　中国戏剧出版社,2020 年,第 173 页。
② 郑振铎《郑振铎文集》第 7 卷,人民文学出版社,1988 年,第 240 页。
③ 参见韦强《明代嘉靖时期戏曲选本研究——以〈词林摘艳〉〈雍熙乐府〉为
　中心》,四川大学出版社,2021 年。

兴新曲数折，载于篇首，知音律者幸鉴之。"该书版式分上中下三栏，上下栏选明人传奇作品，中栏杂录散曲、小曲。其中卷一首页中栏就有"新增楚歌"字样，所录曲调也多强调其"新"的特点，如"时尚楚歌""时新耍曲"等。类似情形，在《八能奏锦》《摘锦奇音》《玉谷新簧》《徽池雅调》《大明天下春》等诸多曲选中都有体现。

除了明清时期戏曲选本中收录明代散曲作品，今人也会根据现存明人散曲作品、选集等对其加以取选，由此编成现代的散曲选本，借以表达一种基于散曲史视野的明代散曲"经典观"。这类选本从民国以来就屡有编纂，常与元代、清代等时期的散曲一并择选，其中较具代表性的如卢前《元明散曲选》（商务印书馆，1937年）、《曲选》（国立编译馆，1944年），浦江清《元明散曲选》（西南联大教材，1942—1943年），钱南扬《元明清曲选》（正中书局，1952年），顾佛影《元明散曲》（春明出版社，1955年），路工《明代歌曲选》（中华书局，1959年），陈锋《元明散曲选读》（黑龙江人民出版社，1983年），石绍勋《元明散曲选》（山西人民出版社，1984年），冯树纯《元明清词曲百首》（新蕾出版社，1986年），洪柏昭、谢伯阳选注《元明清散曲选》（人民文学出版社，1988年），人民文学出版社编辑部编《元明散曲鉴赏集》（人民文学出版社，1989年），刘文忠、李永昶《元明散曲选讲》（中国少年儿童出版社，1990年），孟广来《元明散曲详注》（山东文艺出版社，1990年），黄天骥、罗锡诗选注《元明散曲精华》（人民文学出版社，1992年），羊春秋《元明清散曲三百首》（岳麓书社，1992年），王兴康《明清词曲选》（上海书店出版社，1993年），田守真《明散曲纪事》（巴蜀书社，1996年），傅璇琮主编、李复波选注《中国古典诗歌基础文库·元明清散曲卷》（浙江文艺出版社，1996年），刘永生《明清词曲选》（天津古籍出版社，1997年），周少雄《元明清散曲一百首》（浙江古籍出版社，1999

年），史良昭《明清曲一百首》（上海古籍出版社，1999 年），乔万民《明清词曲选》（天津人民出版社，2001 年），孙基林选注《明清诗词曲》（西苑出版社，2001 年），门岿《明曲三百首》（百花文艺出版社，2002 年），黄天骥、康保成《元明清散曲精选》（江苏古籍出版社，2002 年），张江健等《万家散曲》（中国社会出版社，2004 年），落馥香、王毅选注《元明清曲选》（太白文艺出版社，2004 年），本书编委会编《元明清散曲观止》（学林出版社，2015 年），等等。

三、明代散曲批评文献

明代散曲创作发达，相应的散曲批评也颇不寂寞。不仅明清时期的曲学著作中有颇多关于明代散曲作家作品的评论，文人别集、笔记等文献中也有不少与明代散曲批评有关的史料。

明人论曲谈及散曲，其名有"乐府""北曲""北词""南曲""南调"等不同称谓。"乐府"之名，在元代大致有四义，其中之一即用于指散曲中的小令。[1] 明代沿用其义，不但有诸多文人的散曲集以"乐府"命名，明人论曲也多以"乐府"（散曲、杂剧并名）称之，如《太和正音谱》论"新定府体一十五家及对式名目"及"古今群英乐府格式"。又如王世贞论杨慎散曲云："杨状元慎才情盖世，所著有《洞天玄记》《陶情乐府》《续陶情乐府》，流脍人口，而颇不为当家所许。盖杨本蜀人，故多川调，不甚谐南北本腔。摘句如'费长房缩不就相思地，女娲氏补不完离恨天'，'别泪铜壶共滴，愁肠兰焰同煎'，'和愁和闷，经岁经年'。……皆佳语也。第它曲多剽元人乐府，如'嫩寒生花底风''风儿疏剌剌'诸阕，一字不改，掩为

---

[1] 参见李昌集《中国古代曲学史》，华东师范大学出版社，1997 年，第 54—59 页。

己有。"①曲分南北以区别散曲风格上的差异，也是明人散曲批评中常见的说法。如刘良臣作《西郊野唱引》云："《西郊野唱》，北乐府者，今所谓金元曲也。盖是体始于金而盛于元，故云。北方风气刚劲，人性朴实，诗变之极，而为此音，亦气机之自然尔。歌唱之余，真足以助英夫壮士之气，而非优柔龌龊者之所知也。正德以来，南词盛行，遍及边塞，北曲几泯，识者谓世变之一机而渐移之。"②《西郊野唱》为刘氏所作散曲集。

　　然而另一个方面，"北曲""南曲"或者"北词""南调"的说法，多用作元代以来曲分南北背景下对不同群体作家创作的概称，往往是戏曲、散曲并举，注重的是音乐、声情方面的区别，而缺少明显的剧、曲辨体意识。如王世贞曾分别论明代中期的"北调""南曲"说："北调如李空同、王浚川、何粹夫、韩苑洛、何太华、许少华，俱有乐府，而未之尽见。予所知者：李尚宝先芳、张职方重、刘侍御时达，皆可观。近时冯通判惟敏独为杰出，其板眼、务头、撺抢、紧缓，无不曲尽，而才气亦足发之；止用本色过多，北音太繁，为白璧微颣耳。金陵金白屿銮，颇是当家，为北里所贵。""吾吴中以南曲名者：祝京兆希哲、唐解元伯虎、郑山人若庸。希哲能为大套，富才情，而多驳杂。伯虎小词翩翩有致。郑所作《玉玦记》最佳，它未称是。《明珠记》即《无双传》，陆天池采所成者，乃兄浚明给事助之，亦未尽善。张伯起《红拂记》洁而俊，失在轻弱。梁伯龙《吴越春秋》，满而妥，间流冗长。陆教谕之裘散词，有一

①王世贞《曲藻》，《中国古典戏曲论著集成》第 4 册，中国戏剧出版社，2020 年，第 35 页。
②刘良臣《凤川先生文集》卷一，《明代诗文集珍本丛刊》第 43 册，国家图书馆出版社，2019 年，第 389 页。

二可观。"①所论散曲、剧曲并有。因此有论者将几种不同的称名结合起来。如正德间刊本《盛世新声》卷首的引言就直截了当地说："夫乐府之行,其来远矣,有南曲、北曲之分。南曲传自汉、唐、宋,北曲由辽、金、元,至我朝大备焉。"《盛世新声》作为明代较早选录散曲作品的曲选,就同时选有散曲和剧曲。这种剧、曲不分的情形,一定程度上给研究者探讨明代散曲批评的整体面貌制造了困难。

除了明清戏曲论著中多有明代散曲批评史料之外,文人别集、笔记(包括部分被认为是文言小说的作品)、诗话、词话等文献也不乏有关于明代散曲的批评。其中诗文别集如李开先、梁辰鱼、沈璟、汤显祖、屠隆、陈继儒、杨慎、沈自晋、袁宏道、李渔、袁枚等人的文集,笔记文献如何良俊《四友斋丛话》、徐复祚《三家村老委谈》、胡应麟《少室山房笔丛》、谢肇淛《五杂组》、顾起元《客座赘语》、李日华《六研斋笔记》、沈德符《万历野获编》、蒋一葵《尧山堂外纪》、刘廷玑《在园杂志》,等等。就像此前论及戏曲批评文献时曾提及的,如果能够通过广泛搜集明清时期的各种文献,编成有关两朝散曲批评的研究资料汇编,对于这两个时期的散曲研究定将起到较大的推动作用。②

第三节　明代辞赋文献

辞赋创作在明代文学中受关注较少,然而事实上,在大多数

---

① 王世贞《曲藻》,《中国古典戏曲论著集成》第 4 册,中国戏剧出版社,2020年,第 36—37 页。
② 杨栋《中国散曲学史研究》(高等教育出版社,1998 年)、《中国散曲学史续篇》(山东大学出版社,1998 年)分别探讨元代和明清时期的散曲学。

明人文集中都能找到辞赋的踪影,辞赋在明代文人创作中也占有一席之地。以往研究者对明代的辞赋留意较少,文献搜集、整理工作开展的也相对较晚。后来随着赋研究时段的下移,明代辞赋逐渐进入研究者的视野,相关的文献搜集、整理工作也在对中国古代赋作整体性清理的基础上得到重视。

一、明人撰写辞赋作品的一般概况

明代保存下来辞赋作品总共有多少? 马积高主编《历代辞赋总汇》收录明代辞赋作家共计 1019 人,辞赋作品 5107 篇。[1] 无论是作家人数还是作品数量,都仅次于清代。同时按照马氏所说,他们在辑录明代赋作时,普查的明人别集大约在 3000 种左右。而根据研究者初步统计,存世明人别集的数量甚至在 1 万种以上,而不少明人别集当中都保存有赋类作品。由此而言,从创作者群体以及作品的数量来看,都与通常所认为的明代辞赋创作衰落的情形有所不同。

明代科举考试中虽未将辞赋作为考试内容,但明代文人也颇为注重辞赋的创作。在今存诸多明人文集当中,都收录有辞赋类作品,其中较多的如今人整理的刘基《刘伯温集》收录其所作赋 8 篇、骚 23 篇,胡俨《颐庵文选》收录赋 10 篇、辞 16 篇,郝润华校笺的《李梦阳集校笺》收录的李梦阳赋作有 35 篇,何景明《大复集》收录辞赋 30 篇,祝允明《怀星堂集》收录所作辞赋 26 篇,何乔新《椒丘文集》收录所作辞赋 13 篇,徐献忠《长谷集》收录所作辞赋 12 篇,徐朔方笺校《汤显祖全集》收录的《玉茗堂赋》有六卷 27 篇,孙承恩《瀼溪草堂稿》收录所作辞赋 30 篇,徐渭《徐文长文集》收录所作辞赋 21 篇,陈子龙所撰《陈忠裕公集》有辞赋 26 篇,等等。而如"后七子"领袖之

---

① 马积高主编《历代辞赋总汇·前言》,湖南文艺出版社,2014 年,第 7 页。

一的王世贞,他在所撰《弇州山人四部稿》(明万历五年世经堂刻本)、《弇州山人续稿》(明万历刻本)中,将自己的作品以四部分类,其中居于首位的即是"赋部",《四部稿》收录作品 27 篇,《续稿》收录作品 6 篇。更有如周履靖,由他与刘凤、屠隆等人辑录的《赋海补遗》三十卷,是一部赋作总集,其内容包括两方面:一是选录从汉至宋的赋 265 篇,一是编者之一周履靖所著赋作 606 篇。当然,也有不甚著意于赋创作的,如同样作为"后七子"领袖之一的李攀龙,就只有《锦带赋》一篇传世;在明代文学史上名重一时的宋濂、王祎、高启、方孝孺、杨士奇、李东阳、吴宽、康海、唐顺之、归有光、屠隆、袁宏道、钟惺等人,均仅有寥寥几篇赋作。更有不少文人少见有赋作传世,如文徵明、谢铎、茅坤等。①

　　尽管辞赋未被作为科举考试正式科目,然而在其他形式的考试甚至应制创作中,辞赋仍是命题的重要文类。如在洪武、永乐时期,就曾多次下令文臣以赋作应制,创作的赋包括《钟山龙蟠赋》《秋水赋》《皇都大一统赋》《北京赋》等。此外,明代翰林院庶吉士的馆课,也有赋作方面的测试。例如由王锡爵辑录的《增定国朝馆课经世宏辞》十五卷(明万历十八年周曰校万卷楼刻本),其中卷十一所录"赋类"作品,就收录了顾鼎臣《圣驾躬耕帝藉赋》、蔡昂《瑞鹿赋》、张一桂《日方升赋》、徐显卿《日方升赋》、田一俊《日方升赋》、陈于陛《日方升赋》、张一桂《日方升赋》、赵用贤

---

① 有关明代辞赋的研究著作,专门论述者如孙海洋《明代辞赋述略》(中华书局,2007 年),李新宇《元明辞赋专题研究》(中国社会科学出版社,2011年)。上述部分统计数据依据的是孙著。也有专注于明代某一类型赋作研究的著作,如翁燕珍《吾都与他方:明赋之人文地理书写研究》(台湾白象文化事业有限公司,2014 年)。

《万宝告成赋》、罗万化《经筵赋》、张道明《经筵赋》等作品。王锡爵、陆翀之辑《皇明馆课经世宏辞续集》十五卷（明万历二十年周曰校万卷楼刻本），第十二卷"赋集"收录的赋作有：罗汝敬《龙马赋》、陈敬宗《北京赋》、严嵩《景云赋》、姚涞《白兔赋》、许国《圣驾临雍赋》、沈一贯《经筵赋》、《日方升赋》、张位《日方升赋》、沈位《日方升赋》、沈自邠《雝肃殿赋》、邹德溥《郊禋赋》、邵庶《郊禋赋》、萧云举《万宝告成赋》、陶望龄《述志赋》、黄辉《述志赋》、《日重光赋》、冯有经《日重光赋》等。

　　辞赋作为文章之一种，在明代文学发展过程中也不可避免地受到文学思潮变迁的影响。以王世贞为例，他在建构复古理论体系时，从辨体意识出发，对骚、赋的文体、源流、师承等进行系统建构，申明骚、赋与诗之间的关联与差异。王世贞认为，骚、赋与诗尽管在是否有韵这一点上有相同之处，然而二者实为独立于诗文之外的特定文学体式，乃是"别为一类"。他说："骚、赋虽有韵之言，其与诗文，自是竹之与草木，鱼之与鸟兽，别为一类，不可偏属。"[1]骚、赋与诗文之间存在根本差异，正与"竹之与草木，鱼之与鸟兽"一样，属同而类不同，体同而质不同，骚、赋与诗文之间是平行、对等的关系。基于这样的认识，王世贞在《弇州山人四部稿》《续稿》中将作品分为赋部、诗部、文部、说部，在《艺苑卮言》卷一概述文学体貌时，先论关系，次论赋，继而论诗、文。王世贞将骚、赋与诗、文作为并行概念的做法，在当时并未成为一统的观念，如胡应麟就将骚、赋归于"诗"的概念之下，他认为："骚实歌行之祖，赋则比兴一端，要皆属诗。"[2]王世贞从辨体意识出发对时人"辞赋不分"的

①王世贞著、罗仲鼎校注《艺苑卮言校注》卷一，齐鲁书社，1992年，第30页。
②胡应麟《诗薮》内编卷一，上海古籍出版社，1979年，第4页。

观念进行辨驳,他从骚、赋的起源与演化探讨二者体式上的不同,提出了骚、赋异体的命题。王世贞不论是理论辨析还是写作实践,都将骚、赋视作不同文体:《弇州山人四部稿》卷一、卷二为赋部,其中卷一收录赋 10 篇,卷二收录骚 7 篇;《续稿》赋部一卷,收赋 6 篇,骚 11 篇。王世贞从风格层面申明骚、赋之间的根本差异。他认为骚的特点是:"《骚》览之,须令人裴回循咀,且感且疑;再反之,沉吟歔欷;又三复之,涕泪俱下,情事欲绝。"①"骚"重情,"兴寄不一",叙述艰深,抒情极强,能令"同声者"产生共鸣,"修隙者"难以指摘。② 赋的特点是:"赋览之,初如张乐洞庭,褰帷锦官,耳目摇眩;已徐阅之,如文锦千尺,丝理秩然;歌乱甫毕,肃然敛容;掩卷之余,彷徨追赏。"③"赋"内容广博,变幻万千,囊"綦组",括"锦绣",且要条理清晰,说理有据,能归于一道,为作者思想情感的表达服务。王世贞指出,"赋"要辞修以达理。④ 辞修,即注重赋作辞采;达理,即文章所指有据,"神气流动"。王世贞的这一看法与明代中后期的骚、赋观念一致。如有论者认为,"骚与赋,句语无甚相远,体裁则大不同"⑤。郭之奇《宛在堂文集》卷一收赋,卷二收骚,也从实际写作层面体现出骚、赋异质的辨体意识。

　　从明代辞赋创作的整体状况来看,王世贞是明代中后期最推

①王世贞著、罗仲鼎校注《艺苑卮言校注》卷一,齐鲁书社,1992 年,第 31 页。
②参见王世贞著、罗仲鼎校注《艺苑卮言校注》卷一,齐鲁书社,1992 年,第 30 页。
③王世贞著、罗仲鼎校注《艺苑卮言校注》卷一,齐鲁书社,1992 年,第 31 页。
④参见王世贞引司马相如语,王世贞著、罗仲鼎校注《艺苑卮言校注》卷一,齐鲁书社,1992 年,第 5 页。
⑤许学夷《诗源辩体》卷二引胡应麟语,人民文学出版社,1987 年,第 41 页。

崇辞赋的文人之一。"前七子"中重视辞赋写作的有李梦阳、何景明、王廷相、徐祯卿等人,其中李梦阳有赋 35 篇,何景明有辞赋 32篇。相比之下,"后七子"辞赋作品数量和丰富程度都有所下降,仅有王世贞一人留意辞赋写作,存赋 30 余篇。这样的作品存量,与诸人动辄数十、几百卷的诗文作品相比,实在微不足道。在"前、后七子"诸人中,有近一半没有赋作流传。这一状况,当然与元明时期辞赋不受重视的情形有关。王世贞曾不无疑惑地表示:"然李(攀龙)材高,不肯作赋,不知何也。"从一个侧面反映了"赋"这一文体在明代受到冷落的实际状况。在此背景下,王世贞留意辞赋写作,自有其特殊的创作诉求。复古理念在各种文体上的规范性,情感表达与书写文体的耦合,典范文本、作家的经典意义,等等,或许都是激起他进行辞赋写作的动力。由此而言,考察明代各时期文学思潮的变迁,应将各种文体都纳入考察范围。

二、明代辞赋文献的汇编、整理及辞赋批评

自明代开始,就已经出现了收录明代辞赋作品的选集与总集。明代以收录"文"为对象的诸多文章总集,大多收录有明人所撰的赋作。如程敏政所编《皇明文衡》(正德五年序刊本)卷二收录明人所作赋,共收入 16 人的 19 篇赋:宋濂《奉制撰蟠桃核赋》,胡翰《少梅赋》,刘基《吊泰不华元帅赋》《伐寄生赋》,王袆《药房赋》,梁寅《南归赋》,唐肃《底柱赋》,贝琼《大韶赋》《石经赋》,汪仲鲁《广寒宫赋》,王翰《吊虞城赋》《闲田赋》,杨士奇《离谱赋》,黄淮《闵志赋》,胡俨《述梦赋》,李时勉《北京赋》,金寔《方竹轩赋》,周叙《赤石潭赋》,薛瑄《黄河赋》;卷三收入 14 人的 17 篇骚:宋濂《思媺人词》《孤愤词》,詹同《琴边秋兴图词》,胡翰《吊董生文》《悯贞淑文》,刘基《怀龙门词》《九叹九首》,王袆《招游子词》,高启《吊

伍子胥词》，苏伯衡《云林词》，刘崧《题抱琴听泉图》，方希古《吊茂陵文》，杨士奇《退庵词》，胡俨《辞剑图词》，王直《冰雪轩词》，周叙《吊余青阳李江州文》，刘定之《竹坡词》。张时彻辑《皇明文范》六十八卷（万历间刻本），其中卷三、四、五为赋，总共收录44人赋作53篇：刘基《述志赋》《吊岳将军赋》《吊泰不华元帅赋》，高启《闻早蛩赋》，黄淮《闵志赋》，罗汝敬《龙马赋》，陈敬宗《北京赋》，胡俨《述梦赋》，周叙《感新秋赋》，薛瑄《黄河赋》，夏镇《居闵赋》，杨守陈《百耐庵赋》，杨守阯《闵贞赋》，李梦阳《寄儿赋》《述征赋》，何景明《九咏》《述归赋》，汪伟《落叶赋》，王守仁《九华山赋》，徐祯卿《反反骚赋》，洪贯《万里江山图赋》，张治道《孔雀赋》，朱应登《归来堂赋》，严嵩《景云赋》，张邦奇《永悼赋》，王韦《反招三叠》，刘鸿《南川书屋赋》，周廷用《释愁赋》，戴钦《暌难赋》，颜木《戮蚊赋》，陈沂《浮湘赋》，沈恺《景初赋》，桑悦《续思玄赋》，屠大山《双虎赋》，薛章宪《合欢莲赋》《大江赋》《拟招》，蔡羽《广初赋》，姚涞《白兔赋》，李循义《沧海遗珠赋》，叶良佩《闵独赋》，袁褧《远游赋》《思归赋》，皇甫汸《感别赋》，侯一元《读鸽赋赋》，黄省曾《射病赋》《礼贫赋》，许应亨《内咎赋》，顾允默《瑞菊图赋》，俞允文《又赋》，张士瀹《乐玄赋》，卢柟《秋赋》，姚宋《伤岁莫赋》。这样的选录对于数量庞大的明代辞赋来说虽然不值一提，但从另一个方面却提示了研究者，辞赋作为中国古代的重要文体，实际上一直都处于文人关注的视野之下，选录和汇编工作也始终不断。① 由此到了清代以后，在一些大型的文献汇编丛书中，都可以见到大量明代辞赋的身影。如黄宗羲编纂《明文海》，收录的明代辞赋作品达到46

①有关明代后期辞赋选本的情形，参见王欣慧《作赋津梁：明代万历间辞赋选本研究》（台湾五南图书出版股份有限公司，2015年）。

卷,共选录175人的292篇辞赋作品。相对于明代赋的总量来说虽不算多,却在一定程度上显示出了编者对辞赋作品的重视。

　　明清时期也有专门收录赋作的总集和选本。如明人蒋之翘编《续楚辞后语》收录明人所作骚赋,共计15家26篇;《千顷堂书目》卷三十一著录刘世教《赋纪》一百卷、王志守《赋藻》、俞王言《辞赋标义》十八卷、陈山毓《赋略》五十卷、《赋略外编》十五卷、施重光《赋珍》八卷等,其中多有存者。① 也有一些明人所编专门收录赋作的总集,如李鸿辑《赋苑》八卷(明万历刻本),但不收明人作品。袁宏道辑、王三余增补《精镌古今丽赋》十卷(明崇祯四年刻本)收先秦至明147家赋231篇,分天象、地理、岁时、宫殿、游览、畋猎、物色、纪行、器用、志、情、文学、哀伤、礼乐、鱼虫、鸟兽、花木等十七个类目。② 到了清代以后,开始以"历代"之名辑录各代所作的赋,明人的赋作也在辑录之列。其中较为重要的如清人陈元龙所编《历代赋汇》,总共收录明代赋家369人,赋作735篇。③ 鸿宝斋主人所编的《赋海大观》(光绪二十年上海鸿宝斋石印袖珍本)规模更为宏大,收录先秦至清代的赋作达到12000余篇,共分32个大类,500余个子目,收录的作品以清代为主。又有清人汪宪选录《宋金元明赋选》(抄本,八册,国家图书馆藏),采择精博,多出自其所自藏。进入现代以后,辞赋作品一度受到研究

①黄虞稷撰,瞿凤起、潘景郑整理《千顷堂书目》,上海古籍出版社,2001年,第753页。

②袁宏道辑、王三余增补《精镌古今丽赋》,三秦出版社,2015年。

③许结主编《历代赋汇(校订本)》十二册,凤凰出版社,2018年。此处统计数据据马积高主编《历代辞赋总汇·前言》,湖南文艺出版社,2014年,第6页。马积高《历代辞赋研究史料概述》六《明清辞赋与研究概况》(中华书局,2001年,第140页)的统计数字与此略有不同。

者冷落。明代处于辞赋创作的低潮,更是不受研究者关注。直到上世纪末,马积高编纂《历代辞赋总汇》,对明代辞赋作品的搜集、整理工作才获得较大的进展。《历代辞赋总汇》收录明代作品的为六、七、八、九卷,该书是学界对明代辞赋作品的第一次系统搜集和整理,虽然除此之外仍有少量明人辞赋未被收入,但总体来看,明代辞赋的绝大多数作品已经被纳入其中。①

　　此外也有一些现代学者编选的辞赋选本,其中大多同时选录有明人撰写的辞赋作品,较为重要的如刘祯祥、李方晨选注《历代辞赋选》(湖南人民出版社,1984 年;湖南文艺出版社,1991 年),王嘉翔《古代文赋名句选》(广西人民出版社,1986 年),黄瑞云《历代抒情小赋选》(上海古籍出版社,1986 年),王巍《历代咏物赋选》(辽宁大学出版社,1987 年),宋安华《历代名赋选》(黄河文艺出版社,1988 年),尹赛夫等《中国历代赋选》(山西教育出版社,1989年),崔大江《古代名赋选译》(暨南大学出版社,1997 年),毕万忱《中国历代赋选·明清卷》(江苏教育出版社,1998 年),曲德来等主编《历代赋:广选·新注·集评(1—6 卷)》(辽宁人民出版社,2001年),周殿富选注《楚辞余:历代骚体赋选》(吉林人民出版社,2003年),王海燕《历代赋选》(南海出版公司,2007 年),张强选注《历代辞赋选评注》(上海三联书店,2007 年),李则贤《中国历代茶诗词赋选》(新疆大学出版社,2013 年),吴义勤《咏西安诗词曲赋集成》(陕西师范大学出版总社,2018 年),刘培《山东辞赋选注》(山东大学出版社,2020 年),等等。甚至还有对明人所作单篇赋作进行注释、笺注的著作,如夏完淳著、王学曾注释《大哀赋注释》(上海古籍出版社,

━━━━━━━━━

① 参见牛海蓉、王雅琪《〈历代辞赋总汇〉明代卷阙误考述》,《城市学刊》2016
　　年第 5 期。

1997年），张仲浦《夏完淳〈大哀赋〉笺注》（线装书局，2016年），范�榭著、陈伦敦点校《明〈蜀都赋〉》（四川大学出版社，2018年）等。

　　除了对明代辞赋作品的搜集、整理，有关明代辞赋的批评文献也受到历代学者的重视。明代论文注重辨体，对赋类文体的规范、特征等也有所辨析。徐师曾编《文体明辨》六十一卷（明万历建阳游榕铜活字印本）即有"赋"一体，分列古赋、俳赋、文赋、律赋四类，只是所录作品不及于宋代以后。在明清时期的一些诗话、总集、选集等著作中也有关于辞赋的评论材料，如王世贞《艺苑卮言》、费经虞《雅伦》、许学夷《诗源辩体》、姚鼐《古文辞类纂》、孙梅《四六丛话》等；也有关于辞赋的专论著作，如蒲铣《历代赋话正集、续集》、《赋小斋赋话》、李调元《赋话》、王芑孙《读赋卮言》、魏谦升《赋品》等。还有一些单篇赋作的序、赋集序以及一些论文书牍、笔记史料当中，也有涉及赋体评论的文献。相关的文献搜集、整理工作，有何新文、路成文校证《历代赋话校证》（上海古籍出版社，2007年），孙福轩、韩泉欣编辑校点《历代赋论汇编》（人民文学出版社，2016年），陈良运主编《中国历代赋学曲学论著选》（百花洲文艺出版社，2002年）等。此外还有类似《律古词曲赋叶韵统》十二卷（明程元初撰，茅元仪注考，明崇祯五年刻本）这样的韵书，将赋类作品的用韵与古韵、律韵、词韵、曲韵等合为一书，体现出在明代学者视域中对赋类文体的关注。

第四节　明代民歌文献

　　民歌作为一种民间文学形式，并不是明代才出现的新文学形态。例如中国最早的诗歌总集《诗经》，其中的十五《国风》，部分带有地方民歌的特征。然而作为一种反映民间趣味并对文人创作产生影响的文学写作形式,却是直到明代以后才开始受到文人的广泛注意,并最终蔚为大观。自明代开始,民歌就曾被称作"我明一绝"(卓珂月《古今词统》),被用来和唐诗、宋词、元曲相提并论,又或者被现代的研究者视为"明人独创之艺"(任半塘《散曲概论》卷二《派别》)。虽然民歌的文体归类颇为复杂,但根据明人自己的看法,被称为"民谣""时调""俗曲""小曲""时尚小令"等的作品,大多带有民歌的性质。本节概述明代民歌文献,主要即基于此。

一、明代的民歌创作与批评

民歌进入明代文人视野,大约是从明代中期开始的。对于研究者来说,首先需要确定的是,明代有哪些作品属于我们所说的"民歌"范围? 按照郑振铎的看法,元代流行于民间的散曲,到了明代以后成了文人创作的作品,而明代属于俗文学的作品则是民歌,也就是流行于民间的时曲或俗曲。① 也有学者根据创作者身份的不同来确定民歌的性质,认为民歌主要是出于无名作者之手,虽有一些基本的调式,但音乐比较简单,没有太多格律的讲究,很多是在歌楼妓院中演唱,并流行于一般妇孺儿童之口。② 从内容上说,正如冯梦龙在《叙山歌》中所说的,民歌是"田夫野竖矢口寄兴之所为"和"荐绅学士家不道"的"私情谱"。③

---

① 参见郑振铎《中国俗文学史》第十章《明代的民歌》,商务印书馆,2005 年,第 485—486 页。
② 章培恒、骆玉明主编《中国文学史》第七编第八章《明代散曲与民歌》,复旦大学出版社,1997 年,下册第 377—381 页。周玉波、陈书录编《明代民歌集·前言》(南京师范大学出版社,2009 年)对此问题有较为详细的缕述。
③ 冯梦龙《山歌》卷首,周玉波、陈书录编《明代民歌集》,南京师范大学出版社,2009 年,第 294 页。

　　考索其源,在中国文学发展史上,论者常将《诗经》中的十五《国风》视作两周时期的民歌,将《孔雀东南飞》《敕勒川》《木兰辞》等"诗"看作南北朝时期的民歌。而从明代的情形来看,明人所说的"民歌",则大多属于"曲"的范围,从某个方面来说相当于散曲中最为俚俗的一类作品。沈德符《万历野获编》曾述及"时尚小令",大体相当于一份明代中后期的民歌传记谱:"元人小令,行于燕、赵,后浸淫日盛。自宣、正至成、弘后,中原又行《锁南枝》《傍妆台》《山坡羊》之属。李崆峒先生初自庆阳徙居汴梁,闻之,以为可继《国风》之后。何大复继至,亦酷爱之。今所传《泥捏人》及《鞋打卦》《熬髅髻》三阕,为三牌名之冠,故不虚也。自兹以后,又有《耍孩儿》《驻云飞》《醉太平》诸曲,然不如三曲之盛。嘉、隆间,乃兴《闹五更》《寄生草》《罗江怨》《哭皇天》《干荷叶》《粉红莲》《桐城歌》《银纽丝》之属,自两淮以至江南,渐与词曲相远,不过写淫媒情态,略具抑扬而已。比年以来,又有《打枣竿》《挂枝儿》二曲,其腔调约略相似,则不问南北,不问男女,不问老幼良贱,人人习之,亦人人喜听之,以至刊布成帙,举世传诵,沁入心腑。其谱不知从何来,真可骇叹!"[1]沈德符提到的曲名,大多出现在了明代中后期收录时曲的各种选集、总集当中,是明代民歌最常见的曲牌和曲调。[2]

---

[1] 沈德符《万历野获编》卷二十五《词曲》,中华书局,1959 年,中册第 647 页。这段文字,后来作为沈德符的论曲之说收入《顾曲杂言》,见《中国古典戏曲论著集成》第 4 册,中国戏剧出版社,2020 年,第 213 页。

[2] 有关明代民歌的研究,参见周玉波《明代民歌研究》(凤凰出版社,2005 年)、《月上茶蘼架——明代民歌札记》(南京师范大学出版社,2009 年),戴如庆《明代民歌解读》(团结出版社,2013 年),徐元勇《明清俗曲流变研究》(东南大学出版社,2011 年),张勃《明代岁时民俗文献研究》(商务印书馆,2011 年)等。

　　今存可见最早的明代俗曲，一般认为是成化七年（1471）金台鲁氏所刊的四种曲集，即《新编四季五更驻云飞》《新编题西厢记咏十二月赛驻云飞》《新编太平时赛赛驻云飞》《新编寡妇烈女诗曲》。[①] 其中《新编四季五更驻云飞》收录时曲《驻云飞》79 首，所咏题目包括《咏道情》《咏题情》《咏听琴》《咏酒色财气》《咏五更离情》《咏四季悲欢离合》《咏太平》等；《新编题西厢记咏十二月赛驻云飞》收录时曲《驻云飞》72 首，所咏题目包括《题〈西厢记〉十咏》《题〈东墙记〉五咏》《咏十二月题情》《题〈西厢记〉》《嘲庄家》《题驻云飞收尾》等；《新编太平时赛赛驻云飞》收时曲《驻云飞》38 首，所咏题目包括《咏太平》《题风花雪月》《题歌妓恨毒》《咏苏小卿题恨金山寺》《咏双渐赶苏卿》《题王魁负桂英》《咏》《惜》《爱》《掬》《弄》等；《新编寡妇烈女诗曲》有残缺，存《后增寡妇诗·鹧鸪天》十首。此外，如李开先辑录《一笑散》中的《黄莺儿》《锁南枝》《山坡羊》等曲，《雍熙乐府》中的《驻云飞》《傍妆台》《红绣鞋》《寄生草》《河西刘娘子》等曲，《风月锦囊》中的《新增山坡羊》《楚江秋》等曲，《词林一枝》中的《新增楚歌罗江怨》《续罗江怨》《哭皇天歌》等曲，《八能奏锦》中的《罗江怨歌》《时尚劈破玉歌》《新增急催玉歌》等曲，都是当时社会上广泛流行的时尚小曲。根据学者统计，明代民歌的数量大约在 2000 首左右。[②]

　　事实上，我们在明代中晚期的各种文献中都能发现民歌的踪

①郑振铎《中国俗文学史》第十章《明代的民歌》，商务印书馆，2005 年，第 486 页。

②参见周玉波、陈书录编《明代民歌集》，南京师范大学出版社，2009 年。周玉波《明代民歌研究》、柳倩月《晚明民歌批评研究》等著作中，都有关于明代民歌作品、明人民歌辑本等文献的目录。

影，在一些以市井生活为题材的小说作品，如《金瓶梅词话》《醒世恒言》《喻世明言》《初刻拍案惊奇》《二刻拍案惊奇》《石点头》《型世言》等当中，引述了大量当时流行的时曲、俗曲。在一些戏曲、散曲作品中，也时时可见时曲小调的曲目，如《挂枝儿》《驻云飞》《打枣竿》《劈破玉》《傍妆台》《山坡羊》《锁南枝》《黄莺儿》《清江引》《罗江怨》《哭皇天》《寄生草》等。在部分笔记文献中，也有关于明代民歌作品的记录。①

　　明人在谈论当时流行的这些民歌作品时，无一例外地用"真"的标准来对其进行评价，从提倡"真诗乃在民间""真诗果在民间"的李梦阳，到认为"真诗只在民间"的李开先，以及将其作为"借男女之真情，发名教之伪药"、认为"但有假诗文，无假山歌"的冯梦龙，都显示出"真"的属性在民歌批评中所具有的突出地位。② 在今天可见有关明代民歌的批评文献中，将民歌与情感真实性联系在一起的论说占据了主导。从某个方面来说，这样的思想取向与明代中后期各种复古论调的流行形成鲜明对照。以公安派、竟陵派为代表晚明性灵思潮的兴起，其思想面相之一即是吸收了晚明民歌（时曲、俗曲）尚真的抒情精神。有关明代民歌批评的史料，也散见于明人别集（如李开先《闲居集》）、笔记、诗话、词话、曲话等文献当中，有待明代民歌的研究者进行系统搜集和整理。

---

① 参见周玉波、陈书录编《明代民歌集》附录一《小说、笔记、戏曲等所见明代民歌》，南京师范大学出版社，2009 年。
② 有关明代的民歌批评，参见柳倩月《晚明民歌批评研究》，中国社会科学出版社，2015 年。

二、明代民歌文献的搜集、整理

明代民歌的搜集、整理工作是从明代开始的。其中包括专门收录民歌作品的总集,如杨慎辑《古今风谣》、佚名编《新编四季五更驻云飞》、佚名编《新编题西厢记咏十二月赛驻云飞》、佚名编《新编太平时赛赛驻云飞》、佚名编《新编寡妇烈女诗曲》、醉月子辑《新镌雅俗同赏同观挂枝儿》、《新锓千家诗吴歌》等,也有像《一笑散》《风月锦囊》《词林一枝》《八能奏锦》《大明天下春》《风月词珍》《乐府万象新》《新词玉树英》《徽池雅调》《玉谷新簧》《摘锦奇音》《大明春》《博笑珠玑》等这样将戏曲、散曲、民歌等作品一并收入的曲集和曲选。此外在《雍熙乐府》《词林摘艳》《南宫词纪》《南音三籁》《彩笔情辞》等曲集中,也有大量曲牌为《驻云飞》《傍妆台》《罗江怨》《锁南枝》《劈破玉》的时曲。这些时曲有可能是出自明代文人的拟作,也有可能是采自民间。由于作品来源的不确定性,它们中的大部分作品并没有被纳入到明代民歌范畴。然而无论内容还是风格,他们与当时流行的民歌时调都没有什么区别,也应放在明代中后期民歌流行的视野中予以观照和考察。

在明人编纂各种辑录民歌的文献当中,冯梦龙辑纂的《山歌》和《挂枝儿》是较为独特的两种。与其他各集收录民歌以曲牌作为编类的依据不同,冯梦龙所编二集主要根据内容和主题来进行分类。《挂枝儿》为明代民歌常见曲牌,冯梦龙用以名集,但其中包含的时曲却不只《挂枝儿》一个曲牌。《挂枝儿》所分类别总共十类:第一卷私部,收录作品 40 首;第二卷欢部,收录作品 30 首;第三卷想部,收录作品 46 首;第四卷别部,收录作品 12 首;第五卷隙部,收录作品 61 首;第六卷怨部,收录作品 28 首;第七卷感部,收录作品 26 首;第八卷咏部,收录作品 82 首;第九卷谑部,收录作品 20 首;第十卷杂部,收录作品 22 首。在大多数作品之后,都有编者冯梦龙撰写的评语。其中不乏有记载他搜集民歌的具体情形,如第三卷想部《帐》一首下题记云:"琵琶妇阿圆,能为新声,兼善清讴,余所极赏。闻余《广挂枝儿》刻,诣余请之,亦出此篇赠余,云传自娄江。其前尚有《诉落山坡羊》,词颇佳,因附记此……"①又如第四卷别部《送别》第四首下记云:"后一篇,名妓冯喜生所传也。喜美容止,善谐谑,与余称好友。将适人之前一夕,招余话别。夜半,余且去,问喜曰:'子尚有不了语否?'喜曰:'儿犹记《打草竿》及《吴歌》各一,所未语若者独此耳。'因为余歌之。《打草竿》即此。其《吴歌》云……"其后附录冯梦龙、白石山主人、丘田叔等文人的拟作。② 虽然从总体来看,冯梦龙对于那些"有文人之气"的民歌持批评态度,其中的不少作品也只附记在评语当中,但对这类作品他并非一概否定。《挂枝儿》作为民歌集,也收录了少量文人创作的作品,如第五卷隙部所录《是非》一首,冯梦龙在评语中称其为"黄季子方胤作"。黄方胤为金陵文人,有杂剧、散曲传世,祁彪佳《远山堂剧品》曾评其作。第八卷咏部《骰子》第二首下注明为"金沙李元实作"。其中作品的生产方式,就像最后一首《挂枝儿》曲所唱的:"纂下的《挂枝儿》委的奇妙,或新兴,或改旧,费尽推敲,娇滴滴好喉咙唱出多波俏。那个唱得完这一本,赏你个大元宝。喷喷,好一本新词也,可惜知音的人儿

①周玉波、陈书录编《明代民歌集》,南京师范大学出版社,2009 年,第 237 页。
②周玉波、陈书录编《明代民歌集》,南京师范大学出版社,2009 年,第 244—245 页。

少。"①从某个方面来说可看做是当时市井民间流行曲调的汇编，颇有点类似于今日的流行歌曲排行榜。

冯梦龙所编的另一部民歌集《山歌》，其分类与《挂枝儿》类似，主要包括：第一至四卷为私情四句，其中第一卷收录作品58首，第二卷收录作品52首，第三卷收录作品28首，第四卷收录作品30首；第五卷杂歌四句，收录作品33首；第六卷咏物四句，收录作品65首；第七卷私情杂体，收录作品21首；第八卷私情长歌，收录作品13首，大多篇幅较长；第九卷杂咏长歌，8首，篇幅都较长；第十卷桐城时兴歌，收录作品24首。在《山歌》中所收录的多数作品之下，也有冯梦龙撰写的评语或相关的轶事、作品等方面的记录。有的评语实际上是同主题或者同调作品的补辑，如第四卷《私情四句》中录《比》一首，下有评语称"有舟妇制《劝郎歌》颇佳"，附录的作品有7首之多。② 类似的情形，在冯梦龙所编《山歌》《挂枝儿》中都并非个例。从这一角度来看，两书所收录的作品，又不仅仅限于正文所反映的数量。

《山歌》中收录的作品，有的来源于前代的传闻或其他文献的记载，有的则来自于作者亲身的见闻，创作者多为佚名作者，也有少数是冯氏所熟悉的下层文人。如第七卷《私情杂体》第一首《笃痒》，冯氏在评语中称其"闻之松江傅四，傅亦名姝"，可知是在民间风雅之地传唱的流行曲目。又如第一卷《私情四句》所录《捉奸》一首，注明为"余友苏子忠新作"。也有少数作品为民间流传歌曲，后经文人修改润色，如第九卷《山人》一首，冯氏在评语中特予注明说："此歌为讥诮山人管闲事而作，故末有放手饶人之句。或云张伯起先生作，

①周玉波、陈书录编《明代民歌集》，南京师范大学出版社，2009年，第293页。
②周玉波、陈书录编《明代民歌集》，南京师范大学出版社，2009年，第317页。

非也,盖旧有此歌,而伯起复润色之耳。"①由此可以看出,在明代中晚期,部分流传于民间的民歌作品,同样引起了不少下层文人拟作的兴趣。《挂枝儿》《山歌》作为两部明代民歌总集,反映的正是明代中后期文学领域所形成的这种新的创作景观。②

　　到了"五四"前后,出于批判旧文学、提倡新文学的需要,明代中后期兴盛于民间的民歌作品受到学者重视,周作人、胡适、郑振铎等学者从符合时代文学精神的角度出发肯定民歌在表达情感、反映人性方面的价值。因而在学术研究中,对民间歌谣作品给予很大关注。郑振铎的《中国俗文学史》第一次将民歌作为明代文学的突出成绩予以表彰。该书虽是对中国俗文学历史的叙述,但在具体内容上列举了大量以往在中国文学史研究和书写中不受关注的作品,其中就包括明代的民歌。此外在叶德均的遗著《戏曲小说丛考》(中华书局,1979 年)中,也有《歌谣资料汇录》一篇。1949 年以后,民歌作为反映明代民间阶层思想、生活的重要参照,也受到研究者关注,在文献整理方面也取得了不少成绩,其中如路工编《明代歌曲选》(上海古典文学出版社,1956 年),蒲泉、群明编《明清民歌选甲集》(上海出版公司,1956 年)、《明清民歌选乙集》(上海古典文学出版社,1956 年),赵景深、车锡伦、何志康编《古代儿歌资料》(少年儿童出版社,1963 年),上海古籍出版社编《明清民歌时调集》(上海古籍出版社,1986 年),刘瑞明注解《冯梦龙民歌三种注解》(中华书局,2005 年)等,都是十分重要的文献成果。南京师范大学陈书录教授 2009 年主持教育部重大课题攻关

①周玉波、陈书录编《明代民歌集》,南京师范大学出版社,2009 年,第 354 页。
②有关冯梦龙《山歌》的研究,可参见日本学者大木康《冯梦龙〈山歌〉の研究——中国明代の通俗歌谣》,(日本)劲草书房,2003 年。

项目"中国历代民歌整理与研究",2015 年主持国家社科基金重大招标项目"明清民国歌谣整理与研究及电子文献库建设",持续对明代以来的民歌文献进行系统整理,出版了《明代民歌集》(周玉波、陈书录编,南京师范大学出版社,2009 年)等成果,对推动明代民歌研究做出了重要贡献。

第七章　明代八股文文献

对于八股文是否应当纳入到明代文学历史书写的范围,不同的研究者看法不一。若是以现代的"文学"观念视之,则明清时期那些出于科举考试需要而写作的八股文作品,自然很难当得上文学的称谓。然而如果是从中国传统的"文章"角度来看,则八股文作为中国古代文体的一种,毫无疑问具有"文"的特征和研究价值,也理应进入明代文学研究的视域之中。近些年来,随着科举学研究的日渐兴盛,明代科举制度、八股文研究也逐渐受到文学研究者的重视。从研究的内容来看,八股文研究的面相多元,涉及的史料也十分庞杂,与经、史、子、集各部文献及各类知识都有密切关联,本章则仅就与之直接相关的文献做简要概述。

第一节　明代科举录与科举文献

八股文应科举制度的广泛推行而产生,对其进行研究,自然离不开对科举制度及其相关问题的考察。因而介绍明代八股文研究相关的文献,首先应当予以关注的便是记录明代文人基本信息的科举录,以及与科举考试直接相关的史料文献。

关于科举文献所涉及的范围,学界有多种不同看法,大体包括广义和狭义两种:广义的科举文献,是指与科举有关的文献或者科举制度及其相关内容的文字记录,包括科举的制度,科试的各项法令规定,考试的内容及文体形式,登科的人物,科场事项以及为指导应付考试的有关程文、墨卷、拟题、选本、房稿、时文、类书等,其外延广泛,包括考试教材、科目、试卷内容、格式、阅卷方法、规程、朝廷贡举律令、诏书、科举题名录、各地方志中的选举志等;狭义的科举文献,特指科举题名录或科举录,即进士登科录、会试录、乡试录等。在此基础上,有学者将科举文献的范围进一步明晰化,从科举文献的形态做出区分,认为狭义的或严格意义的科举文献,是指独立存在的专门的科举文献,如登科记、题名录、登科录、同年齿录、同年小录、科第录、科齿录、科名录、朱卷、闱墨、科举试卷、专门记载科举的历史档案等科举文献,也可以称之为核心科举文献,此外还包括专门的八股文、试帖诗选本和专门记载或研究科举的著作,如《唐摭言》《制义丛话》《淡墨录》等,以及备考科举的书籍,如《科名金针》《登瀛宝筏》《登科指南》《举业卮言》等;广义的科举文献除了包括狭义的独立存在的科举文献之外,还包括非独立存在的科举文献,如正史选举志、典志中的科举部分,各种地方志、文集、类书中记载科举的部分,散见于各种书籍中的科举试题和试卷,以及笔记、小说、戏曲等所有各类文献中关于科举的直接记载,可称之为科举资料或科举史料。①

　　也有研究者根据与科举制度相关性的远近,将科举文献分为三个层次:第一层次为原始科举文献,即核心科举文献,是对科举考试制度、过程、内容、结果及相关人物、事件的原始记录。一方面包括科举时代各种科举考试诏令、试卷、金榜、各种试录(主要

① 参见刘海峰《科举学导论》第十六章《科举文献论》,华中师范大学出版社,2005年,第341—342页。

包括乡试录、会试录、进士登科录、武举乡试录、武举录等五种)以及题名碑等官方科举考试档案;另一方面还包括各种同年录(若按文武科,可分为文科同年录和武举同年录;若按级别,可分为贡士同年录、举人同年录和进士同年录;若按其本身的编撰体例,又可分为严格按年齿和兼顾方齿两类)、履历便览、硃卷(个人刊刻)、书牍等私家记述。第二层次,专题科举文献,即除原始文献以外的其他科举专门文献。主要包括:其一,关于进士、举人等科举名录的汇辑、剪裁与整理,如《皇明进士登科考》《皇明贡举考》《类姓登科考》《国朝历科题名碑录初集》等;其二,八股文、时务策、试帖诗等选本;其三,关于备考科举的专门书籍;其四,专门记载或研究科举的著作。第三层次,相关科举文献,即非独立存在的有关科举制度、科举活动及科举人物等记载的文献。包括:其一,实录、起居注等相关记载;其二,隋唐以后历代正史选举志及列传中科举人物的记载;其三,历代政书中关于科举的记载;其四,一些类书中关于科举的记载;其五,历代方志中"进士题名""举人题名"等选举部分及科举人物的记载;其六,小说、诗歌、戏曲、笔记、文集中关于科举制度及科举人物的记载;其七,其他文献中关于科举制度及科举人物的记载。①

　　上述对科举文献的不同分类及其看法,事实上仍只是涉及科举相关研究的某些方面,相关文献类型的梳理也并未包括这一研究所涉的所有文献。例如为研究者所熟知在明代中期文坛盛行一时的"唐宋派",其代表人物王慎中、唐顺之、茅坤等人的论文看法,多与科试文章的写作有关,这些论文的序跋、书信等分布在

---

①参见陈长文《明代科举文献研究·绪言》,山东大学出版社,2008年,第3—4页。

各人的文集、总集、选本当中,是研究明代中期科举考试相关问题的重要文献。从目前对明代科举的研究来看,这种散布在明人别集、总集、选本当中的大量文史材料,都没有进入到明代科举及其相关问题研究的视野当中。本节概述明代科举文献,主要关注刘海峰所说的"狭义科举文献"或"核心科举文献",以及陈长文所说的原始科举文献、专题科举文献,其中有关八股文的文献将在下一节作专门概述。此外所涉科举相关文献,由于范围过于宽泛,且与后文所设"明代文学研究的其他史料"多有重叠,不再做专门概述。与此同时,本节缕述明代的科举文献而将科举录专门独立出来,从某个方面来说则是基于科举录在明代科举和八股文研究中的重要作用。①

科举录的编纂是伴随明代科举考试而生的一种文献记录。正如何乔新在《书进士登科录后》中所说的:"国朝故事,进士释褐之后,礼部录读卷执事之臣氏名与诸进士家状,并及第三人之对策,刻之为登科录。既进御,乃颁在朝群臣及诸进士,以布于天下。"②无论是进士登科录、会试录、乡试录的编刻,都有一种显示荣耀的意味。凡在录中之人,都是在各级科举考试中取得成功的士人,他们不仅是同时代士人学习效仿的榜样,也是后人崇敬追慕的对象。因此李濂才会说:"历岁悠邈,人亡泽斩,虽同井共巷之人,亦弗能知其由某科。矧家有盛衰,嗣有续绝,而郡志邑乘复多阙误。向非题名以识之,迹湮影灭,茫无稽察。甚至有为之后

---

① 如有学者利用科举录进行科举考试的出题研究,参见侯美珍《明代乡会试〈诗经〉义出题研究》,台湾学生书局,2014年。
② 何乔新《椒邱文集》卷十八,《景印文渊阁四库全书》第1249册,台湾商务印书馆,1986年,第304页。

裔,而忘其祖之履历者矣。则夫科第题名之录,讵可少哉!"①从总体上看,科举录包括进士登科录、进士同年齿录、进士履历、进士履历便览、会试录、会试题名录、会试同年齿录、会试同年履历便览、乡试录、乡试题名录、乡试同年齿录、乡试同年履历便览、小录等。从明代科举文献的实际情况看,其中居于核心的是乡试录、会试录、登科录三种,分别对应明代科举考试中的乡试、会试、殿试三级。

现存明代登科录、会试录、乡试录资料十分丰富。在明代89科当中,至今保存有进士登科录(或同年便览、同年录)的仍有70余科,分别是洪武四年、建文二年、永乐九年、永乐十年、宣德五年、宣德八年、正统元年、正统四年、正统七年、正统十年、正统十三年、景泰二年、景泰五年、天顺元年、天顺四年、天顺八年、成化二年、成化五年、成化八年、成化十一年、成化十四年、成化十七年、成化二十三年、弘治三年、弘治六年、弘治九年、弘治十二年、弘治十五年、弘治十八年、正德三年、正德六年、正德十二年、正德十六年、嘉靖二年、嘉靖八年、嘉靖十一年、嘉靖十四年、嘉靖十七年、嘉靖二十年、嘉靖二十三年、嘉靖二十六年、嘉靖二十九年、嘉靖三十二年、嘉靖三十五年、嘉靖三十八年、嘉靖四十一年、嘉靖四十四年、隆庆二年、隆庆五年、万历二年、万历五年、万历八年、万历十一年、万历二十六年、万历二十九年、万历三十二年、万历三十五年。这些登科录大多收录在《明代登科录汇编》(台湾学生书局,1969年)、《天一阁藏明代科举录选刊·登科录》(宁波出版社,2006年)、姜亚沙等主编《中国科举录汇编》(全国图书馆文献

---

① 李濂《国朝河南进士名录序》,《嵩渚文集》卷五十四,《四库全书存目丛书》集部第71册影杭州大学图书馆藏明嘉靖刻本,齐鲁书社,1997年,第78页。

缩微复制中心,2010 年)等几种现代影印出版的大型登科录汇刊文献当中。在浙江大学龚延明教授的主持下,他的团队对 2006—2010 年间影印出版的《天一阁藏明代科举录选刊》(包括登科录、会试录、乡试录)进行点校整理(宁波出版社,2016 年),其中包括 41 科登科录、4 种进士名录、38 科会试录和 277 种乡试录。

除了这些带有光荣榜性质的登科录之外,也有一些与登科录、题名录相关的文献,虽然带有研究("考")的特点,但主要是对明代登科名录的搜集与考订,在一定程度上也带有较为明显的"录"的性质。今存最早由明人编纂的进士名录为俞宪的《皇明进士登科录》,先后有十一卷本、十二卷本、十三卷本。① 其中十三卷本一直记录至嘉靖四十四年科。国家图书馆藏本、台湾学生书局《明代登科录汇编》本均为十二卷本,十三卷本较之多出嘉靖三十二年至四十四年间五科,藏于美国国会图书馆。② 此外又有佚名编《隆万十八科进士履历考》(已佚),明人张朝瑞《皇明贡举考》,范钦《明贡举录》,张弘道、张凝道《皇明三元考》,蒋一葵编《皇明状元全册》(明万历辛卯刊本),顾祖训原编、吴承恩增补、陈枚续补《明状元图考》,清人黄崇兰《明贡举考略》,盛子邺《类姓登科考》,阎湘蕙《明鼎甲征信录》,李周望《国朝历科题名碑录初集》(后经增补改题《明清进士题名碑录》),陈汝元《皇明浙士登科

---

① 关于明代科举名录的编纂,包括登科录、会试录、乡试录等,可参见钱茂伟《国家、科举与社会——以明代为中心的考察》,北京图书馆出版社,2004 年,第 229—265 页;陈长文《明代科举文献研究》上编《明代进士登科录研究》,山东大学出版社,2008 年;郭培贵《中国科举制度通史·明代卷》,上海人民出版社,2015 年。

② 王重民《中国善本书提要》(上海古籍出版社,1983 年,第 160 页)有该本的记载。

考》,等等,都为研究明代进士题名提供了重要参照。今人在各种进士题名录的基础上编纂了各种类型的明代进士登科录,有的与其他时代合编,有的从地域角度进行统汇,如潘荣胜主编《明清进士录》(中华书局,2006 年)、徐秋明《昆山历代登科录》(江苏科学技术出版社,2012 年)、龚延明《义乌历代登科录》(浙江古籍出版社,2014 年)、合肥市地方志办公室编《合肥登科录》(黄山书社,2016 年)等。2021 年,广西师范大学出版社推出了龚延明、邱进春编著的《中国历代登科总录·明代登科总录》,以煌煌二十五巨册、1400 余万字的规模,对明代 276 年间 89 榜 24000 多名进士的生平传记资料进行广泛搜罗,并为之撰写小传,略述各人字号、籍贯、登科年岁、初授官职、仕途履历以及谥号等信息。从某个方面来说,该书可说是以明代进士为纲目的人物生平资料总汇,对整个明代各方面的研究都有重要参考价值。①

另外一种直接记录明代进士名录的文献是保存在国子监的进士题名记。按照规定,每科进士登第之后会勒名于太学门外,是为进士题名碑。明代从洪武二十一年开始,每科之后会立进士题名碑于国子监,永乐迁都之前在南京,迁都以后则在北京。明清两朝的进士题名碑大多保存完好,存于北京孔庙和国子监博物馆,而只有万历八年、崇祯十年两科的题名碑佚失不存。清代有学者开始编录进士题名碑录,至朱保炯、谢沛霖合编《明清进士题

---

① 此外也有一些今人的研究著作虽不是以名录的方式汇编明代进士,但在系统观照明代某一地方的进士方面都具有较高参考价值,如多洛肯《明代浙江进士研究》(上海古籍出版社,2004 年)、《明代福建进士研究》(上海辞书出版社,2004 年)、吴宣德《明代进士的地理分布》(香港中文大学出版社,2009 年)、邱进春《明代江西进士考证》(中国社会科学出版社,2015 年)等,都是从地域角度对明代进士进行分析的重要著作。

名碑录索引》(上海古籍出版社,1980 年),著录两朝进士 51600 余人,其中包含了各人的登第年份、名次和籍贯等。

　　进士登科录之外,明代的会试录对研究明代科举也有重要参考价值。明代会试录保存情况,钱茂伟根据《明代登科录汇编》、天一阁收藏会试录等,著录有 53 科:洪武四年、建文二年、永乐十三年、宣德五年、宣德八年、正统元年、正统四年、正统七年、正统十年、正统十三年、景泰二年、景泰五年、天顺四年、天顺七年、成化二年、成化五年、成化八年、成化十一年、成化十四年、成化十七年、成化二十年、成化二十三年、弘治三年、弘治九年、弘治十二年、弘治十五年、弘治十八年、正德三年、正德六年、正德九年、正德十二年、正德十五年、嘉靖二年、嘉靖八年、嘉靖十一年、嘉靖二十年、嘉靖二十三年、嘉靖二十六年、嘉靖二十九年、嘉靖三十二年、嘉靖三十五年、嘉靖三十八年、嘉靖四十一年、隆庆二年、万历二年、万历五年、万历十四年、万历二十三年、万历二十九年、万历三十二年、万历四十一年、万历四十七年、天启二年等。① 然而这肯定不是今存明代会试录的全部,例如《中国科举录汇编》收录的会试录中,就有崇祯元年戊辰会试录一卷,未见于钱茂伟所据的天一阁藏本和《明代登科录汇编》。

　　登科录、会试录记录的是有关明代进士的名单及相关信息,此外又有乡试录一种,记录明代各省乡试中举人物的信息。相比进士群体而言,乡试举人是一个群体数量更大、包含内容更多的士人样本。他们当中除了一小部分会通过会试、殿试进入科举仕途,很多人会成为活跃于各地方文坛以及其他各个领域的重要组

---

① 钱茂伟《国家、科举与社会——以明代为中心的考察》,北京图书馆出版社,2004 年,第 246—247 页。

成人员。钱茂伟根据《中国古籍善本书目》《天一阁书目汇编》等统计现存的明代乡试录，大致情形如下：顺天府 36 科，应天府 32 科，山东 24 科，山西 21 科，河南 24 科，陕西 16 科，四川 10 科，江西 24 科，湖广 15 科，浙江 30 科，福建 24 科，广东 23 科，广西 13 科，云贵 6 科，云南 8 科，贵州 7 科。① 在此之外也仍有乡试录存世，如《中国科举录汇编》收录有隆庆元年山东乡试录，未见于上述两书目记载。②

　　明代与科举相关的文献汗牛充栋，几乎任一种明代文献当中都有与科举制度、科举考试、科举人物等相关的记录。以明代的史部书为例，其中涉及科举研究较为重要的就有：《明实录》、张廷玉等《明史·选举志》、黄光昇《昭代典则》、徐学聚《国朝典汇》、王世贞《弇山堂别集·科试考》、李东阳等编《明会典》、万历《大明会典·礼部·贡举》、郑晓《皇明大政记》、雷礼《皇明大政纪》、朱国桢《皇明大政记》、《皇明大事记》、谭希思《皇明大政纂要》、俞汝楫《礼部志稿》、王圻《续文献通考》、黄佐《南雍志》、《翰林记》、黄儒炳《续南雍志》、陈仁锡《皇明世法考》、查继佐《罪惟录·科举志》、夏燮《明通鉴》、吴瑞登《两朝宪章录》、沈国元《两朝从信录》、谷应泰《明史纪事本末》，等等。③ 又如在诸多明代文人别集当中，也

---

① 钱茂伟《国家、科举与社会——以明代为中心的考察》，北京图书馆出版社，2004 年，第 241—245 页。

② 利用乡试录等对明代举人进行研究，如丁蓉《明代南直隶举人考》（中国社会科学出版社，2017 年）、汪维真《明代乡试解额制度研究》（社会科学文献出版社，2009 年）、庞思纯《明清贵州六千举人》（贵州人民出版社，2006 年）、吴恩荣《明代科举士子备考研究》（光明日报出版社，2020 年）等。

③ 郭培贵曾撰《明代科举史事编年考证》（科学出版社，2008 年）一书，以编年形式呈现明代科举相关史事，其所征引材料主要出自史部文献。

可以发现许多与科举制度、科举考试或者科举人物有关的序跋、碑传等史料。例如在李东阳所撰《怀麓堂稿、后稿》中，直接与科举有关的文章就有《应天府乡试录序》《京闱同年会诗序》《顺天府乡试录序》《会试录序（两篇）》《江都县学科贡题名记》《漳州府进士题名记》《两京同年倡和诗序》《甲申十同年图诗序》《进士题名记（两篇）》，又或是为应天府、顺天府、会试考试所作的策问考题，等等。此外在大量明人所撰笔记当中，也有十分丰富的科举史料，如《万历野获编》《日知录》《西园闻见录》《涌幢小品》《焦氏笔乘》《玉堂丛语》《震泽纪闻》《客座赘语》《戒庵老人漫笔》《今言》《治世余闻》《双槐岁钞》《七修类稿》《少室山房笔丛》《谷山笔麈》《五杂组》《尧山堂外纪》等当中，都有不少专门与科举有关的条目。在明代科举及其相关问题研究逐渐深入的今天，如果能够按照文献类别的差异，将其中与科举相关的文献予以详细搜罗、整理，对推进明代科举制度、科举文体等问题的研究必然会大有助益。

明清时期，科举考试始终处于广大士子关注的中心，留下了大量与科举相关的文献。经历科举废除之后一段时间的沉寂，研究者开始逐渐注意对科举文献的搜集、整理与汇刊。1969 年台湾学生书局影印出版《明代登科录汇编》，共计七十六卷 22 册，收录登科录 66 种；2003 年，高等教育出版社出版由杨学为总主编的《中国考试史文献集成》，其中第五卷明代部分由王天有主编，辑录了与明代科举有关的各类资料；2006 年文清阁编《历代科举文献集成》十卷本由北京燕山出版社影印出版；2006—2010 年宁波出版社相继推出《天一阁藏明代科举录选刊·登科录》《天一阁藏明代科举录选刊·会试录》《天一阁藏明代科举录选刊·乡试录》，后来由龚延明带领的团队加以点校出版。此外在一些影印的大型文献丛书当中,如《四库全书存目丛书》《续修四库全书》《四库禁毁书丛刊》《北京图书馆古籍珍本丛刊》等,也都能见到明代相关科举文献的踪影。业师陈文新教授主编的"历代科举文献整理与研究丛刊"(武汉大学出版社,2009 年)、"中国科举文化通志"(武汉大学出版社,2015 年)等丛书,在科举文献的汇刊、整理方面取得了突出成绩,其中有多种关于明代科举的资料。域外科举文献的汇刊性成果,则有陈维昭编《稀见明清科举文献十五种》(复旦大学出版社,2019 年),陈维昭、侯荣川主编《日本所藏稀见明清科举文献汇刊》第 1 辑(广西师范大学出版社,2020 年)、《日本所藏稀见明清科举文献汇刊》第 2 辑(广西师范大学出版社,2023 年)等。

第二节　明代八股文选本

八股文作为一种考试文体,其写作有着特殊的要求。与此同时,士人的前途命运也与他们写作的八股文息息相关。这样的情形,从元代就已经开始。元人编纂《三场文选》《大科文选》等,一方面是将当时登第、中举士人的考试文章搜集成册,作为他们某方面才能的凭证;另一方面也是将这些成功者的考试文章汇集起来,作为后来参加同类考试士人文章写作的重要参考,甚至是被当作模拟的范本。这样两方面的用意,几乎是明清时期大多数八股文选本产生最重要的动因之一。①

---

① 关于明代八股文相关的制度、写作者、作品等详细情况,可参见陈文新、王同舟《明代八股文编年史》,台湾花木兰文化出版社,2012 年;龚笃清《明代八股文史》,岳麓书社,2015 年;孔庆茂《八股文史》,凤凰出版社,2008 年。

　　明代早期的经义文仍较多保留了元代经义文写作的特点,对
经义精神的揣摩、阐发也多过于将其作为文章看待,句式、技巧等
方面的内容也未成为写作者关注的重心。而到了明代中期以后,
科举考试以文取人的做法变得更为突出,八股文写作方面的句
法、技巧等在科举应试教学中被作为重要内容。在此背景下,以
指导八股文写作为出发点的八股文选本便开始大量涌现。从某
个方面来说,八股文作为科举考试文体是到了明代以后才开始逐
渐成熟和定型的。明代八股文写作方面出现了一批有影响的大
家、名家,他们以"时文家"的名号得到明清士人的广泛关注。八
股文选本的出现,即是试图通过"选"的形式建立起八股文作为
"时文"的经典系统,以此树立可供士人学习的典范作家和典范文
本。① 与此同时,作为科举考试参考用书编写、出版的另一个面
相,明代中叶以后,大量的坊刻制举用书被生产出来并得以广泛
流通,在知识阶层和社会上产生了很大影响。②

　　明清两代与明代八股文有关的选本数量丰富,这一情形,自
然是与明代将八股文作为科举考试主要文体直接相关。在许多
明人文集中,仍收录了这种因考试而作的八股文,而宋元时期的
文人则很少将考试所作的经义文章收入文集当中。当然,更多的
八股文作品出现在明清时期编纂的八股文选本当中。其中明人
编纂的选本如:方颐孙辑《新刻古今名儒黼藻三场百段文锦》六卷
(明万历间书林唐文鉴金陵刻本),董复亨编《近科衡文录》六卷

---

① 有关明代八股文选家的情形,参见王炜《明代八股文选家考论》,武汉大学
　　出版社,2015年。
② 参见沈俊平《举业津梁——明中叶以后坊刻制举用书的生产与流通》,台
　　湾学生书局,2009年。

（明万历二十八年刊本），林钎辑《皇明宝藏天集》一卷、《地集》一卷（明刻本），钱时俊、钱文光辑《皇明会元文选》十一卷存三卷（明万历刻本），靳于中辑《安雅录》五卷（明万历三十八年刻本），陈一元辑《勒凯编》四卷（明天启间刻本），张鼐辑《皇明文准》八卷（明万历刻朱墨套印本），沈一贯辑《新刻沈相国续选百家举业奇珍》四卷（明周曰校万卷楼刻本），施凤来辑《历科会解元脉》不分卷（明万历四十七年刻朱墨套印本），佚名辑《猛虎斋时文选》不分卷（明刻本），佚名辑《翰林订证历科墨卷判选粹》一卷（明刻本），佚名辑《明万历至崇祯间乡试录会试录汇辑》不分卷十二册（明刊本），佚名辑《万历墨卷选》不分卷（明末刻本），杨希淳、管志道等撰《南畿代射录》一卷（明刻蓝印本），吴默、汤宾尹等撰、闵齐华辑《九会元集》九卷（明天启元年闵齐华刻朱墨套印本），明王世懋辑、郝世科增补《三子金兰翰墨》四卷、《金兰翰墨评林续集》四卷（明万历间书林安正堂刻本），佚名撰《经义模范》，田大年选《皇明四书文选》，郑鄤编《明文稿汇选》，吴芝辑《皇明历科四书墨卷评选》（万历间坊刻本），郭伟汇选《新镌国朝名家四书讲选》（明万历二十四年刊本），汤显祖、许獬《汤许二会元制义》（明万历年间刊本），等等；清人编纂的选本如：钱孙保辑《匪庵四书明文选》十卷、《补格》一卷（清顺治刻本），俞长城辑《可仪堂一百二十名家制义》一百二十卷（清康熙三十八年可仪堂刻本，乾隆三年文盛堂、怀德堂刻本），佚名辑《名家制义》六十一卷（清抄本），高嵣集评《明文钞》，方苞编《钦定四书文》，王步青《塾课八集》，高敏《墨卷大醇新编·三编》，许振祎《明文才调集》，臧岳《明文小题传薪》（道光九年刊本），楼季美《明文精选》（清抄本），郁熙灏《时文小题约钞》，史祐《四题文精选》（清刻本），等等。

除了八股文选本之外，此外还有诸多明代翰林院馆课的汇编,如陶治辑《孝感瑞芝录翰林馆课》三卷(明嘉靖间刻本),屠隆辑《历朝翰墨选注》十四卷(明万历二十四年唐廷仁世德堂刻本),李廷机、杨道宾辑《新刻甲辰科翰林馆课》十二卷(明万历刻本),李廷机、杨道宾辑《新刻甲辰科翰林馆课续卷》不分卷(明刻本),刘孔当等撰、张位辑《皇明馆课标奇》二十一卷(明富春堂刻本),刘元震、刘楚先辑《新刻乙未科翰林馆课东观弘文》十卷(明万历嘉宾堂刻本),陆翀之辑《新刻经馆课玉堂橡笔录》十四卷(明万历书林周曰校刻本),顾秉谦辑《新刻癸丑科翰林馆课》四卷(明万历四十三年金陵书林唐振吾广庆堂刻本),龚□□辑《刻壬辰翰林馆课纂》二十三卷(明万历二十二年刻本),周如盘、汪辉辑《新刻壬戌科翰林馆课》五卷、《后集》五卷,郑以伟辑《新刻己未科翰林馆课》一卷(明天启金陵广庆堂刻本),陈经邦辑《皇明馆课》存五十卷(明万历施可大刻本),沈一贯辑《新刊国朝历科翰林文选经济宏猷》十六卷、续一卷(明万历广庆堂唐氏刻本),施洁、凌稚隆辑、项鸣秋增订《新镌增订皇明史馆名公经世宏辞》十四卷(明万历刻本),曾朝节、敩文祯辑《新刻辛丑科翰林馆课》八卷(明万历三十一年周氏博古堂刻本),佚名辑《明馆课》一卷(明抄本),佚名辑《新刻重校丁未科翰林馆课全编》八卷(明万历三十七年金陵书坊唐氏广庆堂刻本),佚名辑《万历二十三年乙未科馆阁试草》存一卷(明万历二十五年王氏刻本),佚名辑《汇刊甲辰科翰林馆阁试草》十六卷存十三卷(明万历刻本),杨景辰辑《新刻乙丑科翰林馆课》八卷(明天启七年金陵书林唐振吾广庆堂刻本),王荆石选、唐抑所评《王唐二太史选刻历科名公翰林馆课》十卷附一卷(明万历间刻本),王锡爵、陆翀之辑《皇明馆课经世宏辞续集》十五卷(明万历二十一年周曰校刻本),王锡爵、沈一贯辑《增定国朝馆课经世宏辞》十五卷(明万历十八年周曰校万卷楼刻本),翁正春、焦竑

等撰《壬辰翰林馆课纂》二十三卷（明万历刘孔当刻本），施凤来
《重校定丁未科翰林馆课全编》，刘孔当编《新刻壬辰翰林馆课纂》
十六卷、《馆阁新课评林纂》存五卷（明万历间坊刻本），等等。以
及其他一些科举考试文体的选本、总集，如茅维《皇明论衡》、陈垲
《名家表选》，焦竑辑、胡任兴增辑《历科廷试状元策》，吴道南编
《历科廷试状元策》（明末刊本），等等。①

　　事实上，以上所存明代八股文选本，仍只是明人所编选本的
一小部分，此外大量出于考试参考资料之用而编选的八股文选
本，在历史长河中已湮没不存。例如作为晚明时期最知名的八股
文选家之一，艾南英编选的《明文待》《明文定》《历科四书程墨选》
等，至今无一可见。其中一个重要的原因在于，八股文的写作主
要出于应试目的，而科举考试文章的取中与否又有很强的时代
性，因而各种选本的流行更迭较快，那些私人选家缘于市场行为
而编选的八股文选本，自然也就会很快在科举考试的浪潮中被后
继的选本所取代。这样的情形，在清人吴敬梓的小说《儒林外史》
中得到了淋漓尽致的展现，其中塑造的马二先生这一形象，即是
这类人物在科举时代的真实体现。

　　进入现代以后，随着科举制度废而不行，科举考试及其相关
的程文、墨卷也被当作腐朽制度的产物而被弃之不顾。尽管有少
数学者从"考试"的角度探讨中国科举制度的源流，如邓嗣禹《中
国考试制度史》、沈兼士《中国考试制度史》等，然而对于那些缘于

①以上关于明代科举相关文体的选本目录，主要根据《中国古籍善本目录》
《中国善本书目提要》《中国古籍总目》等现代人所编的古籍目录。

考试而写作的八股文,肯定者寥寥可数。①　到了近二三十年来,明清时期的八股文才开始引起研究者的注意,文献搜集、整理工作也渐次展开。日本学者鹤成九章曾编《明代八股文资料目录》(稿本,福冈教育大学,2007 年)。黄强辑《游戏八股文集成》2009 年由武汉大学出版社出版,为陈文新主编"历代科举文献整理与研究丛刊"之一种。姜亚沙等主编《中国古代闱墨卷汇编》(全国图书馆文献缩微复制中心,2010 年),收录明清时期乡会试墨卷、朱卷 35 种,清代的墨卷、朱卷占据多数,也有部分明代的墨卷、朱卷,如《翰林订证历科墨卷判选粹》《乡试墨卷》《会试墨卷》《嘉靖二十二年癸卯科山东丘亚元墨卷》《万历丙午科浙江乡试文魁徐行忠朱卷》《万历乙卯山东乡试朱卷》《万历丙辰会试朱卷》《崇祯十五年浙江壬午科乡试朱卷》等,对于了解明代科举考试答题、评卷等情形有重要参考价值。龚笃清主编《八股文汇编》(岳麓书社,2014 年)系统汇编明清两代八股文 777 篇,其中明文 482 篇,共计作者 119 位,选文以四书文为主,也有一定数量的五经文。此外又有《中国状元殿试卷大全》(邓洪波、龚抗云编著,上海教育出版社,2006 年)、《中华状元卷·大明状元卷》(杨寄林等主编,山西教育出版社,2002 年)、《明代历科状元策汇编》(马庆洲编,北京大学出版社,2020 年)、《名家状元八股文》(徐健顺编,光明日报出版社,1999 年)、《历代状元文章汇编》(洪钧编,中国致公出版社,2015 年)等,对明代状元的殿试策、八股文等进行汇编、整理。

---

① 民国时期对八股文予以关注者不多,相关著作有卢前《八股文小史》(商务印书馆,1937 年)等。

第三节　明代八股文评点与批评

八股文作为一种考试文体,不仅与写作者直接相关,也与评判者有密切联系。因而从某个方面来说,八股文的批评从它被写作出来那一刻就已经开始了。① 因此在明清时期有关科举人物经历的叙述中,常常可见与科举考试录取有关的轶事、逸闻,其中也时有关涉评卷的记述。这样的材料,从某个角度来说就是八股文批评相关的史料,代表了一时一地或者考官个人的八股文评判标准,在对八股文写作风尚的考察中有重要参考价值。

在明清时期刊刻的大量八股文选本中,有一类八股文选本不仅选录八股文作品,还对每一篇八股文进行评点,以此解释与八股文写作相关的技巧、精义等内容。活跃在明清时期的八股文选家,如黄汝亨、艾南英、吕留良、方苞等人,就是著名的八股文评点家。今存重要的明代八股文评选本,如田大年辑、李尧民评《皇明四书文选》三集六卷(明万历二十四年刻本),刘曰宁辑、朱之蕃评《刻刘太史汇选古今举业文彀注评林》四卷(明万历二十四年金陵书坊刻本),郭子章辑《鼎锲青螺郭先生注释小试论彀评林》六卷(明万历二十四年余仙源刻本),全□辑并批《易一房同门稿》不分卷(明万历三十二年刻本),范应宾辑并评《程文选》四卷、张榜辑并评《续程文选》一卷(明万历二十二年刻本),吴芝编《皇明历科

①有关明清时期八股文批评的总体情况,可参见潘峰《明代八股论评试探》,复旦大学博士学位论文,2003年;黎晓莲《明代八股文批评研究》,台湾花木兰文化出版社,2021年;陈水云等《清代八股文批评研究》,台湾花木兰文化出版社,2021年。

四书墨卷评选》不分卷十六册（明万历间坊刻本）、《皇朝历科四书
墨卷评选》不分卷四十八册（明天启五年西爽堂刊本，有黄汝亨、
汤宾尹、张鼐序，吴芝后序），汤宾尹、许獬撰、汤显祖点阅《汤若士
先生点阅汤许二会元制义》十二卷（明万历刻本），汤宾尹评选《睡
庵汤嘉宾先生评选历科乡会墨卷》不分卷十六册（明末坊刻本），
杨廷枢、钱禧辑并评《皇明历朝四书程墨同文录》十五卷（明崇祯
金闾叶聚甫、张叔籁刻本），袁宏道辑并评、李贽批点《新镌李卓吾
评释名文捷录》四卷（明万历余应兴刻本），佚名辑《北畿贺文宗批
点论学指南》四卷（明万历万世堂刻本），吕留良辑并评《晚村天盖
楼偶评程墨观略》不分卷（清康熙十七年刻本），方苞等《钦定四书
文》四十一卷（有《景印文渊阁四库全书》本、清乾隆五年武英殿刻
本、光绪二年湖北崇文书局刻本、光绪十五年刻本、王同舟等校注
本等），吕留良评辑《吕晚村先生评选四书文》不分卷（仪礼探本），
吕留良辑并评《晚村天盖楼偶评大题观略》不分卷（清康熙间刻
本），吕留良辑并评《晚村天盖楼偶评十二科》二十四册（清康熙十
二年刻本），吕留良撰、吴尔尧编《晚村天盖楼偶评》不分卷三十六
册（清康熙十一年原刊本），吕留良编《十二科小题观略》六卷二十
四册（清康熙十二年石门吕氏天盖楼刊本），等等。①

　　此外如清人高嶰集评的《高梅亭读书丛钞·明文钞》初编、二
编、三编、四编、五编、六编（清乾隆五十三年广郡永邑杨氏培元堂
刻本），按四书文出题来源（《大学》《论语》《中庸》《孟子》）进行分
类，对明代科举头场四书文进行系统选录和集评，是研究明代八

---

① 明清时期八股文评选本目录，主要根据《中国古籍善本目录》《中国善本书
目提要》《中国古籍总目》等著录。

股文的重要评选本。^① 清人俞长城辑录的《可仪堂一百二十名家制义》（清康熙间刻本，国家图书馆藏），各人卷首有俞氏所撰题辞，是有关八股文的重要评论材料。类似的情形，在郑郡的《明文稿汇选》中就已有所体现。郑选在辑录明代八股文家作品时，在各人编集的卷首会有一篇短序，对其人的八股文写作及其地位等进行概说，其中常包含十分精到的见解。如他论王守溪（王鏊）的八股文说："举业以文恪为鼻祖，其科名几与商文毅等，立朝风采亦足相方。古来文高一代，而位望又克副者，惟唐之曲江、宋之庐陵，其他未易几也。文章虽不论，遇而独当其盛，其神必有溢露于毫楮之间者。夫文有正眼，与刻意而攻词章，不若清心而涵静定，与沿门持钵而效贫儿，不若纯一守气而无尽藏。如公之为文，岂在尺幅字句间哉！晴空灏气助其神明，名山大川颍其深致，茧丝牛毛析其神理，行云流水荡其天机。所谓应有尽有，应无尽无。后有作者，弗可及已。罗文恭诗云'人才爱说孝皇初'，而宪皇实开其先。成、弘之际，盖国家文明初盛之会，而公适当之，遂能以八股业匹休前哲，为一代宗工。"^②其中将王鏊称作明代的"举业鼻祖""一代宗工"，几乎成了明清时期八股文批评中的共见。

　　从今存明代八股文选本的文本形态来看，评点本作为一种特殊形式的八股文选本，在明清时期十分发达。由此形成的八股文评点批评，在明代八股文批评中也颇具特色。另一方面，以文话、

---

① 《华东师范大学图书馆藏稀见丛书汇刊》（北京图书馆出版社，2006年）第26—31册将该系列文选影印出版。

② 郑郡所撰各序，又以"《明文稿汇选序》四十二首"之总题收入其所撰《崒阳草堂文集》卷七，《明别集丛刊》第5辑第66册，黄山书社，2015年，第270—283页。

文评等方式对八股文展开批评的著作也不断涌现。在明代人撰写的文话著作中,有不少是关于八股文写作和评论的。如明末武之望在《重订举业厄言》卷下中,曾略举明代中后期八股文评论方面的代表人物和著述说:"先辈如茅鹿门、沈虹台诸先生,俱有论文要诀。后来袁了凡《举业彀率》《正、续文规》,更著其详。近日董玄宰《华严九字诀》、焦漪园《文家十九种》、王縰山《学艺初言》、葛屺瞻《文体八议》、顾仲恭《时义三十戒》,凿凿名言,各极要渺之致。而其余诸名家,亦时有一二精微之论。"①茅鹿门指茅坤,编有《唐宋八大家文钞》,为明代最重要的文章选本之一。沈虹台指沈位,吴江人,乡试第一名,隆庆二年进士。袁了凡即袁黄,曾撰众多论举业文章的著作,在晚明甚为知名。董玄宰即董其昌,焦漪园即焦竑,王縰山即王衡,均为晚明重要文人。葛屺瞻为万历二十九年进士,官至工部尚书。顾仲恭则为晚明东林党名士顾大章孪生弟顾大韶,虽老于诸生,却以文章著名,《明史》称其"通经史百家及内典,于《诗》《礼》《仪礼》《周官》多所发明,他辨驳者复数万言"。明清时期专论八股文作品的文话著作,如袁黄《游艺塾文规》《续文规》,佚名撰《举业正式》六卷,郑献甫《制艺杂话》,唐彪《读书作文谱》,梁章钜《制艺丛话》,孙万春《缙山书院文话》,张甄陶《四书翼注论文》,汪之昌《四书文缘起》,吕留良《吕晚村先生论文汇钞》,郑灏若《四书文源流考》,侯康《四书文源流考》,杨懋建《四书文源流考》,周以清《四书文源流考》,汪鼎辑《流翠山房集选八大家论文要诀》,刘熙载《艺概·经义概》,等等。也有许多文人别集当中包含了大量八股文批评资料,如茅坤、王慎中、黄汝亨、冯梦祯、罗万藻、艾南英、金声、陈际泰、戴震、吕留良、魏禧、顾炎

①武之望《重订举业厄言》,万历二十七年刻本。

武、俞长城、李光地等。

　　明清时期科举考试是士人进入仕途的主要途径,因而许多以"论文"为内容的文话著作,在关注古文之外,也会对时文予以关注。如李绂《穆堂先生别稿》卷四十四《秋山论文》,共录论文条目四十则,前二十九则论古文,后十一则论时文。其中论时文第一条就是关于明代时文创作的总论:"诗文各有大家、名家二派,时艺亦然。有明大家,以归震川为主,而胡思泉辅之,金正希、罗文止其后劲也。名家以汤若士为宗,而徐思旷继之,杨维节、包长明其别子也。若乃千汇万状,无体不具,则大士千手目一人而已。"①此外如王夫之《夕堂永日绪论外编》以论时文为主,又不仅仅局限于时文,同时也涉及文章写作、作家作品评论等多个方面。由此形成明清文章批评中一种颇为特殊的现象:一方面,明清时期的批评家对时文作为应试文体的负面因素有着本能的排斥;另一方面,因为时文写作在士人生活中所具有的不可或缺性,又不得不将时文纳入到关注视野,试图从各个层面对其进行改革以实现应试与经世的结合。

　　近些年来,学界对于文章批评文献予以较多关注,其中也包括以往较为忽视的八股文批评。在陈文新师主编"历代科举文献整理与研究丛刊",王水照主编《历代文话》,余祖坤辑《历代文话续编》,陈广宏、龚宗杰主编《稀见明代文话二十种》,龚笃清等编著《八股文话》等资料集中,收录了不少明清时期的科举文话、文论著作,其中就有不少是关于明代八股文批评的。其中陈文新师主编的"历代科举文献整理与研究丛刊"中,与八股文批评有关的

①李绂《秋山论文》,王水照编《历代文话》第 4 册,复旦大学出版社,2020 年,第 4004 页。

著作有《梁章钜科举文献二种校注》《八股文总论八种》《游艺塾文规〉正、续编》等。龚笃清等编著《八股文话》(岳麓书社，2020年)分上下编，共六册，上编收录明代以后八股文批评文献，包括：庄元臣《行文须知》，陈龙正《举业素语》，项煜《谈文随笔》，黄宗羲选编《明文海》(选)，顾炎武撰、黄汝成集释《日知录集释》，王夫之《夕堂永日绪论外编》，赵吉士《万青阁文训》，张廷玉等《明史·选举志》，吕留良《吕晚村先生论文汇钞》，徐元文《学文定法读本》，唐彪《读书作文谱》(选卷一至九)，杨绳武《论文四则》，夏力恕《菜根堂论文》，汪灵川《四书题镜总论二十则》，张声有《文法要诀》，张江《文题论》，王宾评选《文法狐白前集》《文法狐白后集》，刘坦之选评《近科全题试策法程》(选)，王元启《惺斋论文》(选卷一)，赵银槎《论作文凡例》，蔡仙航《巧搭文法十则》，曹宫《文法心传》，于光华编《塾课集益》(选卷一)，阮元辑《学海堂集》(选卷八)，李春元撰、刘维翰、刘文翰摘录《四书文法摘要》，梁章钜《制义丛话》，罗汝怀编纂《湖南文征》(选)，刘熙载《经义概》，朱景昭《论文刍说》，陶福履《常谈》，东园编抄《八股文作法汇钞》，冯展云《见山斋论文》，黄仁黼《论化古文为时文四则》，孙万春《缙山书院文话》，张之洞鉴定《正义启蒙》，赵尔巽等《清史稿·选举志》，商衍鎏《清代科举考试述录》(选第七章)，钱基博《明代文学》(选第四章)，卢前《八股文小史》等。《下编》分为三部分，第一部分"名人话八股"，收录明代以降知名人物与八股文有关的论述，包括吴宽、王守仁、张居正、李贽、焦竑、汤显祖、袁宏道、王思任、钱谦益、黄道周、谭元春、曾异撰、吴应箕、张岱、黄宗羲、尤侗、陆陇其、魏禧、李光地、戴名世、方苞、王步青、沈德潜、蔡世远、刘大櫆、纪昀、姚鼐、管世铭、法式善、汪如洋、焦循、吴兰陔、陶澍、路德、何绍基、曾国藩、王先谦、张謇、叶德辉、周作人、刘咸炘等；第二部分"八股文选本及有关著述的序、跋、凡例";第三部分"小说、日记、回忆录、笔记、报刊文章、杂钞中的八股文话"。在汇编各批评文献之外,也有一些重要的八股文批评著作被单独整理出版,如梁章钜《制艺丛话》等。①

①《制义丛话》一作《制艺丛话》,有陈居渊校点本(上海书店出版社,2001年)、陈水云校注本(武汉大学出版社,2009年)等。蔡荣昌有专门研究的著作《〈制义丛话〉研究》(台湾花木兰文化出版社,2013年)。

第八章　明代文学研究的其他史料

通常来说，一切与明代相关的文献记录都可以为明代文学研究提供参考，甚至成为明代文学研究的对象。就明代文学研究而言，除了重点关注文学文本和相关评论资料之外，其他相关的史书、笔记、传记、年谱、家谱甚至佛教、道教资料、艺术文献、民间文献等，也可以为研究者提供必不可少的参考。本章概论与明代文学研究相关的"其他史料"，所谓其他，是指相对于集部文学而言的文献记录。尽管中国古代的"文学"有着更加宽泛的内涵，集部作品的范围也常常包罗甚广，然而从传统经、史、子、集四部分类提供的基本框架来说，子、史文献所提供的史料类型以及参照作用，通常与关注集部文献而获得的信息以及所提供的研究角度有所不同。除此之外，经部文献在文本类型上与集部文献有所不同，但从今天所定的文学作品分类来说，作为"诗"的形式的《诗经》，以及作为"文"的形式的其他经部著作（如《论语》《孟子》），本身同样也具有文学的性质。缘于明代文献数量浩繁，以下对于其他部类与明代文学研究相关文献的举证，难免挂一漏万，因而也只能给研究者提供打开相关文献的窗口。研究者各有不同的视野和关注点，在具体研究过程中所需史料的搜集，仍应根据问题的实际需要而作深挖和拓展。

第一节　史籍

　　明代修史之风兴盛,并且明人尤好纂修本朝历史,记史言事是一方面,臧否人物也是重要原因之一。这些史籍,一方面提供给研究者观照明代文学演进必要的历史场景、制度结构、政策导向、文人命运(如聚散、迁转)等方面的线索;另一方面,有些史籍也承担着部分记录人物言行、著述甚至人物品评的功能,人物关系、流派构成等相关的内容也时常隐显于其中。同时,中国古代又有后代修前代之史的传统,入清以后编修的各类明代史籍,虽然各有其立场,史料来源也复杂多样,但对我们探寻历史实像、追索文学源流等均不无裨益。① 本节简要概述明清时期有关明代历史、人物、事件等记录的史部著作,以提供探索明代文学相关外部研究所需史料的一般线索。

　　明人编纂本朝历史的著作,较为重要者如邓元锡《皇明书》四十五卷(明万历三十四年刻本),何乔远《名山藏》一百九卷(明崇

---

① 当然,从另一个方面来说,明清时期史籍的丰富也会给研究者带来困扰,各种史料之间的记述常常会出现不一致甚至互相抵牾的情况,因而需要研究者通过征稽材料加以详细考辨。明清时期的诸多史家都曾对明代史书的记载进行考异与辨析,如王世贞《弇山堂别集》就有《史乘考误》。近现代明史学家黄云眉曾撰《明史考证》(八册,中华书局,1979—1986 年),博引 1400 余种明代官私记录,共写成 200 余万言的考订文字。此外又有王颂蔚《明史考证攟逸》(台湾学生书局,1968 年),翟玉前、孙俊《明史·贵州土司列传考证》(贵州人民出版社,2008 年),王伟凯《〈明史·刑法志〉考注》(天津古籍出版社,2005 年),展龙《明清史料考论》(科学出版社,2017 年)等。

祯间刻本），尹守衡《皇明史窃》一百五卷（明崇祯间刻本、清光绪十二年刻本），吴士奇《皇明副书》九十九卷、续一卷（清抄本），张岱《石匮书》二百二十一卷、《石匮书后集》六十三卷（清抄本），夏浚《皇明大纪》三十六卷（明抄本），黄光昇《昭代典则》二十八卷（明万历二十八年周曰校万卷楼刻本），薛应旂《宪章录》四十六卷（明万历二年陆光宅刻本），郑晓《皇明大政记》十卷（《郑端简公全集》本），雷礼辑《皇明大政纪》三十六卷（明抄本），谭希思《皇明大政纂要》六十三卷（清光绪二十一年湖南思贤书局刻本），张铨《国史纪闻》十二卷（明天启间刻本），陈建《皇明通纪》（中华书局，2008 年），谈迁《国榷》一百卷（抄本，中华书局 1958 年张宗祥校点本），沈越《皇明嘉隆两朝闻见纪》十二卷（明万历二十七年沈朝阳等刻本），吴瑞登《两朝宪章录》二十卷（明万历二十二年光州儒学刻本），许重熙《宪章外史续编》十四卷（明崇祯间刻本）、《嘉靖以来注略》十四卷（明刻本），沈国元《两朝从信录》三十五卷（明崇祯间刻本），高岱《鸿猷录》十六卷（明嘉靖四十四年高思诚刻本），范景文《昭代武功编》十卷（明崇祯十一年刻本），霍韬辑《明良集六种》九卷（明嘉靖十二年刻本，包括宋濂《洪武圣政记》一卷，金幼孜《金文靖公前北征录》一卷、《后北征录》一卷，杨荣《北征记》一卷，杨士奇《三朝圣谕录》三卷，李贤《天顺日录》一卷，李东阳《燕对录》一卷），朱国桢辑《皇明史概》一百二十一卷（明崇祯间刻本，包括《皇明大政记》三十六卷，《皇明大训记》十六卷，《皇明大事记》五十卷，《皇明开国臣传》十三卷，《皇明逊国臣传》五卷），顾炎武编《皇明修文备史》一百五十六卷（包括 62 种明人撰写史书，如王世贞《史乘考误》二卷、魏焕《九边考》三卷等），《明实录》（台湾"中央研究院"史语所 1962 年校勘本），娄性《皇明政要》二十卷（明正德二年刘氏慎独斋刻本），郑晓《吾学编》六十九卷（明隆庆元年郑履淳刻本)、《今言》四卷(明嘉靖四十五年项笃寿刻本),王世贞《弇山堂别集》一百卷(明万历十八年翁良瑜雨金堂刻本),余继登《皇明典故纪闻》十八卷(明万历间王象乾刻本),吕本《馆阁类录》二十二卷(明万历二十五年王元贞刻本),黄景昉《国史唯疑》十二卷(清初双云堂抄本),钱谦益《国初群雄事略》十四卷(清抄本),朱睦㮮《革除逸史》二卷(《指海》本),屠叔方《建文朝野汇编》二十卷(明万历间刻本),黄佐撰、邓士龙编《革除遗事》六卷(明抄本),陈洪谟《治世余闻》八卷、《继世纪闻》六卷(丛书集成初编本),瞿九思《万历武功录》十四卷(明万历刻本),李化龙《平播全书》十五卷(明万历间刻本),王在晋《三朝辽事实录》十七卷(明崇祯间刻本),顾秉谦、徐绍言等纂修《三朝要典》二十四卷(明天启六年内府刻本),刘若愚《酌中志》二十四卷(清抄本、丛书集成初编本),朱长祚《玉镜新谭》十卷(明崇祯间刻本),何出光、陈登云等撰、喻思恂续撰《兰台法鉴录》二十八卷(明万历二十五年刻崇祯四年续刻本),李濂《国朝祥符文献志》十七卷(明嘉靖二十四年刻本),徐溥等纂修《大明会典》一百八十卷(明正德六年司礼监刻本),申时行、赵用贤等纂修《大明会典》二百二十八卷(明万历十五年内府刻本),张居正等《大明会典》二百八十卷(明内府刻本),明太祖《御制大诰、续编、三编》(洪武间内府刻本),邓球《皇明泳化类编》一百三十六卷、《续编》十七卷(明隆庆间刻本),劳堪《宪章类编》四十二卷(明万历六年自刻本),郑大郁《经国雄略》四十八卷(明弘光王介爵刻本),夏良心、史继辰等辑《增修条例备考》二十卷(明万历间刻本),徐学聚《国朝典汇》二百卷(明天启四年徐兴参刻本),陈仁锡《皇明世法录》九十二卷(明崇祯间刻本),徐一夔、梁寅等《大明集礼》五十三卷(明嘉靖九年内府刻本),杨一清、熊浃等纂修《明伦大典》二十四卷(明嘉靖七年内府刻本),

王世贞《皇明异典述》五卷(明世经堂刻本),郭正域《皇明典礼志》二十卷(明万历四十一年刻本),卢上铭、冯士骅《辟雍纪事》八卷、《原始》一卷、《辟雍考》一卷(李盛铎抄本),叶秉敬《明谥考》三十八卷(清抄本),郭良翰《皇明谥纪汇编》二十五卷(明万历四十二年张延登刻本),吕本等辑《皇明宝训》四十卷(明万历三十年秣陵周氏大有堂刻本),《校正泰昌天启起居注》(南炳文校正,天津古籍出版社,2012年),等等。

　　从资料的属性来看,史书文献通常与文人生活的时代、生平、交往等联系在一起,而较少与他们的文学创作直接相关。然而也不尽然。明人私修史书的风气十分兴盛,从某种程度上来说打破了史书以编年、纪事为主体的写作模式,而呈现出多样的色彩。在各类史书当中,以人物传记为主体的史书编纂成为一时的风尚。传记史料虽然也以人物的生平、经历为主要内容,但在重事的同时,也往往重视人物著述及其相关言论的记载,因而其中也不乏与文学研究相关的材料。明人编纂的各种传记类著作,对于研究者深入探讨人物的人生经历、著述与思想状态、社会关系网络等都有重要参考价值。其中较为重要的如:黄佐《翰林记》二十卷(明抄本、《景印文渊阁四库全书》本),周应宾《旧京词林志》六卷(明万历二十五年刻本),雷礼辑《国朝列卿记》一百六十五卷(明万历间徐鉴刻本),雷礼撰、徐鉴补《国朝列卿年表》一百四十五卷(明万历间刻本),王世贞辑《皇明名臣琬琰录》三十二卷(明抄本),王兆云《皇明词林人物考》十二卷(明万历间刻本),许重熙《国朝殿阁部院大臣年表》十八卷(明崇祯间刻本),顾璘《国宝新编》一卷(顾氏明朝四十家小说本),吴伯与《国朝内阁名臣事略》十六卷(明崇祯五年魏光绪刻本),朱大韶编《皇明名臣墓铭》八卷(明抄本),过庭训《本朝分省人物考》一百十五卷(明天启二年刻本),林之盛《皇明应谥名臣备考录》十卷(明万历四十三年钱塘林氏刻本),王世贞《嘉靖以来首辅传》八卷(明万历四十五年茅元仪刻本),杨循吉撰、黄鲁曾补遗《吴中往哲记》三卷、补遗三卷(明刻本),冯复京《圣明常熟先贤传略》十六卷(清抄本、清大树堂刻本),朱睦㮮《皇朝中州人物志》十六卷(明隆庆间刻本),萧彦、王致祥《掖垣人鉴》十七卷(明刻本),焦竑辑《国朝献征录》一百二十卷(明万历四十四年刻本),焦竑《皇明人物考》六卷附《大明臣论断》一卷(明万历二十二年三衢舒氏刻本),焦竑辑《熙朝名臣实录》二十七卷(明末刻本),雷礼辑《内阁行实》八卷(明刻本),项笃寿《今献备遗》四十二卷(明万历十一年项氏万卷堂刻本),吴应箕《启祯两朝剥复录》十卷(清初吴氏楼山堂刻本),江盈科辑《皇明十六种小传》四卷(明万历二十九年刻本),尹直《皇朝名臣言行通录》十二卷(明弘治十三年刻本),郑晓《名臣记》三十卷(《郑端简公全集》本),沈应魁辑《皇明名臣言行录新编》三十四卷(明嘉靖三十二年自刻本),徐咸辑《皇明名臣言行录前集》十二卷、《后集》十二卷、《续集》八卷(明嘉靖二十八年施渐刻本、嘉靖三十九年侯东莱、何思刻本),汪国楠辑《皇明名臣言行录新编》四十四卷(明万历四十年刻本),徐纮辑、王道端续辑《明名臣琬琰录》二十四卷、《后集》二十二卷、《续集》八卷(明嘉靖四十年刻本),凌迪知辑《国朝名世类苑》四十六卷(明万历间刻本),李贽《藏书》六十八卷、《续藏书》二十七卷(中华书局整理本),黄金《皇明开国功臣录》三十一卷、《续编》一卷(明弘治正德间马金等刻本),朱国桢《皇明开国臣传》十三卷(《皇明史概》本),郑晓《逊国臣记》八卷(《郑端简公全集》本),廖道南《殿阁词林记》二十二卷(明嘉靖间刻本),袁袠《皇明献实》三十九卷(明叠翠山房抄本),唐枢《国琛集》二卷(明嘉靖间刻本),等等。

　　入清以后，出于各种不同的原因和立场，士人纂修明代历史的热情依然高涨，其间官修、私修的明史著作层出不穷。其中与明代历史编纂相关的史籍，如张廷玉等《明史》三百三十二卷（百衲本二十四史本、中华书局整理本），傅维麟《明书》一百七十一卷（清康熙三十四年本诚堂刻本、丛书集成初编本），万斯同《明史》四百十六卷（清抄本）、《明史纪传》三百十三卷（清抄本）、《明史列传稿》二百六十七卷（清抄本），徐乾学《明史列传》九十二卷（清抄本），汪琬《拟明史列传》二十四卷（《钝翁全集》本），王鸿绪《明史列传稿》二百八卷（清康熙间敬慎堂刻本）、《明史稿》三百十卷（清雍正间敬慎堂刻本）、《明史稿艺文志》四卷（清雍正间敬慎堂刻本），陈鹤撰、陈克家续《明纪》六十卷（清同治十年江苏书局刻本、四部备要本），夏燮《明通鉴》九十卷、《前编》四卷、《附记》六卷（清光绪二十三年湖北官书局重刻本、中华书局整理本），章人凤《通鉴续编》一百二十七卷（清初抄本），谷应泰《明史纪事本末》八十卷（清顺治十五年刻本、中华书局整理本），计六奇《明季南略》十八卷（清抄本、中华书局整理本）、《明季北略》二十四卷（清初抄本、中华书局整理本），龙文彬《明会要》八十卷（清光绪十三年永怀堂刻本、中华书局1956年整理本），等等。

　　以上明清时期的史学典籍，部分被收入中华书局出版的"中国史学基本典籍丛刊"当中得到整理，如《皇明通纪》《明季南略》《明季北略》《廿二史札记》《国初群雄事略》《小腆纪传》《明本纪》，等等。其余单独整理出版的明代历史著作也有不少，对研究者的利用来说有较大的便利。在使用过程中，需要注意的是，不同版本的同一著作在记述中有时会有所出入，这样的情形是由后人刊刻时所作的删改造成的。其中较为明显的例子，如王世贞编纂的《嘉靖以来首辅传》，今存各本（明抄本、茅元仪刻本等）之间存在细微的区别,体现了不同刊刻者对相关人物、事件的态度和倾向。①

为明人立传也是清人修明代历史的一时风尚,由此展现明不同时期历史人物丰富多彩的面向。其间常为研究者所引用的如:钱谦益《列朝诗集小传》十卷(清康熙三十七年诵芬堂刻本、上海古籍出版社整理本),陈鼎《东林列传》二十四卷、末二卷(明刻本、清康熙间刻本、《景印文渊阁四库全书》本),吴山嘉辑《复社姓氏传略》十卷、《续辑》一卷(清抄本),邹漪《启祯野乘一集》十六卷、《二集》八卷(明崇祯十七年刻本、清康熙十八年刻本),孙静庵《明遗民录》四十八卷(民国元年上海新中华图书馆铅印本),刘青芝《拟明代人物志》十卷(《刘氏传家集》本),王介锡《明朝百家小传》二卷(清抄本),侯登岸《明高士传》二卷(清抄本),徐开任《明名臣言行录》九十五卷(清康熙二十年采山堂刻本),潘介祉《明诗人小传稿》十四卷(台湾图书馆藏手稿本),汪森《明代诗才小传》七卷(清抄本),王介锡《明文百家萃小传》二册(抄本),徐沁《明画录》八卷(读画斋丛书本、丛书集成初编本),万言《明女史》八卷(浙江图书馆藏稿本),屈大均《皇明四朝成仁录》十二卷(广东丛书本),张廷琛《明季正气录》十一卷(稿本),路鸿休辑《帝里明代人文略》二十二卷(清道光三十年甘煦津逮楼木活字印本),曹溶辑《孤本明代人物小传》(全国图书馆文献缩微中心,2003 年),等等。

此外在明清两代编纂的通代史书当中,也有不少涉及明代的史料记述,可以作为研究明代文人、文学的参考。其中较为常用的史著,明代如王宗沐《续资治通鉴》六十四卷(隆庆间刻本),李

---

① 相关讨论及其详细情形,参见朱绯《传记文本的书写与重构——以〈嘉靖首辅传〉为例》,武汉大学硕士学位论文,2021 年。

东阳、刘机等撰《历代通鉴纂要》九十二卷（明正德二年内府刻本），何璧《古今人物志略》十二卷（明嘉靖四十四年金陵书舍蔡前溪刻本），陈禹谟辑《人物概》十五卷（明刻本），廖用贤辑《尚友录》二十二卷（明万历四十五年刻本），万廷言辑《经世要略》二十卷（明万历三十八年万廷谦刻本），魏显国《历代相臣传》一百六十八卷（明万历三十四年邓以诰等刻本），凌迪知辑《古今万姓统谱》一百四十卷、《历代帝王姓系统谱》六卷、《氏族博考》十四卷（明万历间刻本），潘埙辑《淮郡文献志》二十六卷、补遗一卷（明嘉靖三十四年刻本），刘凤《续吴先贤赞》十五卷、《续吴录》二卷（明万历间刻本），张昶《吴中人物志》十三卷（明隆庆四年张凤翼、张燕翼刻本），文震孟、文秉《姑苏名贤小纪》二卷、《续纪》一卷（清抄本），周永年辑《吴都法乘》三十卷（清初抄本），张大复撰、清汪中鹏补订《梅花草堂集》十一卷（明崇祯间刻清雍正二年汪中鹏重修本），方鹏《昆山人物志》十卷（明嘉靖间刻本），朱应鲲辑《昆山人物传》十卷（清顺治十二年自刻本），徐象梅《两浙名贤录》五十四卷、《外录》八卷（明天启间徐氏光碧堂刻本，浙江古籍出版社整理本），郑柏《金华贤达传》十二卷（清康熙四十七年郑璧刻本、续金华丛书本），程曈辑《新安学系录》十六卷（明正德间程启刻清康熙三十五年绿荫园重修本），郑岳辑《莆阳文献》十三卷、《列传》七十五卷（明万历四十四年黄起龙刻本），周圣楷《楚宝》四十五卷（明崇祯间刻本），黄佐《广州人物传》二十四卷（岭南遗书本、丛书集成初编本），等等；清代的相关著作如徐乾学《资治通鉴后编》一百八十四卷（清末浙江书局刻本），傅恒《御批历代通鉴辑览》一百二十卷（清乾隆三十三年内府刻朱墨印本），乾隆三十二年奉敕撰《钦定续通志》五百二十七卷，赵翼《廿二史札记》三十六卷（广雅丛书本，中华书局校点本），钱大昕《廿二史考异》一百卷（广雅丛书本，丛书集成初编本），张亮基辑《尚友录续集》二十二卷（清光绪十四年上海点石斋石印本），陶炜《人物通考》一百五十二卷（清抄本），朱桓辑《历代名臣言行录》二十四卷（清嘉庆二年刻本），姜绍书《无声诗史》七卷（清康熙五十七年观妙斋刻本），孙承泽《畿辅人物志》二十卷（清初刻本），阮元《广陵诗事》十卷（清光绪十六年刻民国九年重印本），顾沅辑、孔继垚绘《吴郡名贤图传赞》十二卷（清道光九年长洲顾氏刻本），潘柽章《松陵文献》十五卷（清康熙三十二卷潘耒刻本），徐达源《吴郡甫里人物考》二十二卷（稿本），沈王礼《常熟人物志》十六卷（稿本），盛枫《嘉禾征献录》五十卷、《外纪》六卷（清同治八年唐翰题抄本），王谟《豫章十代文献略》五十卷、《补遗》二卷（清乾隆间刻本），孙奇逢《中州人物考》八卷（《景印文渊阁四库全书》本），丁宿章辑《湖北诗征传略》四十卷（清光绪间孝感丁氏泾北草堂刻本），葛万里辑《别号录》九卷（清抄本、《景印文渊阁四库全书》本），佚名《皇明遗民传》（北京大学1936年影印魏建功1927年于朝鲜所得抄本），等等。

明代历史资料的丰富性，也为今人汇编、汇刊和整理各类明史资料提供了巨大空间。1912年，商务印书馆编译所就编印了《明季稗史初编》二十七卷。1930年代，罗振玉整理印行《明季史料零拾》（1934年），"中央研究院"整理出版《明清史料》甲编（1931年）、乙编（1935年）、丙编（1936年）、丁编（1947年）、戊编（1953年）、己编（1957年）、庚编（1960年）、辛编（1962年）、壬编（1967年）、癸编（1975年）等。其中较大规模的明代史料汇刊如中国第一历史档案馆、辽宁省档案馆所编的《中国明朝档案总汇》（广西师范大学出版社，2001年），线装书局、蝠池书院出版有限公司出版的《明代基本史料丛刊》等。《中国明朝档案总汇》总共分为四编，共计101册，总字数达到6000余万字。前三编为中国第一历史档案馆收藏的明代档案,第四编为辽宁省档案馆收藏的明代档案。第一编为散件类,共计收录明朝档案 3535 件;第二编为簿册类,收录明朝档案 102 卷;第三编为典籍类,为抄存或誊印的书册如《鲁斋全书》《掌诠题稿》等 12 部;第四编为明代辽东问题档案,共有 710 件(卷)。《明代基本史料丛刊》系列规模宏大,包括:《奏折卷》100 册,线装书局 2005 年版;《边疆卷》100 册,线装书局 2005 年版;《邻国卷》80 册,线装书局 2006 年版;《文集卷》第 1—10 辑每辑 75 册,线装书局 2013—2017 年版;《诸杂家卷》第 1 辑 70 册,第 2 辑 77 册,线装书局 2018 年版;《金石卷》18 册,蝠池书院出版有限公司 2017 年版;《地理卷》分为总志、方志、游记、江河湖海、杂著等不同辑共数百册,蝠池书院出版有限公司 2017—2018 年版。于浩辑《明清史料丛书八种》(北京图书馆出版社,2005 年)收录清人留云居士辑《明季稗史汇编》、商务印书馆辑《明季稗史续编》、罗振玉辑《史料丛刊初编》、《明季辽事丛刊》、罗福颐校录《明季史料零拾》、谢国桢辑《清初史料四种》、乐天居士辑《痛史》、佚名辑《纪载汇编》等八种明代史料丛书。也有以个人搜集、汇编史料为主进行集中刊刻的史书文献丛编,如谢国桢编刊的"瓜蒂庵藏明清掌故丛刊"(上海古籍出版社,1983—1986 年),收录《见闻杂记》《闽小记》《畏垒笔记》《南吴旧话录》等 22 种方志、笔记类文献。至于单独被整理的明代史书文献,同样也数量极丰,诸如《明史》《明通鉴》《明季南略》《明季北略》《石匮书后集》《皇明通纪》《明书》《国榷》等等,不一一列举。

此外还有两种重要的明人传记资料汇编,第一种为周骏富主编《明代传记丛刊》(台湾文明书局,1991 年),规模达到 160 册,虽然只是影印出版,但如此系统辑录有关明代的传记文献,对研究明代人物起到了重要推动作用。该丛刊分为学林类、名人类、遗逸类、艺林类、综录类等不同类型，收录明清时期的史书、文集、笔记、诗文评等著作中有关明代人物传记的资料（其中有今人方豪《中国天主教史人物传（明代篇）》一种）。收录的著作包括：黄宗羲《明儒学案》，沈佳《明儒言行录》，陈鼎《东林列传》，佚名《东林同难录》，佚名《东林党籍考》，吴山嘉《复社姓氏传略》，王世贞《明诗评》，朱彝尊《静志居诗话》，钱谦益《列朝诗集小传》，陈济生《启祯两朝遗诗小传》，陈田《明诗纪事》，杜荫堂《明人诗品》，顾起纶《国雅品》，王兆云《皇明词林人物考》，廖道南《殿阁词林记列传》，张弘道、张凝道《皇明三元考》《科名盛事考》，顾祖训原编、吴承恩增补、陈枚续补《状元图考》，阎湘蕙《明鼎甲征信录》，黄佐《南雍志列传》，黄儒炳《续南雍志列传》，祝肇《金石契》，顾璘《国宝新编》，徐祯卿《新倩籍》，耿定向《先进遗风》，彭定求《明贤蒙正录》，李绍文《皇明世说新语》，苏茂相《皇明宝善类编》，黄金《皇明开国功臣录》，朱国桢《皇明开国臣传》，雷礼《内阁行实》，唐鹤徵编、陈睿谟评《皇明辅世编》，袁袠《皇明献实》，项笃寿《今献备遗》，雷礼《国朝列卿记》，刘孟雷《圣朝名世考》，王世贞《名卿绩记》《嘉靖以来内阁首辅传》，罗继祖《明宰相世臣传》，陈盟《崇祯阁臣行略》，曹溶《崇祯五十宰相传》，徐纮《皇明名臣琬琰录》，杨廉《新刊皇明名臣言行录》，徐咸《近代名臣言行录》，汪国楠《皇明名臣言行录新编》，李廷机《皇明名臣言行录》，刘廷元《国朝名臣言行录》，徐开任《明名臣言行录》，明吏部《明功臣锡封底簿》，林之盛《皇明应谥名臣备考录》，朱大韶《皇明名臣墓铭》，裘玉《殉身录》，沈士谦《明良录略》，王鸿儒《掾曹名臣录》，朱当㴐《靖难功臣录》，吕毖《祖宗朝谥考》，钱谦益《国初群雄事略》，徐如珂《攻渝诸将小传》《攻渝记事》，文震孟《念阳徐公定蜀记》，卢山逸民《平蜀记事》，张芹《备遗录》，郁衮《革朝遗忠录》，黄佐《革除遗事》，佚名《革除遗事节本》，郑晓《建文逊国臣记》，朱国桢《皇明逊国臣记》，黄士良纂、杨思本评《逊国神会录》，曹参芳《逊国正气纪》，钱士升《皇明表忠记》，赵吉士《续表忠记》，屈大均《皇明四朝成仁录》，杨陆荣《殷顽录》，吴应箕《熹朝忠节死臣列传》，孙慎行《恩恤诸公志略》，顾岑《南都死难记略》，高宇泰撰、何树仑附注、张寿镛等补注《雪交亭正气录》，九龙真逸《明季东莞五忠传》，高承埏《崇祯忠节录》，温廷敬《明季潮州忠逸录》，曹梦元《昆山殉难录》，郑汝璧《皇明帝后纪略（藩封附）》，汤斌《拟明史稿后妃传》，毛奇龄《胜朝彤史拾遗》，程嗣章《明宫词》，袾宏《皇明名僧辑略》，张其淦撰、祁正注《元八百遗民诗咏》，徐泌《明画录》，姜绍书《无声诗史》，汪显节《绘林题识》，朱谋垔《续画史会要》，王稚登《吴郡丹青志》，邓元锡《皇明书列传》，何乔远《名山藏列传》，陈仁锡《皇明世法录列传》，邓球《皇明泳化类编列传》，尹守衡《明史窃列传》，查继佐《罪惟录》，傅维麟《明书列传》，徐乾学《徐本明史列传》，王鸿绪《明史稿列传》，张廷玉《明史列传》，张岱《石匮书后集列传》，温睿临撰、李瑶校《南疆绎史勘本列传》，李瑶《绎史摭遗》《恤谥考》，郑达《野史无文列传》，计六奇《明季北略列传》，李贽《续藏书》，李长祥《天问阁集》，查继佐《国寿录》《东山国语》，庄廷钺《明史钞略》，凌雪《南天痕列传》，翁州老民《海东逸史》，邵廷采《东南纪事》《西南纪事》，王夫之《永历实录》，焦竑《国朝献征录》《皇明人物考》，唐枢《国琛集》，陈沂《畜德录》，张萱《西园闻见录》，汪有典《史外》，邹漪《启祯野乘》，陈贞慧《山阳录》，龚立本《烟艇永怀》，陈鼎《留溪外传》，过庭训《明分省人物考》，孙奇逢《中州人物考》《畿辅人物志》，朱睦㮮《皇朝中州人物志》，何三畏《云间志略》，文震孟《姑苏名贤小记》，徐曾铭《续名贤小记》，文秉《姑苏名贤续记》，褚亨奭《姑苏名贤后记》，刘凤《续吴先贤赞》，阎秀卿《吴郡二科志》，张大复《吴郡人物志》、戚元佐《檇李往哲传》、项玉笋《檇李往哲续编》、张岱《明越人三不朽图赞》、冯复京《明常熟先贤事略》、朱克生《明代宝应人物志》、陈作霖《明代金陵人物志》、王世贞《弇州山人续稿碑传》、钱谦益《二学集碑传》、黄宗羲《南雷文定碑传》、邵念鲁《思复堂文集碑传》、汤斌《拟明史稿列传》、朱彝尊《曝书亭集碑传》、毛奇龄《西河文集碑传》、全祖望《鲒埼亭集碑传》，等等。收录的不仅有史部传记类文献，也有不少带有人物小传的文学、艺术等领域的评论著作。

2008 年，北京图书馆出版社影印出版《明代传记资料丛刊》第 1 辑，共计 40 册。该书依据《八十九种明代传记综合引得》，收录明代人物传记近 30 种，大多为明清刻本、抄本，其中不乏民国学者如朱希祖等人的批评，具体包括以下著作：徐开任《明名臣言行录》，沈应魁《皇明名臣言行录新编》，徐秉义《明末忠烈纪实》，陈盟《崇祯阁臣行略》，屈大均《明季南都殉难记》，陈鼎《东林列传》，顾苓《南都死难纪略》，高承埏《崇祯忠节录》，沈士谦《明良录略》，王祎《造邦贤勋录略》，彭孙贻《甲申后亡臣表》，徐晟《续名贤小记》，曹溶《明人小传》，朱国桢《皇明开国臣传》《皇明逊国臣传》，王鸿绪《明史稿（列传之部）》，国史馆编《钦定胜朝殉节诸臣录》，张大复撰、汪中鹏补《梅花草堂集》，尹守衡《明史窃》，李长祥撰、赵之谦辑《天问阁集》，九龙真逸《胜朝粤东遗民录》《补遗》，刘廷元《国朝名臣言行略》，雷礼《内阁行实》，龚立本《烟艇永怀》，张芹《备遗录》，黄金《皇明开国功臣录》，方象瑛《明史分稿残编》，顾少轩纂、李同芳缩编《皇明将略》。规模相比周骏富所编《明代传记丛刊》更小，收录的著作也大多在其范围之内。

同样是在 2008 年，国家图书馆古籍馆所编的《中国古代地方人物传记汇编》由北京燕山出版社出版，共收录广东、广西、福建、安徽、湖北、湖南、江苏、江西、上海、浙江、云南、甘肃、河南、河北、山东等省市的历史人物传记著作共130余部，涉及人物32000余人。始于先秦，止于民国，其中有不少为明清人所撰的人物传记著作，如文震孟《姑苏名贤小记》，孙承泽《畿辅人物志》，孙奇逢《中州人物考》，毛宪《毗陵人品记》，吴骐《同里先哲志》，杨循吉《吴中往哲记》，徐象梅《两浙名贤录》，吴之器《婺书》，欧大任《百越先贤志》，等等。

也有学者力求在明清时期中外丰富的文献中发掘明代研究所需要的史料，如杜宏刚等主编《韩国文集中的明代史料》（广西师范大学出版社，2006年），即试图从域外视角由韩国文集当中汇辑明代研究文献；池内宏编《明代满蒙史料》（台湾文海出版社，1975年），张羽新、张双志主编《唐宋元明清藏事史料汇编》（学苑出版社，2009年），陈高华编《明代哈密、吐鲁番资料汇编》（新疆人民出版社，1984年），方宝川、谢必震主编《琉球文献史料汇编·明代卷》（海洋出版社，2014年），邹爱莲等编《明清宫藏台湾档案汇编》（九州出版社，2009年），则关注明朝其他民族、边疆等相关的史料文献。又或是从《明实录》等文献中辑录与地域研究相关的史料，如赵其昌主编《明实录北京史料》（北京古籍出版社，1995年），李峰、张焯主编《明实录大同史料汇编》（北京燕山出版社，2008年），李国祥、杨昶主编《明实录类纂》（分省编排，又有军事、宫廷、妇女、经济、藏族等不同主题，武汉出版社，1991—1994年），何宝善编《明实录长城史料》（北京燕山出版社，2014年）、《明实录大运河史料》（北京燕山出版社，2021年），伍新福编纂《明实录南方民族研究史料》（岳麓书社，2021年）等。或者从各种文献中辑录与明代政治、经济、思想、文学、艺术、教育等研究相关的文献，如谢国桢编辑《明代农民起义史料选编》（福建人民出版社，1981

年），郑梁生编校《明代倭寇史料》（台湾文史哲出版社，1987 年），
张子模主编《明代藩封及靖江王史料萃编》（广西师范大学出版
社，1994 年），柳无忌编《南明史纲·史料》（上海人民出版社，1994
年），穆益勤编著《明代院体浙派史料》（上海人民美术出版社，
1985 年），吉联抗辑译《宋明音乐史料》（上海文艺出版社，1986
年），尹德新主编《历代教育笔记资料·明代部分》（中国劳动出版
社，1992 年），诸葛文编《中国历代秘闻轶事·明朝》（京华出版社，
2004 年），郭皓政、甘宏伟编著《明代状元史料汇编》（武汉大学出
版社，2009 年），张小庄、陈期凡编著《明代笔记日记绘画史料汇
编》（上海书画出版社，2019 年）、《明代笔记日记书法史料汇编》
（上海书画出版社，2020 年），陶明选编《明代反腐史料编年》（中央
编译出版社，2020 年），金邦一编著《刘伯温珍稀史料集》（浙江大
学出版社，2021 年），宁阳县史志办公室编《明代内阁首辅许彬史
料汇辑》（线装书局，2018 年），孟凡松编著《明代卫所选簿校注》
（广西师范大学出版社，2020 年），中国紫禁城学会编纂《明代宫廷
建筑大事史料长编》（故宫出版社，2018 年），郑天挺主编《明清史
资料》（天津人民出版社，1980 年），张海鹏《明清徽商资料选编》
（黄山书社，1985 年），巫宝三《中国经济思想史资料选辑·明清部
分》（中国社会科学出版社，1990 年），陆学艺《中国社会思想史资
料选辑·宋元明清卷》（广西人民出版社，2007 年），安徽省博物馆
编《明清徽州社会经济资料丛编》（中国社会科学出版社，1988
年），洪焕椿《明清苏州农村经济资料》（江苏古籍出版社，1988
年），陈树平《明清农业史资料》（社会科学文献出版社，2013 年），
杨一凡、王若时编《明清珍稀食货立法资料辑存》（社会科学文献
出版社，2020 年），等等。从总体上看，明代政治、历史、制度、文学
等各个层面的研究，多因有丰富的史料支撑而变得多彩纷呈。

也有学者从历史研究的实际需要出发,对明代某一时段或某一领域的史籍进行考订与重编,如谢国桢编著《清开国史料考》(国立北平图书馆,1931 年)、《晚明史籍考》(国立北平图书馆,1932 年;增订本,上海古籍出版社,1981 年),钱海岳《南明史》(中华书局,2006 年、2016 年)等。朱希祖曾撰《明季史料题跋》(辽宁教育出版社,1998 年;中华书局,2012 年),关注与明末历史相关的史料文献。或是对较为稀见的明代史籍加以叙录和介绍,如武新立编著《明清稀见史籍叙录》(金陵书画社,1983 年;江苏古籍出版社,2000 年)。谢保成等编《中国史书目提要》(中州古籍出版社,1991 年)则分史法理论、方法、专题史、人物传记等 20 类,对近1400 种史学著作进行题解,其中涉及 20 世纪明史相关著作不少。然而令人颇感遗憾的是,在明代史籍的系统梳理和概述方面,目前尚未出现像黄永年《唐史史料学》(上海书店出版社,2002 年;中华书局,2015 年)、冯尔康《清史史料学》(沈阳出版社,2004 年,前身为南开大学出版社 1986 年版《清史史料学初稿》;故宫出版社,2014 年;中华书局,2023 年)等那样的总括性著作。①

第二节　地理书和地方志

地理书、地方志以及后文所要概述的石刻史料、年谱、家谱等,从四部分类来说都属于史部文献,之所以将它们从史籍中独

---

① 姜胜利有《清代明史史料学》一文,发表于《史学史研究》1996 年第 3 期。陈高华、陈智超等《中国古代史史料学》(第 3 版,中华书局,2016 年)中也有关于明代史料的概述。但总体来看,类似的著述在清理明代史料方面仍显得较为笼统。

立出来进行概述，一方面与史料本身的特殊性有直接关系，另一方面又与通过它们切入明代文学研究所展开问题的独特性密不可分。除此之外的子部笔记、儒学文献、佛教道教文献等，则大体属于子部文献范围。事实上，在这两类文献之外，经部文献也与明代文学研究有关。不仅我们通常所说的《诗经》，在明代以后常被作为文学作品而非经学著作看待，经部中反映文人思想内容的"四书""五经（除《诗经》）"等，也常在明人论"文"的范围之内，有的甚至被作为文章看待。类似的情形，事实上在我们处理史部、子部文献时同样也会遇到。中国古代的"文学"概念要比现代宽泛得多，子、史之史料有时候也就是古代之"文章"。因而本章概述"明代文学研究的其他史料"，其文献的属性一方面是作为明代文学研究的参考，另一方面同样也是构成明代文学的组成部分。例如本节所要概述的明代地理书，有不少被当做中国古代文章甚至小品文的范本，如徐弘祖的《徐霞客游记》，王士性的《广志绎》，刘侗、于奕正的《帝京景物略》等。

地理书的编纂虽然起之甚早，上古典籍《山海经》就常被视作中国古代地理书的开端，此外如葛洪《西京杂记》、张华《博物记》等也常被视作地理图籍。《尚书·禹贡》《汉书·地理志》则代表了史书修撰系统中对地理的关注。魏晋六朝时期，庄老告退，山水方兴，地志、舆图成为文人撰述的兴趣之一。晋人所撰《十四州记》《太康地记》《九州要记》，南齐刘澄之的《永初山川记》，北魏郦道元的《水经注》、阚骃的《十三州志》，等等，即是那一时期留给今人关于天下山川地理的形象描述。唐宋以后，地理之学逐渐兴盛，唐人所撰的《括地志》《十道志》《元和郡县图志》，宋人所撰的《太平寰宇记》《元丰九域志》《舆地广记》《舆地纪胜》《舆地胜览》《梦梁录》《武林旧事》《东京梦华录》，元人所撰的《大元一统志》

《广舆图》《大元混一方舆胜览》《茅山志》等，至今仍为中国地理学之经典。然而若论其步入繁盛，则是在明清时期。明人编纂的地志、舆图之多之杂，是前代所未曾有过的。

　　明人编撰的地理书之丰富，仅从名目来看就可见一斑，尤其是山水志、游记等著作的发达，体现出明代"游"的文化及相关著述的兴盛。在明人所编的地理书当中，诸如陈循等纂修《寰宇通志》（明景泰间刻本）、李贤等纂修《大明一统志》（天顺五年内府刊本）等官修地志，从某个方面来说是对整个明代"皇土"的总检讨。更值得关注的是这一时期大量出现的私人编写地理书籍，如张天复《皇舆考》（明嘉靖三十六年应明德刻本）、《广皇舆考》（明万历二十九年张汝霖刻天启六年张汝懋重修本），郭子章《郡县释名》（明万历四十二年刻本），王士性《广志绎》（清康熙十五年刻本），陆应阳《广舆记》（明万历刻本），程百二《方舆胜略》（明万历三十八年刻本），潘光祖《汇辑舆图备考全书》（明崇祯六年傅昌辰版筑居刻本），顾炎武《天下郡国利病书》（清钱氏萃古斋抄本）、《肇域志》（清抄本），蒋一葵《长安客话》（明刻本），刘侗、于奕正《帝京景物略》（明崇祯间刻本），范濂《云间据目钞》（清范联枝一寒斋刻本），李绍文《云间杂识》（明万历间刻本），陈沂《金陵世纪》（明隆庆三年刻本）、《金陵古今图考》（明刻本），周晖《金陵琐事》（明万历刻本），顾起元《客座赘语》（明万历四十六年刻本），沈敕《荆溪外纪》（明嘉靖二十四年刻本），宋雷《西吴里语》（明嘉靖二十六年刻本），徐献忠《吴兴掌故集》（明嘉靖三十九年刻本），周亮工《闽小纪》（清康熙六年周氏赖古堂刻本），屈大均《广东新语》（清康熙间刻本），曹学佺《蜀中广记》（明刻本）、《浙江名胜志》（明刻本）、《大明一统名胜志》（明崇祯三年自刻本），诸葛元声《滇史》（明万历四十六年刻本），李濂《汴京遗迹志》（明嘉靖二十五年自刻本），何镗《古今游名山记》(明嘉靖四十四年自刻本)，何镗辑、慎蒙续辑、清张缙彦等补辑《名山胜概记》(明崇祯六年墨绘斋刻本)，查志隆《岱史》(明万历刻本)，王士性《五岳游草》(万里十九年刻本)，田汝成《西湖游览志、志余》(明嘉靖二十六年严宽刻本)，王鏊《姑苏志》(明正德刻本，《景印文渊阁四库全书》本)，董斯张《吴兴备志》(吴兴丛书本)，徐弘祖《徐霞客游记》(清初抄本)，张岱《西湖梦寻》(清康熙间刻本)，王稚登《客越志》(明隆庆元年刻本)，费信《星槎胜览》(古今说海本)，叶向高《四夷考》(宝颜堂秘笈本)，等等。①

　　今人汇刊和整理的明代地理书，如张智主编《中国风土志丛刊》(62 册，广陵书社，2003 年)、《中国风土志续编》(30 册，广陵书社，2015 年)，其中收录了明代诸多有关风土民俗的著作。此外又有李勇先主编《中国历史地理文献辑刊》(上海交通大学出版社，2009 年)、《中国历代地理总刊珍本文献汇刊》第 1—4 辑(上海科学技术文献出版社，2016 年)、《中国历代地名文献集成》第 1—4 辑(黄山书社，2017 年)，李勇先、王强主编《日本藏中国地理文献珍本汇刊》(巴蜀书社，2013 年)、《日本藏中国地理总志珍本汇刊》(广陵书社，2017 年)等。也有以地理名胜为对象的文献汇编，如王国平《西湖文献集成》(杭州出版社，2004 年)、《西湖文献集成续辑》(杭州出版社，2016 年)等。今人校注、整理的明人地理学著作，如田汝成《西湖游览志》(上海古籍出版社，1988 年)，王士性

---

① 有关中国古代地理文献的一般情形，参见杨光华《中国历史地理文献导读》(西南师范大学出版社，2006 年)。其中专门介绍的明代地理著作包括《寰宇通志》《大明一统志》《徐霞客游记》《天下郡国利病书》《瀛涯胜览》《星槎胜览》《西洋番国志》等。

《五岳游草》《广志绎》(中华书局,2006 年),汪子卿《泰山志》(黄山
书社,2006 年),蒋镶《九疑山志》(岳麓书社,2008 年),徐弘祖《徐
霞客游记》(上海古籍出版社,1980 年),顾炎武《天下郡国利病书》
(全集本),刘侗、于奕正《帝京景物略》(北京古籍出版社,1982
年),张岱《西湖梦寻》(中华书局,2011 年),等等。中华书局则以
"中国古代地理总志丛刊"的名义推出了一系列的中国古代地理
文献整理丛书,包括《读史方舆纪要》等。

　　明代地方志著作的数量更加丰富。地方志编纂之风的兴盛
是在宋代以后,根据研究者的考订,今存宋代方志虽然只有二十
九种五百余卷,然而根据宋元明清时期各种文献的记载,两宋时
期的各类志书有多达一千余种。① 然而明代编纂的方志数量远不
止此,仅从现在保存的明代地方志来看,绝大多数的州县在当时
都有地方志纂修行世,有的政区在明代曾多次修志。② 根据研究
者统计,明代存佚的方志数量达到 3471 种,其中北京 55 种,上海
32 种,天津 13 种,河北 275 种,山西 217 种,辽宁 8 种,陕西 172
种,甘肃 45 种,宁夏 11 种,青海 1 种,山东 273 种,江苏 232 种,浙
江 348 种,安徽 227 种,江西 229 种,福建 200 种,湖北 202 种,湖
南 168 种,河南 271 种,广东(含南海)194 种,广西 67 种,四川(含
重庆)85 种,贵州 66 种,云南 80 种。③ 其情形正如时人所说的:

---

①参见顾宏义《宋朝方志考》,上海古籍出版社,2010 年。
②对明代各省市方志一般情况的著录,可参见林平、张纪亮编纂《明代方志
　考》(四川大学出版社,2001 年),骆兆平《天一阁藏明代地方志考录》(书目
　文献出版社,1982 年;宁波出版社,2012 年),张英聘《明代南直隶方志研
　究》(社会科学出版社,2005 年)等。
③参见巴兆祥《论明代方志的数量与修志制度》,《中国地方志》2004 年第
　4 期。

"今天下自国史外,郡邑莫不有志。"①明代全国共有 1487 个地方政区,而所修志书数量则在政区数量的两倍以上。② 现存明代所修地方志大约在千余种左右,主要修撰时间集中在嘉靖、万历时期,多数散布在全国各图书馆,并有相当数量的方志著作流传到海外,成为域外汉籍重要的组成部分。③

　　明代纂修地方志风气的兴盛,与国家的政策干预有密切关系。根据嘉靖四十年刻、万历十四年增修《寿昌县志》卷首所载"纂修志书凡例",明成祖永乐十年曾下诏颁布地方志纂修内容的一般性规定,涉及建置沿革、分野、疆域、城池、里至、山川、坊郭、乡镇、土产、贡赋、风俗、形势、户口、学校、军卫、廨舍、寺观、祠庙、桥梁、古迹、城郭故址、宫室台榭、陵墓、关塞、岩洞、园池、井泉、陂堰、景物、宦迹、人物、仙释、杂志、诗文等。永乐十六年六月,下诏天下郡县纂修志书,任命行在户部尚书夏原吉、翰林学士杨荣、翰林学士金幼孜总领其事,命礼部派遣官员前往全国各地博采事迹以及旧志。并于同年颁布《纂修志书条例》二十一条。此后历朝,从国家到地方各级政府,从中央到地方行政官员,对纂修方志都予以高度重视,由此推动全国修志热潮的蓬勃发展,留下数量丰富的志书。其类型除了前代已经出现的一统志、府志、州志、县志、乡村志、山志、水志、湖志、寺庙志、冢墓志、官署志等外,还包括本朝新立的通志、道志、都司志、卫所志、关志、镇志、书院志、文

① 张邦政《万历满城县志·序》,见于《乾隆满城县志》卷首,清康熙五十二年刻乾隆十六年增刻二十三年再增刻本。
② 参见刘纬毅等著《中国方志史》,三晋出版社,2010 年,第 185 页。
③ 有关中国方志流传日本及日本所藏中国方志的一般情形,参见巴兆祥《中国地方志流播日本研究》,上海人民出版社,2008 年。

献志、名儒故里志、祠志、海防志等。其体裁多样,有纲目体、并列体、六纪体、纪传体、纪事本末体、三宝体、编年体等。明代方志修撰过程中,形成了不记在任官员之功,不予在世乡贤立传,以记为主间有论赞等内容上的特点,虽较注重"以志为鉴"的实际作用,但也存在好空发议论等弊病。①

方志修纂虽然重在史家法度,以记述一地一朝地理、历史的沿革、人物的隐显等史迹为主要内容,但也不乏以之表达写作观念、文学思想的例子。例如由明代中期复古领袖之一的康海于正德时期编修的《武功县志》,在清代以后得到了包括王士禛、石邦教以及《四库全书总目》在内的诸多好评,也有章学诚、梁启超等提出不同意见。② 其中争议的根本,在于康海修纂《武功县志》是将其作为"武功"一地的历史记录,还是以此表达自己的文章观念。由于明代参与纂修方志的文人群体数量十分庞大,其中不乏各个时期文坛具有较大影响的文人,如康海、韩邦靖、王鏊、董斯张、谢肇淛、冯梦龙等。从某个方面来说,即便是作为史体的方志,从写作者的角度来说也没有超出"文"的范畴。因而在研究明代文学相关问题时,也应将各人所编修的方志著作纳入观照视

---

① 参见刘纬毅等著《中国方志史》,三晋出版社,2010年,第185—196页;仓修良《方志学通论(增订本)》,华东师范大学出版社,2013年,第223—236页。所述部分内容根据实际情况有所修正。如刘纬毅等著《中国方志史》称官署志为明代新出志书类型,然而元代就已有《秘书监志》(王士点、商企翁撰)。

② 参见仓修良《方志学通论(增订本)》(华东师范大学出版社,2013年,第236—237)对康海《武功县志》的评述。

野,而不仅仅是作为考订人物、地理等相关知识的材料。①

除了明人撰著的地理书、地方志可以作为明代文学研究的内容和参考之外,清人也有大量相关方面的著作,可以为研究明代问题提供文献上的支撑。如明清易代之际的孙承泽所编的《春明梦余录》《天府广记》《九州山水考》,朱彝尊辑、朱昆田补遗《日下旧闻考》,于敏中、窦光鼐等纂修《钦定日下旧闻考》,蒋廷锡、王安国等纂修《大清一统志》,顾祖禹《读史方舆纪要》,金鳌《金陵待征录》,陈作霖《金陵通纪》,甘熙《白下琐言》,李斗《扬州画舫录》,汪中《广陵通典》,邓淳《岭南丛述》,范端昂《粤中见闻》,彭遵泗《蜀故》,谢圣纶《滇黔志略》,杭世骏《武林胜览记》,李卫等修《西湖志》,沈德潜、傅王露《西湖志纂》,等等,以及清代编修的数量庞大的地方志文献。

近二三十年来,随着地方文献整理工作的大力推进,地方志文献的整理、出版受到很大重视。虽然相关的成果相对于巨量的明代方志来说仍显得薄弱,但从地方文化、历史的深入发掘来说,这样的工作又有十分重要的意义。相关的整理成果已有不少,如厦门大学古籍整理研究所《闽书》校点组校点《闽书》(福建人民出版社,1994 年),丁昭编注《明清宁阳县志汇释》(山东省地图出版社,2003 年),陶真典、范学锋点注《武当山明代志书集注》(中国地图出版社,2006 年),武汉地方志办公室编《明万历汉阳府志校注》(武汉出版社,2007 年),樊春楼主编《明清民国涉县志校注》(中华书局,2008 年),武宁县志编纂委员会编《明清武宁县志汇编》(江西人民出版社,2009 年),李世华等《明隆庆丹阳县志校注》(凤凰

---

① 围绕方志本身作深入探索的著作,如(美)戴思哲著、向静译《中华帝国方志的书写、出版与阅读:1100—1700》,上海人民出版社,2022 年。

出版社,2010年),海宁珍稀史料文献丛书编委会整理、赵维寰纂《宁志备考》(方志出版社,2011年),姚传刚主编《明嘉靖汉阳府志校注》(武汉出版社,2011年),陈国华主编《明嘉靖常德府志校注》(《常德文库》,方志出版社,2011年),张德友主编《明清秦安志集注》(甘肃人民出版社,2012年),何保华标点校注《明清浦江县志两种》(中华书局,2014年),大冶市地方志编纂委员会等编《大冶旧志集成》(武汉出版社,2014年),赵飞主编《明清略阳县志校注》(三秦出版社,2015年),黄冈市地方志编纂委员会办公室汇纂《黄州府志》(明清《黄州府志》丛刊,武汉大学出版社,2017年),赵治中点校《明成化处州府志》(方志出版社,2020年),梁小进点校《崇祯长沙府志》(岳麓书社,2020年),卢熊著、陈兴南主编、陈其弟点校《洪武苏州府志》(广陵书社,2020年),潘庭楠纂、耿海英点校《嘉靖邓州志》(中州古籍出版社,2021年),陈懋仁著、吴远鹏点校《泉南杂志》(《泉州文库》,商务印书馆,2021年),周士英修、吴从周等纂、窦怀永点校《万历义乌县志》(《义乌丛书》,中华书局,2021年),等等。若是按年逐一加以辑录,这份名单一定还能加长很多。对于明代文学研究者来说,方志文献不仅可以帮助他们了解文学人物的生平经历及其生长的地域,同时也可以提供区域、家族、群体等视角。与此同时,地方志本身也可以成为一种文体研究的文本对象。

　　与单种明清方志的整理相对照,从上世纪六七十年代以后,海内外出版界开始大量影印方志文献,其中绝大部分都为明清时期编纂的地方志。上世纪60年代以后,中国大陆和台湾地区的出版社开始陆续推出《天一阁藏明代方志选刊》(68册,上海古籍书店,1961—1966年影印,1981年重印),《明代方志选》(中国史学丛书,7册,台湾学生书局,1965年),《中国方志丛书》(共5359

册,台湾成文出版社,1966—1985 年影印),《新修方志丛刊》(台湾学生书局,1967—1973 年)等大型方志丛书。进入 1990 年代以后,相继出版的则有《天一阁藏明代方志选刊续编》(上海书店,1990 年),《日本藏中国罕见地方志丛刊》(32 册,书目文献出版社,1991 年),中国科学院图书馆选《稀见中国地方志汇刊》(中国书店,1992 年),邵国秀编《中国西北稀见方志续集》(中华全国图书馆文献缩微复制中心,1997 年),以及从这一时期开始陆续推出的《中国地方志集成》(江苏古籍出版社、上海书店、巴蜀书社等分辑出版,1991 年—)等。如此大规模地方志文献丛书的出版,为中国古典研究者提供丰富的文献宝库。文学研究者前期虽然利用不多,但随着研究视野的不断拓展,越来越多地方文献开始进入研究者关注的范围当中,由此展开一种文学研究中的地方、区域叙事探讨。①

　　进入 21 世纪以后,各种地方志文献汇编被大量刊印,方志出版步入兴盛阶段。二十多年间出版的大型方志丛书种类繁多,如马小林、孟繁裕主编《明代孤本方志选》(12 册,中华全国图书馆文献缩微复制中心,2000 年),林超民等主编《西南稀见方志文献》(兰州大学出版社,2003 年),殷梦霞主编《日本藏中国罕见地方志丛刊续编》(北京图书馆出版社,2003 年),郝瑞平主编《孤本旧方志选编》(线装书局,2004 年),杨世钰、赵寅松主编《大理丛书·方志篇》(民族出版社,2007 年),广东省地方史志办公室《广东历代方志集成》(岭南美术出版社,2009 年),刘昕、刘志盛编《湖南方志图汇编》(湖湘文库,湖南美术出版社,2009 年),甘肃省古籍文

---

①其中较具代表性的研究著作,如胡晓真所著《明清文学中的西南叙事》,台大出版中心,2017 年。

献整理编译中心、中国华北文献丛书编辑委员会编《华北稀见方志文献》（学苑出版社，2012 年），王培峰主编《明清商洛地方志丛书》（陕西人民出版社，2016 年），《中国地方志荟萃》第 1—7 辑（九州出版社、学苑出版社，2016—2019 年），江苏省地方志编纂委员会办公室编《江苏历代方志全书》（凤凰出版社，2017 年），天一阁博物馆编《天一阁藏历代方志汇刊》（国家图书馆出版社，2017年），《徐州地方志丛刊》（凤凰出版社，2010 年），等等；以及全国各图书馆所藏的"稀见"或者"珍稀"方志丛书，如北京大学图书馆编《北京大学图书馆藏稀见方志丛刊》（国家图书馆出版社，2013年），全勤主编《南京图书馆藏稀见方志丛刊》（国家图书馆出版社，2012 年），周德明、黄显功主编《上海图书馆藏稀见方志丛刊》（国家图书馆出版社，2011 年），《复旦大学图书馆藏稀见方志丛刊》（国家图书馆出版社，2010 年），《北京师范大学图书馆藏稀见方志丛刊》（北京图书馆出版社，2007 年），《福建师范大学图书馆藏稀见方志丛刊》（北京图书馆出版社，2008 年），《华东师范大学图书馆藏稀见方志丛刊》（北京图书馆出版社，2005 年），《河北大学图书馆藏稀见方志丛刊》（国家图书馆出版社，2011 年），《中国人民大学图书馆藏稀见方志丛刊》（国家图书馆出版社，2011 年），姚乐野、王晓波主编《四川大学图书馆藏珍稀四川地方志丛刊》（巴蜀书社，2009 年），吉林大学图书馆编《吉林大学图书馆藏稀见方志丛刊》（国家图书馆出版社，2013 年），中国科学院文献情报中心编《中国科学院文献情报中心藏稀见方志丛刊》（国家图书馆出版社，2014 年），清华大学图书馆编《清华大学图书馆藏稀见方志丛刊》（国家图书馆出版社，2015 年），刘波主编《哈佛燕京图书馆藏稀见方志丛刊》（国家图书馆出版社，2015 年），南京大学图书馆编《南京大学图书馆藏稀见方志丛刊》（国家图书馆出版社，2014

年),李景文主编《河南大学图书馆藏稀见方志丛刊》(国家图书馆出版社,2016 年),武汉大学图书馆编《武汉大学图书馆藏稀见方志丛刊》(国家图书馆出版社,2016 年),《浙江图书馆藏稀见方志丛刊》(国家图书馆出版社,2011 年),《辽宁省图书馆藏稀见方志丛刊》(国家图书馆出版社,2012 年),《广东省立中山图书馆藏稀见方志丛刊》(国家图书馆出版社,2011 年),《首都图书馆藏稀见方志丛刊》(国家图书馆出版社,2011 年),《保定市图书馆藏稀见方志丛刊》(国家图书馆出版社,2012 年),《陕西省图书馆藏稀见方志丛刊》(北京图书馆出版社,2006 年),湖北省图书馆编《湖北省图书馆藏稀见方志丛刊》(国家图书馆出版社,2018 年),重庆图书馆编《重庆图书馆藏稀见方志丛刊》(国家图书馆出版社,2014 年),湖南图书馆编《湖南图书馆藏稀见方志丛刊》(国家图书馆出版社,2014 年),安庆市图书馆编《安庆市图书馆藏稀见方志丛刊》(国家图书馆出版社,2014 年),等等。经过这种地毯式的地方志文献搜集、整理和出版之后,中国大陆地区收藏的地方志的整体状况将会变得逐渐清晰,有望在不久的将来编成中国方志全集性的文献。

也有研究者试图通过方志等辑录与明代历史某些侧面研究相关的文献资料,如赵景深《方志著录元明清曲家传略》(中华书局,1987 年),丁世良《中国地方志民俗资料汇编·西北卷、华北卷、东北卷》(书目文献出版社,1989 年)、《中国地方志民俗资料汇编·西南卷、中南卷》(书目文献出版社,1991 年),戴鞍钢《中国地方志经济资料汇编》(汉语大词典出版社,1999 年),徐蜀、张志清《地方志人物传记资料丛刊·东北卷》(北京图书馆出版社,2001 年),刘一平《地方志人物传记资料丛刊·西北卷》(北京图书馆出版社,2001 年),孙学雷《地方志·书目文献丛刊》(北京图书馆出版社,2004 年),张廷银《方志所见文学资料辑释》(北京图书馆出版社,2006 年),徐蜀、张志清《地方志人物传记资料丛刊·华东卷》上编(北京图书馆出版社,2007 年)、《地方志人物传记资料丛刊·华东卷》下编(国家图书馆出版社,2012 年),黄秀文《地方志人物传记资料丛刊·华北卷》(北京图书馆出版社,2007 年),张志清《地方志人物传记资料丛刊·西南卷、华中卷、华南卷》(国家图书馆出版社,2015 年、2016 年、2016 年),贾贵荣、骈宇骞编《地方志灾异资料丛刊》第一编(国家图书馆出版社,2010 年),于春媚、贾贵荣编《地方志灾异资料丛刊》第二编(国家图书馆出版社,2012 年),陈清慧等辑考《方志所见明代藩府资料辑考》(国家图书馆出版社,2013 年),王巍《中国历代方志所见琴学史料类编》(兰州大学出版社,2020 年),陈清慧、肖禹辑考《方志所见明代藩府资料辑考》(国家图书馆出版社,2013 年),王熹等《明代方志选编·序跋凡例卷》(中国书店出版社,2016 年),北京师范大学历史学院编《中国地方志分类史料丛刊》(1663 册,中州古籍出版社,2018 年),曹小云、曹嫄辑校《历代方志方言文献集成》(中华书局,2021 年),等等。地方志文献中虽然存在各种错误和疏漏,但其从地域、地缘的角度提供的丰富史料,在研究明代文学尤其是地域文学、民间文学时仍有一定的参考价值。

第三节　石刻史料

石刻史料作为一种具有较强现场性的记录文献,被认为是研究各个时期历史、政治、经济、宗族、文化等问题的重要材料。尤其是对于较早时代的研究来说,其重要性和价值又越显突出。明代虽然有着十分丰富的文献材料以为研究之需,但在某些更加细微、具体的问题上，石刻文献仍有其无可替代的作用。

明代学者常被清人和近代学者批评为空疏不学，然而从实际情况来看却并非全然如此，其中金石之学即为其中之一。明人编撰的金石学著作虽然不能与清代相比，但也已经具有一定的规模，如杨慎《金石古文》十四卷（嘉靖十八年张纪刻本），丰道生《金石遗文》五卷（清抄本），徐献忠辑《金石文》七卷（明嘉靖刻本），郭宗昌《金石史》二卷（知不足斋丛书本，《景印文渊阁四库全书》本），于奕正《天下金石志》十五卷（明崇祯刻本），顾炎武《金石文字记》六卷（《亭林遗书》本），王家瑞《咸阳金石遗文》一卷（明刻本），都穆《金薤琳琅》十二卷（明嘉靖间刻本），赵崡《石墨镌华》八卷（明万历四十六年自刻本），叶盛《菉竹堂碑目》六卷（清鲍氏知不足斋抄本），等等。

明代较早通过搜集石刻而收入本朝石刻文献的作品，应属成化间都穆所辑《吴下冢墓遗文》三卷（清初抄本，鲍氏知不足抄斋本），该书总共三卷34篇，其中卷一、卷二为宋元时人，而卷三则录明代士人。都穆另有《西使记》《金薤琳琅》等书，以收录元代以前古碑为主。《吴下冢墓遗文》专录吴中铭志之文，因是“石上文献”，未见于各人文集当中，因此称之为《遗文》。后来明人叶恭焕又辑成《吴下冢墓遗文续编》五卷（味经书屋金石丛书本；别本三卷，瞿氏铁琴铜剑楼藏本）。此外又有陈晔辑《吴中金石新编》八卷（《景印文渊阁四库全书》本，清刘氏味经书屋抄本），作者以汉唐旧迹已经多见之于记述，于是与邝璠、蒲应祥、祝允明等人取苏州地方明初以来作者撰写的石刻碑文，按照学校、官宇、仓驿、水利、桥梁、祠庙、寺观等类加以汇辑，共录100余篇。例如卷一《学校》，收录的明人文章有：宋濂《苏州府重修孔子庙学碑》，王彝《苏州府孔子庙学新建南门记》，胡俨《苏州府重修儒学记》，金幼孜

《重修苏州府庙学记》，徐有贞《苏郡儒学兴修记》，王直《苏州府重
修儒学记》，陆釴《修苏州府儒学记》，吴宽《苏州府重建文庙记》，
金玟《长洲县学记》，夏时正《苏州府长洲县重建儒学记》，杨荣《直
隶苏州府吴县儒学重建记》，吴宽《吴县修学记》，徐有贞《常熟县
学兴修记》，赵宽《吴江县重修庙学记》，谢迁《重建昆山县儒学
记》，陈鉴《嘉定县重建儒学记》，徐有贞《崇明县修庙学记》，祝允
明《太仓州儒学记》，徐有贞《科第题名记》《苏州府儒学乡贡题名
记》《苏州府社学记》，王彝《乡饮酒碑铭》，王鏊《吴县学射圃记》
等。尽管有些文章见于各人的文集当中，然而编者将其汇集一
处，对研究者探讨相关问题仍有较为重要的参考价值。朱珪编
《名迹录》六卷（清初徐钑抄本，知不足斋抄本，《景印文渊阁四库
全书》本作五卷），主要收录元末以至明初吴中地区知名文人撰
写的碑刻，如郑东、李孝光、杨维桢、李祁、周伯琦、张绅、秦约、
刘景元、陈秀民、钱逵、卢熊、申屠衡、殷奎、袁华、顾阿瑛、倪瓒、
黄潜等。对于研究元明之际的吴中文学来说，《名迹录》具有重
要的文献价值，是记录这一时期吴中文人履迹及其创作的第一
手文献。

　　金石文献的搜集、整理、汇编等在清代以后进入兴盛期，大量
以金石名家的学者开始关注石刻文献，广收天下各地的金石史
料，使之成为中国古代文献记录中最重要的部分之一。其中较为
重要的总志性汇编著作如叶奕苞《金石录补》二十七卷、《续跋》七
卷（丛书集成初编本），李光暎《观妙斋藏金石文考略》十六卷（清
雍正七年自刻本），吴玉搢《金石存》十五卷、续二卷（清抄本），王
昶《金石萃编》一百六十卷（清嘉庆十年刻本），罗振玉《金石萃编
未刻稿》（稿本），方履籛《金石萃编补正》（清抄本；四卷本，清光绪
二十年上海醉六堂石印本），毛凤枝《金石萃编补遗》二卷（稿本），

王言《金石萃编补略》二卷（清光绪六年杭州抱经堂书局刻本），王仁俊《金石萃编补跋》一百六十卷（民国二十九年武林叶氏抄本），钱大昕《金石后录》八卷（清袁氏贞节堂抄本）、《潜研堂金石文跋尾》六卷、续七卷、又续六卷、三续六卷（《潜研堂全书》本），武亿《授堂金石文字续跋》十四卷（《授堂遗书》本），孙星衍、严可均《平津馆金石萃编》二十卷（万洁斋丛刊本），张廷济《清仪阁题跋》七卷（清抄本），陆耀遹《金石续编》二十一卷（稿本，清同治十三年毗陵双白燕堂刻本），梁章钜《退庵金石书画跋》二十卷（清道光二十五年刻本），陆增祥《八琼室金石补正》一百三十卷（稿本，民国十四年吴兴刘氏希古楼刻本），陆继辉《八琼室金石补正续编》六十四卷（稿本），等等。

　　此外有诸多以地域为搜罗范围的金石文献，如吴式芬《金石汇目分编》二十卷（稿本，光绪间刻本），孙星衍、邢澍《寰宇访碑录》十二卷（平津馆丛书本），刘声木《寰宇访碑录校勘记》十一卷（直介堂丛刻本）、《续补寰宇访碑录》二十五卷（直介堂丛刻本），赵之谦《补寰宇访碑录》五卷、《失编》一卷（清同治三年刻本），杨守敬《续寰宇访碑录》（稿本），罗振玉《再续寰宇访碑录》二卷（清光绪十九年上虞罗振玉面城精舍石印本），缪荃孙《再补寰宇访碑录》（沤雪吟舫抄本），顾燮光《河朔访古新录》十四卷（非儒非侠斋金石丛著本）、《河朔金石文字新编初集》十卷、《二集》十卷（稿本），沈涛《常山贞石志》二十四卷（清道光二十二年刻本），宋琦《山右金石存略》二十一卷（稿本），胡聘之《山右石刻丛编》四十卷（稿本，清光绪二十七年刻本），缪荃孙《江苏金石记》二十八卷（稿本），韩崇《江左石刻文编》（清半亩园刻本，南陵徐氏积学斋抄本），严观《江宁金石记》八卷、《待访目》二卷（清抄本），阮元《两浙金石志》十八卷（清道光四年刻本），丁敬《武林金石记》十卷（遁盦丛编本),陆心源《吴兴金石录》十六卷(《潜园总集》本),郑元庆《湖州金石录》八卷(清抄本),杜春生《越中金石记》十卷、《越中金石目》二卷(清道光十年自刻本),戴咸弼《东瓯金石志》十二卷(清光绪九年刻本),赵绍祖《安徽金石略》十卷(聚学轩丛书本),毕沅《闽中金石记》(丛书集成初编本),冯登府《闽中金石志》十四卷(稿本,嘉业堂金石丛书本),陈棨仁《闽中金石略》十五卷(清冠悔堂抄本),毕沅、阮元《山左金石志》二十四卷(清嘉庆二年小琅嬛仙馆自刻本),法伟堂《山左访碑录》十三卷(清宣统元年山东提学司署石印本),黄叔璥《中州金石考》八卷(清乾隆六年刻本),毕沅《中州金石记》五卷(经训堂丛书本),刘喜海《洛阳存古录》三十二卷(金石苑本),陈诗《湖北金石存佚考》二十二卷(清嘉庆二十四年江汉书院刻本),杨守敬《湖北金石志》十四卷(清光绪间湖北通志局朱印本),翁方纲《粤东金石略》九卷(苏斋丛书本),佚名编《广东金石略》十七卷(叶景葵抄本),谢启昆《粤西金石略》十五卷(清嘉庆六年铜鼓亭刻本),叶毓荣《蜀中金石志》十卷(稿本),李调元《蜀碑记补》十卷(函海本),毕沅《关中金石记》八卷(经训堂丛书本),毛凤枝《关中金石文字存逸考》十二卷(稿本,清光绪二十七年顾氏江西刻本),等等。

　　此外在各种地方志的金石志和艺文志当中,也保存了大量的石刻文献,台湾新文丰出版公司刊行的《石刻史料新编》第一辑、第三辑中专列"地方类",部分影印了浙江等地方志中的碑刻文献。国家图书馆出版社也曾辑录《地方志金石汇编》(国家图书馆出版社,2011年),收录大量地方志中的金石文献。时下随着大量地方志文献的重新影印出版,如果能对其中著录的艺文志、金石志等进行广泛搜集,有关中国古代石刻文献的数量定能增加不少,也可与金石文献中记录的史料形成有益互补。

　　进入现代以后,学界对于金石文献的重视,一方面体现为对明清以来各种金石文献的汇编、出版。其中台湾新文丰出版公司分别于 1977 年(1982 年重印)、1979 年和 1986 年影印的《石刻史料新编》第一、第二、第三辑,共计 90 册,收录石刻史料 1000 余种,堪称是中国历代石刻史料的集大成之作。在此之前,台湾艺文印书馆曾于 1976 年出版《石刻史料丛书》甲编、乙编。几年后,北京图书馆金石组所编的《北京图书馆藏中国历代石刻拓本汇编》(中州古籍出版社,1989 年),总共 60 册,收录北京图书馆所藏历代石刻拓本近 2 万种,起自战国秦汉,迄于民国时期。按时代先后分为九个部分,其中第七部分为明代,共计 10 册,收拓本 2000 种左右;第八部分为清代,共计 30 册,收拓本 5000 种左右。另外由国家图书馆善本金石组所编的《历代石刻史料汇编》(北京图书馆出版社,2000 年),总共 16 册,选录历代以来较为重要的金石文献。北京书同文公司在此基础上开发出《中国历代石刻史料汇编》全文检索数据库,共辑录 400 种金石类古籍中的 15000 余篇石刻文献。国家图书馆善本金石组另外还编有《明清石刻文献全编》(北京图书馆出版社,2003 年),总共 3 册,收录明清时期的石刻文献 3600 余篇。北京大学图书馆金石组编有《北京大学图书馆藏历代墓志拓片目录》(上海古籍出版社,2013 年),收录北京大学图书馆藏全部墓志拓片 10194 种,时间从汉代一直到民国。每条目录著录的内容包括题名、责任者、墓志年代、出土地点及流传、现藏地、行款等。此外上海古籍出版社曾影印出版"金石文献丛刊"(2020 年),社会科学文献出版社出版"金石学文献丛刊"(启沐编,2020 年),姚伯岳、邱玉芬编《美国哈佛大学哈佛燕京图书馆藏金石拓片图集》(广西师范大学出版社,2022 年)等,也收录了大量的金石文献。

　　现代石刻文献整理另一方面的体现,则是围绕特定的主题、地域,通过辑录、汇编等方式进行碑刻文献的编选。以特定主题、人物等为中心的碑刻文献汇编,如李华编《明清以来北京工商会馆碑刻选编》(文物出版社,1980 年),上海博物馆图书资料室编《上海碑刻资料选辑》(上海人民出版社,1980 年),苏州历史博物馆编《明清苏州工商业碑刻集》(江苏人民出版社,1981 年),广东省社会科学院历史研究所中国古代史研究室等编《明清佛山碑刻文献经济资料》(广东人民出版社,1987 年),郑振满、丁荷生编《福建宗教碑铭汇编》(兴化府分册,福建人民出版社,1995 年;泉州府分册,福建人民出版社,2003 年;漳州府分册,福建人民出版社,2018 年),王国平、唐力行编《明清以来苏州社会史碑刻集》(苏州大学出版社,1998 年),太原市碑林公园编《傅山书法碑刻集》(山西人民出版社,2000 年),骆承烈汇编《石头上的儒家文献——曲阜碑文录》(齐鲁书社,2001 年),冯俊杰《山西戏曲碑刻辑考》(中华书局,2002 年),孙凤岐主编《贵阳阳明祠·阳明洞碑刻拓片集》(贵州人民出版社,2002 年),柴志光《上海佛教碑刻文献集》(上海古籍出版社,2004 年),薛俊明《傅山书法碑刻精选》(山西人民出版社,2007 年),吴亚魁《江南道教碑记资料集》(上海辞书出版社,2007 年),李仲伟《广州寺庵碑铭集》(广东人民出版社,2008 年),河北省文物局长城资源调查队编《河北省明代长城碑刻辑录》(科学出版社,2009 年),徐忠《滕王阁碑刻墨迹》(江西美术出版社,2009 年),赵卫东主编《山东道教碑刻集》(《青州·昌乐卷》,齐鲁书社,2010 年;《临朐卷》,齐鲁书社,2011 年;《博山卷》,齐鲁书社,2013 年;《肥城卷》,齐鲁书社,2020 年),王兴《邯郸运河碑刻》(河北美术出版社,2012 年),陆雪梅主编《儒学碑刻》(古吴轩出版社,2012 年),黎志添《广州府道教庙宇碑刻集释》(中华书局,2013

年),萧霁虹《云南道教碑刻辑录》(中国社会科学出版社,2013年),吕敏《北京内城寺庙碑刻志》(国家图书馆出版社,2013年),潘明权《上海佛教碑刻资料集》(复旦大学出版社,2014年),杨朝明《曲阜儒家碑刻文献辑录》(第1—5辑,齐鲁书社,2015年—2019年),樊光春《山西道教碑刻》(《阳泉卷》《太原晋中卷》,青松出版社,2016年),陈颖《常熟儒学碑刻集》(苏州大学出版社,2017年),刘康乐《山西道教碑刻·长治卷》(青松出版社,2017年),南京博物馆编《大运河碑刻集》(译林出版社,2019年),杨振威《河南寺庙道观碑刻集成》(中州古籍出版社,2019年),山西省晋商文化基金会编《晋商碑刻资料选编》(三晋出版社,2020年),李随森《洛阳佛教碑刻集萃》(中州古籍出版社,2020年),车文明《戏曲碑刻》(商务印书馆,2020年),等等。

针对特定地域的碑刻文献进行搜集、整理工作,因为与地方文化建设联系在一起,故而更受重视,成果也更为丰富。如江苏省博物馆编《江苏省明清以来碑刻资料选集》(生活·读书·新知三联书店,1959年),高文、高成刚编《四川历代碑刻》(四川大学出版社,1990年),李楚荣《宜州碑刻集》(广西美术出版社,2000年),张晋平《晋中碑刻选粹》(山西古籍出版社,2001),谭棣华《广东碑刻集》(广东高等教育出版社,2001年),粘良图《晋江碑刻选》(厦门大学出版社,2002年),金柏东《温州历代碑刻集》(上海社会科学院出版社,2002年),王义印《濮阳碑刻墓志》(中州古籍出版社,2003年),吴光田《邯郸碑刻》(天津人民出版社,2003年),罗二虎主编《西南考古文献》(兰州大学出版社,2003年),孟庆海《唐山碑刻选介》第一辑、第二辑(河北省唐山市政协文史资料委员会,2003年、2004年),许洪流《历代善本碑刻》(浙江人民美术出版社,2006年),冼剑民《广州碑刻集》(广东高等教育出版社,2006

年),吴明哲《温州历代碑刻二集》(上海社会科学院出版社,2006年),柴福有《衢州墓志碑刻集录》(浙江人民美术出版社,2006年),嘉兴市文化广电新闻出版局编《嘉兴历代碑刻集》(群言出版社,2007年),党勇《宁夏历代碑刻集》(宁夏人民出版社,2007年),张正明《明清山西碑刻资料选》(山西古籍出版社,2007年),高立人主编《庐陵古碑录》(江西人民出版社,2007年),王靖宪《中国碑刻全集》(人民美术出版社,2010年),程云霞《固原历代碑刻选编》(宁夏人民出版社,2010年),南京市文化广电新闻出版局编著《南京历代碑刻集成》(上海书画出版社,2011年),陈建平《常熟市碑刻博物馆碑拓精粹》(上海辞书出版社,2011年),赵占华《中国赤城历代碑匾刻辑录》(化学工业出版社,2011年),汪楷主编《陇西金石录》(甘肃人民出版社,2011年),马金花《山西碑碣续编》(三晋出版社,2011年),晋江市政协文史资料委员会《晋江碑刻集》(九州出版社,2012年),张建华《嘉定碑刻集》(上海古籍出版社,2012年),曾江《闽侯历代碑刻》(福建美术出版社,2013年),安喜萍《卫辉历代碑刻》(中州古籍出版社,2013年),刘文锴《修武碑刻辑考》(中国矿业大学出版社,2013年),万良卷《山东石刻分类全集》(青岛出版社,2013年),张世科《河南碑刻类编》(大象出版社,2013年)、《河南碑刻续编》(中州古籍出版社,2020年),陆世强《东莞历代碑刻选集》(上海古籍出版社,2014年),通海县人民政府编《通海历代碑刻集》(云南美术出版社,2014年),余嘉华《云南历代文选·碑刻卷》(云南教育出版社,2014年),浦东新区档案馆等编《浦东碑刻资料选辑》(上海古籍出版社,2015年),太仓博物馆编《太仓历代碑刻》(文物出版社,2016年),海宁市档案局编《海宁历代碑记》(浙江古籍出版社,2016年),彭亚鸣《尧都历代碑刻选萃》(山西人民出版社,2016年),刘晓标《辽河碑林碑刻选》(文物出版社,2017年),袁庆华《寿光市碑刻集萃》(中国文史出版社,2018年),吴滔《湖南江永碑刻集初编》(广东人民出版社,2018年),戴建兵《灵寿碑刻辑录》(河北人民出版社,2018年),定州市旅游文物局编《定州碑刻》(文物出版社,2018年),李乐营《高句丽碑刻资料汇编》(东北师范大学出版社,2018年),伍庆禄、陈鸿钧编《广东碑刻铭文集》(广东高等教育出版社,2019年),俞国璋《新昌历代碑刻》(文物出版社,2019年),杨新华《金陵碑刻精华》(西泠印社出版社,2019年),张立平《北仑历代碑刻选注》(宁波出版社,2019年),宁波市鄞州区人民政府地方志编研室编《鄞州碑刻选录》(浙江古籍出版社,2021年),梁松涛《雄安碑刻集》第1辑、第2辑(北京燕山出版社,2021年),钟声《浦江历代碑刻拾遗》(浙江人民美术出版社,2021年),宜兴市文体广电和旅游局编《宜兴碑刻集》(上海古籍出版社,2021年),孙景宇《上海碑刻选·松江卷》(上海书画出版社,2021年),等等。或是针对某一特定的文化景观,如吴敏《齐云山明代碑刻选》(安徽人民出版社,1984年),王宇伟《楚雄龙泉书院碑刻书文集》(云南人民出版社,2010年),李江《白帝城历代碑刻》(天津古籍出版社,2011年),张爱图《嵩山历代碑刻选》(河南文艺出版社,2011年),黄兆辉《南海神庙碑刻集》(广东人民出版社,2014年),济南市府学文庙管理处编《济南府学文庙现存碑刻文献》(山东人民出版社,2015年),刘永《武当山金石碑刻选录》(湖北人民出版社,2018年),叶其跃《普陀山碑刻辑要》(团结出版社,2019年),等等。

也有学者试图从一定区域、范围的碑刻总体状况入手进行文献清理,如张江裁、许道龄编《北平庙宇碑刻目录》(国立北平研究院总办事处出版课,1936年),曾晓梅《碑刻文献论著叙录》(线装书局,2010 年),陈忠凯等《西安碑林博物馆藏碑刻总目提要》(线装书局,2006 年),吴敏霞主编《陕西碑刻总目提要初编》(科学出版社,2018 年),龚烈沸编著《宁波现存碑刻碑文所见录》(宁波出版社,2006 年),王竞《黑龙江碑刻考录》(黑龙江教育出版社,2009年),张晓旭《苏州碑刻》(苏州大学出版社,2000 年),刘谨胜、刘诗编著《江苏碑刻》(中国世界语出版社,1994 年),包备五编著《齐鲁碑刻》(齐鲁书社,1996 年),朱明松《扬州碑刻辑考》(广陵书社,2020 年),姚春明《明清山西碑刻题名辑要》(商务印书馆,2021年),杨梅《巴渝见在佛教碑题辑录》(巴蜀书社,2020 年),范邦甸《天一阁碑目》(上海古籍出版社,2019 年),台湾省文献委员会采集组编《碑碣拓本典藏目录》(台湾省文献委员会,1997 年)等。各书大多是从地域或实物收藏等角度对历代碑刻文献的"有限"梳理,如果有研究者能够在明清时期的金石文献以及今人编纂的各种碑刻文献汇编的基础上,并通过实地搜访等方式,辑成明代碑刻全集,对推进明代碑刻以及相关的文学研究必将会有更大助益。

第四节 子部笔记

明清时期的子部笔记类著作,一方面有部分作品被当作中国古代的子部小说看待,此前在概述明代文言小说时曾予以介绍;另一方面又具有"史料"性质,为明代文学的研究提供文献支撑,其内容包罗政治、经济、制度、文化、思想、文学、艺术等各个方面,成为研究者展开文学外部研究和内部研究重要的文献来源。此节关注明清时期的子部笔记,聚焦于其作为文学文献的一般情形，而不再对其作为文学文本的特征进行辨析。①

　　从文献分类上来说，子部笔记相当于子部中的杂家类、小说家类作品以及史部当中的部分杂史类著作。如通常所说的宋代吴曾《能改斋漫录》、洪迈《容斋随笔》、王应麟《困学纪闻》、苏轼《东坡志林》、僧惠洪《冷斋夜话》、罗大经《鹤林玉露》、周密《齐东野语》，金代刘祁《归潜志》、元代王恽《玉堂嘉话》、陶宗仪《南村辍耕录》，明代叶子奇《草木子》、郎瑛《七修类稿》、黄瑜《双槐岁钞》、杨慎《丹铅余录》、徐𤊹《徐氏笔精》、张志淳《南园漫录》、胡应麟《少室山房笔丛》、沈德符《万历野获编》、何良俊《四友斋丛说》、谢肇淛《五杂组》、蒋一葵《尧山堂外纪》，清代王士禛《居易录》《池北偶谈》《香祖笔记》《古夫于亭杂录》《分甘余话》，顾炎武《日知录》、姚之骃《元明事类钞》，等等，一般都会被作为史料笔记。同时也会将魏晋时期的《世说新语》《西京杂记》《荆楚岁时记》，唐代的《隋唐嘉话》《酉阳杂俎》《唐国史补》，宋代的《夷坚志》《梦溪笔谈》，明代的《剪灯新话》《何氏语林》《小窗自纪》，清代的《阅微草堂笔记》《今世说》《觚剩》《明语林》等，视为笔记作品。这样的情形，从某个方面反映了子部笔记作品从内容到文体的复杂性。例如，同时以"笔记"命名，陆游的《老学庵笔记》、王士禛的《香祖笔记》与纪昀的《阅微草堂笔记》，在性质上存在很大的区别。因此我们也可以看到，今人在编类"笔记"作品时，时而称之为"笔记小

① 对于明清笔记的介绍、研究与考辨，参见张舜徽《清人笔记条辨》（中华书局，1986年）、徐德明《清人学术笔记提要》（学苑出版社，2004年）、来新夏《清人笔记随录》（中华书局，2005年）等。展龙《明清史料考论》（科学出版社，2017年）中曾专就"四库馆臣论明代笔记史料"进行考辨，并在其基础上对明人笔记的史料价值、纰漏缺陷进行辨析。目前学界尚未有关于明代笔记文献全面清理的成果。

说"，时而又以"史料笔记"名之。①

　　明代子部笔记的总量到底有多少？不同的研究者基于对"笔记"理解的不同，其对象范围也会存在较大差异。谢国桢《明清笔记谈丛》根据记述内容的不同，将明清时期的笔记分为十类：农业，手工业和商业，政治制度、朝章典故以及社会经济、土风民俗，农民起义，少数民族，历史地理和自然地理，对外关系和对外贸易，明代和清代历史文献和历史人物，科学技术及工艺美术，明清两代文史哲学家、人物传记。② 显然主要是从"史料"的角度来关注笔记类作品。刘叶秋《历代笔记概述》将笔记分为三类：第一类为小说故事类的笔记，第二类为历史琐闻类的笔记，第三类为考据、辨证类的笔记。从内容上看，第一类即我们通常所说的笔记小说，第二、三两类涉及的内容则包括天文、地理、文学、艺术、经史子集、典章制度、风俗民情、轶闻琐事以及神鬼怪异、医卜星象等各个方面，大体相当于我们所说的史料笔记。③ 马兴波在《明代笔记考论》中将笔记分为叙事类笔记、史料类笔记、考据类笔记、论说类笔记和杂俎类笔记。④ 除了叙事类笔记之外，其余基本都属于史料笔记的范畴。

_____

① 如陆林编《清代笔记小说类编》（黄山书社，1998 年），将清代的"笔记小说"分为言情、武侠、精怪、世相、神鬼、烟粉、案狱、奇异、计骗、劝惩等类。中华书局以"历代史料笔记丛刊"命名历代笔记作品，而同样的作品，上海古籍出版社则称之为"历代笔记小说大观"。
② 谢国桢《明清笔记谈丛·重版说明》，上海古籍出版社，1981 年，第 3—7 页。
③ 刘叶秋《历代笔记概述》第一章《绪论》，北京出版社，2003 年，第 3—4 页。
④ 马兴波《明代笔记考论》上编《明代笔记概论》，山东大学出版社，2019 年，第 9—14 页。

关于明人撰写笔记作品的数量，马兴波根据《中国古籍善本书目》《中国古籍总目》等著录的明人"笔记"作品，遴选出 600 种作为明代的笔记，并按照五种不同类型进行划分。在其所著《明代笔记考论》一书中，下编部分即按照不同的笔记类型对明代的 200 余种笔记逐一进行考述。以其所录第一类"史料类笔记"为例，列举的作品包括：《闲中古今录》《立斋闲录》《遵闻录》《彭文宪公笔记》《可斋杂记》《水东日记》《复斋日记》《方洲杂言》《謇斋琐缀录》《寓圃杂记》《菽园杂记》《病逸漫记》《贤识录》《皇明纪略》《下陴纪谈》《琅琊漫钞》《百可漫志》《震泽长语》《震泽纪闻》《守溪长语》《都公谈纂》《前闻记》《西吴里语》《连抑武杂记》《双槐岁钞》《见闻纪训》《双溪杂记》《对客燕谈》《畜德录》《见闻杂记》《余冬序录摘抄》《金台纪闻》《停骖录摘抄·续停骖录摘抄》《豫章漫录摘抄》《玉堂漫笔》《知罪录》《清溪暇笔》《孤树裒谈》《今言》《病榻遗言》《丘隅意见》《先进遗风》《凤洲杂编》《觚不觚录》《订正吴社编》《祐山杂说》《汤廷尉公余日录》《汝南遗事》《泾林续记》《眉公见闻录》《香案牍》《宛署杂记》《客座赘语》《涌幢小品》《酌中志》《甲行日注》《先拨志始》《惕斋见闻录》《留都见闻录》《霜猿集校订补注》《黄忠节公甲申日记》《永历纪事》《祁忠敏公日记》《烬宫遗录》《朱茂时琐记》。而将焦竑《玉堂丛语》、杨循吉《吴中故语》、陆粲《庚巳编》、李绍文《皇明世说新语》、李乐《见闻杂记》等作为"叙事类笔记"（小说类笔记）进行介绍。从内容上来说，这些作品与王鏊《震泽长语》、陆深《玉堂漫笔》、黄瑜《双槐岁钞》等并无明显不同。从记述的内容来看，大量的明代笔记所载录的都是"当代纪事"，因而可以为明代文学研究提供许多第一手的记录。此外在《明代笔记考论》末尾还附录了一份《明代笔记遴选书目一览表》，总计著录作品 593 种，其中篇幅最长者如张萱的《西园闻见录》，字数在 200 万字以上。其中著录的一些著作,如何乔远《名山藏》、廖道南《楚纪》、黄佐《革除遗事》、李化龙《平播全书》、王世贞《弇州史料前集后集》、尹守衡《明史窃》等,应当归属于何种史料,也可作进一步讨论。

有关清人笔记的大体情形,可以今人张舜徽在《清人笔记条辨·自序》中的一段话进行概观:"清人笔记,本不及文集之多。余平生所寓目者,仅三百余家耳。若无别择去取,则榛芜不薙,靡所取材。乾、嘉诸儒,学尚征实。一生心得,皆荟萃于著述之中,故江、戴、段、王皆无笔记。其他文人学士之作,虽可汗牛,然而纷起竞兴,其流又广:有专载朝章礼制者,如王夫之《识小录》之类是也;有但记掌故旧闻者,如昭梿《啸亭杂录》之类是也;有讲求身心修养者,如魏禧《日录》之类是也;有阐扬男女德行者,如吴德旋《初月楼见闻录》之类是也;有谈说狐怪者,如纪昀《阅微草堂笔记》之类是也;有称述因果者,如俞樾《右台仙馆笔记》之类是也;有录奇闻异事者,如焦循《忆书》之类是也;有纪诗歌倡和者,如阮元《小沧浪笔谈》《定香亭笔记》之类是也;有载国恩家庆者,如潘世恩《退补斋笔记》之类是也;有记读书日程者,如叶昌炽《缘督庐日记》之类是也;有叙友朋酬酢者,如金武祥《粟香随笔》之类是也。如斯之流,皆屏不取。"①虽然在张舜徽那里,他所提到的记载朝章礼制、掌故旧闻、男女德行、说狐谈怪、称述因果、奇闻异事、诗歌倡和、国恩家庆、读书日程、友朋酬酢等内容的笔记都在他"不取"的范围,却从另一个侧面反映了清代笔记作品所指向的文本类型的多样性。至于张氏所称许的清人笔记,是那些反映清代学术"经术湛深,考证邃密""博涉子史,校勘精审"的作品,其内容"有辨章学术者,有考论经籍者,有证说名物制度者,有订正文字

---

① 张舜徽《清人笔记条辨》卷首,辽宁教育出版社,2001年。

音义者,有品定文艺高下者,有阐述养生方术者"。从他所述内容和《条辨》中涉及的清人笔记来看,大体相当于现代所称的学术笔记。清人撰写的笔记著作数量十分丰富,对于具体的规模由于定义和标准的不同而缺少准确的统计。来新夏《清人笔记随录》(中华书局,2005年)收录作者145人,作品200余种,徐德明《清人学术笔记提要》(学苑出版社,2004年)著录的笔记也在250种左右,而这只是清代笔记中的一小部分。①

　　笔记文献在现代学术研究中受到较大重视,相关文献的整理、汇刊得到了很大的推进。许多明清时期重要的笔记都被整理出版,有的作品还被一再校点,如郎瑛《七修类稿》、叶子奇《草木子》、叶盛《水东日记》、顾起元《客座赘语》、何良俊《四友斋丛说》、胡应麟《少室山房笔丛》、沈德符《万历野获编》、谢肇淛《五杂组》、朱国桢《涌幢小品》,等等。除了整理出版为数丰富的明清笔记著作单行本之外,还有几种较大规模成系列的笔记文献汇刊和整理丛刊。其中中华书局出版的"历代史料笔记丛刊"系列整理本中,"元明史料笔记""清代史料笔记"中收录的作品包括《草木子》《菽园杂记》《万历野获编》《水东日记》《戒庵老人漫笔》《典故纪闻》《玉堂丛语》《寓圃杂记》《谷山笔麈》《四友斋丛说》《治世余闻》《继世纪闻》《松窗梦语》《广志绎》《今言》《三垣笔记》《庚巳编》《客座赘语》《贤博编》《粤剑编》《原李耳载》《玉镜新谭》《履园丛话》《广东新语》《广阳杂记》《陶庐杂录》《北游录》《镜湖自撰年谱》《榆巢杂识》《池北偶谈》《啸亭杂录》《归田琐记》《阅世编》《艺风堂杂钞》《听雨丛谈》《永宪录》《养吉斋丛录》《道咸宦海见闻录》《不下带

---

① 有关清代笔记的一般状况,参见张瑾《清代文人笔记研究》,吉林大学出版社,2020年;姚继荣《清代历史笔记论丛》,民族出版社,2014年。

编·巾箱说》《水窗春呓》《漏网喁鱼集》《世载堂杂忆》《清秘述闻三种》《郎潜纪闻》《冷庐杂识》《浪迹丛谈·续谈·三谈》《枢垣记略》《柳弧》《芳楚斋随笔》《巢林笔谈》《夷氛闻记》《乡言解颐》《清嘉录》《桐桥倚棹录》《柳南随笔·续笔》《分甘余话》《康輶纪行》《钝吟杂录》等数十种。中华书局从1980年代开始还陆续推出了"学术笔记丛刊",收录历代刊行的学术笔记,如杨慎《丹铅总录校证》、焦竑《焦氏笔乘》、赵翼《陔余丛考》等。此外上海书店出版社有"历代笔记丛刊",上海古籍出版社有"明清笔记丛书",出版明清笔记的整理本。上海古籍出版社同时还有两个系列的"历代笔记小说大观"丛书,1999年之后陆续推出的《历代笔记小说大观》为汇编型的笔记合集,其中包括《明代小说大观》(2005年)、《清代小说大观》(2007年)等,2012年出版的"历代笔记小说大观"则为由单部笔记构成的系列丛书。另有山西古籍出版社曾出版《民国笔记小说大观》(1995年),总共10册,收录近代学者的笔记类著作。

明清笔记的搜集、汇刊也是现代以来笔记文献推进的重要方向。早在1912年,上海进步书局就出版了《笔记小说大观》,收录从晋朝开始到清代的笔记200余种,其中清人笔记约占一半左右。1980年代江苏广陵古籍刻印社将该丛书重新影印出版。与之差不多同时,上海文明书局1915年—1920年出版了《说库》60册、《笔记小说大观》500册,前者收汉魏至明清笔记170种,后者收录笔记220余种,同样也是民国时期汇刊、出版的重要笔记类文献之一。1987年台湾新兴书局出版《笔记小说大观》,规模庞大,收录的作品数量十分丰富。1995—1996年,河北教育出版社先后推出由周光培所编的《历代笔记小说集成·明代笔记小说》《历代笔记小说集成·清代笔记小说》,前者共有29册,后者共计55册。此外还有专门收录清代笔记的汇编类文献,早期如上海文明书局出版的《清代笔记丛刊》（黄纸石印本），规模达到 160 册，齐鲁书社曾经据之排印出版。21 世纪以后出现的大规模清代笔记汇刊，有徐德明、吴平主编《清代学术笔记丛刊》，该丛刊 2006年由学苑出版社出版，共计 70 册，收录清代笔记 240 余种。现代学者编刊的这些明清笔记汇编文献，无疑为今天从笔记中辑录各种研究史料提供了便利，如张小庄等人编著的《明代笔记日记书法史料汇编》（上海书画出版社，2020 年）、《清代笔记日记中的书法史料整理与研究》（中国美术学院出版社，2012 年）、《明代笔记日记绘画史料汇编》（陈期凡合编，上海书画出版社，2019 年）、《清代笔记日记绘画史料汇编》（荣宝斋出版社，2013 年），姚晓菲编《明清笔记中的西域资料汇编》（学苑出版社，2016 年），吴晟辑注《明人笔记中的戏曲史料》（江西人民出版社，2007 年）等，通过广泛搜检笔记文献编辑相关研究材料，在史料利用和研究视野拓展等方面都有一定助益。

第五节　年谱与家谱

　　年谱与家谱提供给研究者的信息主要是研究对象的生平、家世等，同时也会存录部分作品或者文学批评相关的文献。年谱针对一人或有关系的几人，家谱则以一个宗族或者家族为记录对象。过去年谱较受文学研究者重视，而在家族文学研究日益受到关注的背景下，家谱也越来越受文学研究者关注。①

①参见来新夏、徐建华《中国的年谱与家谱》，山东教育出版社，1991 年；商务印书馆，1997 年；中国国际广播出版社，2010 年、2021 年。此外有：王俊编著《中国古代家谱与年谱》，中国商业出版社，2017 年；滕吉庆编著《中国古代文化史话·年谱与家谱》，吉林文史出版社，2011 年。

　　中国自古有着浓厚的家族观念,它是构成中国几千年宗法社会的根基。《隋书·经籍志》就曾说:"周家小史定系世,辨昭穆,则亦史之职也。"从某种程度上来说,《史记》以及后世正史中出现的"世家""本纪"等,也就是帝王、世族等一姓的家谱。清人章学诚曾从"史"之主体大小的不同论述说:"有天下之史,有一国之史,有一家之史,有一人之史。传状志述,一人之史也;家乘谱牒,一家之史也;部府县志,一国之史也;综纪一朝,天下之史也。比人而后有家,比家而后有国,比国而后有天下。惟分者极其详,然后合者能择善而无憾也。"①年谱与家谱的编纂,从某个角度来说也是出于"传史"的目的。

　　年谱的编纂,一般认为是从宋代以后才开始出现,元明两代有所发展,到了清代以后达到兴盛。现代学者一方面将其作为历史人物研究的一种学术方式,编纂了大量的中国古代人物年谱;另一方面则出于"知人论世"的研究理念,将其作为建构人物生平经历的一种辅助性研究成果。有关明清时期所编纂的明人年谱数量,大概可通过李士涛《中国历代名人年谱目录》(商务印书馆,1941 年)、王德毅《中国历代名人年谱总目》(华世出版社,1979年;增订本,新文丰出版公司,1999 年)、杨殿珣《中国历代年谱总录》(书目文献出版社,1980 年;增订本,北京图书馆出版社,1996年)、谢巍《中国历代人物年谱考录》(中华书局,1992 年)等目录加以探察。此外又有王薇撰《明人撰本朝人物年谱研究》(新华出版社,2004 年),著录明人编纂的本朝人年谱大约有 300 余种。进入现代以后,尤其是近几十年来随着各种明人年谱的编纂(专著、专

────────────────

①章学诚《州县请立志科议》,叶瑛校注《文史通义校注》卷六《外篇一》,中华
　书局,1985 年,下册第 588 页。

文、著作论文附录),明人年谱的数量正在不断的扩大。根据研究者统计,目前可查的明人年谱大约有 2000 余种,涉及的谱主有 1000 余人。①

　　近些年来,年谱文献受到学界重视,大型的文献汇编成果也陆续出版。其中比较重要的有:(一)北京图书馆编《北京图书馆藏珍本年谱丛刊》(北京图书馆出版社,1999 年),共计 200 册,收入年谱 1200 多种,谱主 1000 余人。(二)周德明、吴建伟主编《上海图书馆藏珍本年谱丛刊》(国家图书馆出版社,2015 年),共计 15 册,收录 90 余位谱主的 90 余种年谱,其中稿抄本占一半以上。(三)周德明、吴建伟主编《上海图书馆藏珍本年谱丛刊续编》(国家图书馆出版社,2019 年),共计 70 册,收录年谱 330 余种,涉及谱主 320 余位,其中稿本、钞本各 80 余种。(四)于浩辑《明代名人年谱》(北京图书馆出版社,2006 年)及国家图书馆出版社编《明代名人年谱续编》(国家图书馆出版社,2012 年)。前者共计 12 册,收录明代著名人物如宋濂、刘基、高启、方孝孺、杨士奇、李东阳、杨慎、归有光、王世贞、王锡爵、徐光启、孙承宗、杨涟、左光斗、徐宏祖、堵胤锡、祁彪佳、张煌言、郑成功等 47 人的年谱。后者共 16 册,收录汪克宽、舒頔、陶安、戴良、方国珍、黄瑜、章懋、李东阳、王阳明、齐之鸾、王思任、艾南英、金声等近 100 人的年谱 102 种。(五)于浩辑《宋明理学家年谱》(北京图书馆出版社,2005 年)及《续编》(北京图书馆出版社,2006 年)。前者共计 12 册,收入宋明时期著名理学家周敦颐、张载、二程、杨时、罗从彦、朱熹、吕祖谦、陆九渊、杨简、真德秀、魏了翁、许衡、吴澄、曹端、薛瑄、吴与弼、丘濬、陈献章、王守仁、王艮、刘宗周等 27 人的年谱 46 种。后者共

---

① 参见汤志波、李佳琪编《明人年谱知见录》,中西书局,2020 年。

计 5 册,收入宋明时期理学家范仲淹、欧阳修、司马光、游酢、陈瓘、朱熹、尹焞、李侗、刘子翬、陈传良、金履祥、程文德、王栋、唐顺之、王褉、耿定向、黄道周等 18 人的年谱 20 余种。此外在《清初名儒年谱》(北京图书馆出版社,2006 年)中,收录的所谓"清初名儒"孙奇逢、陈确、黄宗羲、陆世仪、张履祥、王夫之、汤斌、李颙、陆陇其、顾炎武等人的年谱,大多为明清之际的著名学者和儒学家。(六)王云五主编《新编中国名人年谱集成》(台湾商务印书馆,1978—1986 年),总共出版 20 辑,其中既有清代以前人的年谱,也有民国以后名人的年谱。此外还有如北京图书馆出版社编《明人年谱十种》(北京图书馆出版社,1997 年),王国宪辑、朱俊芳点校《明代琼崖名贤年谱五种》(海南出版社,2020 年)等收录明人年谱的文献汇编。

除此之外,还有现代学者编纂、成系列推出的明人年谱,具有代表性的如复旦大学出版社自 1993 年以后刊行的"新编明人年谱丛刊",包括:陈广宏《钟惺年谱》(1993 年),郑利华《王世贞年谱》(1993 年),韩结根《康海年谱》(1993 年),陈正宏《沈周年谱》(1993 年),陈麦青《祝允明年谱》(1996 年),钱振民《李东阳年谱》(1996 年),以及孙小力《杨维桢年谱》(1997 年)等。也有一些以群谱形式出现的人物合谱,如徐朔方《晚明曲家年谱》(浙江古籍出版社,1993 年),张慧剑《明清江苏文人年表》(人民文学出版社,2008 年),金宁芬《明代中叶北曲家年谱》(中国大百科全书出版社,2012 年),方树梅《年谱三种》(生活·读书·新知三联书店,2014 年),贾继勇《吴中四杰年谱》(齐鲁书社,2014 年),孙秋克《明代云南文学家年谱》(商务印书馆,2017 年),刘汉忠《柳州明代八贤编年》(方志出版社,2019 年),等等。

与之相比,家谱、族谱编纂兴盛的时间要更早,可追溯至魏晋南北朝时期。清人章学诚在《和州志氏族表序例上》中曾概述其渊源流变及一般情形说："自魏晋以降,迄乎六朝,族望渐崇,学士大夫辄推太史世家遗意,自为家传。其命名之别,若《王肃家传》、虞览《家记》、范汪《世传》、明粲《世录》、陆煦《家史》之属,并于谱牒之外,勒为专书,以俟采录者也。至于挚虞《昭穆记》、王俭《百家谱》,以及何氏《姓苑》、贾氏《要状》诸编,则总汇群伦,编分类次,上者可裨史乘,下或流入类书,其别甚广,不可不辨也。……齐、梁之间,斯风益盛,郡谱州牒,并有专书,若王俭、王僧孺之所著录,《冀州姓族》《扬州谱钞》之属,不可胜纪,俱以州郡系其世望者也。"[1]进入明代以后,家谱的编纂虽然存在"家自为书,人自为说"等弊端,但家谱数量的急剧增加却是普遍可见的事实。

　　由于现存家谱数量极其庞大,因而编纂家谱目录便成为研究者掌握家谱文献基本情况最直接的途径。相关成果如 Ted A. Telford《美国家谱学会中国族谱目录》(台湾成文出版社有限公司,1983 年)、《美国犹他家谱学会摄影台湾私藏家族及地方历史资料目录》(台湾成文出版社有限公司,2007 年),德州地区档案处编《德州地区志谱索引》(德州地区档案处,1984 年),河北大学图书馆编《河北大学图书馆家谱书目》(河北大学图书馆,1985 年,油印本),中国人民大学图书馆编《中国人民大学图书馆家谱目录》(中国人民大学图书馆,1985 年,油印本),张世泰等编《馆藏广东族谱目录》(广东省中山图书馆,1986 年),山西省社会科学院家谱资料研究中心编《中国家谱目录》(山西人民出版社,1992 年),国家档案局二处等编《中国家谱综合目录》(中华书局,1997 年),王

---

[1] 章学诚著、叶瑛校注《文史通义校注》卷六《外篇一》,中华书局,1985 年,下册第 620 页。

鹤鸣等主编《上海图书馆藏家谱提要》(上海古籍出版社,2000年),朱炳国主编《常州家谱提要》(中国文联出版社,2005年),程小澜等《浙江家谱总目提要》(浙江人民出版社,2005年),顾玉生主编《江阴家谱提要》(中国文联出版社,2008年),陈虹选编《海南家谱提要》(海南出版社、三环出版社,2008年),谢琳惠《洛阳地区家谱提要》(国家图书馆出版社,2010年),姜彦稚主编《湖南家谱知见录》(湖南教育出版社,2011年),吉育斌主编《丹阳家谱提要》(四川师范大学电子出版社,2012年),诸暨市文化广电新闻出版局编《诸暨家谱总目》(浙江人民美术出版社,2014年),杜钟文编著《鄞邑现存家谱总目提要》(浙江古籍出版社,2014年),无锡市图书馆编《无锡地区家谱知见目录》(广陵书社,2015年),宗伟方主编《宜兴家谱提要》(中国文史出版社,2017年),李武刚《泰山宗谱叙录》(吉林人民出版社,2017年),陈建华主编《中国少数民族家谱总目》(中国少数民族家谱丛刊之一,上海古籍出版社,2018年),吴大林等《溧水家谱见闻录》(中国文史出版社,2019年),范志毅编著《湖北家谱总目》(崇文书局,2019年),章文照主编《江阴家谱总目》(2019年),杨剑平、贾竹青编著《胶东家谱考略》(齐鲁书社,2020年),李维松《萧山宗谱知见录》(浙江人民出版社,2020年),政协枣强县委员会编《枣强移民家谱目录》(河北人民出版社,2020年),等等。其中由上海图书馆主持编纂、王鹤鸣主编的《中国家谱总目》(上海古籍出版社,2008年)规模最大,最为系统。全书总计10册1200万字,收录家谱总数52401种,姓氏608个。

与之相呼应的是家谱文献的汇刊与出版。其中规模较大的如张海瀛、武新立、林万清主编《中华族谱集成》(巴蜀书社,1995年),张志清等主编《北京图书馆藏家谱丛刊·闽粤(侨乡)卷》(北京图书馆出版社,2000年),郭又陵等主编《北京图书馆藏家谱丛刊·民族卷》(北京图书馆出版社,2003年),湖南图书馆编《湖南名人家谱丛刊》(全国图书馆文献缩微复制中心,2005年),天津图书馆编《天津图书馆藏家谱丛书》(天津古籍出版社,2011年),谢东荣、鲍国强主编《中国国家图书馆藏早期稀见家谱丛刊》(线装书局,2002年),国家图书馆地方志家谱文献中心编《清代民国名人家谱选刊》(北京燕山出版社,2006年)、《清代民国名人家谱选刊续编》(北京燕山出版社,2006年),山西省社会科学院家谱资料研究中心编《山西省社会科学院家谱资料中心藏早期稀见家谱丛刊》(北京燕山出版社,2013年),毛丽娅、高志刚主编《巴蜀珍稀家谱钞稿本汇编》(巴蜀书社,2019年),山西省社会科学院家谱资料中心编《山西省社会科学院家谱资料研究中心藏名人家谱丛刊》(北京燕山出版社,2013年),上海图书馆编《上海图书馆藏珍稀家谱丛刊》第一辑、第二辑、第三辑、第四辑、第五辑(上海科学技术文献出版社,2016年、2017年、2019年、2020年、2021年),贺忠德、许淑杰主编《锡伯族家谱史料选编·新疆卷》(新疆人民出版社、河南大学出版社,2020年),厉双杰主编《思绥草堂藏稀见名人家谱汇刊》第一辑、第二辑、第三辑、第四辑、第五辑(广西师范大学出版社,2012年、2014年、2015年、2016年、2019年),励双杰、励聘操主编《思绥草堂藏稀见名人家谱家训百种》(广西师范大学出版社,2020年),励双杰、励聘操主编《思绥草堂藏稀见名人家谱汇刊》第六辑(广西师范大学出版社,2021年),等等。其中由北京燕山出版社、凤凰出版社、巴蜀书社等出版的《中国珍稀家谱丛刊》系列丛书,规模庞大,收录了大量的珍稀家谱,其中包括:金生杨、王强主编《四川家谱》(巴蜀书社,2017年),常建华、王强主编《稀见姓氏家谱》第一辑、第二辑(凤凰出版社,2013年、2016年),王婷主编《稀见姓氏家谱》第三辑(北京燕山出版社,2020年),王

强主编《明代家谱》(凤凰出版社,2013 年)、《明代家谱二辑》(凤凰
出版社,2017 年),王强主编《钞稿本家谱》(凤凰出版社,2016
年),王强主编《福州族谱丛刊》(凤凰出版社,2017 年),王强、王富
海主编《广东家谱》(北京燕山出版社,2021 年),孙爱霞、任吉东主
编《京津冀家谱》(北京燕山出版社,2021 年),马建强、赵廉莲主编
《状元家谱》(巴蜀书社,2019 年),常建华、王强主编《彩绘宗谱》
(凤凰出版社,2016 年),金生扬、王强主编《四川家谱》(巴蜀书社,
2017 年)、《四川家谱二辑》(巴蜀书社,2020 年)等。此外还有"家
谱数据库"(郑州,https://www. jiapudata. com/)、"中国家谱族
谱库"(武汉,http://gd. ccnu. edu. cn/)、"华人家谱总目"(上海,
https://jpv1. library. sh. cn/jp/home/index)、"中国家谱知识服
务平台"(上海,https://jiapu. library. sh. cn/♯/)等数据库和在
线资源可供利用。

　　通过家谱辑录相关研究资料,是家谱作为研究史料来源之一
的重要价值。其中相关的文献整理成果如张廷银《族谱所见文学
批评资料整理研究》(人民文学出版社,2012 年),中国建德市委党
史和地方志编纂研究室等编《建德家谱八景诗选》(当代中国出版
社,2020 年),刘宁、唐树科、王忠民主编《影印中国家谱文献·序
跋卷》(敦煌文艺出版社,2015 年)等。较为系统的分类梳理有陈
建华、王鹤鸣主编的《中国家谱资料选编》(上海古籍出版社,2013
年),分《教育卷》《礼仪风俗卷》《家规族约卷》《图录卷》《诗文卷》
《经济卷》《传记卷》《序跋卷》《家族源流卷》《凡例卷》《漳州移民
卷》《经济卷》等选录相关资料,对拓展相关领域的研究来说都有
重要的史料价值。

第六节　儒学文献

　　之所以在明代文学研究的其他史料中单列"儒学文献"一类，一方面是因为明代的诸多文学创作者也同时具有儒学家（包括理学家、心学家）的身份，他们的文学创作与思想之间有着紧密的联系；另一方面则是因为明代思想领域的活跃程度之高，讲学活动之发达，各种相关著述之丰富，都有十分突出的表现，研究明代文学无法回避对明代思想领域的观照，儒学为其中最重要的方面之一。与此同时，明代的儒学文献是中国古代儒学发展史上的一环，在经典的注解与阐释、思想著述等方面既有继承也有所创新。① 基于与明代文学研究的相关性考虑，本节主要关注明代儒学人物的著述以及与之相关的传记、学统等方面的文献，并不拟对明代儒学经典阐释方面的文献做系统概述，其中包括今人汇编性的成果，如夏静主编《论语文献集成·明代编》（巴蜀书社，2021年）、王志民主编《孟子文献集成·明代辑》（山东人民出版社，

----

① 有关中国儒学文献的一般情形，参见舒大刚《儒学文献通论》（上、中、下），福建人民出版社，2012年。其中第三章《儒学文献的发展与流变（下）》第九节论明代的儒学文献。此外的相关著作还有杨世文《近百年儒学文献研究史》（上下，福建人民出版社，2015年），黄怀信、李景明主编《儒家文献研究》（齐鲁书社，2004年），朱仁夫、邱绍雄《儒学走向世界文献索引》（齐鲁书社，2003年）等。也有论者就明代某一地区的儒学文献做过专门概述，如史振卿《明代四川儒学文献考述》（《中华文化论坛》2016年第1期）、李冰《明代海南儒学文献研究》（海南师范大学硕士学位论文，2019年）等。资料显示，史振卿曾主持"明代儒学文献研究"课题，其所概述的儒学文献包括经部、儒论、儒史三大部分，与《儒藏》分类一致。

2017 年),以及《子藏·儒家部》等当中所收录的有关明代儒学经典阐释相关的文献。

　　明代的儒学文献数量十分丰富。首先需要关注的是明代理学家、心学家的个人儒学著述和文集,这是考察他们思想、创作最基础的文献。明代重要的儒家人物,如宋濂、方孝孺、曹端、陈献章、王阳明、湛若水、吕柟、王恕、罗洪先、罗钦顺、聂豹、耿定向、唐顺之、章懋、胡居仁、吴与弼、邹守益、罗伦、焦竑、陶望龄、刘宗周、王廷相、王艮、王畿、霍韬、何瑭、薛瑄、黄道周、崔铣、冯从吾、马理、罗汝芳、顾宪成、顾允成、欧阳德、吕坤、何心隐、邹元标、欧阳德、季本、舒芬、胡直、张元忭、魏校、薛侃、郝敬、黄绾、黄尊素、许孚远、黄佐、魏良弼、高拱、吴廷翰,等等,都有文集或儒学著作传世,其中大多已被整理、出版。如中华书局出版的"理学丛书",就收录了王阳明的《阳明先生集要》(2008 年)、焦竑的《澹园集》(李剑雄点校,1999 年)、吕坤的《吕坤全集》(王国轩、王秀梅整理,2008 年)、王廷相的《王廷相集》(王孝鱼点校,1989 年)、陈献章的《陈献章集》(孙通海点校,1987 年)、高拱的《高拱论著四种》(流水点校,1993 年)、曹端的《曹端集》(王秉伦点校,2003 年)、《黄道周集》(翟奎凤等整理,2017 年)等著作。此外整理出版的儒学家文集,如容肇祖整理《何心隐集》(中华书局,1960 年),马美信、黄毅点校《唐顺之集》(浙江古籍出版社,2014 年),罗月霞主编《宋濂全集》(浙江古籍出版社,1999 年),黄灵庚辑校《宋濂全集》(人民文学出版社,2014 年),徐光大校点《逊志斋集》(宁波出版社,1996 年)、《方孝孺集》(浙江古籍出版社,2013 年),吴光主编《刘宗周全集》(浙江古籍出版社,2007 年),容肇祖点校《吴廷翰集》(中华书局,1984 年),等等。此外也有一些专门的儒学著作被整理出版,如冯从吾《关学编》(陈俊民、徐兴海点校,中华书局,1987年)、吕柟《泾野子内篇》(赵瑞民点校,中华书局,1992年)、王阳明《传习录》(包括集注、评注、注疏本在内的现代版本不下数十种)等。2021年中国社会科学出版社推出的"中外哲学典籍大全·中国哲学典籍卷",专列"宋元明清哲学类",收入明代部分哲学家的著作,如高攀龙《高子遗书》、沈寿民《闲道录》、顾宪成《泾皋藏稿》等。也有一些著作在"中国思想史资料丛刊"(中华书局)的名义下被收录出版,如黄绾《明道编》(1959年)、李贽《初潭集》(2009年)、《焚书·续焚书》(1975年)、《朱舜水集》(1981年)、《东西均注释》(2016年)等。

　　作为明代中后期的"显学",王阳明及其后学的文献、文集受到研究者的关注。其中较为大型的文献汇编如陆永胜编《王阳明珍本文献丛刊》(社会科学文献出版社,2018年),翟奎凤编《阳明学文献大系》第一辑、第二辑、第三辑(208册,巴蜀书社,2019年)等。2007年,凤凰出版社推出"阳明后学文献丛书(第一编)",共计7种:《徐爱·钱德洪·董沄集》《邹守益集》《欧阳德集》《王畿集》《聂豹集》《罗洪先集》《罗汝芳集》。2014—2017年,上海古籍出版社推出"阳明后学文献丛书(第二编)",相继出版了7种文集:《薛侃集》《黄绾集》《刘元卿集》《胡直集》《张元忭集》《王时槐集》《北方王门集》。2019年以后,上海古籍出版社开始陆续推出"阳明后学文献丛书(第三编)""阳明后学文献丛书(第四编)",目前出版的有李会富编校《陶望龄全集》(上海古籍出版社,2019年)等。2020年以后,武汉大学出版社推出的"阳明学要籍选刊",目前出版的有李会富编校《陶奭龄集》(武汉大学出版社,2020年)等。此外,北京大学《儒藏·精华编》项目收录了十余种阳明后学的单部精校文集,包括《聂双江先生文集》《东廓邹先生文集》《王龙溪先生全集》《南野先生文集》《近溪子集》等。甚至还有专门的"王阳明专题文献数据库"（http://www.wymsjk.com/）。

除了明代儒学士人撰写的文集、专书之外，另一类文献对研究明代儒学思想、儒学人物来说也十分重要。这就是明清以来编纂与明代儒学相关的学统传承、人物传记等文献。如谢铎《伊洛渊源续录》六卷（明嘉靖八年高贲亨刻本），周汝登《圣学宗传》十八卷（明万历三十三年王世韬等刻本），朱衡《道南源委录》十二卷（明嘉靖间刻本），魏一鳌辑、尹会一续《北学编》四卷、《补遗》一卷（清光绪十四年四川尊经书院刻本），汤斌辑、尹会一续《洛学编》四卷、《续编》一卷（清乾隆三年怀涧堂刻本），沈佳《明儒言行录》十卷、《续录》二卷（《景印文渊阁四库全书》本），魏显国《儒林全传》二十卷（明刻本），黄宗羲《明儒学案》六十二卷（清康熙三十二年贾朴刻本，中华书局 1985 年整理本、2008 年修订本），孙奇逢《理学宗传》二十六卷（《孙夏峰全集》本），刘廷诏《理学宗传辨正》十六卷（洪氏唐石经馆丛书本），熊赐履《学统》五十六卷（清康熙二十四年下学堂刻本），万斯同《儒林宗派》十六卷（清乾隆三十八年刻本），张伯行《伊洛渊源续录》二十卷（清康熙五十年张氏正谊堂刻本），范鄗鼎《理学备考》三十四卷（清康熙十九年范氏五经堂刻增修本），张夏《雒闽源流录》十九卷（清康熙二十一年黄昌衢彝叙堂刻本），李清馥《闽中理学渊源考》九十二卷（清丁氏竹书堂抄本、商务印书馆 2018 年整理本），等等。

作为上世纪以来规模最为宏大的儒家文献汇编工程，《儒藏》的编纂颇有一种接武中国古代《大藏经》《道藏》编纂的意味。该项目由北京大学汤一介教授任首席专家，自 2004 年启动之后，成为儒学领域最重要的文化工程之一，先后编成《儒藏（精华编）》《儒藏总目》《儒藏》等文献成果。《儒藏》总计收录历代儒家文献

5000余种,总字数接近5亿字,共计640余册。所收典籍上起先秦,下至清末,分为经、史、论三大部。也有研究者整理、汇集书籍、石刻等不同形式文献中与儒学相关的史料,如隋冬译《日文儒家文献提要萃编》(山东大学出版社,2019年),骆承烈汇编《石头上的儒家文献——曲阜碑文录》(齐鲁书社,2001年),杨朝明主编《曲阜儒家碑刻文献辑录》第1—5辑(齐鲁书社,2015—2019年),于浩辑《宋明理学家年谱》(北京图书馆出版社,2005年),陈来、于浩辑《宋明理学家年谱续编》(北京图书馆出版社,2006年),以及由山东孔子研究院院长杨朝明主持的国家社科基金重点项目结项成果"中国曲阜儒家石刻文献集成"等。或是从特定视角选录明代儒学文献中与某一主题相关的史料,如冯克诚总主编《明代儒学教育思想与论著选读》(人民武警出版社,2010年),顾宏义、严佐之主编《历代"朱陆异同"文类汇编》(上海古籍出版社,2018年),严佐之等主编《历代"朱陆异同"典籍萃编》(上海古籍出版社,2018年)等。

第七节　佛教、道教文献

从学科分野上说,文学与宗教有着明显的鸿沟,各有不同的思想系统和价值追求。然而二者在某些方面又有可以沟通之处,就明代而言,一方面,佛教、道教创作中也有不少属于文学的内容;另一方面,明代文学与佛教、道教有着密切的关系。基于这两方面的认识,本节概述与明代文学研究有紧密联系的佛、道文献,以为研究者进入相关论题的探讨提供文献学基础。

从中国古代宗教演进史来看,明代佛教和道教发展常被认为处于较为衰敝的阶段,这一时期几乎没有在中国佛教史或是道教史上能够独树一帜的人物,思想领域的建树也似乎乏善可陈。然而另一个方面又可以看到,佛、道两教发展到明代以后,与政权、世俗之间的关系更为紧密。从这一时期社会生活、文人信仰等角度看,佛教、道教的影响又是极其广泛的,对文学领域尤其是小说、戏曲创作的影响也几乎无处不在。在此背景下,一方面可以从道教徒、佛教徒创作的角度考察这一时期的佛道文学创作,另一方面也可以从文学与佛教、道教关系等角度考察二者之间的交涉。概述明代佛教、道教相关文献及其与明代文学研究之间的联系,此为两个最直接的切入点。

从明代文学研究的角度来说,明代佛教徒、道教徒所撰文集及其他相关著述是研究者所应关心的第一类文献。

明代道教徒的著述,主要见于正统时期编纂的《道藏》,万历时期编纂的《续道藏》,清人彭定求、蒋元廷编纂的《道藏辑要》,以及今人重新编辑的《藏外道书》《中华道藏》《中华续道藏初辑》等大型道教文献丛书当中。此外在一些重要的诗文选本,如《盛明百家诗》《列朝诗集》《明诗综》《道家诗纪》《明文海》《文章辨体汇选》等,又或是一些方志,如《大岳太和山志》《龙虎山志》等当中,也有属于道教徒的创作。也有今人从各种史料当中辑录与佛教、道教有关的文学文献汇编,如何建明主编《中国地方志佛道教文献汇纂·诗文碑刻卷》(498册,国家图书馆出版社,2019年)等。

明代佛教徒的著述,无论在创作者的知名度或是作品数量的丰富程度上,都要超过同时期道教徒的著述。在后世所编的各种佛教经典汇编,如各不同时期编纂的"大藏经"系列丛书,《乾隆大藏经》(中国书店,2010年)、中华大藏经编辑局《中华大藏经》(中华书局,1984年)、《碛砂大藏经》、《高丽大藏经》、高楠顺次郎《大正新修大藏经》(财团法人佛陀教育基金会出版部,1990年)、《频伽大藏经》、《频伽大藏经续编》、黄夏年、净因主编《大藏经(精选标点本)》(九州图书出版社,1999年)、《大正原版大藏经》(85册,台湾新文丰出版股份有限公司,1983年)、藏经书院编纂《正藏经》(70册,台湾新文丰出版有限公司,1980年)等当中,就收录了不少明代佛教徒的著述。① 其中收入包括《明高僧传》(明沙门释如惺识)、《八识规矩补注》(明法师普奉)、《八十八祖传赞》(明释德清)、《大佛顶首楞严经正脉疏》(明沙门交光真)、《佛说阿弥陀经疏钞》(明沙门袾宏)、《紫柏尊者全集》(明憨山德清)、《憨山大师梦游全集》(侍者福善日门人通炯)、《性相通说》(明释德清)、《庄子内篇说》(明释德清)、《明觉聪禅师语录》(门人寂空)、《重订教乘法数》(明沙门圆洁)等在内的教内僧徒著作,以及明仁孝徐皇后《大明仁孝皇后梦感佛说第一希有大功德经》,明成祖《诸佛世尊如来菩萨尊者神僧名经》《大明太宗文皇帝御制序赞文》《神僧传》等非教徒所撰的著述。此外也有一些汇编的文集,如《明清四大高僧文集》(北京图书馆出版社,2005年),以及单独整理出版的明代僧人著述,如《担当诗文全集》(云南人民出版社,2003年)、《憨山大师集》(国家图书馆出版社,2019年)、《紫柏大师全集》(上海古籍出版社,2013年),以及元末明初僧人道衍(姚广孝)所著《姚广孝全集》(安徽师范大学出版社,2019年)等。有关明代佛教徒著述的文献整理工作,江西师范大学李舜臣教授主持的国家社

① 关于中国佛教史籍的一般状况,参见陈垣《中国佛教史籍概论》,上海书店出版社,2005年。有关各不同时期《大藏经》编纂的情形,参见方广锠《佛教大藏经史》(中国社会科学出版社,1991年)。

科基金重大招标项目"明清释家别集整理与研究"（2020年）专注于明清时期佛教徒别集的整理，是一项十分值得期待的文献成果。其所著《历代释家别集叙录》已于2022年由中华书局出版。

　　另一方面，与明代佛、道两教相关的其他史料，也可以为我们研究明代佛教徒、道教徒的文学创作，以及明代佛教、道教与文学之间的交互关系，提供重要的文献基础。① 其中有一类重要的文

---

① 有关明代佛教、道教的研究成果丰硕，其中佛教研究方面具有代表性的著作如：陈垣《明季滇黔佛教考》（科学出版社，1959年），任继愈《中国佛教史》（中国社会科学出版社，1985年），任宜敏《中国佛教史·明代》（人民出版社，2009年），何孝荣《明朝佛教史论稿》（宗教文化出版社，2016年），蒋维乔《中国佛教史》（上海古籍出版社，2007年），梁启超《中国佛教研究史》（中国社会科学出版社，2008年），孙昌武《中国佛教文化史》（中华书局，2010年），潘桂明《中国佛教思想史稿》（江苏人民出版社，2009年），藤田恭俊《中国佛教史》（华宇出版社，1985年），镰田茂雄《中国佛教通史》（台湾佛光出版社，1993年），郭朋《中国佛教思想史》（福建人民出版社，1995年），长谷部幽蹊《明清佛教史研究序说》（台湾新文丰出版公司，1979年），圣严法师《明末中国佛教之研究》（台湾法鼓文化事业，1999年），祁志祥《中国佛教美学史》（北京大学出版社，2010年），嘎·达哇才仁《藏传佛教史研究·明代卷》（中国藏学出版社，2020年），季羡林、汤一介总主编《中华佛教史》（山西教育出版社，2020年），赖永海《中国佛教通史》（台湾佛光文化事业有限公司，2014年）等；道教研究方面具有代表性的著作如庄宏谊《明代道教正一派》（台湾学生书局，1986年），孔令宏《宋明道教思想研究》（宗教文化出版社，2002年），寇凤凯《明代道教文化与社会生活》（巴蜀书社，2016年），黄兆汉《明代道士张三丰考》（台湾学生书局，1988年），王岗《明代藩王与道教》（上海古籍出版社，2019年），沈伟《明代武当山道教艺术研究》（文化艺术出版社，2017年），丁常春《伍守阳内丹思想研究》（巴蜀书社，2007年），王福梅《明代灵济道派研究》（巴蜀书社，2013年），刘康乐《明代道官制度与社会生活》（金城出版社，2018年），张方《明代全真道的衰而复兴》（中国社会科学出版社，2018年），刘精诚《中国道（转下页注）

献是关于中国佛教、道教寺观志、方志文献的编纂和汇刊。[1] 如高小健主编《中国道观志丛刊》(江苏古籍出版社,2000 年),张智、张健主编《中国道观志丛刊续编》(广陵书社,2004 年),《中国地方志集成·寺观志专辑》(上海书店出版社,2016 年),方广锠主编《藏外佛经》(黄山书社,2005 年),《中国佛寺史志汇刊》(台湾明文书局,1980 年,1994 年再版,1999 年三版;台湾丹青图书公司,1985 年),《中国佛寺志丛书》(台湾新文丰出版股份有限公司,2013 年),蓝吉富主编《大藏经补编》(华宇出版社,1986 年),台湾新文丰出版公司《续藏经》(台湾新文丰出版公司,1976 年),《佛藏》(72 册,上海书店、黄山书社,2011 年)等。此外也有部分寺观方志被整理出版,如葛寅亮《金陵梵刹志》(何孝荣点校,天津人民出版社,2007 年),释悟明《折疑梵刹志》(何孝荣点校,南京出版社,2020

(接上页注)教史》(台湾文津出版社,1993 年),傅勤家《中国道教史》(商务印书馆,2011 年),任继愈《中国道教史》(中国社会科学出版社,2001 年),许地山《道教史》(北京大学出版社,2008 年),卿希泰《中国道教史》(四川人民出版社,1992 年),卿希泰《中国道教思想史》(人民出版社,2009 年),姜生《中国道教科学技术史》(科学出版社,2010 年),酒井忠夫《道家·道教史研究》(日本国书刊行会,2011 年),陈德安《中国道家道教教育思想史》(社会科学文献出版社,2008 年),唐大潮《明清之际道教"三教合一"思想论》(宗教文化出版社,2000 年),卿希泰《中国道教通史》(人民出版社,2019 年),福永光司《道教思想史研究》(日本岩波书店,1987 年)等。有关西方的中国宗教研究基本状况,参见(法)索安著、吕鹏志、陈平等译《西方道教研究编年史》(中华书局,2002 年),(法)安娜·塞德尔著、蒋见元、刘凌译《西方道教研究史》(上海古籍出版社,2000 年),(美)伊沛霞、姚平主编《当代西方汉学研究集萃·宗教史卷》(上海古籍出版社,2012 年)等。

[1] 相关研究参见曹刚华《明代佛教方志研究》(中国人民大学出版社,2011 年)、何孝荣《明代南京寺院研究》(中国社会科学出版社,2000 年)。

年)、《敕建报恩寺梵刹志》(陈平平等校点,凤凰出版社,2014 年)等。詹石窗总主编《道家与道教研究著作提要集成》(国家图书馆出版社,2021 年)对于了解明代道家、道教创作也有重要参考价值。

也有学者从现存的各类文献中搜集与佛教、道教研究有关的史料,其中规模较大的如何建明主编的《中国地方志佛道教文献汇纂》(国家图书馆出版社,2013 年),除了《诗文碑刻卷》之外,另有《寺观卷》(408 册)、《人物卷》(133 册),涉及 1949 年以前各种地方志文献(不包括寺观志)6800 余种,其中明本地方志 704 种,清本地方志 5100 余种,民国地方志 1500 余种。此外的文献辑录成果还有许明编著《中国佛教金石文献·塔铭墓志部》(总共 10 册,7—8 卷为明代,上海书店出版社,2018 年),李万健主编《国家图书馆藏佛道教书目题跋丛刊》(30 册,国家图书馆出版社,2016 年),石峻《中国佛教思想资料选编》(中华书局,2014 年),许明编著《中国佛教经论序跋记集》(上海辞书出版社,2002 年),张曼涛主编《现代佛教学术丛刊》(北京图书馆出版社,2005 年),杜斗城辑录《正史佛教资料类编》(甘肃文化出版社,2006 年),夏荆山等编《中国历代观音文献集成》(中国佛学文献丛刊之一,中华全国图书馆文献缩微复制中心,1998 年),李印来主编《历代佛教传记文献集成》(国家图书馆出版社,2015 年)、《历代佛教经典文献集成》(文物出版社,2020 年)等。也有一些著述在"中国思想史资料丛刊"的名义下被选录出版,如憨山德清《老子道德经解》(中华书局,2020 年)等。

第八节　艺术文献

中国古代的文学与艺术之间有着密切的关系,这不仅是因为在现代学术体系中,从广义而言文学也属于艺术诸门类中的一种,更在于中国古代的诸多艺术(如书法、绘画、篆刻等)创作者同时也兼具文学家的身份,文学与艺术之间也常存在并生互见的关系。按照一般的分类,艺术包括实用艺术、造型艺术、表情艺术、语言艺术和综合艺术。其中语言艺术即通常所说的文学,综合艺术中的戏剧、戏曲也是通常所说的文学文体之一。本节概述明代艺术文献,关注的主要是明清时期与明代绘画、书法、篆刻、园林、建筑、音乐、印谱等有关的文献,包括现代以来对这些文献的搜集、整理和汇刊等。其中既有分类编纂的文献,也有以"艺术"之名收录各门类著作的文献。①

　　明代绘画的发展经历了由院体画到文人画的变化,在元末明初文人画创作逐渐消歇之后,活跃于画坛的主要为谢环等宫廷画家,到了明中期以后,则出现了以吴中画派唐寅、文徵明、仇英、祝允明等为代表的文人画家,推动明代绘画走向兴盛。此外又有李日华、董其昌等一大批文人画家,为明代中后期的画坛增加了亮丽的色彩。② 因此就绘画文献而言,首先应予关注的是与明代诸多画家生平、创作有关的文献,除了绘画作品之外,也包括他们在其他

---

① 周宪总主编、童强本卷主编《艺术理论基本文献·中国古代卷》(生活·读书·新知三联书店,2014 年)以呈现中国传统艺术理论的基本面貌为主旨,分时代收录了先秦至清代各时期文人具有代表性的艺术理论论说。其中明代部分收入了王履、沈周、李东阳、祝允明、王阳明、杨慎、徐渭、王世贞、李贽、胡应麟、董其昌、何良俊、谢肇淛、袁宏道、唐志契等人的艺术相关选文。

② 有关明代绘画演变的描述,可参见(美)高居翰《江岸送别:明代初期与中期绘画(1368—1580)》《山外山:晚明绘画(1570—1644)》(生活·读书·新知三联书店,2009 年),石守谦《风格与世变:中国绘画十论》(北京大学出版社,2018 年),李若晴《玉堂遗音:明初翰苑绘画的修辞策略》(中国美术学院出版社,2012 年),赵晶《明代画院研究(增订本)》(浙江大学出版社,2020 年)等。

方面的创作。尤其是从本书所关涉的内容来说,这些兼具画家、文人身份的作家,在绘画、文学等多个不同领域创作的作品,是开展文学与其他艺术相关性研究最直接的材料。明清之际会稽徐沁曾撰《明画录》八卷(印晓峰点校,华东师范大学出版社,2009 年),仿照《图绘宝鉴》为明代 850 余名画家作传。其中卷一为宸绘、藩邸、道释、人物、宫室,卷二至卷四为山水,卷五山水、兽畜、龙、鱼,卷六花鸟(附草虫),卷七墨竹、墨梅、蔬果,卷八汇纪、补遗。涉及的人物从皇帝、诸王到文人画家、释道、名媛等无所不包,虽然也不免仍有遗漏(如黄道周、倪元璐等),但已经包括了大多数明代画家。①

　　现代学术界对明代绘画有关文献的搜集、汇编,其形式大体表现为两种:第一种是将明代以降与绘画有关的专门著述汇编成集,收录在"艺术文献"汇编或者丛刊当中,如华东师范大学出版社曾出版"历代艺术史料丛刊·书画编",收录的艺术史料包括《无声诗史》、《韵石斋笔谈》(2009 年),《画禅室随笔》(2012 年),徐沁《明画录》(2009 年),《海上墨林》(1970 年),《消夏百一诗》、《观画百咏》、《游艺卮言》(2010 年)等。此外又有越生文化总主编、李超分卷主编的《中国近代艺术文献丛刊·美术卷》第一辑、第二辑、第三辑(上海书画出版社,2019 年,2020 年,2021 年)等。另一种是从明清文献当中辑录与绘画有关的史料,如张毅、陈翔编著《明代著名诗人书画评论汇编》(南开大学出版社,2016 年),俞剑华编著《中国古代画论类编》(人民美术出版社,2000 年)、《中国历代画论大观》(江苏凤凰美术出版社,2017 年)等。事实上,除

---

① 对明代绘画相关史料的梳理,可参见耿明松《明代绘画史学研究》,山东教育出版社,2018 年。其所谓"明代绘画史学",是指明代有关绘画的史料与文献,并非专指明人绘画作品。

了绘画理论方面的文献之外,在明清各类文献当中,有着许多与绘画有关的材料,如文人别集中的题画诗、画作题跋,笔记中与画家、画作以及绘画创作、消费等相关的史料,等等。若是能够将散见于明清各类文献中与绘画相关的史料按类汇编成集,对于明代绘画或者诗画、文画关系等研究必定有重要的参考价值。目前由学者所编的相关史料有:张小庄《明代笔记日记绘画史料汇编》(上海书画出版社,2019 年),穆益勤《明代院体浙派史料》(上海人民美术出版社,1985 年)等。

在此之外,有关明代画作的文献汇编则有浙江大学中国古代书画研究中心所编《明画全集》,由浙江大学出版社分卷出版,如第三卷收录王绂、杜琼、姚绶等人画作,第四卷五册收录沈周画作,第五卷四册收录文徵明画作,第六卷收录唐寅画作,第七卷收录仇英画作,第九卷收录陈道复画作,第十卷收录徐渭画作,第十一卷收录董其昌画作,第十二卷收录孙克弘、莫是龙、陈继儒、赵左、沈士充、李流芳、宋懋晋等人画作,第十五卷收录陈洪绶画作,第二十卷收录佚名作品,等等。以及由中国古代书画鉴定组所编《中国古代绘画全集》(文物出版社,2014 年)收录的明代部分(10—18 册)的内容。

与绘画并行的书法艺术,在明代也取得了不俗成就,从明代前期的沈度,到明末清初的傅山,此外像解缙、文徵明、祝允明、唐寅、邢侗、倪元璐、王铎、王宠、徐渭、董其昌等,在中国书法史上也都有一席之地。① 除此之外,与明代文学理论发达相一致,明代在

_____

① 有关明代书法及其相关内容的研究,参见张金梁《明代书学铨选制度研究》,上海书画出版社,2008 年;黄惇《中国书法史·元明卷》,江苏教育出版社,2007 年;房弘毅《历代书法精论·明代卷》,中国书店,2007 年;刘金亭《明代石刻书法研究》,辽宁人民出版社,2020 年;等等。

书论方面也有突出表现,如解缙的《书学源流详说》、项穆的《书法雅言》(中华书局,2010 年)等,都是书学批评史上的重要论说。现代研究者对明代书论也颇为关注,辑录的文献有潘运告编著《明代书论》(湖南美术出版社,2002 年)、《中国历代书论选》(湖南美术出版社,2007 年),楼鉴明、洪丕谟编注《历代书论选注》(复旦大学出版社,1987 年),张忠进选编《历代书法家书论精选》(中国书店,1992 年),陈涵之《中国历代书论类编》(河北美术出版社,2016年),李彤编著《历代经典书论释读》(东南大学出版社,2015 年),杨成寅《中国历代书法理论评注·明代卷》(杭州出版社,2016年),等等。① 事实上,除了这些专门性的论说之外,明代的文人别集、笔记文献当中也有数量极其丰富的书法相关史料,目前可见的汇集成果有张小庄《明代笔记日记书法史料汇编》(上海书画出版社,2020 年),沈培方《历代论书诗选注》(上海书画出版社,1987年),裴成源编著《历代论书诗注评》(宁波出版社,2000 年),华人德主编《历代笔记书论汇编》(江苏教育出版社,1996 年)、《历代笔记书论续编》(江苏教育出版社,2012 年)等。事实上,在明代文人别集中就有大量与书法有关的序跋文献,如陆深《俨山集》卷八十六——卷九十为题跋卷,与书法有关的题跋就有:《跋羲献六十帖》《再跋羲献六十帖》《跋赵子昂临张长史京中帖》《跋张翰宸书》《跋东海草书卷二首》《跋十七帖》《再跋十七帖(两篇)》《跋温泉石刻》《跋东书堂帖》《再跋东书堂帖(两篇)》《跋唐人双钩大令帖》《跋边伯京草书千文》《跋鲜于伯机草书千文》《跋颜帖》《又跋颜帖》《跋淳化帖》《跋兰亭》《跋解学士书卷》《跋米元章书卷》《书辑

---

① 有关明代书学文献的总体概况,参见赵阳阳《明代书学文献研究》,人民出版社,2018 年。

跋》《跋宋人临阁帖》等，虽多针对前人书法作品，却可从中看出他
对书法艺术的关注。

　　进入现代以后，书法作为一种活态的艺术仍续有传承，因而
中国历代的书法文献尤其是书法作品受到研究者、书法家的重
视，搜集、整理与明代书法相关的文献汇刊有：洪文庆主编《书艺
珍品赏析》第六辑、第七辑（湖南美术出版社，2008 年），刘正成编
《中国书法全集·明代编》（荣宝斋出版社，2007 年），中国美术全
集编辑委员会编《中国美术全集·书法篆刻编》（上海书画出版
社，1989 年），唐华伟主编《历代书法名家墨迹》（中国民族摄影艺
术出版社，2005 年），李松晨编《传世名家书法》（中共党史出版社，
2007 年），王冬梅主编《历代名家书法经典》（中国书店，2012—
2013 年），胡峡江《中国历代名家原帖经典·明代书法卷》（安徽美
术出版社，2014 年），马琳编《中国书法文献汇刊》（131 册，北京燕
山出版社，2021 年），上海博物馆编《上海博物馆藏碑帖珍本丛刊》
第一辑、第二辑（上海书画出版社，2020 年）等。以及由中国历代
书法名作系列丛书编辑组编、海天出版社 1992 年出版的明代书
法家作品选，收入《唐伯虎书法选》《文徵明书法选》《祝允明书法
选》等；广州出版社 1996 年推出的“历代书法名作选系列”，收入
《黄道周书法选》《文徵明书法选》《王宠书法选》等；当代中国出版
社 1994—1995 年推出的“历代名家书法荟萃”（影印本），收入《文
徵明书法精选》《唐伯虎书法精选》《张瑞图书法精选》等；河南美
术出版社 2007—2008 年推出的“中国历代书法名家作品精选系
列”，收入《倪元璐书法精选》《文徵明书法精选》《祝允明书法精
选》等。

　　在明代艺术领域，印学的发达与明代中后期士人艺术趣味
的广泛互为表里，并在此基础上发展形成一门兼具理论和丰富实

践的艺术形式。① 其间产生了被视为文人印开创者的文彭、何震等人。从明末清初周亮工首著《赖古堂印人传》，总列印人 130位，到清人汪启淑编《续印人传（飞鸿堂印人传）》（周、汪二书合刊，印晓峰点校，华东师范大学出版社，2009 年），叶为铭《再续印人传》《广印人传》，记录的历代印人近 2000 人。② 现代学者又多从地域出发，著录各地区历代印人，如张俊勋《闽中印人传》、黄学圯《东皋印人传》、容庚《东莞印人传》、马国权《广东印人传》、沈慧兴《桐乡印人传》、周正举《巴蜀印人》、林乾良《福建印人传》、王本兴《江苏印人传》、李砺《湖南印人传》、陈荣杓《无锡印人传》、归之春《虞山印人录》等。

　　与为印人作传相并行，辑录历代印人所刻印章的文献（印谱）也受到重视。例如，明代顾从德曾编纂《顾氏集古印谱》（徐敦德释文，西泠印社，2000 年）；天一阁主人范钦孙范汝桐曾集《范氏集古印谱》十三卷（西泠印社出版社，2019 年），收录印章 3300 余方；清代汪启淑曾编《飞鸿堂印谱》（上海古籍出版社，1992 年；人民美术出版社，2011 年），收录三百余印人的近四千方作品。2011 年，人民美术出版社推出《中国印谱全书》，收录以清代印人为主的印谱著作，如汪启淑《飞鸿堂印谱》，赵之谦《赵㧑叔印谱》，以及《黄小松印存》《谷园印谱》《十钟山房印举》《善吾庐印谱》《缶庐印存初集》《雪庐百印》《邓石如印存》《孔才印存》《荔庵印选》《谷园印

① 相关情形，参见沙孟海《印学史》，西泠印社，1987 年；蔡耀庆《明代印学发展因素与表现之研究》，台湾"国立历史博物馆"，2007 年；叶一苇《中国篆刻史》，西泠印社，2000 年；黄惇《中国古代印论史》，上海书画出版社，1994 年。
② 台湾文史哲出版社 1997 年曾影印出版《明清印人传集成》，日本汲古书院1976 年曾出版伏见冲敬等编《印人传集成》。

谱》《真州吴让之印谱》《伏庐藏印》《白石山翁印存》《丁黄印存合
册》《金罍山民手刻印存》等。此外搜集、汇编的明代印谱相关成
果有：王季铨、（德）孔达合编《明清画家印鉴》（台湾商务印书馆，
1970 年），上海书画出版社编《上海博物馆藏印选》（上海书画出版
社，1979 年），方去疾《明清篆刻流派印谱》（上海书画出版社，1980
年），（日）小林斗盦编《中国篆刻丛刊》（日本二玄社，1982—1984
年），许海山主编《明清书法家印谱》（中国戏剧出版社，2007 年），
（日）斋藤谦编纂《中国画家落款印谱》（日本大仓书店，1906 年；中
国书店，1987 年），《中国古印谱集成》（山东美术出版社，2011
年），福建美术出版社编《印谱大图示》（福建美术出版社，2020
年），陈振濂编《中国印谱史图典》（西泠印社出版社，2011 年），刘
江主编《中国篆刻聚珍》第一辑、第二辑（浙江人民美术出版社，
2016 年、2017 年），陈振濂主编《中国珍稀印谱原典大系》第一编
（每编分为几辑，计划出版三编。西泠印社出版社、国家图书馆出
版社，2019 年），《珍本印谱丛刊》（上海书画出版社，2018—2019
年），《明清名家篆刻名品》（上海书画出版社，2022 年），刘江主编
《中国篆刻全集》（浙江人民美术出版社，2021 年），等等。

　　此外还有一些印谱学研究资料，如清人朱象贤曾编《印典》八
卷（浙江人民美术出版社，2011 年），分原始、制度、赉予、流传、故
事、综纪、集说、杂录、评论、镌制、器用、诗文等十二门加以论列。
今人汇编、整理的文献则有郁重今编纂《历代印谱序跋汇编》（西
泠印社出版社，2008 年），黄惇编著《中国印论类编》（荣宝斋出版
社，2010 年；修订本，荣宝斋出版社，2019 年），韩天衡编《历代印
学论文选》（西泠印社，1999 年），王敦化著、杜志强整理《印谱知见
传本书目》（浙江人民美术出版社，2020 年），（日）佐野荣辉等编、
王忻译《汉印文字汇编》（西泠印社出版社，2020 年），（日）横田实

《中国印谱解题》（日本二玄社，1976年）等。

　　从元代中后期开始，江南园林营造之风日渐兴盛，由此出现了许多与园林有关的史料记述和文学创作。[1]　在这些史料文献中，不乏像计成《园冶》、王象晋《二如亭群芳谱》等这样的专门著述，而更多的则是分散在明代的各种别集、笔记、杂史甚至小说、戏曲作品当中。虽然像顾凯的《明代江南园林研究》书后附录了《明代江南园林记述主要文献目录》，但对于明代浩繁的文献记载来说，不仅其著录的明代园林记文只是其中的极少部分，此外与明代园林有关的文献更是多不胜举。以元末明初的苏州狮子林为例，与之有关的艺术、文学创作就极为丰富，不但有徐贲、倪瓒等人所绘的画作，还有高启、王彝、姚广孝等一大批元明之际文人创作的诗、文作品。几百年后，乾隆皇帝更是围绕狮子林及其图画有过丰富的诗歌写作。这种种情形背后，反映的都是明代园林作为一种文化空间所具有的丰富含量，与之相关的艺术创作也呈现出多元多彩的面相。

　　明代园林相关资料的汇刊，大多体现为与园有关文献的选编，如翁经方、翁经馥编注《中国历代园林图文精选》第二辑（同济大学出版社，2005年），杨鉴生、赵厚均编注《中国历代园林图文精选》第三辑（同济大学出版社，2005年），陈从周等编《园综》（同济

---

[1]相关研究，参见顾凯《明代江南园林研究》，东南大学出版社，2010年；（英）柯律格《蕴秀之域：中国明代园林文化》，河南大学出版社，2019年；夏咸淳《中国园林美学思想史·明代卷》，同济大学出版社，2015年；郭明友《明代苏州园林史》，中国建筑工业出版社，2013年；张薇等《明代宫廷园林史》，故宫出版社，2015年；康格温《〈园冶〉与时尚：明代文人的园林消费与文化活动》，广西师范大学出版社，2018年；张高元《论明代雅集图、高士图和园林图的文化情怀》，台湾花木兰文化事业有限公司，2020年。

大学出版社,2011年),陈植《中国历代名园记选注》(安徽科学技术出版社,1983年)等,真正从明代文献出发搜集与明代园林有关的文、图记录的集成性成果尚未出现。这样的情形,或许等到西北大学李浩教授主持的国家社科基金重大项目"中国古代园林文学文献研究"(2018年)完成之后会有所改变。按照课题的设计,该项研究会在"中国古典园林文学文献整理"方面大力推进。

　　总体来看,今人汇编的艺术文献,很多时候都不只是针对单一艺术的形式,常常将书法、绘画、印谱以及其他艺术门类的相关文献汇集在一起,以"艺术文献"的名义合编出版。如浙江人民美术出版社出版的"中国艺术文献丛刊",收录与明代艺术有关的著作包括:《徐有贞集》(孙宝点校,2015年),胡敬《胡氏书画考三种》(刘英点校,2015年),孙家鼐等主编《书经图说》(钱伟强、顾大鹏点校,2013年),阮元《石渠随笔》(钱伟强、顾大朋点校,2011年),文震亨、屠隆《长物志·考槃余事》(陈剑点校,2011年),完颜麟庆撰、汪春泉等绘《鸿雪因缘图记》(2011年),金元钰、褚德彝《竹人录·竹人续录》(张素霞点校,2011年),《黎简集》(闫兴潘、叶子卿整理,2017年),《王时敏集》(毛小庆点校,2016年),《余绍宋集》(王翼飞、余平编校,2015年),倪涛编《六艺之一录》(钱伟强等点校,2015年),余绍宋辑撰《画法要录》(刘幼生点校,2016年),《沈周集》(汤志波点校,2013年),朱象贤《印典》(何立民点校,2011年),《薄儒集》(毛小庆点校,2015年),高濂《燕闲清赏笺》(李嘉言点校,2012年),王佐《新增格古要论》(2011年),秦祖永《桐阴论画·桐阴画诀》(2014年),余绍宋《书画书录解题》(戴家妙、石连坤点校,2012年),朱存理纂辑《珊瑚木难》(王允亮点校,2012年),卞永誉纂辑《式古堂书画汇考》(2012年),孙承泽《庚子销夏录》(白云波、古玉清点校,2012年),厉鹗、汤漱玉、汪远孙辑《玉台

书史・玉台画史》（刘幼生点校，2012年），王世贞《弇州山人题跋》
（汤志波辑校，2012年），张宝编绘《泛槎图》（2012年），张庚、刘瑗
《国朝画征录》（祁晨越点校，2011年），葛金烺、葛嗣浵《爱日吟庐
书画丛录》（慈波点校，2012年），等等。浙江人民美术出版社同时
还出版了"艺术文献集成"（2019年），收录的著作与"中国艺术文
献丛刊"基本相同。北京师范大学出版社2010—2013年陆续推
出的《艺术学经典文献导读书系》总共出版了6册，分别为：《戏曲
卷》，傅谨编著；《音乐卷》，姚亚平主编；《建筑卷》，王贵祥主编；
《美术卷》，沈语冰编著；《戏剧卷》，何辉斌编著；《视觉文化卷》，段
炼编著。此外又有欧阳中石主编《文津阁四库全书书画艺术文献
汇编》（商务印书馆，2009年），李勇先、高志刚主编《巴蜀珍稀艺术
文献汇刊》（成都时代出版社，2017年），民国时期文献保护中心、
中国社会科学院近代史研究所编、韩永进、王建朗主编《民国文献
类编・文化艺术卷》（国家图书馆出版社，2015年）、《民国文献类
编续编・文化艺术卷》（国家图书馆出版社，2018年），龙向洋主编
《美国哈佛大学哈佛燕京图书馆藏民国文献丛刊・文学艺术》（广
西师范大学出版社，2012年），刘晨主编《近代艺术史研究资料汇
编》（上海科学技术文献出版社，2020年），陈传席主编《中国历代
书画题跋注释集成》（中国书籍出版社，2020年）等。

　　此外也有一些专题性的艺术目录，如虞复编《历代中国画学
著述录目》（中国古典艺术出版社，1958年），劳天庇编《明遗民书
画录》（香港何氏至乐楼，1962年），中国古代书画鉴定组编《中国
古代书画目录》（21册，文物出版社，1984—2000年），杨秦伟编
《书法篆刻书目简释》（上海书画出版社，1993年），黄成助编《内务
部古物陈列所书画目录》（台湾成文出版社，1978年），华光普编
《中国历代印章目录》（中国民族摄影艺术出版社，1998年），邱东

联、王建宇编《中国古代书画目录》(南方出版社,2000 年),余绍宋
《书画书录解题》(浙江人民出版社,1982 年;北京图书馆出版社,
2003 年;西泠印社出版社,2012 年),丁福保、周云青编《四部总录
艺术编》(浙江人民美术出版社,2014 年),王燕来选编《历代书画
录续编》(国家图书馆出版社,2010 年),上海书画出版社编《上海
书画出版社六十年出版总目》(上海书画社,2020 年),等等。

第九节　民间文献

　　民间文献,顾名思义是与民间的风俗、信仰等有关的历史记
录。对文学研究来说,其重要性不仅在于民间文献中带有文学性
质的作品是明代文学的重要组成部分,例如此前曾予专门概述的
明代民歌,不过只是明代民间文学创作的一个方面,此外如神话、
说书、民间传说、说唱、谚语、谜语、笑话等,也都属于民间文学创
作的范围。[①] 与此同时,民间文献中所记录的故事、歌谣等作品,
又能够为文学创作提供思想的滋养,促进文学的发展。就像鲁迅
在《门外文谈》中所说的:"偶有一点为文人所见,往往倒吃惊,吸
入自己的作品中,作为新的养料。旧文学衰颓时,因为摄取民间
文学或外国文学而起一个新的转变,这例子是常见于文学史上
的。"[②]虽是从文学变革的角度着眼,却可说明民间文献的深入挖
掘对理解文学演变的重要意义。对明代文学来说也同样如此。
本节概述明清时期与明代文学有关的民间文献,主要聚焦于宝
卷、笑话集、民间日用类书等。

[①]参见武文主编《中国民间文学古典文献辑论》,民族出版社,2006 年。
[②]鲁迅《且介亭杂文》,《鲁迅全集》第 6 卷,人民文学出版社,2005 年,第 97 页。

　　从文献的内容来看,民间文献与明代小说、戏曲研究有十分
密切的关系。例如明代曲家郑之珍所撰传奇《目连救母劝善记》,
演绎的就是取材于佛教并在中国民间广泛流传的目连救母故事。
在明代民间流传的文献中,就有多部《目连救母》宝卷。宝卷作为
一种讲唱文学形式,早期以佛教故事为主。明代以后,取材于一
般民间故事和现实生活的宝卷日渐流行,诸如《梁山泊宝卷》《土
地宝卷》《药名宝卷》等,数量十分丰富。相关集成性的成果如李
淼编著《观音菩萨宝卷》(吉林人民出版社,1995 年),濮文起主编
《中国宗教历史文献集成・民间宝卷》(黄山书社,2005 年),酒泉
市肃州区文化馆编《酒泉宝卷》第一辑、第二辑、第三辑(甘肃文化
出版社,2012 年),何国宁主编《酒泉宝卷》第四辑、第五辑(甘肃文
化出版社,2011 年),车锡伦主编、钱铁民分卷主编《中国民间宝卷
文献集成・江苏无锡卷》(商务印书馆,2014 年),李正中辑编《善
书宝卷研究丛书》(台湾兰台出版社,2014 年),马西沙主编《中华
珍本宝卷》第一辑、第二辑、第三辑(社会科学文献出版社,2012
年、2014 年、2015 年),尚丽新编著《宝卷丛抄》(三晋出版社,2018
年),张天佑等主编《丝路稀见刻本宝卷集成》(天津古籍出版社,
2019 年)等。此外还有不少民间宗教的经卷,也受到学者重视,相
关文献汇集的成果有王见川、林万传主编《明清民间宗教经卷文
献》(台湾新文丰出版公司,1999 年)、《明清民间宗教经卷文献续
编》(台湾新文丰出版公司,2006 年)等。①
　　除了文献的搜集、汇编,以目录编纂为主要形式的民间文献
总体概览也取得了一定的成绩,相关的代表性成果如胡士莹编

---

① 有关明清时期宗教经卷的研究,参见(美)欧大年著、马睿译《宝卷——十
　六至十七世纪中国宗教经卷导论》,中央编译出版社,2012 年。

《弹词宝卷书目》(古典文学出版社,1957 年;上海古籍出版社,1984 年),李世瑜编《宝卷综录》(中华书局,1961 年),车锡伦编著《中国宝卷总目》(北京燕山出版社,2000 年、2009 年),郭腊梅主编《苏州戏曲博物馆藏宝卷提要》(国家图书馆出版社,2018 年),吕立波主编《浙江畲族民间文献资料总目提要》(民族出版社,2012 年)等。通过这些文献书目,研究者可以查找与自己研究论题相关的文献。

笑话著作的出版,也是明代民间文献值得关注的内容。明代文人赵南星、冯梦龙、潘游龙等人都有收录笑话的著作(《笑赞》《笑府》等)刊刻行世,明清时期又有游戏主人编《笑林广记》、石成金编《笑得好》等书。现代学者对相关文献进行汇编、整理的成果,如王利器辑录《历代笑话集》(上海文学出版社,1956 年;新月出版社,1962 年;上海古籍出版社,1981 年;中华书局,2020 年),赵南星等《明清笑话四种》(人民文学出版社,1958 年、1983 年),王利器、王贞珉编《历代笑话集续编》(春风文艺出版社,1985 年),冯梦龙著、高洪钧点校《冯梦龙笑话集》(河北人民出版社,1987 年),冯梦龙编纂、竹君校注《笑府选》(海峡文艺出版社,1987 年)、《笑府》(竹君校点,海峡文艺出版社,1992 年),魏同贤主编《冯梦龙全集·笑府》(上海古籍出版社,1993 年),王家兰《中国民间故事·笑话集》(金城出版社,1993 年),陈如江、徐侗纂集《明清通俗笑话集》(上海人民出版社,1996 年),冯梦龙等编著、李晓、爱萍主编《明清笑话十种》(三秦出版社,1998 年),尹奎友、靳永评注《中国古代笑林四书》(山东友谊出版社,2001 年),冯梦龙《中国古典笑话全集》(京华出版社,2003 年),冯梦龙原著、潘山、高勇译注《〈笑府〉与〈广笑府〉》(新疆青少年出版社,2005 年),赵南星、冯梦龙等《明清笑话集》(周作人编,中华书局,2009 年),张亚新、程小铭校注《明清笑话集六种》(中州古籍出版社,2012 年)等。

　　明清时期的日用类书也有不少反映明代民间信仰、日常生活等相关方面的内容。其中记述的部分内容出现在了明代小说的描写和叙述当中,如《金瓶梅》等。而要想对其中的部分情节和场景有更好的理解,就必须借助于明清时期部分日用类书所提供的知识。例如以"万宝全书"为名出版的明代日用类书,就有徐企龙编、徐笔峒纂、陈怀轩梓、王泰源梓等多种,清人烟水山人也曾编《万宝全书》。此外又有以"博览全书""学海群玉""万用正宗""万书渊海"等作为书名的著作。① 相关的文献集成有中国社会科学院历史研究所文化室编《明代通俗日用类书集刊》(西南师范大学出版社、东方出版社,2011 年)等。

---

① 相关研究参见吴蕙芳《〈万宝全书〉:明清时期的民间生活实录》,台湾花木兰文化出版社,2005 年;(日)酒井忠夫《中國日用類書史の研究》,日本国书刊行会,2011 年;(日)小川阳一《日用類書による明清小説の研究》,日本研文出版,1995 年;郭正宜《晚明日用类书劝谕思想研究》,台湾花木兰文化事业有限公司,2020 年;等等

第九章　书目、索引、工具书与数据库

　　20世纪初年以降明代文学研究的进展，在一定程度上是与研究资料的开拓与发掘紧密联系在一起的。上一章主要概述明清时期与明代文学研究相关的史料，本章则主要关注进入现代以后，研究者出于各种需要而编纂的索引、辞书、百科全书、资料汇编等。其中书目类文献则兼及明清与现代，以便于研究者在开展相关研究的准备阶段，可以在书籍著录等方面进行查考。

　　近一二十年来，随着现代技术的发展，各类数据库以及网络在线资源开发得到迅猛发展，对推动学术研究的发展起到了重要作用。本章对在中国古典文学研究方面被经常使用的数据库和在线网络资源作简要介绍，希望能够为研究者打开数字时代明代文学研究的大门，利用数字技术打破有限地域的阻隔，通过掌握更多的手段和材料，开拓出更加丰富多样的明代研究课题。

第一节　书目

　　书目的编纂为研究者提供了认识明代文学整体面貌、获取研究所需文献的基础，索引的编纂则主要为研究者提供查考文献、了解一般情形的线索。二者相互参照，是明代文学史研究的入门必备文献。本节所要述及的书目，大体以1911年作为分界线：在此之前由明清两代学人所编纂的各种公私书目,是记录明清时期著述及收藏、知见等情形的第一手文献,可以让我们更好地了解明代文学著述及其流传的一般情形。进入民国以后,现代学者出于梳理中国古代文献保存情形以及开展学术研究的需要,编纂了各种通代或者专题的书目文献,其中也包括明代的文献在内。

　　明清时期公私藏书十分发达,在此基础上编纂了大量的书目。虽然限于收藏数量等原因,各种书目的编纂者记录的都只是明代文献的一部分,即便是清代编纂《明史》列《艺文志》一目,著录的也远不及明人著述的总和;但是若想要了解明人整体的著述情况,明清时期编修的各种书目文献又是必不可少的途径。明清时期编纂涉及明人著述的主要书目有:杨士奇等《文渊阁书目》二十卷(读画斋丛书本、丛书集成初编本),高儒《百川书志》二十卷(清抄本),朱睦㮮《万卷堂书目》四卷(台湾新文丰《丛书集成续编》本),焦竑《国史经籍志》六卷(明万历三十年陈汝元函三馆刻本),祁承㸁《澹生堂藏书目》十四卷(绍兴先正遗书本),徐𤊹撰、清郑杰辑《红雨楼题跋》二卷(清嘉庆三年郑杰注韩居刻本),徐𤊹《徐氏家藏书目》七卷(清道光七年刘氏味经书屋抄本),都穆《南濠居士文跋》二卷(清光绪九年抄本),董其昌《华亭董氏玄赏斋书目》八卷(张氏适园抄本),范钦《天一阁书目》(清初抄本),阮元、范邦甸《天一阁书目》四卷(清嘉庆十三年阮氏文选楼刻本),黄虞稷《千顷堂书目》三十二卷(清抄本,别本五十一卷),钱谦益《绛云楼书目》二卷(清康熙间抄本,《丛书集成初编本》四卷,清嘉庆二十五年刘氏嘉荫簃抄本五卷),钱曾《述古堂书目》十卷(清乾隆五十年吴翌凤手抄本),钱曾《也是园藏书目》十卷(清抄本),钱曾《读书敏求记》四卷(清初抄本),纪昀等纂修《钦定四库全书总目》二百卷(清乾隆间武英殿刻本;国家图书馆出版社,2019 年;中华书局，1965 年，题作《四库全书总目》），莫友芝《邵亭知见传本书目》十六卷（清光绪三十年徐氏灵芬阁抄本），黄丕烈《士礼居藏书题跋记》六卷（清光绪十年潘氏滂喜斋刻本），黄丕烈撰、缪荃孙等辑《荛圃藏书题识》十卷、补遗一卷（民国八年金陵书局刻本），瞿镛《铁琴铜剑楼藏书目录》二十四卷（清光绪二十三年武进董氏诵芬室刻本），丁日昌《持静斋书目》五卷（清同治九年丰顺丁日昌刻本），丁丙藏、丁立中撰《八千卷楼藏书目》二十卷（民国十二年钱塘丁氏活字印本），丁丙《善本书室藏书志》四十卷、附录一卷（清光绪二十七年丁氏刻本），陆心源《吴郡陆氏藏书目录》（清陆氏皕宋楼抄本）、《仪顾堂书目》（稿本），陆心源、李宗莲《皕宋楼藏书志》一百二十卷、《续志》四卷（清光绪八年陆氏十万卷楼刻本），陆心源《仪顾堂题跋》十六卷、《续跋》十六卷（《潜园总集》本），陆心源《守先阁藏书志》一百二十卷（清光绪间抄本），姚振宗《师石山房书目》三十卷（稿本），缪荃孙《艺风藏书记》八卷（清光绪二十六年江阴缪氏刻本）、《艺风藏书续记》八卷（民国二年江阴缪氏刻本）、《艺风藏书再续记》（稿本、民国二十九年燕京大学图书馆铅印本），叶德辉《郋园读书志》十六卷（民国十七年上海澹园铅印本），缪荃孙等《嘉业堂藏书志》（吴格整理点校，复旦大学出版社，1997 年），等等。

　　现代以来汇刊的书目文献包括：《书目类编》（台湾成文出版社，1978 年），许逸民、常振国《中国历代书目丛刊》第一辑（现代出版社，1987 年），陆心源等撰《清人书目题跋丛刊》（中华书局1990—1995 年），冯惠民、李万健选编《明代书目题跋丛刊》（书目文献出版社，1994 年），国家图书馆编《国家图书馆藏古籍题跋丛刊》（北京图书馆出版社，2002 年），钱谦益等撰《稿钞本明清藏书目三种》（北京图书馆出版社，2003 年），贾贵荣《日本藏汉籍善本书志书目集成》（北京图书馆出版社，2003 年），北京图书馆出版社影印室辑《珍稀古籍书影丛刊》（北京图书馆出版社，2003 年），徐蜀、宋安莉编《中国近代古籍出版发行史料丛刊》（北京图书馆出版社，2003 年），孙学雷主编《地方志·书目文献丛刊》（北京图书馆出版社，2004 年），煮雨山房辑《故宫藏书目录汇编》（线装书局，2004 年），林夕主编《中国著名藏书家书目汇刊》（商务印书馆，2005 年），张昇编《四库全书提要稿辑存》（北京图书馆出版社，2006 年），中华书局编辑部编《宋元明清书目题跋丛刊》（中华书局，2006 年），贾贵荣、杜泽逊辑《地方经籍志汇编》（北京图书馆出版社，2008 年），北京图书馆出版社古籍影印室辑《明清以来公藏书目汇刊》（北京图书馆出版社，2008 年），殷梦霞、李莎莎编《中国近代古籍出版发行史料丛刊续编》（国家图书馆出版社，2008 年），中国书店出版社编《海王村古籍书目题跋丛刊》（中国书店出版社，2008 年），程仁桃选编《清末民国古籍书目题跋七种》（国家图书馆出版社，2009 年），韦力编《古书题跋丛刊》（学苑出版社，2009年），李万健、罗瑛辑《历代史志书目丛刊》（国家图书馆出版社，2009 年），李万健、邓咏秋编《清代私家藏书目录题跋丛刊》（国家图书馆出版社，2010 年），南江涛选编《日藏珍稀中文古籍书影丛刊》（国家图书馆出版社，2014 年），天津图书馆历史文献部编《天津地区图书馆编印旧版书目汇刊》（国家图书馆出版社，2015 年），国家图书馆出版社编《海外中华古籍书志书目丛刊》（国家图书馆出版社，2015—2020 年），福建省图书馆编《福建省图书馆藏稀见书目书志丛刊》（国家图书馆出版社，2016 年），南京图书馆编《南京图书馆藏稀见书目书志丛刊》（国家图书馆出版社，2017 年），陈红彦主编《国家图书馆藏稀见书目书志丛刊》（国家图书馆出版社，2017 年），刘波主编《哈佛燕京图书馆藏稀见书目书志丛刊》（国家图书馆出版社,2019 年),哈佛燕京图书馆、中华书局编《哈佛燕京图书馆书目丛刊》(中华书局,2020 年),北京师范大学图书馆编《北京师范大学图书馆藏稀见书目书志丛刊》(国家图书馆出版社,2021 年),等等。

现代整理的书目文献,较为集中的如上海古籍出版社陆续推出的"中国历代书目题跋丛书",共计六十余种,其中明清以来的书目有:赵用贤《赵定宇书目》(2005 年),瞿良士辑《铁琴铜剑楼藏书题跋集录》(2005 年),钱谦益撰、潘景郑辑校《绛云楼题跋》(2005 年),于敏中等著、彭元瑞等著、徐德明标点《天禄琳琅书目·天禄琳琅书目后编》(2007 年),晁瑮、徐𤊹《晁氏宝文堂书目·徐氏红雨楼书目》(2005 年),毛晋、王士禛《汲古阁书跋·重辑渔洋书跋》(2005 年),高儒、周弘祖《百川书志·古今书刻》(2005 年),潘景郑《著砚楼书跋》(2006 年),潘祖荫等《滂喜斋藏书记·宝礼堂宋本书录》(2007 年),吴寿旸著、郭立暄标点《拜经楼藏书题跋记》(2007 年),钱曾《虞山钱遵王藏书目录》(2005 年),缪荃孙著、黄明、杨同甫标点《艺风藏书记》(2007 年),孙星衍等《平津馆鉴藏书籍记·廉石居藏书记·孙氏祠堂书目》(2008 年),阮元撰、王爱亭、赵嫄点校《文选楼藏书记》(2009 年),莫友芝等《宋元旧本书经眼录·持静斋藏书纪要》(2009 年),钱大昕撰、程远芬点校《潜研堂序跋·竹汀先生日记抄·十驾斋养新录摘抄》(2010 年),叶德辉撰、杨洪升点校《郎园读书志》(2010 年),沈初等撰、杜泽逊、何灿点校《浙江采集遗书总录》(2010 年),叶启勋、叶启发《二叶书录》(李军整理,2014 年),徐乃昌《积学斋藏书记》(柳向春、南江涛整理,2014 年),祁承㸁撰、郑诚整理《澹生堂读书记·澹生堂藏书目》(2015 年),范邦甸《天一阁书目·天一阁碑目》(江曦、李婧点校,2019 年),郑振铎《劫中得书记》(2019

年），孙殿起《贩书偶记》（2020 年），邹百耐纂、石菲整理《云间韩氏藏书题识汇录》（2020 年），王国维《传书堂藏书志》（王亮整理，2020 年）等。中华书局出版的"书目题跋丛书"，收录的书目、题跋著作包括：莫友芝《宋元旧本书经眼录·郘亭书画经眼录》（张剑点校，2008 年）、《金石影目录》（张剑整理，2020 年）、《江南收书记》（张剑整理，2020 年），陆心源《仪顾堂书目题跋汇编》（冯惠民整理，2009 年），莫友芝撰、傅增湘订补、傅熹年整理《藏园订补郘亭知见传本书目》（2009 年），傅增湘《藏园群书经眼录》（2009 年），张金吾《爱日精庐藏书志》（冯惠民整理，2012 年），丁日昌《持静斋书目·持静斋藏书记要》（张燕婴点校，2012 年），钱曾编著、管庭芬、章钰校证、傅增湘批注《藏园批注读书敏求记校证》（冯惠民整理，2012 年），傅增湘《藏园群书校勘跋识录》（王菡整理，2012 年），董康《书舶庸谭》（朱慧整理，2013 年），张桂丽笺证《越缦堂书目笺证》（2013 年），莫伯骥《五十万卷楼藏书目录初编》（曾贻芬整理，2016 年）、《五十万卷楼群书跋文》（曾贻芬整理，2019 年），许全胜《海日楼书目题跋五种》（柳岳梅整理，2017 年），杨绍和撰、傅增湘批注《藏园批注楹书隅录》（朱振华整理，2017 年），秦更年《婴闇题跋》（秦蓁整理，2018 年），钱泰吉《曝书杂记·甘泉乡人题跋》（冯先思整理，2020 年）等。

此外还有不少今人校点、整理的书目著作，如黄虞稷等《明史艺文志补编·附编》（包括焦竑《国史经籍志》等，商务印书馆，1959 年），北京图书馆编著《西谛书目》（文物出版社，1963 年；北京图书馆出版社，2004 年），张之洞《书目答问》（台湾商务印书馆，1978 年），范希曾编《书目答问补正》（上海古籍出版社，1983 年），缪荃孙等《嘉业堂藏书志》（吴格整理点校，复旦大学出版社，1997 年），黄虞稷《千顷堂书目》（瞿凤起、潘景郑整理，上海古籍出版社,2001年),张之洞撰、范希曾补正《书目答问补正》(上海古籍出版社,2001年),李慈铭《越缦堂读书记》(中华书局,2006年),李慈铭《越缦堂读书记》(由云龙辑,中华书局,2006年),周中孚《郑堂读书记》(黄曙辉、印晓峰标校,上海书店出版社,2009年),江庆柏等整理《四库全书初次进呈存目》(人民文学出版社,2015年),丁丙《善本书室藏书志》(曹海花点校,浙江古籍出版社,2016年),陆心源《皕宋楼藏书志》(许静波点校,浙江古籍出版社,2016年),赵望秦等校注《四库全书初次进呈存目校证》(陕西师范大学出版社,2016年),胡玉缙《四库全书总目提要补正》(上海书店出版社,2020年),等等。

　　进入现代以后,研究者从整体检束的角度对中国古代典籍的主要文本作了全面、系统的记录。其中如上海图书馆编《中国丛书综录》(中华书局,1959年;上海古籍出版社,1986年、2007年),王重民《中国善本书提要》(上海古籍出版社,1983年)、《中国善本书提要补编》(书目文献出版社,1991年),中国古籍善本书目编辑委员会编《中国古籍善本书目》(上海古籍出版社,1989年),施廷镛编《中国丛书综录续编》(北京图书馆出版社,2003年),天津图书馆编《稿本中国古籍善本书目书名索引》(齐鲁书社,2003年),翁连溪编校《中国古籍善本总目》(线装书局,2005年),南京图书馆编纂《中国古籍善本书目索引》(上海古籍出版社,2009年),中国古籍总目编纂委员会编《中国古籍总目》(中华书局、上海古籍出版社,2009年—2012年)等各不同时期具有代表性的书目文献,以及中外各大学、研究机构、图书馆编纂的藏书目录,都为我们全面清理明人著述提供了重要线索。

　　除了上述总括性的古籍目录之外,中外各藏书机构根据各自收藏古籍的情况编纂了古籍目录,为研究者查找前人著述提供了便利,如青岛市图书馆编《青岛市图书馆藏明清两代山东人著作》(青岛市图书馆,1956年),《延边大学图书馆藏古籍书目》(延边大学图书馆,1965年),《北京图书馆古籍善本书目》(书目文献出版社,1989年),《吉林省古籍善本书目》(学苑出版社,1989年),《北京图书馆普通古籍总目》(书目文献出版社,1990—1995年),《中国人民大学图书馆古籍善本书目》(中国人民大学出版社,1991年),《四川大学图书馆古籍善本书目》(四川大学出版社,1992年),《河南省图书馆中文古籍书目》(中州古籍出版社,1993年),《中国科学院图书馆藏中文古籍善本书目》(科学出版社,1994年),《新疆大学图书馆藏古籍书目》(新疆大学出版社,1996年),《北京艺术博物馆古籍善本书目》(北京燕山出版社,1996年),《湖南省古籍善本书目》(岳麓书社,1998年),《北京大学图书馆藏古籍善本书目》(北京大学出版社,1999年),山东省图书馆编《山东省图书馆馆藏海源阁书目》(齐鲁书社,1999年),《北京师范大学图书馆古籍善本书目》(北京图书馆出版社,2002年),《香港所藏古籍书目》(上海古籍出版社,2003年),《浙江图书馆古籍善本书目》(浙江教育出版社,2002年),《烟台公共图书馆馆藏古籍书目》(齐鲁书社,2002年),潘美月、沈津编著《中国大陆古籍存藏概况》(台湾"国立编译馆",2002年),《山东师范大学图书馆馆藏古籍书目》(齐鲁书社,2003年),《潍坊古籍书目》(北京图书馆出版社,2006年),《浙江省博物馆藏古籍书目》(上海辞书出版社,2006年),沈津《中国珍稀古籍善本书录》(广西师范大学出版社,2006年),《山东大学图书馆古籍善本书目》(齐鲁书社,2007年),《山西图书馆藏古籍善本书目》(山西人民出版社,2007年),《国家图书馆普通古籍总目》(国家图书馆出版社,2008年),《天津图书馆古籍善本书目》(国家图书馆出版社,2008年),《青岛市图书馆古籍

书目》(国家图书馆出版社,2009 年),《绍兴图书馆馆藏古籍地方
文献书目提要》(广陵书社,2009 年),《河南省图书馆古籍善本书
目》(吉林文史出版社,2009 年),《大连图书馆藏古籍书目》(广西
师范大学出版社,2009 年),《山西师范大学图书馆古籍善本书目》
(国家图书馆出版社,2011 年),《首都图书馆古籍善本书目》(国家
图书馆出版社,2011 年),《保定市图书馆古籍善本书目》(国家图
书馆出版社,2011 年),《十堰市古籍联合书目》(国家图书馆出版
社,2011 年),《广东省立中山图书馆古籍善本书目》(国家图书馆
出版社,2012 年),《大理古籍书目提要》(云南民族出版社,2013
年),《辽宁大学图书馆藏古籍线装书目》(辽宁大学出版社,2013
年),《中山大学图书馆古籍善本书目》(广西师范大学出版社,
2014 年),中国艺术研究院图书馆编《中国艺术研究院图书馆抄稿
本总目提要》(国家图书馆出版社,2014 年),《江西省图书馆古籍
善本书目》(江西人民出版社,2015 年),《甘肃中医药大学图书馆
馆藏线装古籍书目》(国家图书馆出版社,2016 年),《浙江大学图
书馆古籍善本书目》(国家图书馆出版社,2016 年),《天一阁博物
馆藏古籍善本书目》(国家图书馆出版社,2016 年),《扬州大学图
书馆馆藏古籍善本书目提要》(广陵书社,2017 年),《中国文化遗
产研究院藏古籍善本书目》(中华书局,2018 年),《南开大学图书
馆藏古籍善本书目》(天津古籍出版社,2019 年),《陕西现藏古籍
总目》(陕西人民出版社,2019 年),《四川科技古籍文献联合书目》
(巴蜀书社,2020 年),等等。

　　在中国大陆之外,境外的各主要藏书机构也收藏了大量的中
文古籍,一直以来也都有学者致力于为之编订目录,现代以来所
编目录中较具代表性的有:"国立中央图书馆"编《"国立中央图书
馆"善本书目(增订本)》("国立中央图书馆",1967 年),静嘉堂文

库编《静嘉堂文库汉籍分类目录》(日本大立出版社,1980 年),京都大学人文科学研究所编《京都大学人文科学研究所汉籍目录》(人文科学研究协会,1981 年),"国立中央图书馆"特藏组编《台湾公藏普通本线装书目名索引》("国立中央图书馆",1982 年),"国立中央图书馆"特藏组编《"国立中央图书馆"善本题跋真迹》("国立中央图书馆",1982 年),"国立中央图书馆"出版品国际交换处编《"国立中央图书馆"善本图书微卷目录索引》("国立中央图书馆",1984 年),屈万里《"国立中央图书馆"善本书目初稿》(台湾联经出版事业公司,1985 年),"国立中央图书馆"特藏组编《中国历代艺文总志》("国立中央图书馆",1989 年),葛思德东方图书馆编《普林斯顿大学葛思德东方图书馆中文旧籍书目》(台湾商务印书馆,1990 年),"国立中央图书馆"特藏组编《标点善本题跋集录》("国立中央图书馆",1992 年),"国立中央图书馆"编《"国立中央图书馆"善本序跋集录》("国立中央图书馆",1992—1994 年),沈津《美国哈佛大学哈佛燕京图书馆中文善本书志》(上海辞书出版社,1999 年;广西师范大学出版社,2011 年),澳门图书馆编《何东图书馆馆藏中国古籍展览目录》(澳门特别行政区政府文化局,2000 年),(法)魏丕信监修、田涛主编《汉籍善本书目提要》(中华书局,2002 年),全寅初主编《韩国所藏中国汉籍总目》(韩国学古房,2005 年),(法)伯希和编、(日)高田时雄校订补编、郭可译《梵蒂冈图书馆所藏汉籍目录》(中华书局,2006 年),严绍璗编著《日藏汉籍善本书录》(中华书局,2007 年),汤蔓媛纂辑《傅斯年图书馆善本古籍题跋辑录》(台湾"中央研究院"历史语言研究所,2008 年),宫内省图书寮编《图书寮汉籍善本书目》(国家图书馆出版社,2012 年),傅斯年图书馆善本书志编纂小组编辑《"中央研究院"历史语言研究所傅斯年图书馆善本书志》("中央研究院"历史语言研究所,2013年),沈津、卞东波编著《日本汉籍图录》(广西师范大学出版社,2014年),河田羆《静嘉堂秘籍志》(上海古籍出版社,2016年),廖可斌等编《英国国家图书馆藏中文古籍目录》(国家图书馆出版社,2020年),张西平主编《欧洲藏汉籍目录丛编》(广东人民出版社,2020年),等等。

也有一些虽然不是书目,却也具有类似功能的著作,如李树兰编著《中国文学古籍博览》(山西人民出版社,1988年)、《中国文学古籍博览续编》(山西古籍出版社,1996年),严绍璗《汉籍在日本的流布研究》(江苏古籍出版社,1992年)、《日本藏汉籍珍本追踪纪实》(上海古籍出版社,2005年)、《日本藏汉籍善本研究》(北京大学出版社,2021年),水口幹记《日本古代汉籍受容史的研究》(日本汲古书院,2005年),刘玉珺《越南汉喃古籍的文献学研究》(中华书局,2007年),陈益源《越南汉籍文献述论》(中华书局,2011年),李正民主编《山西大学馆藏中国文学古籍博览三编》(三晋出版社,2012年),孙越《古代中文典籍法译本书目及研究》(浙江大学出版社,2020年)等。

与此同时,在地域文化与文献整理大力发展的背景下,以一省为对象进行的书目编纂工作,也取得了不错进展。其中较有代表性的如《江苏艺文志》(增订本,江庆柏主编,凤凰出版社,2019年;该书各卷曾由江苏人民出版社于1994—1996年出版,赵国璋主编),郭秧全、蔡坤泉主编《昆山历代艺文志》(江苏科学技术出版社,2012年),张晚霞、牛继清主编《中国古籍总目安徽文献补遗》(黄山书社,2016年),牛继清主编《安徽文献总目》(黄山书社,2020年),阳海清主编《现存湖北著作总录》(国家图书馆出版社,2016年),方建新、徐永明、童正伦编《浙江文献要目》(浙江古籍出版社,2016年),陈桥驿《绍兴地方文献考录》(浙江人民出版社,

1983 年），广东省中山图书馆汕头图书馆学会编《潮汕文献书目》
（广东人民出版社，1994 年），李仲伟等编著《广州文献书目提要》
（广东人民出版社，2000 年），何卜吉主编《海南地方文献书目提
要》（海南出版社，2008 年），黄荫普编《广东文献书目知见录》（黄
氏忆江南馆，1972 年），骆伟《广东文献综录》（中山大学出版社，
2000 年），王绍曾主编《山东文献书目》（齐鲁书社，1993 年），沙嘉
孙编《山东文献书目续编》（齐鲁书社，2017 年），等等。

此外还有一些文献丛刊、个人藏书或者出版文献目录，也能
为研究者查考相关史料提供线索，如阮元著、傅以礼编《四库未收
书目提要》（商务印书馆，1955 年），施廷镛编辑《丛书子目书名索
引》（台湾文海出版社有限公司，1971 年），汉学研究中心资料组编
《汉学研究中心景照海外佚存古籍书目初编》（台湾汉学研究中
心，1990 年），陈渭泉主编《中国西北文献丛书·目录卷·索引卷》
（兰州古籍书店，1990 年），严灵峰《无求备斋持赠北京图书馆书
目》（自刊，1993 年），张元济《张元济古籍书目序跋汇编》（商务印
书馆，2003 年），潘雨廷《道藏书目提要》（上海古籍出版社，2003
年），北京图书馆出版社编《北京图书馆出版社古籍影印书目》（北
京图书馆出版社，2007 年），复旦大学图书馆古籍部编《四库系列
丛书目录·索引》（上海古籍出版社，2007 年），国家图书馆古籍馆
编《西谛藏书善本图录》（中华书局，2008 年），李孝友等《云南丛书
书目提要》（中华书局，2010 年），《顾颉刚文库古籍书目》（中华书
局，2010 年），孙毓修《四部丛刊书录》（国家图书馆出版社，2010
年），中华书局编辑部编《丛书集成初编总目索引》（中华书局，
2012 年），山东文献集成编纂委员会《山东文献集成总目图录》
（山东大学出版社，2011 年），中华再造善本工程编纂出版委员会
编《中华再造善本总目》（国家图书馆出版社，2015 年），南江涛、贾

贵荣编《新中国古籍影印丛书总目》(国家图书馆出版社,2016年),中华再造善本工程编纂出版委员会编《中华再造善本续编总目提要·明代编》(国家图书馆出版社,2017年),孙晓等《域外汉籍珍本总目提要》(西南师范大学出版社,2018年),天津图书馆编《天津图书馆购藏影印本古籍书目》(天津社会科学院出版社,2020年),何光伦编《李一氓捐赠四川省图书馆藏书书目》(巴蜀书社,2020年),等等。

　　同时也有学者编纂专门收录少数民族古籍的书目,以明代诗文为著录对象的如多洛肯《元明清少数民族汉语文创作诗文叙录·元明卷》(中国社会科学出版社,2014年)、多洛肯等辑校《明代少数民族诗文创作总目提要(叙录)及其散存作品辑录》(社会科学文献出版社,2021年)等。其中国家民族事务委员会全国少数民族古籍整理研究室主持编纂的《中国少数民族古籍总目提要》(中国大百科全书出版社、民族出版社,2003—2020年),相继出版了《纳西族卷》(2003年)、《白族卷》(2004年)、《东乡族卷·裕固族卷·保安族卷》(2006年)、《土族·撒拉族卷》(2007年)、《锡伯族卷》(2007年)、《哈尼族卷》(2008年)、《回族卷·铭刻》(2008年)、《柯尔克孜族卷》(2008年)、《达斡尔族卷》(2009年)、《毛南族·京族卷》(2009年)、《羌族卷》(2009年)、《仫佬族卷》(2009年)、《鄂伦春族卷》(2010年)、《鄂温克族卷》(2010年)、《侗族卷》(2010年)、《苗族卷》(2010年)、《黎族卷》(2010年)、《赫哲族卷》(2010年)、《土家族卷》(2010年)、《贵州彝族卷(毕节地区)》(2010年)、《塔吉克族卷》(2011年)、《哈萨克族卷》(2011年)、《乌孜别克族卷·塔塔尔族卷·俄罗斯族卷》(2011年)、《维吾尔族卷》(2011年)、《朝鲜族卷》(2012年)、《畲族卷》(2013年)、《瑶族卷》(2013年)、《蒙古族卷》(2013年)、《布依族卷》(2014

年)、《回族卷》(2014 年)、《藏族卷·铭刻类》(2014 年)、《仡佬族
卷》(2015 年)、《蒙古族卷·文书类》(2015 年、2019 年)、《水族卷》
(2018 年)、《西夏卷》(2019 年)、《拉祜族卷·景颇族卷·阿昌族
卷》(2019 年)、《傣族卷·讲唱类》(2019 年)、《傈僳族卷·普米族
卷·怒族卷·独龙族卷》(2019 年)、《佤族卷·布朗族卷·基诺族
卷·德昂族卷》(2019 年)、《彝族卷·讲唱类》(2019 年)、《壮族
卷·讲唱类》(2020 年)等,对于钩稽明代少数民族文人创作具有
重要参考价值。

在各种现代编纂的古籍目录当中,近些年启动的全国各主要
图书馆古籍普查登记目录的编纂,对全面、系统清理中国大陆现
存古籍的具体数量和书目有重要意义。国家图书馆出版社迄至
目前出版的古籍普查目录主要有:《湖南图书馆古籍普查登记目
录》(2014 年),《江苏省徐州市图书馆古籍普查登记目录》(2014
年),《天津图书馆古籍普查登记目录》(2014 年),《陕西省图书馆
古籍普查登记目录》(2014 年),《南开大学图书馆古籍普查登记目
录》(2014 年),《湖南省社会科学院图书馆古籍普查登记目录》
(2014 年),《河南大学图书馆古籍普查登记目录》(2014 年),《首
都图书馆古籍普查登记目录》(2014 年),《福建省图书馆古籍普查
登记目录》(2015),《江苏师范大学图书馆等五家收藏单位古籍普
查登记目录》(2015 年),《江苏省常州市图书馆古籍普查登记目
录》(2015 年),《天津市十九家收藏单位古籍普查登记目录》(2015
年),《国家图书馆古籍普查登记目录》(2015 年),《江苏省金陵图
书馆等六家收藏单位古籍普查登记目录》(2015 年),《云和县图书
馆古籍普查登记图目》(2015 年),《内蒙古自治区图书馆古籍普查
登记目录》(2015 年),《贵州省图书馆古籍普查登记目录》(2015
年),《江苏省扬州大学图书馆等五家收藏单位古籍普查登记目

录》(2016年),《江苏省苏州图书馆古籍普查登记目录》(2016年),《甘肃省四家高校图书馆古籍普查登记目录》(2016年),《中国民族图书馆古籍普查登记目录》(2016年),《广东省韶关市古籍普查登记联合目录》(2016年),《辽宁省图书馆古籍普查登记目录》(2016年),《山西省图书馆古籍普查登记目录》(2016年),《安徽师范大学图书馆古籍普查登记目录》(2016年),《新疆大学图书馆等五家收藏单位古籍普查登记目录》(2016年),《新疆维吾尔自治区图书馆古籍普查登记目录》(2016年),《北京师范大学图书馆古籍普查登记目录》(2017年),《苏州大学图书馆古籍普查登记目录》(2017年),《四川省十一家收藏单位古籍普查登记目录》(2017年),《广西壮族自治区图书馆古籍普查登记目录》(2017年),《军事科学院图书馆资料馆古籍普查登记目录》(2017年),《复旦大学图书馆古籍普查登记目录》(2017年),《浙江图书馆古籍普查登记目录》(2017年),《嘉兴市图书馆古籍普查登记目录》(2017年),《河北省保定市图书馆古籍普查登记目录》(2017年),《河南省洛阳市图书馆等九家收藏单位古籍普查登记目录》(2017年),《河北省图书馆古籍普查登记目录》(2017年),《暨南大学图书馆古籍普查登记目录》(2017年),《西南大学图书馆古籍普查登记目录》(2017年),《温州市图书馆古籍普查登记目录》(2017年),《临海市图书馆古籍普查登记目录》(2017年),《宁波市图书馆古籍普查登记目录》(2017年),《吉林省图书馆古籍普查登记目录》(2017年),《河南省郑州图书馆等十一家收藏单位古籍普查登记目录》(2017年),《青岛市古籍普查登记目录》(2017年),《宁波市天一阁博物馆古籍普查登记目录》(2017年),《孔子博物馆古籍普查登记目录》(2017年),《重庆图书馆古籍普查登记目录》(2017年),《辽宁大学图书馆古籍普查登记目录》(2018年),《河北省石家庄

市图书馆古籍普查登记目录》(2018 年),《江西省景德镇地区古籍
普查登记目录》(2018 年),《杭州图书馆古籍普查登记目录》(2018
年),《台州市黄岩区图书馆古籍普查登记目录》(2018 年),《陕西
省二十二家公共图书馆古籍普查登记目录》(2018 年),《广东省佛
山市图书馆等八家收藏单位古籍普查登记目录》(2018 年),《平湖
市图书馆古籍普查登记目录》(2018 年),《宁夏回族自治区图书馆
古籍普查登记目录》(2018 年),《江西省萍乡地区古籍普查登记目
录》(2018 年),《陕西师范大学图书馆古籍普查登记目录》(2018
年),《瑞安市博物馆(玉海楼)古籍普查登记目录》(2018 年),《江
苏省苏州市吴江区图书馆古籍普查登记目录》(2018 年),《嵊州市
图书馆古籍普查登记目录》(2018 年),《浙江省博物馆古籍普查登
记目录》(2018 年),《嘉善县图书馆古籍普查登记目录》(2018
年),《广西壮族自治区桂林图书馆古籍普查登记目录》(2019 年),
《金华市博物馆等九家收藏单位古籍普查登记目录》(2019 年),
《郑州大学图书馆古籍普查登记目录》(2019 年),《山东师范大学
图书馆古籍普查登记目录》(2019 年),《吉林大学图书馆古籍普查
登记目录》(2019 年),《河南省许昌市图书馆等十六家收藏单位古
籍普查登记目录》(2019 年),《北京市文物局图书资料中心古籍普
查登记目录》(2019 年),《沈阳市图书馆古籍普查登记目录》(2019
年),《吉林市图书馆古籍普查登记目录》(2019 年),《江苏省扬州
市图书馆古籍普查登记目录》(2019 年),《武汉大学图书馆古籍普
查登记目录》(2019 年),《浙江大学图书馆古籍普查登记目录》
(2019 年),《浙江省中医药研究院等四家收藏单位古籍普查登记
目录》(2019 年),《上海师范大学图书馆古籍普查登记目录》(2019
年),《安徽大学图书馆古籍普查登记目录》(2019 年),《南京图书
馆古籍普查登记目录》(2019 年),《绍兴市上虞区图书馆等八家收

藏单位古籍普查登记目录》(2019 年),《西泠印社社务委员会等十家收藏单位古籍普查登记目录》(2019 年),《丽水市图书馆等八家收藏单位古籍普查登记目录》(2019 年),《宁波市奉化区文物保护管理所等六家收藏单位、舟山市图书馆等二家收藏单位古籍普查登记目录》(2019 年),《湖州市图书馆等七家收藏单位、常山县图书馆等二家收藏单位古籍普查登记目录》(2019 年),《海宁市图书馆等六家收藏单位古籍普查登记目录》(2019 年),《临海市博物馆等六家收藏单位古籍普查登记目录》(2019 年),《首都师范大学图书馆古籍普查登记目录》(2020 年),《湖南省八家收藏单位古籍普查登记目录》(2020 年),《江苏省淮安市四家收藏单位古籍普查登记目录》(2020 年),《厦门市图书馆等四家收藏单位古籍普查登记目录》(2020 年),《宁夏回族自治区二十家收藏单位古籍普查登记目录》(2020 年),《湖北省襄阳市少年儿童图书馆古籍普查登记目录》(2020 年),《安徽博物院古籍普查登记目录》(2020 年),《甘肃省图书馆古籍普查登记目录》(2020 年),《中国国家博物馆古籍普查登记目录》(2021 年),《安徽中国徽州文化博物馆古籍普查登记目录》(2021 年),《陕西省三原县图书馆古籍普查登记目录》(2021 年),《江苏省常熟市五家收藏单位古籍普查登记目录》(2021 年),《湖南省二十三家收藏单位古籍普查登记目录·岳阳市·常德市·益阳市·怀化市》(2021 年),《安徽省皖北地区二十六家收藏单位古籍普查登记目录》(2021 年),《广东省社会科学院图书馆古籍普查登记目录》(2021 年),《安徽省安庆市图书馆古籍普查登记目录》(2021 年),《湖南省八家收藏单位古籍普查登记目录·邵阳市·娄底市》(2021 年),《湖北省武汉图书馆古籍普查登记目录》(2021 年),《湖南省九家收藏单位古籍普查登记目录·长沙市·株洲市·湘潭市》(2021 年),等等。以收藏单位为对象进行地毯式的搜集和普查,虽然相对来说略显笨拙,但对于书目收录的系统性和完整性来说却是最佳途径。这种凡有收藏必予著录的方式,可以尽量保证著录文献的完整性和完全性,颇有一种一网打尽的意味。

　　除了上述一般性的书目之外,明清以来还出现了各种专题性的目录,例如崔建英辑录的《明别集版本志》,是学界第一次专门对明代文人别集进行整体著录;杜信孚、杜同书编《全明分省分县刻书考》(线装书局,2001 年)则是按照省、县对明代刻书情形的系统考订;杜信孚纂辑、周光培、蒋孝达参校《明代版刻综录》(广陵古籍刻印社,1983 年)著录了大量的明代版刻书籍。此外从书籍名称、刊刻等角度编写带有一定书籍目录性质的著作还有:杜信孚《同书异名通检》(江苏人民出版社,1982 年)、《著者别号书录考》(江苏古籍出版社,1986 年)、《同名异书汇录》(江苏古籍出版社,2000 年)、《江西历代刻书》(江西人民出版社,1994 年),方彦寿《福建历代刻书家考略》(中华书局,2020 年)、《增订建阳刻书史》(福建人民出版社,2020 年),徐学林《徽州刻书》(安徽人民出版社,2005 年)、《徽州刻书史长编》(安徽教育出版社,2014 年),黄庆雄《阮元辑书刻书考》(台湾花木兰文化出版社,2007 年),王国维等《闽蜀浙粤刻书丛考》(影印本,北京图书馆出版社,2003 年),王澄编著《扬州刻书考》(广陵书社,2003 年),谢水顺《福建古代刻书》(福建人民出版社,1997 年),周生杰《鲍廷博藏书与刻书研究》(黄山书社,2011 年),周彦文《毛晋汲古阁刻书考》(台湾花木兰文化出版社,2006 年),江澄波《江苏刻书》(江苏人民出版社,1993 年),马学良《明代内府刻书考》(上海古籍出版社,2021 年),王开学《现存山西刻书总目》(三晋出版社,2021 年),陈清慧《明代藩府刻书研究》(国家图书馆出版社,2013 年),陈心蓉《嘉兴历代

进士藏书与刻书》(黄山书社,2014 年)、《嘉兴刻书史》(黄山书社,
2013 年),胡卫平《曾国藩的藏书与刻书》(岳麓书社,2014 年),翁
连溪《清代内府刻书研究》(故宫出版社,2013 年),漆良蕃《江西宋
元明刻书》(江西人民出版社,2020 年),《浙江省出版志》编纂委员
会办公室编《浙江历代版刻书目》(浙江人民出版社,2008 年)等。
又或是基于特定主题而编纂的书目文献,如王云、李泉等《中国运
河文献书目提要》(人民出版社,2012 年),顾宁一主编《中医古籍
善本书目提要》(江苏科学技术出版社,2012 年),谢保成《中国史
书目提要》(中州古籍出版社,1991 年),南京图书馆编《南京图书
馆藏中国古农林水利书目》(南京图书馆,1956 年),湖北省图书馆
编《馆藏中国古农书目》(湖北省图书馆,1956 年),广东省中山图
书馆编《广东省中山图书馆藏中国古农书目》(广东省中山图书
馆,1956 年),洛阳市图书馆编《洛阳市图书馆藏古农书目》(洛阳
市图书馆,1956 年)等。

专题性的书目也包括现代学者编纂的各种诗文、小说、戏曲
目录。诗文目录如王民信主编《中国历代诗文别集联合目录》(台
湾联合报文化基金会国学文献馆,1981 年),傅璇琮总主编、马亚
中卷主编《中国古代诗文名著提要·明清卷》(河北教育出版社,
2009 年)等。其中《中国古代诗文名著提要·明清卷》共著录明代
160 人的诗文别集,介绍撰著者的基本情况,并对文集版本概况进
行简要钩稽,同时还辑录了明清时期对各作家的部分评论。戏曲
书目编纂方面,如中国艺术研究院戏研所资料室编著的《中国戏
曲研究书目提要》(中国戏剧出版社,1992 年),是一部从目录学和
戏曲研究角度出发编纂的中国古代戏曲研究相关的书目文献。
其中收录有关戏曲研究的著作近 1600 种,按照戏曲史研究的脉
络,分为总论、中国戏曲史、戏曲声腔剧种、戏曲文学、戏曲音乐、

戏曲导演、表演、戏曲舞台美术、戏曲艺术教育、戏曲工具书等大类，每一大类之下又分为若干小类，有的小类之下又另作细分。如"戏曲文学"一类，分为戏曲作家作品研究、戏曲剧目研究、戏曲编剧理论与技巧研究、戏曲音韵研究等类，而在"戏曲作家作品研究"一类之下，又细分为南戏作家作品、元杂剧作家作品、明代戏曲作家作品、清代戏曲作家作品、近现代戏曲作家研究、综合研究、戏曲小说文学研究等七类。每一条目之下著录书名、著者、版本以及年代，并附有提要。全书最后同时附录《书名索引》《编著者索引》。中国艺术研究院图书馆编纂的《中国艺术研究院图书馆抄稿本总目提要》（国家图书馆出版社，2014年），其中有不少与中国古典戏曲相关的著作目录。中国艺术研究院图书馆经过五十余年的积累，承继了中国戏曲研究院、民族音乐研究所、中国美术研究所等公共机构及傅惜华"碧蕖馆"和梅兰芳"缀玉轩"等私家所收藏的珍贵藏书。该书目总计16册，分戏曲、曲艺、美术、音乐、杂著等五类，共选取珍贵稿抄本5458种，一书一目，一目一影，以目配影，上图下文，是考察现今艺术作品收藏、保存情况十分重要的目录文献。小说目录方面，从孙楷第的《中国通俗小说总目》到侯忠义、石昌渝、宁稼雨以及江苏省社科院明清小说研究所等编纂的中国通俗小说、文言小说目录，都可以钩稽出明代小说创作的大体面貌。鉴于前文在概说小说、戏曲研究的文献时已列举了不少关于这两方面研究的目录著作，此处不再另作详细介绍。

第二节　索引

在今天为研究者所普遍使用的各种资料、论文检索系统和数据库得到广泛应用之前，现代研究者编纂的各种索引是进行各类研究必不可少的参考。索引的编纂在 21 世纪以前的中国现代学术研究中占有重要位置。一方面，索引可以为研究者提供开展学术研究所需史料的基本线索；另一方面，索引也为研究者探查学术研究进展提供重要参考。从总体上看，索引大致可分为资料性索引和研究性索引两类。所谓资料性索引，其索引的数据指向为中国古代某一时段、主题、人物等方面的各种相关文献；研究性索引的数据信息，指向的则是现代研究者在某一领域、人物、主题等方面的研究论著。也有部分具有索引性质的著作，在名称上不以"索引"命名，在内容上则试图综合两种索引的功能，如李小林、李晟文主编、南炳文审订《明史研究备览》（天津教育出版社，1988年），内容上分为"研究回顾和展望""专题介绍""资料和工具书""论文索引"等，其中后两部分内容与本章所概述的索引、工具书等相对应；赵奕、栾凡编著的《20 世纪明史研究综述》（东北师范大学出版社，2002 年）也与之类似，内容上分为"概述""专题研究介绍""史料与论著""21 世纪明史研究展望"等部分。总体而言，索引文献的编纂，一方面是推动 20 世纪学术研究发展的重要力量之一，另一方面也是 20 世纪学术成就展现的一种方式和重要内容。

在明代文献未实现全面性的全文检索之前，现代学者所编纂的资料性索引文献对明代文学研究来说仍十分重要。其中有关明代人物传记的索引文献，如哈佛燕京引得编纂处编《八十九种明代传记综合引得》（燕京大学图书馆，1935 年、1959 年、1987年），台湾"中央图书馆"编《明人传记资料索引》（台湾"中央图书馆"，1978 年；中华书局，1987 年），台湾大化书局编《明代地方志传记索引：中日现藏三百种》（台湾大化书局，1986 年），张忱石、吴树平编《二十四史纪传人名索引》（中华书局，1980 年），台湾中华文化复兴运动推行委员会《四库全书》索引编纂小组主编《四库全书传记资料索引》（台湾商务印书馆，1991 年），朱保烱、谢沛霖编著《明清进士题名碑录索引》（上海古籍出版社，1980 年），台湾文史哲出版社编辑部编辑《明清进士题名碑录索引》（台湾文史哲出版社，1982 年），广西通志馆旧志整理室、广西社会科学院情报所编著《广西方志传记人名索引》（广西人民出版社，1989 年），高秀芳等编《北京天津地方志人物传记索引》（北京大学出版社，1987 年），谢正光《明遗民传记资料索引》（台湾新文丰出版公司，1990 年）、《明遗民传记索引》（上海古籍出版社，1992 年），黄秀文《地方志人物传记资料丛刊·华北卷人名索引》（北京图书馆出版社，2001 年），潘铭燊编《广东地方志传记索引》（香港中文大学出版社，1989 年），辽宁省图书馆编《东北方志人物传记资料索引·辽宁卷》（辽宁人民出版社，1991 年），黑龙江省图书馆编《东北方志人物传记资料索引·黑龙江卷》（黑龙江人民出版社，1989 年），山根幸夫主编《日本现存明代地方志传记索引稿》（日本东洋文库明代史研究室，1964 年），吉林省图书馆编《东北方志人物传记资料索引·吉林卷》（吉林文史出版社，1989 年），国家图书馆古籍馆编《中国古代地方人物传记汇编·人名索引》（北京燕山出版社，2008 年），李雄飞编《地方志人物传记资料丛刊·东北卷人名索引》（北京图书馆出版社，2003 年），周骏富《明代传记丛刊索引》（台湾明文书局，1991 年），王冠编《地方志人物传记资料丛刊·西北卷人名索引》（国家图书馆出版社，2013 年），王恒柱编《地方志人物传记资料丛刊·华东卷人名索引》（国家图书馆出版社，2020 年），田继宗编《八十九种明代传记综合引得》（上海古籍出版社，1986 年），宏业编书局编辑部编《二十四史纪传人名索引》（台湾宏业书局公司，1981 年），梁启雄编《廿四史传目引得》（香港太平书局,1964 年),华东师范大学图书馆古籍部编《天一阁藏明代方志选刊·人物资料人名索引》(上海书店出版社,1997 年),李裕民编《明史人名索引》(中华书局,1985 年),二十五史刊行委员会编《二十五史人名索引》(中华书局,1956 年),《明高僧传索引》(上海书店,1989 年)等。

　　人物的字号、别称、室名、谥号、封爵以及书籍刊刻者等索引类著作的编纂,对于明代文学研究也有重要参考价值。古人称人常以字号、别称名之,而避其尊讳,因而有时候很难确定不同的称谓所指是否为同一人。今人杨廷福、杨同甫合编的《明人室名别称字号索引(上、下)》(上海古籍出版社,2002 年),一定程度上可以帮助研究者解决明人称名中存在的诸多疑问。该书凡是明代有著述或一技之长者均予收入,共计 23000 余人,50000 余条,引用的诗文集、地方志达 2000 余种,内容上以其人的别号、室名、笔名等为主,世称、私谥等也酌情收入。类似的著作还有陈乃乾编《室名别号索引》(开明书店,1934 年;增订本,中华书局,1982年)、《别号索引》(台湾文海出版社,1973 年),陈德芸编《古今人物别名索引》(上海书店,1982 年;国家图书馆出版社,2010 年),王德毅《明人别名字号索引》(台湾新文丰出版公司,2000 年),杨昶编《明代人物别名索引》(崇文书局,2008 年),《历代人物别署居处名通检》(台湾世界书局,1978 年、2014 年),孙书安、孙正磊《中国室名大辞典》(中华书局,2014 年)等。此外有关明代刊工的索引文献,也为研究者考察明代书籍史提供了重要参考,代表性的著作有李国庆编纂《明代刊工姓名索引》(上海古籍出版社,1998年)、《明代刊工姓名全录》(上海古籍出版社,2014 年),张振铎编著《古籍刻工名录》(上海书店出版社,1996 年),商承祚《中国历代书画篆刻家字号索引》(人民美术出版社,2002 年)等。历代人物谥号、封爵等的检索文献,则有杨震方等编著《历代人物谥号封爵索引》(上海古籍出版社,1996年)等。

也有不少索引文献关涉的范围是具体的作品、人物或者某一类文献,如连玉明《王阳明研究文献索引全编》(科学出版社,2019年),刘悦《王阳明著述篇目索引》(学苑出版社,2019年),季学原等主编《黄宗羲研究资料索引》(浙江古籍出版社,1993年),栾贵明《永乐大典索引》(作家出版社,1997年),京都大学人文科学研究所编《皇明文海索引稿》(日本京都大学人文科学研究所,1961年),《十通索引》(上海商务印书馆,1937年),施舟人《道藏索引》(上海书店出版社,1996年),黄兆汉《道藏丹药异名索引》(台湾学生书局,1989年),大渊忍尔等编《道教典籍目录·索引》(日本国书刊行会,1988年),《大藏经索引》(吉林文史出版社,1987年),日本大藏经学术用语研究会编《大藏经索引》(台湾新文丰出版公司,出版年不详),日本立正大学等编《大正新修大藏经索引》(台湾新文丰出版公司,1992年),刘保贞编《清代学术笔记易学资料篇目分类索引》(上海科学技术文献出版社,2015年),台湾新兴书局编《笔记小说大观丛刊索引》(台湾新兴书局,1981年),杨殿珣《石刻题跋索引(增订本)》(商务印书馆,1957年),王昱主编《青海省志索引》(青海人民出版社,2008年),艺文印书馆编《百部丛书集成书名索引》(台湾艺文印书馆,1971年),陈恩惠编《北京图书馆藏永乐大典卷目表》(北京图书馆书目索引组,1960年),北京图书馆书目索引组编《北京图书馆馆编书目索引目录》(北京图书馆书目索引组,1960年),德州地区档案处编《德州地区志谱索引》(德州地区档案处,1984年),杨世明、文航生主编《巴蜀方志艺文篇目汇录索引》(中华书局,2015年),宋志英《地方经籍志汇编书名索引》(国家图书馆出版社,2010年),广西通志馆旧志整理室、广西壮族自治区图书馆编《广西文献资料索引》（广西人民出版社，1991年），李文芳编著《中国名胜索引》（中国旅游出版社，1987年），杭州大学图书馆资料组编《中国历代人物年谱集目》（杭州大学图书馆资料组，1962年）等。

此外还有一些专题性的索引文献，虽非专门针对明代文学，但在开展相关研究中也是必备的参考资料。如吴藕汀《词名索引》（中华书局，1958年、1984年、2006年），李复波《词话丛编索引》（中华书局，1991年、2005年），丁乃通《中国民间故事类型索引》（华中师范大学出版社，2008年），王重民、杨殿珣编《清代文集篇目分类索引》（北京图书馆出版社，2003年），卢辅圣《中国书画文献索引》（上海书画出版社，2005年），段书安编《中国古代书画图目索引》（文物出版社，2001年），张海惠《中国古典诗歌英文及其他西文语种译作及索引》（国家图书馆出版社，2009年），金华英、黄赞臣编《传记文学篇目分类索引》（华东师范大学出版社，1988年），王宪昭《中国神话人物母题数据索引》（中国社会科学出版社，2020年），程国赋《中国历代小说刊印研究资料索引》（凤凰出版社，2017年），洪惟助主编《昆曲研究资料索引》（台湾"国家出版社"，2002年），福建师范学院中文系中国古典文学教研室等编《中国古典文学评论资料索引》（福建人民教育出版社，1962年），朱强《未刊清车王府藏曲本目录索引》（学苑出版社，2017年）等。

随着现代学术研究的不断推进，各类研究著作、论文的发表数量急剧增长，各种研究性索引文献的编纂也变得十分必要。按照与明代文学研究的相关度进行划分，又可以分为明代文学研究论著索引和明代其他领域研究的论著索引。

现代学者编纂的明代文学研究论著索引，既有总体性的，或是与整个中国古典文学研究有关，或是涉及的内容集中在明代文学方面。其中具有代表性的如中国科学院文学研究所图书资料室编《全国报刊文学论文索引》(中国科学院文学研究所图书资料室,1963 年)、《中国古典文学研究论文索引:1949—1966.6》(与河北北京师范学院中文系资料室合编,中华书局,1979 年)、《中国古典文学研究论文索引:1966.7—1979.12》(中华书局,1982 年)、《中国古典文学研究论文索引:1980.1—1981.12》(中华书局,1985 年)、《中国古典文学研究论文索引:1982.1—1983.12》(中华书局,1988 年)、《中国古典文学研究论文索引:1984.1—1985.12》(中华书局,1995 年),北京师范学院《中国古典文学研究论文索引:1905—1979》(北京师范学院中文系,1981 年),中山大学中文系资料室编《1949—1980 中国古典文学研究论文索引》(广西人民出版社,1984 年),叶农《二十世纪中国古典文艺理论研究论文索引》(花城出版社,2005 年),东北师大古籍整理研究所辞书编辑室编《中国古籍整理研究论文索引》(江苏古籍出版社,1990 年)等。① 以邝健行、吴淑钿编选《香港中国古典文学研究论文目录(1950—2000)》(江苏古籍出版社,2002 年)为例,该书系统收录 50 年间香港地区有关中国古典文学研究的论文目录。根据研究者统计,1950—2000 年间,香港地区出版的中国古典文学研究资料,包括专书、学报、期刊、论文集以及报刊上的文章,大约有 4000

---

① 也有部分论文搜集某一时期明代文学研究的论文索引,如《中国诗歌研究动态》第一辑(学苑出版社,2004 年)上发表有吴倩《二十世纪明代诗词研究索引(二)》。此外一些有关 20 世纪初以来学术史梳理的著作和文章,如左东岭主编《中国诗歌研究史》、黄霖主编《20 世纪中国古代文学研究史》、邓绍基等主编《20 世纪中国文学研究》等,对 20 世纪以来的明代文学研究状况都有较详细的概述。

余种(篇)。① 编者在编目过程中,根据研究对象的实际分布,分两种方式进行排列:其一,以讨论文类及文章性质为中心,分(1)通论,(2)《诗经》,(3)楚辞,(4)诗词曲,(5)小说,(6)戏曲,(7)赋、骈文、散文,(8)文学批评与理论,(9)书评、序跋、校记等九类;其二,以出版刊物为单位,单独列"刊物·论文"一类。此外也有对某一时期文学期刊目录、篇名的统计,如山东师范学院中文系编《1937—1949主要文学期刊目录索引》(山东师范学院中文系,1962年),王玉杰主编《30年代期刊篇名索引》(黑龙江人民出版社,1998年)等。

也有一些专题性的研究论著索引,或是关于某一文体,或是关于某一部著作、某一个作家。如戏曲研究方面,有于曼玲编《中国古典戏曲小说研究索引》(广东高等教育出版社,1992年),分上下两册,上册戏曲,下册小说,收录1817年—1992年中国古典戏曲和小说的研究资料共计25466条。收录的内容范围十分广泛,包括大陆和台港地区的书报刊中研究中国古典戏曲小说文献题录,日本等亚洲国家的有关专题的汉文文献题录,以及欧洲部分国家及美国、前苏联等国家的部分文献。又如香港大学中文学会编著的《中国古典戏曲研究资料索引》(香港广角镜出版社,1989年),主要收录古典戏曲研究著作及发表于报刊上的论文,收录专著无时间上限,截止时间为1983年,期刊论文发表的时间为1949年—1983年,报刊论文则收录《光明日报》文学遗产栏目发表的文章。全书共收录资料6874条,分为概论、早期戏曲、元代戏曲、明

①参见邝健行、吴淑钿编选《香港中国古典文学研究论文选粹——诗词曲篇》总序,江苏古籍出版社,2002年,第5页。此外另有《小说·戏曲·散文及赋篇》《文学评论篇》,江苏古籍出版社,2002年、2003年。

代戏曲、清代戏曲、地方戏曲等六大类。陈美雪编著的《汤显祖研究文献目录》(台湾学生书局,1996 年)则是一部有关汤显祖研究的专题文献目录,收录 1900 年—1990 年间中国大陆、中国台湾、日本以及欧美等地有关汤显祖研究的专著、论文,共设条目 1400 余条,分上、下两编,分别著录汤氏著作与后人研究论著。此外又有傅晓航、张秀莲主编《中国近代戏曲论著总目》(文化艺术出版社,1999 年),颜全毅《中国戏曲论文索引:1982—2010》(文化艺术出版社,2016 年),杜海华《二十世纪全国报刊词学论文索引》(北京图书馆出版社,2007 年),安徽师范大学中国诗学研究中心编《新时期(1978—2003)中国诗歌研究论文集目》(安徽人民出版社,2006 年),林淑贞《近五十年台湾地区古典诗学研究概况》(台湾花木兰文化出版社,2007 年)等,收录特定时期有关某一文体或研究领域的文献。

明代其他领域的研究论著索引也有不少,被研究者使用较多的如中国社会科学院历史研究所明史研究室编《中国近八十年明史论著目录》(江苏人民出版社,1981 年),中国社会科学院历史研究所编《中国史学论文索引》第二编(中华书局,1979 年),中国社会科学院历史研究所编《(1900—1975)七十六年史学书目》(中国社会科学出版社,1981 年)、《(1900—1980)八十年史学书目》(中国社会科学出版社,1984 年),朱鉴秋主编、龙怡等编纂《百年郑和研究资料索引》(上海书店出版社,2005 年),王岳红主编《谱牒学论著目录索引(1978—2008)》(三晋出版社,2008 年),夏德仪主编《明史论文提要》(台湾东吴大学,2010 年),许敏主编《百年明史论著目录》(安徽教育出版社,2012 年),林庆彰等编《经学研究论著目录:1993—1997》(台湾汉学研究中心,2002 年),汪受宽等编《20世纪中国史学论著要目》(北京师范大学出版社,2007 年)等。

第三节　工具书

辞书、研究手册、百科全书、资料汇编等工具书的发达，也是推动学术进步的重要内容之一，可以为推动明代文学研究提供助力。工具书兼具普通知识与专业知识的双重特征，在现代学术研究中有着重要地位。从与文学研究相关性的角度来说，明代文学研究的工具书可以分为两个方面：其一是与文学研究直接相关的工具书，内容和对象包括文学作家、作品等；其二是明代其他领域的工具书。以下从这两个方面对明代文学研究中的工具书类文献进行简要概述。

在现代学术体系建立过程中，辞书发挥着重要的作用，在一定程度上是将专深的学科化知识以较为简易、通俗的方式展现出来，以此获得更多的读者群体。在与明代文学研究直接相关的工具书中，有关明代文学家生平的辞书是开展研究必备的参考。其中广为研究者使用的有：杨家骆主编、谭嘉定编《中国文学家大辞典》(5版，台湾世界书局，1981年)，谭正璧编《中国文学家大辞典》(北京图书馆出版社，1998年)，李时人编《中国文学家大辞典·明代卷》(中华书局，2018年)，晁成林《江苏文学家大辞典·古代卷》(江西人民出版社，2019年)，天津人民出版社、百川书局出版部主编《中国文学家大辞典》(台湾百川书局，1994年)，北京语言学院《中国文学家辞典》编委会编《中国文学家辞典》(四川人民出版社、四川文艺出版社，1978—1992年)，上海辞书出版社文学鉴赏辞典编纂中心编《中国文学家辞典》(上海辞书出版社，2017年)，林非《中国散文家大辞典》(作家出版社，2010年)等。

文学家辞书之外，还有些辞书则与文学本身有关。其中既有总体性的文学辞典,如江恒源、袁少谷编纂《中国文学大辞典》(台湾顺风出版社,1976 年),(台湾)编辑组编《中国古典文学大辞典》(台湾常春树书坊,1985 年),彭会资主编《中国文论大辞典》(百花文艺出版社,1990 年),马良春、李福田总主编《中国文学大辞典》(8 册,天津人民出版社,1991 年),胡敬署等主编《文学百科大辞典》(华龄出版社,1991 年),汪玢玲主编《中华古文献大辞典·文学卷》(吉林文史出版社,1994 年),钱仲联等总主编《中国文学大辞典》(上海辞书出版社,1997 年),廖仲安、刘国盈编《新古典文学大辞典》(台湾旺文社股份有限公司,2008 年),张茂林编著《中国文学精华大辞典》(台湾黄金屋文化事业公司,2011 年),刘兰英等编著《中国古代文学大辞典》(广东教育出版社,2012 年)等。也有与文学作品人物、语言等有关的辞书,如严成荣《明代四大奇书人物辞典》(江西高校出版社,1996 年),李淑章等主编《中国古典文学人物形象大辞典》(内蒙古人民出版社,1998 年),郑颐寿、诸定耕主编《中国文学语言艺术大辞典》(重庆出版社,1993 年),钟铭钧等编《古典诗词百科描写辞典》(百花文艺出版社,2007 年),吴士勋《宋元明清百部小说语词大辞典》(陕西人民出版社,1992 年),段启明《中国古典小说艺术鉴赏辞典》(北京师范大学出版社,1991 年),苗壮《中国古代小说人物辞典》(齐鲁书社,1991 年),殷海国《中国小说描写辞典》(汉语大词典出版社,1993 年),田宗尧《中国古典小说用语辞典》(台湾联经出版事业公司,1985 年)、《中国话本小说俗语辞典》(台湾新文丰出版公司,1985 年)等。

有关中国文学不同文类的专题性辞书,也是现代编纂工具书最重要的一类。其中戏曲方面的工具书如齐森华、陈多、叶长海主编《中国曲学大辞典》(浙江教育出版社,1997 年),收录词条近万,分曲学、曲源、曲种、曲家、曲派、曲目、曲集、曲律、曲伎、曲论等类,书后附录《北词例释》《南词例释》《二十世纪曲学研究书目》。吴新雷主编《中国昆剧大辞典》(南京大学出版社,2002 年),分源流史论、剧目戏码、历代昆班、剧团机构、曲社堂名、昆坛人物、曲白声律、舞台艺术、歌谱选粹、赏戏示例、掌故逸闻、文献书目等类。上海艺术研究所、中国戏剧家协会上海分会编《中国戏曲曲艺词典》(上海辞书出版社,1981 年),从 1961 年开始编写,一度中断,历经二十年才完成。全书分为戏曲、曲艺两部分,收录词条 5636 条,其中戏曲类分总类、戏曲名词术语、戏曲声腔、剧种、戏曲作家、理论家、演员、团体、戏曲作品、论著、刊物等类。《中国大百科全书·戏曲曲艺卷》(中国大百科全书出版社,1983 年),同样分戏曲、曲艺两大类,其中戏曲类分中国戏曲史、戏曲声腔剧种、戏曲文学、戏曲音乐、戏曲导演、戏曲表演、戏曲舞台美术、戏曲剧场、戏曲艺术教育、戏曲研究家及论著等类。张相《诗词曲语辞汇释》(中华书局,1953 年),共收词目 537 个,附目 600 多个,对每一个词先释义,后举例证。王锳编《诗词曲语辞例释》(中华书局,1980 年),作者声称是在《汇释》基础上"做一点拾遗补阙的工作",收录词语 184 条,附目 123 条。王学奇、王静竹《宋金元明清曲辞通释》(语文出版社,2002 年)收录五朝戏曲词语 11000 余条,篇幅达到 350 万字。此外又有陆澹安编《戏曲词语汇释》(上海古籍出版社,1981 年),方龄贵《元明戏曲中的蒙古语》(汉语大词典出版社,1991 年),李汉飞编著《中国戏曲剧种手册》(中国戏剧出版社,1987 年),刘克强《水浒传翻译大辞典》(中央编译出版社,2014 年),白维国、朱世滋主编《古代小说百科大辞典》(学苑出版社,1997 年),么书仪等主编《戏曲通典》(解放军文艺出版社,1999 年),《中国戏曲剧种大辞典》编委会编《中国戏曲剧种大辞典》(上海辞书出版社,1995 年)等。

　　小说、诗歌、散文、民间文学等领域也有为数众多的辞典,如侯忠义主编《中国历代小说辞典》(云南人民出版社,1986年),秦亢宗《中国小说辞典》(北京出版社,1990年),刘叶秋《中国古典小说大辞典》(河北人民出版社,1998年),童志刚《武侠小说辞典》(长江文艺出版社,1994年),张季皋《明清小说辞典》(花山文艺出版社,1992年),李水海《中国小说大辞典》(陕西人民出版社,1994年),王先霈《小说大辞典》(长江文艺出版社,1991年),侯健《中国小说大辞典》(作家出版社,1991年),郑云波《中国古代小说辞典》(南京大学出版社,1992年),王洪主编《古代散文百科大辞典》(学苑出版社,1997年),秦亢宗《中国散文辞典》(北京出版社,1993年),张志烈《中国古代散文辞典》(四川人民出版社,1994年),林非《中国散文大辞典》(中州古籍出版社,1997年),黄金贵《中国古典诗文名句赏析辞典》(商务印书馆国际有限公司,2018年),侯健《中国诗歌大辞典》(作家出版社,1990年),罗洛《诗学大辞典·中国诗歌卷》(安徽文艺出版社,1995年),马兴荣等主编《中国词学大辞典》(浙江教育出版社,1996年),马名超、王彩云主编《中国民间文学大辞典》(黑龙江人民出版社,1996年),姜彬主编《中国民间文学大辞典》(上海文艺出版社,1992年)等。其中如孙顺霖、陈协琹编著《中国笔记小说纵览》(华东师范大学出版社,2013年),以词条形式介绍了700名作家的900余部笔记,共设作家、作品词目1700余条,虽无辞书之名,但在功能上与之相似。

　　在众多辞书当中,鉴赏类辞书的出版一直是中国古典文学领域的重要方向,尤其是对于中国文学的普及来说,鉴赏辞书提供了既满足通俗阅读需求同时又有较高学术性的读本。其中具有代表性的如霍松林《中国古典小说六大名著鉴赏辞典》(陕西人民教育出版社,1988年),关永礼《中国古典小说鉴赏辞典》(中国展望出版社,1989年),《古代小说鉴赏辞典》编辑委员会编《古代小说鉴赏辞典》(学苑出版社,1989年),余树森《中国名胜诗文鉴赏辞典》(北京大学出版社,1989年),徐培均、范民声主编《中国古典名剧鉴赏辞典》(上海古籍出版社,1990年),田军《金元明清诗词曲鉴赏辞典》(光明日报出版社,1990年),徐中玉《古文鉴赏大辞典》(浙江教育出版社,1996年),吴功正《古文鉴赏辞典》(江苏文艺出版社,1987年),程帆《古文鉴赏辞典》(湖南教育出版社,2011年),陈文新《休闲古文鉴赏辞典》(湖北辞书出版社,2000年),夏咸淳《历代小品文精华鉴赏辞典》(陕西人民教育出版社,1991年),谈凤梁《历代文言小说鉴赏辞典》(江苏文艺出版社,1991年),何满子《明清小说鉴赏辞典》(浙江古籍出版社,1992年),宁宗一《中国武侠小说鉴赏辞典》(国际文化出版公司,1992年),霍松林、申士尧主编《中国古代戏曲名著鉴赏辞典》(中国广播电视出版社,1992年),霍旭东等主编《历代辞赋鉴赏辞典》(安徽文艺出版社,1992年),张月中主编《中国古代戏剧辞典》(黑龙江人民出版社,1993年),余汉东编《中国戏曲表演艺术辞典》(湖北辞书出版社,1994年),诸定耕《中国名人胜迹诗文碑联鉴赏辞典》(重庆出版社,1994年),天人编著《中国戏曲名句鉴赏辞典》(内蒙古人民出版社,2000年),黄岳洲《中国古代文学名篇鉴赏辞典》(汉语大词典出版社,2002年),楼沪光、孙琇主编《中国序跋鉴赏辞典》(河北教育出版社,2003年),周啸天《宋元明清诗词曲鉴赏》(四川人民出版社,2003年),李子光、符玲美主编《中外古典文学名作鉴赏辞典》(同心出版社,2009年),傅德岷、卢晋主编《诗词名句鉴赏辞典》(长江出版社,2010年),《古文观止鉴赏辞典》(上海科学技术文献出版社,2008年),黄霖《金瓶梅鉴赏辞典》(上海辞书出版社,2008年),周啸天《元明清诗歌鉴赏辞典》(商务印书馆国际有限公司,2011 年),贺大龙《宋元明清诗鉴赏辞典》(北京燕山出版社,2006 年),余冠英《中国古代山水诗鉴赏辞典》(江苏古籍出版社,1989 年),等等。

　　各种鉴赏辞典的出现,不仅为学术研究提供普及化的版本,同时也为现代学术研究体系中的作品解读和鉴赏等提供了典范的研究范本。其中影响最广的是上海辞书出版社出版的一系列鉴赏辞典,与明代文学研究相关的有:钱仲联等主编《元明清词鉴赏辞典》(2002 年,2018 年),蒋星煜主编《明清传奇鉴赏辞典》(2004 年),蒋星煜主编《古代小说鉴赏辞典》(2004 年),上海辞书出版社文学鉴赏辞典编纂中心编《古代志怪小说鉴赏辞典》(2014 年)、《古文鉴赏辞典》(2021 年),陈振鹏、章培恒主编《古文鉴赏辞典》(1997 年,2014 年),胡晓明主编《历代女性诗词鉴赏辞典》(2016 年),赵逵夫主编《历代赋鉴赏辞典》(2017 年),苏渊雷主编《名联鉴赏辞典》(2019 年),张兵《三言两拍鉴赏辞典》(2016 年),朱义禄《菜根谭鉴赏辞典》(2016 年),顾晓鸣《二十四史鉴赏辞典》(2017 年)等。

　　除了上述有关明代文学研究本身的工具书之外,还有许多相关性工具书的编纂、出版,虽然不是与明代文学直接相关,却能够为研究者探讨明代文学领域的相关问题提供重要的知识、文献基础。例如梁适编《百科用语分类大辞典》(上海古籍出版社,1989 年),邱树森《中国历代人名辞典》(江西教育出版社,1989 年),中国大百科全书出版社编辑部编《中国大百科全书》第一版、第二版(中国大百科全书出版社,1993 年、2009 年),卢正言主编《中国古代书目词典》(广西教育出版社,1994 年),中国历史大辞典明史编纂委员会编《中国历史大辞典·明史卷》(上海辞书出版社,1995 年),胡孚琛主编《中华道教大辞典》(中国社会科学出版社,1995

年),黄惠贤《二十五史人名大辞典》(中州古籍出版社,1997年),邹德忠《中国历代书法家人名大辞典》(新世界出版社,1998年),唐嘉弘《中国古代典章制度大辞典》(中州古籍出版社,1998年),臧励龢《中国人名大辞典》(商务印书馆,1998年)、《中国古今地名大辞典》(上海书店出版社,2015年;中国文史出版社,2020年),张文禄主编《明清西安词典》(西安地方志丛书,陕西人民出版社,1999年),张㧑之等主编《中国历代人名大辞典》(上海古籍出版社,1999年),瞿冕良《中国古籍版刻辞典》(齐鲁书社,1999年;增订本,苏州大学出版社,2009年),赖永海主编《中国佛教百科全书》(上海古籍出版社,2000年),钟肇鹏主编《道教小辞典》(任继愈总主编"宗教小辞典丛书"之一,上海辞书出版社,2001年),尚恒元《中国人名异称大辞典》(山西人民出版社,2002年),龚延明《中国历代职官别名大辞典》(上海辞书出版社,2006年),郑天挺等《中国历史大辞典》(上海辞书出版社,2007年),张德信《明代职官年表》(黄山书社,2009年),胡国珍主编《中国古代名人分类大辞典》(华语教学出版社,2009年),辛迪主编《中国历史百科全书》(中国书店,2010年),计承江《中国钱币大辞典·元明编》(中华书局,2012年),粘良图《晋江历代人名辞典》(厦门大学出版社,2013年),吕宗力主编《中国历代官制大辞典(修订本)》(商务印书馆,2015年),孙晨阳等编著《中国古代服饰辞典》(中华书局,2015年),薛国屏编著《中国地名沿革对照表(第三版)》(上海辞书出版社,2020年),陈高傭《中国历代天灾人祸表》(商务印书馆,2020年),等等。

辞书之外,与明代文学研究有关的另一类重要工具书是资料汇编。文学研究资料汇编中,有些是与明代文学整体相关的,如叶庆炳《明代文学批评资料汇编》(台湾成文出版社,1979年),曾枣庄《中国古代文体学》附卷二《明代文体资料集成》(上海人民出版社、上海书店出版社,2012 年),徐中玉等编《中国古代文艺理论专题资料丛刊》(中国社会科学出版社,2013 年),朱志瑜等编《中国传统译论文献汇编》(商务印书馆,2020 年)等。也有诸多以文体、作家、作品为对象编纂的研究资料,如钱仲联《明清诗文研究资料辑丛》(吉林文史出版社,1990 年)、《明清诗文研究资料集》第一辑、第二辑(上海古籍出版社,1986 年),贾飞《王世贞诗文论资料补辑与新论》(社会科学文献出版社,2021 年),孔另境《中国小说史料》(中华书局,1957 年),同济大学图书馆编《水浒传资料选》(同济大学图书馆,1975 年),《水浒资料汇编》(台湾里仁书局,1981 年),刘荫柏《西游记研究资料》(上海古籍出版社,1990 年),黄霖《金瓶梅资料汇编》(中华书局,1987 年)、《中国历代小说批评史料汇编校释》(百花洲文艺出版社,2009 年),马蹄疾《水浒资料汇编》(中华书局,1980 年),周钧韬《金瓶梅资料续编》(北京大学出版社,1991 年),朱一玄《明清小说资料选编》(齐鲁书社,1990 年;南开大学出版社,2012 年)、《古典小说版本资料选编》(山西人民出版社,1986 年)、《水浒资料汇编》(百花文艺出版社,1981 年)、《三国演义资料汇编》(百花文艺出版社,1983 年)、《金瓶梅资料汇编》(南开大学出版社,1985 年)、《西游记资料汇编》(中州书画社,1983 年;南开大学出版社,2012 年),蔡铁鹰《西游记资料汇编》(中华书局,2010 年),侯忠义《中国文言小说参考资料》(北京大学出版社,1985 年)、《金瓶梅资料汇编》(北京大学出版社,1985 年),孙逊《中国古典小说美学资料汇粹》(上海古籍出版社,1991 年),孙旭《明代白话小说法律资料研究》(上海古籍出版社,2017 年),杜贵晨《〈水浒传〉与山东资料汇编》(台湾花木兰文化出版社,2016 年),山下一夫《明清以来通俗小说资料汇编》第一辑(台湾博扬文化事业有限公司,2016 年),欧阳予倩《中国戏曲研究资料初辑》(中国戏剧出版社,1957 年),路工、傅惜华编《十五贯戏曲资料汇编》(作家出版社,1957 年),徐扶明《牡丹亭研究资料考释》(上海古籍出版社,1986 年),朱传誉《罗贯中研究资料》、《罗懋登传记资料》、《熊大木传记资料》、《笑笑生传记资料》、《冯梦龙传记资料》、《凌濛初传记资料》(以上均由台湾天一出版社出版,1981 年),杨旭东《冯梦龙研究资料汇编》(广陵书社,2007 年),孙中旺《金圣叹研究资料汇编》(广陵书社,2007 年),俞美玉《刘基研究资料汇编》(人民出版社,2011 年),毛效同《汤显祖研究资料汇编》(上海古籍出版社,2016 年),林庆彰《杨慎研究资料汇编》(台湾"中央研究院"中国文哲研究所,1992 年),王文才《杨慎学谱》(上海古籍出版社,1988 年;四川人民出版社,2018 年),张升《永乐大典研究资料辑刊》(北京图书馆出版社,2005 年),等等。

　　其他相关的研究资料汇编如刘坚《近代汉语语法资料汇编·元代明代卷》(商务印书馆,1995 年),周道振《唐寅书画资料汇编》(上海古籍出版社,2017 年),张毅、陈翔编著《明代诗人书画评论汇编》(南开大学出版社,2016 年),陈斌《周顺昌研究资料汇编》(苏州大学出版社,2013 年),成一农《地方志庙学资料汇编》(中国社会科学出版社,2016 年),顾宏义《历代四书序跋题记资料汇编》(上海古籍出版社,2010 年),余太山《明代哈密吐鲁番资料汇编》(商务印书馆,2017 年),姚晓菲《明清笔记中的西域资料汇编》(学苑出版社,2016 年),宋怡明《明清福建五帝信仰研究资料汇编》(香港科技大学华南研究中心,2006 年),中国社会科学院历史研究所徽州文契整理组《明清徽州社会经济资料丛编(第二集)》(中国社会科学出版社,1990 年),余定邦《中国古籍中有关缅甸资料汇编》(中华书局,2002 年)等。这些资料汇编多由研究者从中国古代尤其是明清时期数量庞大的文献中辑录而来，对相关领域的研究具有重要参考价值。研究者在使用这些资料集开展相关研究时，可以将其作为搜集资料的参照，由此推及对同类文献的普遍观照，进而扩充自己的研究视野和问题域。

第四节　数据库与在线资源

现代学术发展日逐而新，传统学科的研究方式、学术格局也逐渐受到来自新媒体、新技术的深刻影响。对明代文学研究来说，虽然不像前此各代的研究那样能够提供一份接近于完美的全集文献，但也有许多学术志士在不断用现代工具改变着明代文学文献的样态，改变文献利用的方式，探讨问题的思路与框架，以及解读和理解文学的视角和方法。研究者所能利用文献的数量，已经从过去的一书难求，变为现在的"足不出户，坐拥书海"。许多过去很难得见的古籍善本，也可通过数字途径而得以见其真容。古籍数据库、在线资源的开发和使用，从某个方面来说对推进明代文学研究具有重要作用。

总体而言，目前应用于中国古代文学研究的数据库和在线资源，大多数为数字化文本资源，依据各种不同逻辑构建而成的数字化文本，及其所提供的检索、复制、本地下载等功能，为文学研究资料的搜集与获得提供了诸多便利。以下对部分与明代文学研究关系密切的数据库和在线资源进行简要介绍。当下随着"新文科"建设的蓬勃发展，古籍数据资源的开发日新月异，以下介绍难免挂一漏万。研究者在利用数字资源过程中，若能时刻保持关注数字人文领域的最新进展，各种数字资源的获取与利用自然也就会得心应手，成为推进学术研究的利器。

(一)古籍数据库

壹、《文渊阁四库全书》电子版

《文渊阁四库全书》电子版由台湾迪志文化出版有限公司于1999年推出,是利用现代技术将清修《文渊阁四库全书》数字化的成果。先后推出了"原文及标题检索版""原文及全文检索版",使得过去不易得见的《四库全书》成了人人得而用之的常见史料。同时因为其具有全文检索(古籍原文的小字注释不在检索范围之内)的功能,那些收录其中的著作中过去少人引用的资料,也通过检索的手段而进入到研究者视野当中。尽管也给学术研究造成了一定的不利影响,然而作为较早出现的古籍全文检索系统,《文渊阁四库全书》电子版的问世具有一定的标志意义。进入21世纪之后,中国古籍数字化的进程大大加快,并成为深刻影响中国古典研究最重要的因素之一。

贰、《四部丛刊》全文检索数据库

《四部丛刊》全文检索数据库以民国时期出版的《四部丛刊》《四部丛刊续编》《四部丛刊三编》为文本数字化对象,由北京书同文数字化技术有限公司开发推出。该系统具有字字可查、句句可检的快速全文检索的特点,并提供摘要、笔记、纪元换算以及简、

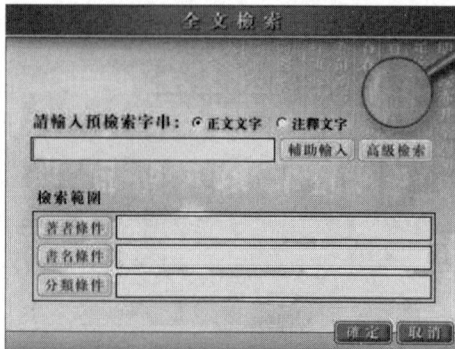

繁、异体汉字相互关联查询的功能。该系统包括局域网络版、国际互联网络版以及单机版等不同利用方式，并同样提供原文图像文本的对照。

叁、国学宝典 http://www.gxbd.com/

《国学宝典》是由北京国学时代文化传播股份有限公司制作的中国古籍全文资料检索系统，自 1999 年推出 V1.0 单机版，此后相继有局域网版、互联网版、金典版、App 版等。收录上起先秦、下至清末两千多年的历代典籍 6000 余种，总字数逾 22 亿，超

《国学宝典》目录

【经部·十三经】	【子部·隋以前笔记】
【经部·十三经注疏】	【子部·隋唐笔记】
【经部·其他】	【子部·宋元笔记】
【史部·正史】	【子部·明代笔记】
【史部·别杂史等】	【子部·清代笔记】
【史部·地理】	【子部·民国笔记】
【史部·目录】	【集部·总集】
【子部·诸子】	【集部·别集】
【子部·儒家】	【集部·文论】
【子部·道家】	【集部·戏曲】
【子部·释家】	【小说·白话小说】
【子部·兵家】	【小说·文言小说】
【子部·科技】	【其他·崔东壁遗书】
【子部·医学】	【其他·六十种曲】
【子部·蒙学】	【其他·盛明杂剧】
【子部·书法绘画】	【其他·香艳丛书】
【子部·艺术】	【其他·彊村丛书】
【子部·类书】	【其他·明词汇刊】
【子部·杂家】	【其他·越南汉籍小说丛刊】
【子部·术数】	【其他·近现代文献】

25万卷,基本涵盖了文史研究领域较为重要的文献资料,并以每年1—2亿字的速度扩充数据库内容。其中收录的古籍有不少为今人的整理本,对研究者来说具有较高的利用价值。

肆、爱如生系列数据库

北京爱如生数字化技术研究中心推出的一系列中国古籍文献数据库产品,为中国古典研究提供了丰富的文献资源。由该中心开发的古代典籍数据库包括:中国基本古籍库、四库系列数据库、中国方志库、中国谱牒库、中国金石库、中国丛书库、中国类书库、中国辞书库、中国儒学库、中国史学库、中国俗文库、佛教经典库、道教经典库、中医典海库、历代别集库、敦煌文献库、明清档案库;近代文献数据库包括:中国近代大报库(《申报》《大公报》《益世报》《民国日报》《时事新报》《顺天时报》《晨钟晨报》《京报》《新闻报》《新民报》《神州日报》《世界日报》《中央日报》《新华日报》

《时报》《晶报》《扫荡报》《解放日报》《盛京时报》《红色中华/新中华报》)、中国近代要刊库(如《六合丛谈》《遐迩贯珍》《格致新报》《新民丛报》《民报》《国风报》《论衡》《甲寅》《新青年》《大中华》等等)、民国图书馆库。以下对其中与明代文学研究关系较为密切的几种数据库作简要介绍①:

1、中国基本古籍库

"中国基本古籍库"在爱如生各数据库中较早推出,2005年正式出版,北京大学刘俊文教授总纂。该库共收录先秦至民国间重要典籍1万部、二十万卷,各类版本14000个,总计三十万卷,影像1200万页,录文18亿字。全库共分为四个子库、二十个大类、一百个细目,收录各书有图像文本作为对照,提供全文检索。

①以下对爱如生出品数据库的介绍,据爱如生典海数字平台 http://www.er07.com/。

2、四库系列数据库

爱如生的"四库系列数据库"包括文渊阁、文津阁收录的《四库全书》著作（3460 部），《四库全书》纂修过程中列为存目的著作（4755 部），列入禁毁的著作（612 部），以及未收的著作（173 部），共收录历代典籍 9000 余部。数据库包括典海版、远程版、本地版、在线版等不同版本，提供全文检索功能和图像文本对照。

3、历代别集库

历代别集库为专门收录历代个人著作集的数据库。自 2010 年推出，分 6 集陆续出版。该库分为明前编、明代编、清前期编、清后期编、民国编等子库，收录历代别集、选本、评本等 8000 部，另有附编、补编各 2000 部，收录历代诗文总集、词曲总集及注本 1000 部、诗文评 1000 部，以及各编补遗 2000 部。其中前四编已于 2018 年底之前出版。各别集提供图像文本对照，并有全文检索功能。

4、中国方志库

　　中国方志库专门收录历代地方志类典籍，从 2006 年推出以来，收录文献不断扩充，至 2019 年出版三集，后续将增至五集，拟收入从汉魏以至民国时期刊行的全国地理总志和各地方志 7000 余部，各类专志、杂志 2000 余部，录文规模达到 20 亿字。提供图像文本对照，并能进行全文检索。

5、明清档案库

该数据库收录明初至清末官私档案 30 万件，包括大内档案（如宫中档、内务府档、宗人府档、理藩院档等）、衙府档案（如各部衙公务文书、各州府赋役清册等）、民间档案（如买卖契约、往来信牍等）等，录文数量达到 5 亿字，影像图片 300 万页，提供全文检索、图文对照等功能，自 2022 年起分 5 集陆续上线，分为典海版、远程版、本地版、在线版等不同使用形式。

伍、书同文古籍数据库 http://guji.unihan.com.cn/

北京书同文数字化技术有限公司推出的"书同文古籍数据库"，包含了 50 余种类型文献的检索系统，其中与明代研究关系

密切的包括"明代史料文献""大明实录""大明会典""禁毁明代史料""明神宗起居注""明清内阁大库史料集刊""明清边海防""明清边海防续编""中国历代石刻史料汇编""历代书画文集""历代金石""四部丛刊""四部丛刊09增补版""涵芬楼珍本"等库。其中收录的文献数据特色鲜明，为明代政治、经济、军事、地理、文化、文学等各方面的研究提供了丰富的数据资源。

陆、雕龙中日古籍全文资料库 http://tk.cepiec.com.cn/ancientc/ancientkm? @@0.5996044461050971

"雕龙中日古籍全文资料库"是由日本凯希多媒体公司、中国台湾得泓资讯有限公司主导开发的一款收录中日汉字古籍为主的全文检索数据库。据介绍，该库现有古籍3万多种（截止2022年初），近80亿字，并以每年增加2000种文献的速度扩充古籍资源。其内容涵盖历代别集、民间文学、清代朱卷、医学典籍等重要古籍资源。收录的子库目录包括"正统道藏""道藏辑要""四部丛刊""续四部丛刊""永乐大典""古今图书集成""敦煌史料""清代史料""中国地方志""中国地方志续集""日本古典书籍库""续修四库全书""六府文藏""四库全书""中国民间文学""四库未收书"

"四库存目书"等等。在进行检索同时，数据库也提供影像对照的图像文本。

柒、鼎秀古籍全文检索平台 http：//103.242.200.9/ancient-book/portal/index/index.do

"鼎秀古籍全文检索平台"是一款可以全文检索的大型古籍典藏数据库。收录古籍包括：经部 3073 种，史部 9513 种，子部 4253 种，集部 4007 种，丛部 8 种。数据库收录著作提供图像文本作为对照，可以按照题名、作者、朝代、版本、正文、注文、分类等进行全文检索。

捌、"历代科举人物数据库·历代进士登科数据库"http://examination.ancientbooks.cn/docDengke/

"历代进士登科数据库"以浙江大学龚延明教授主编"历代登科总录"相关成果为依托,由古联(北京)数字传媒科技有限公司开发。根据该总录编纂内容,数据库设定的检索选项包括姓名、朝代、科目、籍贯、职官等,并在原有基础上加入"姓氏导航""帝号导航""籍贯导航"和"数据统计"等功能。

(二)在线资源/在线数字平台

从内容和性质等方面看,古籍数据库主要提供文本的查考、检索以及复制利用等,在线数字资源则主要提供古籍资源和近现代相关领域研究著作、论文等的查找,并通过其提供的数据获取所需资料的线索,进而获得研究资料。在线资源既包括古籍目录的检索和查找,古籍电子资源(pdf扫描本或图像文本)的阅读与下载,或是基于特定数据而形成的结构化数据分析样本,也包括一些近现代研究成果的电子化文本,如我们所常用的"超星中文

电子图书""读秀学术搜索""瀚文民国书库""华艺学术文献数据
库""全国报刊索引数据库""人大复印报刊资料全文数据库""晚
清民国期刊全文数据库""维普中文期刊服务平台""中国近代报
纸全文数据库""中国知网"等。以下简要介绍一些在明代文学研
究方面可资利用的在线数字资源或数字平台,以拓展在相关研究
中文献搜集与利用的广度。

壹、全国古籍普查登记基本数据库 http://202.96.31.78/
xlsworkbench/publish

"全国古籍普查登记基本数据库"是一个在线查找全国范围
内古籍收藏情况的检索系统。该系统从 2014 年 10 月开通以来,

陆续进入系统检索的全国各图书馆收藏单位达到了 260 余家（截止 2020 年 11 月），在库古籍检索条数达到 80 余万条，在库古籍规模达到近 800 万册。随着这一系统的逐渐完善，研究者可以通过简易的检索方式（如书名、作者），获得以往需要在《中国古籍总目》《中国古籍善本书目》等古籍目录查找的古籍版本、收藏等相关线索。

貳、学苑汲古（高校古文献数据库）

该数据库为中国高等教育文献保障系统（CALIS）的特色库项目之一，汇集了包括北京大学、复旦大学等国内外 30 余所高校图书馆藏古籍元数据 60 余万条、书影近 30 万幅，电子图书 8 万余册。不仅包括各参建馆所藏古文献资源的书目记录，而且还配有部分相关书影或全文图像，具备古文献的简单检索、高级检索、二次检索、索引、浏览等功能，可以通过题名、责任者、主题词三种途径进行检索。

叁、日本所藏中文古籍数据库 http://www.kanji.zinbun.kyoto—u.ac.jp/kanseki/

与中国的"全国古籍普查登记基本数据库"类似，这是关于日本各主要图书收藏机构所藏汉籍书名、作者、版本以及收藏单位的检索系统。研究者通过在检索栏目输入作者、书名等检索信息，能够搜检到日本所藏汉籍的基本情况，可以大大提高有效查找日本汉籍收藏的主要信息。

肆、中华古籍资源库

　　"中华古籍资源库"是国家图书馆（国家古籍保护中心）建设的综合性古籍特藏数字资源发布共享平台，在线发布的资源包括国家图书馆藏善本和普通古籍、甲骨、敦煌文献、碑帖拓片、西夏文献、赵城金藏、地方志、家谱、年画、老照片等，以及馆外、海外征集资源，总量达到 10 万部（件）。其中国图特藏的数字资源中，"数字古籍""数字方志"等与明代文学研究关系密切；馆外资源中，"图书馆古籍珍藏""中华古籍联合书目""东洋文化研究所汉籍全文影响数据库""哈佛大学善本特藏"等也能为明代文学研究提供丰富的数字资源。

　　伍、大学数字图书馆国际合作计划 https：//ersp. lib. whu. edu. cn/s/cn/edu/cadal/G. https/index/home＃page1（武汉大学检索）

大学数字图书馆国际合作计划（China Academic Digital Associative Library，CADAL）前身为高等学校中英文图书数字化国际合作计划（China — America Digital Academic Library，CADAL）。该项目由浙江大学联合国内外的高等院校、科研机构共同承担。项目负责人为浙江大学潘云鹤院士。项目一期建设100 万册（件）数字资源，于"十五"期间完成，由浙江大学和中国科学院研究生院牵头，北京大学、清华大学、复旦大学、南京大学等16 个高校参与建设，建成 2 个数字图书馆技术中心（浙江大学，中国科学院研究生院）和 14 个数字资源中心（北京大学，清华大学，浙江大学，复旦大学，南京大学，中国科学院研究生院，上海交通大学，西安交通大学，武汉大学，华中科技大学，吉林大学，中山大学，四川大学，北京师范大学）。此后又相继进行了二期等项目建设，收录书籍规模持续扩大。该计划提供各种古籍、民国文献的在线阅读。

陆、汉籍数字图书馆 http://www.hanjilibrary.com/hanji-home/homepage

　　"汉籍数字图书馆"由"汉籍"全文检索数据库发展而来,其最新版本为"汉籍"2.0版,由传世文献库、甲骨文文献库、金文文献库、石刻文献库、敦煌文献库、明清档案库、书画文献库、舆图文献库和中医药文献库八大专题分库组成。收录文献按照经、史、子、集、丛五部分类,采用pdf文件格式呈现,分别有图版库检索和目录库检索。

　　柒、浙江大学"智慧古籍平台""学术地图发布平台"

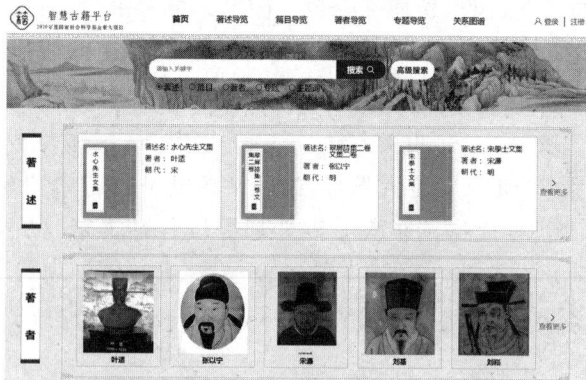

　　该数字平台由浙江大学徐永明教授主持，走的是文史大数据结构化和智慧化建设道路。其建设成果"智慧古籍平台"（http：//csab.zju.edu.cn,2020年）由"学术地图发布平台"（http://amap.zju.edu.cn,2018年）发展而来。据平台设计者所说，该平台借鉴知识图谱理念，综合运用大数据的计量统计、定位查询、聚类查询、空间分析、数据关联、网络分析、机器标引、众筹众包等技术，将中国古典文献和研究成果图谱化、智能化，从而打造集浏览、查询、研究、欣赏于一体，熔审美阅读、知识学习、场景体验于一炉的古籍智慧大数据平台。按照开发者的构想，智慧古籍平台的建设，将为读者扫除古代文献阅读障碍，推动古籍阅读普及化，打造古籍阅读、整理和研究的新范式。同时激活学者的研究成果，突破学术圈的壁垒，将前沿的学术研究成果转化为社会大众共享的文化资源。智慧古籍平台的建设将进一步推进古籍数据资源的整合和开放共享，从而获得运用智慧化中国古代典籍资源的主动权，助力推动"数字中国"建设。①

　　捌、中国古典文献资源导航系统（奎章阁）https://www.

---

① 浙江大学《让古籍"活起来"，浙大"智慧古籍平台"上线》，中青在线 http://news.cyol.com/gb/articles/2021-11/25/content_6w0N7SjQ5.html,2021年11月25日。检索日期：2022年6月3日。

kuizhangge. cn/

　　该系统由国家社科基金重大项目"基于大数据技术的古代文学经典文本分析与研究"（清华大学刘石教授主持）资助建设。正如系统名称所显示的，其所提供的主要是一种"资源导航"的功能。除了提供一些实用工具之外，该系统搜集了目前全球各种与中国古典研究相关的资源，包括"古籍全文""古籍影像""古籍目录""数字人文""期刊论著""文史诗词""收费平台""小学专题""释道专题""敦煌专题""微信抖音""论坛社区""虚拟现实""舆图专题"等，以及"韩国资源专题""日本资源专题""台湾地区资源专题""家谱资源专题"等。

　　除了以上介绍的在线资源之外，全国各主要图书馆也都陆续参与到了数字资源的建设当中，如北京大学数字图书馆古文献资源库 http://rbdl. calis. edu. cn/aopac/indexold. jsp，上海图书馆藏古籍选览 http://wrd2016. library. sh. cn/channel/stgj/，上海图书馆藏家谱 http://wrd2016. library. sh. cn/channel/stjp/，首都图书馆古籍珍善本图像数据库 http://gjzsb. clcn. net. cn/in-dex. whtml，天津图书馆历史文献数字资源库 http://lswx. tjl.

tj. cn：8001/，浙江图书馆馆藏珍贵古籍数据库 http：//ztancient-books. zjlib. cn：8000/，四川古籍数字图书馆 http：//guji. sclib. org/，苏州图书馆古籍库 https：//fzk. szlib. com/book/index，云南古籍数字图书馆 http：//msq. ynlib. cn/，湖北图书馆方志库 http：//gjpt. library. hb. cn：8991/qt－zxsk. html，浙江大学图书馆中国历代墓志数据库 http：//csid. zju. edu. cn/，等等。

　　中国大陆以外的诸多大学和研究机构的图书馆，在汉籍的数字化建设方面也取得了显著成绩，如日本的东京大学东洋文化研究所汉籍全文影像资料库 http：//shanben. ioc. u－tokyo. ac. jp/，早稻田大学图书数字资源 http：//www. wul. waseda. ac. jp/ko-tenseki/advanced_search. html，东京大学东洋文化研究所双红堂文库全文影像资料库 http：//hong. ioc. u－tokyo. ac. jp/index. html，国立公文书馆图书数字资源 https：//www. digital. ar-chives. go. jp/，等等。美国哈佛大学中国历代人物传记资料库（China Biographical Database Project ，CBDB) https：//projects. iq. harvard. edu/cbdb 建立的人物传记资料库，以及 China His-torical Geographic Information System Project，China Map 等数据库，在中国历史、文化研究方面也正在发挥越来越大的作用。此外，美国哈佛大学燕京图书馆、法国国家图书馆、澳大利亚国家图书馆、韩国奎章阁、台湾"国家图书馆"、世界数字图书馆 ht-tps：//www. wdl. org/zh/等也都有丰富的数字资源可供研究者利用。

　　从某个方面来说，随着新文科的日渐推进和不断深入，中国古代典籍的数字化、智慧化形态也必将会日益丰富，进而逐步改变中国古典学术研究的思路及其方式，中国古典学术研究也正在经历着一场范式的革命。然而在此过程中，研究者也需警惕为

"物"所役带来的弊端。对于人文研究来说,重建"过去"的历史形态是一个方面,沟通古今精神的内涵才是其根本。工具理性无法取代思想的追索,范式革命的意义关键仍在于加深对历史的认识和理解,并为当下和未来社会、文化的发展提供参照和指引。

主要参考引用书目

（以著者姓氏拼音为序）

（日）八木泽元著、罗锦堂译：《明代剧作家研究》，台湾联经出版事
　　业公司，1977年。

白维国、朱世滋主编：《古代小说百科大辞典》，学苑出版社，
　　1992年。

钞晓鸿：《明清史研究》，福建人民出版社，2007年。

陈大康：《明代小说史》，人民文学出版社，2007年。

陈广宏、侯荣川编著：《日本所编明人诗文选集综录》，广西师范大
　　学出版社，2018年。

陈国军：《明代志怪传奇小说叙录》，商务印书馆国际有限公司，
　　2015年。

陈国军：《明代志怪传奇小说研究》，天津古籍出版社，2006年。

陈建华：《中国少数民族家谱总目》，上海古籍出版社，2018年。

陈书录等：《中国历代民歌史论》，经济科学出版社，2017年。

陈文新、王同舟：《明代八股文编年史》，台湾花木兰文化出版社，
　　2012年。

陈文新：《文言小说审美发展史》，武汉大学出版社，2007年。

陈文新等：《明代科举与文学编年》，武汉大学出版社，2009年。

陈心蓉：《嘉兴刻书史》，黄山书社，2013年。

陈益源:《元明中篇传奇小说研究》,华艺出版社,2002 年。

陈长文:《明代科举文献研究》,山东大学出版社,2008 年。

成文出版社:《中国地方志目录》,台湾成文出版社,1989 年。

程毅中:《明代小说丛稿》,中华书局,2006 年。

崔建英:《日本见藏稀见中国地方志书录》,书目文献出版社,
　　1986 年。

崔建英辑,贾卫民、李晓亚整理:《明别集版本志》,中华书局,
　　2006 年。

(日)大木康:《冯梦龙〈山歌〉の研究——中国明代の通俗歌谣》,
　　日本劲草书房,2003 年。

大化书局编:《明代地方志传记索引》,台湾大化书局,1986 年。

(日)大塚秀高:《增补中国通俗小说书目》,日本汲古书院,
　　1987 年。

戴汝庆:《明代民歌解读》,团结出版社,2013 年。

邓绍基、史铁良主编:《明代文学研究》,北京出版社,2001 年。

邓长风:《明清戏曲家考略》,上海古籍出版社,1994 年。

邓长风:《明清戏曲家考略三编》,上海古籍出版社,1999 年。

邓长风:《明清戏曲家考略续编》,上海古籍出版社,1997 年。

丁放:《宋元明词选研究》,商务印书馆,2012 年。

董康编著、北婴补编:《曲海总目提要(附补编)》,人民文学出版
　　社,2014 年。

杜信孚、杜同书编:《全明分省分县刻书考》,线装书局,2001 年。

杜信孚、漆身起编:《江西历代刻书》,江西人民出版社,1994 年。

杜信孚编:《明代版刻综录》,广陵古籍刻印社,1983 年。

范邦瑾:《美国国会图书馆藏中文善本书录·续录》,上海古籍出
　　版社,2011 年。

范志毅:《湖北家谱总目》,崇文书局,2019年。

方建新、徐永明、童正伦编:《浙江文献要目》,浙江古籍出版社,2015年。

方彦寿:《福建历代刻书家考略》,中华书局,2020年。

冯梦龙、王廷绍、华广生编述:《明清民歌时调集》,上海古籍出版社,1987年。

冯梦龙:《挂枝儿·山歌·夹竹桃》,北京联合出版公司,2018年。

冯梦龙:《墨憨斋歌谜》,台湾东方文化书局,1974年。

冯梦龙编纂、刘瑞明注解:《冯梦龙民歌集三种注解》,中华书局,2005年。

冯沅君:《古剧说汇》,作家出版社,1956年。

傅大兴:《明杂剧考》,台湾世界书局,1982年。

傅惜华:《明代传奇全目》,人民文学出版社,1959年。

傅惜华:《明代杂剧全目》,作家出版社,1958年。

傅璇琮总主编、马亚中本卷主编:《中国古代诗文名著提要·明清卷》,河北教育出版社,2009年。

甘松:《明代词学演进研究》,安徽大学出版社,2018年。

龚宗杰:《明代文话研究》,中华书局,2019年。

郭培贵:《明代科举史事编年考证》,科学出版社,2008年。

郭培贵:《明史选举志笺正》,内蒙古大学出版社,1997年。

郭培贵:《明史选举志考论》,中华书局,2006年。

郭维森、许结:《中国辞赋发展史》,江苏教育出版社,1996年。

郭英德:《明清传奇史》,江苏古籍出版社,2001年。

郭英德:《明清传奇综录》,河北教育出版社,1997年。

郭英德主编:《中国古代文学通论·明代卷》,辽宁人民出版社,2005年。

国家档案局二处编:《中国家谱综合目录》,中华书局,1997年。

何梅:《历代汉文大藏经目录新考》,社会科学文献出版社,
　　2014年。

河北大学地方史研究室编:《河北历代地方志总目》,河北人民出
　　版社,1989年。

洪焕椿:《浙江地方志考录》,科学出版社,1958年。

侯忠义:《中国文言小说参考资料》,北京大学出版社,1985年。

侯忠义:《中国文言小说史稿》,北京大学出版社,1990年。

胡怀琛:《中国民歌研究》,台湾文听阁图书有限公司,2011年。

胡士莹:《话本小说概论》,商务印书馆,2017年。

黄霖:《古代小说评点漫话》,辽宁教育出版社,1992年。

黄仁生:《日本现藏稀见元明文集考证与提要》,岳麓书社,
　　2004年。

黄仕忠:《日本所藏中国戏曲文献研究》,高等教育出版社,
　　2011年。

黄仕忠:《日藏中国戏曲文献综录》,广西师范大学出版社,
　　2010年。

黄虞稷撰,瞿凤起、潘景郑整理:《千顷堂书目》,上海古籍出版社,
　　2001年。

江澄波等:《江苏刻书》,江苏人民出版社,1993年。

蒋寅:《清诗话考》,中华书局,2005年。

焦竑等:《明史艺文志·补编·附编》,商务印书馆,1959年。

金恩辉:《中国地方志总目提要》,汉美图书公司,1996年。

李昌集:《中国古代曲学史》,华东师范大学出版社,1997年。

李昌集:《中国古代散曲史》,华东师范大学出版社,2007年。

李静:《金元明词集的编刻与传播研究》,吉林大学出版社,

2018 年。

李梦生：《中国禁毁小说百话》，上海古籍出版社，1994 年。

李日刚：《辞赋流变史》，台湾文津出版社，1987 年。

李时人编著：《中国文学家大辞典·明代卷》，中华书局，2018 年。

李舜华：《明代章回小说的兴起》，上海古籍出版社，2012 年。

李新宇：《元明辞赋专题研究》，中国社会科学出版社，2011 年。

李致忠：《历代刻书考述》，巴蜀书社，1990 年。

连文萍：《明代诗话考述》，台湾花木兰文化出版社，2015 年。

梁扬：《中国散曲史》，广西人民出版社，1995 年。

梁乙真：《元明散曲小史》，商务印书馆，1998 年。

林岗：《明清小说评点》，北京大学出版社，2012 年。

林平等：《明代方志考》，四川大学出版社，2001 年。

凌天松：《明编词总集丛刻述评》，上海古籍出版社，2014 年。

刘世德等主编：《中国古代小说百科全书》，中国大百科全书出版社，1993 年。

刘永之：《河南地方志提要》，河南大学出版社，1990 年。

柳存仁：《伦敦所见中国小说书目提要》，书目文献出版社，1982 年。

罗锦堂：《中国散曲史》，台湾中华文化出版事业委员会，1956 年。

骆兆平：《天一阁藏明代地方志考录》，宁波出版社，2012 年。

马汉钦：《明代诗歌总集与选集研究》，哈尔滨工程大学出版社，2009 年。

马积高：《历代辞赋研究史料概述》，中华书局，2001 年。

苗怀明：《二十世纪戏曲文献学述略》，复旦大学出版社，2018 年。

闵宽东、陈文新、刘僖俊：《韩国所藏中国文言小说版本目录》，武汉大学出版社，2015 年。

闵宽东、陈文新、张守连:《韩国所藏中国通俗小说版本目录》,武汉大学出版社,2015 年。

墨憨斋主人著、沈亚公校:《黄山谜》,上海文艺出版社,1989 年。

南江涛、贾贵荣编:《新中国古籍影印丛书总目》,国家图书馆出版社,2016 年。

倪晶莹:《四川大学图书馆馆藏地方志目录》,四川大学出版社,1991 年。

宁稼雨:《中国文言小说总目提要》,齐鲁书社,1996 年。

欧阳菲:《明代传奇目录研究》,文化艺术出版社,2019 年。

欧阳健、萧相恺主编:《中国通俗小说总目提要》,中国文联出版社,1997 年。

欧阳珍:《明代青楼女词人研究》,广西师范大学出版社,2014 年。

潘承弼、顾廷龙:《明代版本图录初编》,开明书店,1941 年。

潘建国:《古代小说书目简论》,山西人民出版社,2005 年。

潘建国:《中国古代小说书目研究》,上海古籍出版社,2005 年。

潘荣胜主编:《明清进士录》,中华书局,2006 年。

齐森华、叶长海等主编:《中国曲学大辞典》,浙江教育出版社,1997 年。

秦安禄:《四川省地方志目录》,方志出版社,2004 年。

秦川:《中国古代文言小说总集研究》,上海古籍出版社,2006 年。

(韩)全寅初:《韩国所藏中国汉籍总目》,韩国学古房,2005 年。

饶宗颐初纂、张璋总纂:《全明词》,中华书局,2004 年。

沙嘉孙编:《山东文献书目续编》,齐鲁书社,2017 年。

(日)山根幸夫编:《新编日本现存明代地方志目录》,日本汲古书院,1995 年。

(日)山根幸夫主编:《日本现存明代地方志传记索引稿》,东洋文库明代史研究室,1964年。

山西省社会科学院家谱资料研究中心编:《中国家谱目录》,山西
　　人民出版社,1992年。

邵曾祺:《元明北杂剧总目考略》,中州古籍出版社,1985年。

沈津:《美国哈佛大学哈佛燕京图书馆藏中文善本书志》,广西师
　　范大学出版社,2011年。

盛世隽:《明代杂剧研究》,广东教育出版社,2001年。

施蛰存主编:《词籍序跋萃编》,中国社会科学出版社,1994年。

石昌渝主编:《中国古代小说总目》,山西教育出版社,2004年。

石麟:《中国古代小说评点派研究》,中国社会科学出版社,
　　2011年。

宋浩庆:《元明散曲》,上海古籍出版社,1987年。

孙崇涛:《戏曲文献学》,山西教育出版社,2008年。

孙海洋:《明代辞赋述略》,中华书局,2007年。

孙楷第:《大连图书馆所见中国小说书目提要》,国立北平图书馆,
　　1931年。

孙楷第:《日本东京所见中国小说书目》,人民文学出版社,
　　1958年。

孙楷第:《也是园古今杂剧考》,上海杂志公司,1953年。

孙楷第:《中国通俗小说书目》,人民文学出版社,1982年。

孙克强:《金元明人词话》,南开大学出版社,2012年。

孙太初:《云南古代石刻丛考》,文物出版社,1983年。

谭帆:《古代小说评点简论》,山西人民出版社,2005年。

谭帆:《中国小说评点研究》,华东师范大学出版社,2001年。

谭正璧:《日本所藏中国佚本小说述考》,知行编译社,1945年。

唐桂艳:《清代山东刻书史》,齐鲁书社,2016年。

陶子珍:《明代词选研究》,台湾秀威资讯科技股份有限公司,
  2003年。

陶子珍:《明代四种词集丛编研究》,台湾秀威资讯科技股份有限
  公司,2006年。

田继宗:《八十九种明代传记综合引得》,上海古籍出版社,
  1986年。

童玮:《二十二种大藏经通检》,中华书局,1997年。

汪超:《明词传播述论》,中华书局,2017年。

汪超宏:《明清曲家考》,中国社会科学出版社,2006年。

汪超宏:《明清浙籍曲家考》,浙江大学出版社,2009年。

王德毅:《中国历代名人年谱总目》,台湾华世出版社,1979年。

王海明:《古代小说书目漫话》,辽宁出版社,1992年。

王鹤鸣:《上海图书馆馆藏家谱提要》,上海古籍出版社,2000年。

王鹤鸣:《中国家谱总目》,上海古籍出版社,2008年。

王恒展:《中国文言小说发展研究》,山东教育出版社,2016年。

王绍曾主编:《山东文献书目》,齐鲁书社,2017年。

王先霈、周伟民:《明清小说理论批评史》,花城出版社,1988年。

王星琦:《元明散曲史论》,南京师范大学出版社,2016年。

王重民:《中国善本书提要》,上海古籍出版社,1983年。

吴宏一:《清代诗话考述》,台湾"中研院"中国文哲研究所,
  2006年。

吴新雷编著:《插图本昆曲史事编年》,上海古籍出版社,2015年。

吴宣德:《明代进士的地理分布》,香港中文大学出版社,2009年。

吴志达:《中国文言小说史》,齐鲁书社,1994年。

吴志达主编:《中华大典·文学典·明清文学分典》,凤凰出版社,
  2005年。

香港大学冯平山图书馆:《中国地方志目录》,香港大学图书馆,1990年。

谢旻琪:《明代评点词集研究》,台湾花木兰文化出版社,2007年。

谢水顺、李珽:《福建古代刻书》,福建人民出版社,1997年。

徐德智:《明代吴门词派研究》,台湾花木兰文化出版社,2012年。

徐朔方:《晚明曲家年谱》,浙江古籍出版社,1993年。

徐雁平:《清代家集叙录》,安徽教育出版社,2017年。

徐永明、赵素文:《明别集经眼叙录》,浙江古籍出版社,2013年。

徐子方:《明杂剧史》,中华书局,2003年。

徐自强:《北京图书馆藏石刻叙录》,书目文献出版社,1988年。

许结:《中国辞赋理论通史》,凤凰出版社,2016年。

严绍璗:《日藏汉籍善本书录》,中华书局,2007年。

阳海清、汤旭岩主编:《现存湖北著作总录》,国家图书馆出版社,2016年。

杨廷富、杨同甫:《明人室名别称字号索引》,上海古籍出版社,2002年。

杨学为主编:《中国考试史文献集成》第五卷,高等教育出版社,2003年。

叶德均:《戏曲小说丛考》,中华书局,1979年。

叶庆炳、邵红编辑:《明代文学批评资料汇编》,台湾成文出版社,1979年。

叶晔:《晚明曲家及文献辑考》,浙江大学出版社,2017年。

叶长海:《中国戏剧学史稿》,上海文艺出版社,1986年。

尹玲玲:《清人选明诗总集研究》,苏州大学出版社,2017年。

永瑢等:《四库全书总目》,中华书局,1965年。

尤振中、尤以丁编著:《明词纪事会评》,黄山书社,1995年。

余意：《明代词史》，北京大学出版社，2015年。

余意：《明代词学之建构》，上海古籍出版社，2009年。

袁行霈、侯忠义：《中国文言小说书目》，北京大学出版社，1981年。

岳淑珍：《明代词学批评史》，社会科学文献出版社，2014年。

展龙：《明清史料考论》，科学出版社，2017年。

曾永义：《明杂剧概论》，台湾学海出版社，1979年。

张德意、李洪编：《江西古今书目》，江西人民出版社，1996年。

张国庆：《明代刊工姓名全录》，上海古籍出版社，2014年。

张慧剑：《明清江苏文人年表》，上海古籍出版社，2007年。

张可礼：《中国古代文学史料学》，凤凰出版社，2011年。

张若兰：《明代中后期词坛研究》，中国社会科学出版社，2010年。

张廷玉等：《明史》，中华书局，1976年。

张仲谋：《明词史》，人民文学出版社，2002年。

张仲谋：《明代词学编年史》，高等教育出版社，2015年。

张仲谋：《明代词学通论》，中华书局，2013年。

赵炳武：《山东省地方志联合目录》，中国文联出版社，2005年。

赵景深：《元明南戏考略》，人民文学出版社，1990年。

赵前编著：《明代版刻图典》，文物出版社，2008年。

赵山林：《中国戏剧学通论》，安徽教育出版社，1995年。

赵义山：《明代小说寄生词曲研究》，商务印书馆，2013年。

赵义山：《明清散曲鉴赏辞典》，商务印书馆国际有限公司，
　2014年。

赵义山：《明清散曲史》，人民出版社，2007年。

郑海涛：《明代词风嬗变研究》，中国社会科学出版社，2013年。

郑静若：《清代诗话叙录》，台湾学生书局，1975年。

中国古籍总目编纂委员会：《中国古籍总目》，中华书局，2012年。

中国科学院北京天文台:《中国地方志联合目录》,中华书局, 1985 年。

周心慧主编:《明代版刻图释》,学苑出版社,1998 年。

周玉波:《明代民歌研究》,凤凰出版社,2005 年。

周玉波:《月上荼蘼架:明代民歌札记》,南京师范大学出版社, 2009 年。

朱保炯、谢沛霖:《明清进士题名碑录索引》,上海古籍出版社, 1980 年。

朱士嘉:《中国地方志综录》,商务印书馆,1958 年。

朱万曙:《明代戏曲评点研究》,安徽教育出版社,2002 年。

朱一玄:《古典小说戏曲书目》,吉林文史出版社,1991 年。

庄一拂:《古典戏曲存目汇考》,上海古籍出版社,1982 年。

庄一拂:《明清散曲作家汇考》,浙江古籍出版社,1992 年。

左东岭、孙学堂、雍繁星:《中国诗歌研究史·明代卷》,人民文学 出版社,2020 年。

书名索引

人名索引

杨继盛　31,32,62,70,71

杨慎　13,14,42,44,45,50,52,
58,70,85,88,106,107,111,
136,137,139,146,164,170,
231,266,269,270,272,273,
276,278,281,283,288,289,
303,360,370,375,378,394,
444

杨士奇　48,56,133,134,267,
291,295,333,378,409

杨循吉　163,175,266,281,336,
345,372

杨一清　33,37,52,130,334

叶宪祖　221

易震吉　266,269

于谦　31,62,129

余继登　334

俞宪　10,41,50,109,110,313

袁宏道　20,21,24,29,37,45,
51,70,72,111,170,189,193,
194,254,289,291,296,325,
329,394

袁黄　86,148,327

袁凯　12,33,82,128

袁袠　89,97,295,336,342

袁中道　20,21,29,70,72,170,

191,193,194

湛若水　13,88,385

张弼　9,10,28,82

张大复　168,173,252,339,344

张岱　72,169,221,329,333,
343,344,350,351

张凤翼　40,93,166,170,225,
244,266,267,339

张含　32,106,107

张居正　52,70,329,334

张慎言　33,34,38

张献翼　93,94,166,172

张宇初　23—25,266

张竹坡　194,197,200

赵南星　31,52,62,176,281,406

赵琦美　235,237,239

赵翼　11,12,114,136,140,145,
340,375

赵贞吉　13,52,70,88,100

郑晓　316,333,334,336,343

郑振铎　179,180,202,205,230,
238—242,244,247,248,285,
299,301,306,412

钟惺　8,13,14,20,29,37,40,
42,44,45,51,65,67,70,72,
87,88,105,107,108,110,114,